CRIME ET CHÂTIMENT

Fiodor Dostoïevski

Traduction de Victor Derély.

ISBN : 9789982470827

TABLE DES MATIÈRES

PREMIÈRE PARTIE

DEUXIÈME PARTIE

TROISIÈME PARTIE

PREMIÈRE PARTIE

Chapitre I

Au commencement de juillet, par une soirée excessivement chaude, un jeune homme sortit de la petite chambre meublée qu'il occupait sous le toit d'une grande maison de cinq étages, dans le péréoulok S…, et, lentement, d'un air irrésolu, il se dirigea vers le pont de K…

Dans l'escalier, il eut la chance de ne pas rencontrer sa logeuse. Elle habitait à l'étage au-dessous, et sa cuisine, dont la porte était presque constamment ouverte, donnait sur l'escalier. Quand il avait à sortir, le jeune homme était donc obligé de passer sous le feu de l'ennemi, et chaque fois il éprouvait une maladive sensation de crainte qui l'humiliait et lui faisait froncer le sourcil. Il devait pas mal d'argent à sa logeuse et avait peur de la rencontrer.

Ce n'était pas que le malheur l'eût intimidé ou brisé, loin de là ; mais depuis quelque temps il se trouvait dans un état d'agacement nerveux voisin de l'hypocondrie. S'isolant, se renfermant en lui-même, il en était venu à fuir non pas seulement la rencontre de sa logeuse, mais tout rapport avec ses semblables. La pauvreté l'écrasait ; toutefois il avait cessé, en dernier lieu, d'y être sensible. Il avait complétement renoncé à ses occupations journalières. Au fond, il se moquait de sa logeuse et des mesures qu'elle pouvait prendre contre lui. Mais être arrêté dans l'escalier, entendre toutes sortes de sottises dont il n'avait cure, subir des réclamations, des menaces, des plaintes, répondre par des défaites, des excuses, des mensonges, — non, mieux valait s'esquiver sans être vu de personne, se glisser comme un chat le long de l'escalier.

Cette fois, du reste, la crainte de rencontrer sa créancière l'étonna lui-même lorsqu'il fut dans la rue.

« Quand je projette un coup si hardi, faut-il que de pareilles niaiseries m'effrayent ! » pensa-t-il avec un sourire étrange. « Hum… oui… l'homme a tout entre les mains, et il laisse tout lui passer sous le nez, uniquement par poltronnerie… c'est un axiome… Je serais curieux de savoir de quoi les gens ont le plus peur ; je crois qu'ils craignent surtout ce qui les sort de leurs habitudes… Mais je bavarde beaucoup trop. C'est parce que je bavarde que je ne fais rien. Il est vrai que je pourrais dire de même : C'est parce que je ne fais rien que je bavarde. Voilà tout un mois que j'ai pris l'habitude de bavarder, couché durant des journées entières dans un coin, l'esprit occupé de fadaises. Allons, pourquoi fais-je maintenant cette course ? Est-ce que je suis capable de cela ? Est-ce que cela est sérieux ? Ce n'est pas sérieux du tout. Ce sont des billevesées qui amusent mon imagination, de pures chimères ! »

Dans la rue régnait une chaleur étouffante. La foule, la vue de la chaux, des briques, des échafaudages, et cette puanteur spéciale si connue du Pétersbourgeois qui n'a pas le moyen de louer une campagne pendant l'été, tout contribuait à irriter encore les nerfs déjà excités du jeune homme. L'insupportable odeur des cabarets, très-nombreux dans cette partie de la ville, et les ivrognes qu'on rencontrait à chaque pas, bien que ce fût un jour ouvrable, achevaient de donner au tableau un coloris repoussant. Les traits fins de notre héros trahirent, durant un instant, une impression d'amer dégoût. Disons, à ce propos, que les avantages physiques ne lui faisaient pas défaut : d'une taille au-dessus de la moyenne, mince et bien fait de sa personne, il avait des cheveux châtains et de beaux yeux de couleur foncée. Mais, peu après, il tomba dans une profonde rêverie ou plutôt dans une sorte de torpeur intellectuelle. Il marchait sans remarquer ce qui l'entourait et même sans vouloir le remarquer. De loin en loin seulement, il murmurait quelques mots à part soi ; car, comme lui-même le reconnaissait tout à l'heure, il avait l'habitude des monologues. En ce moment, il s'apercevait que ses idées s'embrouillaient parfois et qu'il était très-faible : depuis deux jours, il n'avait, pour ainsi dire, rien mangé.

Il était si misérablement vêtu qu'un autre se fût fait scrupule de sortir en plein jour avec de pareils haillons. À la vérité, le quartier autorisait n'importe quel costume. Dans les environs du Marché-au-Foin, dans ces rues du centre de Pétersbourg où habite une population d'ouvriers, la mise la plus hétéroclite n'a rien qui puisse éveiller l'étonnement. Mais tant de farouche dédain s'était amassé dans l'âme du jeune homme que, nonobstant une pudibonderie parfois fort naïve, il n'éprouvait nulle honte à exhiber ses guenilles dans la rue.

Ç'eût été autre chose s'il avait rencontré quelque connaissance, quelqu'un des anciens camarades dont, en général, il évitait l'approche... Néanmoins, il s'arrêta net en s'entendant désigner à l'attention des passants par ces mots prononcés d'une voix gouailleuse : « Hé, le chapelier allemand ! » Celui qui venait de proférer cette exclamation était un homme ivre qu'on emmenait dans une grande charrette, nous ne savons où ni pourquoi.

Par un geste convulsif, l'interpellé ôta son chapeau et se mit à l'examiner. C'était un chapeau à haute forme acheté chez Zimmermann, mais déjà fatigué par l'usage, tout roussi, tout troué, couvert de bosses et de taches, privé de ses bords, affreux en un mot. Cependant, loin de se sentir atteint dans son amour-propre, le possesseur de cette coiffure éprouva une impression qui était bien plutôt de l'inquiétude que de l'humiliation.

« Je m'en doutais ! murmura-t-il dans son trouble, — je l'avais pressenti ! Voilà le pire ! Une misère comme celle-là, une niaiserie insignifiante peut gâter toute l'affaire ! Oui, ce chapeau fait trop d'effet... Il fait de l'effet précisément parce qu'il est ridicule... Il faut absolument une casquette pour aller avec mes loques ; une vieille galette quelconque vaudra toujours mieux que cette horreur. Personne ne porte de pareils chapeaux ; on remarquera celui-ci à une verste à la ronde, on se le rappellera... plus tard, on y repensera, et ce sera un indice. Il s'agit maintenant d'attirer le moins possible l'attention... Les petites choses ont leur importance, c'est toujours par elles qu'on se perd... »

Il n'avait pas loin à aller ; il savait même la distance exacte qui séparait sa demeure de l'endroit où il se rendait : juste sept cent trente pas. Il les avait comptés quand son projet n'était encore qu'à l'état de rêve vague dans son esprit. À cette époque, lui-même ne croyait pas qu'il dût passer de l'idée à l'action ; il se bornait à caresser en imagination une chimère à la fois épouvantable et séduisante. Mais depuis ce temps-là un mois s'était écoulé, et déjà il commençait à considérer les choses autrement. Bien que, dans tous ses soliloques, il se reprochât son manque d'énergie, son irrésolution, néanmoins il s'était peu à peu, malgré lui en quelque sorte, habitué à regarder comme possible la réalisation de son rêve, tout en continuant à douter de lui-même. En ce moment, il venait faire la répétition de son entreprise, et, à chaque pas, son agitation allait croissant.

Le cœur défaillant, les membres secoués par un tremblement nerveux, il s'approcha d'une immense maison qui donnait d'un côté sur le canal, de l'autre sur la rue... Cet immeuble, divisé en une foule de petits logements, avait pour locataires des industriels de toutes sortes : tailleurs, serruriers, cuisinières, Allemands de diverses catégories, filles publiques, petits fonctionnaires, etc. Une fourmilière de gens entraient et sortaient par les deux portes. Trois ou quatre dvorniks étaient attachés au service de cette maison. À sa grande satisfaction, le jeune homme n'en rencontra aucun ; après avoir franchi le seuil sans être aperçu, il prit immédiatement l'escalier de droite.

Il connaissait déjà cet escalier sombre et étroit dont l'obscurité était loin de lui déplaire : il y faisait si noir qu'on n'avait pas à craindre les regards curieux. « Si j'ai déjà si peur maintenant, que sera-ce quand je viendrai ici pour de bon ? » ne put-il s'empêcher de penser en arrivant au quatrième étage. Là, le chemin lui fut barré : d'anciens soldats devenus hommes de peine déménageaient le mobilier d'un logement occupé — le jeune homme le savait — par un fonctionnaire allemand et sa famille. « Grâce au départ de cet Allemand, il n'y aura plus pendant quelque temps sur ce palier d'autre locataire que la vieille. Cela est bon à savoir… à tout hasard… » pensa-t-il, et il sonna chez la vieille. La sonnette retentit faiblement, comme si elle avait été en fer-blanc et non en cuivre. Dans ces maisons, telles sont généralement les sonnettes des petits appartements.

Il avait oublié ce détail ; le tintement particulier de la sonnette dut lui rappeler soudain quelque chose, car il eut un frisson ; ses nerfs étaient très-affaiblis. Au bout d'un moment, la porte s'entre-bâilla, et, par l'étroite ouverture, la maîtresse du logis examina l'arrivant avec une évidente défiance ; ses petits yeux apparaissaient seuls comme des points lumineux dans l'obscurité. Mais, apercevant du monde sur le carré, elle se rassura et ouvrit la porte toute grande. Le jeune homme entra dans une sombre antichambre coupée en deux par une cloison derrière laquelle se trouvait une petite cuisine. Debout devant lui, la vieille se taisait et l'interrogeait du regard. C'était une femme de soixante ans, petite et maigre, avec un petit nez pointu et des yeux pétillants de méchanceté.

Elle avait la tête nue, et ses cheveux qui commençaient à grisonner étaient reluisants d'huile. Un chiffon de flanelle s'enroulait autour de son cou long et mince comme une patte de poule ; malgré la chaleur, elle portait sur les épaules une fourrure dépilée et jaunâtre. La vieille toussait à chaque instant. Il est probable que le jeune homme la regarda d'un air singulier, car ses yeux reprirent brusquement leur expression de défiance.

— Raskolnikoff, étudiant. Je suis venu chez vous il y a un mois, se hâta de dire le visiteur en s'inclinant à demi : il avait réfléchi qu'il fallait être plus aimable.

— Je m'en souviens, batuchka, je m'en souviens très-bien, répondit la vieille, qui ne cessait pas de le considérer d'un œil soupçonneux.

— Eh bien, voici… je viens encore pour une petite affaire du même genre, continua Raskolnikoff, quelque peu troublé et surpris de la méfiance qu'on lui témoignait.

« Après tout, peut-être qu'elle est toujours comme cela, mais l'autre fois je ne m'en étais pas aperçu », pensait-il, désagréablement impressionné.

La vieille resta quelque temps silencieuse : elle paraissait réfléchir. Ensuite, elle montra la porte de la chambre à son visiteur et lui dit en s'effaçant pour le laisser passer devant elle :

— Entrez, batuchka.

La petite pièce dans laquelle le jeune homme fut introduit était tapissée de papier jaune ; il y avait des géraniums et des rideaux de mousseline aux fenêtres ; le soleil couchant jetait sur tout cela une lumière crue. « Alors, sans doute, le soleil éclairera de la même manière !... » se dit tout à coup Raskolnikoff, et il promena rapidement ses yeux autour de lui pour se rendre compte des objets environnants et les graver dans sa mémoire. Mais la chambre ne renfermait rien de particulier. Les meubles, en bois jaune, étaient tous très-vieux. Un divan avec un grand dossier renversé, une table de forme ovale vis-à-vis du divan, une toilette et une glace adossées au trumeau, des chaises le long des murs, deux ou trois gravures sans valeur qui représentaient des demoiselles allemandes avec des oiseaux dans les mains, — voilà à quoi se réduisait l'ameublement.

Dans un coin, devant une petite image, brûlait une lampe. Mobilier et parquet reluisaient de propreté. « C'est Élisabeth qui fait le ménage », pensa le jeune homme. On n'aurait pu découvrir un grain de poussière dans tout l'appartement. « Il faut aller chez ces méchantes vieilles veuves pour voir une propreté pareille », continua à part soi Raskolnikoff, et il regarda avec curiosité le rideau d'indienne qui masquait la porte donnant accès à une seconde petite pièce : dans cette dernière, où il n'avait jamais mis le pied, se trouvaient le lit et la commode de la vieille. Tout le logement se composait de ces deux chambres.

— Que voulez-vous ? demanda sèchement la maîtresse du logis, qui, après avoir suivi son visiteur, vint se planter vis-à-vis de lui pour l'examiner face à face.

— Je suis venu engager quelque chose, voilà !

Sur quoi, il tira de sa poche une montre en argent, vieille et plate. Un globe était gravé sur la cuvette. La chaîne était en acier.

— Mais vous ne m'avez pas remboursé la somme que je vous ai prêtée déjà ! Le terme est échu depuis avant-hier...

— Je vous payerai encore l'intérêt pour un mois : patientez un peu.

— Je suis libre, batuchka, de patienter ou de vendre votre objet dès maintenant, si cela me fait plaisir.

— Qu'est-ce que vous me donnerez sur cette montre, Aléna Ivanovna ?

— Mais c'est une misère que vous m'apportez là, batuchka, cela ne vaut, pour ainsi dire, rien. La fois passée, je vous ai prêté deux petits billets sur votre anneau, et pour un rouble et demi on peut en acheter un neuf chez un joaillier.

— Donnez-moi quatre roubles, je la dégagerai ; elle me vient de mon père. Je dois bientôt recevoir de l'argent.

— Un rouble et demi, et je prends l'intérêt d'avance.

— Un rouble et demi ! se récria le jeune homme.

— C'est à prendre ou à laisser.

Sur ce, la vieille lui tendit la montre. Le visiteur la reprit, et, dans son irritation, il allait se retirer, quand il réfléchit que la prêteuse sur gages était sa dernière ressource : d'ailleurs, il était venu pour autre chose encore.

— Allons, donnez ! dit-il d'un ton brutal.

La vieille chercha ses clefs dans sa poche et passa dans l'autre pièce. Resté seul au milieu de la chambre, le jeune homme prêta une oreille attentive, tout en se livrant à diverses inductions. Il entendit l'usurière ouvrir la commode. « Ce doit être le tiroir d'en haut », supposa-t-il. « Je sais maintenant qu'elle porte ses clefs dans la poche droite… Elles sont réunies toutes ensemble par un anneau d'acier… Il y en a une qui est trois fois plus grosse que les autres et dont le panneton est dentelé ; celle-là, sans doute, n'ouvre pas la commode… Par conséquent, il y a encore quelque caisse ou quelque coffre-fort… Voilà qui est curieux. Les clefs des coffres-forts ont généralement cette forme… Mais, du reste, comme tout cela est ignoble… »

La vieille reparut.

— Voici, batuchka : si je prends une grivna[1]par mois et par rouble, sur un rouble et demi j'ai à prélever quinze kopecks, l'intérêt étant payable

[1] Pièce de dix kopeks.

d'avance. De plus, comme vous me demandez d'attendre encore un mois pour le remboursement des deux roubles que je vous ai déjà prêtés, vous me devez, de ce chef, vingt kopecks, ce qui porte la somme totale à trente-cinq. J'ai donc à vous remettre, sur votre montre, un rouble quinze kopecks. Voici, prenez.

— Comment ! Ainsi vous ne me donnez maintenant qu'un rouble quinze kopecks ?

— Vous n'avez rien de plus à recevoir.

Sans discuter, le jeune homme prit l'argent. Il regardait la vieille et ne se hâtait pas de s'en aller. Il semblait avoir envie de dire ou de faire encore quelque chose, mais lui-même ne paraissait pas savoir au juste quoi…

— Peut-être, Aléna Ivanovna, vous apporterai-je prochainement un autre objet… un porte-cigarettes… en argent… très joli… quand un ami à qui je l'ai prêté me l'aura rendu…

Il prononça ces mots d'un air fort embarrassé.

— Eh bien, alors, nous en recauserons, batuchka.

— Adieu… Et vous êtes toujours seule chez vous, votre sœur ne vous tient pas compagnie ? demanda-t-il du ton le plus indifférent qu'il put prendre, au moment où il entrait dans l'antichambre.

— Mais que vous importe ma sœur, batuchka ?

— C'est vrai. Je faisais cette question sans y attacher d'importance. Tout de suite vous… Adieu, Aléna Ivanovna !

Raskolnikoff sortit fort troublé. En descendant l'escalier, il s'arrêta plusieurs fois, comme vaincu par la violence de ses émotions. Enfin, arrivé dans la rue, il s'écria : « Ô mon Dieu ! que tout cela soulève le cœur ! Se peut-il, se peut-il que je… Non, c'est une sottise, une absurdité ! ajouta-t-il résolûment. Et une idée si épouvantable a pu me venir à l'esprit ? De quelle infamie faut-il que je sois capable ? Cela est odieux, ignoble, repoussant !… Et pendant tout un mois, je… »

Mais les paroles et les exclamations étaient impuissantes à exprimer l'agitation qu'il éprouvait. La sensation d'immense dégoût qui avait commencé à l'oppresser tandis qu'il se rendait chez la vieille, atteignait maintenant une intensité telle, qu'il ne savait que faire pour échapper à ce supplice. Il cheminait sur le trottoir comme un homme ivre, ne remarquant pas les passants et se heurtant contre eux. Dans la rue suivante, il reprit ses esprits. En regardant autour de lui, il s'aperçut qu'il était près d'un cabaret ; un escalier situé en contre-bas du trottoir donnait accès dans le sous-sol de cet établissement. Raskolnikoff en vit sortir au même instant deux ivrognes qui se soutenaient l'un l'autre, tout en se disant des injures.

Le jeune homme hésita à peine une minute, puis il descendit l'escalier. Jamais encore il n'était entré dans un cabaret, mais en ce moment la tête lui tournait, et il était en outre tourmenté par une soif ardente. Il avait envie de boire de la bière fraîche, d'autant plus qu'il attribuait sa faiblesse au vide de son estomac. Après s'être assis dans un coin sombre et malpropre, devant une petite table poisseuse, il se fit servir de la bière et en but un premier verre avec avidité.

Aussitôt un grand soulagement se manifesta en lui, ses idées s'éclaircirent : « Tout cela est absurde », se dit-il, réconforté, « et il n'y avait pas là de quoi se troubler ! C'est simplement un malaise physique ! Un verre de bière, un morceau de biscuit, et en un instant j'aurai recouvré la force de mon intelligence, la netteté de ma pensée, la vigueur de mes résolutions ! Oh ! que tout cela est insignifiant ! » Nonobstant cette conclusion dédaigneuse, il avait l'air gai comme s'il eût été soudain déchargé d'un poids terrible, et il promenait un regard amical sur les personnes présentes. Mais, en même temps, il soupçonnait confusément que ce retour d'énergie était lui-même factice.

Il ne restait alors que peu de monde dans le cabaret. À la suite des deux hommes ivres dont nous avons parlé, était sortie une bande de cinq musiciens. Après leur départ, l'établissement devint silencieux, car il ne s'y trouva plus que trois personnes. Un individu légèrement pris de boisson, et dont l'extérieur dénotait un petit bourgeois, était assis devant une bouteille de bière. Près de lui, sommeillait sur un banc, dans un état complet d'ivresse, un grand et gros homme vêtu d'une longue redingote et porteur d'une barbe blanche.

De loin en loin, ce dernier avait l'air de se réveiller brusquement ; il se mettait alors à faire claquer ses doigts en écartant ses bras et en imprimant des mouvements rapides à son buste, sans pour cela se lever du banc sur lequel il était couché. Cette gesticulation accompagnait quelque chanson inepte, dont il s'évertuait à retrouver les vers dans sa mémoire :

Pendant un an j'ai caressé ma femme,

Pen-dant un an j'ai ca-res-sé ma femme…

Ou bien :
Dans la Podiatcheskaïa
J'ai retrouvé mon ancienne…

Mais personne ne prenait part au bonheur du mélomane. Son camarade lui-même écoutait toutes ces roulades en silence et avec une mine mécontente. Le troisième consommateur paraissait être un ancien fonctionnaire. Assis à l'écart, il portait de temps à autre son verre à ses lèvres et regardait autour de lui. Il semblait, lui aussi, en proie à une certaine agitation.

Chapitre II

Raskolnikoff n'était pas habitué à la foule, et, comme nous l'avons dit, depuis quelque temps surtout, il fuyait le commerce de ses semblables. Mais maintenant il se sentait attiré tout à coup vers les hommes. Une sorte de révolution semblait s'opérer en lui, l'instinct de sociabilité reprenait ses droits. Livré pendant tout un mois aux rêves malsains qu'engendre la solitude, notre héros était si fatigué de son isolement qu'il voulait se retrouver, ne fût-ce qu'une minute, dans un milieu humain. Aussi, quelque sale que fût ce cabaret, il s'y attabla avec un vrai plaisir.

Le maître de l'établissement se tenait dans une autre pièce, mais il faisait de fréquentes apparitions dans la salle. Dès le seuil, ses belles bottes à larges revers rouges attiraient tout d'abord le regard. Il portait une paddiovka, un gilet de satin noir horriblement taché de graisse, et pas de cravate. Tout son visage était comme frotté d'huile. Un garçon de quatorze ans était assis au comptoir, un autre plus jeune servait les clients. Les victuailles exposées en montre étaient des tranches de concombre, des biscuits noirs et du poisson coupé en petits morceaux. Le tout exhalait une odeur infecte. La chaleur était insupportable et l'atmosphère si chargée de vapeurs alcooliques qu'il semblait qu'on dût devenir ivre après cinq minutes passées dans cette salle.

Il nous arrive parfois de rencontrer des inconnus auxquels nous nous intéressons de but en blanc, à première vue, avant d'avoir même échangé un mot avec eux. Ce fut exactement cet effet que produisit sur Raskolnikoff l'individu qui avait l'air d'un ancien fonctionnaire. Plus tard, en se rappelant cette première impression, le jeune homme l'attribua à un pressentiment. Il ne quittait pas des yeux le fonctionnaire, sans doute aussi parce que ce dernier ne cessait pas non plus de le considérer et paraissait très-désireux de lier conversation avec lui. Les autres consommateurs et le patron lui-même, le fonctionnaire les regardait d'un air ennuyé et quelque peu hautain : c'étaient évidemment des gens trop au-dessous de lui par la condition sociale et l'éducation pour qu'il daignât leur adresser la parole.

Cet homme, qui avait déjà dépassé la cinquantaine, était de taille moyenne et de complexion robuste. Sa tête, en grande partie chauve, ne conservait plus que quelques cheveux gris. Le visage bouffi, jaune ou plutôt verdâtre, accusait des habitudes d'intempérance ; sous les paupières gonflées brillaient de petits yeux rougeâtres, mais pleins de vivacité. Ce qui frappait le plus dans cette physionomie, c'était le regard où la flamme de l'intelligence et de l'enthousiasme alternait avec une expression de folie. Ce personnage portait un vieux frac noir tout déchiré : ennemi du débraillé, il avait correctement passé dans la boutonnière le seul bouton qui restât à son habit. Le gilet de nankin laissait voir un plastron fripé et couvert de taches. L'absence de barbe décelait le fonctionnaire, mais il devait s'être rasé à une époque déjà ancienne, car un duvet assez épais commençait à bleuir ses joues. Quelque chose de la gravité bureaucratique se retrouvait aussi dans ses manières ; toutefois, en ce moment, il paraissait ému. Il ébouriffait ses cheveux, et, de temps à autre, s'accoudant sur la table poisseuse sans craindre de salir ses manches trouées, il mettait sa tête dans ses deux mains. Enfin, il commença d'une voix haute et ferme, en dirigeant son regard sur Raskolnikoff :

— Est-ce une indiscrétion de ma part, monsieur, que d'oser entrer en conversation avec vous ? C'est que, malgré la simplicité de votre mise, mon expérience distingue en vous un homme bien élevé et non un pilier de cabaret. Personnellement, j'ai toujours fait grand cas de l'éducation unie aux qualités du cœur. J'appartiens, du reste, au tchin ; permettez-moi de me présenter : Marméladoff, conseiller titulaire. Puis-je vous demander si vous servez ?

— Non, j'étudie… répondit le jeune homme un peu surpris de ce langage poli, et néanmoins blessé de voir un inconnu lui adresser ainsi la parole à brûle-pourpoint. Quoiqu'il se trouvât pour le quart d'heure en veine de sociabilité, sur le moment il sentit se réveiller la mauvaise humeur qu'il éprouvait d'ordinaire dès qu'un étranger tentait de se mettre en rapport avec lui.

— Alors, vous êtes étudiant ou vous l'avez été ! reprit vivement le fonctionnaire ; c'est bien ce que je pensais ! J'ai du flair, monsieur, un flair dû à une longue expérience !

Et il porta son doigt à son front, montrant par ce geste l'opinion qu'il avait de ses capacités cérébrales :

— Vous avez fait des études ! Mais permettez…

Il se leva, prit sa consommation et alla s'asseoir près du jeune homme. Quoiqu'il fût ivre, il parlait distinctement et sans trop d'incohérence. À le voir se jeter sur Raskolnikoff comme sur une proie, on aurait pu supposer que lui aussi, depuis un mois, n'avait pas ouvert la bouche.

— Monsieur, déclara-t-il avec une sorte de solennité, la pauvreté n'est pas un vice, cela est vrai. Je sais que l'ivrognerie n'est pas non plus une vertu, et c'est tant pis. Mais l'indigence, monsieur, l'indigence est un vice. Dans la pauvreté, vous conservez encore la fierté native de vos sentiments ; dans l'indigence, vous ne conservez rien. L'indigent, ce n'est pas même à coups de bâton qu'on le chasse de la société humaine, c'est à coups de balai, ce qui est encore plus humiliant. Et l'on a raison ; car l'indigent est tout le premier disposé à s'avilir lui-même. Et voilà ce qui explique le cabaret ! Monsieur, il y a un mois, M. Lébéziatnikoff a battu ma femme. Or, toucher à ma femme, n'est-ce pas m'atteindre à l'endroit le plus sensible ? Comprenez-vous ? Permettez-moi de vous faire encore une question, oh ! par simple curiosité : Avez-vous quelquefois passé la nuit sur la Néva, dans les bateaux de foin ?

— Non, cela ne m'est jamais arrivé, répondit Raskolnikoff. Pourquoi ?

— Eh bien, moi, voilà déjà la cinquième nuit que je couche là.

Il remplit son verre, le vida et devint songeur. En effet, des brins de foin se voyaient çà et là sur ses vêtements et même dans ses cheveux. Selon toute apparence, depuis cinq jours il ne s'était ni déshabillé ni lavé. Ses grosses mains rouges, aux ongles en deuil, étaient particulièrement sales.

La salle entière l'écoutait, assez négligemment du reste. Les garçons riaient derrière le comptoir. Le patron était descendu dans le sous-sol, exprès, sans doute, pour entendre ce « drôle de corps » ; assis à quelque distance, il bâillait d'un air important. Évidemment, Marméladoff était connu depuis longtemps dans la maison. Selon toute probabilité, il devait son bagout à l'habitude de causer au cabaret avec divers interlocuteurs de rencontre. Cette habitude devient un besoin chez certains ivrognes, ceux surtout qui au logis sont traités sévèrement par des épouses peu endurantes : la considération qui leur manque dans leur intérieur, ils cherchent à l'acquérir à la taverne parmi leurs compagnons d'orgie.

— Drôle de corps ! fit d'une voix forte le cabaretier. — Mais pourquoi ne travailles-tu pas, pourquoi ne sers-tu pas, puisque tu es fonctionnaire ?

— Pourquoi je ne sers pas, monsieur ? reprit Marméladoff, s'adressant exclusivement à Raskolnikoff, comme si la question lui avait été faite par ce dernier, — pourquoi je ne sers pas ? Mais est-ce que mon inutilité n'est pas un chagrin pour moi ? Quand, il y a un mois, M. Lébéziatnikoff a, de ses propres mains, battu ma femme et que j'assistais ivre-mort à cette scène, est-ce que je ne souffrais pas ? Permettez, jeune homme, vous est-il arrivé... hum... vous est-il arrivé de solliciter un prêt sans espoir ?

— Oui... c'est-à-dire, qu'entendez-vous par ces mots : sans espoir ?

— Je veux dire : sachant parfaitement d'avance que vous n'obtiendriez rien. Par exemple, vous avez la certitude que cet homme, ce citoyen utile et bien intentionné, ne vous prêtera pas d'argent, car pourquoi, je vous prie, vous en prêterait-il ? Il sait que vous ne le lui rendrez pas. Par pitié ? Mais M. Lébéziatnikoff, partisan des idées nouvelles, a expliqué l'autre jour que la pitié, à notre époque, est même défendue par la science, et que telle est la doctrine régnante en Angleterre où fleurit l'économie politique. Pourquoi donc, je le répète, cet homme vous prêterait-il de l'argent ? Vous êtes bien sûr qu'il ne le fera pas, néanmoins vous vous mettez en route, et…

— Pourquoi donc aller, en ce cas ? interrompit Raskolnikoff.

— Mais parce qu'il faut bien aller quelque part, parce qu'on est à bout de voie ! Un temps vient où l'homme se décide, bon gré, mal gré, à n'importe quelle démarche ! Quand ma fille unique est allée se faire inscrire à la police, j'ai dû alors aller aussi… (car ma fille a le billet jaune…) ajouta-t-il entre parenthèses, en regardant le jeune homme d'un air un peu inquiet. — Cela m'est égal, monsieur, cela m'est égal, se hâta-t-il de déclarer aussitôt après, avec un flegme apparent, tandis que les deux garçons, derrière le comptoir, cachaient mal leur envie de rire et que le patron lui-même souriait. — Peu m'importe ! je ne m'inquiète pas de leurs hochements de tête, car tout cela est connu de tout le monde, et tous les secrets se découvrent ; ce n'est pas avec dédain, mais avec résignation que j'envisage la chose. Soit ! soit ! Ecce homo ! Permettez, jeune homme : pouvez-vous ou plutôt osez-vous, en fixant maintenant les yeux sur moi, affirmer que je ne suis pas un cochon ?

Le jeune homme ne répondit pas un mot.

L'orateur attendit d'un air plein de dignité la fin des rires provoqués par ses dernières paroles, puis il reprit :

— Allons, soit, je suis un cochon, mais elle, c'est une dame ! J'ai sur moi le sceau de la bête, mais Catherine Ivanovna, mon épouse, est une personne bien élevée, fille d'un officier supérieur. J'admets que je sois un drôle, mais ma femme possède un grand cœur, des sentiments élevés, de l'éducation. Et pourtant… oh ! si elle avait pitié de moi ! Monsieur, monsieur, tout homme a besoin de trouver quelque part de la pitié ! Mais Catherine Ivanovna, nonobstant sa grandeur d'âme, est injuste… Et bien que je comprenne moi-même que quand elle me tire les cheveux, c'est au fond par intérêt pour moi (car, je ne crains pas de le répéter, elle me tire les cheveux, jeune homme, insista-t-il avec un redoublement de dignité en entendant de nouveaux éclats de rire), pourtant, mon Dieu ! si, ne fût-ce qu'une fois, elle… Mais non, non, laissons cela, il est inutile d'en parler !… pas une seule fois je n'ai obtenu ce que je désirais, pas une seule fois je n'ai été pris en pitié, mais… tel est mon caractère, je suis une vraie brute !

— Je crois bien ! observa en bâillant le cabaretier.

Marméladoff frappa du poing sur la table.

— Tel est mon caractère ! savez-vous, savez-vous, monsieur, que je lui ai bu même ses bas ? Je ne dis pas ses souliers, cela se comprendrait encore jusqu'à un certain point, mais ses bas, ses bas, je les lui ai bus ! J'ai bu aussi son petit fichu de poil de chèvre, un cadeau qu'on lui avait fait, un objet qu'elle possédait avant de m'épouser, qui était sa propriété et non la mienne ! Et nous habitons dans une pièce froide ; cet hiver elle a pris un catarrhe, elle tousse et crache le sang. Nous avons trois petits enfants, et Catherine Ivanovna travaille depuis le matin jusqu'au soir, elle fait la lessive, elle débarbouille les babies, car dès son jeune âge elle a été habituée à la propreté. Malheureusement elle a la poitrine faible, une prédisposition à la phtisie, et je sens cela. Est-ce que je ne le sens pas ? Et plus je bois, plus je le sens. C'est pour sentir et souffrir davantage que je me livre à la boisson… Je bois parce que je veux souffrir doublement ! — Et il pencha sa tête sur la table, avec une expression de désespoir.

— Jeune homme, reprit-il ensuite en se redressant, — je crois lire un certain chagrin sur votre visage. Dès que vous êtes entré, j'ai eu cette impression, et voilà pourquoi je vous ai tout de suite adressé la parole. Si je vous raconte l'histoire de ma vie, ce n'est pas pour m'offrir à la risée de ces oisifs qui, d'ailleurs, sont déjà instruits de tout : non, c'est parce que je cherche la sympathie d'un homme bien élevé. Sachez donc que ma femme a fait son éducation dans un pensionnat aristocratique de province, et qu'à sa sortie de cet établissement elle a dansé en châle devant le gouverneur et les autres personnages officiels, tant elle était contente d'avoir obtenu une médaille d'or et un diplôme.

La médaille… nous l'avons vendue… depuis longtemps déjà… hum… Quant au diplôme, mon épouse le conserve dans un coffre, et dernièrement encore elle le montrait à notre logeuse. Quoiqu'elle soit à couteaux tirés avec cette femme, elle était bien aise de pouvoir étaler aux yeux de quelqu'un ses succès passés. Je ne lui en fais pas un crime, car sa seule joie est maintenant de se rappeler les beaux jours d'autrefois, tout le reste s'est évanoui ! Oui, oui, elle a une âme ardente, fière, intraitable. Elle lave elle-même le parquet, mange du pain noir, mais ne souffre pas qu'on lui manque. Aussi n'a-t-elle pas toléré la grossièreté de M.

Lébéziatnikoff, et quand, pour se venger d'avoir été remis à sa place, ce dernier l'a battue, elle a dû prendre le lit, ressentant plus vivement encore l'insulte faite à sa dignité que les coups qu'elle avait reçus.

Quand je l'ai épousée, elle était veuve avec trois petits enfants sur les bras. Elle avait été mariée en premières noces à un officier d'infanterie, avec qui elle s'était enfuie de chez ses parents. Elle aimait extrêmement son mari, mais il s'adonna au jeu, eut maille à partir avec la justice et mourut. Dans les derniers temps, il la battait. Je tiens de bonne source qu'elle n'était pas d'humeur facile avec lui, ce qui ne l'empêche pas de pleurer maintenant encore au souvenir du défunt et d'établir sans cesse entre lui et moi des comparaisons peu flatteuses pour mon amour-propre. Moi, j'en suis bien aise, cela me fait plaisir qu'elle se figure en imagination avoir été heureuse jadis.

Après la mort de son mari, elle se trouva seule avec trois jeunes enfants, dans un district lointain et sauvage. C'est là que je la rencontrai. Son dénûment était tel, que moi, qui en ai pourtant vu de toutes les sortes, je ne me sens pas la force de le décrire. Tous ses proches l'avaient abandonnée ; d'ailleurs, sa fierté ne lui eut pas permis de faire appel à leur pitié… Et alors, monsieur, alors, moi, qui étais veuf aussi et qui avais d'un premier mariage une fille de quatorze ans, j'offris ma main à cette pauvre femme, tant j'étais peiné de la voir souffrir.

Instruite, bien élevée, issue d'une famille honorable, elle consentit néanmoins à m'épouser : vous pouvez vous représenter par là dans quelle misère elle vivait. Elle n'accueillit ma demande qu'en pleurant, en sanglotant, en se tordant les mains, mais elle l'accueillit, car elle n'avait plus où aller. Comprenez-vous, comprenez-vous, monsieur, ce que, signifient ces mots : n'avoir plus où aller ? Non ? Vous ne comprenez pas encore cela !…

Pendant une année entière, j'accomplis mon devoir honnêtement, saintement, sans toucher à cela (il montra du doigt la demi-bouteille placée devant lui), car j'ai des sentiments. Mais je n'y gagnai rien ; sur ces entrefaites, je perdis ma place, sans qu'il y eût de ma faute : des changements administratifs entraînèrent la suppression de mon emploi, et c'est alors que je me mis à boire !…

Il va y avoir dix-huit mois qu'après bien des déboires et des pérégrinations nous nous sommes fixés dans cette capitale magnifique et peuplée d'innombrables monuments. Ici, j'avais réussi à me recaser, mais j'ai de nouveau perdu mon emploi. Cette fois, ç'a été de ma faute, c'est mon penchant pour la boisson qui m'a valu ma disgrâce… Nous occupons à présent une chambre chez Amalia Fédorovna Lippevechzel. Mais de quoi nous vivons et avec quoi nous payons, je l'ignore. Il y a là beaucoup de locataires, sans nous compter. C'est une vraie pétaudière que cette maison… hum… oui… Et pendant ce temps-là grandissait la fille que j'ai eue de ma première femme. Ce que sa belle-mère lui a fait souffrir, j'aime mieux le passer sous silence.

Quoique remplie de sentiments nobles, Catherine Ivanovna est une dame irascible et incapable de se contenir dans l'emportement de sa colère… Oui ! allons, il est inutile de parler de cela ! Ainsi que vous pouvez le supposer, Sonia n'a pas reçu beaucoup d'instruction. Il y a quatre ans, j'ai essayé de lui apprendre la géographie et l'histoire universelle ; mais comme moi-même je n'ai jamais été très-fort sur ces matières, et que, de plus, je n'avais aucun bon manuel à ma disposition, ses études n'ont pas été poussées bien loin. Nous nous sommes arrêtés à Cyrus, roi de Perse. Plus tard, parvenue à l'âge adulte, elle a lu quelques romans. M. Lébéziatnikoff lui a prêté, il n'y a pas encore longtemps, la Physiologie de Ludwig, vous connaissez cet ouvrage ? elle l'a trouvé très-intéressant et même nous en a lu plusieurs passages à haute voix : à cela se borne toute sa culture intellectuelle.

Maintenant, monsieur, je m'adresse à votre sincérité : croyez-vous, en conscience, qu'une jeune fille pauvre, mais honnête, puisse vivre de son travail ?… Si elle ne possède aucun talent particulier, elle gagnera quinze kopecks dans sa journée, monsieur, et encore, pour atteindre ce chiffre, elle ne devra pas perdre une seule minute ! Que dis-je ? Sonia a fait une demi-douzaine de chemises en toile de Hollande pour le conseiller d'État Ivan Ivanovitch Klopstock, vous avez entendu parler de lui ? eh bien, non-seulement elle attend toujours son salaire, mais il l'a mise à la porte avec force injures sous prétexte qu'elle n'avait pas bien pris la mesure du col.

Cependant les enfants meurent de faim, Catherine Ivanovna se promène dans la chambre en se tordant les mains, et des taches rouges se montrent sur ses joues, comme il arrive toujours dans cette maladie-là : « Paresseuse, dit-elle, n'as-tu pas honte de vivre chez nous à rien faire ? Tu bois, tu manges, tu es au chaud ! » Je vous demande un peu ce que la pauvre fille pouvait boire et manger, quand depuis trois jours les enfants eux-mêmes n'avaient pas vu une croûte de pain ! J'étais couché alors… allons, autant vaut le dire ! j'étais ivre. J'entends ma Sonia répondre timidement de sa voix douce (elle est blonde avec une petite mine toujours pâle et souffreteuse) : « Mais, Catherine Ivanovna, est-ce que je peux me conduire ainsi ? »

Il faut vous dire que trois fois déjà Daria Frantzovna, une mauvaise femme bien connue de la police, lui avait fait des ouvertures par l'entremise de la propriétaire, « Eh bien, quoi ! reprend ironiquement Catherine Ivanovna, voilà un bien beau trésor pour le garder avec tant de soin ! » Mais ne l'accusez pas, monsieur, ne l'accusez pas ! Elle n'avait pas conscience de la portée de ses paroles ; elle était agitée, malade, elle voyait pleurer ses enfants affamés, et ce qu'elle en disait, c'était plutôt pour vexer Sonia que pour l'exciter à la débauche… Catherine Ivanovna est comme cela : dès qu'elle entend ses enfants crier, elle se met aussitôt à les battre, alors même que c'est la faim qui leur arrache ces cris. Il était alors plus de cinq heures, je vois Sonetchka se lever, mettre son bournous et sortir de notre logement.

À huit heures passées, elle revient. En arrivant, elle va droit à Catherine Ivanovna et, silencieusement, sans proférer la moindre parole, dépose trente roubles d'argent sur la table, devant ma femme. Cela fait, elle prend notre grand mouchoir vert en drap de dame (c'est un mouchoir qui sert pour toute la famille), elle s'en enveloppe la tête et se couche sur son lit, le visage tourné du côté du mur ; mais ses épaules et son corps étaient agités d'un frisson continuel… Moi, j'étais toujours dans le même état… Et à ce moment, jeune homme, j'ai vu Catherine Ivanovna, silencieusement, elle aussi, venir s'agenouiller près du petit lit de Sonetchka : elle a passé toute la soirée à genoux, baisant les pieds de ma fille et refusant de se relever. Ensuite, toutes deux se sont endormies ensemble, dans les bras l'une de l'autre… toutes deux… toutes deux… oui… et moi, j'étais toujours là, terrassé par l'ivresse.

Marméladoff se tut, comme si la voix lui eût manqué. Puis il se versa brusquement à boire, vida son verre et reprit après un silence :

— Depuis ce temps-là, monsieur, par suite d'une circonstance malheureuse et sur une dénonciation émanant de personnes malveillantes — Daria Frantzovna a eu la principale part à cette affaire ; elle voulait se venger d'un prétendu manque de respect — depuis ce temps-là, ma fille Sophie Séménovna a été mise en carte, ce qui l'a obligée à nous quitter. Notre logeuse, Amalia Fédorovna, s'est montrée inflexible sur ce chapitre, oubliant qu'elle-même avait naguère favorisé les intrigues de Daria Frantzovna.

M. Lébéziatnikoff s'est joint à elle… Hum… c'est à propos de Sonia que Catherine Ivanovna a eu avec lui cette histoire dont je vous parlais tout à l'heure. Au commencement il était fort empressé auprès de Sonetchka, mais tout à coup son amour-propre s'est rebiffé :

« Est-ce qu'un homme éclairé comme moi, a-t-il dit, peut habiter dans la même maison qu'une pareille créature ? » Catherine Ivanovna a pris vivement fait et cause pour Sonia, et cela a fini par des coups... À présent, ma fille vient le plus souvent nous voir à la chute du jour, et elle aide de son mieux Catherine Ivanovna. Elle loge chez Kapernaoumoff, un tailleur qui est boiteux et bègue.

Il a une nombreuse famille, et tous ses enfants bégayent comme lui. Sa femme a aussi un défaut de langue... Ils demeurent tous dans la même pièce, mais Sonia a sa chambre à part qu'une cloison sépare de leur logement... Hum, oui... Des gens très-pauvres et affectés de bégayement... oui... Alors, un matin, je me suis levé, j'ai revêtu mes haillons, j'ai tendu mes mains vers le ciel, et je suis allé voir Son Excellence Ivan Afanasiévitch. Connaissez-vous Son Excellence Ivan Afanasiévitch ? Non. Eh bien, vous ne connaissez pas un homme de Dieu ! C'est une cire... une cire devant la face du Seigneur.

Mon récit, qu'il a daigné écouter jusqu'au bout, lui a fait venir les larmes aux yeux. « Allons, Marméladoff, m'a-t-il dit, une fois déjà tu as trompé mon attente... Je te prends encore une fois sous ma responsabilité personnelle », — c'est ainsi qu'il s'est exprimé, — « tâche de t'en souvenir ; tu peux te retirer ! » J'ai baisé la poussière de ses bottes, mentalement, bien entendu, car il n'aurait pas souffert que je le fisse en réalité : c'est un homme trop pénétré des idées modernes pour accepter de pareils hommages. Mais, Seigneur, quel accueil j'ai reçu chez moi quand j'ai annoncé que je rentrais au service et que j'allais toucher un traitement...

L'émotion obligea de nouveau Marméladoff à s'arrêter. En ce moment, le cabaret fut envahi par une bande d'individus déjà pris de boisson. Un orgue de Barbarie se faisait entendre à la porte de l'établissement, et la voix grêle d'un enfant de sept ans chantait la Petite Ferme. La salle devenait bruyante. Le patron et ses garçons s'empressaient autour des nouveaux venus. Sans faire attention à cet incident, Marméladoff poursuivit son récit. Les progrès de l'ivresse rendaient le fonctionnaire de plus en plus expansif. En se rappelant sa récente rentrée au service, il avait comme un rayon de joie sur le visage. Raskolnikoff ne perdait aucune de ses paroles.

— Il y a de cela cinq semaines, monsieur. Oui... Dès que Catherine Ivanovna et Sonetchka eurent appris la nouvelle, Seigneur, je me trouvai comme transporté dans le paradis. Autrefois, je n'entendais que des injures : « Couche-toi, brute ! » À présent, on marchait sur la pointe du pied, on faisait taire les enfants : « Chut ! Simon Zakharitch est revenu fatigué du service, il faut le laisser reposer ! » Avant que je sortisse pour aller à mon bureau, on me faisait boire du café à la crème ! On se procurait de la vraie crème, vous entendez ! Et où purent-elles trouver onze roubles cinquante kopecks pour remonter ma garde-robe ? Je n'y comprends rien ! Toujours est-il qu'elles me requinquèrent des pieds à la tête : j'eus des bottes, des plastrons en calicot superbe, un uniforme ; le tout, parfaitement conditionné, leur coûta onze roubles et demi.

Il y a six jours, quand j'ai rapporté intégralement à la maison mes premiers honoraires : vingt-trois roubles quarante kopecks, ma femme m'a pincé la joue en m'appelant : petit poisson. « Ah ! m'a-t-elle dit, quel petit poisson tu es ! » Cela, en tête-à-tête, naturellement. Eh bien ! était-ce assez gentil ?

Marméladoff s'interrompit, il essaya de sourire, mais un tremblement subit agita son menton. Du reste, il se rendit maître de son émotion. Raskolnikoff ne savait que penser à la vue de cet ivrogne en bordée depuis cinq jours, couchant dans les bateaux de foin et, malgré tout, nourrissant une affection maladive pour sa famille. Le jeune homme écoutait de toutes ses oreilles, mais avec une sensation de malaise. Il s'en voulait d'être entré dans ce cabaret.

— Monsieur, monsieur ! s'excusa Marméladoff, — oh ! monsieur, peut-être trouvez-vous comme les autres cela risible, peut-être ne fais-je que vous ennuyer en vous racontant tous ces sots et misérables détails de mon existence domestique, mais pour moi ce n'est pas drôle, car moi je puis sentir tout cela... Durant toute cette journée bénie, je fis des rêves enchanteurs : je songeais au moyen d'organiser notre vie, d'habiller les enfants, de procurer du repos à ma femme, de retirer du bourbier ma fille unique... Que de projets ne formais-je pas ! Eh bien, monsieur (Marméladoff tressaillit tout à coup, leva la tête et regarda en face son interlocuteur), le lendemain même — il y a juste cinq jours de cela — après avoir caressé tous ces rêves, j'ai dérobé, comme un voleur nocturne, la clef de Catherine Ivanovna et j'ai pris dans son coffre ce qui restait de l'argent rapporté par moi. Combien y avait-il encore ? je ne me le rappelle pas. Voilà, regardez-moi tous ! Depuis cinq jours j'ai quitté ma demeure, on ne sait chez moi ce que je suis devenu ; j'ai perdu mon emploi, j'ai laissé mon uniforme dans un cabaret près du pont Égipetsky, et l'on m'a donné cette défroque à la place... tout est fini ! Marméladoff se donna un coup de poing sur le front, serra les dents et, fermant les yeux, s'accouda sur la table... Mais, au bout d'une minute, son visage changea brusquement d'expression, il regarda Raskolnikoff avec un cynisme de commande et dit en riant :

— Aujourd'hui, j'ai été chez Sonia ; je suis allé lui demander de l'argent pour boire ! Hé ! hé ! hé !

— Elle t'en a donné ? cria avec un gros rire un des consommateurs qui faisait partie de la bande récemment entrée dans le cabaret.

— Cette demi-bouteille a été payée avec son argent, reprit Marméladoff en s'adressant exclusivement à Raskolnikoff. — Elle est allée chercher trente kopecks et me les a remis de ses propres mains ; c'était tout ce qu'elle avait, je l'ai vu moi-même… Elle n'a rien dit, elle s'est bornée à me regarder en silence… Un regard qui n'appartient pas à la terre, un regard comme en ont les anges qui pleurent sur les fautes humaines, mais ne les condamnent pas ! Cela est bien plus triste, quand on ne reçoit pas de reproches !… Trente kopecks, oui. Et maintenant elle en a besoin, sans doute ! Qu'en pensez-vous, mon cher monsieur ? À présent, il faut qu'elle se tienne bien. Cette propreté qui est indispensable dans son métier coûte de l'argent. Vous comprenez ? On doit avoir de la pommade, des jupons empesés, de jolies bottines qui fassent valoir le pied, s'il y a une flaque d'eau à enjamber. Comprenez-vous, comprenez-vous, monsieur, l'importance de cette propreté ? Eh bien, voilà, moi son père selon la nature, je suis allé lui prendre ces trente kopecks pour les boire ! Et je les bois ! Et ils sont déjà bus !… Allons, qui donc aura pitié d'un homme comme moi ? À présent, monsieur, pouvez-vous me plaindre ? Parlez, monsieur, avez-vous pitié de moi, oui ou non ? Hé, hé, hé, hé !

Il allait se verser à boire, quand il s'aperçut que la demi-bouteille était vidée.

— Mais pourquoi avoir pitié de toi ? cria le cabaretier.

Des rires éclatèrent, des injures même s'y joignirent. Ceux qui n'avaient pas entendu les paroles de l'ex-fonctionnaire faisaient chorus avec les autres, rien qu'à voir sa figure.

Il semblait que Marméladoff n'eût attendu que l'interpellation du cabaretier pour lâcher la bride à son éloquence ; il se leva soudain, et, le bras tendu en avant :

— Pourquoi avoir pitié de moi ! répliqua-t-il avec exaltation, — pourquoi avoir pitié de moi, dis-tu ? C'est vrai, il n'y a pas lieu ! Il faut me crucifier, me mettre en croix et non me plaindre ! Crucifie-moi, juge, mais en me crucifiant aie pitié de moi ! Et alors j'irai moi-même au-devant de mon supplice, car je n'ai pas soif de joie, mais de douleur et de larmes !…

Penses-tu, marchand, que ta demi-bouteille m'ait procuré du plaisir ? J'ai cherché la tristesse, la tristesse et les larmes au fond de ce flacon, je les y ai trouvées et savourées ; mais Celui qui a eu pitié de tous les hommes, Celui qui a tout compris, Celui-là aura pitié de nous ; Il est le seul juge. Il viendra au dernier jour et Il demandera : « Où est la fille qui s'est sacrifiée pour une marâtre haineuse et phthisique, pour des enfants qui n'étaient pas ses frères ? Où est la fille qui a eu pitié de son père terrestre et ne s'est point détournée avec horreur de ce crapuleux ivrogne ? » Et Il dira : « Viens ! je t'ai déjà pardonné une fois… Je t'ai pardonné une fois… Maintenant encore tous tes péchés te sont remis parce que tu as beaucoup aimé… » Et Il pardonnera à ma Sonia, Il lui pardonnera, je le sais… Tantôt je l'ai senti dans mon cœur quand j'étais chez elle !… Tous seront jugés par Lui, et Il pardonnera à tous : aux bons et aux méchants, aux sages et aux doux… Et quand Il aura fini avec les autres, alors notre tour viendra : « Approchez, vous aussi, nous dira-t-Il ; approchez, les ivrognes ; approchez, les lâches ; approchez, les impudiques ! » Et nous approcherons tous sans crainte. Et Il nous dira : « Vous êtes des cochons ! Vous avez sur vous le signe de la bête ; mais venez tout de même ! » Et les sages, les intelligents diront : « Seigneur, pourquoi reçois-Tu ceux-là ? » Et Il répondra : « Je les reçois, sages, je les reçois, intelligents, parce qu'aucun d'eux ne s'est cru digne de cette faveur… » Et Il nous tendra ses bras, et nous nous y précipiterons… et nous fondrons en larmes… et nous comprendrons tout… Alors tout sera compris de tout le monde… Et Catherine Ivanovna comprendra, elle aussi… Seigneur, que ton règne arrive !

Épuisé, il se laissa tomber sur le banc sans regarder personne, comme s'il avait oublié ce qui l'entourait, et s'absorba dans une profonde rêverie. Ses paroles produisirent une certaine impression ; pendant un moment le bruit cessa, mais bientôt recommencèrent les rires mêlés aux invectives :

— Puissamment raisonné !

— Radoteur !

— Bureaucrate !

Etc., etc.

— Allons-nous-en, monsieur, dit brusquement Marméladoff en relevant la tête et en s'adressant à Raskolnikoff. — Ramenez-moi… maison Kozel, dans la cour. Il est temps de retourner… chez Catherine Ivanovna…

Depuis longtemps le jeune homme avait envie de s'en aller, l'idée lui était déjà venue d'offrir ses services à Marméladoff. Ce dernier avait les jambes beaucoup moins fermes que la voix ; aussi s'appuyait-il lourdement sur son compagnon. La distance à parcourir était de deux à trois cents pas. À mesure que l'ivrogne approchait de son domicile, il paraissait de plus en plus troublé et inquiet.

— Ce n'est pas de Catherine Ivanovna que j'ai peur maintenant, balbutiait-il dans son émoi, — je sais bien qu'elle commencera par me tirer les cheveux, mais qu'est-ce que les cheveux ?... Cela ne signifie rien ! Et même il vaut mieux qu'elle me les tire, ce n'est pas ce qui m'effraye... Je crains... ses yeux... oui... ses yeux... Je crains aussi les taches rouges de ses joues... J'ai peur encore de sa respiration... As-tu remarqué comme on respire dans cette maladie-là... quand on est en proie à une émotion violente ? Je crains aussi les pleurs des enfants... Parce que, si Sonia ne les a pas nourris, je ne sais pas ce qu'ils auront mangé... je ne le sais pas ! Mais les coups, je n'en ai pas peur... Sache, en effet, monsieur, que, loin de me faire souffrir, ces coups sont une jouissance pour moi... Je ne puis même pas m'en passer. Cela vaut mieux. Qu'elle me batte, qu'elle se soulage le cœur... cela vaudra mieux... Mais voici la maison. Maison Kozel. Le propriétaire est un serrurier allemand, un homme riche... Accompagne-moi !

Après avoir traversé la cour, ils se mirent en devoir d'atteindre le quatrième étage. Il était près de onze heures, et, quoiqu'il n'y eût pas alors, à proprement parler, de nuit à Pétersbourg, plus ils montaient, plus l'escalier devenait sombre, pour se perdre tout en haut dans une obscurité complète.

La petite porte enfumée qui donnait sur le palier était ouverte. Un bout de chandelle éclairait une chambre fort pauvre, longue de dix pas. Cette pièce que, du vestibule, l'œil embrassait tout entière, était dans le plus grand désordre ; des linges d'enfants traînaient de différents côtés. Un drap troué était tendu de façon à masquer l'un des coins les plus éloignés de la porte. Derrière ce paravent improvisé se trouvait probablement un lit. La chambre même ne contenait que deux chaises et un mauvais divan en toile cirée faisant face à une vieille table de cuisine en sapin, non vernie et privée de tapis. Sur la table était posé un chandelier de fer dans lequel un bout de chandelle achevait de brûler. Marméladoff avait son installation particulière, non dans un coin, mais dans un couloir. La porte donnant accès chez les autres locataires d'Amalia Lippevechzel était entr'ouverte. Il y avait là des gens bruyants. Sans doute ils étaient en train de jouer aux cartes et de boire du thé. On entendait leurs cris, leurs éclats de rire et leurs paroles parfois très-décolletées.

Raskolnikoff reconnut immédiatement Catherine Ivanovna. C'était une femme mince, assez grande et assez bien faite, mais à l'aspect extrêmement maladif. Elle avait encore de beaux cheveux châtains, et, comme l'avait dit Marméladoff, ses pommettes étaient colorées de rouge. Les lèvres sèches, les mains pressées contre sa poitrine, elle se promenait de long en large dans sa petite chambre. Sa respiration était courte et inégale. Ses yeux brillaient d'un éclat fiévreux, mais leur regard était dur et immobile. Éclairé par la lumière mourante du bout de chandelle, ce visage phtisique et agité produisait une impression pénible. Raskolnikoff jugea que Catherine Ivanovna ne devait pas avoir plus de trente ans ; elle était, de fait, beaucoup plus jeune que son mari... Elle ne remarqua pas l'arrivée des deux hommes : il semblait qu'elle eût perdu la faculté de voir ou d'entendre.

Une chaleur étouffante régnait dans la chambre, et de l'escalier montaient des exhalaisons infectes ; cependant elle ne songeait ni à ouvrir la fenêtre, ni à fermer la porte du carré ; la porte intérieure, simplement entre-bâillée, livrait passage à une épaisse fumée de tabac qui la faisait tousser, mais dont elle ne cherchait pas à se garantir.

La plus jeune fille, enfant de six ans, dormait assise sur le plancher, la tête appuyée contre le divan ; le petit garçon, d'un an plus âgé qu'elle, tremblait dans un coin et pleurait : on venait, apparemment, de le battre. L'aînée de la famille, une fillette de neuf ans, mince et grandelette, portait une chemise toute trouée ; sur ses épaules nues était jeté un vieux bournous en drap de dame qui avait dû être fait pour elle deux ans auparavant, car à présent il ne lui descendait même plus jusqu'aux genoux.

Debout dans le coin, à côté de son petit frère, elle avait passé son long bras, maigre comme une allumette, autour du cou de l'enfant, et elle lui parlait tout bas, sans doute pour le faire taire. En même temps, elle suivait sa mère d'un regard craintif. Ses grands yeux sombres, élargis par la frayeur, paraissaient plus grands encore sur ce petit visage décharné. Marméladoff, au lieu d'entrer dans la chambre, s'agenouilla près de la porte, mais il invita du geste Raskolnikoff à s'avancer. La femme, à la vue d'un inconnu, s'arrêta distraitement devant lui, et, durant une seconde, elle essaya de s'expliquer sa présence. « Que vient faire ici cet homme ? » se demandait-elle. Mais bientôt elle crut comprendre qu'il se rendait chez quelque autre locataire, la chambre des Marméladoff étant un lieu de passage. Aussi, sans plus faire attention à l'étranger, se préparait-elle à aller ouvrir la porte de communication, quand un cri soudain lui échappa : elle venait d'apercevoir son mari à genoux sur le seuil.

— Ah ! tu es revenu ! fit-elle d'une voix vibrante de colère. Scélérat ! monstre ! Mais où est l'argent ? Qu'as-tu dans ta poche ? montre un peu ! Et ce n'est pas là ton vêtement ! Qu'as-tu fait de tes habits ? Qu'est devenu l'argent ? Parle !...

Elle se hâta de le fouiller. Loin d'opposer aucune résistance, Marméladoff écarta aussitôt les bras des deux côtés pour faciliter la visite de ses poches. Il n'avait plus sur lui un seul kopeck.

— Où est donc l'argent ? criait-elle. Oh ! Seigneur, se peut-il donc qu'il ait tout bu ! Il y avait encore douze roubles dans le coffre !...

Prise d'un soudain accès de rage, elle saisit son mari par les cheveux et le tira violemment dans la chambre. La patience de Marméladoff ne se démentit pas, il suivit docilement sa femme en se traînant à genoux derrière elle.

— Cela me fait plaisir ! Ce n'est pas une douleur pour moi, mais une jouissance, monsieur ! criait-il, tandis que Catherine Ivanovna lui secouait la tête avec force ; une fois même il heurta du front contre le parquet. L'enfant qui dormait par terre s'éveilla et se mit à pleurer. Le petit garçon, debout dans le coin, ne put supporter ce spectacle. Il commença à frissonner, à pousser des cris, et s'élança vers sa sœur. Il semblait pris de convulsions, tant il était effrayé. La fille aînée tremblait comme une feuille.

— Il a tout bu ! Il a tout bu, tout ! vociférait Catherine Ivanovna au désespoir, — et ce ne sont pas là ses vêtements ! Ils ont faim ! ils ont faim (et en se tordant les mains elle montrait les enfants) ! Ô vie trois fois maudite ! Et vous, comment n'êtes-vous pas honteux de venir ici au sortir du cabaret ? ajouta-t-elle en prenant soudain à partie Raskolnikoff. Tu as bu avec lui, n'est-ce pas ? Tu as bu avec lui ? Va-t'en !

Le jeune homme ne se fit pas répéter cet ordre et se retira sans dire un mot. La porte intérieure s'ouvrit toute grande, et sur le seuil apparurent plusieurs curieux au regard effronté et moqueur. Ils étaient coiffés de calottes et fumaient, qui la pipe, qui la cigarette. Les uns étaient en robe de chambre, les autres avaient un costume léger jusqu'à l'indécence ; quelques-uns tenaient des cartes à la main. Ce qui les amusait surtout, c'était d'entendre Marméladoff, traîné par les cheveux, crier que cela lui faisait plaisir.

Déjà les locataires commençaient à envahir la chambre. Tout à coup retentit une voix irritée : c'était Amalia Lippevechzel elle-même qui, se frayant un passage à travers la foule, venait rétablir l'ordre à sa manière. Pour la centième fois, la logeuse signifia à la pauvre femme qu'elle eût à vider les lieux le lendemain. Comme on le devine, ce congé fut donné en termes fort insultants. Raskolnikoff avait sur lui la monnaie du rouble qu'il avait changé au cabaret. Avant de sortir, il prit dans sa poche une poignée de cuivre et, sans être vu, la déposa sur la croisée. Puis, quand il fut dans l'escalier, il se repentit de sa générosité. Peu s'en fallut qu'il ne remontât chez les Marméladoff.

« Allons, quelle sottise j'ai faite ! pensait-il : eux, ils ont Sonia, et moi, je n'ai personne. » Mais il se dit qu'il ne pouvait pas reprendre son argent, et que lors même qu'il le pourrait, il ne le ferait pas. Sur cette réflexion, il se décida à continuer son chemin. « Il faut de la pommade à Sonia, poursuivit-il avec un sourire amer en marchant dans la rue : cette propreté-là coûte de l'argent... Hum ! il paraît que Sonia n'a pas casqué aujourd'hui. Au fait, la chasse à l'homme, c'est comme la chasse à la bête fauve : on risque souvent d'en revenir bredouille... Donc ils seraient demain dans de vilains draps s'ils n'avaient pas mon argent... Ah ! oui, Sonia ! Tout de même, ils ont trouvé là une bonne vache à lait ! Et ils en profitent ! Cela ne leur fait plus rien, ils y sont faits. Ils ont un peu pleurniché d'abord, et puis l'habitude est venue. L'homme est lâche, il s'accoutume à tout ! »

Raskolnikoff devint songeur.

— Eh bien, si j'ai menti, s'écria-t-il ensuite, — si l'homme n'est pas nécessairement lâche, il doit fouler aux pieds toutes les craintes, tous les préjugés qui l'arrêtent !...

Chapitre III

Il s'éveilla tard le lendemain, après un sommeil agité qui ne lui rendit pas de forces. À son réveil, il se sentit de très-méchante humeur et regarda sa chambre d'un air courroucé. Cette petite pièce, longue de six pas, offrait l'aspect le plus piteux, avec sa tapisserie jaunâtre, poudreuse et délabrée ; de plus, elle était si basse qu'un homme de haute taille s'y trouvait mal à l'aise et craignait sans cesse de se cogner au plafond. Le mobilier répondait au local : trois vieilles chaises plus ou moins boiteuses, dans un coin une table en bois peint, sur laquelle traînaient des livres et des cahiers couverts de poussière, preuve évidente qu'on n'y avait pas touché depuis longtemps ; enfin un grand vilain sofa dont l'étoffe s'en allait en lambeaux.

Ce sofa, qui occupait près de la moitié de la chambre, servait de lit à Raskolnikoff. Le jeune homme s'y couchait souvent tout habillé, sans draps ; il étendait sûr lui en guise de couverture son vieux paletot d'étudiant et se faisait un oreiller d'un petit coussin sous lequel il mettait, pour l'exhausser un peu, tout ce qu'il possédait de linge propre ou sale. Une petite table était placée devant le sofa.

La misanthropie de Raskolnikoff s'accommodait très-bien de la malpropreté qui régnait dans ce taudis. Il avait pris en aversion tout visage humain, à ce point que la vue même de la bonne chargée de faire les chambres lui causait une sorte d'exaspération. C'est ce qui arrive à certains monomanes préoccupés d'une idée fixe.

Depuis quinze jours, la logeuse avait coupé les vivres à son pensionnaire, et celui-ci n'avait pas encore songé à aller s'expliquer avec elle.

Quant à Nastasia, la cuisinière et l'unique servante de la maison, elle n'était pas trop fâchée de voir le locataire dans cet état d'esprit, car il en résultait pour elle une diminution d'ouvrage : elle avait complétement cessé de ranger et d'épousseter chez Raskolnikoff : tout au plus venait-elle, une fois par semaine, donner un coup de balai dans son logement. En ce moment elle le réveilla.

— Lève-toi ; qu'as-tu à dormir ainsi, lui cria-t-elle. Il est neuf heures. Je t'apporte du thé, en veux-tu une tasse ? Quelle mine de déterré tu as !

Le locataire ouvrit les yeux, se secoua et reconnut Nastasia.

— C'est la logeuse qui m'envoie ce thé ? demanda-t-il, tandis qu'il faisait un effort pénible pour se mettre sur son séant.

— Pas de danger que ce soit elle !

La servante plaça devant lui sa propre théière où il restait encore du thé, et déposa sur la table deux petits morceaux de sucre jaune.

— Nastasia, prends ceci, je te prie, dit Raskolnikoff en fouillant dans sa poche d'où il tira une poignée de menue monnaie (cette fois encore il s'était couché tout habillé) — et va me chercher un petit pain blanc. Tu

passeras aussi chez le charcutier, et tu m'achèteras un peu de saucisson, à bon marché.
— Dans une minute je t'apporterai le petit pain blanc, mais au lieu du saucisson ne prendrais-tu pas bien du chtchi ? On en a fait hier, il est très-bon. Je t'en avais déjà gardé une portion hier au soir, mais tu es rentré si tard ! Il est très-bon.
Elle alla chercher le chtchi ; puis, lorsque Raskolnikoff se fut mis à manger, elle s'assit sur le sofa à côté de lui et commença à bavarder, en vraie fille de la campagne qu'elle était.
— Prascovie Pavlovna veut se plaindre de toi à la police, dit-elle.
Le visage du jeune homme s'assombrit.
— À la police ? Pourquoi ?
— Tu ne la payes pas, et tu ne veux pas t'en aller. Voilà pourquoi.
— Ah ! diable ! il ne manquait plus que cela ! grommela-t-il entre ses dents ; — voilà qui tombe fort mal à propos pour moi… Elle est sotte, ajouta-t-il à haute voix — Je passerai chez elle aujourd'hui, je lui parlerai.
— Pour sotte, elle l'est tout comme moi ; mais toi qui es intelligent, pourquoi restes-tu là couché comme un propre à rien ? Pourquoi ne voit-on jamais de ton argent ? Il paraît qu'autrefois tu allais donner des leçons, pourquoi maintenant ne fais-tu plus rien ?
— Je fais quelque chose… répondit sèchement, et comme malgré lui, Raskolnikoff.
— Qu'est-ce que tu fais ?
— Un travail…
— Quel travail ?
— Je pense, répondit-il sérieusement, après un silence.
Nastasia se tordit. Elle était d'un caractère gai ; mais quand elle riait, c'était d'un rire silencieux qui secouait toute sa personne et finissait par lui faire mal.
— Ça te rapporte beaucoup d'argent, de penser ? demanda-t-elle lorsqu'elle put parler.
— On ne peut pas aller donner des leçons, quand on n'a pas de bottes. D'ailleurs, je crache là-dessus.
— Prends garde que ton crachat ne te retombe sur la face.
— Pour ce qu'on gagne à donner des leçons ! Qu'est-ce qu'on peut faire avec quelques kopecks ? reprit-il d'un ton aigre en s'adressant plutôt à lui-même qu'à son interlocutrice.
— Tu voudrais acquérir tout d'un coup une fortune ?
Il la regarda d'un air étrange et resta un moment silencieux.
— Oui, une fortune, dit-il ensuite avec force.
— Doucement, tu me fais peur ; c'est que tu es terrible ! Faut-il t'aller chercher un petit pain blanc ?
— Comme tu voudras.
— Tiens, j'oubliais ! Il est venu une lettre pour toi en ton absence.

— Une lettre ! pour moi ? de qui ?
— De qui, je n'en sais rien. J'ai donné de ma poche trois kopecks au facteur. J'ai bien fait, n'est-ce pas ?
— Apporte-la donc, pour l'amour de Dieu ! Apporte-la ! s'écria Raskolnikoff très-agité, — Seigneur !
Une minute après, la lettre était entre ses mains. Il ne s'était pas trompé : elle venait de sa mère et portait le timbre du gouvernement de R… Il ne put s'empêcher de pâlir en la recevant. Depuis longtemps déjà, il était sans nouvelles des siens ; toutefois, en ce moment, autre chose encore lui serra brusquement le cœur.
— Nastasia, va-t'en, de grâce ! voici tes trois kopecks, mais, pour l'amour de Dieu, va-t'en bien vite !
La lettre tremblait dans ses doigts ; il ne voulait pas la décacheter en présence de Nastasia, il attendait pour en commencer la lecture que la servante fût partie. Resté seul, il porta vivement le pli à ses lèvres et le baisa. Puis il se remit à considérer longuement l'adresse ; il reconnut les caractères tracés par une main chérie : c'était l'écriture fine et un peu penchée de sa mère, qui jadis lui avait appris à lire et à écrire. Il hésitait, semblait même éprouver une certaine crainte. À la fin, il rompit le cachet : la lettre était fort longue ; deux grandes feuilles de papier de poste avaient été remplies de chaque côté.
« Mon cher Rodia, écrivait la mère, voilà déjà plus de deux mois que je ne me suis entretenue par lettre avec toi, ce dont j'ai moi-même souffert au point d'en perdre souvent le sommeil. Mais sans doute tu me pardonnes mon silence involontaire. Tu sais comme je t'aime ; Dounia et moi nous n'avons que toi, tu es tout pour nous, tout notre espoir, tout notre bonheur dans l'avenir. Que suis-je devenue quand j'ai appris que tu avais dû depuis plusieurs mois quitter l'Université faute de moyens d'existence, et que tu n'avais plus ni leçons ni ressources d'aucune sorte !
« Comment pouvais-je te venir en aide avec mes cent vingt roubles de pension annuelle ? Les quinze roubles que je t'ai fait parvenir, il y a quatre mois, je les avais empruntés, comme tu le sais toi-même, à un marchand de notre ville, Afanase Ivanovitch Vakhrouchine. C'est un brave homme, et il était l'ami de ton père. Mais lui ayant donné procuration pour toucher ma pension à ma place, je ne pouvais rien t'envoyer avant qu'il fût remboursé, et il vient seulement de l'être.
« À présent, grâce à Dieu, je crois être en mesure de t'expédier encore de l'argent. Du reste, je m'empresse de te dire que nous avons lieu maintenant de nous louer de la fortune. D'abord, une chose dont tu ne te doutes probablement pas, cher Rodia, c'est que ta sœur habite avec moi depuis six semaines déjà, et qu'elle ne me quittera plus. Dieu soit loué ! ses tourments ont pris fin ; mais procédons par ordre, car je veux que tu saches comment tout s'est passé et ce que nous t'avions dissimulé jusqu'ici.

« Il y a deux mois, tu m'écrivais que tu avais entendu parler de la triste situation faite à Dounia dans la famille Svidrigaïloff, et tu me demandais des éclaircissements à ce sujet. Que pouvais-je te répondre alors ? Si je t'avais mis au courant des faits, tu aurais tout quitté pour venir nous retrouver, lors même qu'il t'eût fallu faire la route à pied ; car, avec le caractère et les sentiments que je te connais, tu n'aurais pas laissé insulter ta sœur. Moi-même j'étais au désespoir, mais qu'y avait-il à faire ? Moi non plus, je ne connaissais pas alors toute la vérité. Le pire était que Dounetchka, entrée l'année dernière comme institutrice dans cette maison, avait reçu d'avance cent roubles qu'elle devait rembourser à l'aide d'une retenue mensuelle sur ses honoraires : force lui était donc de rester en place jusqu'à l'extinction de sa dette.

« Cette somme (aujourd'hui, je puis tout t'expliquer, très-cher Rodia), elle se l'était fait avancer surtout pour t'envoyer les soixante roubles dont tu avais alors un si grand besoin et que tu as reçus de nous l'an passé. À cette époque, nous t'avons trompé en t'écrivant que cet argent provenait d'anciennes économies amassées par Dounetchka. C'était un mensonge ; à présent, je te découvre toute la vérité, parce que Dieu a permis que les choses prissent subitement une meilleure tournure, et aussi pour que tu saches combien Dounia t'aime et quel cœur d'or elle possède.

« Le fait est que M. Svidrigaïloff commença par se montrer très-grossier avec elle ; à table, il ne cessait de lui prodiguer les impolitesses et les sarcasmes… Mais à quoi bon m'étendre sur ces pénibles détails qui ne feraient que t'irriter inutilement, puisque tout cela est passé ? Bref, bien que traitée avec beaucoup d'égards et de bonté par Marfa Pétrovna, la femme de Svidrigaïloff, et par les autres personnes de la maison, Dounetchka avait grandement à souffrir, surtout quand M. Svidrigaïloff, qui a pris au régiment l'habitude de boire, se trouvait sous l'influence de Bacchus. Encore si tout s'était borné à cela ! Mais figure-toi que sous les dehors de la grossièreté et du mépris, cet insensé cachait une passion pour Dounia !

« À la fin, il leva le masque, c'est-à-dire qu'il fit à Dounetchka des propositions déshonorantes ; il essaya de la séduire par diverses promesses, se déclarant prêt à planter là son ménage et à aller vivre avec elle soit dans un autre village, soit à l'étranger. Tu peux te représenter toutes les souffrances de Dounia. Non-seulement la question pécuniaire, dont je t'ai parlé, ne lui permettait pas de résigner immédiatement ses fonctions ; mais, de plus, elle eut craint, en le faisant, d'éveiller les soupçons de Marfa Pétrovna et d'introduire la discorde dans la famille.

« Le dénoûment arriva à l'improviste. Marfa Pétrovna surprit inopinément son mari dans le jardin au moment où il obsédait Dounia de ses instances, et, comprenant mal la situation, elle attribua tous les torts à la pauvre fille. Une scène terrible eut lieu entre elles. Madame Svidrigaïloff ne voulut rien entendre ; elle cria pendant une heure contre sa prétendue rivale, s'oublia même jusqu'à la frapper, et finalement la fit ramener chez moi dans une simple charrette de paysan, sans même lui laisser le temps de faire sa malle.

« Toutes les affaires de Dounia : linge, vêtements, etc., furent jetées pêle-mêle dans la télègue. La pluie tombait à torrents, et, après avoir subi de tels affronts, Dounia dut faire dix-sept verstes en compagnie d'un moujik dans une charrette non couverte. Dis-moi, maintenant, que pouvais-je t'écrire en réponse à la lettre reçue de toi il y a deux mois ? J'étais au désespoir ; je n'osais t'apprendre la vérité, parce qu'elle t'aurait causé trop de chagrin et d'irritation ; d'ailleurs, Dounia me l'avait défendu. Quant à écrire pour ne remplir ma lettre que de riens, je m'en sentais incapable, ayant le cœur si gros. À la suite de cette histoire, nous fûmes durant un grand mois la fable de la ville, et les choses en vinrent au point que Dounia et moi ne pouvions plus aller à l'église sans entendre les gens chuchoter sur notre passage d'un air méprisant.

« Tout cela par la faute de Marfa Pétrovna, laquelle n'avait rien eu de plus pressé que d'aller partout diffamer Dounia. Elle connaît tout le monde chez nous, et, durant ce mois, elle vint ici presque chaque jour. Or, comme elle est un peu bavarde et qu'elle aime surtout à se plaindre à tout venant de son mari, elle eut bientôt fait de répandre l'histoire non-seulement dans la ville, mais dans le district tout entier. Ma santé n'y résista pas ; Dounetchka se montra plus forte que moi. Loin de faiblir devant la calomnie, c'était elle qui me consolait et s'efforçait de me rendre du courage. Si tu l'avais vue alors ! C'est un ange !

« Mais la miséricorde divine fit cesser nos infortunes. M. Svidrigaïloff rentra en lui-même, et, prenant sans doute en pitié le sort de la jeune fille qu'il avait compromise, il mit sous les yeux de Marfa Pétrovna les preuves les plus convaincantes de l'innocence de Dounia.

« Justement, il avait conservé une lettre que, dès avant la scène du jardin, elle s'était vue forcée de lui écrire pour décliner une demande de rendez-vous. Dans cette lettre précisément, elle lui reprochait l'indignité de sa conduite à l'égard de sa femme, lui rappelait ses devoirs de père et d'époux ; enfin, lui représentait ce qu'il y avait de vil à persécuter une jeune fille malheureuse et sans défense.

« Dès lors, il ne resta plus à Marfa Pétrovna aucun doute sur l'innocence de Dounetchka. Le lendemain, qui était un dimanche, elle se rendit chez nous, et, après nous avoir tout raconté, elle se jeta dans les bras de Dounia, à qui elle demanda pardon en pleurant. Puis elle alla dans toutes les maisons de la ville, et partout rendit le plus éclatant hommage à l'honnêteté de Dounetchka, ainsi qu'à la noblesse de ses sentiments et de sa conduite. Non contente de cela, elle montrait à tout le monde et lisait à haute voix la lettre autographe de Dounia à M. Svidrigaïloff ; elle en fit même tirer plusieurs copies (ce que, pour mon compte, je trouve excessif). Du moins, elle a pleinement réhabilité Dounetchka ; par contre, son mari sort de cette aventure couvert d'un déshonneur ineffaçable ; je ne puis même m'empêcher de plaindre ce pauvre fou si sévèrement puni.

« Dounia a aussitôt reçu des offres de leçons dans différentes maisons ; mais elle les a refusées. Tout le monde, en général, s'est mis soudain à lui témoigner une considération particulière, et le retour de l'estime publique a été la principale cause de l'événement inattendu qui, je puis le dire, va changer notre destinée.

« Apprends, cher Rodia, qu'un parti s'est présenté pour ta sœur, et qu'elle a donné déjà son consentement, ce dont j'ai hâte de t'informer. Tu nous pardonneras, à Dounia et à moi, d'avoir pris cette décision sans te consulter, quand tu sauras que l'affaire ne souffrait pas de remise et qu'il nous était impossible d'attendre, pour donner notre réponse, que nous eussions reçu la tienne. D'ailleurs, n'étant pas sur les lieux, tu n'aurais pu juger en connaissance de cause.

« Voici comment les choses se sont passées. Le futur, Pierre Pétrovitch Loujine, est un conseiller de cour, parent éloigné de Marfa Pétrovna, qui a agi puissamment dans cette circonstance. C'est elle qui l'a introduit chez nous. Il a été convenablement reçu, a pris du café et, le lendemain même, nous a adressé une lettre très-polie, dans laquelle il faisait sa demande, en sollicitant une réponse prompte et catégorique. Ce monsieur est un homme d'affaires fort occupé ; il est à la veille de se rendre à Pétersbourg, de sorte qu'il n'a pas une minute à perdre.

« Naturellement, nous sommes restées tout d'abord stupéfaites, tant nous nous attendions peu à une mise en demeure si brusque. Ta sœur et moi nous avons examiné la question ensemble durant toute la journée. Pierre Pétrovitch est dans une belle position ; il sert en deux endroits et possède déjà de la fortune. À la vérité, il a quarante-cinq ans, mais son extérieur est assez agréable, et il peut encore plaire aux femmes. C'est un homme très-posé et très-convenable, je le trouve seulement un peu froid et hautain ; toutefois, les apparences peuvent être trompeuses.

« Tu es prévenu, cher Rodia : lorsque tu le verras à Pétersbourg, ce qui ne tardera guère, ne le juge pas trop vite et ne le condamne pas sans appel, comme tu as l'habitude de le faire, si, à première vue, tu te sens peu de sympathie pour lui. Je te dis cela à tout hasard : au fond, je suis persuadée qu'il produira sur toi une impression favorable. Du reste, en général, pour connaître quelqu'un, il faut l'avoir pratiqué longuement et observé avec soin ; sinon, on commet des erreurs d'appréciation qu'il est ensuite très-difficile de rectifier.

« Mais en ce qui concerne Pierre Pétrovitch, tout donne à croire que c'est un homme très-respectable. Dès sa première visite, il nous a déclaré qu'il était un homme positif : « Toutefois, a-t-il ajouté en propres termes, je partage sur bien des points les idées de nos générations modernes, et je suis l'ennemi de tous les préjugés. » Il en a dit beaucoup plus long, car il est, semble-t-il, un tantinet vaniteux et phraseur, ce qui, somme toute, ne constitue pas un cas pendable.

« Moi, naturellement, je n'ai pas compris grand'chose à ses paroles, je me bornerai donc à te citer l'opinion de Dounia : « Quoique médiocrement instruit, m'a-t-elle dit, il est intelligent et paraît bon. » Tu connais le caractère de ta sœur, Rodia. C'est une jeune fille courageuse, sensée, patiente et magnanime, bien qu'elle possède un cœur ardent, ainsi que j'ai pu m'en convaincre. Assurément il ne s'agit ici, ni pour l'un, ni pour l'autre, d'un mariage d'amour ; mais Dounia n'est pas seulement une jeune fille intelligente, elle est en même temps une créature d'une noblesse angélique, et si son mari s'applique à la rendre heureuse, elle se fera un devoir de le payer de retour.

« En homme avisé qu'il est, Pierre Pétrovitch doit comprendre que le bonheur de sa femme sera la meilleure garantie du sien propre ; Par exemple, il m'a d'abord fait l'effet d'être un peu roide, mais cela tient probablement à ce qu'il est sans détours. Ainsi, dans sa seconde visite, lorsque sa demande était déjà agréée, il nous a dit en causant qu'avant même de connaître Dounia il était résolu à n'épouser qu'une jeune fille honnête, mais sans dot et ayant déjà éprouvé la pauvreté : selon lui, en effet, l'homme ne doit avoir aucune obligation à sa femme, et il vaut beaucoup mieux que celle-ci voie dans son époux un bienfaiteur.

« Ce ne sont pas tout à fait les termes dont il s'est servi, je dois reconnaitre qu'il s'est exprimé d'une façon plus délicate, mais je ne me rappelle que l'idée. D'ailleurs, il a dit cela sans préméditation ; évidemment la phrase lui est échappée dans le feu de la conversation ; il a même essayé ensuite d'en atténuer la portée. Néanmoins, j'ai trouvé cela quelque peu roide, et j'en ai fait plus tard l'observation à Dounia. Mais elle m'a répondu avec humeur que les paroles ne sont que des paroles, ce qui, après tout, est juste. Durant la nuit qui a précédé sa détermination, Dounetchka n'a pas fermé l'œil. Me croyant endormie, elle a quitté le lit pour se promener de long en large dans la chambre. Finalement, elle s'est mise à genoux, et, après une longue et fervente prière devant l'image, elle m'a déclaré le lendemain matin que sa résolution était prise.

« Je t'ai déjà dit que Pierre Pétrovitch allait se rendre incessamment à Pétersbourg. De graves intérêts l'y appellent, et il veut s'établir avocat dans cette ville. Depuis longtemps, il s'occupe de procédure ; il vient de gagner une cause importante, et son voyage à Pétersbourg est motivé par une affaire considérable qu'il doit suivre au Sénat. Dans ces conditions, cher Rodia, il est en mesure de te rendre les plus grands services, et nous avons déjà pensé, Dounia et moi, que tu pourrais dès maintenant commencer sous ses auspices ta future carrière. Ah ! si cela se réalisait ! L'avantage serait tel pour toi qu'il faudrait l'attribuer à une faveur marquée de la divine Providence.

« Dounia n'a pas autre chose en tête. Nous avons déjà touché un mot de la question à Pierre Pétrovitch. Il s'est exprimé avec réserve : « Sans doute, a-t-il dit, comme j'ai besoin d'un secrétaire, j'aime mieux confier cet emploi à un parent qu'à un étranger, pourvu qu'il soit capable de le remplir (il ne manquerait plus que cela que tu en fusses incapable !) ; il paraît craindre seulement qu'avec ta besogne universitaire tu n'aies pas le temps de t'occuper de son cabinet. Pour cette fois, la conversation en est restée là, mais Dounia n'a plus maintenant que cette idée dans l'esprit. Son imagination échauffée te voit déjà travaillant sous la direction de Pierre Pétrovitch et même associé à ses affaires, d'autant plus que tu es dans la faculté juridique. Quant à moi, Rodia, je pense tout à fait comme elle, et les projets qu'elle forme pour ton avenir me semblent très-réalisables.

« Malgré la réponse évasive de Pierre Pétrovitch, laquelle se comprend très-bien, puisqu'il ne te connaît pas encore, Dounia compte fermement sur sa légitime influence d'épouse pour arranger les choses au gré de nos communs désirs. Bien entendu, nous n'avons eu garde de laisser entendre à Pierre Pétrovitch que tu pourrais un jour devenir son associé. C'est un homme positif, et il aurait sans doute fait mauvais accueil à ce qui ne lui eût paru qu'un simple rêve.

« Sais-tu une chose, très-cher Rodia ? pour certaines raisons qui, du reste, n'ont nullement trait à Pierre Pétrovitch et ne sont peut-être que des lubies de vieille femme, je crois qu'après le mariage je ferai bien de continuer à habiter chez moi, au lieu d'aller demeurer avec eux. Il sera, j'en suis persuadée, assez reconnaissant et assez délicat pour m'engager à ne point me séparer de ma fille ; s'il n'en a encore rien dit jusqu'à présent, c'est, naturellement, que cela est sous-entendu. Mais j'ai l'intention de refuser.

« Si c'est possible, je me fixerai dans votre voisinage, car, Rodia, j'ai gardé le plus agréable pour la fin. Apprends donc, mon cher ami, que d'ici à très-peu de temps, nous nous reverrons tous trois, et qu'il nous sera donné de nous embrasser de nouveau après avoir été séparés pendant près de trois ans ! Il est d'ores et déjà décidé que Dounia et moi allons nous rendre à Pétersbourg. Quand ? Je ne le sais pas au juste ; mais, en tout cas, ce sera bientôt, peut-être dans huit jours. Tout est subordonné aux arrangements de Pierre Pétrovitch, qui nous enverra ses instructions dès qu'il se sera un peu organisé là-bas. Il tient, pour certaines raisons, à hâter le plus possible la cérémonie nuptiale : s'il y a moyen, il désire que le mariage soit célébré pendant ces jours gras ou, au plus tard, après le carême de l'Assomption. Oh ! avec quelle joie je te presserai sur mon cœur !

« Dounia est tout émue à l'idée de te revoir, et elle m'a dit une fois en plaisantant que, ne fût-ce que pour cela, elle épouserait volontiers Pierre Pétrovitch. C'est un ange ! Elle n'ajoute rien à ma lettre, parce qu'elle aurait, dit-elle, trop de choses à te communiquer, et qu'en pareil cas, ce n'est pas la peine d'écrire quelques lignes ; elle me charge de mille embrassements pour toi. Bien que nous soyons à la veille d'être tous réunis, je compte néanmoins t'envoyer incessamment le plus d'argent que je pourrai. Dès qu'on a su ici que Dounetchka allait épouser Pierre Pétrovitch, mon crédit s'est relevé tout d'un coup, et je sais de science certaine qu'Afanase Ivanovitch est tout prêt à m'avancer jusqu'à soixante-dix roubles, remboursables sur ma pension.

« Je vais donc t'expédier d'ici à quelques jours vingt-cinq ou trente roubles. Je t'enverrais même une plus grosse somme, si je ne craignais de me trouver à court d'argent pour le voyage. Il est vrai que Pierre Pétrovitch a la bonté de prendre à sa charge une partie de nos dépenses de route ; il doit notamment nous procurer à ses frais une grande caisse pour emballer nos effets ; mais il faut que nous payions nos coupons jusqu'à Pétersbourg, et nous ne pouvons pas non plus arriver sans le sou dans la capitale.

« Dounia et moi nous avons déjà tout calculé : le voyage ne nous reviendra pas cher. De chez nous au chemin de fer il n'y a que quatre-vingt-dix verstes, et nous avons traité avec un paysan de notre connaissance qui nous prendra dans sa carriole pour nous conduire à la gare ; ensuite, nous monterons avec une grande satisfaction dans un compartiment de troisième classe. Bref, tout compte fait, c'est trente roubles et non vingt-cinq que je vais avoir le plaisir de t'envoyer.

« Maintenant, mon très-cher Rodia, je t'embrasse en attendant notre prochaine réunion, et je t'envoie ma bénédiction maternelle. Aime Dounia, ta sœur, Rodia ; sache qu'elle t'aime infiniment plus qu'elle-même, et paye-la de retour. C'est un ange, et toi, Rodia, tu es tout pour nous, — tout notre espoir, tout notre futur bonheur. Pourvu que tu sois heureux, nous le serons aussi. Adieu ! ou plutôt *au revoir* ! Je t'embrasse mille fois.

« À toi jusqu'au tombeau.

« Pulchérie Raskolnikoff. »

Les larmes mouillèrent souvent les yeux du jeune homme pendant la lecture de cette lettre ; mais, lorsqu'il l'eut terminée, un sourire fielleux se montra sur son visage pâle et convulsé. Appuyant la tête sur son coussin nauséabond et malpropre, il resta longtemps pensif. Son cœur battait avec force, et le trouble régnait dans ses idées. À la fin, il se sentit à l'étroit, comme étouffé dans cette petite chambre jaune qui ressemblait à une armoire ou à une malle. Son être physique et moral avait besoin d'espace.

Il prit son chapeau et sortit, sans craindre cette fois de rencontrer qui que ce fût dans l'escalier. Il ne songeait plus à la logeuse. Il se dirigea vers Vasili Ostroff par la perspective V. Sa marche était rapide comme celle de quelqu'un qui se rend à une besogne pressée ; mais, selon son habitude, il ne remarquait rien sur la route, marmottait à part soi et même monologuait tout haut, ce qui étonnait fort les passants. Beaucoup le prenaient pour un homme ivre.

Chapitre IV

La lettre de sa mère l'avait fort agité. Mais, quant au point principal, il n'avait pas eu une minute d'hésitation. Dès le premier moment, avant même qu'il eût achevé la lecture de la lettre, sa résolution était prise : « Tant que je serai vivant, ce mariage n'aura pas lieu ; que M. Loujine aille au diable ! »

« C'est que l'affaire est trop claire », murmurait-il à part soi en souriant d'un air vainqueur comme si déjà le succès lui eût été acquis. « Non, maman, non, Dounia, vous ne réussirez pas à me tromper !... Et elles s'excusent encore de ne m'avoir point consulté et d'avoir décidé la chose en dehors de moi ! Je crois bien ! Elles pensent qu'à présent il n'y a plus moyen de rompre l'union projetée : nous verrons un peu s'il n'y a plus moyen ! Quelle raison elles allèguent : « Pierre Pétrovitch est un homme si occupé, qu'il ne peut se marier qu'à la vapeur ! »

« Non, Dounetchka, je comprends tout, je sais ce que tu voulais me communiquer, je sais à quoi tu as pensé toute la nuit en te promenant dans la chambre, et ce que tu as demandé à Notre-Dame de Kazan dont l'image est dans la chambre à coucher de maman. Le Golgotha est dur à monter. Hum !... Ainsi, voilà qui est définitivement réglé : vous épousez, Avdotia Romanovna, un positif homme d'affaires qui possède déjà de la fortune (la remarque a son prix), qui sert en deux endroits et qui partage, à ce que dit maman, les idées de nos générations modernes. Dounetchka elle-même observe qu'il « paraît » bon. Ce *paraît* est grand comme le monde ! C'est sur la foi de cette *apparence* que Dounetchka va l'épouser !... Admirable !... Admirable !...

« ...Mais je serais curieux de savoir pourquoi maman a parlé, dans sa lettre, des « générations modernes ». Est-ce simplement pour caractériser le personnage, ou a-t-elle eu une arrière-pensée, celle de concilier mes sympathies à M. Loujine ? Oh ! la belle rusée ! Il y a encore une circonstance que je serais bien aise d'éclaircir : jusqu'à quel point ont-elles été franches l'une avec l'autre durant ce jour et cette nuit qui ont précédé la résolution de Dounetchka ? Y a-t-il eu une explication formelle et verbale entre elles, ou se sont-elles mutuellement comprises sans presque avoir besoin d'échanger leurs idées ? À en juger d'après la lettre, je pencherais plutôt vers cette dernière supposition : maman l'a trouvé quelque peu roide, et, dans sa naïveté, elle a fait part de cette observation à Dounia. Mais celle-ci, naturellement, s'est fâchée et a répondu « avec humeur ».

« Je crois bien ! Du moment que la chose était décidée, qu'il n'y avait plus à y revenir, la remarque de maman était au moins inutile. Et pourquoi m'écrit-elle : « Aime Dounia, Rodia, elle t'aime plus qu'elle-même ! ». Sa conscience ne lui reprocherait-elle pas sourdement d'avoir sacrifié sa fille à son fils ? « Tu es notre bonheur dans l'avenir, tu es tout pour nous ! ». Oh ! maman !… »

L'irritation de Raskolnikoff grandissait d'instant en instant, et si alors il avait rencontré M. Loujine, il l'aurait probablement tué.

« Hum ! c'est vrai, continua-t-il en suivant au vol les pensées qui tourbillonnaient dans sa tête, c'est vrai que « pour connaître quelqu'un il faut l'avoir pratiqué longuement et observé avec soin » ; mais M. Loujine n'est pas difficile à déchiffrer. Avant tout, « c'est un homme d'affaires, et il *paraît* bon » ; ce qui suit a l'air d'une plaisanterie : « il veut bien nous procurer à ses frais une grande caisse » ; allons, comment après cela douter de sa bonté ? Sa future et sa belle-mère vont se mettre en route dans une charrette de paysan où elles ne seront abritées contre la pluie que par une mauvaise bâche (je suis payé pour la connaître, cette charrette !).

« Qu'importe ! Le trajet jusqu'à la gare n'est que de quatre-vingt-dix verstes ; « ensuite, nous monterons avec une grande satisfaction dans un compartiment de troisième classe », pour faire mille verstes. Elles ont raison : il faut tailler le manteau selon le drap ; mais vous, monsieur Loujine, à quoi pensez-vous ? Voyons, c'est de votre future qu'il s'agit… Et comment pouvez-vous ignorer que, pour faire ce voyage, la mère doit emprunter sur sa pension ? Sans doute, avec votre esprit mercantile, vous avez considéré cela comme une affaire entreprise de compte à demi, où, par conséquent, chaque associé doit fournir sa quote-part ; mais vous avez un peu trop tiré la couverture de votre côté : il n'y a aucune parité entre la dépense d'une grande malle et celle du voyage.

« Est-ce qu'elles ne voient pas cela, ou feignent-elles de ne pas le voir ? Le fait est qu'elles paraissent contentes ! Cependant, quels fruits peut-on attendre après de pareilles fleurs ? Ce qui me révolte dans un tel procédé, c'est moins encore la lésinerie que le mauvais ton : le soupirant donne la note de ce que sera le mari… Et maman, qui jette l'argent par les fenêtres, avec quoi arrivera-t-elle à Pétersbourg ? Avec trois roubles d'argent ou deux « petits billets », comme dit cette… vieille femme… hum ! Sur quelles ressources compte-t-elle donc pour vivre ici ? Certains indices lui ont donné à comprendre qu'après le mariage elle ne pourrait pas rester avec Dounia ; quelque mot échappé à cet aimable homme aura sans doute été un trait de lumière pour maman, bien qu'elle s'efforce de fermer ses yeux à l'évidence.

« J'ai l'intention de refuser », dit-elle. Eh bien, alors, sur quels moyens d'existence compte-t-elle ? Sur ses cent vingt roubles de pension dont il faudra défalquer la somme prêtée par Afanase Ivanovitch ? Là-bas, dans notre petite ville, elle fatigue ses pauvres yeux à tricoter des fichus de laine et à broder des manchettes, mais je sais que ce travail ne rapporte pas plus de vingt roubles par an. Donc, malgré tout, c'est dans les sentiments généreux de M. Loujine qu'elle met son espoir : « Il m'engagera lui-même à ne pas me séparer de ma fille. » Crois ça et bois de l'eau !

« Passe encore pour maman, elle est ainsi, c'est dans sa nature, mais Dounia ?

« Il est impossible qu'elle ne comprenne pas cet homme, et elle consent à l'épouser ! Sa liberté morale, son âme lui sont autrement chères que le bien-être ; plutôt que d'y renoncer, elle mangerait du pain noir et boirait de l'eau ; elle ne les donnerait pas pour tout le Sleswig-Holstein, à plus forte raison pour M. Loujine. Non, la Dounia que j'ai connue n'était point cela, et sans doute elle est restée la même… Que dire ? Il est pénible d'habiter chez des Svidrigaïloff ! Rouler de province en province, passer toute sa vie à donner des leçons moyennant deux cents roubles par an, certes cela est dur ; pourtant, je sais que ma sœur irait travailler chez un planteur d'Amérique ou chez un Allemand de Lithuanie plutôt que de s'avilir en enchaînant, par pur intérêt personnel, son existence à celle d'un homme qu'elle n'estime pas et avec qui elle n'a rien de commun ! M. Loujine serait en or pur ou en diamant, qu'elle ne consentirait pas encore à devenir la concubine légitime de M. Loujine ! Pourquoi donc s'y résoud-elle à présent ?

« Où est le mot de cette énigme ? Eh ! la chose est claire : pour elle-même, pour se procurer le bien-être ou même pour échapper à la mort, elle ne se vendrait pas ; mais pour un autre, pour un être aimé, adoré, elle se vend ! Voilà tout le mystère expliqué : c'est pour son frère, pour sa mère qu'elle se vend ! Elle vend tout ! Oh ! en pareil cas, nous faisons violence même à notre sentiment moral ; nous portons au marché notre liberté, notre repos, notre conscience elle-même, tout, tout ! Périsse notre vie, pourvu que les chères créatures soient heureuses ! Bien plus, nous empruntons aux jésuites leur casuistique subtile, nous transigeons avec nos scrupules, nous en arrivons à nous persuader qu'il faut agir ainsi, que l'excellence du but justifie notre conduite ! Voilà comme nous sommes, et tout cela est limpide. Il est clair qu'ici, au premier plan, se trouve Rodia Romanovitch Raskolnikoff. Ne faut-il pas assurer son bonheur, lui fournir le moyen d'achever ses études universitaires, de devenir l'associé de M. Loujine, de parvenir à la fortune, à la renommée, à la gloire, si c'est possible ? Et la mère ? Elle ne voit ici que son cher Rodia, son premier-né. Comment ne sacrifierait-elle pas même sa fille à ce fils, objet de ses prédilections ? Cœurs tendres et injustes !

« Mais quoi ! c'est le sort de Sonetchka que vous acceptez ! Sonetchka, Sonetchka Marméladoff, l'éternelle Sonetchka qui durera aussi longtemps que le monde ! Avez-vous bien mesuré toutes deux l'étendue de votre sacrifice ? Savez-vous, Dounetchka, que vivre avec M. Loujine, c'est vous ravaler au niveau de Sonetchka ? « Ici, il ne peut y avoir d'amour », écrit maman. Eh bien, s'il ne peut y avoir ni amour, ni estime, si, au contraire, il n'y a qu'éloignement, répulsion, dégoût, en quoi donc

ce mariage diffère-t-il de la prostitution ? Encore Sonetchka est-elle plus excusable, elle qui s'est vendue non pour se procurer un supplément de bien-être, mais parce qu'elle voyait la faim, la vraie faim à son logis !...
« Et si plus tard le fardeau se trouve au-dessus de vos forces, si vous regrettez ce que vous avez fait, que de douleur, que de malédictions, que de larmes secrètement versées, car vous n'êtes pas une Marfa Pétrovna ! Et maman, que deviendra-t-elle alors ? Maintenant déjà elle est inquiète, tourmentée : que sera-ce quand elle verra les choses comme elles sont ? Et moi ?... Pourquoi donc, au fait, n'avez-vous pas pensé à moi ? Je ne veux pas de votre sacrifice, Dounetchka, je n'en veux pas, maman ! Aussi longtemps que je vivrai, ce mariage n'aura pas lieu ! »
Il rentra tout à coup en lui-même et s'arrêta.
« Il n'aura pas lieu ? Mais que feras-tu donc pour l'empêcher ? Tu opposeras ton *veto* ? De quel droit ? Que peux-tu leur promettre de ton côté pour prendre ce droit-là ? Tu t'engageras à leur consacrer toute ta vie, tout ton avenir, *quand tu auras fini tes études et trouvé une place ?* C'est le futur, cela, mais le présent ? Il s'agit de faire quelque chose dès maintenant, comprends-tu ? Or, pour le moment, qu'est-ce que tu fais ? Tu les gruges. Tu forces l'une à emprunter sur sa pension, l'autre à demander une avance d'honoraires aux Svidrigaïloff ! Sous prétexte que tu seras millionnaire plus tard, tu prétends aujourd'hui disposer souverainement de leur sort, mais peux-tu actuellement subvenir à leurs besoins ? Dans dix ans tu le pourras ! En attendant, ta mère se sera perdu les yeux à tricoter des fichus et peut-être à pleurer ; les privations auront ruiné sa santé ; et ta sœur ? Allons, songe un peu aux risques qui menacent ta sœur durant ce laps de dix ans ! Saisis-tu ? »
Il éprouvait un âcre plaisir à se poser ces poignantes questions qui, du reste, n'étaient pas nouvelles pour lui. Depuis longtemps elles le tourmentaient, le harcelaient sans relâche, exigeant impérieusement des réponses qu'il se sentait incapable de leur donner. À présent, la lettre de sa mère venait de le frapper comme d'un coup de foudre. Il comprenait que le temps des lamentations stériles était passé, qu'en ce moment il ne s'agissait plus, pour lui, de raisonner sur son impuissance, mais de faire quelque chose dans le plus bref délai. Coûte que coûte, il lui fallait prendre une résolution quelconque, ou...
« Ou renoncer à la vie ! s'écria-t-il brusquement, accepter une fois pour toutes la destinée comme elle est, refouler en moi-même toutes mes aspirations, abdiquer définitivement le droit d'agir, de vivre et d'aimer !... »
Raskolnikoff se rappela soudain les paroles dites la veille par Marméladoff : « Comprenez-vous, comprenez-vous, monsieur, ce que signifient ces mots : n'avoir plus où aller ?... »
Tout à coup il frissonna : une pensée qu'il avait eue aussi la veille venait de se présenter de nouveau à son esprit. Ce n'était pas le retour de cette

pensée qui lui donnait le frisson. Il savait d'avance, il avait pressenti qu'elle reviendrait infailliblement, et il l'attendait. Mais cette idée n'était plus tout à fait celle de la veille, et voici en quoi consistait la différence : ce qui, il y a un mois et hier encore, n'était qu'un rêve, surgissait maintenant sous une forme nouvelle, effrayante, méconnaissable. Le jeune homme avait conscience de ce changement... Des bourdonnements se produisaient dans son cerveau, et un nuage couvrait ses yeux.

Il se hâta de regarder autour de lui, cherchant quelque chose. Il avait envie de s'asseoir, et ce qu'il cherchait, c'était un banc. Il se trouvait alors sur le boulevard de K... à cent pas de distance, un banc s'offrit à sa vue. Il se mit à marcher aussi vite que possible, mais en chemin lui arriva une petite aventure qui pendant quelques minutes l'occupa exclusivement.

Tandis qu'il regardait dans la direction du banc, il aperçut une femme marchant à vingt pas devant lui. D'abord il ne fit pas plus attention à elle qu'aux différents objets qu'il avait jusqu'alors rencontrés sur sa route. Bien des fois, par exemple, il lui était arrivé de rentrer chez lui sans se rappeler aucunement le chemin qu'il avait suivi ; il marchait habituellement sans rien voir. Mais la femme avait quelque chose de si bizarre à première vue que Raskolnikoff ne put s'empêcher de la remarquer. Peu à peu succéda à la surprise une curiosité contre laquelle il essaya d'abord de lutter, mais qui devint bientôt plus forte que sa volonté. Le désir lui vint tout à coup de savoir ce qu'il y avait de si particulièrement étrange dans cette femme. Selon toute apparence, la promeneuse devait être une toute jeune fille ; par cette chaleur, elle marchait tête nue, sans ombrelle et sans gants, en brandillant les bras d'une façon ridicule. Elle avait au cou un petit fichu noué de travers et portait une légère robe de soie, d'ailleurs fort singulièrement mise, à peine agrafée et déchirée par derrière à la naissance de la jupe ; un lambeau détaché oscillait à droite et à gauche. Pour comble, la jeune fille, fort peu ferme sur ses jambes, festonnait de côté et d'autre. Cette rencontre finit par éveiller toute l'attention de Raskolnikoff. Il rejoignit la promeneuse au moment où celle-ci arrivait au banc ; elle s'y coucha plutôt qu'elle ne s'y assit, renversa sa tête sur le dossier et ferma les yeux comme une personne brisée de fatigue. En l'examinant, il devina aussitôt qu'elle était complétement ivre. La chose paraissait si étrange qu'il se demanda même s'il ne se trompait pas. Il avait devant lui un petit visage presque enfantin, n'accusant guère que seize ans, peut-être seulement quinze. Cette figure, encadrée de cheveux blonds, était jolie, mais échauffée et comme un peu enflée. La jeune fille semblait avoir l'esprit absent ; elle avait croisé ses jambes l'une sur l'autre dans une attitude fort immodeste, et tous les indices donnaient à penser qu'elle se rendait à peine compte du lieu où elle se trouvait.

Raskolnikoff ne s'asseyait pas, ne voulait pas s'en aller et restait debout en face d'elle, sans savoir à quoi se résoudre. Il était alors plus d'une heure, et il faisait très-chaud ; aussi n'y avait-il presque personne sur ce boulevard où, en tout temps, il passe fort peu de monde. Toutefois, à quinze pas de distance, se tenait à l'écart, sur la bordure de la chaussée un monsieur qui, évidemment, aurait bien voulu s'approcher de la jeune fille avec certaines intentions. Lui aussi, sans doute, l'avait aperçue de loin et s'était mis à la suivre ; mais la présence de Raskolnikoff le gênait. Il jetait, à la dérobée, il est vrai, des regards irrités sur ce dernier et attendait avec impatience le moment où ce va-nu-pieds lui céderait la place. Rien n'était plus clair. Ce monsieur, fort élégamment vêtu, était un homme de trente ans, gros, solide, au teint vermeil, aux lèvres roses et surmontées de fines moustaches. Raskolnikoff entra dans une violente colère ; l'idée lui vint tout à coup d'insulter ce gros cocodès. Il quitta pour un instant la jeune fille et s'approcha du monsieur.

— Hé, Svidrigaïloff ! qu'est-ce que vous faites là ? cria-t-il en serrant les poings, tandis qu'un rire sardonique entr'ouvrait ses lèvres qui commençaient à se couvrir d'écume.

L'élégant fronça les sourcils, et sa physionomie prit un air d'étonnement hautain.

— Qu'est-ce que cela signifie ? demanda-t-il d'un ton rogue.

— Cela signifie qu'il faut décamper, voilà !

— Comment oses-tu, canaille !...

Et il leva sa cravache. Raskolnikoff, les poings fermés, s'élança sur le gros monsieur sans même songer que ce dernier aurait eu facilement raison de deux adversaires comme lui. Mais en ce moment quelqu'un par derrière saisit avec force le jeune homme. C'était un sergent de ville qui venait mettre le holà.

— Cessez, messieurs, ne vous battez pas sur la voie publique. Qu'est-ce qu'il vous faut ? qui êtes-vous ? demanda-t-il sévèrement à Raskolnikoff dont il venait de remarquer la mise sordide.

Raskolnikoff regarda avec attention celui qui lui parlait. Le sergent de ville, avec ses moustaches et ses favoris blancs, avait une figure de brave soldat ; de plus, il paraissait intelligent.

— C'est justement de vous que j'ai besoin, cria le jeune homme, et il le prit par le bras.

— Je suis un ancien étudiant, je m'appelle Raskolnikoff... Vous pouvez aussi savoir cela, ajouta-t-il en s'adressant au monsieur ; — vous, venez avec moi, je vais vous montrer quelque chose...

Et, tenant toujours le sergent de ville par le bras, il l'entraîna vers le banc.

— Voilà, regardez, elle est en état complet d'ivresse, tout à l'heure elle se promenait sur le boulevard : il est difficile de deviner sa position sociale, mais elle n'a pas l'air d'une coureuse de profession. Le plus probable, c'est qu'on l'a fait boire quelque part et qu'on a abusé d'elle... elle en est à ses débuts... vous comprenez ? ensuite, ivre comme elle était, on l'a jetée sur la rue. Voyez comme sa robe est déchirée, voyez comme elle est mise : la jeune fille ne s'est pas habillée elle-même, on l'a habillée, et ce sont des mains inexpérimentées, des mains d'homme qui ont fait la besogne. À présent, regardez par ici : ce beau monsieur avec qui je voulais me colleter tout à l'heure, je ne le connais pas, je le vois pour la première fois ; mais il l'a remarquée, lui aussi, sur son chemin ; il a vu qu'elle était ivre, qu'elle n'avait plus conscience de rien, et il voudrait profiter de son état pour l'emmener dans quelque maison de passe… C'est certain, soyez sûr que je ne me trompe pas. J'ai vu moi-même comme il la reluquait, comme il la suivait ; seulement je l'ai dérangé dans ses projets, et maintenant il attend que je m'en aille. Voyez, il s'est retiré un peu à l'écart, et il roule une cigarette pour se donner une contenance… Comment lui arracher cette jeune fille ? Comment la faire rentrer chez elle ? pensez-y un peu !

Le sergent de ville comprit immédiatement la situation et se mit à réfléchir. Il ne pouvait exister aucun doute sur les desseins du gros monsieur, restait la fillette. Le soldat se pencha sur elle pour l'examiner de plus près, et une sincère compassion se montra sur son visage.

— Ah ! quel malheur ! dit-il en hochant la tête, — elle est encore tout à fait comme une enfant. On l'a attirée dans un piège, c'est sûr… Écoutez, mademoiselle, où demeurez-vous ?

La jeune fille souleva ses paupières appesanties, regarda les deux hommes d'un air hébété et fit un geste comme pour les repousser.

Raskolnikoff fouilla dans sa poche et en retira vingt kopecks.

— Tenez, dit-il au sergent de ville, prenez un fiacre et reconduisez-la chez elle. Seulement il faudrait savoir son adresse.

— Mademoiselle, eh ! mademoiselle ! fit de nouveau le soldat après avoir pris l'argent, — je vais appeler un cocher et je vous ramènerai moi-même à votre domicile. Où faut-il vous conduire ? Hein ? Où habitez-vous ?

— Ah ! mon Dieu !… ils s'accrochent à moi !… murmura la jeune fille avec le même mouvement que tout à l'heure.

— Ah ! que c'est ignoble ! Quelle infamie ! dit le soldat ému de pitié et d'indignation. — Voilà la difficulté ! acheva-t-il en s'adressant à Raskolnikoff qu'il considéra pour la seconde fois des pieds à la tête. Ce déguenillé si prompt à offrir de l'argent lui paraissait fort énigmatique.

— Vous l'avez rencontrée loin d'ici ? demanda-t-il.

— Je vous répète qu'elle marchait devant moi, en chancelant, là, sur le boulevard. À peine arrivée à cet endroit, elle s'est affaissée sur le banc.

— Ah ! quelles vilaines choses il se fait maintenant dans le monde, Seigneur ! Une jeunesse pareille qui est ivre ! On l'a trompée, pour sûr ! Sa petite robe est déchirée… Ah ! que de vice il y a aujourd'hui !… Ses parents sont peut-être des nobles ruinés… À présent, il y en a beaucoup… À la voir, on la prendrait pour une demoiselle de bonne famille. — Et il se pencha de nouveau vers elle.

Peut-être lui-même était-il père de jeunes filles bien élevées qu'on aurait prises aussi pour des demoiselles de bonne famille.

— L'essentiel, reprit Raskolnikoff, — c'est de ne pas la laisser tomber entre les mains de ce drôle ! Il a évidemment un projet très-arrêté, le coquin ! il est toujours là !

En prononçant ces mots, le jeune homme avait élevé la voix, et il indiquait du geste le monsieur. Celui-ci, entendant ce qu'on disait de lui, fit d'abord mine de se fâcher, mais il se ravisa et se borna à jeter sur son ennemi un regard méprisant. Puis, sans se presser, il s'éloigna encore de dix pas, après quoi il s'arrêta de nouveau.

— On ne la lui laissera pas prendre, répondit d'un air pensif le sous-officier. — Voilà, si elle disait où elle demeure, sans cela… Mademoiselle, eh ! mademoiselle ! ajouta-t-il en se courbant encore une fois vers la jeune fille.

Soudain elle ouvrit tout à fait les yeux, regarda attentivement, et une sorte de lumière parut se faire dans son esprit ; elle se leva et reprit en sens inverse le chemin par où elle était venue. — Fi, les impudents, ils s'accrochent à moi ! dit-elle en agitant de nouveau le bras comme pour écarter quelqu'un. Elle allait vite, mais d'un pas toujours mal assuré. L'élégant se mit en marche derrière elle ; quoiqu'il eût pris une autre allée, il ne la perdait pas de vue.

— Soyez tranquille, il ne l'aura pas, dit résolûment le sergent de ville, et il partit à leur suite.

— Ah ! que de vice il y a maintenant ! répéta-t-il avec un soupir.

En ce moment, un revirement aussi complet que soudain s'opéra dans les dispositions de Raskolnikoff.

— Écoutez, eh ! cria-t-il au sous-officier.

Celui-ci se retourna.

— Laissez cela ! De quoi vous mêlez-vous ? Qu'il s'amuse (il montrait l'élégant). Qu'est-ce que cela vous fait ?

Le soldat ne comprit rien à ce langage et regarda ébahi Raskolnikoff qui se mit à rire.

— Eh ! fit le sergent de ville en agitant le bras, puis il continua à suivre le beau monsieur et la jeune fille. Probablement il prenait Raskolnikoff pour un fou ou pour quelque chose de pire encore.

« Il a emporté mes vingt kopecks, se dit avec colère le jeune homme resté seul. — Eh bien, il se fera donner aussi de l'argent par l'autre, il lui laissera prendre la jeune fille, et ce sera fini ainsi… Quelle idée avais-je de me poser ici en bienfaiteur ? Est-ce à moi de venir en aide à quelqu'un ? En ai-je le droit ? Que les gens se dévorent tout vifs les uns les autres, qu'est-ce que cela me fait ? Et comment me suis-je permis de donner ces vingt kopecks ? Est-ce qu'ils étaient à moi ? »

Nonobstant ces étranges paroles, il avait le cœur très-gros. Il s'assit sur le banc délaissé. Ses pensées étaient incohérentes. Il lui était même pénible en ce moment de penser à quoi que ce fût. Il aurait voulu s'endormir profondément, tout oublier, puis se réveiller et commencer une vie nouvelle…

« Pauvrette ! dit-il en considérant le coin du banc où la jeune fille était assise tout à l'heure… Revenue à elle, elle pleurera, ensuite sa mère apprendra son aventure… d'abord elle la battra, puis elle lui donnera le fouet pour ajouter l'humiliation à la douleur, peut-être la mettra-t-elle à la porte… Et lors même qu'elle ne la chasserait pas, une Daria Frantzovna quelconque flairera ce gibier, et voilà dès lors ma fillette se mettant à rouler çà et là jusqu'à ce qu'elle entre à l'hôpital, ce qui ne tardera guère (il en est toujours ainsi pour les jeunes filles obligées de faire leurs farces en cachette parce qu'elles ont des mères très-honnêtes) ; guérie, elle recommencera à faire la noce, puis ce sera de nouveau l'hôpital… la boisson… les cabarets… et encore toujours l'hôpital… après deux ou trois années de cette vie-là, à dix-huit ou dix-neuf ans, elle sera impotente. Combien j'en ai vu finir ainsi qui ont commencé comme celle-ci commence ! Mais bah ! c'est nécessaire, dit-on ; c'est un tant pour cent annuel, une prime d'assurance qui doit être payée… au diable, sans doute… pour garantir le repos des autres. Un tant pour cent ! Ils ont vraiment de jolis petits mots, cela vous a une tournure scientifique qui fait bien. Quand on a dit : tant pour cent, c'est fini, il n'y a plus à s'inquiéter. Si la chose était appelée d'un autre nom, on s'en préoccuperait peut-être davantage… Et, qui sait ? Dounetchka ne peut-elle pas être comprise dans le tant pour cent de l'année prochaine, sinon dans celui de cette année ?…

« Mais où vais-je donc ? pensa-t-il soudain. C'est étrange. J'avais pourtant un but en sortant de chez moi. À peine la lettre lue, je suis parti… Ah ! oui, à présent, je me rappelle : c'était chez Razoumikhine, dans Vasili Ostroff, que je voulais me rendre. Mais pourquoi donc ? Comment ai-je pu avoir l'idée de faire visite à Razoumikhine ? Voilà qui est curieux ! »

Il ne se comprenait pas lui-même. Razoumikhine était un de ses anciens camarades d'Université. Chose à noter, lorsque Raskolnikoff suivait les cours de l'école de droit, il vivait fort isolé, n'allait chez aucun de ses condisciples et n'aimait pas à recevoir leur visite. Ceux-ci, du reste, ne tardèrent pas à lui rendre la pareille. Jamais il ne prenait part ni aux réunions ni aux plaisirs des étudiants. On l'estimait à cause de son ardeur au travail, mais personne ne l'aimait. Il était très-pauvre, très-fier et très-concentré en lui-même ; sa vie semblait cacher quelque secret. Ses camarades trouvaient qu'il avait l'air de les regarder avec dédain, comme s'ils eussent été des enfants, ou, du moins, des êtres fort inférieurs à lui sous le rapport du savoir, des idées et du développement intellectuel.

Cependant il s'était lié avec Razoumikhine, ou, pour mieux dire, il s'ouvrait plus volontiers à lui qu'à tout autre. Il est vrai que la nature

franche et primesautière de Razoumikhine appelait irrésistiblement la confiance. Ce jeune homme était extrêmement gai, expansif et bon jusqu'à la naïveté. Cela, d'ailleurs, n'excluait pas chez lui des qualités sérieuses. Les plus intelligents de ses camarades reconnaissaient son mérite, et tous l'aimaient. Il était loin d'être bête, quoiqu'il fût parfois un peu simple. Ses cheveux noirs, son visage toujours mal rasé, sa haute taille et sa maigreur attiraient à première vue l'attention.
Mauvaise tête à ses heures, il passait pour un Hercule. Une nuit qu'il courait les rues de Pétersbourg en compagnie de quelques amis, il avait terrassé d'un seul coup de poing un sergent de ville dont la taille mesurait deux archines et douze verchoks[2]. Il pouvait se livrer aux plus grands excès de boisson, comme il savait observer, à l'occasion, la sobriété la plus stricte. S'il lui arrivait parfois de commettre d'inexcusables fredaines, en d'autres temps il se montrait d'une sagesse exemplaire. Ce qu'il y avait encore de remarquable chez Razoumikhine, c'est que le découragement n'avait point de prise sur lui, et que jamais il ne se laissait abattre par aucun revers. Il eût logé sur un toit, enduré les pires horreurs du froid et de la faim sans se départir un instant de sa bonne humeur accoutumée. Très-pauvre, réduit à se tirer d'affaire tout seul, il trouvait moyen de gagner sa vie tant bien que mal, car c'était un garçon débrouillard, et il connaissait une foule d'endroits où il lui était toujours possible de se procurer de l'argent, en travaillant, bien entendu.
On l'avait vu passer tout un hiver sans feu ; il assurait que cela lui était plus agréable, parce qu'on dort mieux quand on a froid. En ce moment, il avait dû, lui aussi, quitter l'Université faute de ressources, mais il comptait bien reprendre ses études le plus tôt possible ; aussi ne négligeait-il rien pour améliorer sa situation pécuniaire. Raskolnikoff n'avait pas été chez lui depuis quatre mois, et Razoumikhine ne connaissait même pas son adresse. Ils s'étaient rencontrés dans la rue deux mois auparavant, mais Raskolnikoff était passé aussitôt sur l'autre trottoir pour n'être pas aperçu de Razoumikhine. Celui-ci remarqua fort bien son ami, mais, ne voulant pas le gêner, il feignit de ne pas le voir.

---

[2] Environ 1m 88.

Chapitre V

« En effet, il n'y a pas encore longtemps je me proposais d'aller chez Razoumikhine, je voulais le prier de me procurer soit des leçons, soit un travail quelconque… se disait Raskolnikoff, — mais maintenant en quoi peut-il m'être utile ? Je suppose qu'il me procure des leçons, je suppose même que, se trouvant en possession de quelques kopecks, il se saigne à blanc pour me fournir de quoi acheter les bottes et les vêtements décents qui sont indispensables à un répétiteur… hum… Eh bien, après ? Que ferai-je avec quelques piataks[3] ? Est-ce de cela que j'ai besoin à présent ? Vraiment, je suis bien sot d'aller chez Razoumikhine… »

La question de savoir pourquoi il se rendait en ce moment chez Razoumikhine le tourmentait plus encore qu'il ne se l'avouait à lui-même ; il cherchait anxieusement quelque sens sinistre pour lui dans cette démarche en apparence la plus simple du monde.

« Est-il possible que, dans mes embarras, j'aie mis tout mon espoir en Razoumikhine ? Est-ce que, vraiment, je n'attendrais mon salut que de lui ? » se demandait-il avec surprise.

Il réfléchissait, se frottait le front, et, tout à coup, après qu'il se fut mis longtemps l'esprit à la torture, une idée très-étrange jaillit à l'improviste dans son cerveau.

« Hum… oui, j'irai chez Razoumikhine, dit-il soudain du ton le plus calme, comme s'il eut pris une résolution définitive, — j'irai chez Razoumikhine à coup sûr… mais pas maintenant… J'irai le voir… le lendemain, quand *cela* sera fini et que mes affaires auront changé de face… »

À peine avait-il prononcé ces mots qu'il fit un brusque retour sur lui-même. « Quand *cela* sera fini ! s'écria-t-il avec un sursaut qui l'arracha du banc sur lequel il était assis, — mais est-ce que *cela* aura lieu ? Est-ce que c'est possible ? »

Il quitta le banc et s'éloigna d'un pas rapide. Son premier mouvement était de retourner chez lui, mais quoi ! rentrer dans cette affreuse petite chambre où il venait de passer plus d'un mois à préméditer tout *cela* ! À cette pensée, le dégoût s'empara de lui, et il se mit à marcher à l'aventure.

Son tremblement nerveux avait pris un caractère fébrile ; il se sentait frissonner ; nonobstant l'élévation de la température, il avait froid. Presque à son insu, cédant à une sorte de nécessité intérieure, il s'efforçait de fixer son attention sur les divers objets qu'il rencontrait, pour échapper à l'obsession d'une idée troublante. Mais vainement il essayait

[3] Le piatak est une pièce de cinq kopecks, ce qui représente vingt centimes de notre monnaie.

de se distraire, à chaque instant il retombait dans sa rêverie. Quand il avait levé la tête pour promener ses regards autour de lui, il oubliait une minute après ce à quoi il venait de penser et le lieu même où il était. Ce fut ainsi que Raskolnikoff traversa tout Vasili Ostroff, déboucha sur la Petite-Néwa, passa le pont et arriva aux îles.

La verdure et la fraîcheur réjouirent d'abord ses yeux accoutumés à la poussière, à la chaux, aux lourds entassements de moellons. Ici plus d'étouffement, plus d'exhalaisons méphitiques, plus de cabarets. Mais bientôt ces sensations nouvelles perdirent elles-mêmes leur charme et firent place à un agacement maladif. Parfois le jeune homme s'arrêtait devant quelque villa coquettement enchâssée au milieu d'une végétation riante ; il regardait par la grille, voyait sur les terrasses et les balcons des femmes élégamment vêtues, ou des enfants qui couraient dans le jardin. Il remarquait surtout les fleurs : c'étaient elles qui attiraient le plus ses regards. De temps à autre passaient à côté de lui des cavaliers, des amazones, de superbes équipages ; il les suivait d'un œil curieux et les oubliait avant qu'il eût cessé de les apercevoir.

À un moment donné, il s'arrêta et compta son argent ; il se trouva posséder environ trente kopecks. « J'en ai donné vingt au sergent de ville, trois à Nastasia pour la lettre, se dit-il ; par conséquent, c'est quarante-sept ou cinquante kopecks que j'ai laissés hier chez les Marméladoff. » Il avait eu un motif pour vérifier l'état de ses finances ; mais, un instant après, il ne se rappelait plus pourquoi il avait tiré son argent de sa poche. Ce souvenir lui revint un peu plus tard, comme il passait devant une gargote. Son estomac criait famine.

Il entra dans la gargote, avala un petit verre d'eau-de-vie et mangea quelques bouchées d'un pâté qu'il emporta pour l'achever tout en se promenant. Depuis fort longtemps il n'avait pas pris de spiritueux. Le peu d'eau-de-vie qu'il venait de boire agit immédiatement sur lui. Ses jambes s'appesantirent, et il commença à éprouver une forte envie de dormir. Il voulut retourner chez lui, mais, arrivé à Pétrovsky Ostroff, il se sentit incapable d'aller plus loin.

Quittant donc la route, il pénétra dans les taillis, se coucha sur l'herbe et s'endormit à l'instant même.

Dans l'état maladif, les songes se distinguent souvent par un relief extraordinaire et une ressemblance frappante avec la réalité. Le tableau est quelquefois monstrueux, mais la mise en scène et toute la suite de la représentation sont néanmoins si vraisemblables, les détails sont si fins et offrent, dans leur imprévu, un agencement si ingénieux que le songeur, fût-il même un artiste comme Pouchkine ou Tourguéneff, serait, à l'état de veille, incapable d'inventer aussi bien. Ces songes maladifs laissent toujours un long souvenir et affectent profondément l'organisme, déjà détraqué, de l'individu.

Raskolnikoff fit un rêve affreux. Il se revit enfant dans la petite ville qu'il habitait alors avec sa famille. Il a sept ans, et, un jour de fête, vers le soir, il se promène *extra muros*, accompagné de son père. Le temps est gris, l'air est lourd, les lieux sont exactement tels que sa mémoire les lui rappelait, il retrouve même en songe plus d'un détail qui s'était effacé de son esprit. La petite ville apparaît absolument à découvert, aux environs pas même un saule blanc ; quelque part, bien loin, tout au bout de l'horizon, un petit bois forme une tache noire. À quelques pas du dernier jardin de la ville se trouve un cabaret, un grand cabaret près duquel l'enfant ne pouvait jamais passer, en se promenant avec son père, sans éprouver une impression très-désagréable et même un sentiment de frayeur. Il y avait toujours là une telle foule, des gens qui braillaient, riaient, s'injuriaient, se battaient, ou chantaient d'une voix enrouée de si vilaines choses ; aux environs erraient toujours des hommes ivres, et leurs figures étaient si affreuses… À leur approche, Rodion se serrait étroitement contre son père et tremblait de tout son corps. Le chemin de traverse qui longe le cabaret est toujours couvert d'une poussière noire. À trois cents pas de là, il fait un coude à droite et contourne le cimetière de la ville. Au milieu du cimetière, s'élève une église de pierre surmontée d'une coupole verte, où l'enfant allait deux fois par an entendre la messe avec son père et sa mère, lorsqu'on célébrait l'office pour le repos de l'âme de sa grand'mère, morte depuis longtemps déjà et qu'il n'avait jamais connue. Dans ces occasions, ils emportaient toujours un gâteau de riz sur lequel une croix était figurée avec des raisins secs. Il aimait cette église, ses vieilles images pour la plupart sans garnitures, et son vieux prêtre à la tête branlante. À côté de la pierre marquant la place où reposaient les restes de la vieille femme, il y avait une petite tombe, celle du frère cadet de Rodion, enfant mort à six mois. Il ne l'avait pas connu non plus, mais on lui avait dit qu'il avait eu un petit frère ; aussi, chaque fois qu'il visitait le cimetière, il faisait pieusement le signe de la croix au-dessus de la petite tombe, s'inclinait avec respect et la baisait. Voici maintenant son rêve : il suit avec son père le chemin qui conduit au cimetière ; tous deux passent devant le cabaret ; il tient son père par la main et jette des regards craintifs sur l'odieuse maison où semble régner une animation plus grande encore que de coutume. Il y a là force bourgeoises et paysannes endimanchées, leurs maris, et toute sorte de gens appartenant à la lie du peuple. Tous sont ivres, tous chantent des chansons. Devant le perron du cabaret stationne un de ces énormes chariots dont on se sert habituellement pour le transport des marchandises et des fûts de vin ; d'ordinaire on y attelle de vigoureux chevaux aux grosses jambes, à la longue crinière, et Raskolnikoff avait toujours plaisir à contempler ces robustes bêtes traînant derrière elles les plus pesants fardeaux sans en éprouver la moindre fatigue. Mais maintenant à ce lourd chariot était attelé un petit cheval rouan d'une maigreur lamentable, une de ces rosses auxquelles les moujiks font parfois tirer de grosses charrettes de bois ou de foin, et qu'ils accablent de coups, allant jusqu'à les fouetter sur les yeux et sur le museau, quand les pauvres bêtes s'épuisent en vains efforts pour dégager le véhicule embourbé. Ce spectacle dont Raskolnikoff avait été souvent témoin lui faisait toujours venir les larmes aux yeux, et sa maman ne manquait jamais, en pareil cas, de l'éloigner de la fenêtre. Soudain se produit un grand tapage : du cabaret sortent, en criant, en chantant, en jouant de la guitare, des moujiks complètement ivres ; ils ont des chemises rouges et bleues, leurs sarraus sont jetés négligemment sur leurs épaules. « Montez, montez tous ! crie un homme jeune encore, au gros cou, au visage charnu et d'un rouge carotte, — je vous emmène tous, montez ! » Ces paroles provoquent aussitôt des rires et des exclamations :

— Une rosse pareille faire la route !

— Il faut que tu aies perdu l'esprit, Mikolka, pour atteler cette petite jument à un pareil chariot !

— Pour sûr, mes amis, la jument rouanne marche sur ses vingt ans !

— Montez, j'emmène tout le monde ! crie de nouveau Mikolka qui saute le premier dans le chariot, saisit les guides et se dresse de toute sa taille sur le devant du véhicule. — Le cheval bai est parti tantôt avec Matviéi, et cette jument, mes amis, est un vrai crève-cœur pour moi ; je crois que je devrais la tuer, elle ne gagne pas sa nourriture. Montez, vous dis-je ! je la ferai galoper ! oh ! elle galopera !

Ce disant, il prend son fouet, déjà heureux à l'idée de fouetter la jument rouanne.

— Mais montez donc, voyons ! Puisqu'on vous dit qu'elle va galoper ! ricane-t-on dans la foule.

— Elle n'a sans doute pas galopé depuis dix ans.

— Elle ira bon train !

— Ne la ménagez pas, mes amis, prenez chacun un fouet, préparez-vous tous !

— C'est cela ! on la fouettera !

Tous grimpent dans le chariot de Mikolka en riant et en faisant des plaisanteries. Six hommes sont déjà montés, et il reste encore de la place. Ils prennent avec eux une grosse paysanne au visage rubicond. Cette commère, vêtue d'une saraphane de coton rouge, a sur la tête une sorte de bavolet orné de verroteries ; elle croque des noisettes et rit de temps à autre. Dans la foule qui entoure l'équipage on rit aussi, et, en vérité, comment ne pas rire à l'idée qu'une pareille rosse emportera au galop tout ce monde-là ? Deux des gars qui sont dans le chariot prennent aussitôt des fouets pour aider Mikolka. « Allez ! » crie ce dernier. Le cheval tire de toutes ses forces, mais, bien loin de galoper, c'est à peine s'il peut avancer d'un pas ; il piétine, gémit et plie le dos sous les coups que les trois fouets font pleuvoir sur lui, dru comme grêle. Les rires redoublent dans le chariot et dans la foule, mais Mikolka se fâche, et, dans sa colère, il tape de plus belle sur la jument, comme si vraiment il espérait la faire galoper.

— Laissez-moi aussi monter, mes amis, crie parmi les spectateurs un jeune homme qui brûle de se mêler à la bande joyeuse.

— Monte ! répond Mikolka, — montez tous, elle emmènera tout le monde, je vais la faire marcher !

Là-dessus, il fouette, fouette, et, dans sa fureur, ne sait déjà plus avec quoi frapper sa bête.

— Papa, papa, crie l'enfant à son père, — papa, qu'est-ce qu'ils font ? Papa, ils battent le pauvre petit cheval !

— Marchons, marchons ! dit le père, — ce sont des ivrognes qui s'amusent, des imbéciles ; viens, ne fais pas attention à eux ! — Et il veut l'emmener, mais Rodion se dégage des mains paternelles et, ne se connaissant plus, accourt auprès du cheval. Déjà le malheureux animal n'en peut plus. Il halète, après un instant d'arrêt recommence à tirer, et peu s'en faut qu'il ne s'abatte.

— Fouettez-la jusqu'à ce que mort s'ensuive ! hurle Mikolka, — il n'y a plus que cela à faire. Je vais m'y mettre !

— Pour sûr tu n'es pas chrétien, loup-garou ! crie un vieillard dans la foule.

— A-t-on jamais vu un petit cheval pareil traîner un lourd chariot comme cela ? ajoute un autre.

— Vaurien ! vocifère un troisième.

— Ce n'est pas à toi ! C'est mon bien ! Je fais ce que je veux. Montez encore, montez tous ! Il faut absolument qu'elle galope !...

Soudain, la voix de Mikolka est couverte par de bruyants éclats de rire : la jument accablée de coups a fini par perdre patience et, nonobstant sa faiblesse, s'est mise à ruer. L'hilarité générale gagne le vieillard lui-même. Il y a vraiment de quoi rire en effet : un cheval qui peut à peine se tenir sur ses jambes et qui rue !

Deux gars se détachent de la foule, s'arment de fouets et courent cingler l'animal, l'un à droite, l'autre à gauche.

— Fouettez-la sur le museau, sur les yeux, sur les yeux ! vocifère Mikolka.

— Une chanson, mes amis ! crie quelqu'un du chariot. Aussitôt toute la bande entonne une chanson grossière, un tambour de basque fait l'accompagnement. La paysanne croque des noisettes et rit.

...Rodion s'est approché du cheval, il le voit fouetté sur les yeux, oui, sur les yeux ! Il pleure. Son cœur se soulève, ses larmes coulent. Un des bourreaux lui effleure le visage avec son fouet ; il ne le sent pas. Il se tord les mains, pousse des cris. Il s'élance vers le vieillard à la barbe et aux cheveux blancs, qui hoche la tête et condamne tout cela. Une femme prend l'enfant par la main et veut l'emmener loin de cette scène, il se

dégage et se hâte de revenir auprès de la jument. Celle-ci est à bout de forces, néanmoins elle essaye encore de ruer.
— Ah, loup-garou ! vocifère Mikolka exaspéré. Il abandonne son fouet, se baisse et ramasse dans le fond du chariot un long et lourd brancard ; le tenant par un bout dans ses deux mains, il le brandit avec effort au-dessus de la jument rouanne.
— Il va l'assommer ! crie-t-on autour de lui.
— Il la tuera !
— C'est mon bien ! crie Mikolka, et le brancard, manié par deux bras vigoureux, tombe avec fracas sur le dos de l'animal.
— Fouettez-la, fouettez ! pourquoi vous arrêtez-vous ? font entendre des voix dans la foule.
De nouveau le brancard s'élève dans l'air, de nouveau il s'abat sur l'échine de la malheureuse haridelle. Sous la violence du coup, elle faiblit, néanmoins elle prend son élan, et avec tout ce qui lui reste de force, elle tire, elle tire en divers sens, pour échapper à ce supplice, mais de tous côtés elle rencontre les six fouets de ses persécuteurs. Une troisième, une quatrième fois, Mikolka frappe sa victime avec le brancard. Il est furieux de ne pouvoir la tuer d'un seul coup.
— Elle a la vie dure ! crie-t-on dans son entourage.
— Elle n'en a certes plus pour longtemps, mes amis, sa dernière heure est arrivée ! observe dans la foule un amateur.
— Qu'on prenne une hache ! C'est le moyen d'en finir tout de suite avec elle, suggère un troisième.
— Place ! fait Mikolka ; ses mains lâchent le brancard, il fouille de nouveau dans le chariot et y prend un levier de fer. Gare ! crie-t-il ensuite, et il assène un violent coup de cette arme au pauvre cheval. La jument chancelle, s'affaisse, elle veut encore tirer, mais un second coup du levier l'étend sur le sol, comme si on lui avait tranché instantanément les quatre membres.
— Achevons-la ! hurle Mikolka, qui, hors de lui, saute en bas du chariot. Quelques gars rouges et avinés saisissent ce qui leur tombe sous la main — des fouets, des bâtons, le brancard, et courent au cheval expirant. Mikolka, debout à côté de la bête, la frappe sans relâche à coups de levier. La jument allonge la tête et rend le dernier soupir.
— Elle est morte ! crie-t-on dans la foule.
— Mais pourquoi ne voulait-elle pas galoper !
— C'est mon bien ! crie Mikolka, tenant toujours le levier dans ses mains. Ses yeux sont injectés de sang. Il semble regretter que la mort lui ait enlevé sa victime.
— Eh bien, vrai ! tu n'es pas chrétien ! répliquent avec indignation plusieurs des assistants.
Mais le pauvre petit garçon ne se connaît plus. Tout en criant, il se fraye un chemin à travers la foule qui entoure la jument rouanne ; il prend la

tête ensanglantée du cadavre ; et la baise, la baise sur les yeux, sur les lèvres... Puis, dans un soudain transport de colère, il serre ses petits poings et se jette sur Mikolka. En ce moment, son père, qui depuis longtemps déjà était à sa recherche, le découvre enfin et l'emmène hors de la foule.

— Allons-nous-en, allons-nous-en ! lui dit-il, — rentrons à la maison !

— Papa ! pourquoi ont-ils... tué... le pauvre cheval ?... sanglote l'enfant ; mais la respiration lui manque, et de sa gorge serrée ne sortent que des sons rauques.

— Ce sont des polissonneries de gens ivres, cela ne nous regarde pas, partons ! dit le père. Rodion le presse dans ses bras, mais il a un tel fardeau sur la poitrine... Il veut respirer, crier, et s'éveille.

Raskolnikoff se réveilla haletant, le corps moite, les cheveux trempés de sueur. Il s'assit sous un arbre et respira longuement.

« Grâce à Dieu, ce n'est qu'un songe ! se dit-il. Mais quoi ?

Est-ce que je commencerais une fièvre ? Un si vilain rêve me le donnerait à penser ! »

Il avait les membres comme brisés ; son âme était pleine d'obscurité et de confusion. Appuyant ses coudes sur ses genoux, il laissa tomber sa tête dans ses mains.

— Mon Dieu ! s'écria-t-il, se peut-il, en effet, que je prenne une hache et que j'aille fracasser le crâne de cette femme !... Se peut-il que je marche dans le sang tiède et gluant, que j'aille forcer la serrure, voler, puis me cacher tremblant, ensanglanté... avec la hache... Seigneur, est-ce que c'est possible ?

En prononçant ces mots, il tremblait comme une feuille.

— Mais à quoi vais-je penser ! continua-t-il d'un ton de profonde surprise. — Voyons, je savais bien que je n'en serais pas capable ; pourquoi donc me suis-je ainsi tourmenté jusqu'à ce moment ? Hier déjà, hier, quand je suis allé faire cette... *répétition*, hier, j'ai parfaitement compris que cela était au-dessus de mes forces. D'où vient donc que j'ai l'air de me tâter encore à présent ? Hier, en descendant l'escalier, je disais moi-même que c'était ignoble, odieux, repoussant... La seule pensée d'une chose pareille me terrifiait...

— Non, je n'en aurai pas le courage, cela dépasse mes forces ! Lors même que tous mes raisonnements ne laisseraient place à aucun doute, lors même que toutes les conclusions auxquelles je suis arrivé durant ce mois seraient claires comme le jour, exactes comme l'arithmétique, n'importe, je ne saurais me décider à cela ! J'en suis incapable !... Pourquoi donc, pourquoi maintenant encore...

Il se leva, regarda d'un air étonné autour de lui, comme s'il eut été surpris de se trouver là, et prit le pont T... Il était pâle, ses yeux brillaient, l'affaiblissement se manifestait dans tout son être, mais il commençait à respirer plus à l'aise. Déjà il se sentait délivré de l'affreux poids qui l'avait si longtemps oppressé, et la paix rentrait dans son âme soulagée. « Seigneur ! pria-t-il, — montre-moi ma route, et je renoncerai à ce rêve maudit ! »

En traversant le pont, il regardait tranquillement la rivière et le flamboyant coucher du soleil. Malgré sa faiblesse, il ne sentait même pas la fatigue. On eût dit que l'abcès qui s'était formé dans son cœur depuis un mois venait de crever subitement. À présent, il était libre ! Le charme était rompu ! L'horrible maléfice avait cessé d'agir !

Plus tard, Raskolnikoff se rappela, minute par minute, l'emploi de son temps durant ces jours de crise : une circonstance, entre autres, lui revenait souvent à la pensée, et, bien qu'elle n'eût par elle-même rien de particulièrement extraordinaire, il n'y songeait jamais qu'avec une sorte d'effroi superstitieux, vu l'action décisive qu'elle avait exercée sur sa destinée.

Voici le fait qui restait toujours pour lui une énigme : comment, alors que fatigué, harassé, il aurait dû, ce semble, retourner chez lui par le chemin le plus court et le plus direct, comment l'idée lui était-elle venue de prendre par le Marché-au-Foin, où rien, absolument rien ne l'appelait ? Sans doute, ce détour n'allongeait pas beaucoup sa route, mais il était parfaitement inutile. À la vérité, il lui était arrivé des dizaines de fois de regagner sa demeure sans faire attention à l'itinéraire qu'il suivait. « Mais pourquoi donc, se demandait-il toujours, pourquoi la rencontre si importante, si décisive pour moi, et en même temps si fortuite, que j'ai faite sur le Marché-au-Foin (où je n'avais aucun motif pour me rendre), pourquoi cette rencontre a-t-elle eu lieu à l'heure même, au moment précis où, étant données les dispositions dans lesquelles je me trouvais, elle devait avoir les suites les plus graves et les plus irréparables ? » Il était tenté de voir dans cette fatale coïncidence l'effet d'une prédestination.

Il était près de neuf heures quand le jeune homme arriva sur le Marché-au-Foin. Les boutiquiers fermaient leurs boutiques, les étalagistes se préparaient à retourner chez eux, et les chalands faisaient de même. Des ouvriers et des loqueteux de toute sorte grouillaient aux abords des gargotes et des cabarets qui, sur le Marché-au-Foin, occupent le rez-de-chaussée de la plupart des maisons. Cette place et les péréouloks voisins étaient les lieux que Raskolnikoff fréquentait le plus volontiers, quand il sortait sans but de chez lui. Là, en effet, ses haillons n'offusquaient les regards de personne, et l'on pouvait se promener accoutré n'importe comment. Au coin du péréoulok de K..., un marchand et sa femme vendaient des articles de mercerie étalés sur deux tables.

Bien qu'ils se disposassent aussi à regagner leur demeure, ils s'étaient attardés à causer avec une de leurs connaissances qui venait de s'approcher d'eux. Cette personne était Élisabeth Ivanovna, sœur cadette d'Aléna Ivanovna, l'usurière chez qui Raskolnikoff était allé la veille mettre sa montre en gage et faire sa *répétition*... Depuis longtemps déjà il était renseigné sur le compte de cette Élisabeth ; elle-même le connaissait un peu. C'était une grande et gauche fille de trente-cinq ans, timide, douce et presque idiote. Elle tremblait devant sa sœur, qui la traitait littéralement en esclave, la faisait travailler jour et nuit pour elle et même la battait. En ce moment, sa physionomie exprimait l'indécision, tandis que, debout, un paquet à la main, elle écoutait attentivement les propos du marchand et de sa femme. Ceux-ci lui expliquaient quelque chose et mettaient dans leurs paroles une chaleur particulière. Quand Raskolnikoff aperçut tout à coup Élisabeth, il éprouva une sensation étrange qui ressemblait à une profonde surprise, bien que cette rencontre n'eût rien d'étonnant.

— Il faut que vous soyez là pour traiter l'affaire, Élisabeth Ivanovna, dit avec force le marchand. Venez donc demain entre six et sept heures. Ils viendront aussi de leur côté.

— Demain ? fit d'une voix traînante Élisabeth, qui semblait avoir peine à se décider.

— Vous avez peur d'Aléna Ivanovna ? dit vivement la marchande, qui était une gaillarde. J'aurai l'œil sur vous, car vous êtes vraiment comme un petit enfant. Est-il possible que vous vous laissiez dominer à ce point par une personne qui n'est, après tout, que votre demi-sœur ?

— Pour cette fois, ne dites rien à Aléna Ivanovna, interrompit le mari, — voilà ce que je vous conseille ; venez chez nous sans en demander la permission. Il s'agit d'une affaire avantageuse. Votre sœur pourra elle-même s'en convaincre ensuite.

— Est-ce que je viendrai ?

— Demain, entre six et sept heures ; on viendra aussi de chez eux ; il faut que vous soyez présente pour décider la chose.

— Et nous aurons une tasse de thé à vous offrir, ajouta la marchande.

— C'est bien, je viendrai, répondit Élisabeth toujours pensive ; et lentement elle se mit en devoir de prendre congé.

Raskolnikoff avait déjà dépassé le groupe formé par ces trois personnes, et il n'en entendit pas davantage. Il avait, sans en avoir l'air, ralenti son pas, s'efforçant de ne perdre aucun mot de cet entretien. À la surprise du premier moment avait insensiblement succédé chez lui une frayeur qui le faisait frissonner. Le hasard le plus imprévu venait de lui apprendre que demain, à sept heures précises du soir, Élisabeth, la sœur et l'unique compagne de la vieille, serait absente, et que, par conséquent, demain soir à sept heures précises, la vieille *se trouverait seule chez elle.*

Le jeune homme n'était plus qu'à quelques pas de son logement. Il rentra chez lui, comme s'il avait été condamné à mort. Il ne pensa à rien et, du reste, ne pouvait pas penser : il sentit subitement dans tout son être qu'il n'avait plus ni volonté, ni libre arbitre, et que tout était définitivement décidé.

Certes, il aurait pu attendre des années entières une occasion favorable, essayer même de la faire naître, sans en trouver une aussi propice que celle qui venait d'elle-même s'offrir à lui. En tout cas, il lui aurait été difficile de savoir la veille, de science certaine, et cela sans courir le moindre risque, sans se compromettre par des questions dangereuses, — que demain, à telle heure, telle vieille femme, qu'il voulait tuer, serait toute seule chez elle.

Chapitre VI

Raskolnikoff apprit plus tard pourquoi le marchand et la marchande avaient invité Élisabeth à venir chez eux. L'affaire était fort simple. Une famille étrangère se trouvant dans la gêne voulait se défaire d'effets qui consistaient surtout en vêtements et linges à l'usage des femmes. Ces gens cherchaient donc à se mettre en rapport avec une revendeuse à la toilette ; or, Élisabeth exerçait ce métier. Elle avait une nombreuse clientèle parce qu'elle était fort honnête et disait toujours le dernier prix : avec elle, il n'y avait pas à marchander. En général, elle parlait peu ; comme nous l'avons déjà dit, elle était fort douce et fort craintive…

Mais, depuis quelque temps, Raskolnikoff était devenu superstitieux, et, par la suite, quand il réfléchissait à toute cette affaire, il inclinait toujours à y voir l'action de causes étranges et mystérieuses. L'hiver dernier, un étudiant de sa connaissance, Pokorieff, sur le point de se rendre à Kharkoff, lui avait donné, en causant, l'adresse de la vieille Aléna Ivanovna, pour le cas où il aurait besoin de faire un emprunt. Il fut longtemps sans aller chez elle, parce que le produit de ses leçons lui permettait de vivoter. Six semaines avant les événements que nous racontons, il se ressouvint de l'adresse ; il possédait deux objets sur lesquels on pouvait lui prêter quelque chose : une vieille montre en argent qui lui venait de son père, et un petit anneau d'or, orné de trois petites pierres rouges, que sa sœur lui avait donné comme souvenir au moment où ils s'étaient quittés.

Raskolnikoff se décida à porter la bague chez Aléna Ivanovna. À première vue, et avant qu'il sût rien de particulier sur son compte, cette vieille femme lui inspira une violente aversion. Après avoir reçu d'elle deux « petits billets », il entra dans un mauvais traktir qu'il rencontra sur son chemin. Là, il demanda du thé, s'assit et se mit à réfléchir. Une idée étrange, encore à l'état embryonnaire dans son esprit, l'occupait exclusivement.

À une table voisine de la sienne, un étudiant qu'il ne se souvenait pas d'avoir jamais vu était assis avec un officier. Les deux jeunes gens venaient de jouer au billard, et ils étaient maintenant en train de boire du thé. Tout à coup Raskolnikoff entendit l'étudiant donner à l'officier l'adresse d'Aléna Ivanovna, veuve d'un secrétaire de collège et prêteuse sur gages. Cela seul parut déjà quelque peu étrange à notre héros : on parlait d'une personne chez qui justement il s'était rendu peu d'instants auparavant. Sans doute ; c'était un pur hasard, mais en ce moment il luttait contre une impression dont il ne pouvait triompher, et voici que, comme à point nommé, quelqu'un venait fortifier en lui cette impression ; l'étudiant communiquait, en effet, à son ami divers détails sur Aléna Ivanovna.

— C'est une fameuse ressource, disait-il, il y a toujours moyen de se procurer de l'argent chez elle. Riche comme un Juif, elle peut prêter cinq mille roubles d'un coup, et, néanmoins, elle accepte en nantissement des objets d'un rouble. Elle est une providence pour beaucoup des nôtres. Mais quelle horrible mégère !

Et il se mit à raconter qu'elle était méchante, capricieuse, qu'elle n'accordait même pas vingt-quatre heures de répit, et que tout gage non retiré au jour fixé était irrévocablement perdu pour le débiteur ; elle prêtait sur un objet le quart de sa valeur et prenait cinq et même six pour cent d'intérêt par mois, etc. L'étudiant, en veine de bavardage, ajouta que cette affreuse vieille était toute petite, ce qui ne l'empêchait pas de battre à chaque instant et de tenir dans une dépendance complète sa sœur Élisabeth, qui, elle, avait au moins deux archines huit verchoks de taille.

— Voilà encore un phénomène ! s'écria-t-il, et il se mit à rire.

L'entretien roula ensuite sur Élisabeth. L'étudiant parlait d'elle avec un plaisir marqué et toujours en riant. L'officier écoutait son ami avec beaucoup d'intérêt, et le pria de lui envoyer cette Élisabeth pour raccommoder son linge. Raskolnikoff ne perdit pas un mot de cette conversation ; il apprit ainsi une foule de choses. Plus jeune qu'Aléna Ivanovna, dont elle n'était que la sœur consanguine, Élisabeth avait trente-cinq ans. Elle travaillait nuit et jour pour la vieille. Outre qu'elle cumulait dans la maison l'emploi de cuisinière et celui de blanchisseuse, elle faisait des travaux de couture qu'elle vendait, allait laver des parquets au dehors, et tout ce qu'elle gagnait, elle le donnait à sa sœur. Elle n'osait accepter aucune commande, aucun travail qu'après avoir obtenu l'autorisation d'Aléna Ivanovna. Celle-ci, — Élisabeth le savait, — avait déjà fait son testament, aux termes duquel sa sœur n'héritait que de son mobilier. Désireuse d'avoir à perpétuité des prières pour le repos de son âme, la vieille avait légué toute sa fortune à un monastère du gouvernement de N… Élisabeth appartenait à la classe bourgeoise, et non au tchin. C'était une fille démesurément grande et dégingandée, avec de longs pieds toujours chaussés de souliers avachis, d'ailleurs fort propre sur sa personne. Ce qui, surtout, étonnait et faisait rire l'étudiant, c'est qu'Élisabeth était continuellement enceinte…

— Mais tu prétends que c'est un monstre ? observa l'officier.

— Elle est fort brune de peau, à la vérité ; on dirait un soldat habillé en femme, mais, tu sais, ce n'est pas tout à fait un monstre. Il y a tant de bonté dans sa physionomie, et ses yeux ont une expression si sympathique… La preuve, c'est qu'elle plaît à beaucoup de gens. Elle est si tranquille, si douce, si patiente, elle a un caractère tellement facile… Et puis, son sourire même est fort beau.

— Est-ce que par hasard elle te plairait ? demanda en riant l'officier.

— Elle me plaît par son étrangeté. Mais quant à cette maudite vieille, je t'assure que je la tuerais et dépouillerais sans le moindre scrupule de conscience, ajouta avec vivacité l'étudiant.

L'officier se remit à rire, mais Raskolnikoff frissonna. Les paroles qu'il entendait faisaient si étrangement écho à ses propres pensées !

— Permets, je vais te poser une question sérieuse, reprit l'étudiant de plus en plus échauffé. — Tout à l'heure, sans doute, je plaisantais, mais regarde : d'un côté, une vieille femme maladive, bête, stupide, méchante, un être qui n'est utile à personne et qui, au contraire, nuit à tout le monde, qui ne sait pas lui-même pourquoi il vit, et qui mourra demain de sa mort naturelle. Comprends-tu ? comprends-tu ?

— Allons, je comprends, répondit l'officier, qui, en voyant son ami s'emballer de la sorte, le considérait attentivement.

— Je poursuis. De l'autre côté, des forces jeunes, fraîches, qui s'étiolent, se perdent faute de soutien, et cela par milliers, et cela partout ! Cent, mille œuvres utiles qu'on pourrait, les unes créer, les autres améliorer avec l'argent légué par cette vieille à un monastère ! Des centaines d'existences, des milliers peut-être mises dans le bon chemin, des dizaines de familles sauvées de la misère, de la dissolution, de la ruine, du vice, des hopitaux vénériens, — et tout cela avec l'argent de cette femme ! Qu'on la tue et qu'on fasse ensuite servir sa fortune au bien de l'humanité, crois-tu que le crime, si crime il y a, ne sera pas largement compensé par des milliers de bonnes actions ? Pour une seule vie — des milliers de vies arrachées à leur perte ; pour une personne supprimée, cent personnes rendues à l'existence, — mais, voyons, c'est une question d'arithmétique ! Et que pèse dans les balances sociales la vie d'une vieille femme cacochyme, bête et méchante ? Pas plus que la vie d'un pou ou d'une blatte ; je dirai même moins, car cette vieille est une créature malfaisante, un fléau pour ses semblables. Dernièrement, dans un transport de colère, elle a mordu le doigt d'Élisabeth, et il s'en est fallu de peu qu'elle ne l'ait coupé net avec ses dents !

— Sans doute, elle est indigne de vivre, remarqua l'officier, — mais que veux-tu ? la nature…

— Eh ! mon ami, la nature, on la corrige ; on la redresse, sans cela on resterait enseveli dans les préjugés. Sans cela il n'y aurait pas un seul grand homme. On parle du devoir, de la conscience, — je ne veux rien dire là contre, mais comment comprenons-nous ces mots-là ? Attends, je vais encore te faire une question. Écoute !

— Non, maintenant, c'est à mon tour de t'interroger. Laisse-moi te demander une chose.

— Eh bien ?

— Voici : tu es là à pérorer, à faire de l'éloquence ; mais dis-moi seulement ceci : Tueras-tu toi-même cette vieille, oui ou non ?

— Non, naturellement ! Je me place ici au point de vue de la justice… Il ne s'agit pas de moi…

— Eh bien, à mon avis, puisque toi-même tu ne te décides pas à la tuer, c'est que la chose ne serait pas juste ! Allons faire encore une partie !

Raskolnikoff était en proie à une agitation extraordinaire. Certes, cette conversation n'avait, en soi, rien qui dût l'étonner. Plus d'une fois lui-même avait entendu des jeunes gens échanger entre eux des idées analogues ; le thème seul différait. Mais comment l'étudiant se trouvait-il exprimer précisément les pensées qui, à cette minute même, venaient de s'éveiller dans le cerveau de Raskolnikoff ? Et par quel hasard celui-ci, juste au sortir de chez la vieille, entendait-il parler d'elle ? Une telle coïncidence lui parut toujours étrange. Il était écrit que cette insignifiante conversation de café aurait une influence prépondérante sur sa destinée…

Revenu du Marché-au-Foin, il se jeta sur son divan, où il resta assis sans bouger, durant une heure entière. L'obscurité régnait dans la chambre ; il n'avait pas de bougie, et d'ailleurs l'idée ne lui serait même pas venue d'en allumer une. Jamais il ne put se rappeler si pendant ce temps il avait pensé à quelque chose. À la fin, le frisson fiévreux de tantôt le reprit, et il songea avec satisfaction qu'il pouvait tout aussi bien se coucher sur le divan… Un sommeil de plomb ne tarda pas à s'abattre, pour ainsi dire, sur lui.

Il dormit beaucoup plus longtemps que de coutume et sans faire de rêves. Nastasia, qui entra chez lui le lendemain à dix heures, eut grand'peine à le réveiller. La servante lui apportait du pain et, comme la veille, le restant de son propre thé.

— Il n'est pas encore levé ! s'écria-t-elle avec indignation. Peut-on dormir ainsi !

Raskolnikoff se souleva avec effort. Il avait mal à la tête. Il se mit debout, fit un tour dans sa chambre, puis se laissa de nouveau tomber sur le divan.

— Encore ! cria Nastasia, mais tu es donc malade ?

Il ne répondit pas.

— Veux-tu du thé ?

— Plus tard, articula-t-il péniblement ; après quoi, il ferma les yeux et se tourna du côté du mur. Nastasia, debout au-dessus de lui, le contempla pendant quelque temps.

— Au fait, il est peut-être malade, dit-elle avant de se retirer.

À deux heures, elle revint avec de la soupe. Elle trouva Raskolnikoff toujours couché sur le divan. Il n'avait pas touché au thé. La servante se fâcha et se mit à secouer violemment le locataire.

— Qu'as-tu donc à dormir ainsi ? gronda-t-elle en le regardant d'un air de mépris.

Il se mit sur son séant, mais ne répondit pas un mot et resta les yeux fixés à terre.

— Es-tu malade ou ne l'es-tu pas ? demanda Nastasia.

Cette seconde question n'obtint pas plus de réponse que la première.

— Tu devrais sortir, dit-elle après un silence ; le grand air te ferait du bien. Tu vas manger, n'est-ce pas ?

— Plus tard, répondit-il d'une voix faible ; — va-t'en ! Et il la congédia du geste.

Elle resta encore un moment, le considéra avec une expression de pitié et finit par sortir.

Au bout de quelques minutes, il leva les yeux, examina longuement le thé et la soupe, et commença à manger.

Il avala trois ou quatre cuillerées sans appétit, presque machinalement. Son mal de tête s'était un peu calmé. Quand il eut terminé son léger repas, il s'étendit de nouveau sur le divan, mais il ne put se rendormir et resta immobile, couché à plat ventre, le visage enfoncé dans l'oreiller. Sa rêverie évoquait sans cesse des tableaux bizarres ; le plus souvent, il se figurait être en Afrique ; il faisait partie d'une caravane arrêtée dans une oasis ; des palmiers croissaient autour du campement, les chameaux se reposaient de leurs fatigues, les voyageurs étaient en train de dîner ; lui-même se désaltérait dans le courant d'une claire fontaine : l'eau bleuâtre et délicieusement fraîche laissait apercevoir au fond du ruisseau des cailloux de diverses couleurs et des sables aux reflets dorés.

Tout à coup, une sonnerie d'horloge arriva distinctement à son oreille. Ce bruit le fit tressaillir. Rendu au sentiment de la réalité, il leva la tête, regarda vers la fenêtre, et, après avoir calculé l'heure qu'il pouvait être, se leva précipitamment. Ensuite, marchant sur la pointe du pied, il s'approcha de la porte, l'ouvrit tout doucement et se mit à écouter sur le carré. Son cœur battait avec violence. Mais l'escalier était parfaitement silencieux. On aurait dit que tout le monde dormait dans la maison... « Comment ai-je pu ainsi me laisser acculer au dernier moment ? Depuis hier, comment n'ai-je encore rien fait, rien préparé ? » se demandait-il, ne comprenant rien à une pareille négligence... Et pourtant, c'étaient peut-être six heures qui venaient de sonner.

À l'inertie et à la torpeur succéda brusquement chez lui une activité fébrile extraordinaire. Du reste, les préparatifs n'exigeaient pas beaucoup de temps. Il s'efforçait de penser à tout, de ne rien oublier ; mais son cœur continuait à battre avec une telle force que sa respiration devenait difficile. D'abord, il devait faire un nœud coulant et l'adapter à son paletot ; c'était l'affaire d'une minute. Il chercha dans le linge qu'il avait fourré sous l'oreiller une vieille chemise sale, d'ailleurs trop usée pour être encore mettable. Puis, au moyen de lambeaux arrachés à cette chemise, il confectionna une chevilière large d'un verchok et longue de huit.

Après l'avoir pliée en double, il ôta son paletot d'été qui était fait d'une épaisse et solide étoffe de coton (c'était le seul vêtement de dessus qu'il possédât), et il se mit à coudre intérieurement, sous l'aisselle gauche, les deux bouts de la chevilière. Ses mains tremblaient pendant qu'il exécutait ce travail ; il l'accomplit néanmoins avec un tel succès que, quand il eut remis son paletot, aucune trace de couture n'apparut du côté extérieur. L'aiguille et le fil, il se les était procurés depuis longtemps déjà, et il n'eut qu'à les prendre dans le tiroir de sa petite table.

Quant au nœud coulant, destiné à assujettir la hache, c'était un truc fort ingénieux, dont l'idée lui était venue quinze jours auparavant. Se montrer dans la rue avec une hache à la main était impossible. D'autre part, cacher l'arme sous son paletot, c'était se condamner à avoir continuellement la main dessus, et cette attitude aurait attiré l'attention, tandis que, étant donné le nœud coulant, il lui suffisait d'y introduire le fer de la hache, et celle-ci restait suspendue sous son aisselle tout le temps de la route, sans danger de tomber. Il pouvait même l'empêcher de ballotter : pour cela il n'avait qu'à tenir l'extrémité du manche avec sa main fourrée dans la poche de côté de son paletot. Vu l'ampleur de ce vêtement, — un vrai sac, — la manœuvre de la main à l'intérieur ne pouvait être remarquée du dehors.

Cette besogne achevée, Raskolnikoff étendit le bras sous son divan « turc » et, introduisant ses doigts dans une fente du parquet, retira de cette cachette le gage dont il avait eu soin de se munir à l'avance. À vrai dire, ce gage n'en était pas un : c'était tout bonnement une petite éclisse de bois poli, ayant à peu près la longueur et la grosseur qu'aurait pu avoir un porte-cigarette en argent. Pendant une de ses promenades, le jeune homme avait trouvé par hasard ce morceau de bois dans une cour dépendant d'un atelier de menuiserie. Il y joignit une petite plaque de fer, mince et polie, mais de dimensions moindres, qu'il avait aussi ramassée dans la rue. Après avoir croisé l'une contre l'autre l'éclisse et la plaque de fer, il les attacha solidement ensemble à l'aide d'un fil, puis il enveloppa le tout dans un morceau de papier blanc.

Ce petit paquet, auquel il avait tâché de donner un aspect aussi élégant que possible, fut ensuite lié de telle sorte que le nœud fut assez difficile à défaire. C'était un moyen d'occuper momentanément l'attention de la vieille : pendant qu'elle s'escrimerait sur le nœud, le visiteur pourrait saisir l'instant propice. La plaque de fer avait été ajoutée pour donner plus de poids au prétendu gage, afin que, dans le premier moment du moins, l'usurière ne se doutât pas qu'on lui apportait un simple morceau de bois. Raskolnikoff venait à peine de mettre l'objet dans sa poche qu'il entendit soudain quelqu'un crier du dehors :
— Six heures sont sonnées depuis longtemps !

— Depuis longtemps ! mon Dieu !

Il s'élança vers la porte, prêta l'oreille et se mit à descendre ses trente marches, sans faire plus de bruit qu'un chat. Restait le plus important : aller prendre la hache qui se trouvait dans la cuisine. Depuis longtemps il avait décidé qu'il devait se servir d'une hache. Il avait bien chez lui une sorte de sécateur, mais cet instrument ne lui inspirait aucune confiance, et surtout il se défiait de ses forces ; ce fut donc sur la hache que son choix se porta définitivement. Notons, à ce propos, une particularité singulière : à mesure que ses résolutions prenaient un caractère déterminé, il en sentait de plus en plus l'absurdité et l'horreur. Malgré la lutte affreuse qui se livrait au dedans de lui, jamais il ne pouvait admettre un seul instant qu'il en viendrait à exécuter ses projets.

Bien plus, si toutes les questions avaient été tranchées, tous les doutes levés, toutes les difficultés aplanies, il aurait probablement renoncé sur l'heure à son dessein comme à une chose absurde, monstrueuse et impossible. Mais il restait encore une foule de points à vider, de problèmes à résoudre. Pour ce qui était de se procurer la hache, cette niaiserie n'inquiétait nullement Raskolnikoff, car rien n'était plus facile. Le fait est que Nastasia, le soir surtout, n'était presque jamais à la maison. Elle sortait sans cesse pour aller voisiner chez des amies ou chez des boutiquiers, et les querelles que lui faisait sa maîtresse n'avaient jamais d'autre cause.

Le moment venu, il suffirait donc d'entrer tout doucement dans la cuisine et de prendre la hache, quitte à aller la remettre au même endroit une heure après (quand tout serait fini). Mais cela n'irait peut-être pas tout seul : « Supposons, se disait le jeune homme, que, dans une heure, quand je viendrai rapporter la hache, Nastasia soit rentrée. Naturellement, en ce cas, je devrai attendre pour pénétrer dans la cuisine une nouvelle sortie de la servante. Mais si, pendant ce temps-là, elle remarque l'absence de la hache, elle se mettra à la chercher, elle bougonnera, qui sait ? elle jettera peut-être l'émoi dans la maison, — et voilà une circonstance qui sera relevée contre moi ou, du moins, qui pourra l'être ! »

Toutefois, ce n'étaient encore là que des détails, auxquels il ne voulait pas penser ; d'ailleurs, il n'en avait pas le temps. Il songeait au principal, décidé à ne s'occuper de l'accessoire que quand il aurait lui-même pris son parti sur le fond. Cette dernière condition, la plus essentielle de toutes, lui semblait décidément irréalisable. Ainsi, il ne pouvait s'imaginer qu'à un moment donné il cesserait de penser, se lèverait et — irait là carrément… Même dans sa récente répétition (c'est-à-dire dans la visite qu'il avait faite à la vieille pour tâter définitivement le terrain), il s'en était fallu de beaucoup qu'il eût répété sérieusement. Acteur sans conviction, il n'avait pu soutenir son rôle et s'était enfui indigné contre lui-même.

Pourtant, au point de vue moral, Raskolnikoff avait lieu de considérer la question comme résolue. Sa casuistique, aiguisée comme un rasoir, avait tranché toutes les objections, mais, n'en rencontrant plus dans son esprit, il s'efforçait d'en trouver au dehors. On eût dit qu'entraîné par une puissance aveugle, irrésistible, surhumaine, il cherchait désespérément un point fixe auquel il pût se raccrocher. Les incidents si imprévus de la veille agissaient sur lui d'une façon presque absolument automatique. Tel un homme qui a laissé prendre le pan de son habit dans une roue d'engrenage est bientôt saisi lui-même par la machine.

La première question qui l'occupait, et à laquelle, du reste, il avait songé bien des fois, était celle-ci : Pourquoi presque tous les crimes sont-ils si facilement découverts, et pourquoi retrouve-t-on si aisément les traces de presque tous les coupables ?

Il arriva peu à peu à diverses conclusions curieuses. Selon lui, la principale raison du fait était moins dans l'impossibilité matérielle de cacher le crime que dans la personnalité même du criminel : presque toujours ce dernier se trouvait éprouver, au moment du crime, une diminution de la volonté et de l'entendement ; c'est pourquoi il se conduisait avec une étourderie enfantine, une légèreté phénoménale, alors même que la circonspection et la prudence lui étaient le plus nécessaires.

Raskolnikoff assimilait cette éclipse du jugement et cette défaillance de la volonté à une affection morbide qui se développait par degrés, atteignait son maximum d'intensité peu avant la perpétration du crime, subsistait sous la même forme au moment du crime et encore quelque temps après (plus ou moins longtemps suivant les individus), pour cesser ensuite, comme cessent toutes les maladies. Un point à éclaircir était celui de savoir si la maladie détermine le crime ou si le crime lui-même, en vertu de sa nature propre, n'est pas toujours accompagné de quelque phénomène morbide ; mais le jeune homme ne se sentait pas encore capable de résoudre cette question.

En raisonnant de la sorte, il se persuada que lui, personnellement, il était à l'abri de semblables bouleversements moraux, qu'il conserverait la plénitude de son intelligence et de sa volonté pendant toute la durée de son entreprise, par cette seule raison que son entreprise « n'était pas un crime »… Nous ne rapporterons pas la série des arguments qui l'avaient conduit à cette dernière conclusion. Bornons-nous à dire que, dans ses préoccupations, le côté pratique, les difficultés purement matérielles d'exécution restaient tout à fait à l'arrière-plan. « Que je conserve seulement ma présence d'esprit, ma force de volonté, et, quand le moment d'agir sera venu, je triompherai de tous les obstacles… » Mais il ne se mettait pas à l'œuvre. Moins que jamais il croyait à la persistance finale de ses résolutions, et, quand l'heure sonna, il se réveilla comme d'un rêve.

Il n'était pas encore au bas de l'escalier qu'une circonstance fort insignifiante vint le dérouter. Arrivé sur le palier où habitait sa logeuse, il trouva grande ouverte, comme toujours, la porte de la cuisine et jeta discrètement un coup d'œil dans cette pièce : en l'absence de Nastasia, la logeuse elle-même n'était-elle pas là, et, si elle n'y était pas, avait-elle bien fermé la porte de sa chambre ? Ne pouvait-elle pas le voir de chez elle, lorsqu'il entrerait pour prendre la hache ? Voilà ce dont il voulait s'assurer. Mais quelle ne fut pas sa stupeur en constatant que cette fois Nastasia était dans sa cuisine ! Qui plus est, elle était occupée : elle tirait du linge d'un panier et l'étendait sur des cordes. À l'apparition du jeune homme, la servante, interrompant son travail, se tourna vers lui et le regarda jusqu'à ce qu'il se fût éloigné.

Il détourna les yeux et passa sans avoir l'air de rien remarquer. Mais c'était une affaire finie ; il n'avait point de hache ! Cette déconvenue lui porta un coup terrible.

« Et où avais-je pris, pensait-il en descendant les dernières marches de l'escalier, où avais-je pris que juste à ce moment-là Nastasia serait infailliblement sortie ? Comment, m'étais-je mis cela dans la tête ? »

Il était écrasé, comme anéanti. Dans son dépit, il éprouvait un besoin de se moquer de lui-même. Une colère sauvage bouillonnait dans tout son être.

Il s'arrêta indécis sous la porte cochère. Aller dans la rue, sortir sans but, pour la frime, il n'en avait pas la moindre envie, mais il lui était encore plus désagréable de remonter chez lui. « Dire que j'ai perdu pour toujours une si belle occasion ! » grommelait-il, debout en face de l'obscure loge du dvornik, laquelle était ouverte aussi.

Tout à coup, il tressaillit. Dans la loge, à deux pas de Raskolnikoff, quelque chose brillait sous un banc à gauche … Le jeune homme regarda autour de lui, — personne. Il s'approcha tout doucement de la loge, descendit deux petites marches et appela d'une voix faible le dvornik. « Allons, il n'est pas chez lui ! Du reste, il ne doit pas être allé loin, puisqu'il a laissé sa porte ouverte. » Prompt comme l'éclair, il s'élança vers la hache (c'en était une) et la tira de dessous le banc où elle reposait entre deux bûches. Ensuite, il passa l'arme dans le nœud coulant, fourra ses mains dans ses poches et sortit de la loge. Personne ne le remarqua ! « Ce n'est pas l'intelligence qui m'a aidé ici, c'est le diable ! » pensa-t-il avec un sourire étrange. L'heureuse chance qui venait de lui échoir contribua puissamment à l'encourager.

Une fois dans la rue, il marcha tranquillement, gravement, sans se hâter, de peur d'éveiller des soupçons. Il ne regardait guère les passants, il s'efforçait même de ne fixer les yeux sur personne et d'attirer le moins possible l'attention. Soudain il repensa à son chapeau. « Mon Dieu ! avant-hier j'avais de l'argent, j'aurais si bien pu acheter une casquette ! » Une imprécation jaillit du fond de son âme.

Un coup d'œil jeté par hasard dans une boutique où il y avait une horloge adossée au mur lui apprit qu'il était déjà sept heures dix. Le temps pressait, et pourtant il lui fallait faire un détour, car il ne voulait pas être vu arrivant de ce côté à la maison.

Naguère, lorsqu'il essayait de se représenter par avance la situation qui était maintenant la sienne, il se figurait parfois qu'il serait très-effrayé. À présent, contrairement à son attente, il n'avait pas peur du tout. Des pensées étrangères à son entreprise occupaient son esprit, mais ce n'était jamais pour longtemps. Tandis qu'il passait devant le jardin Ioussoupoff, il se disait qu'on ferait bien d'établir sur toutes les places publiques des fontaines monumentales pour rafraîchir l'atmosphère. Puis, par une série de transitions insensibles, il en vint à songer que si le Jardin d'Été prenait toute l'étendue du Champ de Mars et allait même se rejoindre au jardin du palais Michel, Pétersbourg y trouverait force profit et agrément…

« C'est ainsi sans doute que les gens conduits au supplice arrêtent leur pensée sur tous les objets qu'ils rencontrent en chemin. » Cette idée lui vint à l'esprit, mais il se hâta de la chasser… Cependant, il approche : voici la maison, voici la grand'porte. Soudain il entend une horloge sonner un seul coup. « Comment ! est-ce qu'il serait sept heures et demie ? C'est impossible ; elle avance certainement ! »

Cette fois encore, le hasard servit à souhait Raskolnikoff. Comme par un fait exprès, au moment même où il arrivait devant la maison, une énorme charrette de foin entrait par la porte cochère, dont elle occupait presque toute la largeur. Le jeune homme put donc franchir le seuil sans être vu, en se glissant dans l'étroit passage resté libre entre la charrette et le mur. Quand il fut dans la cour, il prit vivement à droite. De l'autre côté de la charrette, des gens se disputaient : il les entendait crier. Mais nul ne le remarqua, et il ne rencontra personne. Plusieurs des fenêtres qui donnaient sur cette immense cour carrée étaient alors ouvertes ; cependant il ne leva pas la tête, — il n'en avait pas la force. Son premier mouvement fut de gagner l'escalier de la vieille, lequel se trouvait à droite.

Reprenant haleine et tenant la main appuyée sur son cœur pour en comprimer les battements, il se mit en devoir de gravir les marches, non sans s'être assuré que sa hache était bien assujettie par le nœud coulant. À chaque minute, il prêtait l'oreille. Mais l'escalier était complétement désert, toutes les portes étaient fermées ; il ne rencontra pas une âme. Au second étage, il est vrai, un logement inhabité, était ouvert, et des peintres y travaillaient. Ceux-ci, du reste, ne virent pas Raskolnikoff. Il s'arrêta un instant, réfléchit et continua son ascension. « Sans doute mieux vaudrait qu'ils ne fussent pas là, mais... au-dessus d'eux il y a encore deux étages. »

Voici le quatrième étage, voici la porte d'Aléna Ivanovna ; le logement d'en face est inoccupé. Au troisième, l'appartement situé juste au-dessous de celui de la vieille est vide aussi, selon toute apparence : la carte de visite qui était clouée sur la porte n'y est plus, les locataires sont partis !... Raskolnikoff étouffait. Il eut une seconde d'hésitation : « Ne ferais-je pas mieux de m'en aller ? » Mais, sans répondre à cette question, il se mit aux écoutes : aucun bruit ne venait de chez l'usurière. Dans l'escalier, même silence. Après avoir longuement prêté l'oreille, le jeune homme jeta un dernier regard autour de lui et tâta de nouveau sa hache. « Ne suis-je point trop pâle ? pensa-t-il, — n'ai-je pas l'air trop agité ? Elle est défiante... Si j'attendais encore un peu... pour laisser à mon émotion le temps de se calmer ?... »

Mais, loin de s'atténuer, les pulsations de son cœur devenaient de plus en plus violentes... Il n'y put tenir davantage, et, avançant lentement la main vers le cordon de la sonnette, il le tira à lui. Au bout d'une demi-minute, il sonna de nouveau, cette fois un peu plus fort.

Pas de réponse. Carillonner comme un sourd eut été inutile, maladroit même. À coup sûr, la vieille était chez elle ; mais, naturellement soupçonneuse, elle devait l'être d'autant plus en ce moment qu'elle se trouvait seule. Raskolnikoff connaissait en partie les habitudes d'Aléna Ivanovna. Et, derechef, il appliqua son oreille contre la porte. La

circonstance avait-elle développé chez lui une acuité particulière de sensation (ce qui, en général, est difficile à admettre), ou bien, en effet, le bruit était-il aisément perceptible ?
Quoi qu'il en soit, son ouïe distingua soudain qu'une main se posait avec précaution sur le bouton de la serrure et qu'une robe frôlait la porte. Quelqu'un, à l'intérieur, se livrait exactement au même manège que lui sur le palier. Quelqu'un, debout près de la serrure, écoutait en s'efforçant de dissimuler sa présence, et probablement aussi avait l'oreille collée contre la porte.

Ne voulant pas avoir l'air de se cacher, le jeune homme fit exprès de remuer quelque peu bruyamment et de grommeler assez haut ; puis il sonna pour la troisième fois, mais doucement, posément, sans que son coup de sonnette trahit la moindre impatience. Cette minute laissa à Raskolnikoff un souvenir ineffaçable. Quand, plus tard, il y songeait, jamais il ne parvenait à comprendre comment il avait pu déployer tant de ruse, alors surtout que l'émotion le troublait au point de lui ôter par instants la possession de ses facultés intellectuelles et physiques... Au bout d'un moment, il entendit qu'on tirait le verrou.

Chapitre VII

Comme lors de sa précédente visite, Raskolnikoff vit la porte s'entrebâiller tout doucement et, par l'étroite ouverture, deux yeux brillants se fixer sur lui avec une expression de défiance. Alors le sang-froid l'abandonna, et il commit une faute qui aurait pu tout gâter.

Craignant qu'Aléna Ivanovna n'eût peur de se trouver seule avec un visiteur dont l'aspect devait être peu rassurant, il saisit la porte et la tira à lui, pour que la vieille ne s'avisât point de la refermer. L'usurière ne l'essaya pas, mais elle ne lâcha pas non plus le bouton de la serrure, si bien qu'elle faillit être projetée de l'antichambre sur le carré, lorsque Raskolnikoff tira la porte à lui. Comme elle restait debout sur le seuil et s'obstinait à ne point lui livrer passage, il marcha droit sur elle. Effrayée, elle fit un saut en arrière, voulut parler, mais ne put prononcer un mot, et regarda le jeune homme en ouvrant ses yeux tout grands.

— Bonjour, Aléna Ivanovna, commença-t-il du ton le plus dégagé qu'il put prendre, mais vainement il affectait l'insouciance, sa voix était entrecoupée et tremblante ; — je vous apporte... un objet... mais entrons... pour en juger, il faut le voir à la lumière... Et, sans attendre qu'on l'invitât à entrer, il pénétra dans la chambre. La vieille le rejoignit vivement, sa langue s'était dénouée.

— Seigneur ! Mais que voulez-vous ?... Qui êtes-vous ? Qu'est-ce qu'il vous faut ?

— Voyons, Aléna Ivanovna, vous me connaissez bien... Raskolnikoff... Tenez, je vous apporte le gage dont je vous ai parlé l'autre jour... Et il lui tendit l'objet.

Aléna Ivanovna allait l'examiner, quand soudain elle se ravisa et, relevant les yeux, attacha un regard perçant, irrité et soupçonneux sur le visiteur qui s'était introduit chez elle avec si peu de cérémonie. Elle le considéra ainsi durant une minute. Raskolnikoff crut même apercevoir une sorte de moquerie dans les yeux de la vieille, comme si déjà elle eût tout deviné. Il sentait qu'il perdait contenance, qu'il avait presque peur, et que si cette inquisition muette se prolongeait encore pendant une demi-minute, il allait sans doute prendre la fuite.

— Qu'avez-vous donc à me regarder ainsi, comme si vous ne me reconnaissiez pas ? dit-il tout à coup, se fâchant à son tour. Si vous voulez de cet objet, prenez-le ; si vous n'en voulez pas, c'est bien, je m'adresserai ailleurs ; il est inutile de me faire perdre mon temps.

Ces paroles lui échappèrent sans qu'il les eût aucunement préméditées.

Le langage résolu du visiteur fit une excellente impression sur la vieille.

— Mais pourquoi donc êtes-vous si pressé, batuchka ? Qu'est-ce que c'est ? demanda-t-elle en regardant le gage.

— Un porte-cigarette en argent : je vous l'ai dit la fois passée.

Elle tendit la main.

— Que vous êtes pâle ! Vos mains tremblent ! Vous êtes malade, batuchka ?

— J'ai la fièvre, répondit-il d'une voix saccadée. Comment pourrait-on ne pas être pâle… quand on n'a pas de quoi manger ? acheva-t-il non sans peine. Ses forces l'abandonnaient de nouveau. Mais la réponse paraissait vraisemblable ; la vieille prit le gage.

— Qu'est-ce que c'est ? interrogea-t-elle pour la seconde fois ; et, tout en soupesant le gage, elle regarda encore fixement son interlocuteur.

— Un objet… un porte-cigarette… en argent… voyez.

— Tiens, mais on ne dirait pas que c'est en argent !… Oh ! comme cela est ficelé !

Tandis qu'Aléna Ivanovna s'efforçait de défaire le petit paquet, elle s'était approchée de la lumière (toutes ses fenêtres étaient fermées, malgré l'étouffante chaleur) ; dans cette position, elle tournait le dos à Raskolnikoff, et durant quelques secondes elle ne s'occupa plus du tout de lui. Le jeune homme déboutonna son paletot et dégagea la hache, du nœud coulant, mais sans la retirer encore tout à fait ; il se borna à la tenir de la main droite sous son vêtement. Une terrible faiblesse envahissait ses membres ; lui-même sentait, que d'instant en instant ils s'engourdissaient davantage. Il craignait que ses doigts ne laissassent échapper la hache… tout à coup la tête commença à lui tourner.

— Mais qu'est-ce qu'il a donc fourré là dedans ? s'écria avec colère Aléna Ivanovna, et elle fit un mouvement dans la direction de Raskolnikoff.

Il n'y avait plus un instant à perdre. Il retira la hache de dessous son paletot, l'éleva en l'air en la tenant des deux mains et, par un geste mou, presque machinalement, car il n'avait plus de forces, la laissa retomber sur la tête de la vieille. Toutefois, à peine eut-il frappé que l'énergie physique lui revint.

Aléna Ivanovna, selon son habitude, avait la tête nue. Ses cheveux grisonnants, clair-semés, et, comme toujours, gras d'huile, étaient rassemblés en une mince tresse, dite queue de rat, fixée sur la nuque par un morceau de peigne de corne. Le coup atteignit juste le sinciput, ce à quoi contribua la petite taille de la victime. Elle poussa à peine un faible cri et soudain s'affaissa sur le parquet ; toutefois elle eut encore la force de lever les deux bras vers sa tête. Dans l'une de ses mains elle tenait toujours le « gage ». Alors Raskolnikoff, dont le bras avait retrouvé toute sa vigueur, asséna deux nouveaux coups de hache sur le sinciput de l'usurière. Le sang jaillit à flots, et le corps s'abattit lourdement par terre. Au moment de la chute, le jeune homme s'était reculé ; sitôt qu'il eut vu la vieille gisant sur le plancher, il se pencha vers son visage ; elle était morte. Les yeux grands ouverts semblaient vouloir sortir de leurs orbites, les convulsions de l'agonie avaient donné à toute la figure une expression grimaçante.

Le meurtrier déposa la hache sur le parquet et, séance tenante, se mit en devoir de fouiller le cadavre, en prenant les précautions les plus méticuleuses pour éviter les taches de sang ; il se souvenait d'avoir vu, la dernière fois, Aléna Ivanovna chercher ses clefs dans la poche droite de sa robe. Il avait la pleine possession de son intelligence ; il n'éprouvait ni étourdissements, ni vertiges, mais ses mains continuaient à trembler. Plus tard, il se rappela qu'il avait été très-prudent, très-attentif, qu'il avait appliqué tous ses soins à ne pas se salir… Les clefs ne furent pas longues à trouver ; comme l'autre jour, elles étaient toutes réunies ensemble par un anneau d'acier.

Après s'en être emparé, Raskolnikoff passa aussitôt dans la chambre à coucher. Cette pièce était fort petite ; on y voyait d'un côté une grande vitrine remplie d'images pieuses, de l'autre un grand lit très-propre avec une courte-pointe en soie doublée d'ouate et faite de pièces rapportées. Au troisième panneau était adossée une commode. Chose étrange : à peine le jeune homme eut-il entrepris d'ouvrir ce meuble, à peine eut-il commencé à se servir des clefs, qu'une sorte de frisson parcourut tout son corps. L'idée lui revint tout à coup de renoncer à sa besogne et de s'en aller, mais cette velléité ne dura qu'un instant : il était trop tard pour s'en aller.

Il souriait même d'avoir pu songer à cela quand, soudain, il fut pris d'une inquiétude terrible : si, par hasard, la vieille n'était pas encore morte, si elle reprenait ses sens ? Laissant là les clefs et la commode, il courut vivement auprès du corps, saisit la hache et s'apprêta à en porter un nouveau coup à sa victime, mais l'arme déjà levée ne s'abattit point : il n'y avait pas à douter qu'Aléna Ivanovna fût morte. En se penchant de nouveau vers elle pour l'examiner de plus près ; Raskolnikoff constata que le crâne était fracassé. Une mare de sang s'était formée sur le parquet. Remarquant tout à coup un cordon au cou de la vieille, le jeune homme le tira violemment, mais le cordon ensanglanté était solide et ne se rompit point.

L'assassin essaya alors de l'enlever en le faisant glisser le long du corps. Il ne fut pas plus heureux dans cette seconde tentative, le cordon rencontra un obstacle et se refusa à glisser. Impatienté, Raskolnikoff brandit la hache, prêt à en frapper le cadavre pour trancher du même coup ce maudit lacet ; toutefois, il ne put se résoudre à procéder avec cette brutalité. Enfin, après deux minutes d'efforts, qui lui rougirent les mains, il parvint à couper le cordon avec le tranchant de la hache, sans entamer le corps de la morte. Ainsi qu'il l'avait supposé, c'était une bourse que la vieille portait au cou. Il y avait encore, suspendues au cordon, une petite médaille émaillée et deux croix, l'une en bois de cyprès, l'autre en cuivre. La bourse crasseuse, — un petit sac en peau de chamois, — était absolument bondée. Raskolnikoff la mit dans sa poche sans s'assurer du contenu ; il jeta les croix sur la poitrine de la vieille, et, prenant cette fois la hache avec lui, il rentra en toute hâte dans la chambre à coucher.

Son impatience était extrême, il saisit les clefs et se remit à la besogne. Mais ses tentatives pour ouvrir la commode restaient infructueuses, ce qu'il fallait attribuer moins encore au tremblement de ses mains qu'à ses méprises continuelles ; il voyait, par exemple, que telle clef n'allait pas à la serrure, et il s'obstinait cependant à l'y faire entrer. Tout à coup il se rappela une conjecture qu'il avait déjà faite lors de sa précédente visite : cette grosse clef à panneton dentelé, qui figurait avec les petites autour du cercle d'acier, devait être celle non de la commode, mais de quelque caisse où la vieille avait peut-être serré toutes ses valeurs. Sans plus s'occuper de la commode, il chercha aussitôt sous le lit, sachant que les vieilles femmes ont coutume de cacher leur trésor en cet endroit.

Effectivement, là se trouvait un coffre long d'un peu plus d'une archine et couvert en maroquin rouge. La clef dentelée allait parfaitement à la serrure. Quand Raskolnikoff eut ouvert cette caisse, il aperçut, posée sur un drap blanc, une pelisse en peau de lièvre à garniture rouge ; sous la fourrure il y avait une robe de soie, puis un châle ; le fond ne semblait guère contenir que des chiffons. Le jeune homme commença par essuyer sur la garniture rouge ses mains ensanglantées. « Sur du rouge le sang se verra moins. » Puis il se ravisa tout à coup : « Seigneur, est-ce que je deviens fou ? » pensa-t-il avec effroi.

Mais à peine avait-il touché à ces hardes que de dessous la fourrure glissa une montre en or. Il se mit à retourner de fond en comble le contenu du coffre. Parmi les chiffons se trouvaient des objets en or, qui tous, probablement, avaient été déposés comme gages entre les mains de l'usurière, — des bracelets, des chaînes, des pendants d'oreilles, des épingles de cravate, etc. Les uns étaient renfermés dans des écrins, les autres noués avec une faveur dans un fragment de journal plié en deux.

Raskolnikoff n'hésita pas, il fit main basse sur ces bijoux dont il remplit les poches de son pantalon et de son paletot sans ouvrir les écrins ni défaire les paquets ; mais il fut bientôt interrompu dans sa besogne…

Des pas se faisaient entendre dans la chambre où gisait la vieille. Il s'arrêta, glacé de terreur. Cependant, le bruit ayant cessé de se produire, il croyait déjà avoir été dupe d'une hallucination de l'ouïe, quand soudain il perçut distinctement un léger cri ou plutôt un sorte de gémissement faible et entrecoupé. Au bout d'une ou deux minutes, tout retomba dans un silence de mort. Raskolnikoff s'était assis par terre près du coffre et attendait, respirant à peine. Tout à coup il bondit, saisit la hache et s'élança hors de la chambre à coucher.

Au milieu de la chambre, Élisabeth, un grand paquet dans les mains, contemplait d'un œil effaré le cadavre de sa sœur ; pâle comme un linge, elle semblait n'avoir pas la force de crier. À la brusque apparition du meurtrier, elle se mit à trembler de tous ses membres, et des frissons parcoururent son visage : elle essaya de lever le bras, d'ouvrir la bouche, mais elle ne proféra aucun cri, et, reculant lentement, le regard toujours attaché sur Raskolnikoff, elle alla se blottir dans un coin. La pauvre femme opéra cette retraite toujours sans crier, comme si le souffle eût manqué à sa poitrine. Le jeune homme s'élança sur elle, la hache haute : les lèvres de la malheureuse prirent l'expression plaintive qu'on remarque chez les tout petits enfants quand ils commencent à avoir peur de quelque chose, regardent fixement l'objet qui les effraye et sont sur le point de crier.

L'épouvante avait si complétement hébété cette infortunée Élisabeth que, menacée par la hache, elle ne songea même pas à garantir son visage en portant ses mains devant sa tête par ce geste machinal que suggère en pareil cas l'instinct de conservation. Elle souleva à peine son bras gauche et l'étendit lentement dans la direction de l'assassin comme pour écarter ce dernier. Le fer de la hache pénétra dans le crâne, fendit toute la partie supérieure du front et atteignit presque le sinciput. Élisabeth tomba roide morte. Ne sachant plus ce qu'il faisait, Raskolnikoff prit le paquet que la victime tenait à la main, puis il l'abandonna et courut à l'antichambre.

Il était de plus en plus terrifié, surtout depuis ce second meurtre qui n'avait été nullement prémédité par lui. Il avait hâte de s'esquiver ; si alors il avait été en état de se rendre mieux compte des choses, s'il avait seulement pu calculer toutes les difficultés de sa position, la voir aussi désespérée, aussi laide, aussi absurde qu'elle l'était, comprendre combien il lui restait encore d'obstacles à surmonter, peut-être même de crimes à commettre pour s'arracher de cette maison et rentrer chez lui, il aurait très-vraisemblablement renoncé à la lutte et fût allé sur-le-champ se dénoncer ; ce n'est même pas la pusillanimité qui l'y aurait poussé, mais l'horreur de ce qu'il avait fait. Cette impression allait se fortifiant de minute en minute. Pour rien au monde il n'aurait voulu à présent s'approcher de la caisse, ni même rentrer dans l'appartement.

Cependant peu à peu son esprit se laissa distraire par d'autres pensées, et il tomba dans une sorte de rêverie ; par moments l'assassin semblait s'oublier ou plutôt oublier le principal pour s'attacher à des niaiseries. Du reste, un regard jeté dans la cuisine lui ayant fait découvrir sur un banc un seau à demi rempli d'eau, il eut l'idée de laver ses mains et sa hache. Le sang rendait ses mains gluantes. Après avoir plongé dans l'eau le tranchant de la hache, il prit un petit morceau de savon qui se trouvait sur l'appui de la fenêtre et commença à faire ses ablutions. Quand il se fut lavé les mains, il se mit en devoir de nettoyer le fer de son arme ; ensuite, il passa trois minutes à savonner le bois qui avait aussi reçu des éclaboussures de sang.

Puis il essuya le tout avec un linge qui séchait sur une corde tendue à travers la cuisine. Cette besogne terminée, il s'approcha de la fenêtre pour se livrer à un examen attentif et prolongé de la hache. Les traces accusatrices avaient disparu, mais le bois était encore humide. Raskolnikoff cacha soigneusement l'arme sous son paletot en la remettant dans le nœud coulant ; après quoi, il fit une inspection minutieuse de ses vêtements, autant du moins que le lui permit la faible lumière qui éclairait la cuisine. À première vue, le pantalon et le pardessus n'offraient rien de suspect, mais il y avait des taches sur les bottes. Il les enleva à l'aide d'un chiffon trempé dans l'eau.

Cependant ces précautions ne le rassuraient qu'à demi, car il savait qu'il y voyait mal et qu'il pouvait fort bien n'avoir pas remarqué certaines souillures. Il restait irrésolu au milieu de la chambre, en proie à une pensée sombre, angoissante : la pensée qu'il devenait fou, qu'en ce moment il était hors d'état de prendre une détermination et de veiller à sa sûreté, que sa manière d'agir n'était peut-être pas celle qu'il eût fallu dans la circonstance présente… « Mon Dieu ! Je dois m'en aller, m'en aller au plus vite ! » murmura-t-il, et il s'élança dans l'antichambre où l'attendait la pire terreur qu'il eût encore éprouvée.

Il demeura immobile, n'osant en croire ses yeux : la porte du logement, la porte extérieure qui donnait accès sur le carré, celle-là même où il avait sonné tantôt et par laquelle il était entré, il la trouva ouverte : jusqu'à ce moment, elle était restée entre-bâillée ; par précaution, peut-être, la vieille ne l'avait pas refermée ; on n'avait ni donné un tour de clef, ni tiré le verrou ! Mais, mon Dieu ! il avait bien vu ensuite Élisabeth ! Comment donc ne s'était-il pas douté qu'elle s'était introduite par la porte ? Elle ne pouvait pas avoir pénétré dans le logement en traversant la muraille.

Il ferma la porte et la verrouilla.

— Mais non, ce n'est pas encore cela ! Il faut partir, partir… Il tira le verrou et, après avoir ouvert la porte, se mit aux écoutes sur l'escalier.

Il prêta longtemps l'oreille. En bas, probablement sous la porte cochère, deux voix bruyantes échangeaient des injures. « Qu'est-ce que c'est que ces gens-là ? » Il attendit patiemment. Enfin les vociférations cessèrent de se faire entendre : les deux braillards étaient partis chacun de son côté. Déjà le jeune homme allait sortir quand, à l'étage au dessous, une porte s'ouvrit avec fracas sur l'escalier et quelqu'un se mit à descendre en fredonnant un air. « Qu'est-ce qu'ils ont donc tous à faire tant de bruit ? » pensa-t-il, et, refermant de nouveau la porte sur lui, il attendit encore. Finalement le silence se rétablit ; mais au moment où Raskolnikoff s'apprêtait à descendre, son oreille perçut tout à coup un nouveau bruit.

C'étaient des pas encore fort éloignés qui résonnaient sur les premières marches de l'escalier ; toutefois, il n'eut pas plus tôt commencé à les entendre qu'il devina immédiatement la vérité : on se rendait sans aucun doute ici, au quatrième étage, chez la vieille. D'où lui venait ce pressentiment ? Qu'y avait-il de particulièrement significatif dans le bruit de ces pas ? Ils étaient lourds, réguliers et plutôt lents que pressés.

Voici qu'il est déjà arrivé au premier étage, il monte encore… On l'entend de mieux en mieux… Il souffle comme un asthmatique en gravissant les marches… Eh ! il est en train de gagner le troisième étage… Ici !

Et Raskolnikoff eut soudain la sensation d'une paralysie générale comme il arrive dans un cauchemar où vous vous croyez poursuivi par des ennemis : ils sont sur le point de vous atteindre, ils vont vous tuer, et vous restez cloué sur place, incapable de mouvoir un membre.

L'étranger commençait à monter l'escalier du quatrième étage. Raskolnikoff, que l'épouvante avait jusqu'alors tenu immobile sur le carré, put enfin secouer sa torpeur et rentra en toute hâte dans l'appartement, dont il ferma la porte sur lui. Ensuite il tira le verrou, en ayant soin de faire le moins de bruit possible. L'instinct plus que le raisonnement le guida en cette circonstance. Quand il eut tout fini, il se blottit contre la porte, où il resta aux écoutes, osant à peine respirer. Déjà le visiteur était sur le palier. Il n'y avait entre les deux hommes que l'épaisseur de la porte. L'inconnu se trouvait vis-à-vis de Raskolnikoff dans la situation où ce dernier s'était trouvé tantôt vis-à-vis de la vieille.

Le visiteur respira à plusieurs reprises avec effort. « Il doit être gros et grand », pensa le jeune homme en serrant dans sa main le manche de sa hache. Tout cela ressemblait à un songe. Le visiteur donna un fort coup de sonnette.

Aussitôt il crut s'apercevoir qu'un certain mouvement se produisait dans la chambre. Pendant quelques secondes il écouta attentivement, puis il sonna de nouveau, attendit encore un peu, et soudain, pris d'impatience, se mit à tirer de toutes ses forces le bouton de la porte. Raskolnikoff contemplait avec effroi le verrou qui tremblait dans le crampon, et il s'attendait à l'en voir sortir d'un instant à l'autre, tant étaient violentes les secousses imprimées à la porte. Il eut l'idée de retenir le verrou avec la main, mais l'homme aurait pu se douter de la chose. La tête commençait derechef à lui tourner. « Je vais me perdre ! » se dit-il ; toutefois il recouvra subitement sa présence d'esprit lorsque l'inconnu rompit le silence.

— Est-ce qu'elles dorment, ou quelqu'un les a-t-il étranglées ? Trois fois maudites créatures ! grondait d'une voix de basse le visiteur. — Eh ! Aléna Ivanovna, vieille sorcière ! Élisabeth Ivanovna, beauté indescriptible ! ouvrez ! Oh ! les maudites ! est-ce qu'elles dorment ?

Exaspéré, il sonna dix fois de suite et le plus fort qu'il put. Sans doute cet homme avait ses habitudes dans la maison et y faisait la loi.

Au même moment, des pas légers et rapides retentirent sur l'escalier. C'était encore quelqu'un qui montait au quatrième étage. Raskolnikoff ne s'aperçut pas d'abord de l'arrivée du nouveau venu.

— Est-il possible qu'il n'y ait personne ? Et celui-ci d'une voix sonore et gaie en s'adressant au premier visiteur qui continuait à tirer la sonnette. — Bonjour, Koch !

« À en juger par la voix, ce doit être un tout jeune homme », pensa subitement Raskolnikoff.

— Le diable le sait, peu s'en est fallu que je n'aie brisé la serrure, répondit Koch. — Mais vous, comment me connaissez-vous ?

— Cette question ! Avant-hier, à Gambrinus, je vous ai gagné trois parties de suite au billard.

— A-a-ah !…

— Ainsi, elles n'y sont pas ? C'est étrange. Je dirai même que c'est bête. Où la vieille serait-elle allée ? j'ai à lui parler.

— Et moi aussi, batuchka, j'ai à lui parler.

— Eh bien, que faire ? Alors, il n'y a plus qu'à s'en retourner. E-eh ! moi qui étais venu pour lui emprunter de l'argent ! s'écria le jeune homme.

— Sans doute, il ne reste plus qu'à s'en aller ; mais, en ce cas, pourquoi donner un rendez-vous ? Elle-même, la sorcière, m'avait indiqué cette heure-ci. C'est, qu'il y a une jolie trotte d'ici chez moi. Et où diable a-t-elle pu courir ainsi ? Je n'y comprends rien. Elle ne bouge pas de toute l'année, la sorcière ; elle moisit sur place, ses jambes sont malades, et voilà que tout d'un coup elle prend la clef des champs !

— Si nous questionnions le dvornik ?

— Pourquoi ?

— Pour savoir où elle est allée et quand elle reviendra.

— Hum… diable… questionner… Mais elle ne va jamais nulle part… Et il tira encore une fois à lui le bouton de la serrure. — Diable, il n'y a rien à faire, il faut s'en aller !

— Attendez ! cria tout à coup le jeune homme, — regardez : voyez-vous comme la porte résiste quand on tire ?

— Eh bien ?

— Cela prouve qu'elle est fermée non à la clef, mais au verrou ! Entendez-vous comme il résonne ?

— Eh bien ?

— Mais comment donc ne comprenez-vous pas ? C'est la preuve que l'une d'elles est à la maison. Si toutes deux étaient sorties, elles auraient fermé la porte en dehors, à la clef, et n'auraient pas tiré le verrou intérieurement. Tenez, entendez-vous le bruit qu'il fait ? Or, pour s'enfermer au verrou, il faut être chez soi, comprenez-vous ? Donc elles sont chez elles, seulement elles n'ouvrent pas !

— Bah ! mais oui, au fait ! s'écria Koch étonné. — Ainsi elles sont là !

Et il se mit à ébranler furieusement la porte.

— Attendez ! reprit le jeune homme, — ne tirez pas comme cela. Il y a ici quelque chose de louche… Vous avez sonné, vous avez tiré de toutes vos forces sur la porte, — elles n'ouvrent pas ; donc, ou toutes deux sont évanouies, ou…

— Quoi ?

— Voici ce qu'il y a à faire : faisons monter le dvornik pour qu'il les réveille lui-même.

— C'est une idée !

Tous deux se mirent en devoir de descendre.

— Attendez ! Restez ici ; moi, j'irai chercher le dvornik.

— Pourquoi rester ?

— Mais qui sait ce qui peut arriver ?

— Soit…

— Voyez-vous, je me prépare à être juge d'instruction ! Il y a ici quelque chose qui n'est pas clair, cela est évident, é-vi-dent ! fit avec chaleur le jeune homme, et il descendit quatre à quatre les marches de l'escalier.
Resté seul, Koch sonna encore une fois, mais doucement ; puis il se mit, d'un air songeur, à tourmenter le bouton de la serrure, faisant aller et

venir le pêne, pour bien se convaincre que la porte n'était fermée qu'au verrou. Ensuite, soufflant comme un homme poussif, il se baissa pour regarder par le trou de la serrure, mais en dedans la clef y avait été mise, de sorte qu'on ne pouvait rien voir.

Debout, de l'autre côté de la porte, Raskolnikoff tenait la hache dans ses mains.

Il était comme en délire et s'apprêtait à livrer bataille aux deux hommes quand ils pénétreraient dans l'appartement. Plus d'une fois, en les entendant cogner et se concerter entre eux, il eut l'idée d'en finir tout de suite et de les interpeller à travers la porte. Par moments, il éprouvait une envie de les injurier, de les narguer, en attendant qu'ils fissent invasion dans le local. « Plus tôt ce sera fini, mieux cela vaudra ! » pensait-il de temps en temps.

— Quel diable pourtant !...

Le temps se passait, personne ne venait. Koch commença à perdre patience.

— Quel diable !... vociféra-t-il de nouveau, et, ennuyé d'attendre, il abandonna sa faction pour aller en bas retrouver le jeune homme. Peu à peu, le bruit de ses bottes qui résonnaient lourdement sur l'escalier cessa de se faire entendre.

— Seigneur ! Que faire ?

Raskolnikoff tira le verrou et entre-bâilla la porte. Rassuré par le silence qui régnait dans la maison, et, d'ailleurs, presque hors d'état de réfléchir en ce moment, il sortit, ferma derrière lui la porte du mieux qu'il put et enfila l'escalier.

Il avait déjà descendu plusieurs marches quand soudain un grand bruit se produisit au-dessous de lui ; où se fourrer ? Il n'y avait moyen de se cacher nulle part. Il remonta en toute hâte.

— Eh ! liéchi, diable ! arrête !

Celui qui poussait ces cris venait de faire irruption d'un logement situé à l'un des étages inférieurs, et il descendait l'escalier de toute la vitesse de ses jambes en vociférant à tue-tête :
— Mitka ! Mitka ! Mitka ! Mitka ! Mitka ! Que le diable enlève le fou !

L'éloignement ne permit pas d'en entendre davantage ; l'homme qui proférait ces exclamations était déjà loin de la maison. Le silence se rétablit ; mais à peine cette alarme avait-elle pris fin qu'une autre lui succéda : plusieurs individus qui s'entretenaient ensemble à haute voix montaient tumultueusement l'escalier. Ils étaient trois ou quatre. Raskolnikoff distingua la voix sonore du jeune homme. « Ce sont eux ! »

N'espérant plus leur échapper, il alla carrément à leur rencontre : « Advienne que pourra ! se dit-il ; s'ils m'arrêtent, c'est fini ; s'ils me laissent passer, c'est fini encore : ils se souviendront de m'avoir croisé dans l'escalier. » Ils allaient le joindre, un étage seulement le séparait d'eux — et tout d'un coup voilà le salut ! À quelques marches de lui, à droite, un appartement était vide et grand ouvert, ce même logement du second étage où travaillaient des peintres, mais, comme par un fait exprès, ils venaient de le quitter.

C'étaient sans doute eux qui tout à l'heure étaient partis en poussant ces cris. On voyait que la peinture des parquets était toute fraîche, au milieu de la chambre les ouvriers avaient laissé leurs ustensiles : un cuveau, un tesson avec de la couleur et une grosse brosse. En un clin d'œil, Raskolnikoff se glissa dans le logement inoccupé et se dissimula de son mieux contre le mur. Il était temps : déjà ses persécuteurs arrivaient sur le palier, mais ils ne s'y arrêtèrent pas et montèrent au quatrième étage en causant bruyamment. Après avoir attendu qu'ils se fussent un peu éloignés, il sortit sur la pointe du pied et descendit précipitamment.

Personne dans l'escalier ! Personne non plus sous la porte cochère ! Il franchit lestement le seuil et, une fois dans la rue, prit à gauche.

Il savait très-bien, il savait parfaitement que ceux qui le cherchaient étaient en ce moment dans le logis de la vieille et s'étonnaient de trouver ouverte la porte qui tantôt était fermée. « Ils sont en train de considérer le cadavre, pensait-il ; sans doute il ne leur faudra pas plus d'une minute pour deviner que le meurtrier a réussi à se dissimuler à leurs regards pendant qu'ils montaient l'escalier ; peut-être même soupçonneront-ils qu'il se tenait caché dans le logement vide du second étage, alors qu'eux se rendaient au quatrième. » Mais, tout en se faisant ces réflexions, il n'osait hâter sa marche, quoiqu'il eût encore cent pas à faire avant d'arriver au premier coin de rue. « Si je me glissais sous une porte cochère, dans quelque rue écartée, et que j'attendisse là pendant un moment ? Non, mauvais ! Si j'allais jeter ma hache quelque part ? Si je prenais une voiture ? Mauvais ! mauvais ! »

Enfin, un péréoulok s'offrit à lui ; il s'y engagea plus mort que vif. Là, il était à moitié sauvé, et il le comprenait : en cet endroit, les soupçons ne pouvaient guère se porter sur lui ; d'autre part, il lui était plus facile de se dérober à l'attention au milieu des passants. Mais toutes ces angoisses l'avaient tellement affaibli qu'il se tenait difficilement sur ses jambes. De grosses gouttes de sueur ruisselaient sur son visage ; il avait le cou tout moite : « Je crois que tu as ton compte ! » lui cria, comme il débouchait sur le canal, quelqu'un qui le prenait pour un homme ivre.

Il n'avait plus sa tête à lui ; plus il allait, plus ses idées s'obscurcissaient. Toutefois, quand il arriva sur le quai, il s'effraya d'y voir si peu de monde, et, craignant qu'on ne le remarquât dans un lieu si solitaire, il regagna le péréoulok. Bien qu'il eût à peine la force de marcher, il ne laissa pas de faire un long détour pour retourner chez lui.

Lorsqu'il franchit le seuil de sa demeure, il n'avait pas encore pleinement recouvré sa présence d'esprit ; du moins la pensée de la hache ne lui revint que quand il était déjà sur l'escalier. Cependant la question qu'il avait à résoudre était des plus sérieuses : il s'agissait de reporter la hache où il l'avait prise, et de faire cela sans attirer aucunement l'attention. Plus capable de raisonner sa situation, il aurait assurément compris qu'au lieu de remettre l'arme à son ancienne place il eût peut-être beaucoup mieux valu s'en débarrasser en la jetant dans la cour de quelque maison étrangère.

Néanmoins, tout réussit à souhait. La porte de la loge était fermée, mais non à la clef ; donc, selon toute apparence, le dvornik était chez lui. Mais Raskolnikoff avait si bien perdu toute faculté de combiner un plan quelconque, qu'il alla droit à la loge et l'ouvrit. Si le dvornik lui avait demandé : « Que voulez-vous ? » peut-être lui eut-il tout bonnement tendu la hache. Mais, comme la première fois, le dvornik était absent, ce qui donna toute facilité au jeune homme pour replacer la hache sous le banc, à l'endroit où il l'avait trouvée.

Ensuite il monta l'escalier et arriva jusqu'à sa chambre sans rencontrer personne ; la porte du logement de la propriétaire était fermée. Rentré chez lui, il se jeta tout habillé sur son divan. Il ne dormit pas, mais il resta dans une sorte d'inconscience. Si quelqu'un était alors entré dans son logis, il se fut brusquement levé en criant. Sa tête fourmillait d'idées à peine distinctes : il avait beau faire, il ne pouvait en suivre aucune…

DEUXIÈME PARTIE

Chapitre I

Raskolnikoff resta ainsi couché pendant fort longtemps. Parfois il semblait sortir de ce demi-sommeil, et alors il remarquait que la nuit était déjà avancée ; mais l'idée de se lever ne lui venait pas à l'esprit. Enfin, il s'aperçut que le jour commençait à poindre. Étendu à la renverse sur le divan, il n'avait pas encore secoué l'espèce de léthargie qui s'était abattue sur lui. Des cris terribles, désespérés, montant de la rue, arrivèrent à ses oreilles ; c'étaient, du reste, ceux que chaque nuit, vers deux heures, il entendait sous sa fenêtre. Cette fois, le bruit le réveilla. — « Ah ! voilà déjà les ivrognes qui sortent des cabarets », pensa-t-il, — « il est deux heures », et il eut un brusque sursaut comme si quelqu'un l'avait arraché de dessus le divan. — « Comment ! il est déjà deux heures ! » Il s'assit sur le divan et soudain se rappela tout !

Dans le premier moment, il crut qu'il allait devenir fou. Il éprouvait une terrible sensation de froid, mais ce froid provenait aussi de la fièvre qui l'avait saisi pendant son sommeil. Maintenant il grelottait à un tel point que ses dents claquaient presque les unes contre les autres. Il ouvrit la porte et se mit à écouter : dans la maison tout dormait. Il promena un regard étonné sur sa personne et autour de sa chambre : comment, la veille, en rentrant chez lui, avait-il oublié de fermer sa porte au crochet ? Comment avait-il pu se jeter sur son divan, non-seulement sans se déshabiller, mais même sans ôter son chapeau ? Ce dernier avait roulé par terre et se trouvait sur le parquet à côté de l'oreiller. — « Si quelqu'un entrait ici, que penserait-il ? Que je suis ivre, mais… »

Il courut à la fenêtre. Il faisait assez clair, le jeune homme s'examina des pieds à la tête pour voir s'il n'y avait pas de taches sur ses vêtements. Mais il n'y avait pas lieu de se fier à une inspection ainsi faite : toujours frissonnant, il se déshabilla et visita de nouveau ses habits, en regardant partout avec le plus grand soin. Pour surcroît de précaution, il recommença cet examen trois fois de suite. Il ne découvrit rien, sauf quelques gouttes de sang coagulé sur le bas du pantalon, dont les bords étaient frangés de déchirures. Il prit un grand couteau pliant et coupa les franges. Tout à coup, il se rappela que la bourse et les objets qu'il avait pris dans le coffre de la vieille étaient toujours dans ses poches ! Il n'avait pas encore pensé à les en retirer et à les cacher quelque part ! Il n'y avait même pas songé tout à l'heure, tandis qu'il examinait ses vêtements ! Cela était-il possible ?

En un clin d'œil, il vida ses poches et en déposa le contenu sur la table. Puis, après avoir retourné ses poches pour bien s'assurer qu'il n'y restait plus rien, il porta le tout dans un coin de la chambre. En cet endroit, la tapisserie délabrée se détachait du mur ; ce fut là, sous le papier, qu'il fourra les bijoux et la bourse. « Ça y est ! ni vu, ni connu ! » pensa-t-il avec joie en se relevant à demi et en regardant d'un air hébété dans l'angle où la tapisserie déchirée bâillait plus fort que jamais. Soudain, la frayeur agita tous ses membres : — « Mon Dieu ! murmura-t-il avec désespoir, — qu'est-ce que j'ai ? Est-ce que cela est caché ? Est-ce ainsi qu'on cache quelque chose ? »

À la vérité, ce butin n'était pas celui qu'il avait espéré, il ne comptait s'approprier que l'argent de la vieille ; aussi la nécessité de cacher ces bijoux le prenait-elle au dépourvu.

« Mais maintenant, maintenant ai-je lieu de me réjouir ? pensait-il. Est-ce ainsi qu'on cache quelque chose ? Vraiment, la raison m'abandonne ! »

Épuisé, il s'assit sur le divan, et aussitôt un violent frisson secoua de nouveau tous ses membres. Machinalement il tira à lui un vieux paletot d'hiver, tout en loques, qui se trouvait sur une chaise, et il s'en couvrit. Un sommeil mêlé de délire le saisit incontinent. Il perdit conscience de lui-même.

Cinq minutes après, il s'éveillait encore en sursaut, et son premier mouvement était de se pencher avec angoisse sur ses vêtements. « Comment ai-je pu me rendormir alors que rien n'est fait ! Car je n'ai rien fait, le nœud coulant est toujours à la place où je l'ai cousu ! Je n'avais pas pensé à cela ! Une pareille pièce de conviction ! » Il arracha la chevilière et la réduisit aussitôt en petits morceaux qu'il fourra sous l'oreiller avec son linge. — « Ces chiffons de toile ne peuvent en aucun cas éveiller des soupçons, à ce qu'il me semble, du moins, à ce qu'il me semble », répétait-il debout au milieu de la chambre, et, avec une attention que l'effort rendait douloureuse, il regardait tout autour de lui, cherchant à s'assurer qu'il n'avait plus rien oublié.

Il souffrait cruellement de cette conviction que tout, même la mémoire, même la plus élémentaire prudence l'abandonnait.

« Quoi ! est-ce que déjà le châtiment commencerait ? Voilà ! voilà ! en effet ! »

Effectivement, les franges qu'il avait coupées au bas de son pantalon traînaient encore sur le plancher, au milieu de la chambre, exposées à la vue du premier venu. — « Mais où ai-je donc la tête ? » s'écria-t-il comme anéanti.

Alors une idée étrange lui vint à l'esprit : il pensa que ses vêtements étaient peut-être tout ensanglantés, et que l'affaiblissement de ses facultés l'avait seul empêché d'apercevoir les taches… Tout à coup il se rappela qu'il y avait aussi du sang sur la bourse. « Bah ! alors il doit y avoir également du sang dans ma poche, car la bourse était encore humide quand je l'y ai mise ! » Aussitôt il retourna sa poche, et, en effet, il trouva des taches sur la doublure. « La raison ne m'a donc pas encore quitté tout à fait ; je n'ai donc pas perdu la mémoire et la réflexion, puisque j'ai fait de moi-même cette remarque ! » pensa-t-il triomphant, tandis qu'un soupir de satisfaction sortait du fond de sa poitrine ; « j'ai simplement eu une minute de fièvre qui m'a enlevé l'usage de mon intelligence. »

Sur ce, il arracha toute la doublure de la poche gauche du pantalon. En ce moment, un rayon de soleil éclaira sa botte gauche : sur la pointe il lui sembla apercevoir des indices révélateurs. Il ôta sa botte : « En effet, ce sont des indices ! Tout le bout de ma botte est teint de sang. » Sans doute il avait alors posé imprudemment son pied dans cette mare… « Mais que faire maintenant de cela ? Comment me débarrasser de cette botte, de ces franges, de cette doublure ? »

Il restait debout au milieu de la chambre, tenant à la main toutes ces pièces de conviction si accablantes pour lui.

« Si je les jetais dans le poêle ? Mais c'est dans le poêle qu'on cherchera tout d'abord. Si je les brûlais ? Et avec quoi les brûler ? Je n'ai même pas d'allumettes. Non, il vaut mieux aller jeter tout cela quelque part. Le mieux est d'aller jeter tout cela ! » répétait-il en se rasseyant sur le divan, — « et tout de suite, à l'instant, sans une minute de retard !… » Mais, au lieu d'exécuter cette résolution, il laissa retomber sa tête sur l'oreiller ; le frisson le reprit, et, transi de froid, il s'enveloppa de nouveau dans son manteau. Pendant longtemps, pendant plusieurs heures, cette idée se présenta presque sans cesse à son esprit : « Il faut au plus tôt jeter cela quelque part ! » À diverses reprises il s'agita sur le divan, voulut se lever et n'y put réussir. À la fin, des coups violents frappés à sa porte le tirèrent de sa torpeur.

C'était Nastasia qui cognait ainsi.

— Ouvre donc, si tu n'es pas mort ! criait la servante ; — il dort tout le temps ! Il roupille comme un chien, durant des journées entières ! C'est, d'ailleurs, un vrai chien ! Ouvre, te dit-on. Il est dix heures passées.

— Mais il n'est peut-être pas chez lui ! fit une voix d'homme. « Bah ! c'est la voix du dvornik… Qu'est-ce qu'il veut ? » Il tressaillit et s'assit sur le divan. Son cœur battait à lui faire mal.

— Et qui donc aurait fermé la porte au crochet ? répliqua Nastasia. — Monsieur s'est enfermé ! Il se prend sans doute pour une pièce rare, et il a peur qu'on ne l'emporte ! Ouvre donc, éveille-toi !

« Qu'est-ce qu'ils veulent ? Pourquoi le dvornik est-il monté ? Tout est découvert. Faut-il résister ou bien ouvrir ? Peste soit d'eux… »

Il se leva à demi, se pencha en avant et défit le crochet. Sa chambre était si petite qu'il pouvait ouvrir la porte sans quitter le divan.

Il aperçut devant lui Nastasia et le dvornik.

La servante considéra Raskolnikoff d'un air étrange. Le jeune homme regarda avec une audace désespérée le dvornik qui, silencieusement, lui tendit un papier gris, plié en deux et cacheté de cire grossière.

— C'est une assignation, cela vient du commissariat, dit-il ensuite.

— De quel commissariat ?

— Du commissariat de police, naturellement. On sait bien duquel il s'agit.

— Je suis appelé devant la police !… Pourquoi ?…

— Comment puis-je le savoir ? On vous y appelle, allez-y.

Il examina attentivement le locataire, puis regarda autour de lui et se prépara à se retirer.

— Tu as l'air d'aller encore plus mal ? observa Nastasia, qui ne quittait pas des yeux Raskolnikoff. À ces mots, le dvornik retourna la tête. — Depuis hier, il a la fièvre, ajouta-t-elle.

Il ne répondait pas et tenait toujours le pli dans ses mains sans le décacheter.
— Mais reste couché, poursuivit la servante prise de pitié en voyant qu'il s'apprêtait à se lever. Tu es malade ; eh bien, n'y va pas. Il n'y a rien qui presse. Qu'est-ce que tu as dans les mains ?

Le jeune homme regarda : il tenait dans sa main droite les franges de son pantalon, sa bottine et la doublure de la poche qu'il avait arrachée. Il avait dormi avec cela. Plus tard, cherchant à s'expliquer le fait, il se rappela qu'il s'était à demi réveillé dans un transport fiévreux, et qu'après avoir étreint fortement tous ces objets dans sa main, il s'était rendormi sans desserrer les doigts.

— Il a ramassé des loques, et il dort avec comme si c'était un trésor… En achevant ces mots, Nastasia se tordit, prise du rire nerveux et maladif qui lui était habituel. Raskolnikoff cacha précipitamment sous son manteau tout ce qu'il avait dans les mains et attacha un regard pénétrant sur la servante. Quoiqu'il fût alors fort peu en état de réfléchir, il sentait qu'on ne s'adresse pas ainsi à un homme quand on vient pour l'arrêter ; — « mais… la police ? »

— Tu boiras bien du thé ? Veux-tu que je t'en apporte ? Il en reste…

— Non… je vais y aller, j'y vais tout de suite, balbutia-t-il.

— Mais sauras-tu seulement descendre l'escalier ?

— Je vais y aller…

— Comme tu voudras.

Elle sortit sur les pas du dvornik. Aussitôt il alla examiner au jour la pointe de la bottine et les franges : — « Il y a des taches, mais elles ne sont pas très-visibles : la boue et le frottement ont fait disparaître la couleur. Quelqu'un qui ne saurait pas déjà la chose n'y verrait rien. Par conséquent, Nastasia, de l'endroit où elle était, n'a rien pu remarquer, grâce à Dieu ! » Alors, d'une main tremblante, il décacheta le pli et en commença la lecture ; il lut longtemps et à la fin comprit. C'était une assignation rédigée dans la forme ordinaire : le commissaire de police du quartier invitait Raskolnikoff à se présenter à son bureau aujourd'hui à neuf heures et demie.

« Mais quand donc cela est-il arrivé ? Personnellement, je n'ai rien à démêler avec la police ! Et pourquoi justement aujourd'hui ? » se demandait-il, en proie à une douloureuse anxiété. « Seigneur, que cela finisse le plus tôt possible ! » Au moment où il allait s'agenouiller pour prier, il se mit à rire, — non de la prière, mais de lui-même. Il commença à s'habiller vivement. — « Je me perds, eh bien, tant pis, cela m'est égal ! Je vais mettre cette botte !… Après tout, grâce à la poussière de la route, les traces se verront de moins en moins. » Mais à peine l'eut-il à son pied que, pris de crainte et de dégoût, il la retira soudain.

Ensuite, réfléchissant qu'il n'avait pas d'autre botte, il la remit avec un nouveau rire. — « Tout cela est conditionnel, tout cela est relatif, il y a là, tout au plus, des présomptions et rien d'autre » ; cette idée, à laquelle il se raccrochait sans conviction, ne l'empêchait pas de trembler de tout son corps. — « Allons, voilà que je suis chaussé ; j'ai fini par y arriver ! » À l'instant même son hilarité fit place à l'abattement. — « Non, c'est au-dessus de mes forces… » pensa-t-il. Ses jambes fléchissaient. — « C'est de peur », songeait-il intérieurement.

La chaleur lui donnait la migraine. — « C'est un piège ! Ils ont eu recours à la ruse pour m'attirer là, et, quand j'y serai, ils démasqueront subitement leurs batteries », continuait-il à part soi, en approchant de l'escalier. — « Le pire, c'est que je suis comme en démence… je puis lâcher quelque sottise… »

Sur l'escalier, il songea que les objets dérobés chez la vieille se trouvaient bien mal cachés sous la tapisserie. — « Peut-être me mandent-ils exprès pour pouvoir faire une perquisition ici en mon absence », pensa-t-il. Mais il était si désespéré, il acceptait sa perte avec un tel cynisme, si l'on peut ainsi parler, que cette appréhension l'arrêta à peine une minute.

« Pourvu seulement que cela soit vite fini !… »

Arrivé au coin de la rue qu'il avait prise la veille, il jeta furtivement un regard inquiet dans la direction de la maison… Mais à l'instant même il détourna les yeux.

« S'ils m'interrogent, j'avouerai peut-être », se dit-il comme il approchait du bureau de police.

Le commissariat avait été transféré depuis peu au quatrième étage d'une maison située à un quart de verste de sa demeure. Avant que la police se fût installée dans ce nouveau local, le jeune homme avait eu une fois affaire à elle ; mais c'était pour une chose sans importance, et il y avait fort longtemps de cela. En pénétrant sous la porte cochère, il aperçut à droite un escalier que descendait un moujik, tenant un livre à la main : « Ce doit être un dvornik ; par conséquent, c'est là que se trouve le bureau. » Et il monta à tout hasard. Il ne voulait demander aucun renseignement à personne.

« J'entrerai, je me mettrai à genoux et je raconterai tout… », pensait-il, tandis qu'il montait au quatrième étage.

L'escalier était étroit, roide et tout ruisselant d'eaux sales. Aux quatre étages, les cuisines de tous les appartements donnaient sur cet escalier, et elles étaient ouvertes presque toute la journée. Aussi était-on suffoqué par la chaleur ; on voyait monter et descendre des dvorniks avec leurs livrets sous le bras, des agents de police et divers individus des deux sexes ayant affaire au commissariat. La porte du bureau était aussi toute grande ouverte.

Raskolnikoff entra et s'arrêta dans l'antichambre, où attendaient des moujiks. Là, comme dans l'escalier, il faisait une chaleur étouffante ; de plus, le local, fraîchement peint, exhalait une odeur d'huile qui donnait la nausée. Après avoir attendu un moment, le visiteur se décida à passer dans la pièce suivante. C'était une enfilade de chambres petites et basses. Le jeune homme était de plus en plus impatient de savoir à quoi s'en tenir. Personne ne faisait attention à lui. Dans la seconde chambre travaillaient des scribes à peine un peu mieux vêtus qu'il ne l'était. Tous ces gens avaient un air assez étrange. Il s'adressa à l'un d'eux.

— Qu'est-ce qu'il te faut ?

Il montra la citation envoyée par le commissariat.

— Vous êtes étudiant ? demanda le scribe, après avoir jeté les yeux sur le papier.

— Oui, ancien étudiant.

L'employé examina son interlocuteur, du reste sans aucune curiosité. C'était un homme aux cheveux ébouriffés qui paraissait dominé par une idée fixe.

« De celui-là il n'y a rien à apprendre, parce que tout lui est égal », se dit Raskolnikoff.

— Adressez-vous là, au chef de la chancellerie, reprit le scribe en indiquant du doigt la dernière pièce.

Raskolnikoff y entra. Cette chambre (la quatrième) était étroite et regorgeait de monde. Ici se trouvaient des gens vêtus un peu plus proprement que ceux qu'il venait de voir. Parmi les visiteurs, il y avait deux dames. L'une d'elles était en deuil. Sa mise dénotait la pauvreté.

Assise en face du chef de la chancellerie, elle écrivait quelque chose sous la dictée de ce fonctionnaire.

L'autre dame avait des formes très-opulentes, un visage très-rouge et une toilette des plus luxueuses ; elle portait, notamment, sur la poitrine une broche de dimensions extraordinaires ; cette personne se tenait debout, un peu à l'écart, dans une attitude expectante. Raskolnikoff remit son papier au chef de la chancellerie. Celui-ci y jeta un rapide coup d'œil, dit : « Attendez un peu », et reprit le cours de sa dictée à la dame en deuil.

Le jeune homme respira plus librement. « Sans doute, ce n'est pas pour cela qu'on m'a appelé ! » Peu à peu, il reprenait courage, du moins il tâchait autant que possible de se remonter le moral.

« La moindre sottise, la plus petite imprudence suffit pour me trahir ! Hum… c'est dommage qu'il n'y ait pas d'air ici, ajouta-t-il, on étouffe… La tête me tourne plus que jamais… et l'esprit fait de même… »

Il sentait un malaise terrible dans tout son être et craignait de ne pouvoir rester maître de lui-même. Il cherchait à fixer sa pensée sur quelque objet tout à fait indifférent, mais il n'y réussissait guère. Son attention était captivée exclusivement par le chef de la chancellerie ; il s'ingéniait à déchiffrer le visage de cet employé. C'était un jeune homme de vingt-deux ans, dont la figure basanée et mobile paraissait plus vieille que cet âge. Vêtu avec l'élégance d'un petit maître, il avait les cheveux partagés sur l'occiput par une raie artistement faite ; quantité de bagues brillaient à ses doigts très-soignés, et des chaînes d'or serpentaient sur son gilet. À un étranger qui se trouvait là, il dit même deux mots en français, et il s'en tira d'une façon très-satisfaisante.

— Louise Ivanovna, asseyez-vous donc, dit-il à la dame en grande toilette qui restait toujours debout comme si elle n'eût pas osé s'asseoir, quoiqu'elle eût une chaise à côté d'elle.

— Ich danke, répondit-elle, et elle s'assit en faisant ballonner avec un léger froufrou ses jupes imprégnées de parfums. Déployée autour de sa chaise, sa robe de soie bleu clair garnie de dentelles blanches occupait près de la moitié de la chambre. Mais la dame paraissait honteuse de sentir si bon et de tenir tant de place. Elle souriait d'un air à la fois craintif et effronté ; pourtant son inquiétude était visible.

La dame en deuil à la fin se leva, ayant terminé son affaire. Soudain entra avec bruit un officier aux allures très-crânes, qui marchait en remuant les épaules à chaque pas ; il jeta sur la table sa casquette ornée d'une cocarde et prit place sur un fauteuil.

En l'apercevant, la dame luxueusement vêtue se leva vivement et s'inclina avec un respect particulier, mais l'officier ne fit pas la moindre attention à elle, et elle n'osa plus se rasseoir en sa présence. Ce personnage était l'adjoint du commissaire de police ; il avait de longues moustaches roussâtres, disposées horizontalement, et des traits extrêmement fins, mais d'ailleurs peu expressifs et ne dénotant guère qu'une certaine impudence. Il regarda Raskolnikoff de travers et non sans quelque indignation : si modeste que fût la contenance de notre héros, son attitude contrastait avec la pauvreté de sa mise. Oubliant la prudence, le jeune homme soutint si hardiment le regard de l'officier que celui-ci en fut blessé.

— Qu'est-ce que tu veux ? cria-t-il, étonné sans doute qu'un tel va-nu-pieds ne baissât point les yeux devant son regard chargé d'éclairs.

— On m'a fait venir… j'ai été cité… balbutia Raskolnikoff.

— C'est l'étudiant à qui l'on réclame de l'argent, se hâta de dire le chef de la chancellerie en s'arrachant à ses paperasses. — Voici ! Et il tendit un cahier à Raskolnikoff en lui désignant un certain endroit : — Lisez !

« De l'argent ? quel argent ? » pensait le jeune homme, — « mais… ainsi ce n'est pas pour cela ! » Et il tressaillit de joie. Il éprouvait un soulagement immense, inexprimable.

— Mais à quelle heure vous avait-on écrit de venir, monsieur ? cria le lieutenant, dont la mauvaise humeur ne faisait que s'accroître. — On vous convoque pour neuf heures, et maintenant il est déjà plus de onze heures !

— On m'a apporté ce papier il y a un quart d'heure, répliqua vivement Raskolnikoff, pris, lui aussi, d'une colère subite à laquelle il s'abandonnait même avec un certain plaisir. — Malade, ayant la fièvre, c'est déjà bien gentil de ma part d'être venu !

— Ne criez pas !

— Je ne crie pas, je parle très-posément, c'est vous qui criez ; je suis étudiant, et je ne permets pas qu'on le prenne sur ce ton avec moi.

Cette réponse irrita à un tel point l'officier, que, dans le premier moment, il ne put proférer un mot ; des sons inarticulés s'échappèrent seuls de ses lèvres. Il bondit sur son siège.

— Taisez-vous ! Vous êtes à l'audience. Ne faites pas l'insolent, monsieur.

— Vous aussi, vous êtes à l'audience, reprit violemment Raskolnikoff, — et, non content de crier, vous fumez un cigarette ; par conséquent, vous nous manquez à tous.

Il prononça ces paroles avec une satisfaction indicible.

Le chef de la chancellerie regardait en souriant les deux interlocuteurs. Le fougueux lieutenant resta un instant bouche béante.

— Ce n'est pas votre affaire ! répondit-il enfin, en affectant de parler très-haut pour cacher son embarras. — Faites la déclaration qu'on vous demande, voilà ! Montrez-lui, Alexandre Grigorievitch. Il y a des plaintes contre vous ! Vous ne payez pas vos dettes ! Voilà un hardi faucon !

Mais Raskolnikoff ne l'écoutait plus ; il avait vivement saisi le papier, impatient de découvrir le mot de cette énigme. Il lut une fois, deux fois, et ne comprit pas.

— Qu'est-ce que c'est ? demanda-t-il au chef de la chancellerie.

— C'est un billet dont on vous réclame le payement. Vous devez ou le solder avec tous les frais d'amende, etc., ou déclarer par écrit à quelle date vous pourrez payer. Il faut en même temps prendre l'engagement de ne point quitter la capitale, de ne point vendre ni dissimuler votre avoir jusqu'à ce que vous ayez payé. Quant au créancier, il est libre de vendre vos biens et de vous traiter selon la rigueur des lois.

— Mais je… je ne dois rien à personne !

— Ce n'est pas notre affaire. Il a été remis entre nos mains une lettre de change protestée : c'est un effet de cent quinze roubles que vous avez souscrit, il y a neuf mois, à la dame Zarnitzine, veuve d'un assesseur de collège, et que la veuve Zarnitzine a passé en payement au conseiller de cour Tchébaroff : nous vous avons donc appelé pour recevoir votre déclaration.

— Mais puisque c'est ma logeuse !

— Et qu'importe que ce soit votre logeuse ?

Le chef de la chancellerie considérait avec un sourire de pitié indulgente et en même temps de triomphe ce novice qui allait apprendre à ses dépens la procédure usitée à l'égard des débiteurs. Mais qu'importait maintenant à Raskolnikoff la lettre de change ? Que lui importait la réclamation de sa logeuse ? Cela valait-il la peine qu'il s'en inquiétât ou même qu'il y fît quelque attention ? Il était là lisant, écoutant, répondant, questionnant parfois, mais il faisait tout cela d'une façon machinale. Le bonheur de se sentir sauf, la satisfaction d'avoir échappé à un danger imminent, — voilà ce qui, en ce moment, remplissait tout son être.

Pour l'instant, toute préoccupation de l'avenir, tout souci était loin de lui. Ce fut une minute de joie pleine, immédiate, purement instinctive. Mais alors même une tempête éclata dans le bureau de police. Le lieutenant n'avait pas encore digéré l'affront fait à son prestige, et son amour-propre blessé cherchait évidemment une revanche. Aussi se mit-il tout à coup à malmener rudement la « belle dame » qui, depuis qu'il était entré, ne cessait de le regarder avec un sourire fort bête.

— Et toi, drôlesse, vociféra-t-il à tue-tête (la dame en deuil était déjà partie), que s'est-il passé chez toi la nuit dernière ? Hein ? Te voilà encore à causer du scandale dans toute la rue ! Toujours des rixes et des scènes d'ivresse ! Tu veux donc être envoyée dans un pénitencier ? Voyons, je t'ai dit, je t'ai prévenue dix fois qu'à la onzième je perdrais patience ! Mais tu es incorrigible !

Raskolnikoff lui-même laissa tomber le papier qu'il tenait à la main et regarda d'un air étonné la belle dame qu'on traitait avec si peu de cérémonie. Toutefois, il ne tarda pas à comprendre de quoi il s'agissait, et cette histoire commença à l'amuser. Il écoutait avec plaisir et éprouvait une violente envie de rire… Tous ses nerfs étaient fort agités.

— Ilia Pétrovitch ! fit le chef de la chancellerie, mais il reconnut aussitôt que son intervention en ce moment serait inopportune : il savait par expérience que, quand le fougueux officier était ainsi lancé, il n'y avait pas moyen de l'arrêter.

Quant à la belle dame, l'orage déchaîné sur sa tête l'avait d'abord fait trembler ; mais, chose étrange, à mesure qu'elle s'entendait invectiver davantage, son visage prenait une expression plus aimable, et elle mettait plus de séduction dans les sourires qu'elle ne cessait d'adresser au terrible lieutenant. À chaque instant elle faisait des révérences et attendait impatiemment qu'on lui permit de placer un mot.

— Il n'y a eu chez moi ni tapage, ni rixe, monsieur le capitaine, se hâta-t-elle de dire dès qu'elle eut enfin trouvé l'occasion de parler (elle s'exprimait en russe sans hésitation, bien qu'avec un accent allemand très-prononcé), il ne s'est produit aucun scandale. Cet homme est arrivé ivre, et il a demandé trois bouteilles ; ensuite il s'est mis à jouer du piano avec son pied, ce qui est assez déplacé dans une maison convenable, et il a cassé les cordes du piano. Je lui ai fait observer qu'on ne se conduisait pas ainsi ; là-dessus, il a saisi une bouteille et a commencé à en frapper tout le monde. Aussitôt j'appelle Karl, le dvornik : il frappe Karl sur les yeux ; il en fait autant à Henriette, et il m'applique cinq coups sur la joue. C'est ignoble de se comporter de la sorte dans une maison convenable, monsieur le capitaine.

J'appelle au secours ; il ouvre la fenêtre, qui donne sur le canal, et pousse des cris comme un petit cochon. N'est-ce pas honteux ? Comment peut-on aller se mettre à la croisée pour crier comme un petit cochon ? Foui-foui-foui ! Karl, en le tirant par derrière pour lui faire quitter la fenêtre, lui a, il est vrai, arraché une des basques de son habit. Alors il a réclamé quinze roubles en réparation du dommage causé à son vêtement. Et je lui ai payé de ma poche cinq roubles pour cette basque, monsieur le capitaine. C'est ce visiteur mal élevé, monsieur le capitaine, qui a fait tout le scandale !

— Allons, allons, assez ! Je t'ai déjà dit, je t'ai répété…

— Ilia Pétrovitch ! dit de nouveau d'un ton significatif le chef de la chancellerie. Le lieutenant jeta sur lui un rapide regard et le vit hocher légèrement la tête.

— … Eh bien, en ce qui te concerne, voici mon dernier mot, respectable Louise Ivanovna, continua le lieutenant : — Si à l'avenir il se produit encore un seul scandale dans ton honorable maison, je te fais coffrer, comme on dit dans le grand style. Entends-tu ? Maintenant tu peux t'en aller, mais j'aurai l'œil sur toi, fais-y attention !

Avec une amabilité empressée, Louise Ivanovna se mit à saluer de tous côtés ; mais, tandis qu'elle se dirigeait à reculons vers la porte tout en continuant à faire des révérences, elle heurta du dos un bel officier, au visage frais et ouvert, porteur de superbes favoris blonds et bien fournis. C'était le commissaire de police, Nikodim Fomitch en personne. Louise Ivanovna se hâta de s'incliner jusqu'à terre, et quitta le bureau d'un petit pas sautillant.

— Encore la foudre, encore le tonnerre, les éclairs, la trombe, l'ouragan ! dit d'un ton amical Nikodim Fomitch à son adjoint ; — on t'a encore échauffé la bile, et tu t'es emporté ! Je l'ai entendu de l'escalier.

— Mais comment donc ! fit négligemment Ilia Pétrovitch en se transportant avec ses papiers à une autre table ; — voici un monsieur, un étudiant, ou plutôt un ancien étudiant ; il ne paye pas ses dettes, fait des lettres de change, refuse d'évacuer son logement ; on se plaint continuellement de lui, et c'est ce monsieur qui se formalise parce que j'allume une cigarette en sa présence ! Avant de trouver qu'on lui manque de respect, ne devrait-il pas se respecter davantage lui-même ? Tenez, regardez-le ; ne voilà-t-il pas des dehors bien faits pour attirer la considération ?

— Pauvreté n'est pas vice, mon ami, mais quoi ! On sait bien, poudre, que tu prends facilement la mouche. Sans doute, quelque chose dans sa manière d'être vous aura froissé, et vous-même vous n'aurez pas su vous contenir, poursuivit Nikodim Fomitch en s'adressant d'un ton aimable à Raskolnikoff, mais vous avez eu tort : c'est un ex-cel-lent homme, je vous assure, seulement il est vif, emporté ! Il s'échauffe, s'enflamme, et quand il a jeté son feu, c'est fini, il ne reste plus qu'un cœur d'or ! Au régiment, on l'avait surnommé : « le lieutenant poudre »…

— Et encore quel régiment c'était ! s'écria Ilia Pétrovitch, très-sensible aux délicates flatteries de son supérieur, mais boudant toujours néanmoins.

Raskolnikoff voulut soudain leur dire à tous quelque chose d'extraordinairement agréable.

— Pardonnez-moi, capitaine, commença-t-il du ton le plus dégagé, en s'adressant à Nikodim Fomitch, — mettez-vous à ma place… Je suis prêt à lui faire mes excuses, si de mon côté je me suis donné des torts envers lui. Je suis un étudiant malade, pauvre, accablé par la misère. J'ai quitté l'Université parce que je suis à présent sans moyen d'existence ; mais je dois recevoir de l'argent… Ma mère et ma sœur habitent le gouvernement de… Elles vont m'envoyer des fonds, et je… je payerai. Ma logeuse est une brave femme ; mais comme je ne donne plus de leçons et que depuis quatre mois je ne la paye pas, elle s'est fâchée et refuse même de m'envoyer à dîner… Je ne comprends rien à cet effet ! Ainsi, elle exige que je solde maintenant cette lettre de change : est-ce que je le puis ? Jugez-en vous-même…

— Mais ce n'est pas notre affaire… observa de nouveau le chef de la chancellerie.

— Permettez, permettez, je suis tout à fait de votre avis ; mais souffrez que je vous explique…, reprit Raskolnikoff en s'adressant toujours à Nikodim Fomitch et non au chef de la chancellerie ; il cherchait aussi à attirer l'attention d'Ilia Pétrovitch, bien que ce dernier affectât dédaigneusement de ne pas l'écouter et parût exclusivement occupé de ses paperasses ; — laissez-moi vous dire que je vis chez elle depuis près de trois ans, depuis que je suis arrivé de province, et que dans le temps… après tout, pourquoi ne l'avouerais-je pas ?… tout au début je m'étais engagé à épouser sa fille, j'avais fait cette promesse verbalement… C'était une jeune fille… du reste, elle me plaisait… quoique je n'en fusse pas amoureux… en un mot, j'étais jeune, je veux dire que ma logeuse m'a ouvert alors un large crédit, et que j'ai mené une vie… j'ai été fort léger…

— On ne vous demande pas d'entrer dans ces détails intimes, monsieur, et nous n'avons pas le temps de les entendre, interrompit grossièrement Ilia Pétrovitch ; mais Raskolnikoff poursuivit avec chaleur, quoiqu'il lui fut soudain devenu extrêmement pénible de parler :

— Permettez-moi cependant de vous raconter à mon tour comment l'affaire s'est passée, quoique — je le reconnais avec vous — cela soit inutile. Il y a un an, cette demoiselle est morte du typhus ; je suis resté locataire de madame Zarnitzine, et quand ma logeuse est allée demeurer dans la maison où elle habite aujourd'hui, elle m'a dit… amicalement… qu'elle avait toute confiance en moi… mais que néanmoins elle serait bien aise que je lui fisse un billet de cent quinze roubles, chiffre auquel elle évaluait le montant de ma dette. Permettez : elle m'a positivement assuré qu'une fois en possession de ce papier, elle continuerait à me faire crédit autant que je le voudrais, et que jamais, jamais — telles ont été ses propres paroles — elle ne mettrait cet effet en circulation… Et maintenant que j'ai perdu mes leçons, maintenant que je n'ai pas de quoi manger, voilà qu'elle exige le payement de cette lettre de change… Que dire de cela ?

— Tous ces détails pathétiques, monsieur, ne nous concernent pas, répliqua insolemment Ilia Pétrovitch, — vous devez nous donner la déclaration et l'engagement qu'on vous a demandés ; quant à l'histoire de vos amours et à tous ces lieux communs tragiques, nous n'en avons que faire.

— Oh ! tu es dur… murmura Nikodim Fomitch qui avait pris place devant son bureau et s'était mis aussi à parapher des papiers. Il semblait éprouver une certaine honte.

— Écrivez donc, dit le chef de la chancellerie à Raskolnikoff.

— Quoi écrire ? demanda celui-ci d'un ton brutal.

— Je vais vous dicter.

Raskolnikoff crut s'apercevoir que, depuis sa confession, le chef de la chancellerie le prenait avec lui sur un ton plus dédaigneux ; mais, chose étrange, il était soudain devenu tout à fait indifférent à l'opinion qu'on pouvait avoir de lui, et ce changement s'était opéré en un clin d'œil, instantanément. S'il avait voulu réfléchir un peu, il se serait sans doute étonné d'avoir pu, une minute auparavant, causer de la sorte avec les fonctionnaires de la police et même les forcer à entendre ses confidences. Maintenant, au contraire, si, au lieu d'être pleine de policiers, la chambre se fût brusquement remplie de ses amis les plus chers, il n'aurait probablement pas trouvé une seule parole humaine à leur dire, tant son cœur s'était tout à coup vidé.

Il n'éprouvait plus que l'impression douloureuse d'un immense isolement. Ce n'était pas la confusion d'avoir rendu Ilia Pétrovitch témoin de ses épanchements, ce n'était pas la morgue insolente de l'officier qui avait subitement produit cette révolution dans son âme. Oh ! que lui importait maintenant sa propre bassesse ? Que lui importaient les airs hautains, les lieutenants, les lettres de change, les bureaux de police, etc., etc. ? Si en ce moment on l'avait condamné à être brûlé vif, il n'aurait pas bronché ; à peine eût-il écouté jusqu'au bout le prononcé du jugement.

Un phénomène tout nouveau, sans précédent jusqu'alors, s'accomplissait en lui. Il comprenait ou plutôt — chose cent fois pire — il sentait dans tout son être qu'il était désormais retranché de la communion humaine, que toute expansion sentimentale comme celle de tout à l'heure, bien plus, que toute conversation quelconque lui était interdite, non-seulement avec ces gens du commissariat, mais avec ses parents les plus proches. Jamais encore il n'avait éprouvé une sensation aussi cruelle.

Le chef de la chancellerie commença à lui dicter la formule de la déclaration usitée en pareil cas : « Je ne puis pas payer, je promets de m'acquitter à telle date, je ne sortirai pas de la ville, je ne ferai aucune vente ni cession de mon avoir, etc. »

— Mais vous ne pouvez pas écrire, la plume tremble dans votre main, — observa le chef de la chancellerie qui considérait avec curiosité Raskolnikoff. — Vous êtes malade ?

— Oui… la tête me tourne… continuez !

— Mais c'est tout ; signez.

Le chef de la chancellerie prit le papier et s'occupa des autres visiteurs.

Raskolnikoff rendit la plume, mais, au lieu de s'en aller, il s'accouda sur la table et serra sa tête dans ses mains. Il éprouvait le même supplice que si on lui eût enfoncé un clou dans le sinciput. Une idée étrange lui vint tout à coup : se lever à l'instant, s'approcher de Nikodim Fomitch et lui raconter toute l'affaire de la veille, tout jusqu'au dernier détail, ensuite se rendre avec lui à son logement et lui montrer les objets cachés dans le trou de la tapisserie. Ce projet s'empara si bien de son esprit que déjà il s'était levé pour le mettre à exécution. — « Ne ferais-je pas bien d'y réfléchir une minute ? » pensa-t-il un instant. — « Non, mieux vaut agir d'inspiration, secouer au plus tôt ce fardeau ! » Mais soudain il resta cloué à sa place : entre Nikodim Fomitch et Ilia Pétrovitch avait lieu une conversation animée qui arrivait aux oreilles de Raskolnilnoff.

— Ce n'est pas possible, on les relâchera tous deux. D'abord tout cela fourmille d'invraisemblances ; jugez : s'ils avaient fait le coup, pourquoi auraient-ils appelé le dvornik ? Pour se dénoncer eux-mêmes ? Ou bien par ruse ? Non, ce serait trop rusé ! Enfin l'étudiant Pestriakoff a été vu par les deux dvorniks et par une bourgeoise près de la porte cochère au moment même où il entrait dans la maison : il est arrivé avec trois amis qui l'ont quitté à la porte, et, avant de s'éloigner, ses amis l'ont entendu demander aux dvorniks où demeurait la vieille. Aurait-il fait cette question, s'il était venu avec un semblable dessein ? Pour ce qui est de Koch, celui-ci a passé une demi-heure chez l'orfèvre du rez-de-chaussée avant de se rendre chez la vieille ; il était juste huit heures moins un quart quand il l'a quitté pour monter au quatrième étage. Maintenant, examinez…

— Mais, permettez, il y a dans leurs dires quelque chose qui ne s'explique pas : ils affirment eux-mêmes qu'ils ont cogné et que la porte était fermée ; or, trois minutes après, quand ils sont revenus avec le dvornik, la porte était ouverte !

— C'est ici que gît le lièvre : il est hors de doute que l'assassin se trouvait dans le logement de la vieille et s'était enfermé au verrou : ils l'auraient infailliblement découvert, si Koch n'avait fait la sottise d'aller lui-même chercher le dvornik. C'est pendant ce temps-là que le meurtrier a réussi à se faufiler dans l'escalier et à leur glisser sous le nez. Koch fait de grands signes de croix : « Ah ! si j'étais resté là, dit-il, il serait sorti tout à coup et m'aurait tué avec sa hache. » Il veut faire chanter un Te Deum, — hé ! hé !…

— Et personne n'a même vu l'assassin ?

— Mais comment l'aurait-on vu ? Cette maison-là, c'est l'arche de Noé, observa le chef de la chancellerie, qui, de sa place, écoutait la conversation.

— L'affaire est claire, l'affaire est claire ! répéta avec vivacité Nikodim Fomitch.

— Non, l'affaire est très-obscure, soutint Ilia Pétrovitch.

Raskolnikoff prit son chapeau et se dirigea vers la sortie, mais il n'arriva pas jusqu'à la porte…

Quand il reprit ses sens, il se vit assis sur une chaise : quelqu'un, à droite, le soutenait ; à gauche, un autre tenait un verre jaune, rempli d'une eau jaune ; Nikodim Fomitch, debout en face de lui, le regardait fixement ; le jeune homme se leva.

— Eh bien ! vous êtes malade ? demanda d'un ton assez roide le commissaire de police.

— Tout à l'heure, quand il a écrit sa déclaration, il pouvait à peine tenir la plume, dit le chef de la chancellerie en se rasseyant devant son bureau, où il se remit à examiner ses paperasses.

— Et y a-t-il longtemps que vous êtes malade ? cria de sa place Ilia Pétrovitch, qui feuilletait aussi des papiers. Naturellement, il s'était, comme les autres, approché de Raskolnikoff au moment où ce dernier s'était évanoui ; mais en le voyant revenir à lui, il avait aussitôt regagné sa place.

— Depuis hier, balbutia le jeune homme.

— Mais hier vous êtes sorti de chez vous ?

— Oui.

— Malade ?
— Oui.

— À quelle heure ?

— Entre sept heures et huit heures du soir.

— Et où êtes-vous allé ? Permettez-moi de vous le demander.

— Dans la rue.

— Court et clair.

Pâle comme un linge, Raskolnikoff avait fait ces réponses d'un ton bref et saccadé ; ses yeux noirs et enflammés ne s'étaient pas baissés devant le regard du lieutenant.

— Il peut à peine se tenir sur ses jambes, et tu..., voulut faire observer Nikodim Fomitch.

— N'importe ! répondit énigmatiquement Ilia Pétrovitch.

Le commissaire de police voulait encore ajouter quelque chose ; mais en jetant les yeux sur le chef de la chancellerie, il rencontra le regard de ce fonctionnaire fixement attaché sur lui, et garda le silence. Tous se turent brusquement, ce qui ne laissa pas d'être étrange.

— Allons, c'est bien, finit par dire Ilia Pétrovitch ; — nous ne vous retenons pas.

Raskolnikoff se retira ; il n'était pas encore sorti de la salle que déjà la conversation avait repris, vive et animée, entre les policiers. Au-dessus de toutes les autres s'élevait la voix de Nikodim Fomitch en train de poser des questions... Dans la rue, le jeune homme recouvra tout à fait ses esprits.

« Ils vont faire une perquisition, une perquisition immédiate ! » répétait-il en se dirigeant à grands pas vers sa demeure ; — « les brigands ! ils ont des soupçons ! » Sa frayeur de tantôt le ressaisit des pieds à la tête.

Chapitre II

« Et si la perquisition était déjà commencée ? Si, en arrivant, je les trouvais chez moi ? »

Voici sa chambre. Tout est en ordre ; personne n'est venu. Nastasia elle-même n'a touché à rien. Mais, Seigneur ! comment a-t-il pu tantôt laisser toutes ces affaires dans une pareille cachette ?

Il courut au coin, et, introduisant sa main sous la tapisserie, il retira les bijoux, qui se trouvèrent former un total de huit pièces. Il y avait deux petites boîtes contenant des boucles d'oreilles ou quelque chose de ce genre, — il ne remarqua pas bien quoi, — puis quatre petits écrins en maroquin. Une chaîne de montre était simplement enveloppée dans un lambeau de journal. Il en était de même d'un autre objet qui devait être une décoration…

Raskolnikoff mit le tout dans ses poches, en faisant son possible pour qu'elles ne parussent pas trop gonflées. Il prit aussi la bourse, puis il sortit de sa chambre, dont il laissa cette fois la porte grande ouverte.

Il marchait d'un pas rapide et ferme ; quoiqu'il se sentit tout brisé, la présence d'esprit ne lui faisait pas défaut. Il avait peur d'une poursuite, il craignait que dans une demi-heure, dans un quart d'heure peut-être, on ne commençât une instruction contre lui ; par conséquent, il fallait faire disparaître au plus tôt les pièces de conviction. Il devait s'acquitter de cette tâche pendant qu'il lui restait encore un peu de force et de sang-froid… Mais où aller ?

Cette question était déjà résolue depuis longtemps : « Je jetterai tout dans le canal, et du même coup l'affaire tombera à l'eau » ; voilà ce qu'il avait décidé déjà la nuit précédente, dans ces moments de délire où plusieurs fois il avait eu envie de se lever et d'aller « tout jeter bien vite ». Mais l'exécution de ce projet n'était pas chose si facile.

Pendant une demi-heure, peut-être davantage, il erra sur le quai du canal Catherine ; il examinait, au fur et à mesure qu'il les rencontrait, les divers escaliers conduisant au bord de l'eau. Malheureusement, toujours quelque obstacle s'opposait à la réalisation de son dessein. Ici c'était un bateau de blanchisseuses, là des canots amarrés à la rive. D'ailleurs, le quai était couvert de promeneurs qui n'auraient pas manqué de remarquer un fait aussi insolite ; un homme ne pouvait, sans éveiller des soupçons, descendre exprès au bord de l'eau, s'y arrêter et jeter quelque chose dans le canal. Et si, comme cela était à prévoir, les écrins surnageaient au lieu de disparaître sous l'eau ? Chacun s'en apercevrait. Déjà même Raskolnikoff se croyait l'objet de l'attention générale ; il se figurait que tout le monde s'occupait de lui.

Finalement, le jeune homme se dit qu'il ferait peut-être mieux d'aller jeter ces objets dans la Néwa : là, en effet, il y avait moins de foule sur le quai, il risquerait moins d'être remarqué, et, considération importante, il serait plus loin de son quartier. « Comment se fait-il, se demanda tout à coup avec étonnement Raskolnikoff, comment se fait-il que depuis une demi-heure je sois là à errer anxieusement dans des lieux qui ne sont pas sûrs pour moi ? Les objections qui se présentent maintenant à mon esprit, est-ce que je n'aurais pas pu me les faire plus tôt ? Si je viens de perdre une demi-heure à chercher l'accomplissement d'un projet insensé, c'est uniquement parce que ma résolution a été prise dans un moment de délire ! » Il devenait singulièrement distrait et oublieux, et il le savait. Décidément il fallait se hâter !

Il se dirigea vers la Néwa par la perspective de V… ; mais, chemin faisant, une autre idée lui vint tout à coup : « Pourquoi aller à la Néwa ? Pourquoi jeter ces objets à l'eau ? Ne vaudrait-il pas mieux aller quelque part, bien loin, dans une île, par exemple ? Là, je chercherais un endroit solitaire, un bois, et j'enterrerais tout cela au pied d'un arbre que j'aurais soin de remarquer attentivement pour pouvoir le reconnaître plus tard. » Quoiqu'il se sentit alors peu capable de prendre une détermination judicieuse, cette idée lui parut pratique, et il résolut de la mettre à exécution.

Mais le hasard en décida autrement. Comme Raskolnikoff débouchait de la perspective de V… sur la place, il remarqua soudain à gauche l'entrée d'une cour qui était de tous côtés entourée de grands murs, et dont le sol était couvert d'une poussière noire. Au fond se trouvait un hangar qui dépendait évidemment d'un atelier quelconque ; il devait y avoir là un établissement de menuiserie, de sellerie ou quelque chose de semblable.

Ne voyant personne dans la cour, Raskolnikoff franchit le seuil de la porte, et, après avoir promené ses regards autour de lui, se dit qu'aucun lieu ne lui offrirait plus de facilités pour l'accomplissement de son projet. Justement, contre le mur ou plutôt la clôture en bois qui bordait la rue à gauche de la porte était adossée une énorme pierre non équarrie, du poids de soixante livres environ.

De l'autre côté de la clôture c'était le trottoir, et le jeune homme entendait le bruit des passants toujours assez nombreux en cet endroit ; mais du dehors personne ne pouvait l'apercevoir ; il aurait fallu pour cela que quelqu'un pénétrât dans la cour, ce qui, du reste, n'avait rien d'impossible ; aussi devait-il se hâter.

Il se courba vers la pierre, la saisit des deux mains par le haut, et, en réunissant toutes ses forces, parvint à la renverser. Le sol, à l'endroit qu'elle occupait, s'était légèrement déprimé : il jeta aussitôt dans le creux tout ce qu'il avait en poche. La bourse fut mise par-dessus les bijoux, néanmoins le creux ne se trouva pas entièrement comblé. Ensuite il releva la pierre et réussit à la replacer juste où elle était auparavant ; tout au plus paraissait-elle un peu exhaussée. Mais il tassa avec son pied de la terre contre les bords. On ne pouvait rien remarquer.

Alors il sortit et se dirigea vers la place. Comme tantôt au bureau de police, une joie intense, presque impossible à supporter, s'empara encore de lui pour un instant. « Enterrées les pièces de conviction ! À qui l'idée viendra-t-elle d'aller chercher sous cette pierre ? Elle est peut-être là depuis qu'on a bâti la maison voisine, et Dieu sait combien de temps elle y restera encore ! Et quand même on découvrirait ce qui est caché là-dessous, qui peut soupçonner que c'est moi qui l'ai caché ? Tout est fini ! Il n'y a pas de preuves ! » Et il se mit à rire. Oui, il se rappela plus tard qu'il avait traversé la place en riant tout le temps, d'un petit rire nerveux, muet, prolongé. Mais quand il arriva au boulevard de K..., cette hilarité cessa subitement.

Toutes ses pensées tournaient maintenant autour d'un point principal dont lui-même s'avouait toute l'importance ; il sentait qu'à présent, pour la première fois depuis deux mois, il restait en tête-à-tête avec cette question.

« Mais que le diable emporte tout cela ! se dit-il dans un brusque accès de colère. Allons, le vin est tiré, il faut le boire ; peste soit de la nouvelle vie ! Que cela est bête, Seigneur !... Et que de mensonges j'ai débités, que de bassesses j'ai commises aujourd'hui ! Quelles honteuses platitude tantôt pour me concilier la bienveillance de l'exécrable Ilia Pétrovitch ! Mais, du reste, peu m'importe ! Je me moque d'eux tous et des lâchetés que j'ai pu commettre ! Ce n'est pas de cela qu'il s'agit ! Pas du tout !... »

Il s'arrêta soudain, dérouté, abasourdi par une question nouvelle, tout à fait inattendue et excessivement simple :

« Si réellement tu as agi dans toute cette affaire en homme intelligent et non en imbécile, si tu avais un but nettement tracé et fermement poursuivi, comment se fait-il donc que jusqu'ici tu n'aies pas même regardé ce qu'il y a dans la bourse ? Comment en es-tu encore à ignorer ce que te rapporte l'acte dont tu n'as pas craint d'assumer le danger et l'infamie ? Ne voulais-tu pas tout à l'heure jeter à l'eau cette bourse et ces bijoux auxquels tu as à peine donné un coup d'œil ?... À quoi cela ressemble-t-il ? »

Arrivé sur le quai de la petite Néwa, dans Vasili Ostroff, il s'arrêta brusquement près du pont. « C'est ici, c'est dans cette maison qu'il demeure, pensa-t-il. Qu'est-ce que cela veut dire ? Il paraît que mes jambes m'ont conduit d'elles-mêmes au logis de Razoumikhine ! Encore la même histoire que l'autre jour... Mais c'est très curieux : je marchais sans but, et le hasard m'a amené ici ! N'importe ; je disais... avant-hier... que j'irais le voir après *cela*, le lendemain ; eh bien, je vais le voir ! Est-ce que maintenant je ne pourrais plus faire une visite ?... »

Il monta au cinquième étage, où habitait son ami.

Ce dernier était dans sa chambrette, en train d'écrire, et il alla ouvrir lui-même. Les deux jeunes gens ne s'étaient pas vus depuis quatre mois. Vêtu d'une robe de chambre toute déchirée, les pieds nus dans des

pantoufles, les cheveux ébouriffés, Razoumikhine n'était ni rasé, ni lavé. L'étonnement se peignit sur son visage.
— Tiens ! c'est toi ? s'écria-t-il en examinant des pieds à la tête le nouveau venu ; puis il se tut et commença à siffler.
— Est-il possible que les affaires aillent si mal ? Le fait est que tu surpasses encore en élégance ton serviteur, continua-t-il après avoir jeté les yeux sur les haillons de son camarade. Mais assieds-toi donc, je vois que tu es fatigué ! Et quand Raskolnikoff se fut laissé tomber sur un divan turc recouvert de toile cirée et encore plus piteux que le sien, Razoumikhine s'aperçut tout à coup que son visiteur était souffrant.
— Tu es sérieusement malade, sais-tu cela ? Il voulut lui tâter le pouls ; Raskolnikoff retira vivement sa main.
— C'est inutile, dit-il, je suis venu… voici pourquoi : je n'ai pas de leçons… je voulais… du reste, je n'ai pas du tout besoin de leçons…
— Sais-tu une chose ? Tu radotes ! observa Razoumikhine, qui considérait attentivement son ami.
— Non, je ne radote pas, répondit en se levant Raskolnikoff. Lorsqu'il était monté chez Razoumikhine, il n'avait pas pensé qu'il allait se trouver face à face avec son ami. Or, un tête-à-tête avec qui que ce fût était en ce moment la chose du monde qui lui répugnait le plus. Gonflé de fiel, il faillit étouffer de colère contre lui-même dès qu'il eut franchi le seuil de Razoumikhine.
— Adieu ! dit-il brusquement, et il se dirigea vers la porte.
— Mais reste donc, que tu es drôle !
— C'est inutile !… répéta-t-il en dégageant sa main que son ami avait saisie.
— Alors, pourquoi diable es-tu venu ? Est-ce que tu as perdu l'esprit ? Voyons, c'est presque une offense que tu me fais. Je ne te laisserai pas partir comme cela.
— Eh bien, écoute : je suis venu chez toi parce que je ne connais que toi qui puisses m'aider… à commencer… parce que tu es meilleur qu'eux tous, c'est-à-dire plus intelligent, et que tu peux apprécier… Mais maintenant, je vois qu'il ne me faut rien, tu entends, rien du tout… Je n'ai besoin ni des services ni des sympathies de personne… Je me suffis à moi-même ! Qu'on me laisse en repos !
— Mais attends une minute, ramoneur ! Tu es tout à fait fou ! Tu auras beau dire, c'est mon opinion. Vois-tu, je n'ai pas de leçons, non plus, mais je m'en moque, j'ai un libraire, Khérouvimoff, qui, dans son genre, est une leçon. Je ne le troquerais pas contre cinq leçons chez des marchands. Il publie de petits livres sur les sciences naturelles, et cela s'enlève comme du pain ! Le tout est de trouver des titres ! Tu prétendais toujours que j'étais bête : eh bien, mon ami, il y a plus bête que moi ! Mon éditeur, qui, personnellement, ne sait ni *a* ni *b*, s'est mis au ton du jour ; moi, bien entendu, je l'encourage.

Voilà, par exemple, ces deux feuilles et demie de texte allemand : c'est, selon moi, du charlatanisme le plus sot ; l'auteur examine la question de savoir si la femme est un homme ; naturellement il tient pour l'affirmative et la démontre d'une façon triomphante. Je traduis cette brochure pour Khérouvimoff, qui la juge d'actualité dans un moment où l'on s'occupe de la question des femmes. Nous ferons six feuilles avec les deux feuilles et demie de l'original allemand, nous ajouterons un titre ronflant qui prendra une demi-page, et nous vendrons cela cinquante kopecks. Ce sera un succès ! Ma traduction m'est payée à raison de six roubles par feuille, ce qui fait pour le tout quinze roubles, et j'en ai touché six d'avance.

Allons, veux-tu traduire la seconde feuille ? Si oui, emporte le texte, prends des plumes, du papier, — tout cela est aux frais de l'État, — et permets-moi de t'offrir trois roubles : comme j'ai moi-même reçu six roubles d'arrhes pour la première et la seconde feuille, c'est trois roubles qui te reviennent, et tu en auras encore autant à toucher quand ta traduction sera finie. Surtout ne va pas te figurer que tu m'as quelque obligation pour cela. Au contraire, dès que tu es entré, j'ai pensé tout de suite à t'utiliser. D'abord je ne suis pas fort sur l'orthographe, et, en second lieu, j'ai une connaissance pitoyable de l'allemand, en sorte que le plus souvent j'invente au lieu de traduire. Je me console par la pensée que j'ajoute ainsi des beautés au texte, mais, qui sait ? je me fais peut-être illusion. Eh bien, c'est dit, tu acceptes ?

Raskolnikoff prit en silence les feuillets de la brochure allemande ainsi que les trois roubles ; puis il sortit sans proférer une parole. Razoumikhine le suivit d'un regard étonné. Mais, arrivé au premier coin de rue, Raskolnikoff revint brusquement sur ses pas et remonta chez son ami. Il déposa sur la table les pages de la brochure et les trois roubles ; après quoi, il sortit de nouveau sans dire un mot.

— Mais c'est de l'aliénation mentale ! vociféra Razoumikhine à la fin pris de colère. — Quelle comédie joues-tu là ? Même moi, tu me fais sortir de mon calme… Pourquoi donc es-tu venu alors, diable ?

— Je n'ai pas besoin… de traductions… murmura Raskolnikoff, déjà en train de descendre l'escalier.

— Alors de quoi, diable ! as-tu besoin ? lui cria sur le palier Razoumikhine.

Le visiteur continuait à descendre en silence.

— Eh ! dis donc ! Où demeures-tu ?

Cette question n'obtint pas de réponse.

— Eh bien ! va-t'en au diable !

Mais Raskolnikoff était déjà dans la rue.

Le jeune homme arriva chez lui vers le soir, sans qu'il eût pu dire par où il était revenu. Tremblant de tout son corps comme un cheval harassé, il se déshabilla, s'étendit sur le divan et, après avoir placé son manteau sur lui, s'endormit tout de suite…

L'obscurité était déjà complète, lorsqu'il fut réveillé par un bruit terrible. Quelle scène affreuse se passait, mon Dieu ! C'étaient des cris, des gémissements, des grincements de dents, des larmes, des coups, des injures, comme il n'en avait jamais entendu ni vu. Épouvanté, il s'assit sur son lit ; sa frayeur croissait de minute en minute, car à chaque instant le retentissement des coups frappés, les plaintes, les invectives arrivaient plus nettement à ses oreilles. Et voilà que, à son extrême surprise, il reconnaissait tout à coup la voix de sa logeuse.

La pauvre femme geignait, suppliait d'un ton dolent. Impossible de comprendre ce qu'elle disait, mais sans doute elle demandait qu'on cessât de la battre, car on la battait impitoyablement dans l'escalier. Le brutal qui la maltraitait ainsi vociférait d'une voix sifflante, étranglée par la colère, de sorte que ses paroles étaient, elles aussi, inintelligibles. Soudain Raskolnikoff se mit à trembler comme une feuille : il venait de reconnaître cette voix ; c'était celle d'Ilia Pétrovitch. « Ilia Pétrovitch est ici, et il bat la logeuse ! Il lui donne des coups de pied, il lui cogne la tête contre les marches, — c'est clair, je ne me trompe pas, le bruit des coups, les cris de la victime indiquent bien de quelles voies de fait il s'agit ! Qu'est-ce que c'est que cela ? Le monde est-il sens dessus dessous ? »

De tous les étages on accourait sur l'escalier ; des voix, des exclamations se faisaient entendre ; des gens montaient, des portes étaient violemment heurtées ou fermées avec fracas. « Mais pourquoi donc ? Pourquoi donc ? Comment cela est-il possible ? » répétait-il, croyant sérieusement que la folie prenait possession de son cerveau. Mais non, il percevait trop distinctement ces bruits !… « Eh bien, alors, s'il en est ainsi, on va venir chez moi, car… tout cela, assurément, c'est pour la chose… d'hier… Seigneur ! » Il voulut s'enfermer au crochet, mais il n'eut pas la force de lever le bras… D'ailleurs, il sentait que cela ne servirait à rien ! La frayeur glaçait son âme…

Après avoir duré dix bonnes minutes, tout ce vacarme cessa peu à peu. La patronne gémissait. Ilia Pétrovitch continuait à vomir des injures et des menaces… À la fin, lui-même se tut, du moins on ne l'entendit plus. « Est-ce qu'il serait parti ? Seigneur ! » Oui, voilà que la patronne s'en va aussi, elle pleure et elle gémit encore… La porte de sa chambre se referme bruyamment… Les locataires quittent l'escalier pour regagner leurs appartements respectifs ; — ils poussent des « ah ! » ils discutent, ils s'appellent les uns les autres, tantôt criant, tantôt parlant à voix basse. Ils devaient être fort nombreux ; la maison tout entière, ou peu s'en faut, était accourue. « Mais, mon Dieu, est-ce que tout cela est possible ? Et pourquoi, pourquoi est-il venu ici ? »

Raskolnikoff tomba sans force sur le divan, mais il ne put plus fermer l'œil ; pendant une demi-heure, il resta en proie à une épouvante telle qu'il n'en avait jamais éprouvé de semblable. Tout à coup, une vive lumière éclaira sa chambre : c'était Nastasia qui entrait avec une bougie et une assiette de soupe. La servante le regarda attentivement, et, s'étant convaincue qu'il ne dormait pas, elle posa sa bougie sur la table, puis elle commença à se débarrasser de ce qu'elle avait apporté : du pain, du sel, une assiette, une cuiller.

— Je crois que tu n'as pas mangé depuis hier. Tu traînes sur le pavé toute la journée avec la fièvre dans le corps.

— Nastasia... pourquoi a-t-on battu la patronne ?

Elle le regarda fixement.

— Qui a battu la patronne ?

— Tout à l'heure... il y a une demi-heure, Ilia Pétrovitch, l'adjoint du commissaire de police, l'a battue sur l'escalier... Pourquoi l'a-t-il ainsi maltraitée ? Et pourquoi est-il venu ?...

Nastasia fronça le sourcil sans rien dire et examina longuement le locataire. Ce regard inquisiteur le troubla.

— Nastasia, pourquoi gardes-tu le silence ? demanda-t-il enfin d'une voix timide et faible.

— C'est le sang, murmura-t-elle comme se parlant à elle-même.

— Le sang !... Quel sang ?... balbutia-t-il, devenu pâle, et il se recula contre le mur.

Nastasia continuait à l'observer silencieusement.

— Personne n'a battu la patronne, reprit-elle ensuite d'un ton péremptoire.

Il la regarda, respirant à peine.

— Je l'ai entendu moi-même... je ne dormais pas... j'étais assis sur le divan, dit-il d'une voix plus craintive que jamais. — J'ai écouté longtemps... L'adjoint du commissaire de police est venu... De tous les logements, tout le monde est accouru sur l'escalier...

— Personne n'est venu. Mais c'est le sang qui crie en toi. Quand il n'a pas d'issue et qu'il commence à former des caillots, alors on a la berlue... Tu vas manger ?

Il ne répondait pas ; Nastasia ne quittait point la chambre, et le regardait toujours d'un œil curieux.

— Donne-moi à boire... Nastasiouchka.

Elle descendit et revint deux minutes après, rapportant de l'eau dans un petit pot d'argile ; mais à partir de ce moment s'arrêtaient les souvenirs de Raskolnikoff. Il se rappelait seulement qu'il avait lampé une gorgée d'eau froide. Ensuite il s'était évanoui.

Chapitre III

Toutefois, tant que dura sa maladie, jamais il ne fut tout à fait privé de sentiment : c'était un état fiévreux avec délire et demi-inconscience. Plus tard, il se rappela beaucoup de choses. Tantôt il lui semblait que plusieurs individus étaient réunis autour de lui, voulaient le prendre et l'emporter quelque part, discutaient vivement et se querellaient à son sujet. Tantôt il se voyait tout à coup seul dans sa chambre, tout le monde était parti, on avait peur de lui, de temps à autre seulement on ouvrait la porte pour l'examiner à la dérobée ; les gens le menaçaient, tenaient conseil entre eux, riaient, le mettaient en colère. Il constatait souvent la présence de Nastasia à son chevet ; il remarquait aussi un homme qui devait lui être bien connu, mais qui était-ce ? Jamais il ne parvenait à mettre un nom sur cette figure, et cela le désolait au point de lui arracher des larmes.

Parfois il se figurait être alité depuis un mois déjà ; à d'autres moments, tous les incidents de sa maladie lui paraissaient se produire dans une seule et même journée. Mais cela, — cela, il l'avait absolument oublié ; à chaque instant, il est vrai, il se disait qu'il avait oublié une chose dont il aurait dû se souvenir, — il se tourmentait, faisait de pénibles efforts de mémoire, gémissait, devenait furieux, ou était pris d'une terreur indicible. Alors il se dressait sur son lit, voulait s'enfuir, mais toujours quelqu'un le retenait de force. Ces crises l'affaiblissaient et se terminaient par l'évanouissement. À la fin, il recouvra tout à fait l'usage de ses sens.

Il était alors dix heures du matin. Quand le temps était beau, le soleil entrait toujours dans la chambre à cette heure-là, plaquant une longue bande de lumière sur le mur de droite et éclairant le coin près de la porte. Nastasia se trouvait devant le lit du malade avec un individu qu'il ne connaissait pas du tout, et qui l'observait très-curieusement. C'était un jeune garçon à la barbe naissante, vêtu d'un cafetan et paraissant être un artelchtchik[4]. Par la porte entrebâillée, la logeuse regardait. Raskolnikoff se souleva un peu.

— Qui est-ce, Nastasia ? demanda-t-il en montrant le jeune homme.

— Tiens, il est revenu à lui ! dit la servante.

— Il est revenu à lui ! fit à son tour l'artelchtchik.

---

[4] Le piatak est une pièce de cinq kopecks, ce qui représente vingt centimes de notre monnaie.

À ces mots, la logeuse ferma la porte et disparut. Sa timidité lui rendait toujours pénibles les entretiens et les explications. Cette femme, âgée de quarante ans, avait des yeux et des sourcils noirs, un embonpoint prononcé et, somme toute, un extérieur fort agréable. Bonne, comme le sont les personnes grasses et paresseuses, elle était avec cela excessivement pudibonde.

— Qui… êtes-vous ? continua à demander Raskolnikoff, en s'adressant cette fois à l'artelchtchik. Mais en ce moment la porte se rouvrit et livra passage à Razoumikhine, qui pénétra dans la chambre en se courbant un peu, à cause de sa haute taille.

— Quelle cabine de vaisseau ! s'écria-t-il en entrant, je me cogne toujours la tête contre le plafond ; et l'on appelle cela un logement ! Eh bien, mon ami, tu as recouvré tes esprits, à ce que m'a appris tout à l'heure Pachenka ?

— Il vient de reprendre ses sens, dit Nastasia.

— Il vient de reprendre ses sens, répéta comme un écho l'artelchtchik avec un petit sourire.

— Mais vous-même, qui êtes-vous ? lui demanda brusquement Razoumikhine. — Moi, voyez-vous, je m'appelle Razoumikhine, je suis étudiant, fils de gentilhomme, et monsieur est mon ami. Allons, vous, dites-moi qui vous êtes.

— Je suis employé chez le marchand Chélopaieff, et je viens ici pour affaire.

— Asseyez-vous sur cette chaise ; ce disant, Razoumikhine prit lui-même un siège et s'assit de l'autre côté de la table.

— Mon ami, tu as bien fait de revenir à toi, poursuivit-il en s'adressant à Raskolnikoff.

— Depuis quatre jours, tu n'as, pour ainsi dire, rien bu ni rien mangé. À peine prenais-tu un peu de thé qu'on te donnait à la cuiller. Je t'ai amené deux fois Zosimoff. Te souviens-tu de Zosimoff ? Il t'a examiné attentivement, et il a déclaré que tout cela n'était rien. Ta maladie, a-t-il dit, est un simple affaiblissement nerveux, résultat d'une mauvaise alimentation, mais elle n'a aucune gravité. Un fameux gaillard, Zosimoff ! Il traite déjà supérieurement. Mais je ne veux pas abuser de

votre temps, ajouta Razoumikhine, en s'adressant de nouveau à l'artelchtchik. — Veuillez faire connaître le motif de votre visite. Remarque, Rodia, qu'on vient déjà pour la seconde fois de chez eux. Seulement, la première fois ce n'était pas celui-ci. Qui est-ce qui est venu ici avant vous ?
— Vous voulez sans doute parler de celui qui est venu avant-hier : c'est Alexis Séménovitch ; il est aussi employé chez nous.

— Il a la langue mieux pendue que vous. N'est-ce pas votre avis ?

— Oui ; c'est un homme plus capable.

— Modestie digne d'éloges ! Allons, continuez.

— Voici : à la demande de votre maman, Afanase Ivanovitch Vakhrouchine, dont vous avez sans doute entendu parler plus d'une fois, vous a envoyé de l'argent, que notre maison est chargée de vous remettre, commença l'artelchtchik, en s'adressant directement à Raskolnikoff. — Si vous avez votre connaissance, veuillez prendre livraison de ces trente-cinq roubles, que Sémen Séménovitch a reçus pour vous d'Afanase Ivanovitch, agissant à la demande de votre maman. On a dû vous donner avis de cet envoi ?

— Oui… je me rappelle… Vakhrouchine… dit Raskolnikoff d'un air pensif.

— Voulez-vous me donner un reçu ?

— Il va signer. Vous avez là votre livre ? dit Razoumikhine.

— Oui. Voici,

— Donnez ici. Allons, Rodia, un petit effort ; tâche de te mettre sur ton séant. Je te soutiendrai ; prends la plume et dépêche-toi d'écrire ton nom, car, mon ami, à notre époque, l'argent, c'est le miel de l'humanité.

— Je n'en ai pas besoin, dit Raskolnikoff en repoussant la plume.

— Comment, tu n'en as pas besoin ?

— Je ne signerai pas.

— Mais il faut bien que tu donnes un reçu ?

— Je n'ai pas besoin… d'argent…

— Tu n'as pas besoin d'argent ! Pour cela, mon ami, tu mens, j'en suis témoin ! Ne vous inquiétez pas, je vous prie, il ne sait ce qu'il dit… il est encore reparti pour le pays des rêves. Du reste, cela lui arrive même à l'état de veille… Vous êtes un homme de sens, nous allons guider sa main, et il signera. Allons, venez à mon aide…

— Mais, du reste, je puis repasser.

— Non, non ; pourquoi vous déranger ? Vous êtes un homme raisonnable… Allons, Rodia, ne retiens pas plus longtemps ce visiteur… tu vois qu'il attend, — et, sérieusement, Razoumikhine s'apprêtait à conduire la main de Raskolnikoff.

— Laisse, je ferai cela moi-même… dit ce dernier ; il prit la plume et écrivit son reçu sur le livre. L'artelchtchik remit l'argent et se retira.

— Bravo ! Et maintenant, mon ami, veux-tu manger ?

— Oui, répondit Raskolnikoff.

— Il y a de la soupe ?

— Il en reste d'hier, répondit Nastasia, qui n'avait pas quitté la chambre durant toute cette scène.

— De la soupe au riz et aux pommes de terre ?

— Oui.

— J'en étais sûr. Va chercher la soupe, et donne-nous du thé.

— Bien.

Raskolnikoff regardait tout avec une profonde surprise et une frayeur hébétée. Il résolut de se taire et d'attendre ce qui arriverait. « Il me semble que je n'ai plus le délire », pensait-il, — « tout cela m'a l'air d'être bien réel… »

Au bout de dix minutes, Nastasia revint avec le potage et annonça qu'on allait avoir le thé. Avec la soupe se montrèrent deux cuillers, deux assiettes et tout un service de table : sel, poivre, moutarde pour manger avec le bœuf, etc. ; le couvert n'avait pas été aussi bien mis depuis longtemps. La nappe même était propre.

— Nastasiouchka, dit Razoumikhine, Prascovie Pavlovna ne ferait pas mal de nous envoyer deux petites bouteilles de bière. Nous en viendrons bien à bout.

— Tu ne te laisses manquer de rien, toi ! marmotta la servante. Et elle alla faire la commission.

Le malade continuait à tout observer avec une attention inquiète. Pendant ce temps, Razoumikhine était venu s'asseoir à côté de lui sur le divan. Avec une grâce d'ours, il tenait appuyée contre son bras gauche la tête de Raskolnikoff, qui n'avait aucun besoin de ce secours, tandis que de la main droite il lui portait à la bouche une cuillerée de soupe, après avoir soufflé dessus plusieurs fois pour que son ami ne se brulât pas en l'avalant. Pourtant, le potage était presque froid. Raskolnikoff en absorba avidement trois cuillerées, mais ensuite Razoumikhine suspendit brusquement son office, déclarant que pour le surplus il fallait consulter Zosimoff.

Sur ces entrefaites, Nastasia apporta les deux bouteilles de bière.

— Veux-tu du thé ?

— Oui.

— Va vite chercher le thé, Nastasia, car, en ce qui concerne ce breuvage, m'est avis que la permission de la Faculté n'est pas nécessaire. Mais voilà la bière !

Il alla se rasseoir sur sa chaise, approcha de lui la soupière ainsi que le bœuf, et se mit à dévorer avec autant d'appétit que s'il n'avait pas mangé depuis trois jours.

— Maintenant, ami Rodia, je dîne ainsi chez vous tous les jours, murmurait-il la bouche pleine, — c'est Pachenka, ton aimable logeuse, qui me régale de la sorte : elle a beaucoup de considération pour moi. Naturellement, je me laisse faire. À quoi bon protester ? Mais voilà Nastasia qui arrive avec le thé. Elle est expéditive. Nastenka, veux-tu de la bière ?

— Est-ce que tu te moques de moi ?

— Mais du thé, tu en prendras bien ?

— Du thé, oui.

— Sers-toi. Ou plutôt, non, attends, je vais te servir moi-même, Mets-toi à table.

Entrant aussitôt dans son rôle d'amphitryon, il remplit successivement deux tasses ; puis il laissa là son déjeuner et alla se rasseoir sur le divan. Comme tout à l'heure quand il s'était agi de la soupe, ce fut encore avec les attentions les plus délicates que Razoumikhine fit boire le thé à Raskolnikoff. Ce dernier se laissait dorloter sans mot dire, bien qu'il se sentit parfaitement en état de rester assis sur le divan sans le secours de personne, de tenir en main la tasse ou la cuiller et peut-être même de marcher. Mais, avec un machiavélisme étrange et presque instinctif, il s'était soudain avisé de feindre momentanément la faiblesse, de simuler même au besoin une certaine inintelligence, tout en ayant l'œil et l'oreille au guet. Du reste, le dégoût fut plus fort que sa résolution : après avoir avalé dix cuillerées de thé, le malade dégagea sa tête par un mouvement brusque, repoussa capricieusement la cuiller et se laissa retomber sur son oreiller. Ce mot n'était plus une métaphore. Raskolnikoff avait maintenant à son chevet un bon oreiller de duvet, avec une taie propre ; ce détail, qu'il avait aussi remarqué, n'était pas sans l'intriguer,

— Il faut que Pachenka nous envoie aujourd'hui même de la gelée de framboise pour faire de la boisson à Rodia, dit Razoumikhine en se remettant à sa place et en reprenant son repas interrompu.

— Et où prendra-t-elle de la framboise ? demanda Nastasia, qui, tenant sa soucoupe sur ses cinq doigts écartés, faisait glisser le thé dans sa bouche "à travers le sucre".

— Ma chère, elle prendra de la framboise dans une boutique. Vois-tu, Rodia, il s'est passé ici toute une histoire dont tu n'as pas connaissance. Lorsque tu t'es sauvé de chez moi comme un voleur sans me dire où tu demeurais, j'en ai été si fâché que j'ai résolu de te retrouver pour tirer de toi une vengeance exemplaire. Dès le jour même, je me suis mis en campagne. Ce que j'ai couru, ce que j'ai questionné ! J'avais oublié ton adresse actuelle, et cela pour une bonne raison : je ne l'avais jamais sue. Quant à ton ancien logement, je me rappelais seulement que tu habitais aux Cinq Coins, maison Kharlamoff. Je me lance sur cette piste, je découvre la maison Kharlamoff, qui, en fin de compte, n'est pas la maison Kharlamoff, mais la maison Boukh. Voilà comme on s'embrouille parfois dans les noms propres ! J'étais furieux ; je vais le lendemain au bureau des adresses, ne comptant guère sur le résultat de cette démarche. Eh bien ! figure-toi qu'en deux minutes on m'a donné l'indication de ton domicile. Tu es inscrit là.

— Je suis inscrit ?

— Je crois bien ; et ils n'ont pas pu donner l'adresse du général Kobéleff à quelqu'un qui la demandait. J'abrège. À peine suis-je arrivé ici que j'ai été initié à toutes tes affaires : oui, mon ami, à toutes. Je sais tout ; Nastasia te le dira. J'ai fait la connaissance de Nikodim Fomitch, on m'a montré Ilia Pétrovitch, je suis entré en rapport avec le dvornik, avec Alexandre Grigoriévitch Zamétoff, le chef de la chancellerie, et enfin avec Pachenka elle-même, ç'a été le bouquet ; tu peux demander à Nastasia…

— Tu l'as enjolée, murmura la servante avec un sourire finaud.

— Le malheur, mon cher, c'est que dès le début tu t'y es mal pris. Il ne fallait pas procéder ainsi avec elle. Son caractère est des plus bizarres ! Du reste, nous parlerons plus tard du caractère… Mais comment, par exemple, as-tu pu l'amener à te couper les vivres ? Et cette lettre de change ! Il fallait vraiment que tu fusses fou pour la souscrire ! Et ce projet de mariage, du vivant de sa fille Nathalie Egorovna !… Je suis au courant de tout ! Je vois d'ailleurs que je touche là une corde délicate et que je suis un âne ; pardonne-moi. Mais, à propos de sottise, ne trouves-tu pas que Prascovie Pavlovna est moins bête qu'on ne pourrait le supposer à première vue, hein ?

— Oui… balbutia, en regardant de côté, Raskolnikoff : il ne comprenait pas qu'il aurait mieux valu soutenir la conversation.

— N'est-ce pas ? s'écria Razoumikhine, mais elle n'est pas non plus une femme intelligente, hein ? C'est un type tout à fait particulier ! Je t'assure, mon ami, que je m'y perds… Elle va avoir quarante ans, elle n'en avoue que trente-six, et elle y est pleinement autorisée. Du reste, je te le jure, je ne puis guère la juger qu'au point de vue intellectuel, car nos relations sont ce qu'il y a de plus singulier au monde ! Je n'y comprends rien ! Pour revenir à nos moutons, elle a vu que tu avais quitté l'Université, que tu étais sans leçons et sans vêtements ; d'autre part, depuis la mort de sa fille, elle n'avait plus lieu de te considérer comme un des siens : dans ces conditions, l'inquiétude l'a prise ; toi, de ton côté, au lieu de conserver avec elle les rapports d'autrefois, tu vivais retiré dans ton coin, voilà pourquoi elle a voulu te faire partir. Elle y songeait depuis longtemps, mais tu lui avais donné une lettre de change, et, de plus, tu lui assurais que ta maman payerait…

— J'ai fait une bassesse en disant cela… Ma mère est elle-même presque réduite à la mendicité… Je mentais pour que l'on continuât à me loger et… à me nourrir, déclara Raskolnikoff d'une voix nette et vibrante.

— Oui, tu avais parfaitement raison de parler ainsi. Ce qui a tout gâté, c'est l'intervention de M. Tchébaroff, conseiller de cour et homme d'affaires. Sans lui, Pachenka n'aurait rien entrepris contre toi : elle est bien trop timide pour cela. Mais l'homme d'affaires, lui, n'est pas timide, et tout d'abord, naturellement, il a posé la question : Le signataire de la lettre de change est-il solvable ? Réponse : Oui, car sa maman, bien qu'elle ne possède qu'une pension de cent vingt-cinq roubles, se priverait de manger pour tirer Rodion d'embarras, et il a une sœur qui se vendrait comme esclave pour son frère. M. Tchébaroff s'est réglé là-dessus… Pourquoi t'agites-tu ? À présent, mon ami, j'ai compris ton arrière-pensée. Tu n'avais pas tort de t'épancher dans le sein de Pachenka, au temps où elle pouvait voir en toi un futur gendre ; mais voilà ! tandis que l'homme honnête et sensible se laisse aller aux confidences, l'homme d'affaires les recueille et en fait son profit. Bref, elle a passé son billet en payement à ce Tchébaroff, qui ne s'est pas gêné pour te mener rondement. Lorsque j'ai su tout cela, je voulais, pour l'acquit de ma conscience, traiter aussi l'homme d'affaires par l'électricité ; mais sur ces entrefaites l'harmonie s'est établie entre Pachenka et moi, et j'ai fait arrêter la procédure en répondant de ta dette. Tu entends, mon ami ? je me suis porté garant pour toi. On a fait venir Tchébaroff, on lui a mis dix roubles dans la bouche, et il a rendu le papier, que j'ai l'honneur de te présenter. — Maintenant tu n'es plus qu'un débiteur sur parole. Tiens, prends-le.

— C'est toi que je ne reconnaissais pas, pendant que j'avais le délire ? demanda Raskolnikoff après un moment de silence.

— Oui, et même ma présence t'a occasionné des crises, surtout la fois où j'ai amené Zamétoff.

— Zamétoff ?… Le chef de la chancellerie ?… Pourquoi l'as-tu amené ?…

En prononçant ces mots, Raskolnikoff avait vivement changé de position, et maintenant il tenait ses yeux fixés sur Razoumikhine.

— Mais qu'as-tu donc ?… Pourquoi te troubles-tu ? Il désirait faire ta connaissance ; c'est lui-même qui a voulu venir, parce que nous avions beaucoup causé de toi ensemble… Autrement, de qui donc aurais-je appris tant de choses sur ton compte ? C'est un excellent garçon, mon ami ; il est merveilleux… dans son genre, naturellement. À présent, nous sommes amis ; nous nous voyons presque chaque jour. Je viens, en effet, de transporter mes pénates dans ce quartier-ci. Tu ne le savais pas encore ? J'ai déménagé tout récemment. Je suis allé deux fois chez Louise avec lui. Tu te rappelles Louise… Louise Ivanovna ?

— J'ai battu la campagne pendant que j'avais la fièvre ?

— Je crois bien ! tu ne t'appartenais plus.

— Qu'est-ce que je disais ?

— Ce que tu disais ? On sait bien ce que peut dire un homme qui n'a plus sa tête… Allons, à présent, il ne s'agit plus de perdre son temps ; occupons-nous de nos affaires.

Il se leva et prit sa casquette.

— Qu'est-ce que je disais ?

— Tu tiens décidément à le savoir ? Tu as peur d'avoir laissé échapper quelque secret ? Rassure-toi : tu n'as pas soufflé mot de la comtesse. Mais tu as beaucoup parlé d'un bouledogue, de pendants d'oreilles, de chaînes de montre, de l'île Krestovsky, d'un dvornik ; Nikodim Fomitch et Ilia Pétrovitch, l'adjoint du commissaire de police, revenaient souvent aussi dans tes propos. De plus, tu étais très préoccupé d'une de tes bottes. « Donnez-la-moi ! » ne cessais-tu de dire en larmoyant. Zamétoff l'a cherchée lui-même dans tous les coins, et il t'a apporté cette ordure qu'il n'avait pas craint de prendre dans ses blanches mains parfumées et couvertes de bagues. Alors seulement tu t'es calmé, et pendant vingt-quatre heures tu as gardé cette saleté dans tes mains : on ne pouvait pas te l'arracher, elle doit être encore quelque part sous ta couverture.

Tu demandais aussi les franges d'un pantalon, et avec quelles larmes ! Nous aurions bien voulu savoir quel intérêt ces franges avaient pour toi, mais impossible de rien comprendre à tes paroles… Allons ! maintenant, à notre affaire ! Voici trente-cinq roubles, j'en prends dix, et dans deux heures je viendrai te rendre compte de l'emploi que j'en aurai fait. Entre temps, je passerai chez Zosimoff ; il devrait être ici depuis longtemps, car il est onze heures passées. En mon absence, Nastenka, veillez à ce que votre locataire ne manque de rien, et occupez-vous notamment de lui préparer à boire… Du reste, je vais donner moi-même mes instructions à Pachenka. Au revoir !

— Il l'appelle Pachenka ! Ah ! l'affreux scélérat ! fit la servante, au moment où il tournait les talons ; ensuite elle sortit et se mit à écouter derrière la porte ; mais au bout d'un instant elle n'y put tenir et descendit elle-même à la hâte, très curieuse de savoir de quoi Razoumikhine s'entretenait avec la logeuse : Nastasia, cela était hors de doute, éprouvait une véritable admiration pour l'étudiant.

À peine eut-elle refermé la porte en s'en allant, que le malade rejeta vivement sa couverture et sauta, comme affolé, à bas du lit. Il avait attendu avec une impatience fiévreuse le moment où il serait seul, pour se mettre incontinent à la besogne. Mais à quelle besogne ? Voilà ce dont maintenant il ne se souvenait plus. « Seigneur ! dis-moi seulement une chose : savent-ils tout ou l'ignorent-ils encore ? Peut-être qu'ils savent déjà, mais ils font semblant de rien parce que je suis malade en ce moment ; ils se réservent de jeter le masque des qu'ils me verront rétabli : alors ils me diront qu'ils étaient instruits de tout depuis longtemps... Que faire donc à présent ? C'est comme un fait exprès : je l'ai oublié et j'y pensais encore il y a une minute !... »

Il était debout au milieu de la chambre et regardait autour de lui, en proie à une douloureuse perplexité. Il s'approcha de la porte, l'ouvrit et prêta l'oreille ; mais ce n'était pas cela. Tout à coup la mémoire parut lui revenir : il courut au coin où la tapisserie était déchirée, introduisit sa main dans le trou et se mit à tâter ; mais ce n'était pas cela non plus. Il alla ouvrir le poêle et fouilla parmi les cendres : les franges du pantalon et la doublure de la poche se trouvaient toujours là comme quand il les y avait jetées : donc personne n'avait regardé dans le poêle !

Alors il se rappela la botte dont Razoumikhine venait de lui parler. À la vérité, elle était sur le divan, sous la couverture ; mais depuis le crime elle avait subi tant de frottements et ramassé tant de boue que, sans doute, Zamétoff n'avait rien pu remarquer.

« Bah ! Zamétoff !... le bureau de police ! Mais pourquoi m'appelle-t-on à ce bureau ? Où est la citation ? Bah ! je confondais : c'est l'autre jour qu'on m'a fait venir ! ce jour-là aussi j'ai examiné la botte, mais maintenant... maintenant j'ai été malade. Mais pourquoi Zamétoff est-il venu ici ? Pourquoi Razoumikhine l'a-t-il amené ?... » murmurait Raskolnikoff en se rasseyant, épuisé, sur le divan. — « Qu'est-ce donc qui se passe ? Ai-je toujours le délire, ou bien les choses sont-elles comme je les vois ? Il me semble que je ne rêve pas... Ah ! à présent, je me rappelle : il faut partir, partir au plus vite, il le faut absolument ! Oui..., mais où aller ? Et où sont mes vêtements ? Pas de bottes ! Ils les ont prises ! Ils les ont cachées ! Je comprends ! Ah ! voilà mon paletot — il a échappé à leur attention ! Voilà de l'argent sur la table, grâce à Dieu ! La lettre de change est là aussi… Je vais prendre l'argent et je m'en irai, je louerai un autre logement, ils ne me trouveront pas !… Oui, mais le bureau des adresses ? Ils me découvriront ! Razoumikhine saura bien me dénicher. Il vaut mieux quitter le pays, m'en aller au loin… en Amérique : là je me moquerai d'eux ! Il faut aussi emporter la lettre de change… elle me servira là-bas. Que prendrai-je encore ? Ils me croient malade ! Ils pensent que je ne suis pas en état de marcher, hé, hé, hé !… J'ai lu dans leurs yeux qu'ils savent tout ! Je n'ai que l'escalier à descendre ! Mais si la maison était gardée, si, en bas, j'allais trouver des agents de police ? Qu'est-ce que cela ? du thé ? Ah ! il est resté aussi de la bière, cela va me rafraîchir ! »

Il prit la bouteille qui contenait encore la valeur d'un grand verre et la vida d'un trait avec une véritable jouissance, car sa poitrine était en feu. Mais, moins d'une minute après, la bière lui occasionna des bourdonnements dans la tête et un frisson léger, agréable même, parcourut son dos. Il se coucha et tira la couverture sur lui. Ses idées, déjà auparavant maladives et incohérentes, commencèrent à s'embrouiller de plus en plus. Bientôt ses paupières devinrent lourdes. Il posa voluptueusement sa tête sur l'oreiller, s'enveloppa plus étroitement dans la molle couverture ouatée qui avait remplacé son méchant manteau et s'endormit d'un profond sommeil.

En entendant un bruit de pas, il se réveilla et aperçut Razoumikhine qui venait d'ouvrir la porte, mais hésitait à pénétrer dans la chambre et restait debout sur le seuil. Raskolnikoff se souleva vivement et regarda son ami de l'air d'un homme qui cherche à se rappeler quelque chose.

— Puisque tu ne dors plus, me voilà ! Nastasia, monte ici le paquet, cria Razoumikhine à la servante qui se trouvait en bas. — Je vais te rendre mes comptes…

— Quelle heure est-il ? demanda le malade en promenant autour de lui un regard effaré.

— Tu t'en es donné, mon ami ; le jour baisse, il va être six heures. Ton sommeil a duré plus de six heures.

— Seigneur ! Comment ai-je pu dormir si longtemps !

— De quoi te plains-tu ? Cela te fait du bien ! Quelle affaire pressante avais-tu donc ? Un rendez-vous peut-être ? À présent tout notre temps est à nous. J'attendais ton réveil depuis trois heures ; j'ai déjà passé deux fois chez toi, tu dormais. J'ai été aussi deux fois chez Zosimoff ; il était absent, mais n'importe, il viendra. En outre, j'ai eu à m'occuper pour mon propre compte, j'ai changé de domicile aujourd'hui, il m'a fallu tout déménager, y compris mon oncle. C'est que, vois-tu, j'ai à présent mon oncle chez moi… Allons, assez causé, maintenant à notre affaire !… Donne ici le paquet, Nastasia. Nous allons tout de suite… Mais comment te sens-tu, mon ami ?

— Je me porte bien ; je ne suis pas malade… Razoumikhine, il y a longtemps que tu es ici ?

— Je viens de te dire que j'attendais ton réveil depuis trois heures.

— Non, mais avant ?

— Comment, avant ?

— Depuis quand viens-tu ici ?

— Mais, voyons, je te l'ai dit tantôt : est-ce que tu ne t'en souviens plus ?

Raskolnikoff fit appel à ses souvenirs. Les incidents de la journée lui apparaissaient comme dans un songe. Ses efforts de mémoire restant infructueux, il interrogea du regard Razoumikhine.

— Hum ! fit celui-ci : tu l'as oublié. J'avais déjà remarqué tantôt que tu n'étais pas encore dans ton assiette… À présent, le sommeil t'a fait du bien… Vraiment, tu as beaucoup meilleure mine. Allons, qu'importe ? Cela va te revenir tout à l'heure. Regarde donc par ici, cher homme.

Il se mit à défaire le paquet qui, évidemment, était l'objet de toutes ses préoccupations.

— Cela, mon ami, me tenait particulièrement au cœur. C'est qu'il faut faire de toi un homme. Nous allons nous y mettre. Commençons par le haut. Vois-tu cette casquette ? dit-il en prenant dans le paquet une casquette assez jolie, quoique fort ordinaire et de peu de valeur. Veux-tu me permettre de te l'essayer ?

— Pas maintenant, plus tard, fit Raskolnikoff en repoussant son ami avec un geste d'impatience.

— Non, tout de suite, ami Rodia, laisse-toi faire, plus tard il serait trop tard ; d'ailleurs l'inquiétude me tiendrait éveillé toute la nuit, car j'ai acheté au jugé, n'ayant pas la mesure de ta tête. Elle va parfaitement ! s'écria-t-il triomphant, après avoir essayé la casquette à Raskolnikoff : — c'est tout à fait cela, on jurerait qu'elle a été faite sur commande ! Devine un peu ce que je l'ai payée, Nastasiouchka, dit-il à la servante en voyant que son ami gardait le silence.

— Deux grivnas, sans doute, répondit Nastasia.

— Deux grivnas, tu es folle ! cria Razoumikhine vexé : — à présent pour deux grivnas on ne pourrait même pas t'acheter, — huit grivnas ! Et encore c'est parce qu'elle a déjà été portée. Passons maintenant à la culotte, je te préviens que j'en suis fier !

Sur ce, il étala devant Raskolnikoff un pantalon gris, d'une légère étoffe d'été.

— Pas un trou, pas une tache, et très-mettable, quoiqu'il ait aussi été porté ; le gilet est de la même couleur que le pantalon, comme l'exige la mode. Du reste, si ces effets ne sont pas neufs, à dire vrai, ils n'en sont que meilleurs : ils ont acquis par l'usage plus de douceur, plus de moelleux... Vois-tu, Rodia, selon moi, pour faire son chemin dans le monde, il faut toujours se régler sur la saison. Les gens raisonnables ne mangent pas d'asperges au mois de janvier : j'ai suivi ce principe dans mes emplettes. Nous sommes en été, j'ai donc acheté des vêtements d'été. Vienne l'automne, il te faudra des vêtements plus chauds, et tu abandonneras ceux-ci... d'autant plus que, d'ici là, ils auront eu le temps de s'user. Eh bien, devine ce que cela a coûté ! Combien, selon toi ? — Deux roubles vingt-cinq kopecks ! À présent, parlons des bottes ; comment les trouves-tu ? On voit qu'elles ont déjà été portées, mais elles feront encore très-bien leur office pendant deux mois, parce qu'elles ont été confectionnées à l'étranger : un secrétaire de l'ambassade britannique s'en est défait la semaine dernière ; il ne les avait que depuis six jours, mais il était très à court d'argent. Prix : un rouble cinquante kopecks. C'est pour rien.

— Mais elles n'iront peut-être pas à son pied ! observa Nastasia.

— Elles n'iront pas à son pied ! Et cela, qu'est-ce que c'est ? « répliqua Razoumikhine en tirant de sa poche une vieille botte de Raskolnikoff, laquelle était toute trouée et toute sale : j'avais pris mes précautions ; ils ont relevé la mesure sur cette horreur. Tout cela a été fait très consciencieusement. Mais, pour le linge, il y a eu du tirage avec la marchande. Enfin, tu as là trois chemises de toile avec des devants à la mode... Maintenant, récapitulons : casquette, huit grivnas ; pantalon et gilet, deux roubles vingt-cinq kopecks ; bottes, un rouble cinquante kopecks ; linge, cinq roubles ; total : neuf roubles cinquante-cinq kopecks. J'ai donc à te remettre quarante-cinq kopecks ; tiens, prends-les ; et, de la sorte, te voilà tout requinqué ; car, à mon avis, ton paletot non-seulement peut encore servir, mais possède beaucoup de distinction : on voit qu'il a été fait chez Charmer ! Pour ce qui est des chaussettes, etc., je t'ai laissé le soin de les acheter toi-même. Il nous reste vingt-cinq roubles, et tu n'as pas à t'inquiéter de Pachenka, ni du payement de ton loyer. Je te l'ai dit : on te fait un crédit illimité. À présent, mon ami, permets qu'on te change de linge ; c'est nécessaire, car la maladie est dans ta chemise…

— Laisse-moi donc ! Je ne veux pas ! répondit en le repoussant Raskolnikoff dont le visage était resté morne tant qu'avait duré le récit enjoué de Razoumikhine.

— Il le faut, mon ami ; pourquoi donc ai-je éculé mes bottes ? insista ce dernier. — Nastasiouchka, ne faites pas la prude et venez à mon aide, là ! et, malgré la résistance de Raskolnikoff, il réussit à le changer de linge.

Le malade retomba sur son oreiller et ne dit pas un mot pendant deux minutes.

« Est-ce qu'ils ne vont pas à la fin me laisser en repos ? pensait-il. — Avec quel argent tout cela a-t-il été acheté ? demanda-t-il ensuite, en regardant le mur.

— Voilà une question ! Mais avec ton propre argent. Ta maman t'a fait envoyer par Vakhrouchine trente-cinq roubles qui t'ont été apportés tantôt, est-ce que tu l'as oublié ?

— À présent, je m'en souviens… dit Raskolnikoff après être resté pensif et sombre pendant assez longtemps. Razoumikhine, les sourcils froncés, le considérait avec inquiétude.

La porte s'ouvrit, et un homme de haute taille entra dans la chambre. Sa façon de se présenter indiquait un visiteur accoutumé de Raskolnikoff.

— Zosimoff ! Enfin ! s'écria joyeusement Razoumikhine.

Chapitre IV

Le nouveau venu était un grand et gros homme de vingt-sept ans, au visage bouffi, blême et soigneusement rasé. Ses cheveux d'un blond presque blanc se tenaient droits sur sa tête. Il avait des lunettes, et à l'index de son épaisse main brillait un gros anneau d'or. On voyait qu'il aimait à être à l'aise dans ses vêtements, d'ailleurs d'une élégance cossue. Il portait un ample paletot en drap léger et un large pantalon d'été d'une couleur claire. Son linge était irréprochable, et une lourde chaîne de montre en or se jouait sur son gilet. Il y avait dans ses allures quelque chose de lent et de flegmatique, quelques efforts qu'il fît pour se donner un air dégagé. Du reste, en dépit de sa surveillance sur lui-même, la prétention perçait continuellement dans ses manières. Toutes ses connaissances le trouvaient insupportable, mais faisaient grand cas de lui en tant que médecin.

— J'ai passé deux fois chez toi, mon ami… Tu vois, il a repris ses sens ! cria Razoumikhine.

— Je le vois, je le vois ; eh bien, comment nous sentons-nous aujourd'hui, hein ? demanda Zosimoff à Raskolnikoff qu'il regarda avec attention.

En même temps, il s'installait au bout du divan, près des pieds du malade, s'efforçant de trouver là une place suffisante pour son énorme personne.

— Mais il est toujours hypocondriaque, poursuivit Razoumikhine ; tout à l'heure, quand nous l'avons changé de linge, il s'est presque mis à pleurer.

— La chose se comprend ; on pouvait faire cela plus tard, il n'était pas nécessaire de le contrarier… Le pouls est excellent. Nous avons toujours un peu mal à la tête, hein ?

— Je me porte bien, je me porte parfaitement ! dit Raskolnikoff avec irritation. En prononçant ces mots, il s'était tout à coup soulevé sur le divan, et ses yeux étincelaient ; mais, moins d'une seconde après, il retomba sur son oreiller et se tourna du côté du mur. Zosimoff le considérait attentivement.

— Très-bien… rien de particulier à noter… déclara-t-il négligemment. — A-t-il mangé quelque chose ?

On raconta le repas fait par le malade, et l'on demanda ce qu'on pouvait lui donner.
— Mais on peut lui donner n'importe quoi... de la soupe, du thé... Naturellement, les champignons et les concombres lui sont interdits ; il ne faut pas non plus qu'il mange de bœuf, ni... Mais c'est là du bavardage superflu... — Il échangea un regard avec Razoumikhine. — Plus de potions, plus de médicaments, et demain je viendrai voir... On aurait pu aujourd'hui... Allons, c'est bien...

— Demain soir, je lui ferai faire une promenade ! décida Razoumikhine. — Nous irons ensemble au jardin Ioussoupoff et ensuite au Palais de Cristal.

— Demain ce serait peut-être un peu tôt, mais une petite sortie... D'ailleurs, d'ici là, nous verrons.

— Ce qui me vexe, c'est qu'aujourd'hui justement je pends la crémaillère à deux pas d'ici ; je voudrais qu'il fût des nôtres, quand il devrait rester couché sur un divan ! Tu viendras, toi ? demanda brusquement Razoumikhine à Zosimoff ; — tu as promis, ne va pas me manquer de parole.

— Soit, mais je ne pourrai venir qu'assez tard. Tu donnes une fête ?

— Oh ! rien du tout ; il y aura simplement du thé, de l'eau-de-vie, des harengs et un pâté. C'est une petite réunion d'amis.

— Quels seront tes hôtes ?

— Des camarades, des jeunes gens, plus un vieil oncle à moi qui est venu pour affaires à Pétersbourg : il n'est ici que depuis hier ; nous nous voyons une fois tous les cinq ans.

— Qu'est-ce qu'il fait ?

— Il a végété toute sa vie dans un district où il était maître de poste... il touche une petite pension, il a soixante-cinq ans, ce n'est même pas la peine d'en parler... Je l'aime, du reste. Il y aura chez moi Porphyre Pétrovitch, le juge d'instruction du quartier... un juriste. Mais tu le connais, au fait...

— Il est aussi ton parent ?

— Très-éloigné. Mais pourquoi fronces-tu le sourcil ? Parce qu'un jour vous vous êtes chamaillés ensemble, tu es dans le cas de ne pas venir ?

— Oh ! je me moque pas mal de lui…
— C'est ce que tu peux faire de mieux. Bref, j'aurai des étudiants, un professeur, un employé, un musicien, un officier ; Zamétoff…

— Dis-moi, je te prie, ce que toi ou lui — Zosimoff montra d'un signe de tête Raskolnikoff — vous pouvez avoir de commun avec un Zamétoff.

— Eh bien ! oui, si tu veux que je te le dise, il y a quelque chose de commun entre Zamétoff et moi : nous avons entrepris une affaire ensemble.

— Je serais curieux de savoir quoi.

— Mais c'est toujours à propos du peintre en bâtiments… Nous travaillons à sa mise en liberté. À présent, du reste, cela ira tout seul. L'affaire est maintenant parfaitement claire ! Notre intervention aura seulement pour effet de presser le dénoûment.

— De quel peintre en bâtiments s'agit-il ?

— Comment, est-ce que je ne t'en ai pas déjà parlé ? Ah ! c'est vrai, je ne t'ai raconté que le commencement… voilà, c'est au sujet du meurtre de la vieille prêteuse sur gages… eh bien, on a arrêté le peintre comme auteur du crime…

— Oui, avant ton récit, j'avais déjà entendu parler de cet assassinat, et même l'affaire m'intéresse… jusqu'à un certain point… j'en ai lu quelque chose dans les journaux. Ah ! voilà…

— On a aussi tué Élisabeth ! fit tout à coup Nastasia en s'adressant à Raskolnikoff.

Elle n'avait pas quitté la chambre et, debout près de la porte, prêtait l'oreille à la conversation.

— Élisabeth ? balbutia le malade d'une voix presque inintelligible.

— Oui, Élisabeth, la revendeuse à la toilette, est-ce que tu ne la connaissais pas ? Elle venait ici en bas. Elle t'a même fait une chemise.

Raskolnikoff se tourna du côté du mur et se mit à fixer avec toute l'attention possible une des petites fleurs blanches semées sur le papier qui tapissait sa chambre. Il sentait ses membres s'engourdir, mais il n'essayait pas de se remuer, et son regard restait obstinément attaché sur la petite fleur.
— Eh bien, ce peintre qui est impliqué dans l'affaire, on a relevé des charges contre lui, sans doute ? dit Zosimoff, interrompant avec une impatience marquée le bavardage de Nastasia qui soupira et se tut.

— Oui, mais des charges qui n'en sont pas, et voilà précisément ce qu'il s'agit de démontrer ! La police fait fausse route ici, comme elle s'est déjà trompée au début quand elle a soupçonné Koch et Pestrïakoff ! Pour si désintéressé qu'on soit dans la question, on se sent révolté en voyant une enquête si bêtement, conduite ! Pestriakoff viendra peut-être chez moi ce soir… À propos, Rodia, tu connais cette histoire, elle est arrivée avant ta maladie, justement la veille du jour où tu as eu un évanouissement au bureau de police pendant qu'on en parlait…

Zosimoff regarda curieusement Raskolnikoff qui ne bougea pas.

— Il faudra que j'aie l'œil sur toi, Razoumikhine : tu t'emballes joliment pour une affaire qui ne te regarde pas, observa le docteur.

— C'est possible, mais n'importe ! Nous tirerons ce malheureux des griffes de la justice ! s'écria Razoumikhine, en frappant du poing sur la table. — Ce ne sont pas les bévues de ces gens-là qui m'irritent le plus : il est permis de se tromper, l'erreur est chose excusable car par elle on arrive à la vérité. Non, ce qui me fâche, c'est que, tout en se trompant, ils continuent à se croire infaillibles. J'estime Porpyre, mais… Tiens, sais-tu, par exemple, ce qui les a déroutés tout d'abord ? La porte était fermée : or, quand Koch et Pestriakoff sont arrivés avec le dvornik, elle était ouverte : donc Koch et Pestriakoff sont les assassins ! Voilà leur logique !

— Ne t'échauffe pas : on les a arrêtés, on ne pouvait pas faire autrement… À propos : j'ai eu l'occasion de rencontrer ce Koch, il paraît qu'il était en relation d'affaires avec la vieille, il lui rachetait les objets non dégagés à l'échéance ?

— Oui, c'est un aigrefin, un personnage véreux ! Il rachète aussi les lettres de change. Sa mésaventure ne m'émeut en aucune façon. Je m'emporte contre les agissements idiots d'une procédure démodée… C'est le cas ici d'ouvrir une nouvelle voie et de renoncer à une routine qui a fait son temps Les seules données psychologiques peuvent mettre sur la vraie piste. « Nous avons des faits ! » disent-ils. Mais les faits ne sont pas tout ; la manière de les interpréter est pour moitié au moins dans le succès d'une instruction !

— Et toi, tu sais interpréter les faits ?
— Vois-tu, il est impossible de se taire quand on sent, quand on a l'intime conviction qu'on pourrait aider à la découverte de la vérité, si… Eh !… Tu connais les détails de l'affaire ?

— Tu m'avais parlé d'un peintre en bâtiments : j'attends toujours son histoire.

— Eh bien, écoute. Le surlendemain du meurtre, dans la matinée, tandis que la police instruisait encore contre Koch et Pestriakoff, malgré les explications parfaitement catégoriques fournies par eux, surgit tout à coup un incident des plus inattendus. Un certain Douchkine, paysan qui tient un cabaret en face de la maison du crime, apporta au commissariat un écrin renfermant des boucles d'oreilles en or, et il raconta toute une histoire : « Avant-hier soir, un peu après huit heures », — remarque cette coïncidence ! — « Nikolai, un ouvrier peintre qui fréquente mon établissement, est venu me prier de lui prêter deux roubles sur les boucles d'oreilles, contenues dans cette petite boîte. À ma question : Où as-tu pris cela ? il a répondu qu'il l'avait ramassé sur le trottoir. Je ne lui en ai pas demandé davantage », — c'est Douchkine qui parle, — « et je lui ai donné un petit billet », — c'est-à-dire un rouble, — car, me suis-je dit, si je ne prends pas cet objet, un autre le prendra, et il vaut mieux qu'il soit entre mes mains : si l'on vient à le réclamer, si j'apprends qu'il a été volé, j'irai le porter à la police. »

Bien entendu, en parlant ainsi, il mentait effrontément : je connais ce Douchkine, c'est un recéleur, et quand il a subtilisé à Nikolaï un objet de trente roubles, il n'avait nullement l'intention de le remettre à la police ; il ne s'est décidé à cette démarche que sous l'influence de la peur. Mais laissons Douchkine poursuivre son récit : — « Ce paysan qui s'appelle Nikolaï Démentieff, je le connais depuis l'enfance : il est, comme moi, du gouvernement de Riazan et du district de Zaraïsk. Sans être un ivrogne, il boit quelquefois un peu trop.

« Nous savions qu'il faisait des travaux de peinture dans cette maison avec Mitréi, qui est de son pays. Après avoir reçu le petit billet, Nikolaï a bu coup sur coup deux verres, échangé son rouble pour payer et est parti en emportant la monnaie. Je n'ai pas vu Mitréi avec lui à cette heure-là. Le lendemain, nous avons entendu dire qu'on avait tué à coups de hache Aléna Ivanovna et sa sœur Élisabeth Ivanovna. Nous les connaissions, et alors un doute m'est venu au sujet des boucles d'oreilles, parce que nous savions que la vieille prêtait de l'argent sur des objets de ce genre. Pour éclaircir mes soupçons, je me suis rendu dans cette maison sans faire semblant de rien, et tout d'abord j'ai demandé si Nikolaï était là. Mitréi m'a répondu que son camarade faisait la noce : Nikolaï était rentré chez lui, ivre, à la première heure du jour, et au bout de dix minutes environ il était sorti de nouveau ; depuis ce temps, Mitréi ne l'avait plus vu, et il achevait seul le travail.

« L'escalier qui conduit chez les victimes dessert aussi le logement où travaillent les deux ouvriers, ce logement est situé au second étage. Ayant appris tout cela, je n'ai rien dit à personne », — c'est Douchkine qui parle, — « mais j'ai recueilli le plus de renseignements possible sur les circonstances de l'assassinat, et je suis revenu chez moi, toujours préoccupé du même doute. Or, ce matin, à huit heures », — c'est-à-dire le surlendemain du crime, tu comprends ? — « je vois Nikolaï entrer dans mon établissement ; il avait bu, mais il n'était pas trop ivre et pouvait comprendre ce qu'on lui disait. Il s'assied en silence sur un banc.

« Quand il est arrivé, il n'y avait dans mon cabaret qu'un seul client, un habitué qui dormait sur un autre banc ; je ne parle pas de mes deux jeunes garçons. — As-tu vu Mitréi ? demandé-je à Nikolaï. — Non, dit-il, je ne l'ai pas vu. — Et tu n'es pas venu travailler ici ? — Je ne suis pas venu depuis avant-hier, répond-il. — Mais, cette nuit, où as-tu couché ? — Aux Sables, chez les Kolomensky. — Et où as-tu pris les boucles d'oreilles que tu m'as apportées l'autre jour ? — Je les ai trouvées sur un trottoir, fait-il d'un air tout drôle en évitant de me regarder. — As-tu entendu dire que ce même soir, vers la même heure, il s'est passé telle et telle chose dans le corps de bâtiment où tu travaillais ? — Non, dit-il, je n'en savais rien.

« Je lui raconte les faits qu'il écoute en écarquillant les yeux. Tout à coup je le vois devenir blanc comme un morceau de craie ; il prend son bonnet et se lève. Je veux le retenir : — Attends un peu, Mikolaï, lui dis-je, est-ce que tu ne boiras pas un verre ? En même temps, je fais signe à mon garçon d'aller se placer devant la porte, et je quitte mon comptoir. Mais, devinant sans doute mes intentions, il s'élance hors de la maison, prend sa course et, un instant après, disparaît au tournant d'une rue. Dès lors, je n'ai plus douté qu'il ne fût coupable. »

— Je crois bien !... dit Zosimoff.

— Attends ! Écoute la fin ! Naturellement, la police s'est mise à chercher Nikolaï de tous côtés : on s'est assuré de Douchkine et de Mitréi ; on a fait des perquisitions chez eux : on a aussi tout retourné chez les

Kolomensky ; mais c'est avant-hier seulement que Nikolaï lui-même a été arrêté dans une auberge de la barrière de ***, à la suite de circonstances curieuses. Arrivé dans cette auberge, il avait ôté sa croix, qui était en argent, l'avait remise au patron et s'était fait servir un chkalik[5] d'eau-de-vie. Quelques minutes après, une paysanne vient traire les vaches, et, en regardant par une fente dans une remise voisine de l'étable, elle aperçoit le pauvre diable en train de se pendre : il avait fait un nœud coulant à sa ceinture, avait attaché celle-ci à une solive du plafond et, monté sur un bloc de bois, essayait de passer son cou dans le nœud coulant…

« Aux cris poussés par la femme, les gens accourent : « Ainsi, voilà à quoi tu passes ton temps ? » — « Conduisez-moi, dit-il, à tel bureau de police, j'avouerai tout. »

« On fait droit à sa demande et, avec tous les honneurs dus à son rang, on l'emmène au bureau de police indiqué, c'est-à-dire à celui de notre quartier. Là, commence l'interrogatoire d'usage :

« Qui es-tu ? Quel âge as-tu ? » — « Vingt-deux ans », etc. Demande : « — Pendant que tu travaillais avec Mitréi, vous n'avez vu personne dans l'escalier entre telle et telle heure ? » Réponse : « — Il est peut-être passé des gens, mais nous ne les avons pas remarqués. » — « Et vous n'avez entendu aucun bruit ? » — « Nous n'avons rien entendu de particulier. » — « Mais toi, Nikolaï, as-tu su ce jour-là qu'à telle heure on avait tué et dévalisé telle veuve et sa sœur ? » — « Je n'en savais absolument rien ; j'en ai eu la première nouvelle avant-hier, au cabaret, par Afanase Pavlitch. » — « Et où as-tu pris les boucles d'oreilles ? » — « Je les ai trouvées sur le trottoir. » — « Pourquoi le lendemain n'es-tu pas allé travailler avec Mitréi ? » — « Parce que j'ai fait la noce. » — « Où as-tu fait la noce ? » — « En différents endroits. » — « Pourquoi t'es-tu sauvé de chez Douchkine ? » — « Parce que j'avais peur. » — « De quoi avais-tu peur ? » — « Je craignais de passer en jugement. » — « Comment donc pouvais-tu craindre cela si tu ne te sens coupable de rien ?… »

Eh bien, tu le croiras ou tu ne le croiras pas, Zosimoff, cette question a été posée et littéralement en ces termes-là, je le sais positivement, on m'a fait le compte rendu textuel de l'interrogatoire ! Hein ! comment la trouves-tu ?

— Mais, enfin, les preuves sont là.

---

[5] Mesure de capacité qui représente environ trente centilitres

— Il ne s'agit pas des preuves en ce moment, il s'agit de la question faite à Nicolas, de la manière dont les gens de police comprennent la nature humaine ! Allons, c'est bien, laissons cela ! En résumé, ils ont tellement tourmenté ce malheureux qu'il a fini par avouer : — « Ce n'est pas sur le trottoir que j'ai trouvé ces boucles d'oreilles, mais dans l'appartement où je travaillais avec Mitréi. » — « Comment as-tu fait cette trouvaille ? » — « Mitréi et moi nous avions peint toute la journée ; il était huit heures, et nous allions partir, quand Mitréi prend un pinceau, me le passe sur la figure et se sauve après m'avoir ainsi barbouillé.

« Je m'élance à sa poursuite, je descends les escaliers quatre à quatre en criant comme un perdu ; mais au moment où j'arrivais en bas de toute la vitesse de mes jambes, je bouscule le dvornik et des messieurs qui se trouvaient là aussi, je ne me rappelle plus combien il y en avait. Là-dessus, le dvornik me dit des injures, un autre dvornik m'injurie également, la femme du premier sort de sa loge et fait chorus avec eux. Enfin un monsieur qui entrait dans la maison avec une dame nous invective à son tour, Mitka et moi, parce que nous étions étendus en travers de la porte et barrions le passage. J'avais saisi Mitka par les cheveux, je l'avais jeté à terre et je lui donnais des coups de poing. Il m'avait pris aussi par les cheveux et me cognait de son mieux tout en étant sous moi. Nous faisions cela sans méchanceté, histoire de rire. Ensuite Mitka se dégagea et fila dans la rue, je courus après lui, mais je ne pus le rattraper et je retournai seul à l'appartement, parce que j'avais mes affaires à mettre en ordre. Tandis que je les rangeais, j'attendais Mitka, je croyais qu'il allait revenir. Et voilà que dans le vestibule, au coin, près de la porte, je marche sur quelque chose, je regarde : c'était un objet enveloppé dans du papier. J'enlève le papier et je trouve une boîte renfermant des boucles d'oreilles… »

— Derrière la porte ? Elle était derrière la porte ? Derrière la porte ? s'écria tout à coup Raskolnikoff en regardant avec effroi Razoumikhine, tandis qu'il faisait effort pour se soulever sur le divan.

— Oui… eh bien, quoi ? Qu'est-ce que tu as ? Pourquoi es-tu ainsi ? dit Razoumikhine, en se levant, lui aussi, de son siège.

— Ce n'est rien !… eut à peine la force de répondre Raskolnikoff, qui se laissa retomber sur l'oreiller et se tourna de nouveau du côté du mur.

Tous restèrent quelque temps silencieux.

— Il était à moitié endormi, sans doute, dit enfin Razoumikhine en interrogeant du regard Zosimoff ; celui-ci fit de la tête un petit signe négatif.

— Eh bien ! continue donc, dit le docteur, — après ?

— Tu sais le reste. Dès qu'il s'est vu en possession de ces boucles d'oreilles, il n'a plus pensé ni à sa besogne ni à Mitka : il a pris son bonnet et est allé immédiatement chez Douchkine. Comme je te l'ai dit, il s'est fait donner un rouble par ce cabaretier et lui a faussement raconté qu'il avait trouvé la boîte sur le trottoir. Ensuite, il est parti faire la noce. Mais, en ce qui concerne le meurtre, son langage ne varie pas : « Je ne sais rien, répète-t-il toujours, je n'ai appris la chose que le surlendemain seulement. » — « Mais pourquoi donc as-tu disparu tous ces temps-ci ? » — « Parce que je n'osais pas me montrer. » — « Et pourquoi voulais-tu te pendre ? » — « Parce que j'avais peur. » — « De quoi avais-tu peur ? » — « D'être mis en jugement. » Voilà toute l'histoire. Maintenant, quelle conclusion en ont-ils tirée, penses-tu ?

— Que veux-tu que je pense ? Il y a une présomption, discutable peut-être, mais qui n'en existe pas moins. Il y a un fait. Fallait-il qu'ils rendissent la liberté à ton peintre en bâtiments ?

— Mais c'est qu'ils l'ont carrément inculpé d'assassinat ! Il ne leur reste plus le moindre doute…

— Voyons, ne t'échauffe pas. Tu oublies les boucles d'oreilles. Le même jour, peu d'instants après le meurtre, des boucles d'oreilles qui se trouvaient dans le coffre de la victime ont été vues entre les mains de Nicolas : conviens-en toi-même, on doit nécessairement se demander comment il se les est procurées. C'est une question que le magistrat instructeur ne peut négliger d'éclaircir.

— Comment il se les est procurées ! s'écria Razoumikhine, — comment il se les est procurées ! Voyons, docteur, tu es tenu, avant tout, d'étudier l'homme ; tu as, plus que tout autre, l'occasion d'approfondir la nature humaine, — eh bien, se peut-il que tu ne voies point, d'après toutes ces données, quelle est la nature de ce Nicolas ? Comment ne sens-tu pas, à priori, que toutes les déclarations faites par lui au cours de ses interrogatoires sont la vérité la plus pure ? Il s'est procuré les boucles d'oreilles exactement comme il le dit. Il a marché sur la boîte, et il l'a ramassée.

— La vérité la plus pure ! Pourtant lui-même a reconnu qu'il avait menti la première fois.

— Écoute-moi, écoute attentivement : le dvornik, Koch, Pestriakoff, l'autre dvornik, la femme du premier, la marchande qui se trouvait alors avec elle dans la loge, le conseiller de cour Krukoff qui en ce moment même venait de descendre de voiture et entrait dans la maison avec une dame à son bras, tous, c'est-à-dire huit ou dix témoins, déposent d'une commune voix que Nicolas a jeté Dmitri par terre, et, le tenant sous lui, l'a bourré de coups de poing, tandis que Dmitri avait pris son camarade par les cheveux et lui rendait la pareille. Ils sont couchés en travers de la porte et interceptent le passage ; on les injurie de tous côtés, et eux, « comme de petits enfants » (c'est l'expression textuelle des témoins), crient, se gourment, poussent des éclats de rire et se poursuivent l'un l'autre dans la rue, ainsi que l'eussent fait des gamins. Tu entends ? À présent, remarque ceci : en haut, gisent deux cadavres non encore refroidis, note qu'ils étaient encore chauds quand on les a découverts.

Si le crime a été commis par les deux ouvriers ou par Nicolas tout seul, permets-moi de te poser une question : Comprend-on une telle insouciance, une telle liberté d'esprit chez des gens qui viennent de commettre un assassinat suivi de vol ? N'y a-t-il pas incompatibilité entre ces cris, ces rires, cette lutte enfantine et la disposition morale dans laquelle auraient dû se trouver les meurtriers ? Quoi ! cinq ou dix minutes après avoir tué — car, je le répète, on a trouvé les cadavres encore chauds — ils s'en vont sans même fermer la porte de l'appartement où gisent leurs victimes, et, sachant que des gens montent chez la vieille, ils folâtrent sous la porte cochère au lieu de fuir au plus vite, ils barrent le passage, ils rient, ils attirent sur eux l'attention générale, ainsi que dix témoins sont unanimes à le déclarer !

— Sans doute, c'est étrange, cela paraît impossible, mais…

— Il n'y a pas de « mais », mon ami. Je reconnais que les boucles d'oreilles, trouvées entre les mains de Nicolas peu d'instants après le crime, constituent à sa charge un fait matériel sérieux — fait d'ailleurs expliqué d'une façon plausible par les déclarations de l'accusé et, comme tel, sujet à discussion », — encore faut-il aussi prendre en considération les faits justificatifs, d'autant plus que ceux-ci sont « hors de discussion ». Malheureusement, étant donné l'esprit de notre jurisprudence, nos magistrats sont incapables d'admettre qu'un fait justificatif, fondé sur une pure impossibilité psychologique, puisse détruire des charges matérielles, quelles qu'elles soient. Non, ils n'admettront jamais cela, par la raison qu'ils ont trouvé la boîte et que l'homme a voulu se pendre, « ce à quoi il n'aurait pu songer s'il ne s'était pas senti coupable ! — Voilà la question capitale, voilà pourquoi je m'échauffe ! Comprends-tu ?

— Oui, je vois bien que tu t'échauffes. Attends un peu, il y a une chose que j'avais oublié de te demander : qu'est-ce qui prouve que l'écrin renfermant les boucles d'oreilles a été pris en effet chez la vieille ?

— Cela est prouvé, reprit en rechignant Razoumikhine ; — Koch a reconnu l'objet et a indiqué celui qui l'avait mis en gage. De son côté, ce dernier a prouvé péremptoirement que l'écrin lui appartenait.

— Tant pis. Encore une question : quelqu'un n'a-t-il pas vu Nicolas pendant que Koch et Pestriakoff montaient au quatrième étage, et son alibi ne peut-il pas être établi ?

— Le fait est que personne ne l'a vu, répondit d'un ton fâché Razoumikhine, — voilà ce qu'il y a de désolant ! Koch et Pestriakoff eux-mêmes n'ont pas aperçu les ouvriers en montant l'escalier ; d'ailleurs, à présent, leur témoignage ne signifierait pas grand'chose. « Nous avons vu, disent-ils que l'appartement était ouvert et qu'on y travaillait probablement, mais nous avons passé sans faire attention, et nous ne nous rappelons pas s'il s'y trouvait ou non des ouvriers en ce moment. »

— Hum ! Ainsi toute la justification de Nicolas repose sur les rires et les coups de poing qu'il échangeait avec son camarade. Soit, c'est une forte preuve à l'appui de son innocence, mais… Permets-moi maintenant de te demander comment tu te rends compte du fait : en tenant pour vraie la version de l'accusé, comment expliques-tu la trouvaille des boucles d'oreilles ?

— Comment je l'explique ? Mais qu'y a-t-il à expliquer ici ? L'affaire est claire. Du moins, la route est clairement indiquée à l'instruction, et indiquée précisément par l'écrin. Le vrai coupable a laissé tomber ces boucles d'oreilles. Il était en haut quand Koch et Pestriakoff ont cogné à la porte ; il s'était enfermé au verrou. Koch a fait la bêtise de descendre ; alors l'assassin s'est esquivé de l'appartement et est descendu, lui aussi, attendu qu'il n'avait pas d'autre moyen de s'échapper. Sur l'escalier, il s'est dérobé à la vue de Koch, de Pestriakoff et du dvornik, en se réfugiant dans le logement du second étage juste au moment où les ouvriers venaient d'en sortir.

Il s'est caché derrière la porte pendant que le dvornik et les autres montaient chez la vieille, il a attendu que le bruit de leurs pas cessât de se faire entendre, et il est arrivé fort tranquillement au bas de l'escalier, à l'instant même où Dmitri et Nicolas à sa suite s'élançaient dans la rue. Comme tout le monde s'était dispersé, il n'a rencontré personne sous la porte cochère. Il se peut même qu'on l'ait vu, mais on ne l'a pas remarqué : est-ce qu'on fait attention à toutes les personnes qui entrent dans une maison ou qui en sortent ? Quant à l'écrin, il l'a laissé tomber de sa poche pendant qu'il se tenait derrière la porte, et il ne s'en est pas aperçu, parce qu'il avait alors d'autres chats à fouetter. L'écrin démontre donc clairement que le meurtrier s'est caché dans le logement vide du second étage. Voilà tout le mystère expliqué !

— C'est ingénieux, mon ami ! Cela fait honneur à ton imagination. C'est surtout ingénieux.

— Mais pourquoi donc ? Pourquoi ?

— Parce que tous les détails sont trop bien agencés, toutes les circonstances se présentent avec trop d'à-propos… C'est exactement comme au théâtre.

Razoumikhine allait de nouveau protester, mais soudain la porte s'ouvrit, et les trois jeunes gens virent apparaître un visiteur qu'aucun d'eux ne connaissait.

Chapitre V

C'était un monsieur déjà d'un certain âge, au maintien gourmé, à la physionomie réservée et sévère. Il s'arrêta d'abord sur le seuil, promenant ses yeux autour de lui avec une surprise qu'il ne cherchait pas à dissimuler et qui n'en était que plus désobligeante. « Où donc me suis-je fourré ? » avait-il l'air de se demander. C'était avec défiance et même avec une affectation de frayeur qu'il contemplait la pièce étroite et basse où il se trouvait. Son regard conserva la même expression d'étonnement lorsqu'il se porta ensuite sur Raskolnikoff. Le jeune homme, dans une tenue très-négligée, était couché sur son misérable divan. Il ne fit pas un mouvement et se mit à considérer à son tour le visiteur. Puis ce dernier, gardant toujours sa mine hautaine, examina la barbe inculte et les cheveux ébouriffés de Razoumikhine, qui, de son côté, sans bouger de sa place, le dévisagea avec une curiosité impertinente. Durant une minute régna un silence gênant pour tout le monde. À la fin, comprenant sans doute que ses grands airs n'en imposaient à personne, le monsieur s'humanisa un peu et, poliment quoique avec une certaine raideur, s'adressa à Zosimoff.

— Rodion Romanovitch Raskolnikoff, un monsieur qui est étudiant ou ancien étudiant ? demanda-t-il en pesant sur chaque syllabe.

Zosimoff se souleva lentement, et peut-être aurait-il répondu si Razoumikhine, à qui la question n'était point faite, ne se fut empressé de le prévenir :

— Le voilà, il est sur le divan ! Mais vous, qu'est-ce qu'il vous faut ?

Le sans gêne de ces derniers mots froissa le monsieur aux airs importants ; il ébaucha un mouvement dans la direction de Razoumikhine, mais il se retint à propos et se retourna vivement vers Zosimoff.

— Voilà Raskolnikoff ! dit négligemment le docteur en montrant le malade d'un signe de tête ; puis il bâilla à se décrocher la mâchoire, tira de son gousset une énorme montre en or, la regarda et la remit dans sa poche.

Quant à Raskolnikoff, toujours couché sur le dos, il ne disait mot et ne cessait de tenir ses yeux fixés sur le nouveau venu, mais toute pensée était absente de son regard. Depuis qu'il s'était arraché à la contemplation de la petite fleur, son visage, excessivement pâle, trahissait une souffrance extraordinaire. On eût dit que le jeune homme venait de subir une opération douloureuse ou d'être soumis au supplice de la question. Peu à peu, toutefois, la présence du visiteur éveilla en lui un intérêt croissant : ce fut d'abord de la surprise, puis de la curiosité, et, finalement, une sorte de crainte. Lorsque le docteur l'eut montré en disant : « Voilà Raskolnikoff », notre héros se souleva tout à coup, s'assit sur le divan, et, d'une voix faible et entrecoupée, mais où perçait comme un accent de défi :

— Oui ! déclara-t-il, je suis Raskolnikoff ! Que voulez-vous ?

Le monsieur le considéra avec attention et répondit d'un ton digne :

— Pierre Pétrovitch Loujine. J'ai lieu d'espérer que mon nom ne vous est plus tout à fait inconnu.

Mais Raskolnikoff, qui s'était attendu à toute autre chose, se contenta de regarder son interlocuteur silencieusement et d'un air hébété, comme si le nom de Pierre Pétrovitch eut pour la première fois frappé ses oreilles.

— Comment ? Se peut-il que vous n'ayez pas encore entendu parler de moi ? demanda Loujine un peu déconcerté.

Pour toute réponse, Raskolnikoff s'affaissa lentement sur l'oreiller, mit ses mains derrière sa tête et fixa les yeux au plafond. L'embarras était visible sur la figure de Pierre Pétrovitch. Zosimoff et Razoumikhine l'observaient avec une curiosité de plus en plus grande, ce qui acheva de le décontenancer.

— Je présumais, je comptais, balbutia-t-il, qu'une lettre mise à la poste il y a dix jours, peut-être même quinze…

— Écoutez, pourquoi toujours rester près de la porte ? interrompit brusquement Razoumikhine : si vous avez quelque chose à expliquer, eh bien, asseyez-vous ; mais Nastasia et vous, vous ne pouvez pas tenir tous les deux sur le seuil : il est trop étroit. Nastasiouchka, range-toi, laisse passer ! Avancez, voici une chaise ici ! Faufilez-vous !

Il écarta sa chaise de la table, laissa un petit espace libre entre celle-ci et ses genoux, puis attendit, dans une position assez gênante, que le visiteur « se faufilât » dans ce passage. Il n'y avait pas moyen de refuser. Pierre Pétrovitch se glissa, non sans peine, jusqu'à la chaise et, après s'être assis, regarda d'un air défiant Razoumikhine.

— Du reste, ne vous gênez pas, dit celui-ci d'une voix forte ; — Rodia est malade depuis cinq jours déjà, et il a eu le délire pendant trois jours, mais maintenant la connaissance lui est revenue, il a même mangé avec appétit. Voilà son médecin. Moi, je suis un camarade de Rodia, ancien étudiant comme lui, et en ce moment je lui sers de garde-malade : ainsi ne faites pas attention à nous et continuez votre entretien comme si nous n'étions pas là.

— Je vous remercie. Mais ma présence et ma conversation n'auront-elles pas pour effet de fatiguer le malade ? demanda Pierre Pétrovitch en s'adressant à Zosimoff.

— Non, au contraire, ce sera une distraction pour lui, répondit d'un ton indifférent le docteur, et il bâilla de nouveau.

— Oh ! il a recouvré l'usage de ses facultés depuis longtemps déjà, depuis ce matin ! ajouta Razoumikhine dont la familiarité respirait une bonhomie si franche que Pierre Pétrovitch commença à se sentir plus à l'aise. Et puis, après tout, cet homme incivile et mal vêtu se recommandait de la qualité d'étudiant.

— Votre maman…

— Hum ! fit bruyamment Razoumikhine.

Loujine le regarda d'un air surpris.

— Rien, c'est un tic ; continuez…

Loujine haussa les épaules.

— … Votre maman avait commencé une lettre pour vous déjà avant mon départ. Arrivé ici, j'ai exprès différé ma visite de quelques jours pour être bien sûr que vous seriez instruit de tout. Mais, maintenant, je vois avec étonnement…

— Je sais, je sais ! répliqua brusquement Raskolnikoff, dont le visage exprima une violente irritation. — C'est vous qui êtes le futur ? Eh bien, je le sais, en voilà assez !

Ce langage blessa décidément Pierre Pétrovitch, mais il garda le silence, se demandant ce que tout cela signifiait. La conversation fut momentanément interrompue. Cependant Raskolnikoff, qui, pour lui répondre, s'était légèrement tourné de son côté, se remit soudain à l'examiner avec une attention marquée, comme s'il n'avait pas eu le temps de le bien voir tantôt, ou que quelque chose de nouveau l'eût frappé dans la personne du visiteur. Il se souleva donc sur le divan pour le considérer plus à son aise. Le fait est que tout l'extérieur de Pierre Pétrovitch offrait un je ne sais quoi de particulier qui semblait justifier l'appellation de « futur » si cavalièrement appliquée tout à l'heure à ce personnage.

D'abord on voyait, et même on voyait trop, que Pierre Pétrovitch s'était empressé d'utiliser son séjour dans la capitale pour « se faire beau », en prévision de l'arrivée prochaine de sa fiancée. Cela, du reste, n'avait rien que de fort excusable. Peut-être laissait-il trop deviner la satisfaction qu'il éprouvait d'avoir réussi dans son dessein ; mais on pouvait encore pardonner à un prétendu cette petite faiblesse. Loujine était entièrement habillé de neuf, et son élégance ne donnait prise à la critique qu'en un point : elle était de trop fraîche date et accusait trop un certain but. De quels respectueux égards le visiteur n'entourait-il pas l'élégant chapeau rond qu'il venait d'acheter ? Quels soins n'avait-il pas de ses jolis gants Jouvin qu'il n'avait pas osé mettre et se contentait de tenir à la main pour la montre ? Dans son costume dominaient les tons clairs ; il portait un coquet veston havane léger, un pantalon d'été de nuance tendre et un gilet de la même couleur que le pantalon. Son linge, tout neuf, était d'une exquise finesse, et une mince cravate de batiste à raies roses ornait son cou ; Pierre Pétrovitch avait, ajoutons-le, fort bonne mine sous ces vêtements et paraissait beaucoup plus jeune que son âge.

Son visage, très-frais et non dépourvu de distinction, était agréablement encadré de favoris foncés taillés en côtelettes, qui faisaient ressortir l'éclatante blancheur d'un menton soigneusement rasé. Ses cheveux grisonnaient à peine, et son coiffeur avait réussi à le friser sans lui faire, comme il arrive presque toujours, la tête ridicule d'un marié allemand. Si dans cette physionomie sérieuse et assez belle il y avait quelque chose de déplaisant et d'antipathique, cela tenait à d'autres causes. Après avoir impoliment dévisagé M. Loujine, Raskolnikoff sourit d'un air moqueur, se renversa sur son oreiller et se remit à contempler le plafond.

Mais M. Loujine semblait résolu à ne se formaliser de rien, et il feignit de ne point remarquer ces façons étranges. Il fit même un effort pour renouer la conversation :

— Je regrette infiniment de vous trouver dans cet état. Si j'avais su que vous étiez souffrant, je serais venu plus tôt. Mais, vous savez, je suis si affairé !... J'ai de plus un procès très-important à suivre au Sénat. Je ne parle pas des démarches et des préoccupations que vous devinez vous-

même. J'attends votre famille, c'est-à-dire votre maman et votre sœur, d'un moment à l'autre...
Raskolnikoff parut vouloir dire quelque chose ; son visage exprima une certaine agitation. Pierre Pétrovitch s'arrêta un instant, attendit ; mais, voyant que le jeune homme restait silencieux, il continua :

— ... D'un moment à l'autre. En prévision de leur prochaine arrivée, je leur ai cherché un logement...

— Où ? demanda d'une voix faible Raskolnikoff.

— À très-peu de distance d'ici, maison Bakaléieff...

— C'est dans le péréoulok Voznésensky, interrompit Razoumikhine ; — il y a deux étages loués en garni par le marchand Iouchine ; j'y suis allé.

— Oui, on y loue des appartements meublés.

— C'est un taudis ignoblement sale et, de plus, mal famé ; il s'y est passé de vilaines histoires ; le diable sait qui habite là dedans !... Moi-même, j'ai été amené là par une aventure scandaleuse. Du reste, les logements n'y sont pas chers.

— Naturellement, je ne pouvais savoir tout cela, vu que j'arrive de province, répliqua d'un ton piqué Pierre Pétrovitch ; — quoi qu'il en soit, les deux chambres que j'ai retenues sont très-propres, et, comme c'est pour un temps très-court... J'ai déjà arrêté notre futur logement, poursuivit-il en s'adressant à Raskolnikoff, — on est en train de l'arranger ; pour le moment, je loge moi-même en garni. J'habite à deux pas d'ici, chez madame Lippevechzel, dans l'appartement d'un jeune ami à moi, André Séménitch Lébéziatnikoff ; c'est lui qui m'a indiqué la maison Bakaléieff.

— Lébéziatnikoff ? fit lentement Raskolnikoff, comme si ce nom lui eût rappelé quelque chose.

— Oui, André Séménitch Lébéziatnikoff qui est employé dans un ministère. Vous le connaissez ?

— Oui... non..., répondit Raskolnikoff.

— Excusez-moi, votre question m'avait fait supposer qu'il ne vous était pas inconnu. J'ai été autrefois son tuteur... C'est un jeune homme trèsgentil… et qui professe des idées très-avancées. Je fréquente volontiers les jeunes gens : par eux on apprend ce qu'il y a de nouveau.

En achevant ces mots, Pierre Pétrovitch regarda ses auditeurs avec l'espoir de saisir sur leur physionomie quelque signe d'approbation.

— À quel point de vue ? demanda Razoumikhine.

— Au point de vue le plus sérieux, je veux dire au point de vue de l'activité sociale, — répondit Loujine, enchanté qu'on lui eût fait cette question. — Voyez-vous, je n'avais pas visité Pétersbourg depuis dix ans. Toutes ces nouveautés, toutes ces réformes, toutes ces idées ont bien pénétré jusque chez nous autres provinciaux ; mais pour voir plus clairement et pour tout voir, il faut être à Pétersbourg. Or, selon moi, c'est en observant nos jeunes générations qu'on se renseigne le mieux. Et, je l'avoue, j'ai été charmé…

— De quoi donc ?

— Votre question est vaste. Je puis me tromper, mais je crois avoir remarqué des vues plus nettes, un esprit plus critique, une activité plus raisonnée…

— C'est la vérité, laissa tomber négligemment Zosimoff.

— N'est-ce pas ? reprit Pierre Pétrovitch, qui récompensa le docteur d'un regard aimable. Vous conviendrez vous-même, poursuivit-il en s'adressant à Razoumikhine ; qu'il y a progrès au moins dans l'ordre scientifique et économique…

— Lieu commun !

— Non, ce n'est pas un lieu commun ! Par exemple, si l'on me dit : « Aime tes semblables, » et que je mette ce conseil en pratique, qu'en résultera-t-il ? se hâta de répondre Loujine avec un empressement peut-être trop visible ; — je déchirerai mon manteau en deux, j'en donnerai la moitié à mon prochain, et nous resterons tous deux à demi nus. Comme dit le proverbe russe : « Chassez plusieurs lièvres à la fois, vous n'en attraperez pas un » La science, elle, m'ordonne de n'aimer que moi, attendu que tout dans le monde est fondé sur l'intérêt personnel. Si vous n'aimez que vous, vous ferez convenablement vos affaires, et votre manteau restera entier. L'économie politique ajoute que plus il s'élève de fortunes privées dans une société, en d'autres termes, plus il s'y trouve de manteaux entiers, plus aussi cette société est solidement assise et heureusement organisée. Donc, en travaillant uniquement pour moi, je travaille aussi, par le fait, pour tout le monde, et il en résulte que mon prochain reçoit un peu plus qu'une moitié de manteau, et cela, non grâce à des libéralités privées et individuelles, mais par suite du progrès général. L'idée est simple ; malheureusement elle a mis beaucoup de temps à faire son chemin, à triompher de la chimère et du rêve ; pourtant, il ne faut pas, semble-t-il, beaucoup d'esprit pour comprendre…

— Pardon, j'appartiens à la catégorie des imbéciles, interrompit Razoumikhine. Ainsi, brisons là. J'avais un but en commençant cet entretien ; mais, depuis trois ans, j'ai les oreilles tellement rebattues de tout ce bavardage, de toutes ces banalités, que je rougis d'en parler et même d'en entendre parler devant moi. Naturellement, vous vous êtes empressé de nous exhiber vos théories, c'est très-excusable, et je ne vous en blâme pas. Je voulais seulement savoir qui vous êtes, parce que, voyez-vous, dans ces derniers temps, une foule de faiseurs se sont rués sur les affaires publiques, et, ne cherchant jamais que leur intérêt propre, ils ont gâté tout ce à quoi ils ont touché. Allons, assez !

— Monsieur, reprit Loujine piqué au vif, est-ce une manière de me dire que, moi aussi, je…

— Oh ! jamais de la vie… Comment donc !… Allons, assez ! répondit Razoumikhine, et, sans plus faire attention à lui, il reprit avec Zosimoff la conversation qu'avait interrompue l'arrivée de Pierre Pétrovitch.

Ce dernier eut le bon esprit d'accepter telle quelle l'explication de l'étudiant. D'ailleurs, il était décidé à s'en aller au bout de deux minutes.

— Maintenant que nous avons fait connaissance, dit-il à Raskolnikoff, j'espère que nos relations continueront après votre retour à la santé et deviendront plus intimes, grâce aux circonstances que vous connaissez… Je vous souhaite un prompt rétablissement.

Raskolnikoff n'eut même pas l'air de l'avoir entendu. Pierre Pétrovitch se leva.

— C'est assurément un de ses débiteurs qui l'a tuée ! affirma Zosimoff.

— Assurément ! répéta Razoumikhine. Porphyre ne dit pas ce qu'il pense, mais il interroge ceux qui avaient déposé des objets en gage chez la vieille.

— Il les interroge ? demanda d'une voix forte Raskolnikoff.

— Oui, eh bien ?

— Rien.

— Comment peut-il les connaître ? voulut savoir Zosimoff.

— Koch en a désigné quelques-uns ; on a trouvé les noms de plusieurs autres sur le papier qui enveloppait les objets ; enfin il y en a qui se sont présentés d'eux-mêmes quand ils ont appris…

— Le coquin qui a fait le coup doit être un gaillard adroit et expérimenté ! Quelle décision ! Quelle audace !

— Eh bien, non, c'est ce qui te trompe et c'est ce qui vous trompe tous ! répliqua Razoumikhine. Je soutiens, moi, qu'il n'est ni adroit, ni expérimenté, et que ce crime est très-probablement son début. Dans l'hypothèse où le meurtrier serait un scélérat consommé, rien ne s'explique plus, tout fourmille d'invraisemblances. Si, au contraire, on le suppose novice, il faut admettre que le hasard seul lui a permis de s'échapper, mais que ne fait pas le hasard ? Qui sait ? l'assassin n'a peut-être même pas prévu les obstacles ! Et comment mène-t-il son affaire ? Il prend des objets de dix ou vingt roubles et en bourre ses poches, il fouille dans le coffre où la vieille mettait ses chiffons ; or, dans le tiroir supérieur de la commode, on a trouvé une cassette renfermant quinze cents roubles en espèces métalliques, sans parler des billets ! Il n'a même pas su voler, il n'a su que tuer ! Je le répète, c'est un début ; il a perdu la tête ! Et s'il n'a pas été pris, il doit en remercier le hasard plus que son adresse !

Pierre Pétrovitch s'apprêtait à prendre congé ; mais, avant de sortir, il voulut encore prononcer quelques paroles profondes ; il tenait à laisser de lui une impression avantageuse, et la vanité l'emporta sur le jugement.

— Il s'agit sans doute de l'assassinat récemment commis sur la personne d'une vieille femme, veuve d'un secrétaire de collège ? demanda-t-il en s'adressant à Zosimoff.

— Oui. Vous en avez entendu parler ?

— Comment donc ! dans la société…

— Vous connaissez les détails ?

— Pas précisément ; mais cette affaire m'intéresse surtout par la question générale qu'elle soulève. Je ne parle même pas de l'augmentation croissante des crimes dans la basse classe durant ces cinq dernières années ; je laisse de côté la succession ininterrompue des pillages et des incendies. Je suis surtout frappé de ce fait que, dans les hautes classes, la criminalité suit une progression en quelque sorte parallèle.

— Mais de quoi vous inquiétez-vous ? observa brusquement Raskolnikoff. Tout cela, c'est la mise en pratique de votre théorie.

— Comment, de ma théorie ?

— La conclusion logique du principe que vous posiez tout à l'heure, c'est qu'on peut égorger les gens…

— Allons donc ! se récria Loujine.

— Non, ce n'est pas cela, remarqua Zosimoff.

Raskolnikoff était pâle et respirait avec effort ; un frisson agitait sa lèvre supérieure.

— En tout, il y a une mesure, poursuivit d'un ton hautain Pierre Pétrovitch : l'idée économique n'est pas encore, que je sache, une provocation à l'assassinat, et de ce qu'on pose en principe…

— Est-il vrai, interrompit soudain Raskolnikoff d'une voix tremblante de colère, est-il vrai que vous ayez dit à votre future femme… à l'heure même où elle venait d'agréer votre demande, que ce qui vous plaisait le plus en elle… c'était sa pauvreté… parce qu'il est préférable d'épouser une femme pauvre, pour la dominer ensuite et lui reprocher les bienfaits dont on l'a comblée ?…

— Monsieur ! s'écria Loujine, bégayant de fureur, — monsieur… dénaturer ainsi ma pensée ! Pardonnez-moi ; mais je dois vous déclarer que les bruits arrivés jusqu'à vous ou, pour mieux dire, portés à votre connaissance, n'ont pas l'ombre de fondement, et je… soupçonne qui… en un mot… cette flèche… en un mot, votre maman… Déjà elle m'avait paru, nonobstant toutes ses excellentes qualités, avoir l'esprit légèrement exalté et romanesque ; cependant, j'étais à mille lieues de supposer qu'elle pût se méprendre à ce point sur le sens de mes paroles et les citer en les altérant de la sorte… Et enfin… enfin…

— Savez-vous une chose ? vociféra le jeune homme en se soulevant sur son oreiller, tandis que ses yeux lançaient des flammes, — savez-vous une chose ?
— Quoi ?

Sur ce mot, Loujine s'arrêta et attendit d'un air de défi. Il y eut quelques secondes de silence.

— Eh bien, si vous vous permettez encore... de dire un seul mot... au sujet de ma mère... je vous jette en bas de l'escalier !

— Qu'est-ce que tu as ? cria Razoumikhine.

— Ah ! c'est ainsi !

Loujine pâlit et se mordit la lèvre. Il étouffait de rage, bien qu'il fît tous ses efforts pour se contenir.

— Écoutez, monsieur, commença-t-il après une pause, — l'accueil que vous m'avez fait tantôt quand je suis entré ici ne m'avait guère laissé de doute sur votre inimitié ; cependant j'ai prolongé ma visite exprès pour être plus complètement édifié à cet égard. J'aurais pu pardonner beaucoup à un malade et à un parent, mais à présent... jamais... je ne...

— Je ne suis pas malade ! cria Raskolnikoff.

— Tant pis...

— Allez-vous-en au diable !

Mais Loujine n'avait pas attendu cette invitation pour s'en aller. Il s'était hâté de sortir sans regarder personne et sans même saluer Zosimoff, qui depuis longtemps lui faisait signe de laisser le malade en repos.

— Est-ce qu'on peut se conduire ainsi ? dit en hochant la tête Razoumikhine intrigué.

— Laissez-moi, laissez-moi tous ! s'écria Raskolnikoff dans un transport de colère. Mais allez-vous me laisser enfin, bourreaux ! Je n'ai pas peur de vous ! Je ne crains personne, personne, maintenant ! Retirez-vous ! Je veux être seul, seul, seul !

— Allons-nous-en ! dit Zosimoff en faisant un signe de tête à Razoumikhine.

— Mais, est-ce qu'on peut l'abandonner dans cet état ?
— Allons-nous-en ! répéta avec insistance le docteur, et il sortit.

Razoumikhine réfléchit un instant, puis se décida à le suivre.

— Notre résistance à ses désirs ne pourrait que lui nuire, dit Zosimoff déjà sur l'escalier. Il ne faut pas l'irriter.

— Qu'est-ce qu'il a ?

— Une secousse qui l'arracherait à ses préoccupations lui ferait le plus grand bien. Il a quelque souci, quelque idée fixe qui l'obsède… C'est ce qui m'inquiète beaucoup.

— Ce monsieur Pierre Pétrovitch est peut-être pour quelque chose là dedans. D'après la conversation qu'ils viennent d'avoir ensemble, il paraît que ce personnage va épouser la sœur de Rodia, et que notre ami a reçu une lettre à ce sujet très-peu de temps avant sa maladie.

— Oui, c'est le diable qui a amené ce monsieur dont la visite a peut-être gâté toute l'affaire. Mais as-tu remarqué qu'un seul sujet de conversation fait sortir le malade de son apathie et de son mutisme ? Dès qu'on parle de ce meurtre, cela le surexcite…

— Oui, oui, je m'en suis bien aperçu, répondit Razoumikhine ; il devient alors attentif, inquiet. C'est que, le jour même où sa maladie a commencé, on lui a fait peur au bureau de police, il a eu un évanouissement.

— Tu me raconteras cela plus en détail ce soir, et, à mon tour, je te dirai quelque chose. Il m'intéresse, beaucoup même ! Dans une demi-heure je reviendrai m'informer de son état… Du reste, l'inflammation n'est pas à craindre…

— Merci à toi ! Maintenant, je vais passer un moment chez Pachenka, et je le ferai surveiller par Nastasia… Raskolnikoff, laissé seul, regardait la servante avec impatience et ennui ; mais elle hésitait encore à s'en aller.

— Boiras-tu ton thé maintenant ? demanda-t-elle.

— Plus tard ! Je veux dormir ! Laisse-moi…

Il se tourna par un mouvement convulsif du côté du mur ; Nastasia se retira.

Chapitre VI

Mais, dès qu'elle fut sortie, il se leva, ferma la porte au crochet et se mit à revêtir les effets que Razoumikhine lui avait apportés peu auparavant. Chose bizarre, un apaisement complet semblait avoir tout à coup succédé chez Raskolnikoff à la frénésie de tantôt et à la terreur panique de ces derniers jours. C'était la première minute d'une tranquillité étrange, soudaine. Nets et précis, les mouvements du jeune homme dénotaient une résolution énergique. « Aujourd'hui même, aujourd'hui même !… » murmurait-il à part soi. Il comprenait pourtant qu'il était encore faible, mais l'extrême tension morale à laquelle il devait son calme lui donnait des forces et de l'assurance ; d'ailleurs, il espérait ne pas tomber dans la rue. Après s'être complétement habillé de neuf, il regarda l'argent placé sur la table, réfléchit un instant et le mit dans sa poche.

La somme se montait à vingt-cinq roubles. Il prit aussi toute la monnaie de cuivre qui restait sur les dix roubles dépensés par Razoumikhine pour l'achat des vêtements. Ensuite, il ouvrit tout doucement la porte, sortit de sa chambre et descendit l'escalier. En passant devant la cuisine grande ouverte, il y jeta un coup d'œil : Nastasia lui tournait le dos, elle était en train de souffler sur le samovar de la logeuse, et elle n'entendit rien. D'ailleurs, qui aurait pu prévoir cette fugue ? Un instant après, il se trouvait dans la rue.

Il était huit heures, le soleil s'était couché. Quoique l'atmosphère fût étouffante comme la veille, Raskolnikoff respirait avec avidité l'air poussiéreux empoisonné par les exhalaisons méphitiques de la grande ville. La tête commençait à lui tourner légèrement ; ses yeux enflammés, son visage maigre et livide exprimaient une énergie sauvage. Il ne savait où aller et ne se le demandait même pas ; il savait seulement qu'il fallait en finir avec tout « cela » aujourd'hui même, tout d'un coup, tout de suite ; qu'autrement il ne rentrerait pas chez lui, « parce qu'il ne voulait pas vivre ainsi ». Comment en finir ? Il n'avait pas d'idée là-dessus, et il s'efforçait d'écarter cette question qui le tourmentait. Il sentait et savait seulement qu'il fallait que tout changeât d'une façon ou d'une autre, « coûte que coûte », répétait-il avec une résolution désespérée.

Par une vieille habitude, il se dirigea vers le Marché-au-Foin. Avant d'y arriver, il rencontra, stationnant sur la chaussée en face d'une petite boutique, un joueur d'orgue, jeune homme aux cheveux noirs, en train de moudre une mélodie très-sentimentale. Le musicien accompagnait sur son instrument une jeune fille de quinze ans debout en face de lui sur le trottoir ; celle-ci, vêtue comme une demoiselle, avait une crinoline, une mantille, des gants et un chapeau de paille orné d'une plume couleur de feu ; tout cela était vieux et fripé. D'une voix fêlée, mais assez forte et assez agréable, elle chantait une romance en attendant que, de la boutique, on lui jetât une pièce de deux kopecks. Deux ou trois personnes s'étaient arrêtées ; Raskolnikoff fit comme elles, et, après avoir écouté un moment, il tira de sa poche un piatak qu'il mit dans la main de la jeune fille. Elle s'interrompit net sur la note la plus haute et la plus émue. « Assez ! » cria la chanteuse à son compagnon, et tous deux s'acheminèrent vers la boutique suivante.

— Aimez-vous les chansons des rues ? demanda brusquement Raskolnikoff à un passant, déjà d'un certain âge, qui avait écouté à côté de lui les musiciens ambulants, et qui avait l'air d'un flâneur. L'interpellé regarda avec surprise celui qui lui faisait cette question. — Moi, poursuivit Raskolnikoff, mais à le voir on eût cru qu'il parlait de toute autre chose que de la musique des rues, — j'aime à entendre chanter au son de l'orgue par une froide, sombre, et humide soirée d'automne, surtout quand il fait humide, lorsque tous les passants ont des figures verdâtres et maladives ; ou, mieux encore, quand la neige tombe en ligne droite, sans être chassée par le vent, vous savez ? et que les réverbères brillent à travers la neige…

— Je ne sais pas… Excusez-moi… balbutia le monsieur, effrayé, et de la question, et de l'air étrange de Raskolnikoff ; puis il passa de l'autre côté de la rue.

Le jeune homme continua sa marche et arriva au coin du Marché-au-Foin, à l'endroit où l'autre jour un bourgeois et sa femme causaient avec Élisabeth ; mais ils n'étaient plus là. Reconnaissant le lieu, il s'arrêta, regarda autour de lui et s'adressa à un jeune gars en chemise rouge, qui bâillait à l'entrée d'un magasin de farine.

— Il y a un bourgeois qui vend dans ce coin-là avec sa femme, n'est-ce pas ?

— Tout le monde vend, répondit le gars en toisant avec dédain Raskolnikoff.

— Comment l'appelle-t-on ?

— On l'appelle par son nom.

— Mais toi, n'es-tu pas de Zaraïsk ? De quelle province es-tu ?

Le gars jeta de nouveau les yeux sur son interlocuteur.

— Altesse, nous ne sommes pas d'une province, mais d'un district ; mon frère est parti, et moi, je suis resté à la maison, en sorte que je ne sais rien… Que Votre Altesse me pardonne généreusement.

— C'est une gargote qu'il y a là-haut ?

— C'est un traktir, avec un billard ; on y trouve même des princesses… c'est très-bien fréquenté !

Raskolnikoff gagna un autre angle de la place ou stationnait une foule compacte, exclusivement composée de moujiks. Il se glissa au plus épais du rassemblement, jetant un coup d'œil sur chacun et désireux d'adresser la parole à tout le monde. Mais les paysans ne faisaient pas attention à lui, et, répartis en petits groupes, causaient bruyamment de leurs affaires. Après un moment de réflexion, il quitta le Marché-au-Foin et s'engagea dans le péréoulok…

Souvent déjà il avait suivi cette petite rue qui fait un coude et conduit de la place à la Sadovaïa. Depuis quelque temps il aimait à aller flâner dans tous ces endroits-là, quand il commençait à s'ennuyer, « afin de s'ennuyer encore plus ». Maintenant il s'y rendait sans aucun dessein. Là se trouve une grande maison dont tout le rez-de-chaussée est occupé par des débits de boisson et des gargotes ; de ces établissements sortaient à chaque minute des femmes en cheveux et très-négligemment vêtues. Elles se groupaient sur deux ou trois points du trottoir, surtout près des escaliers qui donnent accès à divers sous-sols mal famés. Dans l'un de ceux-ci régnait en ce moment un joyeux vacarme : on chantait, on jouait de la guitare, le bruit s'entendait d'un bout de la rue à l'autre. Le plus grand nombre des femmes était réuni à l'entrée de ce bouge ; les unes étaient assises sur les marches, les autres sur le trottoir, d'autres enfin étaient debout et causaient. Un soldat ivre, la cigarette à la bouche, battait le pavé en proférant des imprécations : on aurait dit qu'il avait envie d'entrer quelque part, mais qu'il ne se rappelait plus où. Deux individus déguenillés échangeaient des injures. Un homme ivre-mort était couché tout de son long en travers de la rue. Raskolnikoff s'arrêta près du principal groupe de femmes. Elles causaient avec des voix fortes ; toutes avaient des robes d'indienne, des chaussures en peau de bouc, et étaient nu-tête. Plusieurs avaient dépassé la quarantaine, mais d'autres n'accusaient pas plus de dix-sept ans ; presque toutes avaient les yeux pochés.

Le chant et tout le bruit qui montait du sous-sol captivèrent l'attention de Raskolnikoff. Au milieu des éclats de rire et des clameurs joyeuses, une aigre voix de fausset se mariait aux sons d'une guitare, tandis que quelqu'un dansait furieusement en battant la mesure avec ses talons. Le jeune homme penché à l'entrée de l'escalier écoutait sombre et rêveur.

Mon beau et robuste petit homme,
Ne me bats pas sans raison !

faisait entendre l'aigre fausset du chanteur. Raskolnikoff aurait bien voulu ne pas perdre un mot de cette chanson, comme si la chose eût été pour lui de la plus haute importance.

« Si j'entrais ? » pensait-il. « Ils rient, ils sont ivres. Eh bien, si je m'enivrais ? »

— Vous n'entrez pas, cher barine ? demanda une des femmes d'une voix assez bien timbrée et conservant encore quelque fraîcheur. La personne était jeune, et, seule de tout le groupe, elle n'était pas repoussante.

— Oh ! la jolie fille ! répondit-il en relevant la tête et en la regardant.

Elle sourit ; le compliment lui avait fait plaisir.

— Vous êtes très-joli aussi, dit-elle.

— Joli, un décati pareil ! observa d'une voix de basse une autre femme : — pour sûr, il sort de l'hôpital !

Brusquement s'approcha un moujik en goguettes, au sarrau déboutonné, au visage rayonnant d'une gaieté narquoise.

— Paraît que ce sont des filles de généraux, et cela ne les empêche pas d'avoir le nez camus ! fit-il. — Oh ! quel charme !

— Entre, puisque tu es venu !

— Je vais entrer, ma beauté !

Et il descendit dans le bouge.

Raskolnikoff fit mine de s'éloigner.

— Écoutez, barine ! lui cria la jeune fille, comme il tournait les talons.

— Quoi ?

— Cher barine, je serai toujours heureuse de passer une heure avec vous, mais maintenant je me sens comme gênée en votre présence. Donnez-moi six kopecks pour boire un coup, aimable cavalier !

Raskolnikoff fouilla au hasard dans sa poche et en retira trois piataks.

— Ah ! quel bon barine !

— Comment t'appelles-tu ?

— Vous demanderez Douklida.

— Eh bien, c'est du propre ! remarqua brusquement une des femmes qui se trouvaient dans le groupe, en montrant Douklida d'un signe de tête. — Je ne sais pas comment on peut demander ainsi ! Moi, je n'oserais jamais, je crois que je mourrais plutôt de honte…

Raskolnikoff eut la curiosité de regarder celle qui parlait de la sorte. C'était une fille de trente ans, grêlée, toute couverte d'ecchymoses, et dont la lèvre supérieure était un peu enflée. Elle avait formulé son blâme d'un ton calme et sérieux.

« Où ai-je donc lu, pensait Raskolnikoff en s'éloignant, ce propos qu'on prête à un condamné à mort une heure avant l'exécution ? S'il lui fallait vivre sur une cime escarpée, sur un rocher perdu au milieu de l'océan et où il n'aurait que juste la place pour poser ses pieds ; s'il devait passer ainsi toute son existence, mille ans, l'éternité, debout sur un espace d'un pied carré, dans la solitude, dans les ténèbres, exposé à toutes les intempéries de l'air, — il préférerait encore cette vie-là à la mort ! Vivre n'importe comment, mais vivre !… Que c'est vrai ! mon Dieu, que c'est vrai ! L'homme est lâche ! Et lâche aussi celui qui à cause de cela l'appelle lâche », ajouta-t-il au bout d'un instant.

Depuis longtemps déjà il marchait au hasard, quand son attention fut attirée par l'enseigne d'un café : « Tiens ! le Palais de Cristal ! Tantôt Razoumikhine en a parlé. Mais qu'est-ce que je voulais faire ? Ah ! oui, lire !… Zosimoff disait avoir lu dans les journaux… »
— Avez-vous des journaux ? demanda-t-il en entrant dans un établissement très-spacieux et même proprement tenu, où, d'ailleurs, il y

avait peu de monde. Deux ou trois consommateurs prenaient du thé. Dans une salle éloignée, quatre individus attablés ensemble buvaient du champagne. Raskolnikoff crut reconnaître parmi eux Zamétoff, mais la distance ne lui permettait pas de bien voir.

— Après tout, qu'importe ? se dit-il.

— Voulez-vous de l'eau-de-vie ? demanda le garçon.

— Donne-moi du thé. Et apporte-moi les journaux, les anciens, ceux des cinq derniers jours ; tu auras un bon pourboire.

— Bien. Voici ceux d'aujourd'hui. Voulez-vous aussi de l'eau-de-vie ?

Quand on eut placé sur sa table le thé et les vieux journaux, Raskolnikoff se mit à chercher : « Izler — Izler — les Aztèques — les Aztèques — Izler — Bartola — Massimo — les Aztèques — Izler… Oh ! quelle scie ! Ah ! voilà les faits divers : une femme a fait une chute dans un escalier — un marchand échauffé par le vin — l'incendie des Sables — l'incendie de la Péterbourgskaïa — encore l'incendie de la Péterbourgskaïa — Izler — Izler — Izler — Izler — Massimo… Ah ! voilà… »

Ayant enfin découvert ce qu'il cherchait, il commença sa lecture ; les lignes dansaient devant ses yeux ; Il put néanmoins lire le « fait divers » jusqu'au bout et se mit à chercher avidement les « nouveaux détails » dans les numéros suivants. Une impatience fiévreuse faisait trembler ses mains, tandis qu'il feuilletait les journaux. Tout à coup quelqu'un s'assit à côté de lui, à sa table. Raskolnikoff regarda. — C'était Zamétoff, Zamétoff en personne et dans la même toilette qu'au bureau de police : il avait toujours ses bagues, ses chaînes, ses cheveux noirs frisés, pommadés et artistement séparés sur le milieu de la tête, son élégant gilet, sa redingote un peu usée et son linge défraîchi.

Le chef de la chancellerie était gai, du moins il souriait avec beaucoup de gaieté et de bonhomie. Une certaine rougeur, effet du champagne qu'il avait bu, se montrait sur son visage basané.

— Comment ! vous ici ? commença-t-il d'un air étonné et du ton qu'il aurait pris pour aborder un vieux camarade ; mais, hier encore, Razoumikhine m'a dit que vous étiez toujours sans connaissance. Voilà qui est étrange ! Dites donc, j'ai été chez vous…

Raskolnikoff se doutait bien que le chef de la chancellerie viendrait causer avec lui. Il mit les journaux de côté et se tourna vers Zamétoff avec un sourire dans lequel perçait un vif agacement.

— On m'a appris votre visite, répondit-il. — Vous avez cherché ma botte… Mais, vous savez, Razoumikhine est fou de vous. Vous êtes allé, paraît-il, avec lui chez Louise Ivanovna, celle dont vous essayiez de prendre la défense l'autre jour, vous vous rappelez ? Vous faisiez des signes au lieutenant Poudre, et il ne comprenait pas vos clignements d'yeux. Pourtant il ne fallait pas être bien malin pour les comprendre ; l'affaire était claire… hein ?

— Il est joliment tapageur !

— Poudre ?

— Non, votre ami, Razoumikhine…

— Mais vous vous la coulez douce, monsieur Zamétoff : vous avez vos entrées gratuites dans des lieux enchanteurs ! Qui est-ce qui tout à l'heure vous a régalé de champagne ?

— Pourquoi voulez-vous qu'on m'ait régalé ?

— À titre d'honoraires ! Vous tirez profit de tout ! ricana Raskolnikoff. — Ne vous fâchez pas, excellent garçon ! ajouta-t-il en frappant sur l'épaule de Zamétoff. — Ce que je vous en dis, c'est sans méchanceté, histoire de rire, comme disait, à propos des coups de poing donnés par lui à Mitka, l'ouvrier arrêté pour l'affaire de la vieille.

— Mais vous, comment savez-vous cela ?

— Eh ! j'en sais peut-être plus que vous.

— Que vous êtes étrange !… Vraiment, vous êtes encore fort malade. Vous avez eu tort de sortir…

— Vous me trouvez étrange ?

— Oui. Qu'est-ce que vous lisez là ?

— Des journaux.
— Il est beaucoup question d'incendies.

— Non, je ne m'occupe pas des incendies. Il regarda Zamétoff d'un air singulier, et un sourire moqueur fit de nouveau grimacer ses lèvres. Non, ce ne sont pas les incendies qui m'intéressent, continua-t-il avec un clignement d'yeux. Mais avouez, cher jeune homme, que vous avez une envie terrible de savoir ce que je lisais.

— Je n'y tiens pas du tout ; je vous demandais cela pour dire quelque chose. Est-ce que je ne pouvais pas vous le demander ? Pourquoi toujours…

— Écoutez, vous êtes un homme instruit, lettré, n'est-ce pas ?

— J'ai fait mes études au gymnase jusqu'à la sixième classe inclusivement, répondit avec un certain orgueil Zamétoff.

— Jusqu'à la sixième classe ! Ah ! le gaillard ! Et il a une belle raie, des bagues, — c'est un homme riche ! Oh ! Est-il assez joli ! Là-dessus, Raskolnikoff éclata de rire au nez de son interlocuteur. Celui-ci se recula, pas précisément blessé, mais très-surpris.

— Que vous êtes étrange ! répéta d'un ton très-sérieux Zaméfoff. — M'est avis que vous avez toujours le délire.

— J'ai le délire ? Tu plaisantes, mon gaillard !… Ainsi je suis étrange ? C'est-à-dire que je vous parais curieux, hein ? Curieux ?

— Oui.

— Alors, vous désirez savoir ce que je lisais, ce que je cherchais dans les journaux ? Voyez combien de numéros je me suis fait apporter ! Cela donne grandement à penser, n'est-ce pas ?

— Allons, dites.

— Vous croyez avoir trouvé la pie au nid ?

— Quelle pie au nid ?

— Plus tard je vous le dirai ; maintenant, mon très-cher, je vous déclare… ou plutôt, « j'avoue »… Non, ce n'est pas encore cela ; « je fais une déposition et vous la notez » — voilà ! Eh bien, je dépose que j'ai lu, que j'étais curieux de lire, que j'ai cherché et que j'ai trouvé… — Raskolnikoff cligna les yeux et attendit : — c'est même pour cela que je suis venu ici — les détails relatifs au meurtre de la vieille prêteuse sur gages.

En prononçant ces derniers mots, il avait baissé la voix et rapproché extrêmement son visage de celui de Zamétoff. Ce dernier le regarda fixement sans bouger et sans écarter la tête. Ce qui ensuite parut le plus étrange au chef de la chancellerie, c'est que durant toute une minute ils s'étaient ainsi regardés l'un l'autre, sans proférer une parole.

— Eh bien ! que m'importe ce que vous avez lu ? s'écria soudain le policier impatienté par ces façons énigmatiques. Qu'est-ce que cela peut me faire ?

— Vous savez, continua, toujours à voix basse, Raskolnikoff, sans prendre garde à l'exclamation de Zamétoff, il s'agit de cette même vieille dont on parlait, l'autre jour, au bureau de police, quand je me suis évanoui. Comprenez-vous maintenant ?

— Quoi donc ? Que voulez-vous dire par ce « Comprenez-vous ? » fit Zamétoff presque effrayé.

Le visage immobile et sérieux de Raskolnikoff changea instantanément d'expression, et, tout à coup, il éclata de nouveau d'un rire nerveux, comme s'il eût été absolument hors d'état de se retenir. C'était une sensation identique avec celle qu'il avait éprouvée le jour du meurtre quand, assiégé dans l'appartement de la vieille par Koch et Pestriakoff, il s'était senti soudain l'envie de les interpeller, de leur dire des gros mots, de les narguer, de leur rire au nez.

— Ou bien vous êtes fou, ou… commença Zamétoff, et il s'arrêta comme frappé d'une idée subite.

— Ou, quoi ? Qu'allez-vous dire ? Achevez donc !

— Non, répliqua Zamétoff : tout cela est absurde !

Ils se turent. Après son soudain accès d'hilarité, Raskolnikoff était devenu tout à coup sombre et soucieux. Accoudé sur la table, la tête dans sa main, il semblait avoir complétement oublié la présence de Zamétoff. Le silence dura assez longtemps.

— Pourquoi ne prenez-vous pas votre thé ? Il va se refroidir, observa le policier.
— Hein ! Quoi ? Le thé ?… soit… Raskolnikoff porta son verre à ses lèvres, mangea une bouchée de pain et, en jetant les yeux sur Zamétoff, secoua brusquement ses préoccupations : sa physionomie reprit

l'expression moqueuse qu'elle avait eue d'abord. Il continua à boire son thé.

— Ces gredineries sont fort nombreuses à présent, remarqua Zamétoff. Tenez, dernièrement encore, je lisais dans les Moskovskia viédomosti qu'on avait arrêté à Moscou une bande de faux-monnayeurs. Toute une société. Ils se livraient à la contrefaçon des billets de banque.

— Oh ! c'est du vieux ! Il y a déjà un mois que j'ai lu cela, répondit flegmatiquement Raskolnikoff. — Ainsi, selon vous, ce sont des escrocs ? ajouta-t-il en souriant.

— Comment n'en seraient-ils pas ?

— Eux ? Ce sont des enfants, des blancs-becs, et non des escrocs ! Ils se réunissent à cinquante pour cet objet ! Cela a-t-il le sens commun ? En pareil cas, trois, c'est déjà beaucoup, et encore faut-il que chaque membre de l'association soit plus sûr de ses coassociés que de lui-même. Autrement, que l'un d'entre eux, pris de boisson, vienne à dire un mot de trop, et tout est flambé. Des blancs-becs ! Ils envoient des gens dont ils ne peuvent répondre changer leurs billets dans les maisons de banque : est-ce qu'on charge le premier venu d'une commission semblable ? D'ailleurs, supposons que, malgré tout, les blancs-becs aient réussi, supposons que l'opération ait rapporté un million à chacun d'eux ; après ? Les voilà tous, leur vie durant, dans la dépendance les uns des autres ! Mieux vaut se pendre que de vivre ainsi ! Mais ils n'ont même pas su écouler leur papier : un de leurs agents se présente à cet effet dans un bureau, on lui donne la monnaie de cinq mille roubles, et ses mains tremblent. Il recompte les quatre premiers mille : quant au cinquième, il le prend de confiance, le fourre dans sa poche sans vérifier, tant il est pressé de s'enfuir. C'est ainsi qu'il a éveillé des soupçons, et toute l'affaire a raté par la faute d'un seul imbécile. Vraiment, est-ce concevable ?

— Que ses mains aient tremblé ? reprit Zamétoff, certainement cela se conçoit, et je trouve même la chose très-naturelle. Dans certains cas, on n'est pas maître de soi. Tenez, sans aller plus loin, en voici une preuve toute récente : l'assassin de cette vieille femme doit être un coquin très-résolu, pour n'avoir pas hésité à commettre son crime en plein jour et dans les conditions les plus hasardeuses ; c'est miracle qu'il n'ait pas été pris. Eh bien ! malgré cela, ses mains tremblaient : il n'a pas su voler, la présence d'esprit l'a abandonné ; les faits le démontrent clairement…
Ce langage froissa Raskolnikoff.

— Vous croyez ? Eh bien, mettez donc la main sur lui ! Découvrez-le donc maintenant ! vociféra-t-il en prenant un malin plaisir à taquiner le chef de la chancellerie.

— N'ayez pas peur, on le découvrira.

— Qui ? vous ? C'est vous qui le découvrirez ? Allons donc, vous y perdrez vos peines. Pour vous, toute la question est de savoir si un homme fait ou non de la dépense. Un tel qui ne possédait rien s'est mis tout à coup à jeter l'argent — par les fenêtres : donc il est coupable. En se réglant là-dessus, un enfant, s'il le voulait, se déroberait à vos recherches.

— Le fait est que tous se conduisent de la sorte, répondit Zamétoff : après avoir déployé souvent beaucoup d'adresse et de ruse dans la perpétration d'un assassinat, ils se font pincer au cabaret. Ce sont leurs dépenses qui les trahissent. Ils ne sont pas tous aussi malins que vous. Vous, naturellement, vous n'iriez pas au cabaret ?

Raskolnikoff fronça le sourcil et regarda fixement Zamétoff.

— Vous voulez aussi, paraît-il, savoir comment j'agirais en pareil cas ? demanda-t-il d'un ton de mauvaise humeur.

— Je le voudrais, reprit avec force le chef de la chancellerie.

— Vous y tenez beaucoup ?

— Oui.

— Bien. Voici ce que je ferais, commença Raskolnikoff en baissant soudain la voix et en rapprochant de nouveau son visage de celui de son interlocuteur, qu'il regarda dans les yeux. Cette fois, Zamétoff ne put s'empêcher de frissonner. Voici ce que je ferais : je prendrais l'argent et les bijoux, puis, au sortir de la maison, je me rendrais, sans une minute de retard, dans un endroit clos et solitaire, une cour ou un jardin potager, par exemple. Je me serais assuré, au préalable, que, dans un coin de cette cour, contre une clôture, se trouvait une pierre du poids de quarante ou soixante livres. Je soulèverais cette pierre sous laquelle le sol doit être déprimé, et dans ce creux je déposerais l'argent et les bijoux. Après quoi je remettrais la pierre à sa place, je tasserais de la terre contre les bords et je m'en irais. Pendant un an, pendant deux ans, pendant trois ans, je laisserais là les objets volés — eh bien, cherchez maintenant !

— Vous êtes fou, répondit Zamétoff. Sans que nous puissions dire pourquoi, il avait aussi prononcé ces mots à voix basse, et il s'écarta brusquement de Raskolnikoff. Les yeux de celui-ci étincelaient, son visage était affreusement pâle, un tremblement convulsif agitait sa lèvre supérieure. Il se pencha le plus possible vers le policier et se mit à remuer les lèvres sans proférer aucune parole. Ainsi se passa une demi-minute. Notre héros savait ce qu'il faisait, mais il ne pouvait se contenir. L'épouvantable aveu était sur le point de lui échapper !

— Et si j'étais l'assassin de la vieille et d'Élisabeth ? dit-il tout à coup, puis le sentiment du danger lui revint.

Zamétoff le regarda d'un air étrange et devint pâle comme la nappe. Son visage grimaça un sourire.

— Mais est-ce que c'est possible ? fit-il d'une voix qui put à peine être entendue.

Raskolnikoff fixa sur lui un regard méchant.

— Avouez que vous l'avez cru. — Oui ? n'est-ce pas que vous l'avez cru ?

— Pas du tout ! Je le crois maintenant moins que jamais ! se hâta de protester Zamétoff.

— Enfin, ça y est ! vous êtes pris, mon gaillard ! Ainsi vous l'avez cru auparavant, puisque maintenant « vous le croyez moins que jamais » ?

— Mais pas du tout ! s'écria le chef de la chancellerie visiblement confus. C'est vous qui m'avez effrayé pour m'amener à cette idée !

— Alors, vous ne le croyez pas ? Et de quoi vous êtes-vous mis à causer l'autre jour au moment où je suis sorti du bureau ? Et pourquoi le lieutenant Poudre m'a-t-il interrogé après mon évanouissement ? Eh ! combien dois-je ? cria-t-il au garçon en se levant et en prenant sa casquette.

— Trente kopecks, répondit celui-ci en accourant à l'appel du consommateur.

— Tiens, voilà, en outre, vingt kopecks de pourboire. Voyez un peu combien j'ai d'argent ! poursuivit-il en montrant à Zamétoff une poignée de papier-monnaie : des billets rouges, des billets bleus, vingt-cinq roubles. D'où cela me vient-il ? Et comment suis-je maintenant habillé de neuf ? Vous savez, en effet, que je n'avais pas un kopeck ! Je gage que vous avez déjà questionné ma logeuse… Allons, assez causé !… Au plaisir de vous revoir !…

Il sortit tout secoué par une sensation étrange à laquelle se mêlait un âcre plaisir ; d'ailleurs, il était sombre et terriblement las. Son visage convulsé semblait celui d'un homme qui vient d'avoir une attaque d'apoplexie. Bientôt la fatigue l'accabla de plus en plus. À présent, sous le coup d'une excitation vive, il retrouvait soudain des forces ; mais lorsque ce stimulant factice avait cessé d'agir, elles faisaient place à la faiblesse.

Resté seul, Zamétoff demeura longtemps encore assis à l'endroit où la conversation précédente avait eu lieu. Le chef de la chancellerie était pensif. Raskolnikoff avait inopinément bouleversé toutes ses idées sur un certain point, et il se sentait dérouté.

« Ilia Pétrovitch est une bête ! » décida-t-il enfin.

À peine Raskolnikoff avait-il ouvert la porte de la rue qu'il se rencontra nez à nez sur le perron avec Razoumikhine qui entrait. À un pas de distance, les deux jeunes gens ne s'étaient pas encore aperçus, et peu s'en fallut qu'ils ne se heurtassent l'un contre l'autre. Pendant quelque temps ils se mesurèrent du regard. Razoumikhine était plongé dans la plus complète stupéfaction, mais tout à coup la colère, une véritable colère, étincela dans ses yeux.

— Ainsi, voilà où tu es ! fit-il d'une voix tonnante. — Il s'est échappé de son lit ! Et moi qui l'ai cherché jusque sous le divan. On est même allé voir après lui au grenier. Il est cause que j'ai failli battre Nastasia… Et voilà où il était ! Rodka ! qu'est-ce que cela signifie ? Dis toute la vérité ! avoue ! Tu entends ?

— Cela signifie que vous m'ennuyez tous mortellement et que je veux être seul, répondit froidement Raskolnikoff.

— Seul ? Quand tu ne peux pas encore marcher, quand tu es pâle comme un linge, quand tu n'as pas le souffle ! Imbécile !… Qu'est-ce que tu as fait au Palais de Cristal ? Avoue tout de suite !

— Laisse-moi passer ! reprit Raskolnikoff, et il voulut s'éloigner.

Cela acheva de mettre Razoumikhine hors de lui ; il empoigna violemment son ami par l'épaule :

— Laisse-moi passer ! Tu oses dire : Laisse-moi passer ! Mais sais-tu ce que je vais faire à l'instant même ? Je vais te prendre sous mon bras et te rapporter comme un paquet dans ta chambre, où je t'enfermerai à clef !

— Écoute, Razoumikhine, commença Raskolnikoff sans élever la voix et du ton le plus calme en apparence ; comment ne vois-tu pas que je n'ai que faire de tes bienfaits ? Et quelle est cette manie d'obliger les gens malgré eux, au mépris de leur plus expresse volonté ? Pourquoi, dès le début de ma maladie, es-tu venu t'installer à mon chevet ? Sais-tu si je n'aurais pas été fort heureux de mourir ? Est-ce que je ne t'ai pas suffisamment déclaré aujourd'hui que tu me martyrisais, que tu m'étais insupportable ? Il y a donc un grand plaisir à tourmenter les gens ! Je t'assure même que tout cela nuit sérieusement à ma guérison, en m'entretenant dans une irritation continuelle. Tu as vu que tantôt Zosimoff est parti pour ne pas m'irriter, laisse-moi donc aussi, pour l'amour de Dieu !

Razoumikhine resta un moment pensif, puis il lâcha le bras de son ami.

— Eh bien, va-t'en au diable ! dit-il d'une voix qui avait perdu toute véhémence.

Mais, au premier pas que fit Raskolnikoff, il reprit avec un emportement soudain :

— Arrête ! Écoute-moi ! Tu sais que je pends ma crémaillère aujourd'hui ; mes invités sont peut-être déjà arrivés, mais j'ai laissé là mon oncle pour les recevoir en mon absence. Ainsi, voilà, si tu n'étais pas un imbécile, un plat imbécile, un fieffé imbécile... vois-tu, Rodia, je reconnais que tu ne manques pas d'intelligence, mais tu es un imbécile ! — Ainsi voilà, si tu n'étais pas imbécile, tu viendrais passer la soirée chez moi au lieu d'user tes bottes à vaguer sans but dans les rues. Puisque tu as tant fait que de sortir, autant vaut te rendre à mon invitation ! Je te ferai monter un fauteuil moelleux, mes logeurs en ont... Tu prendras une tasse de thé, tu te trouveras en compagnie... Si tu ne veux pas d'un fauteuil, tu pourras t'étendre sur une couchette, au moins tu seras avec nous... Et j'aurai Zosimoff. Tu viendras ?

— Non.
— C'est absurde de dire cela ! répliqua avec vivacité Razoumikhine : — qu'en sais-tu ? Tu ne peux pas répondre de toi... Moi aussi j'ai mille fois craché sur la société, et après l'avoir quittée, je n'ai rien eu de plus pressé que de revenir à elle... On a honte de sa misanthropie et l'on retourne

parmi les hommes. Ainsi, n'oublie pas : maison Potchinkoff, troisième étage…

— Je n'irai pas, Razoumikhine ! — Sur ces mots, Raskolnikoff s'éloigna.

— Je parie que tu viendras ! lui cria son ami. Sinon, tu… sinon, je ne veux plus te connaître ! Attends un peu, eh ! Zamétoff est là ?

— Oui.

— Il t'a vu ?

— Oui.

— Et il t'a parlé ?

— Oui.

— De quoi ? Allons, c'est bien, ne le dis pas, si tu ne veux pas le dire ! Maison Potchinkoff, no 47, logement Babouchkine, rappelle-toi !

Raskolnikoff arriva à la Sadovaïa et tourna au coin. Après l'avoir suivi d'un regard soucieux, Razoumikhine se décida enfin à entrer dans la maison, mais, au milieu de l'escalier, il s'arrêta.

« Peste soit de lui ! » continua-t-il presque à voix haute ; « il parle avec lucidité et comme… Imbécile que je suis ! Est-ce que les fous déraisonnent toujours ? Zosimoff, à ce qu'il m'a semblé, craint aussi cela ! » Il appliqua le doigt sur son front. « Eh quoi, si… comment l'abandonner maintenant à lui-même ? Il est dans le cas d'aller se noyer… Allons, j'ai fait une sottise ! Il n'y pas à hésiter ! » Et il courut à la recherche de Raskolnikoff. Mais il ne put le retrouver, et force lui fut de revenir à grands pas au Palais de Cristal pour interroger au plus tôt Zamétoff.

Raskolnikoff alla droit au pont ***, s'arrêta au milieu et, s'étant accoudé sur le parapet, se mit à regarder au loin. Depuis qu'il avait quitté Razoumikhine, sa faiblesse s'était accrue à un tel point qu'il avait pu à grand'peine se traîner jusque-là. Il aurait voulu s'asseoir ou se coucher quelque part, dans la rue. Penché au-dessus de l'eau, il contemplait d'un œil distrait le dernier reflet du soleil couchant et la rangée des maisons qu'obscurcissait l'approche de la nuit.

« Allons, soit ! » décida-t-il, et, quittant le pont, il prit la direction du bureau de police. Son cœur était comme vide. Il ne voulait pas penser, il n'éprouvait même plus d'angoisse ; une apathie complète avait remplacé l'énergie qui s'était manifestée chez lui tantôt quand il était sorti de sa demeure « pour en finir avec tout cela ! »

« Après tout, c'est une issue ! » songeait-il tandis qu'il suivait lentement le quai du canal. — « Au moins, le dénoûment est-il le fait de ma volonté… Quelle fin, cependant ! Est-il possible que ce soit la fin ? Avouerai-je ou n'avouerai-je pas ? Eh… diable ! Mais je n'en puis plus : je voudrais bien me coucher ou m'asseoir quelque part ! Ce qui me rend le plus honteux, c'est la bêtise de la chose. Allons, il faut cracher là-dessus ! Oh ! quelles idées bêtes on a quelquefois !… »

Pour se rendre au commissariat, il devait aller tout droit et prendre la seconde rue à gauche : une fois là, il était à deux pas du bureau de police. Mais arrivé au premier tournant, il s'arrêta, se consulta un instant et entra dans le péréoulok. Puis il erra successivement dans deux autres rues, — peut-être sans aucun but, peut-être pour gagner une minute et se donner le loisir de la réflexion. Il marchait les yeux fixés à terre. Tout à coup il lui sembla que quelqu'un lui murmurait quelque chose à l'oreille. Il leva la tête et s'aperçut qu'il était devant la porte de cette maison. Il n'était pas venu en cet endroit depuis le soir du crime.

Cédant à une envie aussi irrésistible qu'inexplicable, Raskolnikoff entra dans la maison, prit l'escalier à droite et se mit en devoir de monter au quatrième étage. Il faisait très-sombre dans l'escalier roide et étroit. Le jeune homme s'arrêtait sur chaque palier et regardait curieusement autour de lui. Sur le carré du premier étage on avait remis une vitre à la fenêtre : « Ce carreau n'était pas là alors », pensa-t-il. Voilà le logement du second étage, celui où travaillaient Nikolachka et Mitka : « Il est fermé ; la porte est repeinte, sans doute l'appartement est loué. » Voici le troisième étage… et le quatrième… « C'est ici ! » Il eut un moment d'hésitation ; la porte du logement de la vieille était grande ouverte, il y avait là des gens, on les entendait parler ; Raskolnikoff n'avait pas prévu cela. Néanmoins, sa résolution fut bientôt prise : il monta les dernières marches et pénétra dans l'appartement.

On était aussi en train de remettre ce local à neuf ; des ouvriers s'y trouvaient, ce qui parut causer un étonnement extrême à Raskolnikoff. Il s'était attendu à retrouver le logement tel exactement qu'il l'avait quitté ; peut-être même se figurait-il que les cadavres gisaient encore sur le parquet. Maintenant, à sa grande surprise, les murs étaient nus, les chambres démeublées ! Il s'approcha de la croisée et s'assit sur l'appui de la fenêtre.

Il n'y avait que deux ouvriers, deux jeunes gens dont l'un était un peu plus âgé que l'autre. Ils remplaçaient l'ancienne tapisserie jaune tout usée par du papier blanc semé de petites fleurs violettes. Cette circonstance — nous ignorons pourquoi — déplut fort à Raskolnikoff. Il regardait avec colère le papier neuf, comme si tous ces changements l'eussent contrarié.

Les tapissiers se préparaient à retourner chez eux. Ils firent à peine attention à la présence du visiteur et continuèrent leur conversation.

Raskolnikoff se leva et passa dans l'autre chambre qui contenait auparavant le coffre, le lit et la commode ; cette pièce, vide de meubles, lui parut extrêmement petite. La tapisserie n'avait pas été changée ; on pouvait encore reconnaître dans le coin la place occupée naguère par l'armoire aux images pieuses. Après avoir satisfait sa curiosité, Raskolnikoff revint s'asseoir sur l'appui de la fenêtre. Le plus âgé des deux ouvriers le regarda de travers, et tout à coup s'adressant à lui :

— Qu'est-ce que vous faites là ? demanda-t-il.

Au lieu de répondre, Raskolnikoff se leva, passa dans le vestibule et se mit à tirer le cordon. C'était la même sonnette, le même son de fer-blanc ! Il sonna une seconde, une troisième fois, prêtant l'oreille et rappelant ses souvenirs. L'impression terrible qu'il avait ressentie l'autre jour à la porte de la vieille lui revenait avec une netteté, une vivacité croissantes ; il frissonnait à chaque coup et y prenait un plaisir de plus en plus grand.

— Mais qu'est-ce qu'il vous faut ? Qui êtes-vous ? cria l'ouvrier en se dirigeant vers lui.

Raskolnikoff rentra alors dans l'appartement.

— Je veux louer un logement, je suis venu visiter celui-ci, répondit-il.

— Ce n'est pas la nuit qu'on visite des logements, et, d'ailleurs, vous auriez dû être accompagné du dvornik.

— On a lavé le parquet ; on va le mettre en couleur ? poursuivit Raskolnikoff. Il n'y a pas de sang ?

— Comment, du sang ?

— Mais la vieille et sa sœur ont été assassinées. Il y avait là une grande mare de sang.

— Quelle espèce d'homme es-tu donc ? cria l'ouvrier pris d'inquiétude.

— Moi ?

— Oui.

— Tu veux le savoir ?... Allons ensemble au bureau de police, là je le dirai.

Les deux tapissiers le considérèrent avec stupéfaction.

— Il est temps de nous en aller. Partons, Alechka. Il faut fermer, dit le plus âgé à son camarade.

— Eh bien, partons ! reprit d'un ton indifférent Raskolnikoff. Il sortit le premier et, précédant les deux hommes, descendit lentement l'escalier. — Holà ! dvornik ! cria-t-il quand il fut arrivé à la grand'porte.

Plusieurs personnes se tenaient à l'entrée de la maison et regardaient les passants. Il y avait là les deux dvorniks, une paysanne, un bourgeois en robe de chambre et quelques autres individus. Raskolnikoff alla droit à eux.

— Qu'est-ce qu'il vous faut ? demanda un des dvorniks.

— Tu as été au bureau de police ?

— Je viens d'y aller. Qu'est-ce qu'il vous faut ?

— Ils sont encore là ?

— Oui.

— L'adjoint du commissaire est là aussi ?

— Il y était tout à l'heure. Qu'est-ce qu'il vous faut ?

Raskolnikoff ne répondit pas et resta pensif.

— Il est venu visiter le logement, dit en s'approchant le plus âgé des deux ouvriers.

— Quel logement ?

— Celui où nous travaillons. « Pourquoi a-t-on lavé le sang ? a-t-il dit. Il s'est commis un meurtre ici, et je viens pour louer l'appartement. » Il s'est mis à sonner, et pour un peu il aurait cassé le cordon de la sonnette. « Allons au bureau de police, a-t-il ajouté, là je dirai tout. »

Le dvornik, intrigué, examina Raskolnikoff en fronçant le sourcil.

— Qui êtes-vous ? interrogea-t-il en élevant la voix avec un accent de menace.

— Je suis Rodion Romanovitch Raskolnikoff, ancien étudiant, et j'habite près d'ici, dans le péréoulok voisin, maison Chill, logement no 11. Questionne le dvornik… il me connaît.

Raskolnikoff donna tous ces renseignements de l'air le plus indifférent et le plus tranquille ; il regardait obstinément la rue et ne tourna pas une seule fois la tête vers son interlocuteur.

— Qu'êtes-vous venu faire dans ce logement ?

— Je suis venu le visiter.

— Qu'avez-vous à voir là ?

— Ne faudrait-il pas le prendre et l'emmener au bureau de police ? proposa soudain le bourgeois.

Raskolnikoff le regarda attentivement par-dessus son épaule.

— Partons ! dit-il avec insouciance.

— Oui, il faut l'emmener chez le commissaire ! reprit avec plus d'assurance le bourgeois. Pour qu'il soit allé là, il faut qu'il ait quelque chose sur la conscience…

— Dieu sait s'il est ivre ou non, murmura l'ouvrier.
— Mais qu'est-ce que tu veux ? cria de nouveau le dvornik, qui commençait à se fâcher sérieusement : pourquoi viens-tu là nous ennuyer ?

— Tu as peur d'aller chez le commissaire ? ricana Raskolnikoff.

— Pourquoi aurais-je peur ? Voyons, tu nous ennuies…

— C'est un filou ! cria la paysanne.

— À quoi bon discuter avec lui ? cria à son tour l'autre dvornik ; c'était un énorme moujik vêtu d'un sarrau déboutonné et qui portait un trousseau de clefs pendu à sa ceinture. Pour sûr, c'est un filou ! Allons, décampe, et plus vite que ça !

Et saisissant Raskolnikoff par l'épaule, il le lança dans la rue. Le jeune homme faillit être jeté par terre, cependant il ne tomba point. Quand il eut repris son équilibre, il regarda silencieusement tous les spectateurs, puis s'éloigna.

— C'est un drôle d'homme, observa l'ouvrier.

— Les gens sont devenus drôles à présent, dit la paysanne.

— N'importe, il aurait fallu le conduire au bureau de police, ajouta le bourgeois.

« Irai-je ou n'irai-je pas ? » pensait Raskolnikoff en s'arrêtant au milieu d'un carrefour et en promenant ses regards autour de lui, comme s'il eût attendu un conseil de quelqu'un. Mais sa question ne reçut aucune réponse ; tout était sourd et sans vie, comme les pierres qu'il foulait… Soudain, à deux cents pas de lui, au bout d'une rue, il distingua, à travers l'obscurité, un rassemblement d'où partaient des cris, des paroles animées… La foule entourait une voiture… Une faible lumière brillait au milieu du pavé. « Qu'est-ce qu'il y a là ? » Raskolnikoff tourna à droite et alla se mêler à la foule. Il semblait vouloir se raccrocher au moindre incident, et cette puérile disposition le faisait sourire, car son parti était pris, et il se disait que, dans un instant, « il en finirait avec tout cela ».

Chapitre VII

Au milieu de la rue était arrêtée une élégante voiture de maître, attelée de deux fringants chevaux gris : il n'y avait personne dans l'intérieur, et le cocher lui-même était descendu de son siège ; on tenait les chevaux par le mors. Autour de l'équipage se pressaient une foule de gens contenus par des policiers. L'un de ceux-ci avait une petite lanterne à la main, et, baissé vers le sol, éclairait quelque chose qui se trouvait sur le pavé, tout près des roues. Tout le monde parlait, criait, paraissait consterné ; le cocher, embarrassé, ne savait que répéter de temps à autre :

— Quel malheur ! Seigneur, quel malheur !

Raskolnikoff se fraya tant bien que mal un passage à travers les curieux, et vit enfin ce qui avait occasionné ce rassemblement. Sur la chaussée gisait, ensanglanté et privé de sentiment, un homme qui venait d'être foulé aux pieds par les chevaux. Quoiqu'il fût fort mal vêtu, sa mise n'était pas celle d'un homme du peuple. Le crâne et le visage étaient couverts d'affreuses blessures par lesquelles s'échappaient des flots de sang. On voyait qu'il ne s'agissait pas ici d'un accident pour rire.

— Mon Dieu ! ne cessait de dire le cocher, comment aurais-je pu empêcher cela ? Si j'avais mis mes chevaux au galop ou si je ne l'avais pas averti, ce serait ma faute ; mais non, la voiture n'allait pas vite, tout le monde l'a bien vu. Malheureusement un homme ivre ne fait attention à rien, c'est connu !... Je le vois traverser la rue en festonnant, — une fois, deux fois, trois fois, je lui crie : Gare ! Je retiens même les chevaux ; mais il va droit à leur rencontre ! On aurait dit qu'il le faisait exprès. Les bêtes sont jeunes, ombrageuses ; elles se sont élancées, et il a crié, ce qui les a encore effarées davantage... Voilà comment le malheur est arrivé.

— Oui, c'est bien ainsi que les choses se sont passées, confirma quelqu'un qui avait été témoin de cette scène.

— En effet, à trois reprises, il lui a crié de se garer, dit un autre.

— Parfaitement, il a crié trois fois, tout le monde l'a entendu, ajouta un troisième.

Du reste, le cocher ne semblait pas trop inquiet des conséquences que cette aventure pouvait avoir pour lui. Évidemment, le propriétaire de l'équipage était un homme riche et important qui attendait quelque part l'arrivée de sa voiture ; cette dernière circonstance éveillait surtout la sollicitude empressée des agents de police. Pourtant il fallait transporter le blessé à l'hôpital. Personne ne savait son nom.

Sur ces entrefaites, Raskolnikoff, à force de jouer des coudes, avait réussi à s'approcher davantage. Soudain, un jet de lumière, éclairant le visage du malheureux, le lui fit reconnaître.

— Je le connais, je le connais ! s'écria-t-il, tandis que, bousculant ceux qui l'entouraient, il arrivait au premier rang de la foule ; c'est un ancien fonctionnaire, le conseiller titulaire Marméladoff ! Il demeure ici près, maison Kozel... Vite, un médecin ! Je payerai, voilà !

Il tira de l'argent de sa poche et le montra à un agent de police. Il était en proie à une agitation extraordinaire.

Les policiers furent bien aises de savoir qui avait été écrasé. Raskolnikoff se nomma à son tour, donna son adresse et insista de toutes ses forces pour qu'on transportât au plus vite le blessé à son domicile. Le jeune homme n'aurait pas montré plus de zèle s'il se fût agi de son propre père.

— C'est ici, à trois maisons de distance, qu'il habite, disait-il, chez Kozel, un Allemand riche... Sans doute il regagnait sa demeure, étant en état d'ivresse... Je le connais... C'est un ivrogne... Il vit là, en famille, il a une femme et des enfants. Avant de le mener à l'hopital, il faut le faire examiner par un médecin, il doit y en avoir un près d'ici. Je payerai, je payerai !... Son état exige des soins immédiats ; si on ne le secourt pas tout de suite, il mourra avant d'arriver à l'hôpital.

Il glissa même à la dérobée quelque argent dans la main d'un agent de police. D'ailleurs, ce qu'il demandait était parfaitement légitime et s'expliquait très-bien. On releva Marméladoff, et des hommes de bonne volonté s'offrirent pour le transporter chez lui. La maison Kozel était située à trente pas de l'endroit où l'accident avait eu lieu. Raskolnikoff marcha derrière, soutenant avec précaution la tête du blessé et montrant le chemin.

— Ici, ici ! Dans l'escalier, faites attention à ce qu'il n'ait pas la tête en bas : tournez... c'est cela ! Je payerai, je vous remercie, murmurait-il.

En ce moment même, Catherine Ivanovna, comme cela lui arrivait toujours dès qu'elle avait une minute de liberté, se promenait de long en large dans sa petite chambre ; elle allait de la fenêtre au poêle et vice versa, les bras croisés sur sa poitrine, se parlant à elle-même et toussant. Depuis quelque temps elle causait de plus en plus volontiers avec sa fille aînée, Polenka. Bien que cette enfant, âgée de dix ans, ne comprit pas encore grand'chose, cependant elle se rendait très-bien compte du besoin que sa mère avait d'elle ; aussi ses grands yeux intelligents étaient-ils sans cesse fixés sur Catherine Ivanovna, et dès que celle-ci lui adressait la parole, elle faisait tous ses efforts pour comprendre ou du moins pour en avoir l'air.

Maintenant Polenka déshabillait son jeune frère qui avait été souffrant toute la journée et qu'on allait coucher. En attendant qu'on lui ôtât sa chemise pour la laver pendant la nuit, le petit garçon, la mine sérieuse, était assis sur une chaise, silencieux et immobile. Il écoutait en faisant de grands yeux ce que sa maman disait à sa sœur. La petite Lidotchka, vêtue de véritables guenilles, attendait son tour, debout près du paravent. La porte donnant sur le carré était ouverte pour laisser sortir la fumée de tabac qui arrivait de l'appartement voisin et, à chaque instant, faisait cruellement tousser la pauvre poitrinaire. Catherine Ivanovna semblait aller plus mal encore depuis huit jours, et les sinistres taches de ses joues avaient pris un éclat plus vif que jamais.

— Tu ne peux t'imaginer, Polenka, disait-elle en se promenant dans la chambre, quelle existence gaie et brillante on menait chez papa, et combien nous sommes malheureux tous par le fait de cet ivrogne : Papa avait dans le service civil un emploi correspondant au grade de colonel ; il était presque gouverneur, il n'avait plus qu'un pas à faire pour arriver à ce poste ; aussi tout le monde lui disait : « Nous Vous considérons déjà, Ivan Mikhaïlitch, comme notre gouverneur… » Kkhe-kkhe-kkhe… Ô vie trois fois maudite !

Elle cracha et pressa ses mains contre sa poitrine.

— Est-ce que l'eau est prête ? Allons, donne la chemise ; et les bas ?… Lida, ajouta-t-elle en s'adressant à la petite fille, pour cette nuit tu coucheras sans chemise… Mets les bas à côté… On lavera le tout ensemble… Et cet ivrogne, est-ce qu'il ne va pas rentrer ?… Je voudrais pourtant laver sa chemise avec le reste, pour ne pas avoir à me fatiguer deux nuits de suite ! Seigneur ! kkhe-kkhe-kkhe ! Encore ! Qu'est-ce que c'est ? s'écria-t-elle en voyant le vestibule se remplir de monde et des gens pénétrer dans la chambre avec une sorte de fardeau. — Qu'est-ce qu'il y a ? Qu'est-ce qu'on apporte ? Seigneur !

— Où faut-il le mettre ? demanda un agent de police, en regardant autour de lui, tandis qu'on introduisait dans la chambre Marméladoff sanglant et inanimé.

— Sur le divan ! Étendez-le tout de son long sur le divan… la tête ici, indiqua Raskolnikoff.

— C'est un homme ivre qui a été écrasé dans la rue ! cria quelqu'un du vestibule.

Catherine Ivanovna, toute pâle, respirait péniblement. Les enfants étaient terrifiés. La petite Lidotchka courut en criant vers sa sœur aînée et, tremblante, la serra dans ses bras.

Après avoir aidé à coucher Marméladoff sur le divan, Raskolnikoff s'approcha de Catherine Ivanovna :

— Pour l'amour de Dieu, calmez-vous, ne vous effrayez pas ! dit-il vivement ; — il traversait la rue, une voiture l'a écrasé ; ne vous inquiétez pas, il va reprendre ses sens, je l'ai fait porter ici… Je suis déjà venu chez vous, peut-être ne vous en souvenez-vous pas… Il reviendra à lui, je payerai !

— Il n'en reviendra pas ! dit avec désespoir Catherine Ivanovna, et elle s'élança vers son mari.

Raskolnikoff s'aperçut bientôt que cette femme n'était pas de celles qui sont promptes à l'évanouissement. En un instant, un oreiller se trouva sous la tête du malheureux, — ce à quoi personne n'avait encore pensé. Catherine Ivanovna se mit à déshabiller Marméladoff, à visiter ses blessures, à lui prodiguer des soins intelligents. L'émotion ne lui enlevait pas la présence d'esprit ; s'oubliant elle-même, elle mordait ses lèvres tremblantes et refoulait dans sa poitrine les cris prêts à s'en échapper.

Pendant ce temps, Raskolnikoff décida quelqu'un à aller chercher un médecin. Il y en avait un qui habitait dans une maison voisine.

— J'ai envoyé chercher un médecin, dit-il à Catherine Ivanovna ; ne vous inquiétez pas, je payerai. N'avez-vous pas d'eau ?… Donnez-moi aussi une serviette, un essuie-mains, quelque chose bien vite ; on ne peut pas encore juger de la gravité des blessures… Il est blessé, mais il n'est pas tué, soyez-en convaincue… Attendons ce que dira le docteur…

Catherine Ivanovna courut à la fenêtre ; là, dans le coin, était placée sur une mauvaise chaise une grande cuvette pleine d'eau, qu'elle avait préparée pour laver pendant la nuit le linge de son mari et de ses enfants. Cette lessive nocturne, Catherine Ivanovna la faisait de ses propres mains au moins deux fois par semaine, quand ce n'était pas plus souvent, car les Marméladoff en étaient arrivés à un tel état de misère que le linge de rechange leur manquait presque absolument : chaque membre de la famille n'avait guère d'autre chemise que celle qu'il portait sur le corps ; or, Catherine Ivanovna ne pouvait souffrir la malpropreté, et, plutôt que de la voir régner chez elle, la pauvre phtisique préférait encore se fatiguer à blanchir nuitamment le linge des siens, pour qu'ils le trouvassent lavé et repassé le lendemain à leur réveil.

Sur la demande de Raskolnikoff, elle prit la cuvette et la lui apporta, mais peu s'en fallut qu'elle ne tombât avec son fardeau. Le jeune homme, ayant réussi à trouver un essuie-mains, le trempa dans l'eau et lava le visage ensanglanté de Marméladoff. Catherine Ivanovna, debout à côté de lui, respirait avec effort et tenait ses mains pressées contre sa poitrine. Des soins médicaux lui eussent été nécessaires à elle-même. « J'ai peut-être eu tort de faire transporter le blessé à son domicile », commençait à se dire Raskolnikoff.

Le sergent de ville ne savait non plus que décider.

— Polia ! cria Catherine Ivanovna, cours chez Sonia, vite. Dis-lui que son père a été écrasé par une voiture, qu'elle vienne ici immédiatement. Si tu ne la trouves pas chez elle, n'importe, tu diras aux Kapernaoumoff de lui faire la commission dès qu'elle sera rentrée. Dépêche-toi, Polia ! Tiens, mets ce mouchoir sur ta tête !

Sur ces entrefaites, la chambre s'était tellement remplie de monde qu'une pomme n'y serait pas tombée par terre. « Les agents de police se retirèrent ; un seul resta momentanément et tâcha de refouler le public sur le carré. Mais, tandis qu'il s'employait à cette besogne, par la porte de communication intérieure pénétrèrent dans l'appartement presque tous les locataires de madame Lippevechzel : d'abord massés sur le seuil, ils envahirent bientôt la chambre elle-même. Catherine Ivanovna entra dans une violente colère :

— Vous devriez au moins le laisser mourir en repos ! cria-t-elle à cette foule. Vous venez ici comme à un spectacle ! Vous fumez des cigarettes ! Kkhe-kkhe-kkhe !… Vous vous permettez d'entrer le chapeau sur la tête !… Allez-vous-en !… Ayez au moins le respect de la mort !

La toux qui l'étranglait l'empêcha d'en dire davantage, mais cette sévère admonestation produisit son effet. Évidemment on avait une certaine peur de Catherine Ivanovna : les locataires filèrent l'un après l'autre vers la porte, emportant dans leurs cœurs cet étrange sentiment de satisfaction que l'homme même le plus compatissant ne peut s'empêcher d'éprouver à la vue du malheur d'autrui.

Du reste, quand ils furent sortis, leurs voix se firent entendre de l'autre côté de la porte : ils disaient hautement qu'il fallait envoyer le blessé à l'hôpital, qu'il était inconvenant de troubler la tranquillité de la maison.

— Il est inconvenant de mourir ! vociféra Catherine Ivanovna, et déjà elle se préparait à les foudroyer de son indignation, mais, comme elle allait ouvrir la porte, elle se croisa avec madame Lippevechzel en personne. La logeuse venait d'apprendre le malheur, et elle accourait rétablir l'ordre. C'était une Allemande excessivement tracassière et mal élevée.

— Ah ! mon Dieu ! dit-elle en frappant ses mains l'une contre l'autre ; votre mari étant ivre s'est fait écraser par une voiture. Qu'il aille à l'hôpital ! Je suis la propriétaire !

— Amalia Ludvigovna ! Je vous prie de songer à ce que vous dites, commença d'un ton rogue Catherine Ivanovna. (C'était toujours de ce ton qu'elle parlait à la logeuse, pour la rappeler au « sentiment des convenances », et, même dans un semblable moment, elle ne put se refuser ce plaisir.) Amalia Ludvigovna…

— Je vous ai dit une fois pour toutes de ne jamais m'appeler Amalia Ludvigovna ; je suis Amalia Ivanovna !

— Vous n'êtes pas Amalia Ivanovna, mais Amalia Ludvigovna, et comme je n'appartiens pas au groupe de vos vils flatteurs tels que M. Lébéziatnikoff qui rit maintenant derrière la porte (« Les voilà qui s'empoignent ! kss ! kss ! » ricanait-on en effet dans la pièce voisine), je vous appellerai toujours Amalia Ludvigovna, bien que je ne puisse, décidément, comprendre pourquoi cette appellation vous déplaît. Vous voyez vous-même ce qui est arrivé à Sémen Zakharovitch : il va mourir. Je vous prie de fermer tout de suite cette porte et de ne laisser entrer personne ici.

Permettez-lui au moins de mourir en paix ! Sinon, je vous assure que dès demain le gouverneur général lui-même sera instruit de votre conduite. Le prince me connaît depuis ma jeunesse, et il se souvient fort bien de Sémen Zakharovitch, à qui il a plus d'une fois rendu service. Tout le monde sait que mon mari avait beaucoup d'amis et de protecteurs ; lui-même, ayant conscience de son malheureux défaut, a cessé de les voir, par un sentiment de noble délicatesse ; mais maintenant, ajouta-t-elle en montrant Raskolnikoff, nous avons trouvé un appui dans ce magnanime jeune homme qui possède de la fortune, des relations, et qui est lié depuis son enfance avec Sémen Zakharovitch. Soyez persuadée, Amalia Ludvigovna…

Tout ce discours fut débité avec une rapidité croissante, mais la toux interrompit brusquement l'éloquence de Catherine Ivanovna. En ce moment, Marméladoff, revenant à lui, poussa un gémissement. Elle courut auprès de son mari. Celui-ci avait ouvert les yeux, et, sans se rendre encore compte de rien, regardait Raskolnikoff debout à son chevet. Sa respiration était rare et pénible ; on apercevait du sang au bord de ses lèvres ; la sueur perlait sur son front. Ne reconnaissant pas Raskolnikoff, il le considérait d'un air inquiet. Catherine Ivanovna fixa sur le blessé un regard affligé, mais sévère, puis les larmes jaillirent des yeux de la pauvre femme.

— Mon Dieu ! il a la poitrine tout écrasée ! Que de sang, que de sang ! dit-elle, désolée. Il faut lui ôter tous ses vêtements de dessus ! Tourne-toi un peu, Sémen Zakharovitch, si cela t'est possible, lui cria-t-elle.

Marméladoff la reconnut.

— Un prêtre ! proféra-t-il d'une voix rauque.

Catherine Ivanovna s'approcha de la fenêtre, appuya son front contre le châssis et s'écria avec désespoir :

— Ô vie trois fois maudite !

— Un prêtre ! répéta le moribond après une minute de silence.

— Chut ! lui cria Catherine Ivanovna ; il obéit et se tut. Ses yeux cherchaient sa femme avec une expression timide et anxieuse. Elle revint se placer à son chevet. Il se calma un peu, mais ce ne fut pas pour longtemps. Bientôt il aperçut dans le coin la petite Lidotchka (sa favorite), qui tremblait comme si elle eût été prise de convulsions et le regardait avec ses grands yeux fixes d'enfant étonné.

— Ah !… ah !… fit-il avec agitation en montrant la fillette. On voyait qu'il voulait dire quelque chose.

— Quoi encore ? cria Catherine Ivanovna.

— Elle n'a pas de chaussures, pas de chaussures ! murmura-t-il, et son regard affolé ne quittait pas les petits pieds nus de l'enfant.

— Tais-toi ! répliqua d'un ton irrité Catherine Ivanovna : tu sais toi-même pourquoi elle n'a pas de chaussures.

— Dieu soit loué, voilà le docteur ! s'écria joyeusement Raskolnikoff.

Entra un petit vieillard allemand, aux allures méthodiques, qui regardait autour de lui d'un air défiant. Il s'approcha du blessé, lui tâta le pouls, examina attentivement la tête ; puis, avec le secours de Catherine Ivanovna, il défit la chemise toute trempée de sang et mit à nu la poitrine. Elle était affreusement broyé ; à droite, plusieurs côtes étaient brisées ; à gauche, à l'endroit du cœur, on voyait une grande tache d'un noir jaunâtre, due à un violent coup de pied de cheval. Le docteur fronça le sourcil. L'agent de police lui avait raconté que l'individu écrasé avait été pris dans une roue et traîné sur la chaussée l'espace de trente pas.

— Il est étonnant qu'il soit encore en vie, murmura le docteur à voix basse en s'adressant à Raskolnikoff.

— Que pensez-vous de lui ? demanda ce dernier.

— Il est perdu.

— N'y a-t-il plus aucun espoir ?

— Pas le moindre ! Il va rendre le dernier soupir… D'ailleurs, il a une blessure très-dangereuse à la tête… Hum ! soit, on peut faire une saignée… mais… ce sera inutile. Dans cinq ou six minutes, il mourra infailliblement.

— Essayez toujours la saignée.

— Soit… Du reste, je vous en avertis, cela ne servira absolument à rien.

Sur ces entrefaites, un nouveau bruit de pas se fit entendre, la foule qui encombrait le vestibule s'ouvrit, et un ecclésiastique à cheveux blancs apparut sur le seuil. Il apportait l'extrême-onction au mourant. Le docteur céda aussitôt la place au prêtre, avec qui il échangea un coup d'œil significatif. Raskolnikoff pria le médecin de rester encore un moment. Il y consentit en haussant les épaules.

Tous se retirèrent à l'écart. La confession dura fort peu de temps. Marméladoff n'était guère en état de comprendre quelque chose ; il ne pouvait proférer que des sons entrecoupés et inintelligibles. Catherine Ivanovna alla se mettre à genoux dans le coin près du poêle et fit agenouiller devant elle les deux enfants. Lidotchka ne faisait que trembler. Le petit garçon, à genoux en pans volants, imitait les grands signes de croix de sa mère et se prosternait contre le parquet qu'il frappait du front ; cela semblait lui procurer un plaisir particulier. Catherine Ivanovna se mordait les lèvres et retenait ses larmes. Elle priait tout en rajustant de temps à autre la chemise du baby ; sans interrompre sa prière et sans même se lever, elle réussit à prendre dans la commode un mouchoir de cou qu'elle jeta sur les épaules trop nues de la petite fille. Cependant la porte de communication avait été ouverte de nouveau par des curieux. Le flot des spectateurs grossissait aussi dans le vestibule ; tous les locataires des divers étages se trouvaient là ; mais ils ne franchissaient pas le seuil de la chambre. Toute cette scène n'était éclairée que par un bout de bougie.

En ce moment, Polenka, qui était allée chercher sa sœur, traversa vivement la foule massée dans le couloir. Elle entra, pouvant à peine respirer, tant elle avait couru. Après s'être débarrassée de son mouchoir, elle chercha des yeux sa mère, s'approcha d'elle et lui dit : « Elle vient ! je l'ai rencontrée dans la rue ! » Catherine Ivanovna la fit agenouiller à côté d'elle. Sonia se fraya timidement et sans bruit un passage au milieu de la foule. Dans ce logement qui offrait l'image de la misère, du désespoir et de la mort, son apparition soudaine produisit un effet étrange. Quoique fort pauvrement vêtue, elle était mise avec le chic tapageur qui distingue les raccrocheuses de trottoir. Arrivée à l'entrée de la chambre, la jeune fille ne dépassa pas le seuil et jeta dans l'appartement un regard effaré.

Elle n'avait plus conscience de rien, semblait-il ; elle avait oublié sa robe de soie, achetée d'occasion, dont la couleur criarde et la queue démesurément longue étaient fort déplacées ici, son immense crinoline qui occupait toute la largeur de la porte, ses bottines voyantes, l'ombrelle qu'elle tenait à la main, quoiqu'elle n'en eût pas besoin ; enfin, son ridicule chapeau de paille, orné d'une plume d'un rouge éclatant. Sous ce chapeau, crânement posé sur le côté, on apercevait un petit visage maladif, pâle et effrayé, avec une bouche ouverte et des yeux immobiles de terreur. Sonia avait dix-huit ans ; elle était blonde, de petite taille et un peu maigre, mais assez jolie ; ses yeux clairs étaient remarquables. Elle tenait ses regards fixés sur le lit, sur l'ecclésiastique ; comme Polenka, elle était essoufflée par une marche rapide. À la fin, quelques mots chuchotés dans la foule arrivèrent probablement à ses oreilles. Baissant la tête, elle franchit le seuil et pénétra dans la chambre, mais resta à proximité de la porte.

Quand le moribond eut reçu les sacrements, sa femme revint auprès de lui. Avant de se retirer, le prêtre crut devoir adresser quelques paroles de consolation à Catherine Ivanovna.
— Et qu'est-ce qu'ils vont devenir ? interrompit-elle avec aigreur en montrant ses enfants.

— Dieu est miséricordieux ; espérez dans le secours du Très-Haut, reprit l'ecclésiastique.

— E-eh ! Il est miséricordieux, mais pas pour nous !

— C'est un péché, madame, un péché, observa le pope en hochant la tête.

— Et cela, n'est-ce pas un péché ? répliqua vivement Catherine Ivanovna en montrant le moribond.

— Ceux qui vous ont involontairement privée de votre soutien vous offriront peut-être une indemnité, pour réparer au moins le préjudice matériel…

— Vous ne me comprenez pas ! cria d'un ton irrité Catherine Ivanovna. Pourquoi m'indemniserait-on ? C'est lui-même qui, étant ivre, est allé se jeter sous les pieds des chevaux ! Lui un soutien ! Il n'a jamais été pour moi qu'une cause de chagrin. Il buvait tout ! Il nous dépouillait pour aller dissiper au cabaret l'argent du ménage ! Dieu fait bien de nous débarrasser de lui ! C'est une vraie délivrance pour nous !

— Il faudrait pardonner à un mourant ; de tels sentiments sont un péché, madame, un grand péché !

Tout en causant avec l'ecclésiastique, Catherine Ivanovna ne cessait de s'occuper du blessé : elle lui donnait à boire, essuyait la sueur et le sang qui inondaient sa tête, arrangeait ses oreillers. Les dernières paroles du prêtre la mirent dans une sorte de fureur.

— Eh ! batuchka ! Ce sont là des mots, rien que des mots ! Pardonner ! Aujourd'hui, s'il n'avait pas été écrasé, il serait rentré ivre. Comme il n'a pas d'autre chemise que la sale loque qu'il porte sur le corps, il m'aurait fallu la laver pendant son sommeil, ainsi que le linge des enfants. Ensuite j'aurais fait sécher tout cela pour le raccommoder à l'aurore, voilà l'emploi de mes nuits !… Que venez-vous donc me parler de pardon ? D'ailleurs, je lui ai pardonné !

Un violent accès de toux l'empêcha d'en dire plus long. Elle cracha dans un mouchoir, qu'elle étala ensuite sous les yeux de l'ecclésiastique, tandis que, de sa main gauche, elle pressait douloureusement sa poitrine. Le mouchoir était tout ensanglanté.

Le pope baissa la tête et ne dit plus mot.

Marméladoff était à l'agonie ; ses yeux ne quittaient pas le visage de sa femme, qui s'était de nouveau penchée vers lui. Il avait toujours envie de lui dire quelque chose, essayait de parler, remuait la langue avec effort, mais ne parvenait à proférer que des sons inarticulés. Catherine Ivanovna, comprenant qu'il voulait lui demander pardon, lui cria d'un ton impérieux :

— Tais-toi ! c'est inutile !... Je sais ce que tu veux dire !...

Le blessé se tut, mais au même instant ses yeux s'égarèrent dans la direction de la porte, et il aperçut Sonia...

Jusqu'alors il ne l'avait pas remarquée dans le coin sombre où elle se trouvait.

— Qui est là ? qui est là ? fit-il tout à coup d'une voix rauque et étranglée ; en même temps il montrait des yeux, avec une expression d'effroi, la porte près de laquelle sa fille était debout, et il essayait de se mettre sur son séant.

— Reste couché ! Ne bouge pas ! cria Catherine Ivanovna.

Mais, par un effort surhumain, il réussit à s'arc-bouter sur le divan. Pendant quelque temps, il considéra sa fille d'un air étrange. Il semblait ne pas la reconnaître ; d'ailleurs, c'était la première fois qu'il la voyait dans ce costume.

Timide, humiliée et rougissante sous ses oripeaux de prostituée, la malheureuse attendait humblement qu'il lui fut permis de dire le dernier adieu à son père. Soudain il la reconnut, et une souffrance immense se peignit sur son visage.

— Sonia ! ma fille ! pardonne ! cria-t-il. Il voulut lui tendre la main et, perdant son point d'appui, roula lourdement sur le plancher. On s'empressa de le relever, on le remit sur le divan ; mais c'en était fait. Sonia, presque défaillante, poussa un faible cri, courut à son père et l'embrassa. Il expira entre les bras de la jeune fille.

— Il est mort ! cria Catherine Ivanovna à la vue du cadavre de son mari. Eh bien ! que faire, maintenant ? Avec quoi l'enterrerai-je ? avec quoi, demain, nourrirai-je mes enfants ?

Raskolnikoff s'approcha de la veuve.

— Catherine Ivanovna, lui dit-il, la semaine dernière votre défunt mari m'a raconté toute sa vie et toutes les circonstances... Soyez sûre qu'il parlait de vous avec une estime enthousiaste. Dès ce soir-là, en voyant combien il vous était dévoué à tous, combien surtout il vous honorait et vous aimait, Catherine Ivanovna, malgré sa malheureuse faiblesse, dès ce soir-là, je suis devenu son ami... Permettez-moi donc maintenant... de vous aider... à rendre les derniers devoirs à mon ami défunt. Voici... vingt roubles, et si ma présence peut vous être de quelque utilité... je... en un mot, je viendrai, je viendrai vous voir certainement... peut-être viendrai-je encore demain... Adieu !

Et il sortit vivement de la chambre ; mais, en traversant le vestibule, il rencontra tout à coup dans la foule Nikodim Fomitch qui avait appris l'accident et venait prendre les dispositions d'usage en pareil cas. Depuis la scène qui s'était passée au bureau de police, le commissaire n'avait pas revu Raskolnikoff ; néanmoins, il le reconnut tout de suite.

— Ah ! c'est vous ? lui demanda-t-il.

— Il est mort, répondit Raskolnikoff. Il a eu les secours d'un médecin, d'un prêtre ; rien ne lui a manqué. Ne troublez pas trop la pauvre femme ; elle était déjà phtisique : ce nouveau malheur l'achève. Réconfortez-la, si vous le pouvez... Vous êtes un bon homme, je le sais... ajouta-t-il avec un sourire, tandis qu'il regardait en face le commissaire.

— Mais vous avez du sang sur vous, observa Nikodim Fomitch, qui venait de remarquer quelques taches fraîches sur le gilet de Raskolnikoff.

— Oui, il en a coulé sur moi... je suis tout en sang ! dit le jeune homme d'un air un peu étrange ; puis il sourit, salua son interlocuteur d'un signe de tête et s'éloigna.

Il descendait l'escalier lentement, sans se presser. Une sorte de fièvre agitait tout son être. Il sentait affluer brusquement en lui une vie nouvelle et puissante. Cette sensation pouvait être comparée à celle d'un condamné à mort qui reçoit inopinément sa grâce. Au milieu de l'escalier, il se rangea pour laisser passer devant lui l'ecclésiastique qui regagnait sa demeure. Les deux hommes échangèrent un silencieux salut. Mais, comme Raskolnikoff descendait les dernières marches, il entendit soudain des pas rapides derrière lui. Quelqu'un cherchait à le rejoindre. C'était Polenka qui courait après lui en criant : « Écoutez ! écoutez ! »

Il se retourna vers elle. La petite fille descendit à la hâte le dernier escalier et s'arrêta en face du jeune homme, à une marche au-dessus de lui. Une faible lumière venait de la cour. Raskolnikoff examina le visage maigre, mais pourtant joli, de Polenka ; celle-ci lui souriait et le regardait avec une gaieté enfantine. Elle était chargée d'une commission qui, évidemment, lui plaisait beaucoup à elle-même.

— Écoutez, comment vous appelle-t-on ?... Ah ! encore : où demeurez-vous ? demanda-t-elle précipitamment.

Il lui mit ses deux mains sur les épaules et la considéra avec une sorte de bonheur. Pourquoi éprouvait-il un tel plaisir à la contempler ? Lui-même n'en savait rien.

— Qui est-ce qui vous a envoyée ?

— C'est ma sœur Sonia qui m'a envoyée, répondit la petite fille en souriant plus gaiement encore.

— Je me doutais bien que vous veniez de la part de votre sœur Sonia.

— Je viens aussi de la part de maman. C'est ma sœur Sonia qui m'a envoyée la première, mais ensuite maman m'a dit : « Cours vite, Polenka ! »

— Vous aimez votre sœur Sonia ?

— Je l'aime plus que n'importe qui ! déclara avec une énergie particulière Polenka, et son sourire prit soudain une expression plus sérieuse.

— Et moi, m'aimerez-vous ?

Au lieu de répondre, la petite fille approcha de lui son visage et tendit naïvement ses lèvres pour l'embrasser. Tout à coup ses petits bras, minces comme des allumettes, serrèrent Raskolnikoff avec force, et, inclinant sa tête sur l'épaule du jeune homme, elle se mit à pleurer sans bruit.

— Pauvre papa ! dit-elle au bout d'une minute, en relevant son visage humide de larmes qu'elle essuya avec sa main. — On ne voit plus que des malheurs comme cela à présent, ajouta-t-elle inopinément, avec cette gravité particulière que les enfants affectent quand l'envie leur vient de parler « comme les grandes personnes ».

— Votre papa vous aimait ?

— Il aimait surtout Lidotchka, répondit-elle du même ton sérieux (son sourire avait disparu), — il avait une prédilection pour elle, parce que c'est la plus jeune et aussi parce qu'elle est maladive ; il lui apportait toujours des cadeaux. Nous autres, nous prenions avec lui des leçons de lecture, et à moi il enseignait la grammaire et la loi divine, ajouta-t-elle avec dignité. Maman ne disait rien, mais nous savions que cela lui faisait plaisir, et papa le savait aussi. Maman veut m'apprendre le français, parce qu'il est déjà temps de commencer mon éducation.

— Mais vous savez prier ?

— Comment donc, si nous savons ! Depuis longtemps ! Moi, comme je suis la plus grande, je prie en mon particulier, Kolia et Lidotchka disent leurs prières tout haut avec maman. Ils récitent d'abord les litanies de la Sainte Vierge, ensuite une autre prière : « Dieu, accorde ton pardon et ta bénédiction à notre sœur Sonia », et puis ; « Dieu, accorde ton pardon et ta bénédiction à notre autre papa », car il faut vous dire que notre ancien papa est mort depuis longtemps ; celui-ci c'était un autre, mais nous prions aussi pour le premier.

— Poletchka, on m'appelle Rodion ; nommez-moi quelquefois dans vos prières : « Pardonne aussi à ton serviteur Rodion », — rien de plus.

— Toute ma vie, je prierai pour vous, répondit chaleureusement la petite fille, qui tout à coup se remit à rire, et de nouveau l'embrassa avec tendresse.

Raskolnikoff lui dit son nom, donna son adresse et promit de revenir le lendemain sans faute. L'enfant le quitta, enchantée de lui. Il était dix heures sonnées quand il sortit de la maison.

« Assez ! » se dit-il en s'éloignant, « arrière les spectres, les vaines frayeurs, les fantômes ! La vie ne m'a pas abandonné ! Est-ce que je ne vivais pas tout à l'heure ? Ma vie n'est pas morte avec la vieille femme ! Dieu fasse paix à votre âme, matouchka, mais il est temps aussi que vous laissiez la mienne en repos ! À présent que j'ai recouvré l'intelligence, la volonté, la force, nous allons bien voir ! À nous deux, maintenant ! » ajouta-t-il comme s'il eût adressé un défi à quelque puissance invisible.

« …Je suis très-faible en ce moment, mais… je crois que je ne suis plus du tout malade. Quand je suis sorti de chez moi tantôt, je savais bien que ma maladie se passerait. À propos : la maison Potchinkoff est à deux pas d'ici. Je vais aller chez Razoumikhine… Qu'il gagne son pari !… Qu'il s'amuse même à mes dépens ; n'importe !… La force est nécessaire, sans elle on ne fait rien ; mais c'est la force qui procure la force, voilà ce qu'ils ne savent pas », acheva-t-il avec assurance. Son audace, sa confiance en lui-même grandissaient de minute en minute. C'était une sorte de changement à vue qui s'opérait en lui.

Il trouva sans peine la demeure de Razoumikhine ; dans la maison Potchinkoff on connaissait déjà le nouveau locataire, et le dvornik indiqua tout de suite à Raskolnikoff le logement de son ami. Le bruit d'une réunion nombreuse et animée arrivait jusqu'au milieu de l'escalier. La porte donnant sur le carré était grande ouverte, on entendait des éclats de voix et des vociférations.

La chambre de Razoumikhine était assez vaste, la société se composait d'une quinzaine de personnes. Le visiteur s'arrêta dans l'antichambre. Là, derrière la cloison, il y avait deux grands samovars, des bouteilles, des assiettes, des plats chargés de pâtés et de hors-d'œuvre ; deux servantes de la logeuse se trémoussaient au milieu de tout cela. Raskolnikoff fit demander Razoumikhine. Celui-ci arriva tout joyeux. Au premier coup d'œil on voyait qu'il avait extraordinairement bu, et quoique, en général, il fût presque impossible à Razoumikhine de s'enivrer, cette fois son extérieur prouvait qu'il ne s'était pas ménagé.

— Écoute, commença aussitôt Raskolnikoff, je suis venu à seule fin de te dire que tu as gagné ton pari et que personne en effet ne sait ce qui peut lui arriver. Quant à entrer chez toi, non, je suis trop faible ; c'est à peine si je me tiens sur mes jambes. Ainsi, bonjour et adieu ! Mais, demain, passe chez moi…

— Sais-tu ce que je vais faire ? Je vais te reconduire ! Puisque, de ton propre aveu, tu es faible, eh bien…

— Et tes invités ? Quel est cet homme à tête frisée qui vient d'entr'ouvrir la porte ?

— Celui-là ? le diable le sait ! Ce doit être un ami de mon oncle ou peut-être un monsieur quelconque venu sans invitation… Je leur laisserai mon oncle ; c'est un homme inappréciable ; je regrette que tu ne puisses faire sa connaissance aujourd'hui. Du reste, que le diable les emporte tous ! Je n'ai que faire d'eux à présent ; j'ai besoin de prendre l'air, aussi es-tu arrivé fort à propos, mon ami : deux minutes plus tard, j'allais tomber sur eux à bras raccourcis ! Ils disent de telles stupidités… Tu ne saurais t'imaginer de quelles divagations un homme est capable ! Après tout, si, tu peux te l'imaginer ! Est-ce que nous-mêmes nous ne divaguons pas ? Allons, qu'ils débitent leurs sornettes, ils ne les débiteront pas toujours… Attends une petite minute, je vais t'amener Zosimoff.

Ce fut avec un empressement extrême que le docteur se rendit auprès de Raskolnikoff. À la vue de son client, une curiosité particulière se manifesta sur son visage, qui, du reste, s'éclaircit bientôt.

— Il faut aller vous coucher tout de suite, dit-il au malade, et vous devriez prendre quelque chose pour vous procurer un sommeil paisible. Tenez, voici une poudre que j'ai préparée tantôt. Vous la prendrez ?

— Certainement, répondit Raskolnikoff.

— Tu fais très-bien de l'accompagner, observa Zosimoff en s'adressant à Razoumikhine ; nous verrons demain comment il sera, mais aujourd'hui il ne va pas mal : le changement est notable depuis tantôt. À mesure qu'on vit, on apprend…

— Sais-tu ce que me disait tout bas Zosimoff il y a un instant ? commença d'une voix pâteuse Razoumikhine, dès que les deux amis furent dans la rue. Il me recommandait de causer avec toi en chemin, de te faire causer et de lui rapporter ensuite tes paroles, parce qu'il a l'idée… que tu… es fou ou sur le point de le devenir. T'imagines-tu cela ? D'abord, tu es trois fois plus intelligent que lui ; secondement, puisque tu n'es pas fou, tu peux te moquer de sa sotte opinion, et en troisième lieu ce gros morceau de viande dont la spécialité est la chirurgie n'a plus en tête, depuis quelque temps, que les maladies mentales ; mais la conversation que tu as eue aujourd'hui avec Zamétoff a complétement modifié sa manière de voir sur ton compte.

— Zamétoff t'a tout raconté ?

— Tout, et il a très-bien fait. J'ai maintenant compris toute l'histoire, et Zamétoff l'a comprise aussi… Allons, oui, en un mot, Rodia… le fait est… À présent je suis un peu gris… Mais cela ne fait rien… le fait est que cette pensée… comprends-tu ? cette pensée avait, en effet, pris naissance dans leur esprit… comprends-tu ? C'est-à-dire qu'aucun d'eux n'osait la formuler tout haut, parce que c'était une absurdité trop criante, et, surtout depuis qu'ils ont arrêté ce peintre en bâtiment, tout cela s'est évanoui pour toujours. Mais pourquoi donc sont-ils des imbéciles ? J'ai alors quelque peu cogné Zamétoff, — ceci entre nous, mon ami ; je t'en prie, ne laisse pas entendre que tu le sais ; j'ai remarqué qu'il est susceptible ; c'est chez Louise que cela a eu lieu, — mais aujourd'hui tout est éclairci. C'était surtout cet Ilia Pétrovitch ! Il avait pris texte de ton évanouissement au bureau de police, mais lui-même a eu honte ensuite d'une pareille supposition ; je sais…

Raskolnikoff écoutait avec avidité. Sous l'influence de la boisson, Razoumikhine bavardait inconsidérément.

— Je me suis évanoui alors parce qu'il faisait très-chaud dans la salle et que cette odeur de peinture m'avait suffoqué, dit Raskolnikoff.

— Il cherche une explication ! Mais il n'y avait pas que la peinture : l'inflammation couvait depuis un grand mois ; Zosimoff est là pour le dire. Seulement, ce que ce blanc-bec de Zamétoff est confus à présent, tu ne peux pas te l'imaginer. « Je ne vaux pas, dit-il, le petit doigt de cet homme-là. » C'est de toi qu'il parle ainsi. Il a quelquefois de bons sentiments. Mais la leçon que tu lui as donnée aujourd'hui au Palais de Cristal, c'est le comble de la perfection. Tu as commencé par lui faire peur, par lui donner le frisson. Tu l'avais presque amené à admettre de nouveau cette monstrueuse sottise, quand, tout d'un coup, tu lui as montré que tu te moquais de lui : « Attrape ce pied de nez ! » Parfait ! À présent il est écrasé, anéanti. Tu es un maître, vraiment, et il en faut comme cela. Quel dommage que je n'aie pas été là ! Zamétoff est maintenant chez moi, où il aurait bien voulu te voir. Porphyre désire aussi faire ta connaissance…

— Ah !… celui-là aussi… Mais pourquoi me considérait-on comme un fou ?

— C'est-à-dire, pas comme un fou. Mon ami, je crois que j'ai un peu trop jasé avec toi. Vois-tu, ce qui l'a frappé tantôt, c'est que ce seul point t'intéresse ; maintenant il comprend pourquoi cela t'intéresse : instruit de toutes les circonstances… sachant quel énervement cela t'a causé alors et comment cette affaire est liée à ta maladie… Je suis un peu ivre, mon ami ; tout ce que je puis te dire, c'est qu'il a son idée… Je te le répète : il ne rêve plus que maladies mentales. Tu n'as pas à t'inquiéter de cela…

Pendant une demi-minute tous deux restèrent silencieux.
— Écoute, Razoumikhine, fit ensuite Raskolnikoff, — je veux te parler franchement : je viens de chez un mort, le défunt était un fonctionnaire… j'ai donné là tout mon argent… et, en dehors de cela, tout à l'heure j'ai été

embrassé par une créature qui, lors même que j'aurais tué quelqu'un… bref, j'ai encore vu là une autre créature… avec une plume couleur de feu… mais je divague ; je suis très-faible, soutiens-moi… voilà l'escalier…

— Qu'est-ce que tu as ? Qu'est-ce que tu as ? demanda Razoumikhine inquiet.

— J'ai la tête qui tourne un peu, mais cela, ce n'est rien ; le malheur, c'est que je suis si triste, si triste ! comme une femme… vraiment ! Regarde : qu'est-ce que cela ? Regarde ! regarde !

— Quoi donc ?

— Est-ce que tu ne vois pas ? Il y a de la lumière dans ma chambre, vois-tu ? Dans la fente…

Ils étaient sur l'avant-dernier palier, près de la porte de la logeuse, et de là on pouvait remarquer qu'en effet la chambre de Raskolnikoff était éclairée.

— C'est étrange ! Nastasia y est peut-être, observa Razoumikhine.

— Jamais elle ne vient chez moi à cette heure-ci, d'ailleurs elle est couchée depuis longtemps, mais… cela m'est égal ! Adieu !

— Que dis-tu ? Je t'accompagne, nous allons monter ensemble !

— Je sais que nous monterons ensemble, mais je veux te serrer la main ici et te dire adieu ici. Allons, donne-moi la main, adieu !

— Qu'est-ce que tu as, Rodia ?

— Rien ; montons, tu seras témoin…

Pendant qu'ils montaient l'escalier, l'idée vint à Razoumikhine que Zosimoff avait peut-être raison.

« Eh ! je lui aurai troublé l'esprit avec mon bavardage ! » se dit-il à part soi.
Soudain, comme ils approchaient de la porte, ils entendirent des voix dans la chambre.
— Mais qu'est-ce qu'il y a ici ? s'écria Razoumikhine.

Raskolnikoff, le premier, saisit la porte et l'ouvrit toute grande ; puis il demeura sur le seuil, comme pétrifié.

Sa mère et sa sœur, assises sur son divan, l'attendaient depuis une demi-heure.
Comment leur visite le prenait-elle à l'improviste ? Comment n'y avait-il pas songé du tout, quand, dans la journée même, on lui avait cependant annoncé leur arrivée prochaine, imminente, à Pétersbourg ? Depuis une demi-heure, les deux femmes ne cessaient de questionner Nastasia qui se trouvait encore là devant elles. Déjà, la servante leur avait raconté tous les détails possibles sur Raskolnikoff. En apprenant qu'il était sorti aujourd'hui de la maison, malade et assurément dans un transport de fièvre, à en croire Nastasia, Pulchérie Alexandrovna et Avdotia Romanovna épouvantées l'avaient cru perdu : que de larmes n'avaient-elles point versées ! par quelles angoisses n'avaient-elles point passé durant cette demi-heure d'attente !

Des cris de joie saluèrent l'apparition de Raskolnikoff. Sa mère et sa sœur s'élancèrent vers lui. Mais il restait immobile et comme privé de vie ; une pensée subite et insupportable avait glacé tout son être. Il ne put même leur tendre les bras. Les deux femmes le pressèrent contre leurs poitrines, le couvrirent de baisers, riant et pleurant à la fois… Il fit un pas, chancela et tomba évanoui sur le parquet.

Alarme, cris de frayeur, gémissements. Razoumikhine, resté jusqu'alors sur le seuil, s'élança dans la chambre, saisit le malade dans ses bras vigoureux et, en un clin d'œil, le coucha sur le divan.

— Ce n'est rien, ce n'est rien ! dit-il vivement à la mère et à la sœur : — c'est un évanouissement, cela n'a pas d'importance ! Le médecin disait tout à l'heure encore qu'il allait beaucoup mieux, qu'il était tout à fait rétabli ! De l'eau ! Allons, voilà déjà qu'il reprend ses sens, tenez, voyez-vous comme il revient à lui ?…

Ce disant, il étreignit avec une rudesse inconsciente le bras de Dounetchka et la força à se baisser vers le divan pour constater qu'en effet son frère « revenait à lui ». Aux yeux de la mère et de la sœur, qui le regardaient avec une reconnaissance attendrie, Razoumikhine apparaissait comme une véritable providence. Nastasia leur avait déjà appris de quel dévouement avait fait preuve, pendant la maladie de leur Rodia, « ce jeune homme déluré », ainsi que l'appelait ce même soir, dans une conversation intime avec Dounia, Pulchérie Alexandrovna elle-même.

TROISIÈME PARTIE

Chapitre I

Raskolnikoff se leva à demi et s'assit sur le divan.

Il invita par un léger signe Razoumikhine à suspendre le cours de son éloquence consolatrice, puis, prenant par la main sa mère et sa sœur, il les contempla alternativement durant deux minutes, sans proférer un mot. Son regard, empreint d'une sensibilité douloureuse, avait en même temps quelque chose de fixe et d'insensé. Pulchérie Alexandrovna s'en effraya et se mit à pleurer.

Avdotia Romanovna était pâle ; sa main tremblait dans celle de son frère.

— Retournez chez vous… avec lui, dit-il d'une voix entrecoupée, en montrant Razoumikhine, — à demain ; demain tout… Depuis quand êtes-vous arrivées ?

— Nous sommes arrivées ce soir, Rodia, répondit Pulchérie Alexandrovna. Le train était fort en retard ; mais, Rodia, pour rien au monde je ne consentirais à me séparer de toi maintenant ! Je passerai la nuit ici, auprès de…

— Ne me tourmentez pas ! répliqua-t-il avec un geste d'irritation.

— Je resterai avec lui ! dit vivement Razoumikhine ; je ne le quitterai pas une minute, et que mes invités aillent au diable ! Qu'ils se fâchent si bon leur semble ! D'ailleurs, mon oncle est là pour faire fonction d'amphitryon.

— Comment, comment vous remercier ! commença Pulchérie Alexandrovna en pressant de nouveau les mains de Razoumikhine ; mais son fils lui coupa la parole.

— Je ne puis pas, je ne puis pas… répétait-il d'un ton agacé, — ne me tourmentez pas ! Assez, allez-vous-en… Je ne puis pas !…

— Retirons-nous, maman, fit à voix basse Dounia inquiète, — sortons de la chambre au moins pour un instant, il est évident que notre présence le tue.

— Et il ne me sera pas donné de passer un moment avec lui après une séparation de trois ans ! gémit Pulchérie Alexandrovna.

— Attendez un peu ! leur dit Raskolnikoff, — vous m'interrompez toujours, et je perds le fil de mes idées… Avez-vous vu Loujine ?

— Non, Rodia, mais il est déjà instruit de notre arrivée. Nous avons appris, Rodia, que Pierre Pétrovitch avait eu la bonté de venir te voir aujourd'hui, ajouta avec une certaine timidité Pulchérie Alexandrovna.

— Oui… il a eu cette bonté… Dounia, j'ai dit tantôt à Loujine que j'allais le jeter en bas de l'escalier, et je l'ai envoyé au diable…

— Rodia, que dis-tu ? Vraiment, tu… ce n'est pas possible ! commença la mère saisie d'effroi, mais un regard jeté sur Dounia la décida à n'en pas dire davantage.

Avdotia Romanovna, les yeux fixés sur son frère, attendait qu'il s'expliquât plus longuement. Déjà informées de la querelle par Nastasia qui la leur avait racontée à sa façon et comme elle avait pu la comprendre, les deux dames étaient en proie à une cruelle perplexité.
— Dounia, poursuivit avec effort Raskolnikoff, — je ne veux pas de ce mariage : par conséquent, donne congé dès demain à Loujine, et qu'il ne soit plus question de lui.
— Mon Dieu ! s'écria Pulchérie Alexandrovna.
— Mon frère, pense un peu à ce que tu dis ! observa avec véhémence Avdotia Romanovna, mais elle se contint aussitôt. Tu n'es peut-être pas, en ce moment, dans ton état normal : tu es fatigué, acheva-t-elle doucement.
— J'ai le délire ? Non… Tu épouses Loujine à cause de moi. Mais je n'accepte pas ce sacrifice. Donc, demain, écris-lui une lettre… pour te dégager vis-à-vis de lui… Tu me la feras lire dans la matinée, et ce sera fini !
— Je ne puis faire cela ! s'écria la jeune fille blessée. De quel droit…
— Dounetchka, toi aussi tu t'emportes ! Cesse, demain… Est-ce que tu ne vois pas… balbutia la mère avec effroi, en s'élançant vers sa fille. Ah ! allons-nous-en, cela vaudra mieux !
— Il bat la campagne ! se mit à crier Razoumikhine d'une voix qui trahissait l'ivresse : autrement, est-ce qu'il se serait permis… Demain il sera raisonnable… Mais aujourd'hui, en effet, il l'a mis à la porte ; le monsieur s'est fâché… Il pérorait ici, il étalait ses théories, tout de même il est parti la queue basse…
— Ainsi, c'est vrai ? s'écria Pulchérie Alexandrovna.
— À demain, frère, dit d'un ton de compassion Dounia, — partons, maman… Adieu, Rodia !
Il fit un dernier effort pour lui adresser encore quelques paroles.
— Tu entends, ma sœur, je n'ai pas le délire ; ce mariage serait une infamie. Que je sois infâme, toi, du moins, tu ne dois pas l'être… c'est assez d'un… Mais, quelque misérable que je sois, je te renierais pour ma sœur, si tu contractais une pareille union. Ou moi, ou Loujine ! Allez-vous-en…
— Mais tu as perdu l'esprit ! Tu es un despote ! vociféra Razoumikhine.
Raskolnikoff ne répondit pas ; peut-être n'était-il plus en état de répondre. À bout de forces, il s'étendit sur le divan et se tourna du côté du mur. Avdotia Romanovna regarda curieusement Razoumikhine, ses yeux noirs étincelèrent ; l'étudiant tressaillit même sous ce regard. Pulchérie Alexandrovna paraissait consternée.
— Jamais je ne pourrai me résoudre à m'en aller ! murmura-t-elle, avec une sorte de désespoir, à l'oreille de Razoumikhine, je resterai ici quelque part… Reconduisez Dounia.

— Et vous gâterez toute l'affaire ! répondit sur le même ton bas le jeune homme hors de lui : — sortons du moins de la chambre. Nastasia, éclaire-nous ! Je vous jure, continua-t-il à demi-voix, lorsqu'ils furent dans l'escalier, que tantôt il a été sur le point de nous battre, le docteur et moi ! Comprenez-vous cela ? le docteur lui-même ! D'ailleurs, il est impossible que vous laissiez Avdotia Romanovna loger seule dans ce garni ! Songez un peu dans quelle maison vous êtes descendues ! Ce coquin de Pierre Pétrovitch n'aurait-il pas pu vous trouver un logement plus convenable ?… Du reste, vous savez, j'ai un peu bu, et voilà pourquoi… mes expressions sont un peu vives ; ne faites pas attention…
— Eh bien ! reprit Pulchérie Alexandrovna, — je vais aller trouver la logeuse de Rodia, et je la prierai de nous donner à Dounia et à moi un coin pour cette nuit. Je ne puis l'abandonner en cet état, je ne le puis pas !
Cette conversation avait lieu sur le palier, devant la porte même de la logeuse. Nastasia se tenait sur la dernière marche, avec la lumière. Razoumikhine était extraordinairement animé. Une demi-heure auparavant, quand il avait reconduit Raskolnikoff chez lui, il bavardait outre mesure, comme lui-même le reconnaissait ; mais il avait la tête fort libre, nonobstant l'énorme consommation de vin qu'il avait faite dans la soirée. Maintenant il était plongé dans une sorte d'extase, et l'influence capiteuse de la boisson agissait doublement sur lui. Il avait pris les deux dames chacune par une main, les haranguait dans un langage d'une désinvolture étonnante, et, sans doute pour les mieux convaincre, appuyait presque chaque mot d'une formidable pression sur les phalanges de ses interlocutrices. En même temps, avec le plus grand sans gêne, il dévorait des yeux Avdotia Romanovna.
Parfois, vaincues par la douleur, les pauvres femmes essayaient de dégager leurs doigts emprisonnés dans cette grosse main osseuse, mais il n'en avait cure et continuait de plus belle à leur serrer les mains sans songer qu'il leur faisait mal. Si elles lui avaient demandé, comme un service à leur rendre, de se jeter la tête la première en bas de l'escalier, il n'eût pas balancé une seconde à satisfaire leur désir. Pulchérie Alexandrovna sentait bien que Razoumikhine était fort excentrique et surtout qu'il avait une poigne terrible ; mais, toute à la pensée de son Rodia, elle fermait les yeux sur les façons bizarres du jeune homme qui était maintenant une providence pour elle.
Quant à Avdotia Romanovna, bien qu'elle partageât les préoccupations de sa mère et qu'elle ne fût pas naturellement craintive, cependant c'était avec surprise et même avec une sorte d'inquiétude qu'elle voyait se fixer sur elle les regards enflammés de l'ami de son frère. N'était la confiance sans bornes que les récits de Nastasia lui avaient inspirée à l'égard de cet homme singulier, elle n'aurait pas résisté à la tentation de s'enfuir en entraînant sa mère avec elle. D'ailleurs, elle comprenait aussi qu'en ce moment elles ne pouvaient se passer de lui. La jeune fille fut, du reste,

grandement rassurée au bout de dix minutes : dans quelque disposition d'esprit que se trouvât Razoumikhine, un des propres de son caractère était de se révéler tout entier à première vue, de sorte qu'on savait bien vite à qui l'on avait affaire.
— Vous ne pouvez pas demander cela à la logeuse, c'est le comble de l'absurdité répliqua-t-il vivement à Pulchérie Alexandrovna ; vous avez beau être la mère de Rodia, si vous restez, vous allez l'exaspérer, et alors Dieu sait ce qui arrivera. Écoutez, voici ce que je propose : Nastasia va le veiller pour le moment, et moi, je vous ramènerai toutes deux chez vous, car ici, à Pétersbourg, il est imprudent à deux femmes seules de s'aventurer la nuit dans les rues. Après vous avoir reconduites, je reviendrai en deux temps ici, et, dans un quart d'heure, je vous donne ma parole d'honneur la plus sacrée que je viendrai vous faire mon rapport, vous dire comment il va, s'il dort, etc. Ensuite, écoutez ! Ensuite, je courrai jusqu'à mon logement ; — il y a du monde chez moi, mes invités sont tous ivres, — je prendrai Zosimoff, — c'est le médecin qui soigne Rodia, il est chez moi en ce moment, mais il n'est pas ivre, lui, il ne boit jamais. Je l'amènerai auprès du malade et de là chez vous. Dans l'espace d'une heure, vous recevrez donc deux fois des nouvelles de votre fils : par moi d'abord, et puis par le docteur lui-même, ce qui est autrement sérieux ! S'il va mal, je vous jure que je vous ramènerai ici ; s'il va bien, vous vous coucherez. Moi, je passerai toute la nuit ici, dans le vestibule, il ne le saura pas, et je ferai coucher Zosimoff chez la logeuse pour l'avoir sous la main en cas de besoin. En ce moment, je crois, la présence du docteur peut être plus utile à Rodia que la vôtre. Ainsi, retournez chez vous ! Quant à loger chez la propriétaire, c'est impossible ; moi, je le puis, mais pas vous : elle ne consentirait pas à vous donner asile, parce que… parce qu'elle est sotte. Si vous voulez le savoir, elle m'aime ; elle serait jalouse d'Avdotia Romanovna, et de vous aussi… mais à coup sûr d'Avdotia Romanovna. C'est un caractère tout à fait étrange, tout à fait ! Du reste, je suis moi-même un imbécile… Allons, tenez ! Vous avez confiance en moi, n'est-ce pas ? Avez-vous confiance en moi, oui ou non ?
— Partons, maman, dit Avdotia Romanovna, — ce qu'il promet, il le fera certainement. C'est à ses soins que mon frère doit la vie, et si le docteur consent, en effet, à passer la nuit ici, que pouvons-nous désirer de mieux ?
— Voilà, vous… vous me comprenez, parce que vous êtes un ange : s'écria Razoumikhine avec exaltation. — Partons ! Nastasia, monte tout de suite en haut et reste là auprès de lui avec de la lumière ; je reviens dans un quart d'heure…
Bien qu'elle ne fût pas encore pleinement convaincue, Pulchérie Alexandrovna ne fit plus d'objection. Razoumikhine prit les deux dames chacune par un bras, et, moitié de gré, moitié de force, leur fit descendre

l'escalier. La mère n'était pas sans inquiétude : « Assurément il sait se remuer, et il est bien disposé pour nous ; mais peut-on compter sur ses promesses dans l'état où il se trouve ?... »
Le jeune homme devina cette pensée.
— Ah ! je comprends, vous me croyez sous l'influence de la boisson ! dit-il, tandis qu'il arpentait le trottoir à grands pas sans remarquer que les deux dames pouvaient à peine le suivre. — Cela ne signifie rien ! c'est-à-dire... j'ai bu comme une brute, mais il ne s'agit pas de cela ; ce n'est pas le vin qui m'enivre. Dès que je vous ai aperçues, j'ai reçu comme un coup sur la tête... Ne faites pas attention : je dis des sottises ; je suis indigne de vous... je suis au plus haut degré indigne de vous !... Dès que je vous aurai remises à domicile, j'irai au canal, ici près, je me verserai deux seaux d'eau sur la tête, et il n'y paraîtra plus... Si vous saviez seulement comme je vous aime toutes deux !... Ne riez pas et ne vous mettez pas en colère !... Fâchez-vous contre tout le monde, mais pas contre moi ! Je suis son ami et, par conséquent, le vôtre. Je le veux... Je pressentais cela... l'an dernier, il y a eu un moment... Mais non, je ne pressentais rien du tout, attendu que vous êtes, pour ainsi dire, tombées du ciel. Mais je ne dormirai pas de toute la nuit... Ce Zosimoff craignait tantôt qu'il ne devînt fou... Voilà pourquoi il ne faut pas l'irriter !...
— Que dites-vous ? s'écria la mère.
— Est-il possible que le docteur lui-même ait dit cela ? demanda Avdotia Romanovna effrayée.
— Il l'a dit, mais il se trompe ; il se trompe complètement. Il avait aussi donné un médicament à Rodia, une poudre, je l'ai vue ; mais, sur ces entrefaites, vous êtes arrivées... Eh !... vous auriez mieux fait de n'arriver que demain ! Nous avons eu raison de nous retirer. Dans une heure, Zosimoff lui-même viendra vous donner des nouvelles de sa santé. Il n'est pas ivre, lui, et moi j'aurai cessé de l'être. Mais pourquoi me suis-je ainsi échauffé ? Parce qu'ils m'ont fait discuter, les maudits ! Je m'étais juré de ne plus prendre part à ces discussions !... Ils disent de telles balivernes ! Un peu plus, j'allais me colleter avec eux ! J'ai laissé mon oncle chez moi pour présider la réunion... Eh bien, le croiriez-vous ? ils sont partisans de l'impersonnalité complète ; pour eux, le suprême progrès, c'est de ressembler le moins possible à soi-même. Il nous a plu, à nous autres Russes, de vivre des idées d'autrui, et nous en sommes saturés ! Est-ce vrai ? Est-ce vrai, ce que je dis ? cria Razoumikhine, en serrant les mains des deux dames.
— Oh ! mon Dieu, je ne sais pas, dit la pauvre Pulchérie Alexandrovna.
— Oui, oui... quoique je ne sois pas d'accord avec vous sur tous les points, ajouta d'un ton sérieux Avdotia Romanovna.
À peine venait-elle de prononcer ces mots qu'il lui échappa un cri de douleur provoqué par un énergique *shake hand* de Razoumikhine.

— Oui ? Vous dites : Oui ? Eh bien, après cela, vous… vous êtes… vociféra le jeune homme transporté de joie, — vous êtes une source de bonté, de pureté, de raison et… de perfection ! Donnez-moi votre main, donnez… vous aussi donnez-moi la vôtre, je veux vous baiser les mains ici, tout de suite, à genoux !

Et il s'agenouilla au milieu du trottoir, qui, par bonheur, était désert en ce moment.

— Assez, je vous prie, que faites-vous ? s'écria Pulchérie Alexandrovna, alarmée au dernier point.

— Levez-vous, levez-vous ! dit Dounia, qui riait, mais ne laissait pas d'être inquiète, elle aussi.

— Jamais de la vie, pas avant que vous m'ayez donné vos mains ! Là, maintenant c'est assez, me voilà relevé, marchons ! Je suis un malheureux imbécile, indigne de vous, et, en ce moment, pris de boisson, je rougis… Je suis indigne de vous aimer, mais s'incliner, se prosterner devant vous est le devoir de quiconque n'est pas une brute complète ! Aussi me suis-je prosterné… Voici votre demeure, et déjà, rien que pour cela, Rodion a bien fait tantôt de mettre à la porte votre Pierre Pétrovitch ! Comment a-t-il osé vous loger dans ce garni ? C'est scandaleux ! Savez-vous quelle espèce de gens habite là ? Et vous êtes sa fiancée ! Oui ? Eh bien ! je vous déclare qu'après cela votre futur époux est un *drôle !*

— Écoutez, monsieur Razoumikhine, vous oubliez… commença Pulchérie Alexandrovna.

— Oui, oui, vous avez raison, je me suis oublié, j'en ai honte, s'excusa l'étudiant, — mais… mais… vous ne pouvez pas m'en vouloir de mes paroles. J'ai parlé ainsi parce que je suis franc et non parce que… Hum ! ce serait ignoble ; en un mot, ce n'est pas parce que je vous… Hum ! je n'ose achever !… Mais, tantôt, lors de sa visite, nous avons tous compris que cet homme n'était pas de notre monde. Allons, assez, tout est pardonné. N'est-ce pas, vous m'avez pardonné ? Eh bien, marchons ! Je connais ce corridor, j'y suis déjà venu ; tenez, ici, au numéro trois, il s'est passé un scandale… Où logez-vous ici ? Quel numéro ? Huit ? Alors vous ferez bien de vous enfermer pour la nuit, ne laissez entrer personne. Dans un quart d'heure je vous apporterai des nouvelles, et, une demi-heure plus tard, vous me verrez revenir avez Zosimoff. Adieu, je me sauve !

— Mon Dieu, Dounetchka, que va-t-il advenir ? dit anxieusement Pulchérie Alexandrovna à sa fille.

— Tranquillisez-vous, maman, répondit Dounia en se débarrassant de son chapeau et de sa mantille, Dieu lui-même nous a envoyé ce monsieur : quoiqu'il vienne de prendre part à une orgie, on peut compter sur lui, je vous l'assure. Et tout ce qu'il a déjà fait pour mon frère…

— Ah ! Dounetchka, Dieu sait s'il reviendra ! Et comment ai-je pu me résoudre à quitter Rodia !… Combien peu je m'attendais à le trouver ainsi ! Quel accueil il nous a fait ! On dirait que notre arrivée le contrarie…

Des larmes brillaient dans ses yeux.

— Non, ce n'est pas cela, maman. Vous ne l'avez pas bien vu, vous pleuriez toujours. Il a été très-éprouvé par une grave maladie, voilà la cause de tout.

— Ah ! cette maladie ! Qu'arrivera-t-il de tout cela ? Et comme il t'a parlé, Dounia ! reprit la mère ; elle cherchait timidement à lire dans les yeux de sa fille. Mais déjà elle était à demi consolée parce que Dounia prenait la défense de son frère, et, par conséquent, lui avait pardonné. — Je sais bien que demain il sera d'un autre avis, ajouta-t-elle, voulant pousser son enquête jusqu'au bout.

— Et moi, je sais bien que demain il dira encore la même chose… à ce sujet, répliqua Avdotia Romanovna.

La question était si délicate à traiter que Pulchérie Alexandrovna n'osa pas poursuivre l'entretien. Dounia alla embrasser sa mère. Celle-ci, sans rien dire, la serra avec force dans ses bras. Ensuite elle s'assit et attendit, dans des transes cruelles, l'arrivée de Razoumikhine. Elle suivait d'un œil timide sa fille qui, pensive et les bras croisés, se promenait de long en large dans la chambre. C'était chez Avdotia Romanovna une habitude d'aller ainsi d'un coin à l'autre, quand quelque chose la préoccupait, et, en pareil cas, sa mère se gardait bien de la troubler dans ses réflexions. Razoumikhine, pris de boisson et s'amourachant à brûle-pourpoint d'Avdotia Romanovna, prêtait assurément au ridicule. Toutefois, en contemplant la jeune fille, maintenant surtout que, rêveuse et attristée, elle se promenait, les bras croisés, dans la chambre, beaucoup, peut-être, auraient excusé l'étudiant, sans même qu'il fût besoin d'invoquer à son profit la circonstance atténuante de l'ivresse. L'extérieur d'Avdotia Romanovna méritait d'attirer l'attention : grande, forte, remarquablement bien faite, elle trahissait dans chacun de ses gestes une confiance en elle-même qui, d'ailleurs, n'ôtait rien ni à la grâce ni à la délicatesse de ses mouvements. Son visage ressemblait à celui de son frère, mais on pouvait dire d'elle que c'était une beauté. Ses cheveux châtains étaient un peu plus clairs que ceux de Rodion. La fierté se lisait dans le regard brillant de ses yeux presque noirs qui témoignaient aussi, par moments, d'une bonté extraordinaire. Elle était pâle, mais sa pâleur n'avait rien de maladif ; son visage rayonnait de fraîcheur et de santé. Elle avait la bouche assez petite ; sa lèvre inférieure, d'un rouge vif, se projetait un peu en avant, de même que le menton ; cette irrégularité, la seule qu'on remarquât dans ce beau visage, lui donnait une expression particulière de fermeté et presque de hauteur. Sa physionomie était, d'ordinaire, plutôt grave et pensive qu'enjouée ; en revanche, quel charme n'avait pas cette figure habituellement sérieuse quand un rire gai et juvénile venait l'animer ! Razoumikhine n'avait jamais rien vu de pareil ; il était ardent, sincère, honnête, quelque peu naïf, avec cela fort comme un ancien preux et très-échauffé par le vin : dans ces conditions, le coup de foudre s'explique parfaitement. De plus, le hasard voulut qu'il aperçut pour la première fois Dounia dans un moment où la tendresse, la joie de revoir Rodia avait en quelque sorte transfiguré les traits de la jeune fille. Ensuite il la vit superbe d'indignation devant les ordres insolents de son frère, — et il ne put y tenir.

Du reste, il avait dit vrai quand, dans ses propos d'homme ivre, il avait tantôt laissé entendre que l'excentrique logeuse de Raskolnikoff, Prascovie Pavlovna, serait jalouse non seulement d'Avdotia Romanovna, mais peut-être de Pulchérie Alexandrovna elle-même. Bien que cette dernière eût quarante-trois ans, elle conservait encore des traces d'ancienne beauté ; en outre, elle paraissait beaucoup plus jeune que son âge, particularité souvent observée chez les femmes qui ont gardé jusqu'aux approches de la vieillesse la lucidité de l'esprit, la fraîcheur des impressions, la pure et honnête chaleur du cœur. Ses cheveux commençaient déjà à blanchir et à devenir rares ; de petites rides se montraient depuis longtemps autour de ses yeux ; les soucis et les chagrins avaient creusé ses joues ; malgré tout, son visage était beau. C'était le portrait de Dounetchka, avec vingt ans de plus et sans la saillie de la lèvre inférieure qui caractérisait la physionomie de la jeune fille. Pulchérie Alexandrovna avait l'âme tendre, mais elle ne poussait pas la sensibilité jusqu'à la sensiblerie ; naturellement timide et disposée à céder, elle savait pourtant s'arrêter dans la voie des concessions, dès que son honnêteté, ses principes et ses plus chères convictions lui en faisaient un devoir.

Juste vingt minutes après le départ de Razoumikhine, deux coups légers furent frappés à la porte : le jeune homme était de retour.

— Je n'entrerai pas, je n'ai pas le temps ! se hâta-t-il de dire quand on lui eut ouvert. — Il dort comme un bienheureux, son sommeil est le plus tranquille du monde, et Dieu veuille qu'il dorme ainsi dix heures ! Nastasia est auprès de lui ; elle a ordre de rester là jusqu'à ce que je revienne. Maintenant, je vais chercher Zosimoff ; il viendra vous faire son rapport, et ensuite vous vous coucherez, car je vois que vous tombez de fatigue.

À peine avait-il prononcé ces mots, qu'il prenait sa course à travers le corridor.

— Quel jeune homme déluré et... dévoué ! s'écria Pulchérie Alexandrovna toute joyeuse.

— Il paraît avoir une excellente nature ! répondit avec une certaine chaleur Avdotia Romanovna, et elle recommença à se promener de long en large dans la chambre.

Environ une heure plus tard, des pas retentirent dans le corridor, et l'on frappa de nouveau à la porte. Cette fois les deux femmes attendaient avec une entière confiance l'exécution de la promesse faite par Razoumilnhine : il revint, en effet, accompagné de Zosimoff. Ce dernier n'avait pas hésité à quitter immédiatement le banquet pour aller visiter Raskolnikoff ; mais ce ne fut pas sans peine qu'il se décida à se rendre chez les dames, car il n'ajoutait guère foi aux paroles de son ami, qui lui paraissait avoir laissé une partie de sa raison au fond des verres. Du reste, l'amour-propre du docteur ne tarda pas à être rassuré et même flatté : Zosimoff comprit qu'il était effectivement attendu comme un oracle.

Pendant les dix minutes que dura sa visite, il réussit à tranquilliser pleinement Pulchérie Alexandrovna. Il témoigna le plus grand intérêt pour le malade, tout en s'exprimant avec un sérieux et une réserve extrêmes, comme il sied à un médecin de vingt-sept ans appelé dans une circonstance grave. Il ne se permit pas la plus petite digression hors de son sujet et ne manifesta pas le moindre désir d'entrer en relations suivies avec ses interlocutrices. Ayant remarqué dès son entrée la beauté d'Avdotia Romanovna, il s'efforçait de ne faire aucune attention à la jeune fille et s'adressait toujours exclusivement à Pulchérie Alexandrovna.

Tout cela lui procurait un indicible contentement intérieur. En ce qui concernait Raskolnikoff, il déclara l'avoir trouvé dans un état très-satisfaisant. Selon lui, la maladie de son client était due en partie aux mauvaises conditions matérielles dans lesquelles celui-ci avait vécu depuis plusieurs mois, mais elle avait aussi d'autres causes d'un caractère moral : « c'était, pour ainsi dire, le produit complexe d'influences multiples, soit physiques, soit psychologiques, telles que : préoccupations, soucis, craintes, inquiétudes, rêveries, etc. » S'étant aperçu, sans en avoir l'air, qu'Avdotia Romanovna l'écoutait avec une attention marquée, Zosimoff s'étendit complaisamment sur ce thème.

Comme Pulchérie Alexandrovna lui demandait d'une voix timide et inquiète s'il n'avait pas remarqué quelques symptômes de folie chez son fils, il répondit avec un calme et franc sourire qu'on avait fort exagéré la portée de ses paroles, que sans doute on pouvait constater chez le malade une idée fixe, quelque chose comme une monomanie, — d'autant plus que lui, Zosimoff, étudiait maintenant d'une façon spéciale cette branche si intéressante de la médecine. — « Mais, ajouta-t-il, il faut considérer que jusqu'à ce jour le malade a eu presque continuellement le délire, et assurément l'arrivée de sa famille sera une distraction pour lui, contribuera à lui rendre des forces et exercera une action salutaire… si toutefois on peut lui éviter de nouvelles secousse », acheva-t-il d'un ton significatif. Puis il se leva, et, après avoir salué d'une façon à la fois cérémonieuse et cordiale, il sortit au milieu des actions de grâces, des bénédictions, des effusions de reconnaissance. Avdotia Romanovna lui

tendit même sa petite main qu'il n'avait nullement cherché à serrer. Bref, le docteur se retira enchanté de sa visite et encore plus de lui-même.
— Demain nous causerons, maintenant couchez-vous tout de suite, il est temps que vous preniez du repos ! ordonna Razoumikhine qui sortit avec Zosimoff. Demain, à la première heure, je viendrai vous donner des nouvelles.
— Quelle ravissante jeune fille, tout de même, que cette Avdotia Romanovna ! observa avec l'accent le plus sincère Zosimoff, quand tous deux furent dans la rue.
— Ravissante ? Tu as dit ravissante ! hurla Razoumikhine, et, s'élançant sur le docteur, il le prit à la gorge. — Si tu oses jamais… Comprends-tu ? comprends-tu ? cria-t-il, tandis qu'il le tenait par le collet et le poussait contre le mur. — Tu as entendu ?
— Mais laisse-moi donc, diable d'ivrogne ! fit Zosimoff en essayant de se dégager ; puis, quand Razoumikhine l'eut lâché, il le regarda fixement et partit soudain d'un éclat de rire. L'étudiant restait debout devant lui, les bras ballants, sa figure s'était rembrunie.
— Naturellement, je suis un âne, dit-il d'un air sombre, — mais… toi aussi, tu en es un.
— Non, mon ami, je n'en suis pas un. Je ne rêve pas à des bêtises.
Ils continuèrent leur route sans se rien dire, et ce fut seulement quand ils arrivèrent près de la demeure de Raskolnikoff que Razoumikhine, très-préoccupé, rompit le silence.
— Écoute, dit-il à Zosimoff, tu es un excellent garçon, mais tu possèdes une jolie collection de vices : tu es, notamment, un voluptueux, un ignoble sybarite. Tu aimes tes aises, tu engraisses, tu ne sais rien te refuser. — Or je dis que cela est ignoble parce que cela mène droit à des saletés. Efféminé comme tu l'es, je ne comprends même pas comment tu peux être néanmoins un bon médecin et même un médecin dévoué. Il couche sur la plume (un docteur !) et il se relève la nuit pour aller voir un malade ! Dans trois ans, on aura beau sonner à ta porte, tu ne quitteras plus ton lit… Mais il ne s'agit pas de cela, voici ce que je voulais te dire : je vais coucher dans la cuisine, et toi, tu passeras la nuit dans l'appartement de la logeuse (j'ai réussi non sans peine à obtenir son consentement !) : ce sera une occasion pour toi de faire plus intimement connaissance avec elle ! Ce n'est pas ce que tu penses ! Ici, mon ami, il n'y a pas ombre de cela…
— Mais je ne pense rien du tout.
— C'est, mon ami, une créature pudique, silencieuse, timide, d'une chasteté à toute épreuve, et avec cela si sensible, si tendre ! Débarrasse-moi d'elle, je t'en supplie par tous les diables ! Elle est très-avenante !… Mais à présent, j'en ai assez. Je demande un remplaçant !
Zosimoff se mit à rire de plus belle.

— On voit bien que tu ne t'es pas ménagé : tu ne sais plus ce que tu dis ! Mais pourquoi lui ferais-je la cour ?
— Je t'assure que tu n'auras pas de peine à gagner ses bonnes grâces ; tu n'as qu'à bavarder n'importe sur quoi ; il suffit que tu t'asseyes près d'elle et que tu lui parles. De plus, tu es médecin, commence par la guérir de quelque chose. Je te jure que tu n'auras pas à t'en repentir. Elle a un clavecin ; moi, tu sais, je chante un peu ; je lui ai chanté une petite chanson russe : « Je pleurs à chaudes larmes ! »... Elle aime les mélodies sentimentales ! eh bien ! cela a été le point de départ ; mais toi, tu es un maître sur le piano, un virtuose de la force de Rubinstein... Je t'assure que tu ne le regretteras pas !
— Mais à quoi cela me mènera-t-il ?
— Il paraît que je ne sais pas me faire comprendre ! Vois-tu, vous vous convenez à merveille l'un à l'autre ! Ce n'est pas d'aujourd'hui seulement que j'ai pensé à toi... Puisque tu finiras par là, qu'importe pour toi que ce soit plus tôt ou plus tard ? Ici, mon ami, tu auras le lit de plume et mieux encore ! Tu trouveras le port, le refuge, la fin des agitations, de bons blines[6], de savoureux pâtés de poisson, le samovar du soir, la bassinoire pour la nuit ; tu seras comme un mort, et cependant tu vivras : double avantage ! Mais trêve de bavardage, il est temps de se coucher ! Écoute : il m'arrive parfois de m'éveiller la nuit ; en ce cas, j'irai voir comment va Rodion ; si tu m'entends monter, ne t'inquiète pas. Si le cœur t'en dit, tu peux aussi l'aller voir une petite fois ; dans le cas où tu remarquerais chez lui quelque chose d'insolite, il faudrait aussitôt m'éveiller. Du reste, je crois bien que ce ne sera pas nécessaire...

[6] Sorte de galette.

Chapitre II

Le lendemain, à sept heures passées, Razoumikhine se réveilla en proie à des soucis qui, jusqu'alors, n'avaient jamais troublé son existence. Il se rappela tous les incidents de la soirée et comprit qu'il avait subi une impression bien différente de toutes celles qu'il avait pu éprouver précédemment. Il sentait en même temps que le rêve qui avait traversé sa tête était irréalisable au plus haut point. Cette chimère lui parut même tellement absurde qu'il eut honte d'y songer. Aussi se hâta-t-il de passer aux autres questions, plus pratiques celles-ci, que lui avait en quelque sorte léguées la maudite journée de la veille.

Ce qui le désolait le plus, c'était de s'être montré hier sous les dehors d'un « goujat ». Non-seulement on l'avait vu ivre, mais de plus, abusant de l'avantage que sa position de bienfaiteur lui donnait sur une jeune fille obligée d'avoir recours à lui, il avait vilipendé par un sentiment de sotte et subite jalousie le prétendu de cette jeune fille, sans savoir quelles relations existaient entre elle et lui, ni même ce qu'était au juste ce monsieur. Quel droit avait-il de juger si témérairement Pierre Pétrovitch ? Et qui lui demandait son avis ? D'ailleurs, est-ce qu'une créature telle qu'Avdotia Romanovna pouvait épouser par intérêt un homme indigne d'elle ? Donc Pierre Pétrovitch devait avoir du mérite. Il y avait bien la question du logement, mais comment pouvait-il savoir ce qu'était cette maison ? Du reste, ces dames ne se trouvaient là que provisoirement, on leur préparait une autre demeure… Oh ! que tout cela était misérable ! Et pouvait-il se justifier en alléguant son ivresse ? Cette sotte excuse ne faisait que l'avilir davantage ! La vérité est dans le vin, et voilà que, sous l'influence du vin, il avait révélé toute la vérité, c'est-à-dire la bassesse d'un cœur grossièrement jaloux ! Est-ce qu'un tel rêve lui était le moins du monde permis, à lui, Razoumikhine ? Qu'était-il, comparé à cette jeune fille, lui l'ivrogne hâbleur et brutal d'hier ? Quoi de plus odieux et de plus ridicule à la fois que l'idée d'un rapprochement entre deux êtres si dissemblables ?

Le jeune homme, déjà tout honteux d'une pensée si folle, se rappela soudain avoir dit la veille sur l'escalier que la logeuse l'aimait et qu'elle serait jalouse d'Avdotia Romanovna… Ce souvenir arriva juste à point pour mettre le comble à sa confusion. C'en était trop : il déchargea un grand coup de poing sur le poêle de la cuisine, se fit mal à la main et cassa une brique.

« Sans doute, murmura-t-il au bout d'une minute, avec un sentiment de profonde humiliation, — sans doute, à présent c'en est fait, il n'y a pas moyen d'effacer toutes ces turpitudes… Inutile donc de penser à cela ; je me présenterai sans rien dire, je m'acquitterai silencieusement de ma tâche et… je ne ferai pas d'excuses, je ne dirai rien… Maintenant il est trop tard, le mal est fait ! »

Toutefois il apporta un soin particulier à sa mise. Il n'avait qu'un seul costume, et, lors même qu'il en eût possédé plusieurs, peut-être eût-il néanmoins conservé celui de la veille « pour n'avoir pas l'air de faire toilette exprès… » Cependant une malpropreté cynique aurait été du plus mauvais goût ; il n'avait pas le droit de blesser les sentiments d'autrui, alors surtout que, dans l'espèce, il s'agissait de gens qui avaient besoin de lui et l'avaient eux-mêmes prié de venir les voir. En conséquence, il brossa soigneusement ses habits. Quant au linge, Razoumikhine n'en pouvait souffrir que du propre sur sa personne.

Ayant trouvé du savon chez Nastasia, il procéda consciencieusement à ses ablutions, se lava les cheveux, le cou et particulièrement les mains. Quand le moment fut venu de décider s'il se ferait la barbe (Prascovie Pavlovna possédait d'excellents rasoirs, héritage de son défunt mari, M. Zarnitzine), il résolut la question négativement et même avec une sorte de brusquerie irritée : « Non, se dit-il, je resterai comme je suis là ! Elles se figureraient peut-être que je me suis rasé pour… Jamais de la vie ! »

Ces monologues furent interrompus par l'arrivée de Zosimoff. Après avoir passé la nuit dans l'appartement de Prascovie Pavlovna, le docteur était rentré pour un instant chez lui, et maintenant il revenait visiter le malade. Razoumikhine lui apprit que Raskolnikoff dormait comme une marmotte. Zosimoff défendit qu'on l'éveillât et promit de revenir entre dix et onze heures.

— Pourvu toutefois qu'il soit chez lui, ajouta-t-il. — Avec un client si sujet aux fugues, on ne peut compter sur rien ! Sais-tu s'il doit aller chez elles, ou si elles viendront ici ?

— Je présume qu'elles viendront, répondit Razoumikhine, comprenant pourquoi cette question lui était adressée : — ils auront, sans doute, à s'entretenir de leurs affaires de famille. Je m'en irai. Toi, en ta qualité de médecin, tu as, naturellement, plus de droits que moi.

— Je ne suis pas un confesseur ; d'ailleurs j'ai autre chose à faire que d'écouter leurs secrets ; je m'en irai aussi.

— Une chose m'inquiète, reprit Razoumikhine en fronçant le sourcil : — hier, j'étais ivre, et, tandis que je reconduisais Rodion ici, je n'ai pas su retenir ma langue : entre autres sottises, je lui ai dit que tu craignais chez lui une prédisposition à la folie…

— Tu as dit la même chose hier aux dames.

— Je sais que j'ai fait une bêtise ! Bats-moi, si tu veux ! Mais, entre nous, sincèrement, quelle est ton opinion sur son compte ?

— Que veux-tu que je te dise ? Toi-même, tu me l'as représenté comme un monomane quand tu m'as amené auprès de lui… Et hier, nous lui avons encore plus troublé l'esprit ; je dis nous, mais c'est toi qui as fait cela avec tes récits à propos du peintre en bâtiments ; voilà une belle conversation à tenir devant un homme dont le dérangement intellectuel vient peut-être de cette affaire ! Si j'avais connu alors dans tous ses détails la scène qui s'est passée au bureau de police, si j'avais su qu'il s'était vu là en butte aux soupçons d'une canaille, je t'aurais arrêté hier au premier mot. Ces monomanes font un océan d'une goutte d'eau, les billevesées de leur imagination leur apparaissent comme des réalités... La moitié de la chose m'est expliquée maintenant par ce que Zamétoff nous a raconté à ta soirée. À propos, ce Zamétoff est un charmant garçon, seulement, hum... il a eu tort hier de dire tout cela. C'est un terrible bavard !

— Mais à qui donc a-t-il fait ce récit ? À toi et à moi.

— Et à Porphyre.

— Eh bien ! qu'importe qu'il ait raconté cela à Porphyre !

— Pendant que j'y pense : tu as quelque influence sur la mère et la sœur ? Elles feront bien d'être circonspectes avec lui aujourd'hui...

— Je le leur dirai ! répondit d'un air contrarié Razoumikhine.

— Au revoir ; remercie de ma part Prascovie Pavlovna pour son hospitalité. Elle s'est enfermée dans sa chambre, je lui ai crié : Bonjour ! à travers la porte, et elle n'a pas répondu. Cependant elle est levée depuis sept heures ; j'ai vu dans le corridor qu'on lui portait son samovar de la cuisine... Elle n'a pas daigné m'admettre en sa présence...

À neuf heures précises, Razoumikhine arrivait à la maison Bakaléieff. Les deux dames l'attendaient depuis longtemps avec une impatience fiévreuse. Elles s'étaient levées avant sept heures. Il entra sombre comme la nuit, salua sans grâce et aussitôt après s'en voulut amèrement de s'être présenté de la sorte. Il avait compté sans son hôte : Pulchérie Alexandrovna courut immédiatement à sa rencontre, lui prit les deux mains, et pour un peu les aurait baisées. Le jeune homme regarda timidement Avdotia Romanovna, mais au lieu des airs moqueurs, du dédain involontaire et mal dissimulé qu'il s'attendait à rencontrer sur ce fier visage, il y vit une telle expression de reconnaissance et d'affectueuse sympathie que sa confusion ne connut plus de bornes. Il aurait été moins gêné à coup sûr, si on l'avait accueilli avec des reproches. Par bonheur, il avait un sujet de conversation tout indiqué, et il l'aborda au plus vite.

En apprenant que son fils n'était pas encore éveillé, mais que son état ne laissait rien à désirer, Pulchérie Alexandrovna déclara que c'était pour le mieux, parce qu'elle avait grand besoin de conférer au préalable avec Razoumikhine. La mère et la fille demandèrent ensuite au visiteur s'il avait déjà pris son thé, et, sur sa réponse négative, l'invitèrent à le prendre avec elles, car elles avaient attendu son arrivée pour se mettre à table.

Avdotia Romanovna agita la sonnette ; à cet appel se montra un domestique déguenillé ; on lui ordonna d'apporter le thé qui fut enfin servi, mais d'une façon si peu convenable et si malpropre que les deux dames se sentirent toutes honteuses. Razoumikhine pesta énergiquement contre une pareille « boîte », puis, pensant à Loujine, il se tut, perdit contenance et fut fort heureux d'échapper à sa situation embarrassante, grâce aux questions que Pulchérie Alexandrovna fit pleuvoir sur lui dru comme grêle.

Interrogé à chaque instant, il parla pendant trois quarts d'heure et raconta tout ce qu'il savait concernant les principaux faits qui avaient rempli la vie de Rodion Romanovitch depuis une année. Il termina par le récit circonstancié de la maladie de son ami. Comme de juste, d'ailleurs, il passa sous silence ce qu'il fallait taire ; par exemple, la scène du commissariat et ses conséquences. Les deux femmes l'écoutaient avidement, et lorsqu'il crut leur avoir donné tous les détails susceptibles de les intéresser, leur curiosité ne se tint pas encore pour satisfaite.

— Dites-moi, dites-moi, comment pensez-vous… ah ! pardon ! je ne sais pas encore votre nom ? fit vivement Pulchérie Alexandrovna.

— Dmitri Prokofitch.

— Eh bien ! Dmitri Prokotitch, j'aurais grande envie de savoir… comment, en général… il envisage maintenant les choses, ou, pour mieux m'exprimer, ce qu'il aime et ce qu'il n'aime pas. Est-il toujours si irritable ? Quels sont ses désirs, ses rêves, si vous voulez ? Sous quelle influence particulière se trouve-t-il en ce moment ?

— Que vous dirai-je ? Je connais Rodion depuis dix-huit mois : il est morose, sombre, fier et hautain. Dans ces derniers temps (mais peut-être cette disposition existait-elle chez lui d'ancienne date), il est devenu soupçonneux et hypocondriaque. Il est bon et généreux. Il n'aime pas à révéler ses sentiments, et il lui en coûte moins de blesser les gens que de se montrer expansif. Parfois, du reste, il n'est pas du tout hypocondriaque, mais seulement froid et insensible jusqu'à l'inhumanité. On dirait vraiment qu'il y a en lui deux caractères opposés qui se manifestent tour à tour. À de certains moments, il est d'une taciturnité extrême. Tout lui est à charge, tout le monde le dérange, et il reste couché sans rien faire ! Il n'est pas moqueur, non que son esprit manque de causticité, mais plutôt parce qu'il dédaigne le persiflage comme un passe-temps trop frivole. Il n'écoute pas jusqu'au bout tout ce qu'on lui dit. Jamais il ne s'intéresse aux choses qui, à un moment donné, intéressent tout le monde. Il a une très-haute opinion de lui-même, et je crois qu'en cela il n'a pas tout à fait tort. Qu'ajouterai-je ? Il me semble que votre arrivée exercera une action des plus salutaires sur lui.

— Ah ! Dieu le veuille ! s'écria Pulchérie Alexandrovna, fort inquiétée par ces révélations sur le caractère de son Rodia.

À la fin, Razoumikhine osa regarder un peu plus hardiment Avdotia Komanovna. Pendant qu'il parlait, il l'avait souvent examinée, mais à la dérobée, en détournant aussitôt les yeux. Tantôt la jeune fille s'asseyait près de la table et écoutait attentivement, tantôt elle se levait, et, selon sa coutume, se promenait de long en large dans la chambre, les bras croisés, les lèvres serrées, faisant de temps à autre une question sans interrompre sa marche. Elle avait aussi l'habitude de ne pas écouter jusqu'au bout ce qu'on disait. Elle portait une robe légère d'une étoffe foncée et avait un petit fichu blanc autour du cou. À divers indices, Razoumikhine reconnut vite que les deux femmes étaient très-pauvres. Si Avdotia Romanovna avait été mise comme une reine, il est probable qu'elle ne l'aurait nullement intimidé ; maintenant, peut-être par cela même qu'elle était fort pauvrement vêtue, il éprouvait une grande crainte vis-à-vis d'elle et surveillait avec un soin extrême chacune de ses expressions, chacun de ses gestes, ce qui, naturellement, ajoutait encore à la gêne d'un homme déjà peu sûr de lui.

— Vous avez donné beaucoup de détails curieux sur le caractère de mon frère, et… vous les avez donnés impartialement. C'est bien ; je pensais que vous étiez en admiration devant lui, observa Avdotia Romanovna avec un sourire. — Je crois qu'il doit y avoir une femme dans son existence, ajouta-t-elle, rêveuse.

— Je n'ai pas dit cela, mais il se peut que vous ayez raison, seulement…

— Quoi ?

— Il n'aime personne ; peut-être même n'aimera-t-il jamais, reprit Razoumikhine.

— C'est-à-dire qu'il est incapable d'aimer ?

— Mais savez-vous, Avdotia Romanovna, que vous-même vous ressemblez terriblement à votre frère, je dirai même sous tous les rapports ! lâcha étourdiment le jeune homme. Puis il se rappela soudain le jugement qu'il venait de porter sur Raskolnikoff, se troubla et devint rouge comme une écrevisse. Avdotia Romanovna ne put s'empêcher de sourire en le regardant.

— Vous pourriez bien vous tromper tous deux sur le compte de Rodia, remarqua Pulchérie Alexandrovna un peu piquée. — Je ne parle pas du présent, Dounetchka. Ce que Pierre Pétrovitch écrit dans cette lettre… et ce que nous avons supposé, toi et moi, peut n'être pas vrai, mais vous ne sauriez vous imaginer, Dmitri Prokofitch, combien il est fantasque et capricieux. Même quand il n'avait que quinze ans, son caractère était pour moi une surprise continuelle. Maintenant encore, je le crois capable de faire tel coup de tête qui ne viendrait à l'esprit d'aucun autre homme… Sans aller plus loin, savez-vous qu'il y a dix-huit mois il a failli causer ma mort, quand il s'est avisé de vouloir épouser cette… la fille de cette dame Zarnitzine, sa logeuse ?

— Connaissez-vous les détails de cette histoire ? demanda Avdotia Romanovna.

— Vous croyez, poursuivit la mère avec animation, — qu'il aurait eu égard à mes supplications, à mes larmes, que ma maladie, la crainte de me voir mourir, notre misère l'auraient touché ? Non, il eut le plus tranquillement du monde donné suite à son projet, sans se laisser arrêter par aucune considération. Et pourtant, se peut-il qu'il ne nous aime pas ?

— Lui-même ne m'a jamais rien dit à ce propos, répondit avec réserve Razoumikhine, — mais j'ai eu quelque connaissance de cela par madame Zarnitzine, qui n'est pas non plus très-causeuse, et ce que j'ai appris ne laisse pas d'être assez étrange.

— Eh bien, qu'avez-vous appris ? demandèrent d'une commune voix les deux femmes.

— Oh ! rien de particulièrement intéressant, à vrai dire ! Tout ce que je sais, c'est que ce mariage, qui était déjà une affaire convenue et qui allait avoir lieu quand la future est morte, déplaisait extrêmement à madame Zarnitzine elle-même… D'autre part, on prétend que la jeune fille n'était pas belle, ou, pour mieux dire, qu'elle était laide ; de plus, elle était, dit-on, fort maladive et… bizarre. Cependant il paraît qu'elle avait certaines qualités. Elle devait, à coup sûr, en avoir : autrement ce serait à n'y rien comprendre…

— Je suis convaincue que cette jeune fille avait du mérite, observa laconiquement Avdotia Romanovna.

— Que Dieu me le pardonne, mais je me suis réjouie de sa mort, et pourtant je ne sais auquel des deux ce mariage aurait été le plus funeste, conclut la mère ; puis, timidement, après force hésitations et en jetant sans cesse les yeux sur Dounia, à ce qui ce manège paraissait déplaire beaucoup, elle se mit à interroger de nouveau Razoumikhine sur la scène de la veille entre Rodia et Loujine. Cet incident semblait l'inquiéter pardessus tout et lui causer une véritable épouvante. Le jeune homme refit le récit détaillé de l'altercation dont il avait été témoin, mais en y ajoutant cette fois sa conclusion : il accusa ouvertement Raskolnikoff d'avoir insulté de propos délibéré Pierre Pétrovitch, et n'invoqua plus guère la maladie pour excuser la conduite de son ami.

— Avant qu'il fût malade, il avait déjà prémédité cela, acheva-t-il.

— Je le pense aussi, dit Pulchérie Alexandrovna, la consternation peinte sur le visage. Mais elle fut très-surprise de voir que cette fois Razoumikhine avait parlé de Pierre Pétrovitch dans les termes les plus convenables et même avec une sorte d'estime. Cela frappa également Avdotia Romanovna.

— Ainsi, telle est votre opinion sur Pierre Pétrovitch ? ne put s'empêcher de demander Pulchérie Alexandrovna.

— Je ne puis en avoir une autre sur le futur mari de votre fille, répondit d'un ton ferme et chaleureux Razoumikhine, et ce n'est point une politesse banale qui me fait parler ainsi ; je dis cela parce que… parce que… eh bien ! il suffit que cet homme soit celui qu'Avdotia Romanovna elle-même a librement honoré de son choix. Si, hier, je me suis exprimé en termes injurieux sur son compte, c'est que, hier, j'étais abominablement ivre, et, de plus… insensé ; oui, insensé, j'avais perdu la tête, j'étais complètement fou… et aujourd'hui j'en suis honteux !…

Il rougit et se tut. Les joues d'Avdotia Romanovna se colorèrent, mais elle resta silencieuse. Depuis qu'il était question de Loujine, elle n'avait pas dit un mot.

Cependant, privée du secours de sa fille, Pulchérie Alexandrovna se trouvait dans un embarras visible. À la fin, elle prit la parole d'une voix hésitante, et, levant à chaque instant les yeux vers Dounia, elle dit qu'une circonstance, en ce moment, la préoccupait au plus haut point.

— Voyez-vous, Dmitri Prokofitch, commença-t-elle. Je serai tout à fait franche avec Dmitri Prokotitch, Dounetchka ?

— Sans doute, maman, répondit d'un ton d'autorité Avdotia Romanovna.

— Voici de quoi il s'agit, se hâta de dire la mère, comme si l'on eût ôté une montagne de dessus sa poitrine, en lui permettant de communiquer son chagrin. — Ce matin, à la première heure, nous avons reçu une lettre de Pierre Pétrovitch en réponse à celle que nous lui avions écrite hier pour lui faire part de notre arrivée. Voyez-vous, il devait venir hier nous chercher à la gare, comme il l'avait promis. À sa place, nous avons trouvé, au chemin de fer, un domestique qui nous a conduites ici et nous a annoncé pour ce matin la visite de son maître. Or, voici qu'au lieu de venir, Pierre Pétrovitch nous a adressé ce billet… Le mieux est que vous le lisiez vous-même ; il y a là un point qui m'inquiète fort… Vous verrez tout de suite vous-même quel est ce point… et vous me direz franchement votre avis, Dmitri Prokotitch ! Vous connaissez mieux que personne le caractère de Rodia, et mieux que personne vous pourrez nous conseiller. Je vous préviens que Dounetchka a, du premier coup, décidé la question ; mais moi, je ne sais encore quel parti prendre, et… je vous attendais toujours.

Razoumikhine déplia la lettre, datée de la veille, et lut ce qui suit :

« Madame Pulchérie Alexandrovna, j'ai l'honneur de vous informer que des empêchements imprévus ne m'ont pas permis d'aller à votre rencontre au chemin de fer ; c'est pourquoi je me suis fait remplacer par un homme sûr. Les affaires que je suis au Sénat me priveront également de l'honneur de vous voir demain matin : d'ailleurs, je ne veux pas gêner votre entrevue maternelle avec votre fils, ni celle d'Avdotia Romanovna avec son frère. C'est donc seulement à huit heures précises du soir que j'aurai l'honneur d'aller vous saluer demain dans votre logement. Je vous prie instamment de vouloir bien m'épargner durant cette entrevue la présence de Rodion Romanovitch, car il m'a insulté de la façon la plus grossière lors de la visite que je lui ai faite hier pendant qu'il était malade. Indépendamment de cela, je tiens à avoir avec vous une explication personnelle au sujet d'un point que nous n'interprétons peut-être pas de la même manière l'un et l'autre. J'ai l'honneur de vous prévenir d'avance que si, malgré mon désir formellement exprimé, je rencontre chez vous Rodion Romanovitch, je serai forcé de me retirer sur-le-champ, et alors vous n'aurez à vous en prendre qu'à vous-même.

« Je vous écris ceci, ayant lieu de croire que Rodion Romanovitch, qui paraissait si malade lors de ma visite, a soudain recouvré la santé deux heures après et peut, par conséquent, aller chez vous. Hier, en effet, je l'ai vu de mes propres yeux dans le logement d'un ivrogne qui venait d'être écrasé par une voiture ; sous prétexte de payer les funérailles, il a donné vingt-cinq roubles à la fille du défunt, jeune personne d'une inconduite notoire. Cela m'a fort étonné, car je sais au prix de quelles peines vous vous étiez procuré cette somme. Sur ce, je vous prie de transmettre mes hommages empressés à l'honorée Avdotia Komanovna, et de souffrir que je me dise, avec un respectueux dévouement,

« Votre obéissant serviteur,

P. Loujine. »

— Que faire maintenant, Dmitri Prokofitch ? demanda Pulchérie Alexandrovna, qui avait presque les larmes aux yeux. Comment dire à Rodia de ne pas venir ? Hier, il insistait si vivement pour qu'on donnât congé à Pierre Pétrovitch, et voilà qu'à présent c'est lui-même qu'il m'est défendu de recevoir ! Mais il est dans le cas de venir exprès dès qu'il saura cela, et... qu'arrivera-t-il alors ?

— Suivez l'avis d'Avdotia Romanovna, répondit tranquillement et sans la moindre hésitation Razoumikhine.

— Ah ! mon Dieu, elle dit... Dieu sait ce qu'elle dit, elle ne m'explique pas son but ! Selon elle, il vaut mieux ou plutôt il est absolument indispensable que Rodia vienne ce soir à huit heures et qu'il se rencontre ici avec Pierre Pétrovitch... Moi, je préférerais ne pas lui montrer la lettre et user d'adresse pour l'empêcher de venir, je comptais y réussir avec votre concours... Je ne vois pas non plus de quel ivrogne mort et de quelle fille il peut être question dans ce billet ; je ne puis comprendre qu'il ait donné à cette personne les dernières pièces d'argent... qui...

— Qui représentent pour vous tant de sacrifices, maman, acheva la jeune fille.

— Hier, il n'était pas dans son état normal, dit d'un air pensif Razoumikhine. Si vous saviez à quel passe-temps il s'est livré hier dans un traktir ; du reste, il a fort bien fait, hum ! Il m'a, en effet, parlé hier d'un mort et d'une jeune fille, pendant que je le reconduisais chez lui ; mais je n'ai pas compris un mot... Il est vrai que hier j'étais moi-même...

— Le mieux, maman, c'est d'aller chez lui, et là, je vous assure, nous verrons tout de suite ce qu'il y a à faire. D'ailleurs, il est temps. Seigneur ! dix heures passées ! s'écria Avdotia Romanovna en regardant une superbe montre en or émaillé, qui était suspendue à son cou par une mince chaîne de Venise et qui jurait singulièrement avec l'ensemble de sa toilette.

« C'est un cadeau de son prétendu », pensa Razoumikhine.

— Ah ! il est temps de partir !... Il est grand temps, Dounetchka ! fit Pulchérie Alexandrovna tout effarée. — il va penser que nous lui gardons rancune de son accueil d'hier ; c'est ainsi qu'il s'expliquera notre retard. Ah ! mon Dieu !

Tout en parlant, elle se hâtait de mettre son chapeau et sa mantille. Dounetchka se préparait aussi à sortir. Ses gants étaient non-seulement défraîchis, mais troués, ce que remarqua Razoumikhine ; toutefois, ce costume dont la pauvreté sautait aux yeux donnait aux deux dames un cachet particulier de dignité, comme il arrive toujours aux femmes qui savent porter d'humbles vêtements.

— Mon Dieu ! s'écria Pulchérie Alexandrovna, — aurais-je jamais cru que je redouterais tant une entrevue avec mon fils, avec mon cher Rodia !... J'ai peur, Dmitri Prokofitch ! ajouta-t-elle en regardant timidement le jeune homme.

— Ne craignez pas, maman, dit Dounia en embrassant sa mère, — croyez plutôt en lui. Moi, j'ai confiance.

— Ah ! mon Dieu, moi aussi, et pourtant je n'ai pas dormi de la nuit, reprit la pauvre femme.

Tous trois sortirent de la maison.

— Sais-tu, Dounetchka, que, ce matin, au point du jour, je venais seulement de m'assoupir quand j'ai vu en songe la défunte Marfa Pétrovna ?... Elle était toute vêtue de blanc... Ah ! mon Dieu ! Dmitri Prokofitch, vous ne savez pas encore que Marfa Pétrovna est morte ?

— Non, je ne le savais pas ; quelle Marfa Pétrovna ?

— Elle est morte subitement ! et figurez-vous...

— Plus tard, maman, intervint Dounia ; il ne sait pas encore de quelle Marfa Pétrovna il s'agit.

— Ah ! vous ne la connaissez pas ? Je pensais vous avoir déjà tout dit. Excusez-moi, Dmitri Prokofitch, j'ai l'esprit si bouleversé depuis deux jours ! Je vous considère comme notre providence, voilà pourquoi j'étais persuadée que vous étiez déjà au courant de toutes nos affaires. Je vous regarde comme un parent... Ne vous fâchez pas de ce que je vous dis. Ah ! mon Dieu ! qu'avez-vous donc à la main ? Vous vous êtes blessé ?

— Oui, je me suis blessé, murmura Razoumikhine tout heureux.

— Je suis quelquefois trop expansive, et Dounia m'en fait des reproches... Mais, mon Dieu, dans quel trou il habite !... Pourvu seulement qu'il soit éveillé !... Et cette femme, sa logeuse, appelle cela une chambre ! Écoutez, vous dites qu'il n'aime pas à ouvrir son cœur ; il se peut donc que je l'ennuie avec mes... faiblesses ?... Ne me donnerez-vous pas quelques indications, Dmitri Prokofitch ? Comment dois-je me comporter avec lui ? Vous savez, je suis toute désorientée.

— Ne l'interrogez pas trop, si vous voyez qu'il fronce le sourcil ; évitez surtout de multiplier les questions relatives à sa santé : il n'aime pas cela.
— Ah ! Dmitri Prokofitch, que la position d'une mère est parfois pénible ! Mais voilà encore cet escalier... Quel affreux escalier !
— Maman, vous êtes pâle, calmez-vous, ma chérie, dit Dounia en caressant sa mère, — pourquoi vous tourmenter ainsi quand ce doit être pour lui un bonheur de vous voir ? ajouta-t-elle avec un éclair dans les yeux.
— Attendez, je vous précède pour m'assurer s'il est éveillé.
Razoumikhine ayant pris les devants, les dames montèrent tout doucement l'escalier après lui. Arrivées au quatrième étage, elles remarquèrent que la porte de la logeuse était entre-bâillée, et que par l'étroite ouverture deux yeux noirs et perçants les observaient. Quand les regards se rencontrèrent, la porte se referma soudain avec un tel bruit que Pulchérie Alexandrovna faillit pousser un cri d'effroi.

Chapitre III

— Il va bien, il va bien ! cria gaiement Zosimoff en voyant entrer les deux femmes. Le docteur se trouvait là depuis dix minutes et occupait sur le divan la même place que la veille. Raskolnikoff, assis à l'autre coin, était tout habillé ; il avait même pris la peine de se débarbouiller et de se coiffer, chose qu'il ne faisait plus depuis quelque temps déjà. Bien que l'arrivée de Razoumikhine et des deux dames y eût eu pour effet de remplir la chambre, Nastasia réussit néanmoins à se faufiler à leur suite, et elle resta pour écouter la conversation.

Effectivement Raskolnikoff allait bien, surtout en comparaison de la veille, mais il était fort pâle et plongé dans une morne rêverie.

Quand Pulchérie Alexandrovna entra avec sa fille, Zosimoff remarqua avec surprise le sentiment qui se révéla dans la physionomie du malade. Ce n'était pas de la joie, mais une sorte de stoïcisme résigné ; le jeune homme semblait faire appel à son énergie pour supporter pendant une heure ou deux une torture à laquelle il n'y avait pas moyen d'échapper. Après que la conversation se fut engagée, le docteur observa que presque chaque mot paraissait rouvrir une blessure dans l'âme de son client ; mais, en même temps, il s'étonna de voir ce dernier relativement maître de lui-même : le monomane furieux de la veille savait maintenant se posséder jusqu'à un certain point et dissimuler ses impressions.

— Oui, je vois moi-même à présent que je suis presque guéri, dit Raskolnikoff en embrassant sa mère et sa sœur avec une cordialité qui mit un rayonnement de joie sur le visage de Pulchérie Alexandrovna, et je ne dis plus cela comme hier, ajouta-t-il en s'adressant à Razoumikhine, dont il serra affectueusement la main.

— J'ai même été étonné de le trouver si bien portant aujourd'hui, commença Zosimoff. D'ici à trois ou quatre jours, si cela continue, il sera tout à fait comme auparavant, c'est-à-dire comme il était il y a un mois ou deux… ou peut-être trois. Car cette maladie couvait depuis longtemps, hein ? Avouez maintenant que peut-être vous y étiez pour quelque chose ? acheva avec un sourire contenu le docteur, qui semblait craindre encore d'irriter son client.

— C'est bien possible, répondit froidement Raskolnikoff.

— Maintenant qu'on peut causer avec vous, poursuivit Zosimoff, je voudrais vous convaincre qu'il est nécessaire d'écarter les causes premières auxquelles est dû le développement de votre état maladif : si vous faites cela, vous guérirez ; sinon, le mal ne fera que s'aggraver. Ces causes premières, je les ignore, mais vous devez les connaître. Vous êtes un homme intelligent, et, sans doute, vous vous êtes observé vous-même. Il me semble que votre santé a commencé à s'altérer depuis que vous êtes sorti de l'Université. Vous ne pouvez pas rester sans occupation ; il vous serait donc fort utile, selon moi, de vous mettre au travail, de vous fixer un but et de le poursuivre avec ténacité.

— Oui, oui, vous avez parfaitement raison… je vais rentrer le plus tôt possible à l'Université, et alors tout ira… comme sur des roulettes…

Le docteur avait donné ses sages conseils en partie pour produire de l'effet devant les dames. Quand il eut fini, il jeta les yeux sur son client et fut sans doute quelque peu désappointé en s'apercevant que le visage de celui-ci n'exprimait qu'une franche moquerie. Du reste, Zosimoff fut bientôt consolé de sa déception. Pulchérie Alexandrovna s'empressa de le remercier et lui témoigna en particulier sa reconnaissance pour la visite qu'il avait faite la nuit dernière aux deux dames.

— Comment, il est allé chez vous cette nuit ? demanda Raskolnikoff d'une voix inquiète. — Ainsi, vous ne vous êtes même pas reposées après un voyage si fatigant ?

— Oh ! Rodia, il n'était pas encore deux heures. Chez nous, Dounia et moi, nous ne nous couchons jamais plus tôt.

— Je ne sais non plus comment le remercier, continua Raskolnikoff, qui, brusquement, fronça les sourcils et baissa la tête. En laissant de côté la question d'argent, — pardonnez-moi d'y faire allusion, dit-il à Zosimoff, — je ne sais même pas ce qui a pu me mériter de votre part un tel intérêt. Je n'y comprends rien… et… je dirai même que cette bienveillance me pèse, parce qu'elle est inintelligible pour moi : vous voyez que je suis franc.

— Ne vous tourmentez donc pas, répondit Zosimoff, en affectant de rire ; supposez que vous êtes mon premier client ! or, nous autres, docteurs, quand nous débutons, nous aimons nos premiers malades comme s'ils étaient nos propres enfants ; certains d'entre nous en deviennent presque amoureux. Et moi, voyez-vous, je n'ai pas encore une nombreuse clientèle.

— Je ne parle pas de lui, reprit Raskolnikoff en montrant Razoumikhine, — je n'ai fait que l'injurier et lui causer de l'embarras.

— Quelles bêtises il dit ! Tu es, paraît-il, en disposition sentimentale aujourd'hui ! cria Razoumikhine.

Plus perspicace, il aurait vu que, loin d'être sentimental, son ami se trouvait dans une disposition toute différente. Mais Avdotia Romanovna ne s'y trompa point, et, inquiète, se mit à observer attentivement son frère.

— De vous, maman, j'ose à peine parler, fit encore Raskolnikoff, qui avait l'air de réciter une leçon apprise depuis le matin ; — aujourd'hui seulement j'ai pu comprendre combien vous avez dû souffrir hier soir en attendant mon retour.

À ces mots, il sourit et tendit brusquement la main à sa sœur. Ce geste ne fut accompagné d'aucune parole, mais le sourire du jeune homme exprimait cette fois un sentiment vrai ; la feinte n'y avait point de part. Joyeuse et reconnaissante, Dounia saisit aussitôt la main qui lui était tendue et la serra avec force. C'était la première marque d'attention qu'il lui donnait depuis leur altercation de la veille. Témoin de cette réconciliation muette et définitive du frère avec la sœur, Pulchérie Alexandrovna devint radieuse.

Razoumikhine s'agita vivement sur sa chaise.

— Rien que pour cela, je l'aimerais ! murmura-t-il, avec sa tendance à tout exagérer. — Voilà des mouvements comme il en a !...

« Et qu'il a bien fait cela ! pensait à part soi la mère, quels nobles élans il a ! Ce simple fait de tendre ainsi la main à sa sœur en la regardant avec affection, n'était-ce pas la manière la plus franche et la plus délicate de mettre fin au malentendu de la veille ?... »

— Ah ! Rodia, dit-elle, s'empressant de répondre à l'observation de son fils, — tu ne saurais croire à quel point hier Dounetchka et moi avons été... malheureuses ! Maintenant que tout est fini et que nous sommes tous redevenus heureux, on peut le dire. Figure-toi : presque au sortir du wagon nous accourons ici pour t'embrasser, et cette femme, — tiens, mais la voilà ! Bonjour, Nastasia !... Elle nous apprend tout d'un coup que tu étais au lit avec la fièvre, que tu viens de t'enfuir dans la rue, ayant le délire, et qu'on est à ta recherche. Tu ne peux t'imaginer dans quel état cela nous a mises !

— Oui, oui… tout cela est assurément fâcheux… murmura Raskolnikoff, mais il fit cette réponse d'un air si distrait, pour ne pas dire si indifférent, que Dounetchka le regarda avec surprise.
— Qu'est-ce que je voulais encore vous dire ? continua-t-il en s'efforçant de rappeler ses souvenirs : — oui, je vous en prie, maman, et toi, Dounia, ne croyez pas que je me sois refusé à aller vous voir le premier aujourd'hui, et que j'aie attendu votre visite préalable.

— Mais pourquoi dis-tu cela, Rodia ? s'écria Pulchérie Alexandrovna, cette fois non moins étonnée que sa fille.

« On dirait qu'il nous répond par simple politesse, pensait Dounetchka ; il fait la paix, il demande pardon comme s'il s'acquittait d'une pure formalité ou récitait une leçon. »

— À peine éveillé, je voulais me rendre chez vous ; mais je n'avais pas de vêtements à mettre ; j'aurais dû dire hier à Nastasia de laver ce sang… j'ai pu seulement m'habiller tout à l'heure.

— Du sang ! Quel sang ? demanda Pulchérie Alexandrovna alarmée.

— Ce n'est rien… ne vous inquiétez pas. Hier, pendant que j'avais le délire, en flânant dans la rue, je me suis heurté contre un homme qui venait d'être écrasé… un employé ; c'est comme cela que mes habits ont été ensanglantés…

— Pendant que tu avais le délire ? Mais tu te rappelles tout ! interrompit Razoumikhine.

— C'est vrai, répondit Raskolnikoff soucieux ; je me rappelle tout, jusqu'au plus petit détail, mais voici ce qui est étrange : je ne parviens pas à m'expliquer pourquoi j'ai fait ceci, pourquoi j'ai dit cela, pourquoi je suis allé à tel endroit.

— C'est un phénomène bien connu, observa Zosimoff ; l'acte est parfois accompli avec une adresse, une habileté extraordinaires ; mais le principe d'où il émane est altéré chez l'aliéné et dépend de diverses impressions morbides.

Le mot « aliéné » jeta un froid ; Zosimoff l'avait laissé échapper sans y prendre garde, tout entier qu'il était au plaisir de pérorer sur son thème favori. Raskolnikoff, absorbé dans une sorte de rêverie, parut ne faire aucune attention aux paroles du docteur. Un étrange sourire flottait sur ses lèvres pâles.

— Eh bien ! mais cet homme écrasé ? Je t'ai interrompu tout à l'heure se hâta de dire Razoumikhine.

— Quoi ? fit Raskolnikoff comme quelqu'un qui se réveille ; oui... eh bien, je me suis couvert de sang en aidant à le transporter chez lui... À propos, maman, j'ai fait hier une chose impardonnable ; il fallait vraiment que j'eusse perdu la tête. Tout l'argent que vous m'aviez envoyé, je l'ai donné hier... à sa veuve... pour l'enterrement. La pauvre femme est fort à plaindre... elle est phtisique... elle reste avec trois petits enfants sur les bras, et elle n'a pas de quoi les nourrir... il y a encore une fille... Peut-être que vous-même vous auriez fait comme moi, si vous aviez vu cette misère. Du reste, je le reconnais, je n'avais nullement le droit d'agir ainsi, surtout sachant combien vous aviez eu de peine à me procurer cet argent.

— Laisse donc, Rodia, je suis convaincue que tout ce que tu fais est très-bien ! répondit la mère.

— N'en soyez pas si convaincue que ça, répliqua-t-il en grimaçant un sourire.

La conversation resta suspendue pendant quelque temps. Paroles, silence, réconciliation, pardon, tout avait quelque chose de forcé, et chacun le sentait.

— Sais-tu, Rodia, que Marfa Pétrovna est morte ? fit tout à coup Pulchérie Alexandrovna.

— Quelle Marfa Pétrovna ?

— Ah ! mon Dieu, mais Marfa Pétrovna Svidrigaïloff ! Je t'ai si longuement parlé d'elle dans ma dernière lettre !

— A-a-ah ! oui, je me rappelle. Ainsi elle est morte ? Ah ! en effet, dit-il avec le tressaillement subit d'un homme qui s'éveille. Est-il possible qu'elle soit morte ? De quoi donc ?

— Figure-toi qu'elle a été enlevée tout d'un coup ! se hâta de répondre Pulchérie Alexandrovna, encouragée à poursuivre par la curiosité que manifestait son fils.

— Elle est morte le jour même où je t'ai envoyé cette lettre. À ce qu'il paraît, cet affreux homme a été la cause de sa mort. On dit qu'il l'a rouée de coups !
— Est-ce qu'il se passait des scènes pareilles dans leur ménage ? demanda Raskolnikoff en s'adressant à sa sœur.

— Non, au contraire, il se montrait toujours très-patient, très-poli même avec elle. Dans beaucoup de cas, il faisait preuve d'une trop grande indulgence, et cela a duré sept ans… La patience lui a échappé tout d'un coup.

— Ainsi, ce n'était pas un homme si terrible, puisqu'il a patienté pendant sept ans ! Tu as l'air de l'excuser, Dounetchka ?

La jeune fille fronça les sourcils.

— Si, si, c'est un homme terrible ! Je ne puis rien me représenter de plus affreux, répondit-elle, presque frissonnante, et elle devint pensive.

— Ils avaient eu cette scène ensemble dans la matinée, continua Pulchérie Alexandrovna. Après cela, elle a immédiatement donné ordre d'atteler, parce qu'elle voulait se rendre à la ville aussitôt après le dîner, comme elle avait coutume de le faire dans ces occasions-là ; à table, elle a mangé, dit-on, avec beaucoup d'appétit…

— Toute rouée de coups ?

— … C'était chez elle une habitude. En sortant de table, elle est allée prendre son bain, afin d'être plus tôt prête à partir… Vois-tu, elle se traitait par l'hydrothérapie ; il y a une source, chez eux, et elle s'y baignait régulièrement chaque jour. À peine entrée dans l'eau, elle a eu une attaque d'apoplexie.

— Ce n'est pas étonnant ! observa Zosimoff.

— Et elle avait été sérieusement battue par son mari ?

— Mais qu'importe cela ? fit Avdotia Romanovna.

— Hum ! Du reste, maman, je ne vois pas pourquoi vous racontez de pareilles sottises, dit Raskolnikoff avec une irritation soudaine.

— Mais, mon ami, je ne savais de quoi parler, avoua naïvement Pulchérie Alexandrovna.

— Il semble que vous ayez toutes deux peur de moi ? reprit-il avec un sourire amer.

— C'est la vérité, répondit Dounia, qui fixa sur lui un regard sévère. En montant l'escalier, maman a même fait le signe de la croix, tant elle était effrayée…

Les traits du jeune homme s'altérèrent, comme s'il eût été pris de convulsions.

— Ah ! que dis-tu là, Dounia ? Ne te fâche pas, je t'en prie, Rodia… Comment peux-tu parler ainsi, Dounia ? s'excusa toute confuse Pulchérie Alexandrovna ; — ce qui est vrai, c'est qu'en wagon je n'ai cesser de penser, durant toute la route, au bonheur de te revoir et de m'entretenir avec toi… Je m'en faisais une telle fête que je ne me suis même pas aperçue de la longueur du voyage ! Et maintenant je suis heureuse, heureuse de me retrouver avec toi, Rodia…

— Assez, maman, murmura-t-il avec agitation, et, sans regarder sa mère, il lui serra la main, — nous avons le temps de causer !

À peine avait-il prononcé ces mots qu'il se troubla et pâlit : de nouveau il sentait un froid mortel au fond de son âme, de nouveau il s'avouait qu'il venait de faire un affreux mensonge, car désormais il ne lui était plus permis de causer à cœur ouvert ni avec sa mère, ni avec personne. Sur le moment, l'impression de cette cruelle pensée fut si vive, qu'oubliant la présence de ses hôtes, le jeune homme se leva et se dirigea vers la porte.

— Qu'est-ce que tu fais ? cria Razoumikhine en le saisissant par le bras.

Raskolnikoff se rassit et promena silencieusement les yeux autour de lui. Tous le regardaient avec stupeur.

— Mais que vous êtes tous ennuyeux ! s'écria-t-il tout à coup : dites donc quelque chose ! Pourquoi rester comme des muets ? Parlez donc ! Ce n'est pas pour se taire qu'on se réunit ; eh bien, causons !

— Dieu soit loué ! Je pensais qu'il allait avoir encore un accès comme hier, dit Pulchérie Alexandrovna, qui avait fait le signe de la croix.

— Qu'est-ce que tu as, Rodia ? demanda avec inquiétude Avdotia Romanovna.

— Rien, c'est une bêtise qui m'était revenue à l'esprit, répondit-il, et il se mit à rire.

— Allons, si c'est une bêtise, tant mieux ! Mais, moi-même, je craignais... murmura Zosimoff en se levant. Il faut que je vous quitte ; je tâcherai de repasser dans la journée...

Il salua et sortit.

— Quel brave homme ! observa Pulchérie Alexandrovna.

— Oui, c'est un brave homme, un homme de mérite, instruit, intelligent... dit Raskolnikoff, qui prononça ces mots avec une animation inaccoutumée, — je ne me rappelle plus où je l'ai rencontré avant ma maladie... Je crois bien l'avoir rencontré quelque part... Voici encore un excellent homme ! ajouta-t-il en montrant d'un signe de tête Razoumikhine ; mais où vas-tu donc ?

Razoumikhine venait, en effet, de se lever.

— Il faut que je m'en aille aussi... j'ai affaire..., dit-il.

— Tu n'as rien à faire du tout, reste ! C'est parce que Zosimoff est parti que tu veux nous quitter à ton tour. Ne t'en va pas... Mais quelle heure est-il ? Il est midi ? Quelle jolie montre tu as, Dounia ! Pourquoi donc vous taisez-vous encore ? Il n'y a que moi qui parle !...

— C'est un cadeau de Marfa Pétrovna, répondit Dounia.

— Et elle a coûté très-cher, ajouta Pulchérie Alexandrovna.

— Je croyais que cela venait de Loujine.

— Non, il n'a encore rien donné à Dounetchka.

— A-a-ah ! vous rappelez-vous, maman, que j'ai été amoureux et que j'ai voulu me marier ? fit-il brusquement en regardant sa mère frappée de la tournure imprévue qu'il venait de donner à la conversation et du ton dont il parlait.

— Ah ! oui, mon ami ! répondit Pulchérie Alexandrovna en échangeant un regard avec Dounetchka et Razoumikhine.

— Hum ! oui ! mais que vous dirai-je ? je ne me souviens plus guère de cela. C'était une jeune fille maladive, toute souffreteuse, continua-t-il d'un air rêveur en tenant les yeux baissés. — Elle aimait à faire l'aumône aux pauvres et pensait toujours à entrer dans un monastère ; un jour je l'ai vue fondre en larmes pendant qu'elle me parlait de cela, oui, oui… je m'en souviens… je m'en souviens très-bien. Elle était plutôt laide que jolie. Vraiment, je ne sais pourquoi je m'étais alors attaché à elle, peut-être l'affectionnais-je parce qu'elle était toujours malade… Si elle avait été, par surcroît, boiteuse ou bossue, il me semble que je l'aurais encore plus aimée… (Il eut un sourire pensif.) Cela n'avait pas d'importance… c'était une folie de printemps…

— Non, ce n'était pas seulement une folie de printemps, observa avec conviction Dounetchka. Raskolnikoff regarda très-attentivement sa sœur, mais il n'entendit pas bien ou même ne comprit pas les paroles de la jeune fille. Puis, d'un air mélancolique, il se leva, alla embrasser sa mère et revint s'asseoir à sa place.

— Tu l'aimes, encore ? dit d'une voix émue Pulchérie Alexandrovna.

— Elle ? encore ? Ah ! oui… vous parlez d'elle ! Non. Tout cela est maintenant loin de moi… et depuis longtemps. J'ai, d'ailleurs, la même impression pour tout ce qui m'entoure…

Il considéra avec attention les deux femmes.

— Tenez, vous êtes ici… eh bien, il me semble que je vous vois à une distance de mille verstes… Mais le diable sait pourquoi nous parlons de cela ! Et à quoi bon m'interroger ? ajouta-t-il avec colère ; puis silencieusement il commença à se ronger les ongles et retomba dans sa rêverie.

— Quel vilain logement tu as, Rodia ! on dirait un tombeau, fit brusquement Pulchérie Alexandrovna pour rompre un silence pénible ; je suis sûre que cette chambre est pour moitié dans ton hypocondrie.

— Cette chambre ? reprit-il d'un air distrait. — Oui, elle a beaucoup contribué… c'est aussi ce que j'ai pensé… Si vous saviez pourtant, maman, quelle idée étrange vous venez d'exprimer ! ajouta-t-il soudain avec un sourire énigmatique.

Raskolnikoff était à peine en état de supporter la présence de cette mère et de cette sœur dont il avait été séparé pendant trois ans, mais avec lesquelles il sentait que tout entretien lui était impossible. Toutefois, il y avait une affaire qui ne souffrait pas de remise ; tantôt en se levant il s'était dit qu'elle devait être décidée aujourd'hui même d'une façon ou d'une autre. En ce moment, il fut heureux de trouver dans cette affaire un moyen de sortir d'embarras.

— Voici ce que j'ai à te dire, Dounia, commença-t-il d'un ton plein de sécheresse, — naturellement je te fais mes excuses pour l'incident d'hier, mais je crois de mon devoir de te rappeler que je maintiens les termes de mon dilemme : ou moi ou Loujine. Je puis être infâme, mais toi, tu ne dois pas l'être. C'est assez d'un. Si donc tu épouses Loujine, je cesse à l'instant de te considérer comme une sœur.

— Rodia ! Rodia ! te voilà encore à parler comme hier ! s'écria Pulchérie Alexandrovna désolée, — pourquoi te traites-tu toujours d'infâme ? Je ne puis supporter cela ! Hier aussi tu tenais ce langage…

— Mon frère, répondit Dounia d'un ton qui ne le cédait ni en sécheresse ni en roideur à celui de Raskolnikoff, — le malentendu qui nous divise provient d'une erreur dans laquelle tu te trouves. J'y ai réfléchi cette nuit, et j'ai découvert en quoi elle consiste. Tu supposes que je me sacrifie pour quelqu'un. Or, c'est là ce qui te trompe. Je me marie tout bonnement pour moi-même, parce que ma situation personnelle est difficile. Sans doute, par la suite, je serai bien aise s'il m'est donné d'être utile à mes proches, mais tel n'est pas le motif principal de ma résolution…

« Elle ment ! pensait à part soi Raskolnikoff, qui, de colère, se rongeait les ongles. — L'orgueilleuse ! Elle ne consent pas à avouer qu'elle veut être ma bienfaitrice ! quelle arrogance ! Oh ! les caractères bas ! Leur amour ressemble à de la haine… Oh ! que je… les déteste tous ! »

— En un mot, continua Dounetchka, — j'épouse Pierre Pétrovitch, parce que de deux maux je choisis le moindre. J'ai l'intention de remplir loyalement tout ce qu'il attend de moi ; par conséquent, je ne le trompe pas… Pourquoi as-tu souri tout à l'heure ?

Elle rougit, et un éclair de colère brilla dans ses yeux.

— Tu rempliras tout ? demanda-t-il en souriant avec amertume.

— Jusqu'à une certaine limite. Par la manière dont Pierre Pétrovitch a demandé ma main, j'ai vu tout de suite ce qu'il lui faut. Il a peut-être une trop haute opinion de lui-même ; mais j'espère qu'il saura aussi m'apprécier… Pourquoi ris-tu encore ?

— Et toi, pourquoi rougis-tu de nouveau ? Tu mens, ma sœur ; tu ne peux pas estimer Loujine : je l'ai vu et j'ai causé avec lui. Donc, tu te maries par intérêt ; tu fais, dans tous les cas, une bassesse, et je suis bien aise de voir qu'au moins tu sais encore rougir !

— Ce n'est pas vrai, je ne mens pas !... s'écria la jeune fille perdant tout sang-froid ; je ne l'épouserai pas sans être sûre qu'il m'apprécie et fait cas de moi ; je ne l'épouserai pas sans être pleinement convaincue que je puis moi-même l'estimer. Heureusement, j'ai le moyen de m'en assurer d'une façon péremptoire, et, qui plus est, aujourd'hui même. Ce mariage n'est pas une bassesse, comme tu le dis ! Mais, lors même que tu aurais raison, lors même qu'en effet je me serais décidée à une bassesse, ne serait-ce pas une cruauté de ta part que de me parler ainsi ? Pourquoi exiger de moi un héroïsme que tu n'as peut-être pas ? C'est de la tyrannie, c'est de la violence ! Si je fais du tort à quelqu'un, ce ne sera qu'à moi... Je n'ai encore tué personne !... Qu'as-tu à me regarder ainsi ? Pourquoi pâlis-tu ? Rodia, qu'est-ce que tu as ? Rodia, cher !...

— Seigneur ! il s'évanouit, et c'est toi qui en es cause ! s'écria Pulchérie Alexandrovna.

— Non, non, ce n'est rien, une bêtise !... La tête m'a un peu tourné. Je ne me suis pas évanoui du tout... C'est bon pour vous, les évanouissements... Hum ! oui... Qu'est-ce que je voulais dire ? Ah ! comment te convaincras-tu aujourd'hui même que tu peux estimer Loujine et qu'il... t'apprécie, car c'est cela, n'est-ce pas ? que tu disais tout à l'heure, ou bien ai-je mal entendu ?

— Maman, montrez à mon frère la lettre de Pierre Pétrovitch, dit Dounetchka.

Pulchérie Alexandrovna tendit la lettre d'une main tremblante. Raskolnikoff la lut attentivement par deux fois. Tous s'attendaient à quelque éclat. La mère, surtout, était fort inquiète.

Après être resté pensif un instant, le jeune homme lui rendit la lettre.

— Je n'y comprends rien, commença-t-il sans s'adresser à personne en particulier : il plaide, il est avocat, il vise même au beau langage dans sa conversation, et il écrit comme un illettré.
Ces paroles causèrent une stupéfaction générale ; ce n'était pas du tout ce qu'on attendait.

— Du moins il n'écrit pas très-littérairement, si son style n'est pas tout à fait celui d'un illettré ; il manie la plume comme un homme d'affaires, ajouta Raskolnikoff.

— Pierre Pétrovitch, d'ailleurs, ne cache pas qu'il a reçu peu d'instruction, et il s'enorgueillit d'être le fils de ses œuvres, dit Avdotia Romanovna, un peu froissée du ton que venait de prendre son frère.

— Eh bien, il a de quoi s'enorgueillir, je ne dis pas le contraire. Tu parais fâchée, ma sœur, parce que je n'ai trouvé à faire qu'une observation frivole au sujet de cette lettre, et tu crois que j'insiste exprès sur de pareilles niaiseries pour te taquiner ? Loin de là ; en ce qui concerne le style, j'ai fait une remarque qui, dans le cas présent, est loin d'être sans importance. Cette phrase : « Vous n'aurez à vous en prendre qu'à vous-même », ne laisse rien à désirer sous le rapport de la clarté. En outre, il annonce l'intention de se retirer sur-le-champ, si je vais chez vous. Cette menace de s'en aller revient à dire que, si vous ne lui obéissez pas, il vous plantera là toutes deux, après vous avoir fait venir à Pétersbourg. Eh bien, qu'en penses-tu ? Venant de Loujine, ces mots peuvent-ils offenser autant qu'ils offenseraient s'ils avaient été écrits par lui (il montra Razoumikhine), par Zosimoff ou par l'un de nous ?

— Non, répondit Dounetchka, — j'ai bien compris qu'il avait rendu trop naïvement sa pensée, et que peut-être il n'est pas très-habile à se servir de la plume… Ta remarque est très-judicieuse, mon frère. Je ne m'attendais même pas…

— Étant donné qu'il écrit comme un homme d'affaires, il ne pouvait pas s'exprimer autrement, et ce n'est peut-être pas sa faute s'il s'est montré aussi grossier. Du reste, je dois te désenchanter un peu : dans cette lettre il y a une autre phrase qui contient une calomnie à mon adresse, et une calomnie assez vile. J'ai donné hier de l'argent à une veuve phtisique et accablée par le malheur, non pas, comme il l'écrit, « sous prétexte de payer les funérailles », mais bien pour les funérailles ; et cette somme, c'est à la veuve elle-même que je l'ai remise, et non à la fille du défunt, — cette jeune fille « d'une inconduite notoire », dit-il, que d'ailleurs j'ai vue hier pour la première fois de ma vie. Dans tout cela, je ne découvre que l'envie de me noircir à vos yeux et de me brouiller avec vous. Ici encore, il écrit dans le style juridique, c'est-à-dire qu'il révèle très-clairement son but et le poursuit sans y mettre aucunes formes. Il est intelligent ; mais pour se conduire avec sagesse, l'intelligence seule ne suffit pas. Tout cela peint l'homme, et… je ne crois pas qu'il t'apprécie beaucoup. Ceci soit dit pour ton édification, car je souhaite sincèrement ton bien.

Dounetchka ne répondit pas ; son parti était pris depuis tantôt, elle n'attendait plus que le soir.

— Eh bien, Rodia, que décides-tu ? demanda Pulchérie Alexandrovna ; son inquiétude n'avait fait que s'accroître depuis qu'elle entendait son fils discuter posément, comme un homme d'affaires.

— Que voulez-vous dire par là ?

— Tu vois ce qu'écrit Pierre Pétrovith : il désire que tu ne viennes pas chez nous ce soir, et il déclare qu'il s'en ira… si tu viens. C'est pour cela que je te demande ce que tu comptes faire.

— Je n'ai rien à décider. C'est à vous et à Dounia de voir si cette exigence de Pierre Pétrovitch n'a rien de blessant pour vous. Moi, je ferai comme il vous plaira, ajouta-t-il froidement.

— Dounetchka a déjà résolu la question, et je suis pleinement de son avis, se hâta de répondre Pulchérie Alexandrovna.

— Selon moi, il est indispensable que tu viennes à cette entrevue, Rodia, et je te prie instamment d'y assister, dit Dounia ; viendras-tu ?

— Oui.

— Je vous prie aussi de venir chez nous à huit heures, continua-t-elle en s'adressant à Razoumikhine. Maman, je fais la même invitation à Dmitri Prokofitch.

— Et tu as raison, Dounetchka. Allons, qu'il soit fait selon votre désir, ajouta Pulchérie Alexandrovna. Pour moi-même, d'ailleurs, c'est un soulagement ; je n'aime pas à feindre et à mentir ; mieux vaut une franche explication… Libre à Pierre Pétrovitch de se fâcher maintenant, si bon lui semble !

Chapitre IV

En ce moment, la porte s'ouvrit sans bruit ; une jeune fille entra dans la chambre en promenant des regards timides autour d'elle. Son apparition causa une surprise générale, et tous les yeux se fixèrent sur elle avec curiosité. Raskolnikoff ne la reconnut pas tout d'abord. C'était Sophie Séménovna Marméladoff. Il l'avait vue la veille pour la première fois, mais au milieu de circonstances et dans un costume qui avaient laissé d'elle une tout autre image dans son souvenir. Maintenant, c'était une jeune fille à la mise modeste et même pauvre, aux manières convenables et réservées, à la physionomie craintive. Elle portait une petite robe fort simple et un vieux chapeau passé de mode. De ses ajustements de la veille, il ne lui restait rien, sauf qu'elle avait encore son ombrelle à la main. En apercevant tout ce monde, qu'elle ne s'était pas attendue à trouver là, sa confusion fut extrême, et elle fit même un pas pour se retirer.

— Ah !... c'est vous ?... dit Raskolnikoff au comble de l'étonnement, et tout à coup lui-même se troubla.

Il songea que la lettre de Loujine, lue par sa mère et sa sœur, renfermait une allusion à certaine jeune personne « d'une inconduite notoire ». Il venait de protester contre la calomnie de Loujine, et de déclarer qu'il avait vu cette jeune fille la veille pour la première fois ; or, voilà qu'elle-même arrivait chez lui ! Il se rappela aussi qu'il avait laissé passer sans protestations les mots « d'une inconduite notoire ». En un clin d'œil, toutes ces pensées traversèrent pêle-mêle son esprit. Mais, en observant plus attentivement la pauvre créature, il la vit si écrasée de honte, que soudain il en eut pitié. Au moment où, effrayée, elle allait quitter la chambre, une sorte de révolution s'opéra en lui.

— Je ne vous attendais pas du tout, se hâta-t-il de dire, en l'invitant du regard à rester. Faites-moi le plaisir de vous asseoir. Vous venez sans doute de la part de Catherine Ivanovna. Permettez, pas là ; tenez, asseyez-vous ici...

À l'arrivée de Sonia, Razoumikhine, assis tout près de la porte sur une des trois chaises qui se trouvaient dans la chambre, s'était levé à demi pour laisser passer la jeune fille. Le premier mouvement de Raskolnikoff avait été d'indiquer à celle-ci le coin du divan ou Zosimoff était assis tout à l'heure ; mais songeant au caractère intime de ce meuble, qui lui servait de lit à lui-même, il se ravisa et montra à Sonia la chaise de Razoumikhine.

— Toi, mets-toi ici, dit-il à son ami en lui faisant prendre la place précédemment occupée par le docteur.

Sonia s'assit presque tremblante de frayeur, et regarda timidement les deux dames. Il était visible qu'elle-même ne comprenait pas comment elle avait l'audace de s'asseoir à leurs côtés. Cette pensée lui causa un tel émoi qu'elle se leva brusquement, et, toute troublée, s'adressa à Raskolnikoff :

— Je... je suis venue pour une minute. Pardonnez-moi de vous avoir dérangé, fit-elle d'une voix hésitante. C'est Catherine Ivanovna qui m'a envoyée, elle n'avait personne sous la main... Catherine Ivanovna vous prie instamment de vouloir bien assister demain matin... au service funèbre... à Saint-Mitrophane, et ensuite de venir chez nous... chez elle... manger un morceau... Elle espère que vous lui ferez cet honneur.

Après ces quelques mots péniblement articulés, Sonia se tut.

— Je tâcherai certainement... je ferai mon possible, balbutia à son tour Raskolnikoff, qui s'était aussi levé à demi. — Ayez la bonté de vous asseoir, ajouta-t-il brusquement, — je vous en prie... Vous êtes peut-être pressée ?... Je voudrais causer un instant avec vous ; faites-moi la grâce de m'accorder deux minutes...

En même temps il l'invitait du geste à se rasseoir. Sonia obéit ; elle porta de nouveau un regard timide sur les deux dames et baissa soudain les yeux. Les traits de Raskolnikoff se contractèrent, son visage pâle devint cramoisi, ses yeux lancèrent des flammes.

— Maman, dit-il d'une voix vibrante, c'est Sophie Séménovna Marméladoff, la fille de ce malheureux M. Marméladoff qui, hier, a été écrasé devant moi par une voiture, et dont je vous ai déjà parlé...

Pulchérie Alexandrovna regarda Sonia et cligna légèrement les yeux. Malgré la crainte qu'elle éprouvait vis-à-vis de son fils, elle ne put se refuser cette satisfaction. Dounetchka se tourna vers la pauvre jeune fille et se mit à l'examiner d'un air sérieux. En s'entendant nommer par Raskolnikoff, Sonia leva de nouveau les yeux, mais son embarras ne fit que s'accroître.

— Je voulais vous demander, se hâta de lui dire le jeune homme, comment les choses se sont passées chez vous aujourd'hui... On ne vous a pas tracassées ? Vous n'avez pas eu d'ennuis avec la police ?

— Non, il n'y a rien eu… la cause de la mort n'était d'ailleurs que trop évidente, on nous a laissées tranquilles ; seulement les locataires sont fâchés.

— Pourquoi ?

— Ils trouvent que le corps reste trop longtemps dans la maison… À présent, il fait chaud, l'odeur… de sorte qu'aujourd'hui, à l'heure des vêpres, on le transportera à la chapelle du cimetière, où il restera jusqu'à demain. D'abord Catherine Ivanovna ne voulait pas, mais elle a fini par comprendre qu'on ne pouvait pas faire autrement…

— Ainsi la levée du corps a lieu aujourd'hui ?

— Catherine Ivanovna espère que vous nous ferez l'honneur d'assister demain aux obsèques, et que vous viendrez ensuite chez elle prendre part au repas funèbre.

— Elle donne un repas ?

— Oui, une collation : elle m'a chargée de vous transmettre tous ses remerciements pour le secours que vous nous avez donné hier… Sans vous, nous n'aurions pas pu faire les frais des funérailles.

Un tremblement subit agita les lèvres et le menton de la jeune fille, mais elle se rendit maîtresse de son émotion et fixa de nouveau ses yeux à terre.

Durant ce dialogue, Raskolnikoff l'avait considérée attentivement. Sonia avait une figure maigre et pâle ; son petit nez et son menton offraient quelque chose d'anguleux et de pointu ; l'ensemble était assez irrégulier, on ne pouvait pas dire qu'elle fût jolie. En revanche, ses yeux bleus étaient si limpides et, quand ils s'animaient, donnaient à sa physionomie une telle expression de bonté, qu'involontairement on se sentait attiré vers elle. En outre, une autre particularité caractéristique se faisait remarquer sur son visage comme dans toute sa personne : elle paraissait beaucoup plus jeune que son âge, et, bien qu'elle eût dix-huit ans, on l'aurait presque prise pour une fillette. Cela prêtait même parfois à rire dans certains de ses mouvements.

— Mais est-il possible que Catherine Ivanovna se tire d'affaire avec de si faibles ressources ? Et elle pense encore à donner une collation ?… demanda Raskolnikoff.

— Le cercueil sera fort simple… tout sera fait modestement, de sorte que cela ne coûtera pas cher… Tantôt Catherine Ivanovna et moi avons calculé la dépense ; tous frais payés, il restera de quoi donner un repas… et Catherine Ivanovna tient beaucoup à ce qu'il y en ait un. Il n'y a rien à dire là contre… C'est une consolation pour elle… Vous savez comme elle est…

— Je comprends, je comprends… sans doute… Vous regardez ma chambre ? Maman dit aussi qu'elle ressemble à un tombeau.

— Hier, vous vous êtes dépouillé de tout pour nous ! répondit Sonetchka d'une voix sourde et rapide, en baissant de nouveau les yeux. Ses lèvres et son menton recommencèrent à s'agiter. Dès son arrivée, elle avait été frappée de la pauvreté qui régnait dans le logement de Raskolnikoff, et ces mots lui échappèrent spontanément. Il y eut un silence. Les yeux de Dounetchka s'éclaircirent, et Pulchérie Alexandrovna elle-même regarda Sonia d'un air affable.

— Rodia, dit-elle en se levant, — il est entendu que nous dînons ensemble. Dounetchka, partons… Mais, Rodia, tu devrais sortir, faire une petite promenade ; ensuite tu te reposeras un peu et tu viendras chez nous le plus tôt possible… Je crains que nous ne t'ayons fatigué…

— Oui, oui, je viendrai, s'empressa-t-il de répondre en se levant aussi… — Du reste, j'ai quelque chose à faire…

— Voyons, vous n'allez pas dîner séparément, se mit à crier Razoumikhine, en regardant avec étonnement Raskolnikoff ; — tu ne peux pas faire cela !

— Non, non, je viendrai, certainement, certainement… Mais toi, reste une minute. Vous n'avez pas besoin de lui tout de suite, maman ? Je ne vous en prive pas ?

— Oh ! non, non ! Vous aussi, Dmitri Prokofitch, veuillez être assez bon pour venir dîner chez nous !

— Je vous en prie, venez, ajouta Dounia.

Razoumikhine s'inclina rayonnant. Durant un instant, tous éprouvèrent une gêne étrange.

— Adieu, Rodia, c'est-à-dire au revoir ; je n'aime pas à dire « adieu ». Adieu, Nastasia… Allons, voilà que je le dis encore !…

Pulchérie Alexandrovna avait l'intention de saluer Sonia, mais, malgré toute sa bonne volonté, elle ne put s'y résoudre et sortit précipitamment de la chambre.

Il n'en fut pas de même d'Avdotia Romanovna, qui semblait avoir attendu ce moment avec impatience. Quand, après sa mère, elle passa à côté de Sonia, elle fit à celle-ci un salut dans toutes les règles. La pauvre fille se troubla, s'inclina avec un empressement craintif, et son visage trahit même une impression douloureuse, comme si la politesse d'Avdotia Romanovna l'avait péniblement affectée.

— Dounia, adieu ! cria Raskolnikoff dans le vestibule. Donne-moi donc la main !

— Mais je te l'ai déjà donnée, est-ce que tu l'as oublié ? répondit Dounia en se tournant vers lui d'un air affable, bien qu'elle se sentît gênée.

— Eh bien, donne-la-moi encore une fois !

Et il serra avec force les petits doigts de sa sœur. Dounetchka lui sourit en rougissant, puis elle se hâta de dégager sa main et suivit sa mère. Elle aussi était tout heureuse, sans que nous puissions dire pourquoi.

— Allons, voilà qui est très-bien ! dit le jeune homme en revenant auprès de Sonia restée dans la chambre. En même temps, il la regardait d'un air serein. Que le Seigneur fasse paix aux morts, mais qu'il laisse vivre les vivants ! N'est-ce pas ?

Sonia remarqua avec surprise que le visage de Raskolnikoff s'était tout à coup éclairci ; pendant quelques instants, il la considéra en silence : tout ce que Marméladoff lui avait raconté au sujet de sa fille lui revenait soudain à l'esprit…

— Voici l'affaire dont j'ai à te parler… fit Raskolnikoff en attirant Razoumikhine dans l'embrasure de la fenêtre…

— Ainsi, je dirai à Catherine Ivanovna que vous viendrez ?…

En prononçant ces mots, Sonia se préparait à prendre congé.

— Je suis à vous tout de suite, Sophie Séménovna, nous n'avons pas de secrets, vous ne nous gênez pas... Je voudrais vous dire encore deux mots...
Et, s'interrompant soudain, il s'adressa à Razoumikhine :

— Tu connais ce... Comment l'appelle-t-on donc ?... Porphyre Pétrovitch ?

— Si je le connais ! c'est mon parent ! Eh bien ? répondit Razoumikhine, fort intrigué par cette entrée en matière.

— Hier, ne disiez-vous pas qu'il instruisait... cette affaire... l'affaire à propos de ce meurtre ?

— Oui... eh bien ? demanda Razoumikhine en ouvrant de grands yeux.

— Il interrogeait, disiez-vous, les gens qui ont mis des objets en gage chez la vieille : or, j'ai moi-même engagé là quelque chose ; cela mérite à peine qu'on en parle : une petite bague que ma sœur m'a donnée quand je suis parti pour Pétersbourg, et une montre en argent qui a appartenu à mon père. Le tout vaut de cinq à six roubles, mais j'y tiens en tant que souvenir. Que dois-je faire à présent ? Je ne veux pas que ces objets soient perdus, surtout la montre. Je tremblais tantôt que ma mère ne demandât à la voir, lorsqu'on a parlé de celle de Dounetchka. C'est la seule chose que nous ayons conservée de mon père. Si elle est perdue, maman en fera une maladie ! Les femmes ! Ainsi apprends-moi comment je dois m'y prendre ! Je sais qu'il faudrait faire une déclaration à la police. Mais ne vaut-il pas mieux que je m'adresse à Porphyre lui-même ? Qu'en penses-tu ? J'ai hâte d'arranger cette affaire. Tu verras qu'avant le dîner, maman m'aura déjà demandé des nouvelles de la montre.

— Ce n'est pas à la police qu'il faut aller, c'est chez Porphyre ! cria Razoumikhine, en proie à une agitation extraordinaire. — Oh ! que je suis content ! Mais nous pouvons y aller tout de suite, c'est à deux pas d'ici ; nous sommes sûrs de le trouver !

— Soit... partons...

— Il sera positivement enchanté de faire ta connaissance ! Je lui ai beaucoup parlé de toi à différentes reprises... hier encore. Partons !... Ainsi, tu connaissais la vieille ? Tout cela se rencontre admirablement ! Ah ! oui... Sophie Ivanovna...

— Sophie Séménovna, rectifia Raskolnikoff. — Sophie Séménovna, c'est mon ami, Razoumikhine, un brave homme.

— Si vous avez à sortir… commença Sonia, que cette présentation avait rendue plus confuse encore et qui n'osait lever les yeux sur Razoumikhine.

— Eh bien, partons ! décida Raskolnikoff : je passerai chez vous dans la journée, Sophie Séménovna, dites-moi seulement où vous demeurez.

Il prononça ces mots, non pas précisément d'un air embarrassé, mais avec une certaine précipitation et en évitant les regards de la jeune fille. Celle-ci donna son adresse non sans rougir. Tous trois sortirent ensemble.

— Tu ne fermes pas ta porte ? demanda Razoumikhine tandis qu'ils descendaient l'escalier.

— Jamais !… Du reste, voilà déjà deux ans que je veux toujours acheter une serrure, dit négligemment Raskolnikoff. — Heureux, n'est-ce pas ? les gens qui n'ont rien à mettre sous clef ? ajouta-t-il gaiement en s'adressant à Sonia.

Sur le seuil de la grand'porte, ils s'arrêtèrent.

— Vous allez à droite, Sophie Séménovna ? À propos : comment avez-vous découvert mon logement ?

On voyait que ce qu'il disait n'était pas ce qu'il aurait voulu dire ; il ne cessait de considérer les yeux clairs et doux de la jeune fille.

— Mais vous avez donné hier votre adresse à Poletchka.

— Quelle Poletchka ? Ah ! oui… c'est la petite… c'est votre sœur ? Ainsi je lui ai donné mon adresse ?

— Est-ce que vous l'aviez oublié ?

— Non… je m'en souviens…

— J'avais déjà entendu parler de vous par le défunt… Seulement je ne savais pas alors votre nom, et il ne le savait pas lui-même… Maintenant je suis venue… et quand j'ai appris hier votre nom… j'ai demandé aujourd'hui : C'est ici qu'habite M. Raskolnikoff ?… Je ne savais pas que vous viviez aussi en garni… Adieu… Je dirai à Catherine Ivanovna…

Fort contente de pouvoir enfin s'en aller, Sonia s'éloigna d'un pas rapide et en tenant les yeux baissés. Il lui tardait d'atteindre le premier coin de rue à droite, pour échapper à la vue des deux jeunes gens et réfléchir sans témoins à tous les incidents de cette visite. Jamais elle n'avait rien éprouvé de semblable. Tout un monde ignoré surgissait confusément dans son âme. Elle se rappela soudain que Raskolnikoff avait spontanément manifesté l'intention de l'aller voir aujourd'hui : peut-être viendrait-il dans la matinée, peut-être tout à l'heure !

— Puisse-t-il ne pas venir aujourd'hui ! murmura-t-elle angoissée. — Seigneur ! Chez moi… dans cette chambre… il verra… Ô Seigneur !

Elle était trop préoccupée pour remarquer que, depuis sa sortie de la maison, elle était suivie par un inconnu. Au moment où Raskolnikoff, Razoumikhine et Sonia s'étaient arrêtés sur le trottoir pour causer durant une minute, le hasard avait voulu que ce monsieur passât à côté d'eux. Les mots de Sonia : « J'ai demandé : c'est ici qu'habite M. Raskolnikoff ? » arrivèrent fortuitement à ses oreilles et le firent presque tressaillir. Il regarda à la dérobée les trois interlocuteurs, et en particulier Raskolnikoff, à qui la jeune fille s'était adressée ; puis il examina la maison pour pouvoir la reconnaître au besoin. Tout cela fut fait en un clin d'œil et aussi peu ostensiblement que possible ; après quoi, le monsieur s'éloigna en ralentissant le pas, comme s'il eût attendu quelqu'un. C'était Sonia qu'il attendait ; bientôt il la vit prendre congé des deux jeunes gens et s'acheminer vers son logis.

« Où demeure-t-elle ? J'ai vu ce visage-là quelque part, pensa-t-il ; il faut que je le sache. »

Quand il eut atteint le coin de la rue, il passa sur l'autre trottoir, se retourna et s'aperçut que la jeune fille marchait dans la même direction que lui : elle ne remarquait rien. Quand elle fut arrivée au tournant de la rue, elle prit de ce côté. Il se mit à la suivre, tout en cheminant sur le trottoir opposé, et ne la quitta point des yeux. Au bout de cinquante pas, il traversa la chaussée, rattrapa la jeune fille et marcha derrière elle à une distance de cinq pas.

C'était un homme de cinquante ans, mais fort bien conservé et paraissant beaucoup plus jeune que son âge. D'une taille au-dessus de la moyenne, d'une corpulence respectable, il avait les épaules larges et un peu voûtées. Vêtu d'une façon aussi élégante que confortable, ganté de frais, il tenait à la main une belle canne qu'il faisait résonner à chaque pas sur le trottoir. Tout dans sa personne décelait un gentilhomme. Son visage large était assez agréable ; en même temps l'éclat de son teint et ses lèvres vermeilles ne permettaient pas de le prendre pour un Pétersbourgeois. Ses cheveux encore très-épais étaient restés très-blonds et commençaient à peine à grisonner ; sa barbe, longue, large, bien fournie, était d'une couleur plus claire encore que ses cheveux. Ses yeux bleus avaient un regard froid, sérieux et fixe.

L'inconnu avait eu assez longtemps la faculté d'observer Sonia pour remarquer que la jeune fille était distraite et rêveuse. Arrivée devant sa maison, elle en franchit le seuil : le barine qui se trouvait derrière elle continua à la suivre, tout en paraissant un peu étonné. Après être entrée dans la cour, Sonia prit l'escalier à droite, — celui qui conduisait à son logement. « Bah ! » fit à part soi le monsieur, et il monta l'escalier à sa suite. Alors seulement Sonia remarqua la présence de l'inconnu. Parvenue au troisième étage, elle s'engagea dans un couloir et sonna au numéro 9 où on lisait sur la porte ces deux mots écrits à la craie : Kapernaoumoff, tailleur. « Bah ! » répéta l'inconnu surpris de cette coïncidence, et il sonna à côté, au numéro 8. Les deux portes étaient à six pas l'une de l'autre.

— Vous demeurez chez Kapernaoumoff ? dit-il en riant à Sonia. — Il m'a raccommodé hier un gilet. Moi, je loge ici, près de chez vous, dans l'appartement de madame Resslich, Gertrude Karlovna. Comme cela se trouve !

Sonia le regarda avec attention.

— Nous sommes voisins, continua-t-il d'un ton enjoué. — Je ne suis à Pétersbourg que depuis avant-hier. Allons, jusqu'au plaisir de vous revoir !

Sonia ne répondit pas. La porte s'ouvrit, et la jeune fille entra vivement chez elle. Elle se sentait intimidée, honteuse…

Razoumikhine était fort animé, pendant qu'il se rendait chez Porphyre avec son ami.

— C'est parfait, mon cher, répéta-t-il plusieurs fois, — et je suis enchanté, enchanté ! Je ne savais pas que toi aussi tu avais mis quelque chose en gage chez la vieille. Et… et… il y a longtemps de cela ? Je veux dire, il y a longtemps que tu as été chez elle ?

— Quand donc ?… fit Raskolnikoff en ayant l'air d'interroger ses souvenirs : — c'est, je crois, l'avant-veille de sa mort que je suis allé chez

elle. Du reste, il ne s'agit pas pour moi de dégager maintenant ces objets, s'empressa-t-il d'ajouter, comme si cette question l'eût vivement préoccupé ; — je me trouve n'avoir plus qu'un rouble… grâce aux folies que j'ai faites hier sous l'influence de ce maudit délire !
Il appuya d'une façon particulière sur le mot « délire ».

— Allons, oui, oui, oui, se hâta de dire Razoumikhine répondant à une pensée qui lui était venue, — ainsi c'est pour cela qu'alors tu… la chose m'avait frappé… vois-tu ? pendant que tu battais la campagne, tu ne parlais que de bagues et de chaînes de montre !… Allons, oui, oui… C'est clair, maintenant tout s'explique.

« Voilà ! cette idée s'est glissée dans leur esprit ! J'en ai maintenant la preuve : cet homme se ferait crucifier pour moi, et il est très-heureux de pouvoir s'expliquer pourquoi je parlais de bagues durant mon délire ! Mon langage a dû les confirmer tous dans leurs soupçons !… »

— Mais le trouverons-nous ? demanda-t-il à haute voix.

— Certainement, nous le trouverons, répondit sans hésiter Razoumikhine. C'est un fameux gaillard, mon ami, tu verras ! Un peu gauche, il est vrai ; je n'entends point dire par là qu'il manque d'usage ; non, c'est à un autre point de vue que je le trouve gauche. Il est loin d'être bête, il est même fort intelligent ; seulement, il a un tour d'esprit particulier… Il est incrédule, sceptique, cynique… il aime à mystifier son monde… Avec cela, fidèle au vieux jeu, c'est-à-dire n'admettant que les preuves matérielles… Mais il sait son métier. L'an dernier, il a débrouillé une affaire de meurtre dans laquelle presque tous les indices faisaient défaut ! Il a le plus grand désir de faire ta connaissance !

— Pourquoi y tient-il tant que cela ?

— Oh ! ce n'est pas que… vois-tu, dans ces derniers temps, pendant que tu étais malade, nous avons eu souvent l'occasion de parler de toi… Il assistait à nos conversations… Quand il a appris que tu étais étudiant en droit et que tu avais été forcé de quitter l'Université, il a dit : « Quel dommage ! » J'en ai conclu… c'est-à-dire que je ne me suis pas fondé là-dessus seulement, mais sur bien d'autres choses. Hier, Zamétoff… Écoute, Rodia : quand je t'ai ramené hier chez toi, j'étais ivre, et je bavardais à tort et à travers ; je crains que tu n'aies pris mes paroles trop au sérieux…

— Qu'est-ce que tu m'as dit ? Qu'ils me considèrent comme un fou ? Eh bien, mais ils ont peut-être raison, répondit Raskolnikoff avec un sourire forcé.

Ils se turent. Razoumikhine était aux anges, et Raskolnikoff le remarquait avec colère. Ce que son ami venait de lui dire au sujet du juge d'instruction ne laissait pas non plus de l'inquiéter.

— Dans cette maison grise, dit Razoumikhine.

« L'essentiel est de savoir, pensa, Raskolnikoff, si Porphyre est instruit de ma visite d'hier au logement de cette sorcière et de la question que j'ai faite à propos du sang. Il faut que je sois tout d'abord fixé là-dessus ; il faut que dès le premier moment, dès mon entrée dans la chambre, je lise cela sur son visage ; autrement… dussé-je me perdre, j'en aurai le cœur net. »

— Sais-tu une chose ? dit-il brusquement en s'adressant à Razoumikhine avec un sourire finaud : — il me semble, mon ami, que tu es depuis ce matin dans une agitation extraordinaire. Est-ce vrai ?

— Comment ? Pas du tout ! répondit Razoumikhine vexé.

— Je ne me trompe pas, mon ami. Tantôt, tu étais assis sur le bord de ta chaise, ce qui ne t'arrive jamais, et l'on aurait dit que tu avais des crampes. Tu sursautais à chaque instant. Ton humeur variait sans cesse ; tu te mettais en colère pour devenir, un moment après, tout miel et tout sucre. Tu rougissais même ; c'est surtout quand on t'a invité à dîner que tu es devenu rouge.

— Mais non, c'est absurde, pourquoi dis-tu cela ?

— Vraiment, tu as des timidités d'écolier ! Diable, voilà qu'il rougit encore !

— Tu es insupportable.

— Mais pourquoi cette confusion, Roméo ? Laisse faire, aujourd'hui, je raconterai cela quelque part, ha, ha, ha ! je vais bien amuser maman… et une autre personne encore…

— Écoute un peu, écoute, écoute, c'est sérieux ; vois-tu, c'est… Après cela, diable… bredouilla Razoumikhine glacé de crainte. Que leur raconteras-tu ? Mon ami, je… Oh ! quel cochon tu es !

— Une vraie rose de printemps ! Et si tu savais comme cela te va ! Un Roméo de deux archines douze verchoks ! Mais j'espère que tu t'es lavé aujourd'hui ! Tu as même nettoyé tes ongles, pas vrai ? Quand cela a-t-il eu lieu ? Dieu me pardonne, je crois que tu t'es pommadé ! Baisse donc ta tête, que je la flaire !

— Cochon !!!

Raskolnikoff s'esclaffa de rire, et cette hilarité, qu'il semblait impuissant à maîtriser, durait encore lorsque les deux jeunes gens arrivèrent chez Porphyre Pétrovitch. De l'appartement, on pouvait entendre les rires du visiteur dans l'anti-chambre, et Raskolnikoff comptait bien qu'ils seraient entendus.

— Si tu dis un mot, je t'assomme ! murmura Razoumikhine furieux, en saisissant son ami par l'épaule.

Chapitre V

Raskolnikoff entra chez le juge d'instruction avec la physionomie d'un homme qui fait tout son possible pour garder son sérieux, mais qui n'y réussit qu'à grand'peine. Derrière lui marchait d'un air gauche Razoumikhine, rouge comme une pivoine, les traits bouleversés par la colère et par la honte. La personne dégingandée et la mine déconfite de ce grand garçon étaient alors assez drôles pour justifier l'hilarité de son camarade. Porphyre Pétrovitch, debout au milieu de la chambre, interrogeait du regard les deux visiteurs. Raskolnikoff s'inclina devant le maître de la maison, échangea une poignée de main avec lui et parut faire un violent effort pour étouffer son envie de rire pendant qu'il déclinerait ses noms et qualités. Mais à peine venait-il de recouvrer son sang-froid et de balbutier quelques mots, qu'au beau milieu de la présentation ses yeux rencontrèrent comme par hasard Razoumikhine. Dès lors, il n'y put tenir, et son sérieux fit place à une hilarité d'autant plus bruyante qu'elle avait été plus comprimée. Razoumikhine servit à son insu les vues de son ami, car ce « fou rire » le mit dans une colère qui acheva de donner à toute cette scène une apparence de gaieté franche et naturelle.

— Oh ! le gredin ! hurla-t-il avec un violent mouvement du bras.

Ce geste brusque eut pour effet de renverser un petit guéridon sur lequel se trouvait un verre qui avait contenu du thé.

— Mais pourquoi détériorer le mobilier, messieurs ? C'est un préjudice que vous causez à l'État ! s'écria gaiement Porphyre Pétrovitch.

Raskolnikoff riait à un tel point que, pendant quelques instants, il oublia sa main dans celle du juge d'instruction ; mais il aurait été peu naturel de l'y laisser trop longtemps, aussi la retira-t-il au moment voulu pour rester dans la vraisemblance de son rôle. Quant à Razoumikhine, il était plus confus que jamais depuis qu'il avait fait choir une table et cassé un verre : après avoir considéré d'un air sombre les conséquences de son emportement, il se dirigea vers la croisée et là, tournant le dos au public, se mit à regarder par la fenêtre sans, du reste, rien voir. Porphyre Pétrovitch riait par convenance, mais évidemment il attendait des explications. Dans un coin, sur une chaise, était assis Zamétoff : à l'apparition des visiteurs, il s'était levé à demi en ébauchant un sourire ; toutefois il ne semblait pas dupe de cette scène et observait Raskolnikoff avec une curiosité particulière. Ce dernier ne s'était pas attendu à trouver là le policier, dont la présence lui causa une désagréable surprise.

« Voilà encore une chose à considérer », pensa-t-il.

— Excusez-moi, je vous prie, commença-t-il avec un embarras simulé. Raskolnikoff…

— Allons donc, vous m'avez fait grand plaisir, vous êtes entré d'une façon si agréable… Eh bien, il ne veut pas même dire bonjour ? ajouta Porphyre Pétrovitch en montrant d'un signe de tête Razoumikhine.

— Je ne sais pas, vraiment, pourquoi il est fâché contre moi. Je lui ai seulement dit en chemin qu'il ressemblait à Roméo, et… et je le lui ai prouvé, il n'y a rien eu de plus.

— Cochon ! cria Razoumikhine sans retourner la tête.

— Il a dû avoir des motifs très-sérieux pour prendre en si mauvaise part cette petite plaisanterie, observa en riant Porphyre Pétrovitch.

— Voilà bien le juge d'instruction… toujours sondeur !… Allons, que le diable vous emporte tous ! répliqua Razoumikhine, qui se mit lui-même à rire ; il avait soudain recouvré toute sa bonne humeur, et il s'approcha gaiement de Porphyre Pétrovitch.

— Trêve de sottises ! À notre affaire : je te présente mon ami Rodion Romanovitch Raskolnikoff, qui a beaucoup entendu parler de toi et désire faire ta connaissance ; ensuite il a une petite affaire à traiter avec toi. Bah ! Zamétoff ! Par quel hasard es-tu ici ? Vous vous connaissez donc ? Depuis quand ?

« Que veut dire encore cela ? » se demanda avec inquiétude Raskolnikoff.

La question de Razoumikhine parut gêner un peu Zamétoff ; toutefois, il se remit vite.

— C'est hier chez toi que nous avons fait connaissance, dit-il d'un air dégagé.

— Alors la main de Dieu a tout fait. Figure-toi, Porphyre, que la semaine passée il m'avait témoigné un très-vif désir de t'être présenté, mais il paraît que vous n'avez pas eu besoin de moi pour entrer en relation l'un avec l'autre… Tu as du tabac ?

Porphyre Pétrovitch était en négligé du matin : robe de chambre, pantoufles éculées, linge très-propre. C'était un homme de trente-cinq ans, d'une taille au-dessous de la moyenne, gros et même légèrement ventru. Il ne portait ni barbe ni moustaches, et avait les cheveux coupés ras. Sa grosse tête ronde présentait une rotondité particulière dans la région de la nuque. Son visage bouffi, rond et un peu camard ne manquait ni de vivacité, ni même d'enjouement, bien que le teint, d'un jaune foncé, fut loin d'annoncer la santé. On aurait pu trouver de la bonhomie dans cette figure sans l'expression des yeux qui, abrités sous des cils presque blancs, semblaient toujours clignoter comme pour adresser des signes d'intelligence à quelqu'un. Le regard de ces yeux donnait un démenti étrange au reste de la physionomie. À première vue, le physique du juge d'instruction offrait quelque analogie avec celui d'une paysanne, mais ce masque ne trompait pas longtemps un observateur attentif.

Dès qu'il eut appris que Raskolnikoff avait une « petite affaire » à traiter avec lui, Porphyre Pétrovitch l'invita à prendre place sur le divan, s'assit lui-même à l'autre bout et se mit à sa disposition avec le plus grand empressement. D'ordinaire, nous nous sentons un peu gênés quand un homme que nous connaissons à peine manifeste une telle curiosité de nous entendre ; notre embarras est plus vif encore si l'objet dont nous avons à parler se trouve être, à nos propres yeux, peu digne de l'extrême attention qu'on nous témoigne. Néanmoins, Raskolnikoff, en quelques mots courts et précis, exposa nettement son affaire ; il put même, chemin faisant, observer assez bien Porphyre Pétrovitch, Celui-ci, de son côté, ne le quittait pas des yeux. Razoumikhine, assis en face d'eux, écoutait avec impatience, et ses regards allaient sans cesse de son ami au juge d'instruction et vice versa, ce qui passait un peu la mesure.

« L'imbécile ! » pestait intérieurement Raskolnikoff.

— Il faut faire une déclaration à la police, répondit de l'air le plus indifférent Porphyre Pétrovitch : — vous exposerez comme quoi, informé de tel événement, c'est-à-dire de ce meurtre, vous désirez faire savoir au juge d'instruction chargé de cette affaire que tels objets vous appartiennent et que vous voulez les dégager… ou… mais, du reste, on vous écrira.

— Par malheur, reprit Raskolnikoff avec une confusion jouée, je suis loin d'être en fonds pour le moment… et mes moyens ne me permettent même pas de dégager ces niaiseries… Voyez-vous, je voudrais me borner actuellement à déclarer que ces objets sont à moi et que, quand j'aurai de l'argent…

— Cela ne fait rien, répondit Porphyre Pétrovitch, qui accueillit froidement cette explication financière ; du reste, vous pouvez, si vous voulez, m'écrire directement, vous déclarerez qu'instruit de telle chose, vous désirez me faire savoir que tels objets vous appartiennent et que…

— Je puis écrire cette lettre sur papier libre ? interrompit Raskolnikoff, affectant toujours de ne voir que le côté pécuniaire de la question.

— Oh ! sur n'importe quel papier !

Porphyre Pétrovitch prononça ces mots d'un air franchement moqueur, en faisant un petit signe des yeux à Raskolnikoff. Du moins, le jeune homme aurait juré que ce clignement d'yeux s'adressait à lui et trahissait le diable savait quelle arrière-pensée. Peut-être, après tout, se trompait-il, car cela dura à peine l'espace d'une seconde.

« Il sait ! » se dit-il instantanément.

— Pardonnez-moi de vous avoir dérangé pour si peu de chose, reprit-il assez déconcerté, — ces objets valent en tout cinq roubles, mais leur provenance me les rend particulièrement chers, et j'avoue que j'ai été fort inquiet quand j'ai appris…

— C'est pour cela que tu as été si secoué hier en m'entendant dire à Zosimoff que Porphyre interrogeait les propriétaires des objets mis en gage ! remarqua avec une intention évidente Razoumikhine.

C'en était trop. Raskolnikoff n'y put tenir et lança au malencontreux bavard un regard flamboyant de colère. Aussitôt après il comprit qu'il venait de faire une imprudence, et il s'efforça de la réparer.

— Tu as l'air de te moquer de moi, mon ami, dit-il à Razoumikhine en affectant une vive contrariété. Je reconnais que je me préoccupe peut-être trop de choses absolument insignifiantes à tes yeux ; mais ce n'est pas une raison pour me regarder comme un homme égoïste et avide : ces misères peuvent n'être pas sans valeur pour moi. Comme je te le disais tout à l'heure, cette montre en argent, qui vaut un groch, est tout ce qui me reste de mon père. Libre à toi de te moquer de moi, mais ma mère est venue me voir — ce disant, il s'était tourné vers Porphyre — et si elle savait, continua-t-il en s'adressant de nouveau à Razoumikhine d'une voix aussi tremblante que possible, si elle savait que je ne suis plus en possession de cette montre, je te jure qu'elle serait au désespoir. Les femmes !

— Mais pas du tout ! Ce n'est pas ainsi que je l'entendais ! Tu t'es tout à fait mépris sur ma pensée ! protestait Razoumikhine désolé.

« Est-ce bien ? Est-ce naturel ? N'ai-je pas forcé la note ? » se demandait anxieusement Raskolnikoff. « Pourquoi ai-je dit : les femmes ? »

— Ah ! votre mère est venue vous voir ? questionna Porphyre Pétrovitch.

— Oui.

— Quand donc est-elle arrivée ?

— Hier soir.

Le juge d'instruction resta un moment silencieux ; il paraissait réfléchir.

— Vos affaires ne pouvaient en aucun cas être perdues, reprit-il d'un ton calme et froid. Depuis longtemps déjà j'attendais votre visite.

En achevant ces mots, il approcha vivement le cendrier de Razoumikhine, qui secouait impitoyablement sur le tapis la cendre de sa cigarette. Raskolnikoff frissonna, mais le juge d'instruction n'eut pas l'air de s'en apercevoir, tout occupé qu'il était à préserver son tapis.

— Comment, tu attendais sa visite ? Mais est-ce que tu savais qu'il avait engagé quelque chose là ? cria Razoumikhine.

Sans lui répondre, Porphyre Pétrovitch s'adressa à Raskolnikoff :

— Vos affaires : une bague et une montre, se trouvaient chez elle, roulées dans un morceau de papier, et sur ce papier votre nom était lisiblement écrit au crayon avec l'indication du jour où elle avait reçu de vous ces objets…

— Quelle mémoire vous avez pour tout cela ! fit Raskolnikoff avec un sourire contraint ; il s'efforçait surtout de regarder avec assurance le juge d'instruction ; toutefois il ne put s'empêcher d'ajouter brusquement :

— J'ai fait cette observation parce que, les propriétaires des objets mis en gage étant sans doute fort nombreux, vous deviez, me semblait-il, avoir peine à vous les rappeler tous… Or, je vois au contraire que vous n'en oubliez pas un, et… et…

« Faible ! Idiot ! Quel besoin avais-je d'ajouter cela ? »

— Mais presque tous se sont déjà fait connaître ; vous seul n'étiez pas encore venu, répondit Porphyre avec une nuance presque imperceptible de raillerie.

— Je ne me portais pas très-bien.

— Je l'ai entendu dire. On m'a même appris que vous aviez été très-souffrant. Maintenant encore vous êtes pâle…

— Pas du tout, je ne suis pas pâle… au contraire, je vais très-bien ! répliqua Raskolnikoff d'un ton devenu tout à coup brutal et violent. Il sentait bouillonner en lui une colère qu'il ne pouvait maîtriser. « L'emportement va me faire lâcher quelque sottise ! » pensa-t-il. « Mais pourquoi m'exaspèrent-ils ? »

— « Il ne se portait pas très-bien ! » voilà un euphémisme, par exemple ! s'écria Razoumikhine. — La vérité, c'est que jusqu'à hier il a été presque tout le temps sans connaissance… Le croiras-tu, Porphyre ? Hier, pouvant à peine se tenir sur ses jambes, il a profité du moment où Zosimoff et moi venions de le quitter pour s'habiller, s'esquiver en catimini et aller flâner, Dieu sait où, jusqu'à minuit… cela en état complet de délire. Peux-tu t'imaginer une chose pareille ? C'est un cas des plus remarquables !

— Bah ! vraiment ! En état complet de délire ? fit Porphyre Pétrovitch avec le hochement de tête propre aux paysannes russes.

— C'est absurde ! Ne le croyez pas ! Du reste, je n'ai pas besoin de vous dire cela, votre conviction est faite ! laissa échapper Raskolnikoff, emporté par la colère. Mais Porphyre Pétrovitch ne parut pas entendre ces étranges paroles.

— Comment donc serais-tu sorti, si tu n'avais pas eu le délire ? reprit en s'échauffant Razoumikhine. Pourquoi cette sortie ? Dans quel but ? Et surtout quelle idée de filer ainsi en cachette ! Voyons, conviens-en, tu n'avais pas ta raison ! Maintenant que tout danger est passé, je te le dis carrément !

— Ils m'avaient extrêmement ennuyé hier, dit Raskolnikoff, en s'adressant au juge d'instruction avec un sourire qui ressemblait à un défi, et, voulant me débarrasser d'eux, je suis sorti pour louer un logement ou ils ne pussent me découvrir ; j'avais pris, à cet effet, une certaine somme. Monsieur Zamétoff a vu l'argent entre mes mains. Eh bien ! monsieur Zamétoff, étais-je dans mon bon sens hier ou avais-je le délire ? Soyez juge de notre querelle.

Il aurait volontiers étranglé en ce moment le policier, qui l'irritait par son mutisme et l'expression équivoque de son regard.

— Selon moi, vous parliez fort sensément et même avec beaucoup de finesse ; seulement vous étiez trop irascible, déclara sèchement Zamétoff.

— Et aujourd'hui, ajouta Porphyre Pétrovitch, — Nikodim Fomitch m'a dit vous avoir rencontré hier à une heure fort avancée de la soirée dans le logement d'un fonctionnaire qui venait d'être écrasé par une voiture...

— Eh bien, cela même vient encore à l'appui de ce que j'avance ! reprit Razoumikhine : ne t'es-tu pas conduit comme un fou chez ce fonctionnaire ? Tu t'es dépouillé de toutes tes ressources pour payer l'enterrement ! J'admets que tu aies voulu venir en aide à la veuve, mais tu pouvais lui donner quinze roubles, vingt même, à la rigueur, et garder quelque chose pour toi : au lieu de cela, tu lâches tout, tu y vas de tes vingt-cinq roubles !

— Mais j'ai peut-être trouvé un trésor, qu'en sais-tu ! Hier, j'étais en humeur de faire des largesses... M. Zamétoff ici présent sait que j'ai trouvé un trésor !... Pardon de vous avoir ennuyé pendant une demi-heure par un bavardage aussi oiseux, poursuivit-il, les lèvres frémissantes, en s'adressant à Porphyre. — Vous êtes excédé, n'est-ce pas ?

— Que dites-vous donc ? Au contraire, au contraire ! Si, vous saviez comme vous m'intéressez ! Je vous trouve si curieux à voir et à entendre... j'avoue que je suis enchanté d'avoir enfin reçu votre visite...

— Donne-nous donc du thé ! Nous avons le gosier sec ! cria Razoumikhine.

— Excellente idée !... Mais, avant le thé, tu prendrais peut-être bien quelque chose de plus solide ?

— Sauve-toi !

Porphyre Pétrovitch sortit pour aller commander le thé. Toutes sortes de pensées tourbillonnaient dans le cerveau de Raskolnikoff. Il était fort excité.

« Ils ne se donnent même pas la peine de feindre ; ils n'y vont pas par quatre chemins avec moi : voilà le point principal ! Puisque Porphyre ne me connaissait pas du tout, à quel propos s'est-il entretenu de moi avec Nikodim Fomitch ? Ils dédaignent donc de cacher qu'ils sont à mes trousses comme une meute de chiens ! Ils me crachent ouvertement à la face ! se disait-il tremblant de rage. Eh bien ! allez-y carrément, mais ne jouez pas avec moi comme le chat avec la souris. C'est de l'impolitesse, Porphyre Pétrovitch, je ne permets peut-être pas encore cela !… Je me lèverai, je vous jetterai à tous la vérité au visage, et vous verrez comme je vous méprise !… »

Il respira avec effort. « Mais quoi ! si tout cela n'existait que dans mon imagination ? si c'était un mirage ? si j'avais mal interprété les choses ? Tâchons de soutenir notre vilain rôle et n'allons pas nous perdre, comme un étourneau, par une aveugle colère ! Est-ce que je leur prêterais des intentions qu'ils n'ont pas ? Leurs paroles n'ont en soi rien d'extraordinaire, c'est ce qu'on peut toujours dire ; mais là-dessous doivent se cacher des sous-entendus. Pourquoi Porphyre a-t-il dit simplement « chez elle », en parlant de la vieille ? Pourquoi Zamétoff a-t-il observé que j'avais parlé avec beaucoup de finesse ? Pourquoi ont-ils un pareil ton ? Oui, c'est ce ton… Comment tout cela n'a-t-il pas frappé Razoumikhine ? Ce nigaud ne s'aperçoit jamais de rien ! Voilà que j'ai encore la fièvre ! Est-ce que Porphyre m'a fait un clignement d'œil tantôt, ou ai-je été dupe d'une apparence ? C'est absurde, assurément ; pourquoi aurait-il cligné les yeux ? Peut-être veulent-ils m'agacer les nerfs, me pousser à bout ? Ou tout cela est de la fantasmagorie, ou ils savent !…

« Zamétoff même est insolent. Il aura fait ses réflexions depuis hier. Je me doutais bien qu'il changerait d'avis ! Il est ici comme chez lui, et il y vient pour la première fois ! Porphyre ne le considère pas comme un étranger, il s'assied en lui tournant le dos. Ces deux hommes-là sont devenus une paire d'amis, et c'est certainement à mon sujet que leurs relations ont pris naissance ! Je suis sûr qu'ils causaient de moi quand nous sommes arrivés !… Connaissent-ils ma visite à l'appartement de la vieille ? Il me tarde bien de le savoir !… Quand j'ai dit que j'étais sorti pour aller louer un logement, Porphyre n'a pas relevé la chose… Mais j'ai bien fait de dire cela : plus tard, cela pourra servir !… Quant au délire, le juge d'instruction n'a pas l'air de couper là dedans… Il est parfaitement renseigné sur l'emploi de ma soirée ! Il ignorait l'arrivée de ma mère !… Et cette sorcière, qui avait noté au crayon la date de l'engagement !… Non, non, l'assurance que vous affectez ne me trompe pas : jusqu'ici, vous n'avez pas de faits, vous vous fondez sur de vagues conjectures ! Citez-moi donc un fait, si vous pouvez en alléguer un seul contre moi ! Cette visite que j'ai faite chez la vieille ne prouve rien, on peut l'expliquer par le délire ; je me rappelle ce que j'ai dit aux ouvriers et au dvornik... Savent-ils que je suis allé là ? Je ne m'en irai pas avant d'être fixé là-dessus ! Pourquoi suis-je venu ? Mais voilà que je me fâche à présent, c'est cela qui est à craindre ! Ah ! que je suis irritable ! Après tout, peut-être vaut-il mieux qu'il en soit ainsi : je reste dans mon rôle de malade... Il va me harceler et me faire perdre la tête. Pourquoi suis-je venu ? »

Toutes ces idées traversèrent son esprit avec la rapidité de l'éclair.

Au bout d'un instant revint Porphyre Pétrovitch. Il paraissait de très-bonne humeur.

— Hier, au sortir de chez toi, mon ami, j'avais vraiment mal aux cheveux, commença-t-il en s'adressant à Razoumikhine avec un enjouement qu'il n'avait pas montré jusqu'alors, — mais à présent c'est passé...

— Eh bien, est-ce que la soirée a été intéressante ? Je vous ai quittés au plus beau moment ; à qui est restée la victoire ?

— Mais à personne, naturellement. Ils ont ergoté à qui mieux mieux sur leurs vieilles thèses.

— Figure-toi, Rodia, que la discussion roulait hier sur cette question : Y a-t-il des crimes ou n'y en a-t-il pas ? et ce qu'ils ont débité de sottises à ce propos !...

— Qu'est-ce qu'il y a là d'extraordinaire ? C'est une question sociale qui n'a pas le mérite de la nouveauté, répondit distraitement Raskolnikoff.

— La question n'était pas formulée comme cela, observa Porphyre.

— Pas tout à fait comme cela, c'est vrai, reconnut aussitôt Razoumikhine, qui s'était emballé selon son habitude.

— Écoute, Rodia, et dis-nous ton opinion, je le veux. Hier, ils m'avaient mis hors de moi, et je t'attendais toujours, je leur avais promis ta visite... Les socialistes ont commencé par exposer leur théorie. On sait en quoi elle consiste : le crime est une protestation contre un ordre social mal organisé — rien de plus. Quand ils ont dit cela, ils ont tout dit ; ils n'admettent pas d'autre cause des actes criminels ; pour eux, l'homme est poussé au crime par l'influence irrésistible du milieu et par elle seule. C'est leur phrase favorite.
— À propos de crime et de milieu, dit Porphyre Pétrovitch en s'adressant à Raskolnikoff, je me rappelle un travail de vous qui m'a vivement

intéressé ; je parle de votre article : Sur le crime… je ne me souviens plus bien du titre. J'ai eu le plaisir de le lire, il y a deux mois, dans la Parole périodique.

— Mon article ? dans la Parole périodique ? demanda avec étonnement Raskolnikoff ; en effet, il y a six mois, à l'époque où je suis sorti de l'Université, j'ai écrit un article à propos d'un livre, mais je l'ai porté à la Parole hebdomadaire, et non à la Parole périodique.

— Et c'est dans celle-ci qu'il a vu le jour.

— Sur ces entrefaites, la Parole hebdomadaire a cessé de paraître, voilà comment mon article n'a pas été publié alors…

— C'est vrai, mais en cessant de paraître, la Parole hebdomadaire s'est fondue avec la Parole périodique, et c'est ainsi qu'il y a deux mois ce dernier journal a publié votre article. Vous ne le saviez pas ?

Raskolnikoff l'ignorait.

— Eh bien, vous pouvez aller toucher le prix de votre copie ! Quel caractère est le vôtre pourtant ! Vous vivez si retiré que les choses mêmes qui vous intéressent directement n'arrivent pas à votre connaissance ! C'est un fait.

— Bravo, Rodia ! Moi non plus, je ne le savais pas ! s'exclama Razoumikhine. — Aujourd'hui même, je vais aller demander le numéro au cabinet de lecture ! Il y a deux mois que l'article a été inséré ? À quelle date ? N'importe, je chercherai ! En voilà une farce ! Et il ne le disait pas !

— Mais comment avez-vous su que l'article était de moi ? Je l'avais signé d'une initiale.

— Je l'ai appris par hasard, dernièrement. Le rédacteur en chef est de mes amis, c'est lui qui a trahi le secret de votre anonymat… Cet article m'avait beaucoup intéressé.

— J'examinais, je m'en souviens, l'état psychologique du coupable durant l'accomplissement de son crime.

— Oui, et vous vous appliquiez à démontrer que le criminel, au moment où il accomplit son crime, est toujours un malade. C'est un point de vue très-original, mais… ce n'est pas cette partie de votre travail qui m'a le plus intéressé ; j'ai remarqué surtout une pensée qui se trouvait à la fin de l'article et que, par malheur, vous vous êtes contenté d'indiquer d'une façon un peu trop sommaire… En un mot, si vous vous le rappelez, vous donniez à entendre qu'il existe sur la terre des hommes qui peuvent, ou, pour mieux dire, qui ont le droit absolu de commettre toutes sortes d'actions coupables et criminelles ; des hommes pour qui, en quelque sorte, la loi n'est point faite.

À cette perfide interprétation de sa pensée, Raskolnikoff sourit.

— Comment ? Quoi ? Le droit au crime ? N'a-t-il pas plutôt voulu dire que le criminel est poussé au crime par « l'influence irrésistible du milieu » ? demanda Razoumikhine avec une sorte d'inquiétude.

— Non, non, il ne s'agit pas de cela, répondit Porphyre. Dans l'article en question les hommes sont divisés en « ordinaires » et « extraordinaires ». Les premiers doivent vivre dans l'obéissance et n'ont pas le droit de violer la loi, attendu qu'ils sont des hommes ordinaires ; les seconds ont le droit de commettre tous les crimes et de transgresser toutes les lois, par cette raison que ce sont des hommes extraordinaires. C'est bien cela que vous dites, si je ne me trompe ?

— Mais comment ? Il est impossible que ce soit cela ! balbutia Razoumikhine, stupéfait.

Raskolnikoff sourit de nouveau. Il avait compris tout de suite qu'on voulait lui arracher une déclaration de principes, et, se rappelant son article, il n'hésita pas à l'expliquer.

— Ce n'est pas tout à fait cela, commença-t-il d'un ton simple et modeste. J'avoue, du reste, que vous avez reproduit à peu près exactement ma pensée ; si vous voulez, je dirai même, très-exactement… (il prononça ces derniers mots avec un certain plaisir). Seulement, je n'ai pas dit, comme vous me le faites dire, que les gens extraordinaires sont absolument tenus de commettre toujours toutes sortes d'actions criminelles. Je crois même que la censure n'aurait pas laissé paraître un article conçu dans ce sens. Voici tout bonnement ce que j'ai avancé : l'homme extraordinaire a le droit, non pas officiellement, mais par lui-même, d'autoriser sa conscience à franchir certains obstacles, dans le cas seulement où l'exige la réalisation de son idée (laquelle peut être parfois utile à tout le genre humain). Vous prétendez que mon article n'est pas clair, je vais essayer de vous l'expliquer : peut-être ne me trompé-je pas en supposant que tel est votre désir.
Selon moi, si les inventions de Kepler et de Newton, par suite de certaines circonstances, n'avaient pu se faire connaître que moyennant le

sacrifice d'une, de dix, de cent et d'un nombre plus grand de vies qui eussent été des obstacles à ces découvertes, Newton aurait eu le droit, bien plus, il aurait été obligé de supprimer ces dix, ces cent hommes, afin que ses découvertes fussent connues du monde entier. Cela, d'ailleurs, ne veut pas dire que Newton avait le droit d'assassiner à son gré n'importe qui ou de commettre chaque jour des vols au marché.

Dans la suite de mon article, j'insiste, je m'en souviens, sur cette idée que tous les législateurs et les guides de l'humanité, en commençant par les plus anciens, pour continuer par Lycurgue, Solon, Mahomet, Napoléon, etc., que tous, sans exception, ont été des criminels, car en donnant de nouvelles lois, ils ont par cela même violé les anciennes, observées fidèlement par la société et transmises par les ancêtres ; certainement ils ne reculaient pas non plus devant l'effusion du sang, dès qu'elle pouvait leur être utile.

Il est même à remarquer que presque tous ces bienfaiteurs et ces guides de l'espèce humaine ont été terriblement sanguinaires. En conséquence, non-seulement tous les grands hommes, mais tous ceux qui s'élèvent tant soit peu au-dessus du niveau commun, qui sont capables de dire quelque chose de nouveau, doivent, en vertu de leur nature propre, être nécessairement des criminels, — plus ou moins, bien entendu. Autrement, il leur serait difficile de sortir de l'ornière ; quant à y rester, ils ne peuvent certainement pas y consentir et, à mon avis, leur devoir même le leur défend.

En un mot, vous voyez que jusqu'ici il n'y a rien de particulièrement neuf dans mon article. Cela a été dit et imprimé mille fois. Quant à ma division des gens en ordinaires et extraordinaires, je reconnais qu'elle est un peu arbitraire, mais je laisse de côté la question de chiffres dont je fais bon marché. Je crois seulement qu'au fond ma pensée est juste. Elle revient à dire que la nature partage les hommes en deux catégories : l'une inférieure, celle des hommes ordinaires, sortes de matériaux ayant pour seule mission de reproduire des êtres semblables à eux ; l'autre supérieure, comprenant les hommes qui possèdent le don ou le talent de faire entendre dans leur milieu un mot nouveau. Les subdivisions, naturellement, sont innombrables, mais les deux catégories présentent des traits distinctifs assez tranchés. À la première appartiennent d'une façon générale les conservateurs, les hommes d'ordre, qui vivent dans l'obéissance et qui l'aiment. À mon avis, ils sont même tenus d'obéir, parce que c'est leur destination et que cela n'a rien d'humiliant pour eux. Le second groupe se compose exclusivement d'hommes qui violent la loi ou tendent, suivant leurs moyens, à la violer. Leurs crimes sont, naturellement, relatifs et d'une gravité variable. La plupart réclament la destruction de ce qui est au nom de ce qui doit être. Mais si, pour leur idée, ils doivent verser le sang, passer par-dessus des cadavres, ils peuvent en conscience faire l'un et l'autre, — dans l'intérêt de leur idée, du reste, — notez cela. C'est en ce sens que mon article leur reconnaît le droit au crime. (Vous vous rappelez que notre point de départ a été une question juridique.) D'ailleurs, il n'y a pas lieu de s'inquiéter beaucoup : presque jamais la masse ne leur concède ce droit, elle les décapite et les pend (plus ou moins), et par là elle remplit très-justement sa mission conservatrice jusqu'au jour, il est vrai, ou cette même masse érige des statues aux suppliciés et les vénère (plus ou moins). Le premier groupe est toujours le maître du présent, le second groupe est le maître de l'avenir. L'un conserve le monde et en multiplie les habitants, l'autre meut le monde et le conduit au but. Ceux-ci et ceux-là ont absolument le même droit à l'existence, et — vive la guerre éternelle, — jusqu'à la Jérusalem Nouvelle, bien entendu !

— Ainsi vous croyez à la Jérusalem Nouvelle ?

— J'y crois, répondit avec force Raskolnikoff, qui, pendant toute sa longue tirade, avait tenu les yeux baissés, regardant obstinément un point du tapis.

— Et… croyez-vous en Dieu ? Pardonnez-moi cette curiosité.

— J'y crois, répéta le jeune homme en levant les yeux sur Porphyre.

— Et… et à la résurrection de Lazare ?

— Oui. Pourquoi me demandez-vous tout cela ?

— Vous y croyez littéralement ?

— Littéralement.

— Excusez-moi de vous avoir fait ces questions, cela m'intéressait. Mais, permettez ; — je reviens au sujet dont nous parlions tout à l'heure, — on ne les exécute pas toujours ; il y en a au contraire qui…

— Qui triomphent de leur vivant ? Oh ! oui, cela arrive à quelques-uns, et alors…

— Ce sont eux qui livrent les autres au supplice ?

— S'il le faut, et, à vrai dire, c'est le cas le plus fréquent. D'une façon générale, votre observation est pleine de justesse.

— Je vous remercie. Mais dites-moi : comment peut-on distinguer ces hommes extraordinaires des hommes ordinaires ? Apportent-ils en naissant certains signes ? Je suis d'avis qu'il faudrait ici un peu plus de précision, une délimitation plus apparente, en quelque sorte : excusez cette inquiétude naturelle chez un homme pratique et bien intentionné, mais ne pourraient-ils, par exemple, porter un vêtement particulier, un emblème quelconque ?... Car, convenez-en, s'il se produit une confusion, si un individu d'une catégorie se figure qu'il appartient à l'autre et se met, selon votre heureuse expression, à « supprimer tous les obstacles », alors...

— Oh ! cela a lieu très-souvent ! cette seconde remarque est même plus fine encore que la première...

— Je vous remercie.

— Il n'y a pas de quoi : mais songez que l'erreur est possible seulement dans la première catégorie, c'est-à-dire chez ceux que j'ai appelés, peut-être fort mal à propos, les hommes « ordinaires ». Nonobstant leur tendance innée à l'obéissance, beaucoup d'entre eux, par suite d'un jeu de la nature, aiment à se prendre pour des hommes d'avant-garde, pour des « destructeurs », ils se croient appelés à faire entendre un « mot nouveau », et cette illusion est très-sincère chez eux. En même temps, ils ne remarquent pas d'ordinaire les véritables novateurs, ils les méprisent même comme des gens arriérés et sans élévation d'esprit. Mais, selon moi, il ne peut pas y avoir là un sérieux danger, et vous n'avez pas à vous inquiéter, car ils ne vont jamais bien loin. Sans doute, on pourrait parfois les fouetter pour les punir de leur égarement et les remettre à leur place, mais c'est tout, encore n'est-il pas besoin ici de déranger l'exécuteur : eux-mêmes se donnent la discipline parce que ce sont des gens très-moraux, tantôt ils se rendent ce service les uns aux autres, tantôt ils se fouettent de leurs propres mains... On les voit s'infliger diverses pénitences publiques, ce qui ne laisse pas d'être édifiant ; en un mot, vous n'avez pas à vous préoccuper d'eux.

— Allons, de ce côté, au moins, vous m'avez un peu rassuré ; mais voici encore une chose qui me tracasse : dites-moi, s'il vous plaît, y a-t-il beaucoup de ces gens « extraordinaires » qui ont le droit d'égorger les autres ? Sans doute, je suis tout prêt à m'incliner devant eux ; mais s'ils sont fort nombreux, avouez que ce sera désagréable, hein ?

— Oh ! que cela ne vous inquiète pas non plus, poursuivit sur le même ton Raskolnikoff. En général, il naît un nombre singulièrement restreint d'hommes ayant une idée nouvelle, ou même capables de dire quoi que ce soit de nouveau. Il est évident que la répartition des naissances dans les diverses catégories et subdivisions de l'espèce humaine doit être strictement déterminée par quelque loi de la nature. Cette loi, bien entendu, nous est cachée aujourd'hui, mais je crois qu'elle existe et qu'elle pourra même être connue plus tard. Une énorme masse de gens n'est sur la terre que pour mettre finalement au monde, à la suite de longs et mystérieux croisements de races, un homme qui, entre mille, possédera quelque indépendance. À mesure que le degré d'indépendance augmente, on ne rencontre plus qu'un homme sur dix mille, sur cent mille (ce sont là des chiffres approximatifs). On compte un génie sur plusieurs millions d'individus, et des milliers de millions d'hommes peut-être passent sur la terre avant que surgisse une de ces hautes intelligences qui renouvellent la face du monde. Bref, je ne suis pas allé regarder dans la cornue où tout cela s'opère. Mais il y a certainement et il doit y avoir une loi fixe ; le hasard ne peut exister ici.

— Mais, voyons, vous plaisantez tous les deux ? — s'écria enfin Razoumikhine, — vous vous mystifiez réciproquement, n'est-ce pas ? Ils sont là à s'amuser aux dépens l'un de l'autre ! Est-ce que tu parles sérieusement, Rodia ?

Sans lui répondre, Raskolnikoff leva vers lui son visage pâle et comme souffrant. En considérant la physionomie calme et attristée de son ami, Razoumikhine trouva étrange le ton caustique, provocant et impoli qu'avait pris Porphyre.

— Eh bien, mon cher, si, en effet, c'est sérieux… Sans doute, tu as raison de dire que ce n'est pas neuf et que cela ressemble à tout ce que nous avons lu et entendu mille fois ; mais ce qu'il y a de réellement original là dedans, ce qui n'appartient réellement qu'à toi, je suis désolé de le dire, c'est ce droit moral de verser le sang que tu accordes et que tu défends, pardonne-moi, avec tant de fanatisme… Voilà, par conséquent, la pensée principale de ton article. Cette autorisation morale de tuer est, à mon avis, quelque chose de plus épouvantable que ne le serait l'autorisation officielle, légale…

— C'est très-juste, — c'est quelque chose de plus épouvantable en effet, observa Porphyre.

— Non, l'expression a dépassé ta pensée, ce n'est pas cela que tu as voulu dire ! Je lirai ton article… En causant, quelquefois on se laisse entraîner ! Tu ne peux pas penser cela… Je lirai.

— Il n'y a rien de tout cela dans mon article, j'ai à peine touché à la question, dit Raskolnikoff.

— Oui, oui, reprit Porphyre, maintenant je comprends à peu près votre façon d'envisager le crime, mais… excusez mon insistance : si un jeune homme s'imagine être un Lycurgue ou un Mahomet… futur, cela va sans dire, il commencera par supprimer tous les obstacles qui l'empêcheraient d'accomplir sa mission… « J'entreprends une longue campagne, se dira-t-il, et pour une campagne il faut de l'argent… » Là-dessus, il se procurera des ressources… vous devinez de quelle manière ?

Zamétoff, à ces mots, renifla brusquement dans son coin. Raskolnikoff ne leva même pas les yeux sur lui.

— Je suis obligé de reconnaître, répondit-il avec calme, que de tels cas doivent, en effet, se rencontrer. C'est un piège que l'amour-propre tend aux vaniteux et aux sots ; les jeunes gens surtout s'y laissent prendre.

— Vous voyez, eh bien ?

— Eh bien, quoi ? reprit en riant Raskolnikoff, ce n'est pas ma faute. Cela se voit et se verra toujours. Tout à l'heure il me reprochait d'autoriser le meurtre, ajouta-t-il en montrant Razoumikhine. — Qu'importe ? Est-ce que la société n'est pas suffisamment protégée par les transportations, les geôles, les juges d'instruction, les galères ? Pourquoi donc s'inquiéter ? Cherchez le voleur !…

— Et si nous le trouvons ?

— Tant pis pour lui.

— Au moins vous êtes logique. Mais sa conscience, que lui dira-t-elle ?

— Qu'est-ce que cela vous fait ?

— C'est une question qui intéresse le sentiment humain.

— Celui qui a une conscience souffre en reconnaissant son erreur. C'est sa punition, — indépendamment des galères.

— Ainsi, demanda en fronçant le sourcil Razoumikhine, les hommes de génie, ceux à qui est donné le droit de tuer, ne doivent ressentir aucune souffrance, même lorsqu'ils versent le sang ?

— Que vient faire ici le mot « doivent » ? La souffrance ne leur est ni permise ni défendue. Libre à eux de souffrir, s'ils ont pitié de leur victime… La souffrance accompagne toujours une intelligence large et un cœur profond. Les hommes vraiment grands doivent, me semble-t-il, éprouver une grande tristesse sur la terre, ajouta Raskolnikoff, pris d'une soudaine mélancolie qui contrastait avec l'allure de la conversation précédente.

Il leva les yeux, regarda tous les assistants d'un air rêveur, sourit et prit sa casquette. Il était trop calme, comparativement à l'attitude qu'il avait tantôt en entrant, et il se rendait compte de cela. Tous se levèrent.

Porphyre Pétrovitch revint encore à la charge.

— Allons, vous m'injurierez ou non, vous vous fâcherez ou vous ne vous fâcherez pas, mais c'est plus fort que moi, il faut que je vous adresse encore une petite question… Vraiment, je suis confus d'abuser ainsi… Pendant que j'y pense, et pour ne pas l'oublier, je voudrais vous faire part d'une petite idée qui m'est venue…

— Bien, dites votre petite idée, répondit Raskolnikoff debout, pâle et sérieux, en face du juge d'instruction.

— Voici… vraiment, je ne sais comment m'exprimer… c'est une idée fort bizarre… psychologique… En composant votre article, il est infiniment probable, hé ! hé ! que vous vous considériez vous-même comme un de ces hommes « extraordinaires » dont vous parliez… Voyons, n'est-ce pas vrai ?

— C'est fort possible, répondit dédaigneusement Raskolnikoff. Razoumikhine fit un mouvement.

— S'il en est ainsi, ne seriez-vous pas décidé vous-même, — soit pour triompher d'embarras matériels, soit pour faire progresser l'humanité, — ne seriez-vous pas décidé à franchir l'obstacle ?… Par exemple, à tuer et à voler ?…

En même temps, il clignait de l'œil gauche et riait silencieusement, tout à fait comme tantôt.

— Si j'étais décidé à cela, sans doute je ne vous le dirais pas, répliqua Raskolnikoff avec un accent de défi hautain.

— Ma question n'avait qu'un but de curiosité littéraire ; je vous l'ai faite à seule fin de mieux pénétrer le sens de votre article…

« Oh ! que le piège est grossier ! Quelle malice cousue de fil blanc ! » pensa Raskolnikoff écœuré.

— Permettez-moi de vous faire observer, répondit-il sèchement, que je ne me crois ni un Mahomet, ni un Napoléon… ni aucun personnage de ce genre : par conséquent, je ne puis vous renseigner sur ce que je ferais si j'étais à leur place.

— Allons donc ! qui est-ce qui chez nous, en Russie, ne se prend pas maintenant pour un Napoléon ? fit avec une brusque familiarité le juge d'instruction. Cette fois, l'intonation même de sa voix trahissait une arrière-pensée.

— Ne serait-ce pas un futur Napoléon qui aurait escoffié notre Aléna Ivanovna la semaine dernière ? lâcha tout à coup, de son coin, Zamétoff.

Sans prononcer un mot, Raskolnikoff fixa sur Porphyre un regard ferme et pénétrant. Les traits de Razoumikhine se refrognèrent. Depuis un certain temps déjà, il semblait se douter de quelque chose. Il promena autour de lui un regard irrité. Pendant une minute régna un sombre silence. Raskolnikoff se prépara à sortir.

— Vous partez déjà ! dit gracieusement Porphyre en tendant la main au jeune homme avec une extrême amabilité. — Je suis enchanté d'avoir fait votre connaissance. Et quant à votre requête, soyez tranquille. Écrivez dans le sens que je vous ai indiqué. Ou plutôt, faites mieux : venez vous-même me trouver… un de ces jours… demain, par exemple. Je serai là, sans faute, à onze heures. Nous arrangerons tout… Nous causerons un peu… Comme vous êtes un des derniers qui soient allés là, vous pourriez peut-être nous dire quelque chose, ajouta-t-il d'un air bonhomme.

— Vous voulez m'interroger dans les règles ? demanda d'un ton roide Raskolnikoff.

— Pourquoi donc ? Il ne s'agit pas de cela pour le moment. Vous ne m'avez pas compris. Voyez-vous, je profite de toutes les occasions, et… et j'ai déjà causé avec tous ceux qui avaient mis des objets en gage chez la victime… plusieurs m'ont fourni d'utiles renseignements… et comme vous êtes le dernier… À propos ! s'écria-t-il avec une joie subite, c'est bien heureux que j'y pense, j'allais encore l'oublier !… (Ce disant, il se tournait vers Razoumikhine.) Tu me rebattais les oreilles l'autre jour au sujet de ce Nikolachka… Eh bien, je suis moi-même certain, je suis convaincu de son innocence, poursuivit-il en s'adressant de nouveau à Raskolnikoff. Mais que faire ? Il a fallu aussi inquiéter Mitka… Or, voici ce que je voulais vous demander : en montant alors l'escalier… permettez, c'est entre sept et huit heures que vous êtes venu dans la maison ?

— Oui, répondit Raskolnikoff, et aussitôt après il regretta cette réponse qu'il aurait pu ne pas faire.

— Eh bien ! en montant l'escalier entre sept et huit heures, n'avez-vous pas vu, au second étage, dans un logement dont la porte était ouverte, vous vous souvenez ? n'avez-vous pas vu deux ouvriers, ou tout au moins l'un d'eux ? Ils mettaient l'appartement en couleur ; est-ce que vous ne les avez pas remarqués ? C'est très-important pour eux !…

— Des peintres ? Non, je n'en ai pas vu… répondit lentement Raskolnikoff en ayant l'air de chercher dans ses souvenirs ; durant une seconde, il tendit violemment tous les ressorts de son esprit pour découvrir au plus vite quel piège cachait la question faite par le juge d'instruction. — Non, je n'en ai pas vu, et je n'ai même pas remarqué de logement ouvert, continua-t-il, tout heureux d'avoir éventé la mèche ; mais, au quatrième étage, je me rappelle que l'employé qui logeait en face d'Aléna Ivanovna était en train de déménager ; je m'en souviens fort bien… je me suis rencontré avec des soldats qui emportaient un divan, et j'ai dû me ranger contre le mur… mais des peintres, non, je ne me rappelle pas en avoir vu… je n'ai même aucun souvenir d'un logement dont la porte fût ouverte. Non, je n'en ai pas vu…

— Mais qu'est-ce que tu dis donc ? cria tout à coup Razoumikhine, qui jusqu'alors avait écouté en paraissant réfléchir : — c'est le jour même de l'assassinat que les peintres travaillaient dans cet appartement, et lui, c'est deux jours auparavant qu'il est venu dans la maison ! Pourquoi donc lui demandes-tu cela ?

— Tiens, c'est vrai, j'ai embrouillé les dates ! s'écria Porphyre en se frappant le front. — Le diable m'emporte ! cette affaire me fait perdre la tête ! ajouta-t-il en manière d'excuse, en s'adressant à Raskolnikoff ; il est si important pour nous de savoir si quelqu'un les a vus dans l'appartement entre sept et huit heures que, sans y réfléchir davantage,

j'avais cru pouvoir obtenir de vous cet éclaircissement… j'avais tout à fait confondu les jours !
— Il faudrait faire plus d'attention, grommela Razoumikhine.

Ces derniers mots furent dits dans l'antichambre ; Porphyre reconduisit très-aimablement ses visiteurs jusqu'à la porte. Ceux-ci étaient sombres et moroses lorsqu'ils sortirent de la maison, et ils firent plusieurs pas sans échanger une parole. Raskolnikoff respirait comme un homme qui vient de traverser une épreuve pénible…

Chapitre VI

— … Je ne le crois pas ! Je ne puis pas le croire ! répétait Razoumikhine, qui faisait tous ses efforts pour repousser les conclusions de Raskolnikoff. Ils étaient déjà près de la maison Bakaléieff, où, depuis longtemps, les attendaient Pulchérie Alexandrovna et Dounia. Dans la chaleur de la discussion, Razoumikhine s'arrêtait à chaque instant au milieu de la rue ; il était fort agité, car c'était la première fois que les deux jeunes gens s'entretenaient de cela autrement qu'à mots couverts.

— Ne le crois pas, si tu veux ! répondit Raskolnikoff avec un sourire froid et indifférent : — toi, selon ton habitude, tu n'as rien remarqué, mais moi, j'ai pesé chaque mot.

— Tu es enclin à la défiance, voilà pourquoi tu découvres partout des arrière-pensées… Hum… en effet, je reconnais que le ton de Porphyre était assez étrange, et c'est surtout ce coquin de Zamétoff… Tu as raison, il y avait en lui un je ne sais quoi… mais comment cela se fait-il, comment ?…

— Il aura changé d'avis depuis hier.

— Non, tu te trompes ! S'ils avaient cette stupide idée, ils auraient, au contraire, pris soin de la dissimuler ; ils auraient caché leur jeu pour t'inspirer une fallacieuse confiance, en attendant le moment de démasquer leurs batteries… Dans l'hypothèse où tu te places, leur façon d'agir aujourd'hui serait aussi maladroite qu'effrontée !

— S'ils avaient des faits, j'entends des faits sérieux, ou des présomptions quelque peu fondées, alors sans doute ils s'efforceraient de cacher leur jeu dans l'espoir d'obtenir de nouveaux avantages sur moi (d'ailleurs, ils auraient fait depuis longtemps une perquisition à mon domicile). Mais ils n'ont pas de preuves, pas une seule ; tout se réduit pour eux à des conjectures gratuites, à des suppositions qui ne s'appuient sur rien de réel, c'est pourquoi ils ont recours à l'effronterie. Peut-être ne faut-il voir en cela que le dépit de Porphyre qui enrage de n'avoir point de preuves. Peut-être aussi a-t-il ses intentions… Il paraît intelligent… Il se peut qu'il ait voulu m'effrayer… Il a sa psychologie à lui, mon ami… Du reste, toutes ces questions sont répugnantes à éclaircir. Laissons cela !

— C'est odieux, odieux ! Je te comprends ! Mais… puisque nous avons abordé franchement ce sujet (et je trouve que nous avons bien fait), je n'hésiterai plus à t'avouer que depuis longtemps j'avais remarqué cette idée chez eux. Bien entendu, elle osait à peine se formuler, elle flottait dans leur esprit à l'état de doute vague, mais c'est déjà trop qu'ils aient pu l'accueillir même sous cette forme !

Et qu'est-ce qui a éveillé de si abominables soupçons ? Si tu savais dans quelle fureur cela m'a mis ! Quoi ! voilà un pauvre étudiant aux prises avec la misère et l'hypocondrie, à la veille d'une maladie grave qui déjà peut-être existe chez lui ; voilà un jeune homme défiant, rempli d'amour-propre, ayant conscience de sa valeur, depuis six mois renfermé dans sa chambre où il ne voit personne ; il se présente vêtu de haillons, chaussé de bottes sans semelles, devant de misérables policiers dont il subit les insolences ; on lui réclame à brûle-pourpoint le payement d'une lettre de change protestée ; la salle est bourrée de monde, il y fait une chaleur de trente degrés Réaumur, l'odeur de la couleur à l'huile achève de rendre l'atmosphère insupportable ; le malheureux entend parler de l'assassinat d'une personne chez qui il est allé la veille, et il a l'estomac vide ! Mais, dans de telles conditions, comment ne s'évanouirait-on pas ! Et c'est sur cette syncope que tout repose ! Voilà le point de départ de l'accusation ! Que le diable les emporte ! Je comprends que cela soit vexant ; mais à ta place, Rodia, je leur rirais au nez à tous, ou mieux : je leur enverrais mon mépris en pleine figure sous forme de jets de salive ; c'est ainsi que j'en finirais avec eux. Courage ! Crache là-dessus ! C'est honteux !

« Il a pourtant débité sa tirade avec conviction ! » pensa Raskolnikoff.

— Cracher là-dessus ? C'est bon à dire ; mais demain encore un interrogatoire ! — répondit-il tristement ; — faudra-t-il que je m'abaisse jusqu'à leur donner des explications ! Je m'en veux déjà d'avoir consenti à causer avec Zamétoff hier au traktir…

— Que le diable les emporte ! J'irai moi-même chez Porphyre ! C'est mon parent, j'en profiterai pour lui tirer les vers du nez ; il faudra qu'il me fasse sa confession complète ! Et quant à Zamétoff…

« Enfin, le poisson a mordu ! » se dit Raskolnikoff.

— Attends ! cria Razoumikhine en saisissant tout à coup son ami par l'épaule, — attends ! Tu divaguais tout à l'heure ! Réflexion faite, je suis convaincu que tu divaguais ! Où vois-tu une ruse ? Tu dis que la question relative aux ouvriers cachait un piège ? Raisonne un peu : si tu avais fait cela, aurais-tu été assez sot pour dire que tu avais vu les peintres travailler dans le logement du second ? Au contraire : lors même que tu les aurais vus, tu l'aurais nié ! Qui donc fait des aveux destinés à le compromettre ?

— Si j'avais fait cette chose, je n'aurais pas manqué de dire que j'avais vu les ouvriers, reprit Raskolnikoff, qui semblait ne poursuivre cette conversation qu'avec un violent dégoût.

— Mais pourquoi donc dire des choses nuisibles à sa cause ?

— Parce qu'il n'y a que les moujiks et les gens les plus bornés qui nient tout de parti pris. Un prévenu tant soit peu intelligent avoue autant que possible tous les faits matériels dont il essayerait vainement de détruire la réalité ; seulement il les explique d'une autre manière, il en modifie la signification, il les présente sous un jour nouveau. Selon toute probabilité, Porphyre comptait que je répondrais ainsi ; il croyait que, pour donner plus de vraisemblance à mes déclarations, j'avouerais avoir vu les ouvriers, sauf à expliquer ensuite le fait dans un sens favorable à ma cause.

— Mais il t'aurait répondu tout de suite que l'avant-veille du crime les ouvriers n'avaient pas pu se trouver là, et que, par conséquent, tu avais été dans la maison le jour même de l'assassinat, entre sept et huit heures. Tu aurais été collé !

— Il comptait que je n'aurais pas le temps de réfléchir et que, pressé de répondre de la façon la plus vraisemblable, j'oublierais cette circonstance ; l'impossibilité de la présence des ouvriers dans la maison l'avant-veille du crime.

— Mais comment oublier cela ?

— Rien de plus facile ! Ces points de détail sont l'écueil des malins ; c'est en répondant là-dessus qu'ils se coupent dans les interrogatoires. Plus un homme est fin, moins il soupçonne le danger des questions insignifiantes. Porphyre le sait bien : il est loin d'être aussi bête que tu le crois...

— S'il en est ainsi, c'est un coquin !...

Raskolnikoff ne put s'empêcher de rire. Mais au même instant il s'étonna d'avoir donné la dernière explication avec un véritable plaisir, lui qui, jusqu'alors, n'avait soutenu la conversation qu'à contre-cœur et parce que le but à atteindre lui en faisait une nécessité.

« Est-ce que je prendrais goût à ces questions ? » pensa-t-il.

Mais, presque en même temps, il fut saisi d'une inquiétude soudaine qui devint bientôt intolérable. Les deux jeunes gens se trouvaient déjà à la porte de la maison Bakaléieff.

— Entre seul, dit brusquement Raskolnikoff, je vais revenir tout de suite.

— Où vas-tu ? Nous voici arrivés !

— J'ai une course à faire… je serai ici dans une demi-heure… Tu le leur diras…

— Eh bien, je t'accompagne !

— Ah ça ! as-tu juré, toi aussi, de me persécuter jusqu'à la mort ?

Cette exclamation fut proférée avec un tel accent de fureur et d'un air si désespéré que Razoumikhine n'osa insister. Il resta quelque temps sur le perron, suivant d'un regard sombre Raskolnikoff qui marchait à grands pas dans la direction de son péréoulok. Enfin, après avoir grincé des dents, serré ses poings et s'être promis de pressurer Porphyre comme un citron aujourd'hui même, il monta chez les dames pour rassurer Pulchérie Alexandrovna déjà inquiète de cette longue absence.

Quand Raskolnikoff arriva devant sa maison, ses tempes étaient humides de sueur et il respirait péniblement. Il monta l'escalier quatre à quatre, entra dans sa chambre qui était restée ouverte, et immédiatement s'y enferma au crochet. Ensuite, éperdu de frayeur, il courut à sa cachette, fourra sa main sous la tapisserie et explora le trou en tous sens. N'y trouvant rien, après avoir tâté dans tous les coins et recoins, il se releva et poussa un soupir de soulagement. Tantôt, au moment où il approchait de la maison Bakaléieff, l'idée lui était venue tout à coup qu'un des objets volés avait pu se glisser dans une fente du mur : si un jour on allait retrouver là une chaîne de montre, un bouton de manchette, ou même un des papiers qui enveloppaient les bijoux et qui portaient des annotations écrites de la main de la vieille, quelle terrible pièce de conviction ce serait contre lui !

Il restait comme plongé dans une vague rêverie, et un sourire étrange, presque hébété, errait sur ses lèvres. À la fin, il prit sa casquette et sortit sans bruit de la chambre. Ses idées s'embrouillaient. Pensif, il descendit l'escalier et arriva sous la porte cochère.

— Tenez, le voilà ! cria une voix forte.

Le jeune homme leva la tête.

Le dvornik, debout sur le seuil de sa loge, montrait Raskolnikoff à un homme de petite taille et de tournure bourgeoise. Cet individu portait une sorte de khalat et un gilet ; de loin, on l'eût pris pour une paysanne. Sa tête, coiffée d'une casquette graisseuse, s'inclinait sur sa poitrine, et il paraissait tout voûté. À en juger par son visage ridé et flétri, il devait avoir dépassé la cinquantaine. Ses petits yeux avaient quelque chose de dur et de mécontent.

— Qu'est-ce qu'il y a ? demanda Raskolnikoff en s'approchant du dvornik.

Le bourgeois le regarda de côté, l'examina longuement, puis, sans proférer une parole, tourna le dos et s'éloigna de la maison.

— Mais qu'est-ce que c'est ? cria Raskolnikoff.

— Eh bien, c'est un homme qui est venu s'informer si un étudiant ne demeurait pas ici ; il vous a nommé et a demandé chez qui vous logiez. Pendant ce temps-là, vous êtes descendu, je vous ai montré et il est parti : voilà !

Le dvornik était aussi un peu étonné, pas trop, du reste. Après avoir réfléchi un moment, il rentra dans sa loge.

Raskolnikoff s'élança sur les traces du bourgeois. À peine sorti de la maison, il l'aperçut longeant l'autre côté de la rue ; l'inconnu marchait d'un pas lent et régulier, il tenait les yeux fixés à terre et semblait songeur. Le jeune homme l'eut bientôt rattrapé, mais pendant quelque temps il se borna à lui emboîter le pas ; à la fin, il se plaça à ses côtés et regarda obliquement son visage. Le bourgeois le remarqua aussitôt, lui lança un coup d'œil rapide, puis baissa de nouveau les yeux. Pendant une minute, tous deux cheminèrent ainsi côte à côte, sans se rien dire.

— Vous m'avez demandé… chez le dvornik ? commença Raskolnikoff sans élever la voix.

Le bourgeois ne fit aucune réponse et ne regarda même pas celui qui lui parlait. Il y eut un nouveau silence.

— Vous êtes venu… me demander… et vous vous taisez… Qu'est-ce que cela veut dire ? reprit Raskolnikoff d'une voix entrecoupée : on eût dit que les mots avaient peine à sortir de sa bouche.

Cette fois le bourgeois leva les yeux et regarda le jeune homme d'un air sinistre.

— Assassin ! dit-il brusquement d'une voix basse, mais nette et distincte…

Raskolnikoff marchait à côté de lui. Il sentit tout à coup ses jambes faiblir et un froid lui courir dans le dos ; durant une seconde, son cœur eut comme une défaillance, puis se mit à battre avec une violence extraordinaire. Les deux hommes firent ainsi une centaine de pas à côté l'un de l'autre sans proférer un seul mot.

Le bourgeois ne regardait pas son compagnon de route.

— Mais qu'est-ce que vous… quoi ?… qui est un assassin ? balbutia Raskolnikoff d'une voix presque inintelligible.

— C'est toi qui es un assassin, prononça l'autre en accentuant cette réplique avec plus de netteté et d'énergie que jamais ; en même temps il semblait avoir sur les lèvres le sourire de la haine triomphante, et il regardait fixement le visage pâle de Raskolnikoff, dont les yeux étaient devenus vitreux.

Tous deux approchaient alors d'un carrefour. Le bourgeois prit une rue à gauche et continua sa route sans regarder derrière lui. Raskolnikoff le laissa s'éloigner, mais le suivit longtemps des yeux. Après avoir fait cinquante pas, l'inconnu se retourna pour observer le jeune homme toujours cloué à la même place. La distance ne permettait pas de bien voir, toutefois Raskolnikoff crut remarquer que cet individu le regardait encore avec son sourire de haine froide et triomphante.

Transi d'effroi, les jambes tremblantes, il regagna tant bien que mal sa demeure et monta dans sa chambre. Quand il eut déposé sa casquette sur la table, il resta debout, immobile, pendant dix minutes. Puis, à bout de forces, il se coucha sur son divan et s'y étendit languissamment avec un faible soupir.

Au bout d'une demi-heure, des pas pressés se firent entendre, en même temps Raskolnikoff perçut la voix de Razoumikhine ; il ferma les yeux et fit semblant de dormir. Razoumikhine ouvrit la porte et, pendant quelques minutes, resta sur le seuil, paraissant ne savoir à quoi se résoudre. Ensuite il entra tout doucement dans la chambre et s'approcha avec précaution du divan.

— Ne l'éveille pas, laisse-le dormir tout son soûl, il mangera plus tard, dit à voix basse Nastasia.

— Tu as raison, répondit Razoumikhine.

Ils sortirent sur la pointe des pieds et poussèrent la porte. Une demi-heure s'écoula encore, puis Raskolnikoff ouvrit les yeux, se replaça sur le dos par un brusque mouvement et mit ses mains derrière sa tête…

« Qui est-il ? Quel est cet homme sorti de dessous terre ? Où était-il et qu'a-t-il vu ? Il a tout vu, c'est indubitable. Où se trouvait-il donc alors et de quel endroit a-t-il vu cette scène ? Comment se fait-il qu'il n'ait pas donné plus tôt signe de vie ? Et comment a-t-il pu voir ? Est-ce que c'est possible ?… Hum !… continua Raskolnikoff, pris d'un frisson glacial, — et l'écrin que Nicolas a trouvé derrière la porte : est-ce qu'on pouvait aussi s'attendre à cela ? »

Il sentait qu'il s'affaiblissait, que ses forces physiques l'abandonnaient, et il en éprouva un violent dégoût de lui-même :

« Je devais savoir cela, pensa-t-il avec un sourire amer ; comment ai-je osé, me connaissant, prévoyant ce qui m'arriverait, comment ai-je osé prendre une hache et verser le sang ? J'étais tenu de savoir cela d'avance… et d'ailleurs je le savais !… » murmura-t-il désespéré.

Par moments il s'arrêtait devant une pensée :

« Non, ces gens-là ne sont pas ainsi bâtis : le vrai maître, à qui tout est permis, canonne Toulon, massacre à Paris, oublie une armée en Égypte, perd un demi-million d'hommes dans la campagne de Moscou, et se tire d'affaire à Vilna par un calembourg ; après sa mort, on lui dresse des statues, — c'est donc que tout lui est permis. Non, ces gens-là ne sont pas faits de chair, mais de bronze ! »

Une idée qui lui vint brusquement à l'esprit le fit presque rire :

« Napoléon, les Pyramides, Waterloo, — et une vieille femme, veuve d'un registrateur de collège, une ignoble usurière qui a un coffre en maroquin rouge sous son lit, — comment Porphyre Pétrovitch digérerait-il un pareil, rapprochement ?… L'esthétique s'y oppose : « Est-ce que Napoléon se serait glissé sous le lit d'une vieille femme ? » dirait-il. Eh ! quelle niaiserie ! »

De temps à autre il sentait qu'il délirait presque ; il était dans un état d'exaltation fiévreuse.

« La vieille ne signifie rien, se disait-il par accès : — mettons que la vieille soit une erreur, il ne s'agit pas d'elle ! La vieille n'a été qu'un accident... je voulais sauter le pas au plus tôt... Ce n'est pas une créature humaine que j'ai tuée, c'est un principe ! J'ai bien tué le principe, mais je n'ai pas su passer par-dessus, je suis resté en deçà... Je n'ai su que tuer ! Et encore n'y ai-je pas trop bien réussi, à ce qu'il paraît... Un principe ? Pourquoi tantôt cet imbécile de Razoumikhine attaquait-il les socialistes ? Ce sont de laborieux hommes d'affaires ; « ils s'occupent du bonheur commun »... Non, je n'ai qu'une vie, je ne veux pas attendre « le bonheur universel ». Je veux vivre moi-même, autrement mieux vaut ne pas exister. Je ne veux pas passer à côté d'une mère affamée en serrant mon rouble dans ma poche, sous prétexte qu'un jour tout le monde sera heureux. « J'apporte, dit-on, ma pierre à l'édifice du bonheur universel, et cela suffit pour mettre mon cœur en paix. » Ha ! ha ! Pourquoi donc m'avez-vous oublié ? Puisque je n'ai qu'un temps à vivre, je veux ma part de bonheur tout de suite... Eh ! je suis une vermine esthétique, rien de plus, ajouta-t-il soudain en riant comme un aliéné, et il s'attacha à cette idée, il prit un âcre plaisir à la fouiller en tous sens, à la retourner sous toutes ses faces. — Oui, en effet, je suis une vermine, par cela seul d'abord que je médite maintenant sur la question de savoir si j'en suis une ; ensuite parce que pendant tout un mois j'ai ennuyé la divine Providence, la prenant sans cesse à témoin que je me décidais à cette entreprise, non pour me procurer des satisfactions matérielles, mais en vue d'un but grandiose, — ha ! ha ! En troisième lieu, parce que, dans l'exécution, j'ai voulu procéder avec autant de justice que possible : entre toutes les vermines j'ai choisi la plus nuisible, et, en la tuant, je comptais prendre chez elle juste ce qu'il me fallait pour assurer mes débuts dans la vie, ni plus ni moins (le reste serait allé au monastère à qui elle avait légué sa fortune, — ha ! ha !)... Je suis définitivement une vermine, ajouta-t-il en grinçant des dents, — parce que je suis peut-être encore plus vil et plus ignoble moi-même que la vermine tuée, et parce que je pressentais : qu'après l'avoir tuée, je me dirais cela ! Y a-t-il rien de comparable à une pareille terreur ? Oh ! platitude ! oh ! platitude !... Oh ! comme je comprends le Prophète à cheval, le cimeterre au poing ! Allah le veut, obéis, « tremblante » créature ! Il a raison, il a raison, le Prophète, quand il range une belle troupe en travers de la rue et qu'il frappe indistinctement sur le juste et le coupable, sans même daigner s'expliquer ! Obéis, tremblante créature, et garde-toi de vouloir, parce que ce n'est pas ton affaire !... Oh ! jamais, jamais je ne pardonnerai à la vieille ! »

Ses cheveux étaient trempés de sueur, ses lèvres desséchées s'agitaient, son regard immobile ne quittait pas le plafond.

« Ma mère, ma sœur, combien je les aimais ! D'où vient que maintenant je les déteste ? Oui, je les déteste, je les hais physiquement, je ne puis les supporter auprès de moi... Tantôt je me suis approché de ma mère et je l'ai embrassée, je m'en souviens... L'embrasser et se dire que si elle savait... Oh ! combien je hais à présent la vieille ! Je crois que, si elle revenait à la vie, je la tuerais encore une fois ! Pauvre Élisabeth, pourquoi le hasard l'a-t-il amenée là ? C'est étrange pourtant, je pense à peine à elle, comme si je ne l'avais pas tuée... Élisabeth ! Sonia ! Pauvres, douces créatures aux yeux doux... Chères !... Pourquoi ne pleurent-elles pas ? Pourquoi ne gémissent-elles pas ?... Victimes résignées, elles acceptent tout en silence... Sonia, Sonia ! douce Sonia !... »

Il perdit conscience de lui-même et, à sa grande surprise, s'aperçut qu'il était dans la rue. La soirée était déjà avancée. Les ténèbres s'épaississaient, la pleine lune brillait d'un éclat de plus en plus vif, mais l'atmosphère était étouffante. On rencontrait quantité de gens dans les rues ; les ouvriers et les hommes occupés regagnaient leurs logis, les autres se promenaient ; il y avait dans l'air comme une odeur de chaux, de poussière, d'eau croupissante. Raskolnikoff marchait chagrin et préoccupé : il se rappelait fort bien qu'il était sorti de chez lui avec un but, qu'il avait à faire quelque chose d'urgent, mais quoi ? il l'avait oublié. Brusquement il s'arrêta et remarqua que sur l'autre trottoir un homme lui faisait un signe de la main. Il traversa la rue pour le rejoindre, mais soudain cet homme fit volte-face et, comme si de rien n'était, continua sa marche la tête baissée, sans se retourner, sans paraître appeler Raskolnikoff. « Me serais-je trompé ? » pensa ce dernier ; toutefois il se mit à le suivre. Avant d'avoir fait dix pas, il le reconnut tout à coup et fut saisi de frayeur : c'était le bourgeois de tantôt, toujours aussi voûté, toujours vêtu de la même robe de chambre. Raskolnikoff, dont le cœur battait avec force, marchait à quelque distance ; ils entrèrent dans un péréoulok. — L'homme ne se retournait toujours pas. « Sait-il que je suis derrière lui ? » se demandait Raskolnikoff. Le bourgeois franchit le seuil d'une grande maison. Raskolnikoff s'avança vivement vers la porte et se mit à regarder, pensant que peut-être ce mystérieux personnage se retournerait et l'appellerait. Effectivement, quand le bourgeois fut dans la cour, il se retourna brusquement et parut encore appeler du geste le jeune homme. Celui-ci se hâta d'entrer dans la maison, mais, arrivé dans la cour, il n'y trouva plus le bourgeois. Présumant que cet homme avait dû prendre le premier escalier, Raskolnikoff s'y engagea après lui. En effet, deux étages plus haut, on entendait résonner sur les marches des pas lents et réguliers. Chose étrange, il lui semblait reconnaître cet escalier !

Voilà la fenêtre du premier étage ; à travers la vitre filtrait, mystérieuse et triste, la lumière de la lune ; voici le second étage. Bah ! C'est l'appartement où travaillaient les peintres… Comment donc n'avait-il pas reconnu tout de suite la maison ? Les pas de l'homme qui le précédait cessèrent de se faire entendre : « Il s'est, par conséquent, arrêté ou caché quelque part. Voici le troisième étage : monterai-je plus haut ? Et quel silence ! ce silence est même effrayant… » Néanmoins il poursuivit l'ascension de l'escalier. Le bruit de ses propres pas lui faisait peur. « Mon Dieu, qu'il fait sombre ! Le bourgeois s'est assurément caché ici dans un coin. Ah ! » Le logement qui donnait sur le carré était grand ouvert ; Raskolnikoff réfléchit un instant, puis entra. L'antichambre était complétement vide et fort obscure. Le jeune homme passa dans le salon en marchant sur la pointe des pieds. La lumière de la lune donnait en plein sur cette pièce et l'éclairait tout entière ; l'ameublement n'avait pas changé ; Raskolnikoff retrouva à leurs anciennes places les chaises, la glace, le divan jaune et les dessins encadrés. Par la fenêtre on apercevait la lune dont l'énorme face ronde était d'un rouge cuivré. Il attendit longtemps au milieu d'un profond silence. Tout à coup il entendit un bruit sec comme celui que fait un copeau qu'on brise, puis tout redevint silencieux. Une mouche éveillée vint en volant se heurter contre la vitre, et se mit à bourdonner plaintivement. Au même instant, dans le coin, entre la petite armoire et la fenêtre, il crut remarquer qu'un manteau de femme était pendu au mur. — « Pourquoi ce manteau est-il là ? pensa-t-il : — il n'y était pas auparavant… » Il s'approcha tout doucement et soupçonna que derrière ce vêtement quelqu'un devait être caché. Écartant avec précaution le manteau, il vit qu'il y avait là une chaise : sur cette chaise, dans le coin, était assise la vieille ; elle était comme pliée en deux, et tenait la tête tellement baissée, qu'il ne put pas apercevoir son visage, mais c'était bien Aléna Ivanovna. « Elle a peur ! » se dit Raskolnikoff ; il dégagea tout doucement sa hache du nœud coulant et, à deux reprises, en frappa la vieille sur le sinciput. Mais, chose étrange, elle ne chancela même pas sous les coups, on eût dit qu'elle était en bois. Stupéfait, le jeune homme se pencha vers elle pour l'examiner, mais elle baissa encore plus la tête. Il se courba alors jusqu'au plancher, la regarda de bas en haut et, en apercevant son visage, fut épouvanté : la vieille riait, oui, elle riait d'un rire silencieux, faisant tous ses efforts pour qu'on ne l'entendît pas. Tout à coup il sembla à Raskolnikoff que la porte de la chambre à coucher était ouverte, et que là aussi on riait, on chuchotait. La rage s'empara de lui : de toute sa force il commença à frapper sur la tête de la vieille, mais, à chaque coup de hache, les rires et les chuchotements de la chambre à coucher se percevaient plus distinctement ; quant à la vieille, elle se tordait. Il voulut s'enfuir, mais toute l'antichambre était déjà pleine de gens, la porte donnant sur le carré était ouverte ; sur le palier, sur l'escalier, depuis le haut jusqu'en bas, se trouvaient quantité d'individus ; tous regardaient, mais tous s'étaient cachés et attendaient en silence... Son cœur se serra, ses pieds semblaient cloués au plancher... il voulut crier et s'éveilla.

Il respira avec effort, mais il crut n'avoir point cessé de rêver, lorsqu'il aperçut, debout sur le seuil de sa porte grande ouverte, un homme qu'il ne connaissait nullement et qui le considérait avec attention.

Raskolnikoff n'avait pas encore eu le temps d'ouvrir tout à fait les yeux qu'il les referma soudain. Couché sur le dos, il ne bougea pas. « Est-ce la continuation de mon rêve ? » pensa-t-il, et il souleva presque imperceptiblement ses paupières pour jeter un timide regard sur l'inconnu. Celui-ci, toujours à la même place, ne cessait pas de l'observer. Tout à coup, il franchit le seuil, ferma tout doucement la porte derrière lui, s'approcha de la table et, après avoir attendu une minute, s'assit sans bruit sur une chaise près du divan. Durant tout ce temps, il n'avait pas quitté des yeux Raskolnikoff. Ensuite, il déposa son chapeau par terre, à côté de lui, appuya ses deux mains sur la pomme de sa canne et laissa tomber son menton sur ses mains comme quelqu'un qui se prépare à attendre longtemps. Autant que Raskolnikoff avait pu en juger par un regard furtif, cet homme n'était plus jeune ; il avait l'air robuste et portait une barbe épaisse, d'un blond presque blanc...

Dix minutes s'écoulèrent ainsi. On voyait encore clair, mais il se faisait tard. Dans la chambre régnait le plus profond silence. De l'escalier même ne venait aucun bruit. On n'entendait que le bourdonnement d'une grosse mouche qui, en volant, s'était heurtée contre la fenêtre. À la fin, cela devenait insupportable. Raskolnikoff n'y put tenir et s'assit tout à coup sur son divan.

— Allons, parlez ; qu'est-ce que vous voulez ?

— Je savais bien que votre sommeil n'était qu'une frime, répondit l'inconnu avec un sourire tranquille. — Permettez-moi de me présenter : Arcade Ivanovitch Svidrigaïloff...

QUATRIÈME PARTIE

Chapitre I

« Suis-je bien éveillé ? » pensa de nouveau Raskolnikoff, qui considérait d'un œil défiant le visiteur inattendu.

— Svidrigaïloff ? Allons donc, cela ne se peut pas ! dit-il enfin tout haut, n'osant en croire ses oreilles.

Cette exclamation parut ne causer aucune surprise à l'étranger.

— Je suis venu chez vous pour deux raisons : d'abord, je désirais personnellement faire votre connaissance, ayant depuis longtemps entendu beaucoup parler de vous et dans les termes les plus flatteurs ; ensuite, j'espère que vous ne me refuserez peut-être pas votre concours dans une entreprise qui touche directement aux intérêts de votre sœur, Avdotia Romanovna. Seul, sans recommandation, j'aurais peine à être reçu par elle, maintenant qu'elle est prévenue contre moi ; mais, présenté par vous, je présume qu'il en sera autrement.

— Vous avez eu tort de compter sur moi, répliqua Raskolnikoff.

— C'est hier seulement que ces dames sont arrivées ? permettez-moi de vous faire cette question.

Raskolnikoff ne répondit pas.

— C'est hier, je le sais. Moi-même je ne suis ici que depuis avant-hier. Eh bien, voici ce que je vous dirai à ce propos, Rodion Romanovitch ; je crois superflu de me justifier, mais permettez-moi de vous le demander : qu'y a-t-il, au fait, dans tout cela, de si particulièrement criminel de ma part, bien entendu, si l'on apprécie les choses sainement, sans préjugés ?

Raskolnikoff continuait à l'examiner en silence.

— Vous me direz, n'est-ce pas ? que j'ai persécuté dans ma maison une jeune fille sans défense et que je l'ai « insultée par des propositions déshonorantes » ? (Je vais moi-même au-devant de l'accusation !) — Mais considérez seulement que je suis homme, et nihil humanum… en un mot, que je suis susceptible de subir un entraînement, de devenir amoureux (chose sans doute indépendante de notre volonté), alors tout s'expliquera de la façon la plus naturelle. Toute la question est celle-ci. Suis-je un monstre ou ne suis-je pas plutôt une victime ? Et, certes, je suis une victime ! Quand je proposais à l'objet de ma flamme de s'enfuir avec moi en Amérique ou en Suisse, je nourrissais peut-être à son égard les sentiments les plus respectueux et je songeais à assurer notre commun bonheur !... La raison n'est que l'esclave de la passion ; c'est à moi surtout que j'ai nui...

— Il ne s'agit nullement de cela, répliqua avec dégoût Raskolnikoff : — que vous ayez raison ou tort, vous m'êtes tout simplement odieux ; je ne veux pas vous connaître, et je vous chasse. Sortez !...

Svidrigaïloff partit d'un éclat de rire.

— Pas moyen de vous entortiller ! dit-il avec une franche gaieté : — je voulais faire le malin, mais non, avec vous ça ne prend pas !

— Encore en ce moment vous cherchez à m'entortiller.

— Eh bien, quoi ? Eh bien, quoi ? répéta Svidrigaïloff en riant de tout son cœur : — c'est de bonne guerre, comme on dit en français, cette malice-là est bien permise !... Mais vous ne m'avez pas laissé achever : pour en revenir à ce que je disais tout à l'heure, il ne se serait rien passé de désagréable sans l'incident du jardin. Marfa Pétrovna...

— On dit aussi que vous avez tué Marfa Pétrovna ? interrompit brutalement Raskolnikoff.

— Ah ! on vous a déjà parlé de cela ? Du reste, ce n'est pas étonnant... Eh bien, pour ce qui est de la question que vous me faites, je ne sais vraiment que vous dire, bien que j'aie la conscience parfaitement tranquille à cet égard. N'allez pas croire que je redoute les suites de cette affaire : toutes les formalités d'usage ont été accomplies de la façon la plus minutieuse, l'enquête médicale a prouvé que la défunte est morte d'une attaque d'apoplexie provoquée par un bain qu'elle a pris au sortir d'un plantureux repas où elle avait bu près d'une bouteille de vin ; on n'a rien pu découvrir d'autre... Non, ce n'est pas là ce qui m'inquiète. Mais plusieurs fois, surtout pendant que je roulais en wagon vers Pétersbourg, je me suis demandé si je n'avais pas contribué moralement à ce... malheur, soit en causant de l'irritation à ma femme, soit de quelque autre manière semblable. J'ai fini par conclure qu'il n'avait pu en être ainsi.

Raskolnikoff se mit à rire.

— De quoi vous préoccupez-vous là !

— Qu'avez-vous à rire ? Je lui ai donné seulement deux petits coups de cravache, ils n'ont pas même laissé de marques… Ne me considérez pas, je vous prie, comme un cynique ; je sais parfaitement que c'est ignoble de ma part, etc., mais je sais aussi que mes accès de brutalité ne déplaisaient pas à Marfa Pétrovna. Quand est arrivée l'affaire avec votre sœur, ma femme a été tambouriner cette histoire dans toute la ville, elle a ennuyé toutes ses connaissances avec sa fameuse lettre (vous avez su sans doute qu'elle en donnait lecture à tout le monde ?). C'est alors que ces deux coups de cravache sont tombés comme du ciel !

Un moment Raskolnikoff songea à se lever et à sortir pour couper court à l'entretien. Mais une certaine curiosité et même une sorte de calcul le décidèrent à patienter un peu.

— Vous aimez à jouer de la cravache ? demanda-t-il d'un air distrait.

— Non, pas trop, répondit tranquillement Svidrigaïloff. Je n'avais presque jamais de querelles avec Marfa Pétrovna. Nous vivions en fort bon accord, et elle était toujours contente de moi. Pendant nos sept ans de vie commune je ne me suis servi de la cravache que deux fois (je laisse de côté un troisième cas, du reste, fort ambigu) ; la première fois, ce fut deux mois après notre mariage, au moment où nous venions de nous installer à la campagne, la seconde et dernière fois, c'est dans la circonstance que je rappelais tout à l'heure. — Vous me preniez déjà pour un monstre, pour un rétrograde, pour un partisan du servage ? hé ! hé !…

Dans la conviction de Raskolnikoff, cet homme avait quelque projet fermement arrêté, et c'était un fin matois.

— Vous devez avoir passé plusieurs jours consécutifs sans parler à personne ? demanda le jeune homme.

— Il y a du vrai dans votre conjecture. Mais vous vous étonnez, n'est-ce pas ? de me trouver un si bon caractère ?

— Je trouve même que vous l'avez trop bon.

— Parce que je ne me suis pas formalisé de la grossièreté de vos questions ? Eh bien, quoi ? Pourquoi me blesserais-je ? comme vous m'avez interrogé, je vous ai répondu, reprit Svidrigaïloff avec une singulière expression de bonhomie. En vérité, je ne m'intéresse pour ainsi dire à rien, continua-t-il d'un air pensif. Maintenant, surtout, rien ne m'occupe… Du reste, libre à vous de penser que je cherche dans des vues intéressées à gagner vos bonnes grâces, d'autant plus que j'ai affaire à votre sœur, comme je vous l'ai déclaré moi-même. Mais je vous le dis franchement : je m'ennuie beaucoup ! depuis trois jours surtout, en sorte que j'étais bien aise de vous voir… Ne vous fâchez pas, Rodion Romanovitch, si je vous avoue que vous-même me paraissez fort étrange. Vous aurez beau dire, il y a en vous quelque chose d'extraordinaire ; et maintenant surtout, c'est-à-dire, pas en ce moment même, mais depuis quelque temps… Allons, allons, je me tais, ne froncez pas le sourcil ! Je ne suis pas si ours que vous le croyez.

— Peut-être même n'êtes-vous pas ours du tout, dit Raskolnikoff. Je dirai plus ; il me semble que vous êtes un homme de fort bonne société, ou, du moins, que vous savez à l'occasion être comme il faut.

— Je ne me soucie de l'opinion de personne, répondit Svidrigaïloff d'un ton sec et légèrement nuancé de dédain ; dès lors pourquoi ne pas prendre les façons d'un homme mal élevé, dans un pays où elles sont si commodes et… et surtout quand on y a une propension naturelle ? ajouta-t-il en riant.

Raskolnikoff le regardait d'un air sombre.

— J'ai entendu dire que vous connaissiez beaucoup de monde ici. Vous n'êtes pas ce qu'on appelle « un homme sans relations ». Cela étant, que venez-vous faire chez moi, si vous n'avez pas quelque but ?

— Il est vrai, comme vous le dites, que j'ai ici des connaissances, reprit le visiteur, sans répondre à la principale question qui lui était adressée ; depuis trois jours que je flâne sur le pavé de la capitale, j'en ai déjà rencontré plusieurs ; je les ai reconnues, et je crois qu'elles m'ont reconnu aussi. J'ai une mise convenable, et je suis censé être dans l'aisance : l'abolition du servage ne nous a pas ruinés ; cependant… je ne tiens pas à renouer mes anciennes relations ; déjà autrefois elles m'étaient insupportables. Je suis ici depuis avant-hier, et je ne me suis encore rappelé au souvenir de personne. Non, il faudra que le monde des cercles et les habitués du restaurant Dussaud se passent de ma présence. D'ailleurs, quel plaisir y a-t-il à tricher au jeu ?

— Ah ! vous trichiez au jeu ?

— Eh, sans doute ! Il y a huit ans, nous étions toute une société, — des hommes très comme il faut, des capitalistes, des poètes, — qui passions le temps à jouer aux cartes et à nous tricher de notre mieux. Avez-vous remarqué qu'en Russie les gens du meilleur ton sont des filous ? Mais à cette époque un grec de Niéjine, à qui je devais 70,000 roubles, me fit enfermer à la prison pour dettes. C'est alors que se montra Marfa Pétrovna. Elle entra en arrangement avec mon créancier et, moyennant 30,000 roubles qu'elle lui paya, obtint ma mise en liberté. Nous nous unîmes en légitime mariage ; après quoi, elle se hâta de m'enfouir à sa campagne, comme un trésor. Elle était de cinq ans plus âgée que moi et m'aimait beaucoup. Pendant sept ans je n'ai pas bougé du village. Notez que toute sa vie elle a gardé par devers soi, à titre de précaution contre moi, la lettre de change que j'avais souscrite au grec et qu'elle avait fait racheter par un prête-nom : si j'avais essayé de secouer le joug, elle m'aurait immédiatement fait coffrer ! Oh ! malgré toute son affection pour moi, elle n'aurait pas hésité ! Les femmes ont de ces contradictions.

— Si elle ne vous avait pas tenu de la sorte, vous l'auriez plantée là ?

— Je ne sais comment vous répondre. Ce document ne me gênait pas beaucoup. Je n'avais envie d'aller nulle part. Deux fois Marfa Pétrovna elle-même, voyant que je m'ennuyais, m'engagea à faire un voyage à l'étranger. Mais quoi ! j'avais déjà visité l'Europe, et toujours je m'y étais affreusement déplu. Là, sans doute, les grands spectacles de la nature sollicitent votre admiration, mais, tandis que vous contemplez un lever de soleil, la mer, la baie de Naples, vous vous sentez triste, et le plus vexant, c'est que vous ne savez pas pourquoi. Non, on est mieux chez nous. Ici, du moins, on accuse les autres de tout, et l'on se justifie à ses propres yeux. Maintenant je partirais peut-être pour une expédition au pôle nord, parce que le vin qui était ma seule ressource a fini par me dégoûter. Je ne peux plus boire. J'ai essayé. Mais on dit qu'il y a une ascension aérostatique dimanche au jardin Ioussoupoff : Berg tente, paraît-il, un grand voyage aérien, et il consent à prendre des compagnons de route, moyennant un certain prix, est-ce vrai ?

— Vous avez envie de partir en ballon ?

— Moi ? Non… oui… murmura Svidrigaïloff, qui semblait devenu rêveur.

« Qu'est-ce bien que cet homme-là ? » pensa Raskolnikoff.

— Non, la lettre de change ne me gênait pas, continua Svidrigaïloff ; c'est de mon plein gré que je restais au village. Il y aura bientôt un an, Marfa Pétrovna, à l'occasion de ma fête, m'a rendu ce papier en y joignant une somme importante à titre de cadeau. Elle avait beaucoup d'argent. « Voyez quelle confiance j'ai en vous, Arcade Ivanovitch », m'a-t-elle dit. Je vous assure qu'elle s'est exprimée ainsi ; vous ne le croyez pas ? Mais, vous savez, je remplissais fort bien mes devoirs de propriétaire rural ; on me connaît dans le pays. De plus, pour m'occuper, je faisais venir des livres ; Marfa Pétrovna, dans le principe, approuvait mon goût pour la lecture, mais plus tard elle craignit que je ne me fatiguasse par trop d'application.

— Il semble que la mort de Marfa Pétrovna vous ait laissé un vide ?

— À moi ? Peut-être. Vraiment, c'est possible. À propos, croyez-vous aux apparitions ?

— À quelles apparitions ?

— Aux apparitions, dans le sens ordinaire du mot.

— Vous y croyez, vous ?

— Oui et non, je n'y crois pas si vous voulez, pourtant...

— Vous en voyez ?

Svidrigaïloff regarda son interlocuteur d'un air étrange.

— Marfa Pétrovna vient me visiter, dit-il, et sa bouche se tordit en un sourire indéfinissable.

— Comment, elle vient vous visiter ?

— Oui, elle est déjà venue trois fois. La première fois, je l'ai vue le jour même de l'enterrement, une heure après être revenu du cimetière. C'était la veille de mon départ pour Pétersbourg. Je l'ai revue ensuite pendant mon voyage : elle m'est apparue avant-hier, au point du jour, à la station de Malaïa Vichéra ; la troisième fois, c'est il y a deux heures, dans une chambre de l'appartement où je loge, j'étais seul.

— Vous étiez éveillé ?

— Parfaitement. J'étais éveillé les trois fois. Elle vient, elle cause une minute et elle s'en va par la porte, toujours par la porte. Il me semble l'entendre marcher.

— Je me disais bien qu'il devait arriver, en effet, des choses de ce genre, fit brusquement Raskolnikoff, et au même instant il s'étonna d'avoir prononcé cette parole. Il était fort agité.

— Vraiment ? Vous vous disiez cela ? demanda Svidrigaïloff surpris : — est-ce possible ? Eh bien, n'avais-je pas raison de dire qu'il y a entre nous un point commun, hein ?

— Jamais vous n'avez dit cela ! répliqua avec irritation Raskolnikoff.

— Je ne l'ai pas dit ?

— Non.

— Je croyais l'avoir dit. Tantôt, quand je suis entré ici et que je vous ai vu couché, les yeux fermés, et faisant semblant de dormir, j'ai pensé à part moi : « C'est celui-là même ! »

— « Celui-là même ! » Que voulez-vous dire par là ? À quoi faites-vous allusion ? s'écria Raskolnikoff.

— À quoi ? Vraiment, je ne sais pas... balbutia d'un air embarrassé Svidrigaïloff.

Pendant une minute, ils se regardèrent silencieusement entre les deux yeux.

— Tout cela ne signifie rien ! reprit avec colère Raskolnikoff, qu'est-ce qu'elle vous dit, quand elle vient vous voir ?

— Elle ? Figurez-vous qu'elle me parle de niaiseries, de choses tout à fait insignifiantes, et voyez ce que c'est que l'homme : cela me fâche. Lors de sa première apparition, j'étais fatigué ; le service funèbre, le Requiem, le dîner, tout cela ne m'avait pas laissé respirer, — enfin je me trouvais seul dans mon cabinet, je fumais un cigare en m'abandonnant à mes réflexions, quand je la vois entrer par la porte : « Arcade Ivanovitch, me dit-elle, aujourd'hui, avec le tracas que vous avez eu, vous avez oublié de remonter la pendule de la salle à manger. » C'était moi, en effet, qui depuis sept ans remontais cette pendule chaque semaine, et quand je l'oubliais, ma femme m'y faisait toujours penser. Le lendemain, je me mets en route pour Pétersbourg. Au point du jour, arrivé à une station, je descends et j'entre au buffet de la gare. J'avais mal dormi, mes yeux étaient appesantis, je me fais servir une tasse de café. Tout à coup, qui vois-je ? Marfa Pétrovna assise à côté de moi. Elle tenait entre les mains un jeu de cartes : « Voulez-vous que je vous prédise ce qui vous arrivera pendant votre voyage, Arcade Ivanovitch ? » me demande-t-elle. Elle tirait fort bien les cartes. Je ne me pardonne pas, vraiment, de ne pas m'être fait dire la bonne aventure par elle. Je m'enfuis, effrayé, d'ailleurs la sonnette appelait les voyageurs. Aujourd'hui, après un dîner détestable que je ne parvenais pas à digérer, j'étais assis dans ma chambre et j'avais allumé un cigare quand je vois arriver de nouveau Marfa Pétrovna, cette fois, en grande toilette ; elle avait une robe neuve en soie verte avec une très-longue traîne : « Bonjour, Arcade Ivanovitch ! comment trouvez-vous ma robe ? Aniska n'en fait pas de pareilles. » (Aniska, c'est une couturière de notre village, une ancienne serve qui a été en apprentissage à Moscou — un beau brin de fille.) Je jette un coup d'œil sur la robe, puis je regarde attentivement ma femme en pleine figure, et je lui dis : « Il est inutile que vous vous dérangiez, Marfa Pétrovna, pour venir me parler de semblables bagatelles. » — « Ah ! mon Dieu, batuchka, il n'y a pas moyen de te faire peur. » — « Je vais me marier, Marfa Pétrovna », reprends-je, voulant la taquiner un peu. « Libre à vous, Arcade Ivanovitch ; vous vous ferez peu d'honneur en vous remariant sitôt après avoir perdu votre femme ; fissiez-vous même un bon choix, vous ne vous attirerez que le mépris des braves gens. » Sur ce, elle sortit, et je crus même entendre le froufrou de sa traîne. N'est-ce pas que c'est drôle ?

— Mais peut-être ne dites-vous que des mensonges ? observa Raskolnikoff.

— Il est rare que je mente, répondit Svidrigaïloff d'un air rêveur et sans paraître remarquer le moins du monde la grossièreté de la question.

— Et, avant cela, vous n'aviez jamais vu de revenants ?

— Si, mais cela ne m'était arrivé qu'une seule fois, il y a six ans. J'avais un domestique nommé Philka ; on venait de l'enterrer ; par distraction je criai comme de coutume : « Philka, ma pipe ! » Il entra et alla droit à l'armoire où se trouvaient mes ustensiles de fumeur. « Il m'en veut », pensai-je en moi-même, car, peu avant sa mort, nous avions eu ensemble une vive altercation. — « Comment oses-tu, lui dis-je, te présenter devant moi avec un vêtement troué aux coudes ? Va-t'en, maraud ! « Il fit demi-tour, sortit et ne revint plus. Je n'en ai pas parlé à Marfa Pétrovna. Mon intention était d'abord de faire dire une messe pour lui, mais j'ai réfléchi ensuite que ce serait de l'enfantillage.

— Allez voir un médecin.

— Votre observation est superflue, je comprends moi-même que je suis malade, bien que, à la vérité, je ne sache pas de quoi ; selon moi, je me porte cinq fois mieux que vous. Je ne vous ai pas demandé : croyez-vous qu'on voie des apparitions ? ma question était celle-ci : Croyez-vous qu'il y ait des apparitions ?

— Non, certes, je ne le crois pas ! répliqua vivement et même avec colère le jeune homme.

— Que dit-on ordinairement ? murmura en manière de soliloque Svidrigaïloff, qui, la tête un peu inclinée, regardait de côté. — Les gens vous disent : « Vous êtes malade, par conséquent ce qui vous apparaît n'est qu'un rêve dû au délire. » Ce n'est pas raisonner avec une logique sévère. J'admets que les apparitions ne se montrent qu'aux malades, mais cela prouve seulement qu'il faut être malade pour les voir, et non qu'elles n'existent pas en soi.

— Certainement, elles n'existent pas ! reprit violemment Raskolnikoff.

Svidrigaïloff le considéra longuement.

— Elles n'existent pas ? c'est votre avis ? Mais ne pourrait-on pas se dire ceci : « Les apparitions sont, en quelque sorte, des fragments, des morceaux d'autres mondes. L'homme sain, naturellement, n'a pas de raison pour les voir, attendu que l'homme sain est surtout un homme matériel, par conséquent il doit, pour être dans l'ordre, vivre de la seule vie d'ici-bas. Mais dès qu'il vient à être malade, dès que se détraque l'ordre normal, terrestre, de son organisme, aussitôt commence à se manifester la possibilité d'un autre monde ; à mesure que sa maladie s'aggrave, ses contacts avec l'autre monde se multiplient jusqu'à ce que la mort l'y fasse entrer de plain-pied. » Il y a longtemps que je me suis fait ce raisonnement, et, si vous croyez à la vie future, rien ne vous empêche de l'admettre.

— Je ne crois pas à la vie future, répondit Raskolnikoff.

Svidrigaïloff restait songeur.

— S'il n'y avait là que des araignées ou d'autres choses semblables ? fit-il tout à coup.

« C'est un fou », pensa Raskolnikoff.

— Nous nous représentons toujours l'éternité comme une idée qu'on ne peut pas comprendre, quelque chose d'immense, d'immense ! Mais pourquoi donc serait-elle nécessairement ainsi ? Au lieu de tout cela, figurez-vous une petite chambre, comme qui dirait un cabinet de bain, noircie par la fumée, avec des araignées dans tous les coins, et voilà toute l'éternité. Moi, vous savez, c'est de cette façon que je l'imagine parfois.

— Quoi ! Se peut-il que vous ne vous en fassiez pas une idée plus consolante et plus juste ! s'écria Raskolnikoff avec un sentiment de malaise.

— Plus juste ? Qui sait ? ce point de vue est peut-être le vrai, et il le serait certainement si cela dépendait de moi ! répondit Svidrigaïloff avec un vague sourire.

Cette sinistre réponse fit courir un frisson dans tous les membres de Raskolnikoff. Svidrigaïloff releva la tête, regarda fixement le jeune homme et soudain éclata de rire.

— Est-ce assez curieux ! s'écria-t-il : — il y a une demi-heure, nous ne nous étions pas encore vus, nous nous considérons comme des ennemis, une affaire reste à vider entre nous ; nous avons laissé de côté cette affaire, et nous nous sommes mis à philosopher ensemble ! Eh bien, quand je vous le disais, que nous sommes deux plantes du même champ !

— Pardon, reprit Raskolnikoff agacé, — veuillez, s'il vous plaît, m'expliquer sans plus de retard pourquoi vous m'avez fait l'honneur de votre visite… je suis pressé, j'ai à sortir…

— Soit. Votre sœur, Avdotia Romanovna, va épouser M. Loujine, Pierre Pétrovitch ?

— Je vous prierais de laisser ma sœur en dehors de cet entretien et de ne pas prononcer son nom. Je ne comprends même pas que vous osiez la nommer en ma présence, si vous êtes en effet Svidrigaïloff.

— Mais puisque je suis venu pour vous parler d'elle, comment ne pas la nommer ?

— C'est bien, parlez, mais dépêchez-vous !

— Ce monsieur Loujine est mon parent par alliance. Je suis sûr que votre opinion est déjà faite sur son compte, si vous l'avez vu, ne fût-ce qu'une demi-heure, ou si quelque personne digne de foi vous a parlé de lui. Ce n'est pas un parti convenable pour Avdotia Romanovna. Selon moi, dans cette affaire, votre sœur se sacrifie d'une façon aussi magnanime qu'inconsidérée : elle s'immole pour… pour sa famille. D'après tout ce

que je savais de vous, je présumais que vous verriez avec grand plaisir la rupture de ce mariage, si elle pouvait se faire sans préjudice pour les intérêts de votre sœur. Maintenant que je vous connais personnellement, je n'ai plus aucun doute à cet égard.
— De votre part, tout cela est fort naïf ; pardonnez-moi, je voulais dire : fort effronté, répliqua Raskolnikoff.

— C'est-à-dire que vous me supposez des vues intéressées ? Soyez tranquille, Rodion Romanovitch, si je travaillais pour moi, je cacherais mieux mon jeu ; je ne suis pas absolument un imbécile. Je vais, à ce propos, vous découvrir une singularité psychologique. Tantôt, je m'excusais d'avoir aimé votre sœur, en disant que j'avais été moi-même une victime. Eh bien, sachez qu'à présent je n'éprouve plus aucun amour pour elle. C'est à ce point que je m'en étonne moi-même, car j'avais été sérieusement épris…

— C'était un caprice d'homme désœuvré et vicieux, interrompit Raskolnikoff.

— En effet, je suis un homme vicieux et désœuvré. Du reste, votre sœur possède assez de mérite pour faire impression même sur un libertin comme moi. Mais tout cela n'était qu'un feu de paille, je le vois maintenant moi-même.

— Depuis quand vous en êtes-vous aperçu ?

— Je m'en doutais depuis quelque temps déjà et je m'en suis définitivement convaincu avant-hier, presque au moment de mon arrivée à Pétersbourg. Mais, à Moscou encore, j'étais décidé à obtenir la main d'Avdotia Romanovna et à me poser en rival de M. Loujine.

— Pardonnez-moi de vous interrompre, mais ne pourriez-vous abréger et passer immédiatement à l'objet de votre visite ? Je vous le répète, je suis pressé, j'ai des courses à faire…

— Très-volontiers. Décidé maintenant à entreprendre un certain… voyage, je voudrais, au préalable, régler différentes affaires. Mes enfants demeurent chez leur tante ; ils sont riches et n'ont aucun besoin de moi. D'ailleurs, me voyez-vous dans le rôle de père ? Je n'ai emporté que la somme dont Marfa Pétrovna m'a fait cadeau, il y a un an. Cet argent me suffit. Excusez-moi, j'arrive au fait. Avant de me mettre en route, je tiens à en finir avec M. Loujine. Ce n'est pas que je le déteste précisément, mais il a été cause de ma dernière querelle avec ma femme : je me suis fâché quand j'ai su qu'elle avait manigancé ce mariage. Maintenant je m'adresse à vous pour obtenir accès auprès d'Avdotia Romanovna ; vous pouvez, si bon vous semble, assister à notre entrevue. Je désirerais d'abord mettre sous les yeux de votre sœur tous les inconvénients qui résulteront pour elle d'un mariage avec M. Loujine ; ensuite je la prierais de me pardonner tous les ennuis que je lui ai causés, et je lui demanderais la permission de lui offrir dix mille roubles, ce qui la dédommagerait d'une rupture avec M. Loujine, rupture à laquelle, j'en suis persuadé, elle-même ne répugnerait pas, si elle en entrevoyait la possibilité.

— Mais vous êtes fou, positivement fou ! s'écria Raskolnikoff avec plus de surprise encore que de colère. Comment osez-vous tenir ce langage ?

— Je savais bien que vous alliez vous récrier, mais je commencerai par vous faire observer que, tout en n'étant pas riche, je puis parfaitement disposer de ces dix mille roubles, je veux dire qu'ils ne me sont nullement nécessaires. Si Avdotia Romanovna ne les accepte pas, Dieu sait quel sot usage j'en ferai. En second lieu, ma conscience est tout à fait tranquille ; mon offre est exempte de tout calcul. Croyez-le ou ne le croyez pas, l'avenir vous le prouvera, à vous et à Avdotia Romanovna. En résumé, je me suis donné beaucoup de torts envers votre très-honorée sœur, j'en éprouve un sincère regret et je désire vivement, non pas réparer par une compensation pécuniaire les désagréments que je lui ai occasionnés, mais lui rendre un petit service pour qu'il ne soit pas dit que je ne lui ai fait que du mal. Si ma proposition cachait quelque arrière-pensée, je ne la ferais pas si franchement, et je ne me bornerais pas à offrir dix mille roubles aujourd'hui, quand j'ai offert davantage il y a cinq semaines. D'ailleurs, je vais peut-être épouser une jeune fille d'ici à très-peu de temps, et, dans ces conditions, je ne puis être soupçonné de vouloir séduire Avdotia Romanovna. En fin de compte, je vous dirai que, si elle devient la femme du M. Loujine, Avdotia Romanovna recevra cette même somme, seulement d'un autre côté… Mais ne vous fâchez pas, Rodion Romanovitch, jugez avec calme et sang-froid.

Svidrigaïloff avait lui-même prononcé ces paroles avec un flegme extraordinaire.

— Je vous prie de cesser, dit Raskolnikoff. Cette proposition est d'une insolence impardonnable.

— Pas du tout. Après cela, l'homme, dans ce monde, ne peut que faire du mal à son semblable ; en revanche, il n'a pas le droit de lui faire le moindre bien ; les convenances sociales s'y opposent. C'est absurde. Par exemple, si je venais à mourir et que je laissasse par testament cette somme à votre sœur, est-ce qu'alors encore elle la refuserait ?

— C'est très-possible.

— N'en parlons plus. Quoi qu'il en soit, je vous prie de transmettre ma demande à Avdotia Romanovna.

— Je n'en ferai rien.

— En ce cas, Rodion Romanovitch, il faudra que je tâche de me trouver en tête-à-tête avec elle, ce que je ne pourrai faire sans l'inquiéter.

— Et si je lui communique votre proposition, vous ne chercherez pas à la voir en particulier ?

— Je ne sais vraiment que vous dire. Je désirerais fort me rencontrer une fois avec elle.

— Ne l'espérez pas.

— Tant pis. Du reste, vous ne me connaissez pas. Peut-être que des relations amicales s'établiront entre nous.

— Vous croyez ?

— Pourquoi pas ? fit en souriant Svidrigaïloff, qui se leva et prit son chapeau ; ce n'est pas que je veuille m'imposer à vous, et même, en venant ici, je ne comptais pas trop… ce matin, j'ai été frappé…

— Où m'avez-vous vu, ce matin ? demanda avec inquiétude Raskolnikoff.

— Je vous ai aperçu par hasard… Il me semble toujours que nous sommes deux fruits du même arbre…

— Allons, c'est bien. Permettez-moi de vous demander si vous comptez bientôt vous mettre en route.

— Pour quel voyage ?

— Mais celui dont vous parliez tout à l'heure.

— Je vous ai parlé d'un voyage ? Ah ! oui, en effet… Si vous saviez, pourtant, quelle question vous venez de soulever ! ajouta-t-il avec un rire sec. Peut-être qu'au lieu de faire ce voyage, je me marierai. On est en train de négocier un mariage pour moi.

— Ici ?
— Oui.

— Vous n'avez pas perdu de temps, depuis votre arrivée à Pétersbourg.

— Allons, au revoir… Ah ! oui ! J'allais l'oublier ! Dites à votre sœur, Rodion Romanovitch, que Marfa Pétrovna lui a légué trois mille roubles. C'est l'exacte vérité. Marfa Pétrovna a fait ses dispositions testamentaires en ma présence huit jours avant sa mort. D'ici à deux ou trois semaines, Avdotia Romanovna pourra entrer en possession de ce legs.

— Vous dites vrai ?

— Oui. Dites-le-lui. Allons, votre serviteur. J'habite à une très-petite distance de chez vous.

En sortant, Svidrigaïloff se croisa sur le seuil avec Razoumikhine.

Chapitre II

Il était près de huit heures ; les deux jeunes gens partirent aussitôt pour la maison Bakaléieff, voulant y arriver avant Lóujine.
— Eh bien, qui est-ce donc qui sortait de chez toi quand j'y suis entré ? demanda Razoumikhine dès qu'ils se trouvèrent dans la rue.
— C'était Svidrigaïloff, ce même propriétaire chez qui ma sœur a été institutrice, et dont elle a dû quitter la maison, parce qu'il lui faisait la cour ; Marfa Pétrovna, la femme de ce monsieur, l'a mise à la porte. Plus tard, cette Marfa Pétrovna a demandé pardon à Dounia, et ces jours derniers elle est morte subitement. C'est d'elle que ma mère parlait tantôt. Je ne sais pourquoi, j'ai grand'peur de cet homme. Il est fort étrange et a quelque résolution fermement arrêtée. On dirait qu'il sait quelque chose… Il est arrivé ici aussitôt après l'enterrement de sa femme… Il faut protéger Dounia contre lui… Voilà ce que je voulais te dire, tu entends ?
— La protéger ! Que peut-il donc contre Avdotia Romanovna ? Allons, je te remercie, Rodia, de m'avoir dit cela… Nous la protégerons, sois tranquille !… Où demeure-t-il ?
— Je n'en sais rien.
— Pourquoi ne le lui as-tu pas demandé ? C'est fâcheux ! Du reste, je le reconnaîtrai !
— Tu l'as vu ? questionna Raskolnikoff après un certain silence.
— Eh, oui, je l'ai remarqué très-bien remarqué.
— Tu en es sûr ? Tu l'as vu distinctement ? insista Raskolnikoff.
— Sans doute, je me rappelle son visage et je le reconnaîtrai entre mille, j'ai la mémoire des physionomies.
Ils se turent de nouveau.
— Hum… tu sais…je pensais… il me semble toujours… que je suis peut-être dupe d'une illusion, balbutia Raskolnikoff.
— À propos de quoi dis-tu cela ? Je ne te comprends pas très-bien.
— Voici, poursuivit Raskolnikoff avec une grimace qui voulait être un sourire : vous dites tous que je suis fou, eh bien, tout à l'heure l'idée m'était venue que vous aviez peut-être raison et que j'avais seulement vu un spectre.
— Quelle supposition !
— Qui sait ? peut-être suis-je fou en effet, et tous les événements de ces jours derniers n'ont-ils eu lieu que dans mon imagination.
— Eh, Rodia, on t'a encore troublé l'esprit !… Mais qu'est-ce qu'il t'a dit ? Pourquoi est-il venu chez toi ?
Raskolnikoff ne répondit pas, Razoumikhine réfléchit un instant.
— Allons, écoute mon compte rendu, commença-t-il. J'ai passé chez toi, tu dormais. Ensuite nous avons dîné, après quoi je suis allé voir

Porphyre. Zamétoff était encore chez lui. J'ai voulu commencer et n'ai pas été heureux dans mon début. Je ne pouvais jamais entrer en matière. Ils avaient toujours l'air de ne pas comprendre, sans, d'ailleurs, témoigner aucun embarras. J'emmène Porphyre près de la fenêtre et je me mets à lui parler, mais je ne réussis pas mieux. Il regarde d'un côté, et moi de l'autre. À la fin, j'approche mon poing de sa figure, et je lui dis que je vais le démolir. Il se contente de me regarder en silence. Je crache et je m'en vais, voilà tout. C'est fort bête. Avec Zamétoff je n'ai pas échangé un mot : Je m'en voulais fort de ma stupide conduite, quand une réflexion soudaine m'a consolé ; en descendant l'escalier, je me suis dit : Est-ce la peine pour toi et pour moi de nous préoccuper ainsi ? Évidemment, si quelque danger te menaçait, ce serait autre chose. Mais, dans l'espèce, qu'as-tu à craindre ? Tu n'es pas coupable, donc tu n'as pas à t'inquiéter d'eux. Plus tard nous nous moquerons de leur bévue, et, à ta place, moi, je me ferais un plaisir de les mystifier. Quelle honte ce sera pour eux de s'être si grossièrement trompés ! Crache là-dessus ; ensuite, on pourra aussi les cogner un peu ; mais, pour le moment, il n'y a qu'à rire de leur sottise !

— C'est juste ! répondit Raskolnikoff. « Mais que diras-tu demain ? » fit-il à part soi. Chose étrange, jusqu'alors il n'avait pas une seule fois songé à se demander : « Que pensera Razoumikhine quand il saura que je suis coupable ? » À cette idée, il regarda fixement son ami. Le récit de la visite à Porphyre l'avait fort peu intéressé : d'autres objets le préoccupaient en ce moment.

Dans le corridor ils rencontrèrent Loujine : il était arrivé à huit heures précises, mais il avait perdu du temps à chercher le numéro, de sorte que tous trois entrèrent ensemble, sans toutefois se regarder ni se saluer. Les jeunes gens se montrèrent les premiers ; Pierre Pétrovitch, toujours fidèle observateur des convenances, s'attarda un moment dans l'antichambre pour ôter son paletot. Pulchérie Alexandrovna s'avança aussitôt au-devant de lui. Dounia et Raskolnikoff se souhaitèrent le bonjour.

En entrant, Pierre Pétrovitch salua les dames d'une façon assez aimable, quoique avec une gravité renforcée. Du reste, il avait l'air quelque peu déconcerté. Pulchérie Alexandrovna, qui semblait gênée, elle aussi, s'empressa de faire asseoir tout son monde autour de la table sur laquelle se trouvait le samovar. Dounia et Loujine prirent place en face l'un de l'autre aux deux bouts de la table. Razoumikhine et Raskolnikoff s'assirent en face de Pulchérie Alexandrovna : le premier à côté de Loujine, le second près de sa sœur.

Il y eut un instant de silence. Pierre Pétrovitch tira lentement un mouchoir de batiste parfumé et se moucha. Ses manières étaient celles d'un homme bienveillant sans doute, mais un peu blessé dans sa dignité et fermement résolu à exiger des explications. Dans l'antichambre, au moment d'ôter son paletot, il s'était déjà demandé si le meilleur châtiment à infliger aux deux dames ne serait pas de se retirer immédiatement. Toutefois, il n'avait pas donné suite à cette idée, car il aimait les situations nettes ; or, ici, un point demeurait obscur pour lui. Puisqu'on avait si ouvertement bravé sa défense, il devait y avoir une raison à cela. Quelle raison ? Mieux valait tirer d'abord la chose au clair : il aurait toujours le temps de sévir, et la punition, pour être retardée, n'en serait pas moins sûre.

— J'espère que votre voyage s'est bien passé ? demanda-t-il par convenance à Pulchérie Alexandrovna.

— Grâce à Dieu, Pierre Pétrovitch.

— Je suis bien aise de l'apprendre. Et Avdotia Romanovna n'a pas été fatiguée non plus ?

— Moi, je suis jeune et forte, je ne me fatigue pas, mais pour maman ce voyage a été fort pénible, répondit Dounia.

— Que voulez-vous ? nos routes nationales sont très-longues, la Russie est grande… Quelque désir que j'en eusse, je n'ai pas pu aller hier à votre rencontre. J'espère pourtant que vous n'avez pas eu trop d'embarras ?

— Oh ! pardonnez-moi, Pierre Petrovitch, nous nous sommes trouvées dans une situation fort difficile, se hâta de répondre avec une intonation particulière Pulchérie Alexandrovna, et si Dieu lui-même, je crois, ne nous avait envoyé hier Dmitri Prokofitch, nous n'aurions su vraiment que devenir. Permettez-moi de vous présenter notre sauveur : Dmitri Prokofitch Razoumikhine, ajouta-t-elle.

— Comment donc, j'ai déjà eu le plaisir… hier, balbutia Loujine en jetant au jeune homme un regard oblique et malveillant ; puis il fronça le sourcil et se tut.

Pierre Pétrovitch était de ces gens qui s'efforcent de se montrer aimables et sémillants en société, mais qui, sous l'influence de la moindre contrariété, perdent subitement tous leurs moyens, au point de ressembler plutôt à des sacs de farine qu'à de fringants cavaliers. Le silence régna de nouveau : Raskolnikoff s'enfermait dans un mutisme obstiné, Avdotia Romanovna jugeait que le moment n'était pas venu pour elle de parler, Razoumikhine n'avait rien à dire, si bien que Pulchérie Alexandrovna se vit encore dans la pénible nécessité de renouer la conversation.

— Marfa Pétrovna est morte, le saviez-vous ? commença-t-elle, recourant à sa suprême ressource en pareil cas.

— Comment donc ! j'en ai été informé tout de suite, et je puis même vous apprendre qu'aussitôt après l'enterrement de sa femme, Arcade Ivanovitch Svidrigaïloff s'est rendu en toute hâte à Pétersbourg. Je tiens cette nouvelle de bonne source.

— À Pétersbourg ? Ici ? demanda d'une voix alarmée Dounia, et elle échangea un regard avec sa mère.

— Parfaitement. Et l'on doit supposer qu'il n'est pas venu sans intentions ; la précipitation de son départ et l'ensemble des circonstances précédentes le donnent à croire.
— Seigneur ! est-il possible qu'il vienne relancer Dounetchka jusqu'ici ? s'écria Pulchérie Alexandrovna.
— Il me semble que vous n'avez, ni l'une ni l'autre, à vous inquiéter beaucoup de sa présence à Pétersbourg, du moment, bien entendu, que vous voulez vous-mêmes éviter toute espèce de relations avec lui. Pour moi, j'ai l'œil ouvert, et je saurai bientôt où il est descendu…
— Ah ! Pierre Pétrovitch, vous ne vous imaginez pas à quel point vous m'avez fait peur ! reprit Pulchérie Alexandrovna. Je ne l'ai vu que deux fois, et il m'a paru terrible, terrible ! Je suis sûre qu'il a causé la mort de la pauvre Marfa Pétrovna.
— Les renseignements précis qui me sont parvenus n'autorisent pas cette conclusion. Du reste, je ne nie pas que ses mauvais procédés n'aient pu, dans une certaine mesure, hâter le cours naturel des choses. Mais, quant à la conduite et, en général, à la caractéristique morale du personnage, je suis d'accord avec vous. — J'ignore s'il est riche maintenant et ce que Marfa Pétrovna a pu lui laisser ; je le saurai à bref délai. Ce qui est certain, c'est que se trouvant ici à Pétersbourg, il ne tardera pas à reprendre son ancien genre de vie, pour peu qu'il possède de ressources pécuniaires. C'est l'homme le plus perdu de vices, le plus dépravé qu'il y ait ! Je suis fondé à croire que Marfa Pétrovna, qui avait eu le malheur de s'amouracher de lui et qui a payé ses dettes il y a huit ans, lui a encore été utile sous un autre rapport. À force de démarches et de sacrifices, elle a étouffé en germe une affaire criminelle qui pouvait bel et bien envoyer M. Svidrigaïloff en Sibérie. Il s'agissait d'un assassinat commis dans des conditions particulièrement épouvantables et, pour ainsi dire, fantastiques. Voilà ce qu'est cet homme, si vous désirez le savoir.
— Ah ! Seigneur ! s'écria Pulchérie Alexandrovna.
Raskolnikoff écoutait attentivement.
— Vous parlez, dites-vous, d'après des renseignements certains ? demanda d'un ton sévère Dounia.
— Je me borne à répéter ce que je tiens de la bouche même de Marfa Pétrovna. Il faut remarquer qu'au point de vue juridique cette affaire est très-obscure. À cette époque habitait ici — et il paraît qu'elle y habite encore — une certaine Resslich, une étrangère qui prêtait à la petite semaine et exerçait divers autres métiers. Des relations aussi intimes que mystérieuses existaient depuis longtemps entre cette femme et M. Svidrigaïloff. Elle avait avec elle une parente éloignée, une nièce, je crois, jeune fille de quinze ans, sinon même de quatorze, qui était sourde-muette. La Resslich ne pouvait souffrir cette fillette, elle lui reprochait chaque morceau de pain et la battait avec la dernière inhumanité. Un jour, la malheureuse fut trouvée pendue dans le grenier. L'enquête

d'usage aboutit à une constatation de suicide, et tout semblait devoir en rester là, quand la police reçut avis que l'enfant avait été... violée par Svidrigaïloff. À la vérité, tout cela était obscur : la dénonciation émanait d'une autre Allemande, femme d'une immoralité notoire, et dont le témoignage ne pouvait peser d'un grand poids. Bref, il n'y eut pas de procès, Marfa Pétrovna se mit en campagne, prodigua l'argent et réussit à empêcher les poursuites. Mais les bruits les plus fâcheux n'en coururent pas moins sur le compte de M. Svidrigaïloff. Pendant que vous étiez chez lui, Avdotia Romanovna, on vous a sans doute raconté aussi l'histoire de son domestique Philippe, mort victime de ses mauvais traitements. Cela est arrivé il y a six ans, le servage existait encore à cette époque.

— J'ai entendu dire, au contraire, que ce Philippe s'était pendu.

— Parfaitement, mais il a été réduit ou, pour mieux dire, poussé à se donner la mort par les brutalités incessantes et les vexations systématiques de son maître.

— J'ignorais cela, répondit sèchement Dounia, — j'ai seulement entendu raconter à ce propos une histoire fort étrange : ce Philippe était, paraît-il, un hypocondriaque, une sorte de domestique philosophe ; ses camarades prétendaient que la lecture lui avait troublé l'esprit ; à les en croire, il se serait pendu pour échapper non aux coups, mais aux railleries de M. Svidrigaïloff. J'ai toujours vu celui-ci traiter fort humainement ses serviteurs : il était aimé d'eux, quoiqu'ils lui imputassent, en effet, la mort de Philippe.

— Je vois, Avdotia Romanovna, que vous avez une tendance à le justifier, reprit Loujine avec un sourire miel et vinaigre. Le fait est que c'est un homme habile à s'insinuer dans le cœur des dames ; la pauvre Marfa Pétrovna, qui vient de mourir dans des circonstances si étranges, en est une lamentable preuve. J'ai voulu seulement vous avertir, vous et votre maman, en prévision des tentatives qu'il ne manquera pas de renouveler. Quant à moi, je suis fermement convaincu que cet homme finira dans la prison pour dettes. Marfa Pétrovna songeait trop à l'intérêt de ses enfants pour qu'elle ait jamais eu l'intention d'assurer à son mari une part sérieuse de sa fortune. Il se peut qu'elle lui ait laissé de quoi vivre dans une modeste aisance ; mais, avec ses goûts de dissipation, il aura tout mangé avant un an.

— Je vous en prie, Pierre Pétrovitch, ne parlons plus de M. Svidrigaïloff, dit Dounia. Cela m'est désagréable.

— Il est venu chez moi tout à l'heure, dit brusquement Raskolnikoff, qui jusqu'alors n'avait pas prononcé un mot.

Tous se tournèrent vers lui avec des exclamations de surprise. Pierre Pétrovitch lui-même parut intrigué.

— Il y a une demi-heure, pendant que je dormais, il est entré, m'a réveillé et s'est nommé, poursuivit Raskolnikoff. — Il était assez à son aise et assez gai ; il espère beaucoup que je me lierai avec lui. Entre autres choses, il sollicite vivement une entrevue avec toi, Dounia, et il m'a prié de lui servir de médiateur à cet effet. Il a une proposition à te faire et il m'a dit en quoi elle consiste. D'autre part, il m'a positivement assuré que Marfa Pétrovna, huit jours avant sa mort, t'avait légué par testament trois mille roubles, et que tu pourrais toucher cette somme dans un très-bref délai.

— Dieu soit loué ! s'écria Pulchérie Alexandrovna, et elle fit le signe de la croix. — Prie pour elle, Dounia, prie.

— Le fait est vrai, ne put s'empêcher de reconnaître Loujine.

— Eh bien, ensuite ? demanda vivement Dounetchka.

— Ensuite, il m'a dit que lui-même n'était pas riche, et que toute la fortune passait à ses enfants, qui se trouvent maintenant chez leur tante. Il m'a aussi appris qu'il demeurait non loin de chez moi, mais où ? — je l'ignore, je ne le lui ai pas demandé…

— Qu'est-ce qu'il veut donc proposer à Dounia ? demanda avec inquiétude Pulchérie Alexandrovna. Il te l'a dit ?

— Oui.

— Eh bien ?

— Je le dirai plus tard.

Après avoir fait cette réponse, Raskolnikoff se mit à boire son thé.

Pierre Pétrovitch regarda sa montre.

— Une affaire urgente m'oblige de vous quitter, et de la sorte je ne gênerai pas votre entretien, ajouta-t-il d'un air un peu piqué ; en prononçant ces mots, il se leva.

— Restez, Pierre Pétrovitch, dit Dounia, — vous aviez l'intention de nous donner votre soirée. De plus, vous avez vous-même écrit que vous désiriez avoir une explication avec maman.

— C'est vrai, Avdotia Romanovna, répondit d'un ton pincé Pierre Pétrovitch, qui se rassit à demi, tout en gardant son chapeau à la main ; — je désirais en effet m'expliquer avec votre honorée mère et avec vous sur quelques points d'une haute gravité. Mais comme votre frère ne peut s'expliquer devant moi sur certaines propositions de M. Svidrigaïloff, je ne puis ni ne veux moi-même m'expliquer… devant des tiers… sur certains points d'une extrême importance. D'ailleurs, j'avais exprimé dans les termes les plus formels un désir dont il n'a pas été tenu compte…

La physionomie de Loujine était devenue dure et hautaine.

— Vous aviez demandé, en effet, que mon frère n'assistât pas à notre entrevue, et, s'il n'a pas été fait droit à votre demande, c'est uniquement sur mes instances, répondit Dounia. Vous nous avez écrit que vous aviez été insulté par mon frère ; selon moi, il faut qu'aucun malentendu ne subsiste entre vous, et que vous vous réconciliiez ensemble. Si réellement Rodia vous a offensé, il doit vous faire des excuses, et il vous les fera.

En entendant ces paroles, Pierre Pétrovitch se sentit moins que jamais disposé aux concessions.

— Avec toute la bonne volonté du monde, Avdotia Romanovna, on ne peut oublier certaines injures. En tout il y a une limite qu'il est dangereux de dépasser, car, une fois qu'on l'a franchie, le retour en arrière est impossible.

— Ah ! bannissez cette vaine susceptibilité, Pierre Pétrovitch, interrompit Dounia d'une voix émue ; — soyez l'homme intelligent et noble que j'ai toujours vu, que je veux toujours voir en vous. Je vous ai fait une grande promesse, je suis votre future femme ; fiez-vous donc à moi dans cette affaire et croyez que je puis juger avec impartialité. Le rôle d'arbitre que je m'attribue en ce moment n'est pas une surprise moindre pour mon frère que pour vous. Quand aujourd'hui, après votre lettre, je l'ai prié avec instances de venir à notre entrevue, je ne lui ai nullement fait part de mes intentions. Comprenez que si vous refusez de vous réconcilier, je serai forcée d'opter pour l'un de vous à l'exclusion de l'autre. C'est ainsi que la question se trouve posée par votre fait à tous deux. Je ne veux ni ne dois me tromper dans mon choix. Pour vous, il faut que je rompe avec mon frère ; pour mon frère, il faut que je rompe avec vous. Je veux et je puis être édifiée à présent sur vos sentiments à mon égard. Je vais savoir : d'une part si j'ai dans Rodia un frère, de l'autre si j'ai en vous un mari qui m'aime et m'apprécie.

— Avdotia Romanovna, reprit Loujine vexé, votre langage comporte trop d'interprétations diverses ; je dirai plus, je le trouve offensant, eu égard à la situation que j'ai l'honneur d'occuper vis-à-vis de vous. Sans parler de ce qu'il y a de blessant pour moi à me voir mis sur la même ligne qu'un… orgueilleux jeune homme, vous semblez admettre comme possible la rupture du mariage convenu entre nous. Vous dites que vous devrez choisir entre votre frère et moi ; par cela même vous montrez combien peu je compte à vos yeux… Je ne puis accepter cela, étant donnés nos relations et… nos engagements réciproques.

— Comment ! s'écria Dounia dont le front se couvrit de rougeur : — je mets votre intérêt en balance avec tout ce que j'ai eu jusqu'ici de plus cher dans la vie, et vous vous plaignez de compter pour peu à mes yeux !

Raskolnikoff eut un sourire caustique, Razoumikhine fit la grimace, mais la réponse de la jeune fille ne calma point Loujine, qui, à chaque instant, devenait plus rogue et plus intraitable.

— L'amour pour l'époux, pour le futur compagnon de la vie, doit l'emporter sur l'amour fraternel, déclara-t-il sentencieusement, — et en tout cas je ne puis être mis sur la même ligne… Quoique j'aie dit tout à l'heure que je ne voulais ni ne pouvais m'expliquer en présence de votre frère sur le principal objet de ma visite, il est un point, très-important pour moi, que je désirerais éclaircir dès maintenant avec votre honorée mère. Votre fils, continua-t-il en s'adressant à Pulchérie Alexandrovna, —

hier, en présence de M. Razsoudkine (n'est-ce pas ainsi que vous vous appelez ? excusez-moi, j'ai oublié votre nom, dit-il à Razoumikhine en lui faisant un salut aimable), m'a offensé par la manière dont il a altéré une phrase prononcée dernièrement par moi pendant que je prenais le café chez vous. J'avais dit que, selon moi, une jeune fille pauvre et déjà éprouvée par le malheur présentait à un mari plus de garanties de moralité et de bonheur qu'une personne ayant toujours vécu dans l'aisance. Votre fils a, de propos délibéré, prêté un sens absurde à mes paroles, il m'a attribué des intentions odieuses, et je présume qu'il s'est fondé, pour le faire, sur votre propre correspondance. Ce serait un grand apaisement pour moi, Pulchérie Alexandrovna, si vous pouviez me prouver que je me trompe. Dites-moi donc exactement dans quels termes vous avez reproduit ma pensée en écrivant à Rodion Romanovitch.

— Je ne m'en souviens pas, répondit avec embarras Pulchérie Alexandrovna, mais je l'ai reproduite comme je l'avais comprise moi-même. Je ne sais comment Rodia vous a répété cette phrase. Il se peut qu'il en ait forcé les termes.

— Il n'a pu le faire qu'en s'inspirant de ce que vous lui avez écrit.

— Pierre Pétrovitch, répliqua avec dignité Pulchérie Alexandrovna, — la preuve que Dounia et moi n'avons pas pris vos paroles en trop mauvaise part, c'est que nous sommes ici.

— Bien, maman ! approuva la jeune fille.

— Ainsi, c'est moi qui ai tort ! fit Loujine blessé.

— Voyez-vous, Pierre Pétrovitch, vous accusez toujours Rodion : or, vous-même, dans votre lettre de tantôt, vous avez mis à sa charge un fait faux, poursuivit Pulchérie Alexandrovna grandement réconfortée par le *satisfecit* que venait de lui délivrer sa fille.

— Je ne me souviens pas d'avoir rien écrit de faux.

— D'après votre lettre, déclara d'un ton âpre Raskolnikoff, sans se tourner vers Loujine, l'argent que j'ai donné hier à la veuve d'un homme écrasé par une voiture, je l'aurais donné à sa fille (que je voyais alors pour la première fois). Vous avez écrit cela dans l'intention de me brouiller avec ma famille, et, pour y mieux réussir, vous avez qualifié de la façon la plus ignoble la conduite d'une jeune fille que vous ne connaissez pas. C'est de la basse diffamation.

— Pardonnez-moi, monsieur, répondit Loujine tremblant de colère : si, dans ma lettre, je me suis étendu sur ce qui vous concerne, c'est uniquement parce que votre mère et votre sœur m'avaient prié de leur faire savoir comment je vous aurais trouvé et quelle impression vous auriez produite sur moi. D'ailleurs, je vous défie de relever une seule ligne mensongère dans le passage auquel vous faites allusion. Nierez-vous, en effet, que vous ayez gaspillé votre argent, et, quant à la malheureuse famille dont il s'agit, oseriez-vous garantir l'honorabilité de tous ses membres ?

— Selon moi, avec toute votre honorabilité, vous ne valez pas le petit doigt de la pauvre jeune fille à qui vous jetez la pierre.
— Ainsi, vous n'hésiteriez pas à l'introduire dans la société de votre mère et de votre sœur ?
— Je l'ai même déjà fait, si vous désirez le savoir. Je l'ai invitée aujourd'hui à prendre place à côté de maman et de Dounia.
— Rodia ! s'écria Pulchérie Alexandrovna.
Dounetchka rougit ; Razoumikhine fronça le sourcil. Loujine eut sur les lèvres un sourire méprisant.
— Jugez vous-même, Avdotia Romanovna, dit-il, si l'accord est possible. J'espère maintenant que c'est une affaire finie et qu'il n'en sera plus question. Je me retire pour ne pas gêner plus longtemps votre réunion de famille ; d'ailleurs, vous avez des secrets à vous communiquer. (Il se leva et prit son chapeau.) Mais laissez-moi vous dire, avant de m'en aller, que je souhaite n'être plus exposé désormais à de pareilles rencontres. C'est à vous particulièrement, très-honorée Pulchérie Alexandrovna, que je fais cette demande, d'autant plus que ma lettre était adressée à vous et non à aucun autre.
Pulchérie Alexandrovna se sentit un peu froissée.
— Vous vous croyez donc tout à fait notre maître, Pierre Pétrovitch ! — Dounia vous a dit pourquoi votre désir n'a pas été satisfait : elle n'avait que de bonnes intentions. Mais, vraiment, vous m'écrivez d'un style bien impérieux. Faut-il que nous regardions tout désir de vous comme un ordre ? Je vous dirai, au contraire, que maintenant surtout vous devez nous traiter avec égard et ménagement, car notre confiance en vous nous a fait tout quitter pour venir ici, et, par conséquent, vous nous avez déjà à votre discrétion.
— Ce n'est pas tout à fait vrai, Pulchérie Alexandrovna, surtout en ce moment où vous connaissez le legs fait par Marfa Pétrovna à votre fille. Ces trois mille roubles arrivent fort à propos, paraît-il, à en juger par le ton nouveau que vous prenez avec moi, ajouta aigrement Loujine.
— Cette observation donnerait à supposer que vous aviez spéculé sur notre dénûment, remarqua d'une voix irritée Dounia.
— Mais à présent, du moins, je ne puis pas spéculer là-dessus, et surtout je ne veux pas vous empêcher d'entendre les propositions secrètes qu'Arcade Ivanovitch Svidrigaïloff a chargé votre frère de vous transmettre. À ce que je vois, ces propositions ont pour vous une signification capitale et, peut-être même, fort agréable.
— Ah ! mon Dieu ! s'écria Pulchérie Alexandrovna.
Razoumikhine s'agitait impatiemment sur sa chaise.
— Et tu n'es pas honteuse à la fin, ma sœur ? demanda Raskolnikoff.
— Si, Rodia, répondit la jeune fille. — Pierre Pétrovitch, sortez ! dit-elle, pâle de colère, à Loujine.

Ce dernier ne s'attendait pas du tout à un pareil dénoûment. Il avait trop présumé de lui-même, trop compté sur sa force et sur l'impuissance de ses victimes. Maintenant encore, il ne pouvait en croire ses oreilles.

— Avdotia Romanovna, dit-il, blême et les lèvres frémissantes, si je sors en ce moment, tenez pour certain que je ne reviendrai jamais. Réfléchissez-y ! Je n'ai qu'une parole !

— Quelle impudence ! s'écria Dounia, bondissant de dessus son siège ; mais je ne veux pas non plus que vous reveniez !

— Comment ? Ainsi, c'est comme cela ! vociféra Loujine d'autant plus déconcerté que jusqu'à la dernière minute il avait cru impossible une semblable rupture. — Ah ! c'est ainsi ! Mais savez-vous, Avdotia Romanovna, que je pourrais protester…

— De quel droit lui parlez-vous ainsi ? fit avec véhémence Pulchérie Alexandrovna, — comment pouvez-vous protester ? Quels sont vos droits ? Oui, n'est-ce pas ? j'irai donner ma Dounia à un homme comme vous ! Allez-vous-en, laissez-nous désormais en repos ! Nous avons eu tort nous-mêmes de consentir à une chose malhonnête, et moi surtout, je…

— Pourtant, Pulchérie Alexandrovna, répliqua Pierre Pétrovitch exaspéré, vous m'avez lié en me donnant une parole que vous retirez à présent… et enfin… enfin, cela m'a occasionné des frais…

Cette dernière récrimination était si bien dans le caractère de Loujine, que Raskolnikoff, malgré la fureur à laquelle il était en proie, ne put l'entendre sans éclater de rire. Mais il n'en fut pas de même de Pulchérie Alexandrovna.

— Des frais ? reprit-elle violemment. — S'agirait-il, par hasard, de la malle que vous nous avez envoyée ? Mais vous en avez obtenu le transport gratuit. Seigneur ! vous prétendez que nous vous avons lié ! Peut-on ainsi renverser les situations ! C'est nous qui étions à votre merci, Pierre Pétrovitch, et non vous qui étiez à la nôtre !

— Assez, maman, assez, je vous prie ! dit Avdotia Romanovna. — Pierre Pétrovitch, faites-moi le plaisir de vous retirer !

— Je m'en vais ; un dernier mot seulement, répondit-il, presque hors de lui. Votre maman paraît avoir complétement oublié que j'ai demandé votre main au moment où de mauvais bruits couraient sur vous dans toute la contrée. En bravant pour vous l'opinion publique, en rétablissant votre réputation, j'avais lieu d'espérer que vous m'en sauriez gré, j'étais même en droit de compter sur votre reconnaissance… Mes yeux sont maintenant dessillés ! je vois que ma conduite a été fort inconsidérée, et que j'ai peut-être eu grand tort de mépriser la voix publique…

— Mais il veut donc se faire casser la tête ! s'écria Razoumikhine, qui s'était déjà levé pour châtier l'insolent.

— Vous êtes un homme bas et méchant ! dit Dounia.

— Pas un mot ! pas un geste ! fit vivement Raskolnikoff en arrêtant Razoumikhine ; puis il s'approcha de Loujine, et lui parlant presque dans la figure :

— Veuillez vous en aller ! dit-il d'une voix basse, mais parfaitement distincte : et pas un mot de plus, autrement...

Pierre Pétrovitch, le visage pâle et contracté par la colère, le regarda pendant quelques secondes ; ensuite, il tourna sur ses talons et disparut, emportant dans son cœur une haine mortelle contre Raskolnikoff, à qui seul il imputait sa disgrâce. Chose à noter, tandis qu'il descendait l'escalier, il s'imaginait encore que tout n'était pas perdu sans remède, et qu'un raccommodement avec les deux dames n'avait rien d'impossible.

Chapitre III

Durant cinq minutes, tous furent très-joyeux, leur satisfaction se traduisit même par des rires. Seule Dounetchka pâlissait de temps à autre et fronçait le sourcil au souvenir de la scène précédente. Mais de tous le plus enchanté était Razoumikhine. Sa joie, qu'il n'osait pas encore manifester ouvertement, se trahissait malgré lui dans le tremblement fiévreux de toute sa personne. À présent, il avait le droit de donner toute sa vie aux deux dames, de se consacrer à leur service… Toutefois, il refoulait ces pensées au plus profond de lui-même et craignait de donner carrière à son imagination. Quant à Raskolnikoff, immobile et maussade, il ne prenait aucune part à l'allégresse générale ; on eût même dit qu'il avait l'esprit ailleurs. Après avoir tant insisté pour qu'on rompît avec Loujine, il semblait être celui que cette rupture, maintenant consommée, intéressait le moins. Dounia ne put s'empêcher de penser qu'il était toujours fâché contre elle, et Pulchérie Alexandrovna le regarda avec inquiétude.

— Qu'est-ce que t'a donc dit Svidrigaïloff ? demanda la jeune fille en s'approchant de son frère.

— Ah ! oui, oui ! fit vivement Pulchérie Alexandrovna.

Raskolnikoff releva la tête.

— Il tient absolument à te faire cadeau de dix mille roubles, et il désire te voir une fois en ma présence.

— La voir ! jamais de la vie ! s'écria Pulchérie Alexandrovna. Et comment ose-t-il lui offrir de l'argent ?

Ensuite Raskolnikoff rapporta (assez sèchement) son entretien avec Svidrigaïloff.

Dounia fut extrêmement saisie quand elle sut en quoi consistaient les propositions de Svidrigaïloff. Elle resta longtemps pensive.

— Il a conçu quelque affreux dessein ! murmura-t-elle à part soi, presque frissonnante.

Raskolnikoff remarqua cette excessive frayeur.

— Je crois que j'aurai encore plus d'une fois l'occasion de le voir, dit-il à sa sœur.

— Nous retrouverons ses traces ! Je le découvrirai ! cria énergiquement Razoumikhine. — Je ne le perdrai pas de vue ! Rodia me l'a permis. Lui-même m'a dit tantôt « Veille sur ma sœur. » Vous y consentez, Avdotia Romanovna ?

Dounia sourit et tendit la main au jeune homme, mais son visage était toujours soucieux. Pulchérie Alexandrovna jeta sur elle un regard timide ; du reste, les trois mille roubles l'avaient notablement tranquillisée.

Un quart d'heure après, on causait avec animation. Raskolnikoff lui-même, quoique silencieux, prêta pendant quelque temps une oreille attentive à ce qui se disait. Le dé de la conversation était tenu par Razoumikhine.

— Et pourquoi, je vous le demande, pourquoi vous en aller ? s'écriait-il avec conviction. Que ferez-vous dans votre méchante petite ville ? Mais le principal point à considérer, c'est qu'ici vous êtes tous ensemble ; or vous êtes tous nécessaires les uns aux autres. Comprenez-le, vous ne pouvez vous séparer. Allons, restez au moins un certain temps... Acceptez-moi comme ami, comme associé, et je vous assure que nous monterons une excellente affaire. Écoutez, je vais vous expliquer mon projet dans tous ses détails. Cette idée m'était déjà venue à l'esprit ce matin, quand rien n'était encore arrivé... Voici la chose : j'ai un oncle (je vous ferai faire sa connaissance ; c'est un vieillard fort gentil et fort respectable) ; cet oncle possède un capital de 1,000 roubles dont il n'a que faire, car il touche une pension qui suffit à ses besoins. Depuis deux ans, il ne cesse de m'offrir cette somme à 6 pour 100 d'intérêt. Je vois le truc : c'est un biais qu'il prend pour me venir en aide. L'année dernière, je n'avais pas besoin d'argent ; mais, cette année, je n'attendais que l'arrivée du vieillard pour lui faire connaître mon acceptation. Aux 1,000 roubles de mon oncle vous en joignez 1,000 des vôtres, et voilà l'association formée ! Qu'est-ce que nous allons entreprendre ?

Alors Razoumikhine se mit à développer son projet : selon lui, la plupart de nos libraires et de nos éditeurs faisaient de mauvaises affaires parce qu'ils connaissaient mal leur métier ; mais, avec de bons ouvrages, il y avait de l'argent à gagner. Le jeune homme, qui depuis deux ans déjà travaillait pour diverses maisons de librairie, était au courant de la partie, et il connaissait assez bien trois langues européennes. Six jours auparavant, il avait dit à Raskolnikoff qu'il savait mal l'allemand, mais il avait parlé ainsi pour décider son ami à collaborer à une traduction qui devait lui rapporter quelques roubles. Raskolnikoff n'avait pas été dupe de ce mensonge.

— Pourquoi donc négligerions-nous une bonne affaire, quand nous possédons un des moyens d'action les plus essentiels : l'argent ? continua en s'échauffant Razoumikhine. Sans doute, il faudra beaucoup travailler, mais nous travaillerons ; nous nous mettrons tous à l'œuvre : vous, Avdotia Romanovna ; moi, Rodion... Il y a des publications qui procurent à présent de fameux revenus ! Nous aurons surtout cet avantage de savoir au juste ce qu'il faut traduire. Nous serons à la fois traducteurs, éditeurs et professeurs. Maintenant, je puis être utile, parce que j'ai de l'expérience. Voilà bientôt deux ans que je suis fourré chez les libraires, je sais le fond et le tréfond du métier : ce n'est pas la mer à boire, croyez-le bien ! Quand l'occasion s'offre de gagner quelque chose, pourquoi n'en pas profiter ? Je pourrais citer deux ou trois livres étrangers dont la publication serait une affaire d'or. Si je les indiquais à l'un de nos éditeurs, rien que pour cela je devrais toucher quelque cinq cents roubles, mais pas de danger que je les leur signale ! D'ailleurs, ils seraient encore capables d'hésiter, les imbéciles ! Quant à la partie matérielle de l'entreprise : impression, papier, vente, vous m'en chargerez ! cela me connaît ! Nous commencerons modestement, peu à peu nous nous organiserons sur un plus grand pied, et, en tout cas, nous sommes sûrs de nouer les deux bouts.

Dounia avait les yeux brillants.

— Ce que vous proposez me plaît beaucoup, Dmitri Prokofitch, dit-elle.

— Moi, naturellement, je n'y entends rien, ajouta Pulchérie Alexandrovna, — cela est peut-être bon, Dieu le sait. Sans doute, nous sommes forcées de rester ici au moins pendant un certain temps... acheva-t-elle en jetant les yeux sur son fils.

— Qu'en penses-tu, mon frère ? demanda Dounia.

— Je trouve son idée excellente, répondit Raskolnikoff. Bien entendu, on n'improvise pas du jour au lendemain une grande maison de librairie ; mais il y a cinq ou six livres dont le succès serait assuré. Moi-même j'en connais un qui se vendrait certainement. D'un autre côté, vous pouvez avoir toute confiance dans les capacités de Razoumikhine, il sait son affaire... Du reste, vous avez encore le temps de reparler de cela...

— Hurrah ! cria Razoumikhine : — maintenant, attendez, il y a ici, dans cette même maison, un appartement tout à fait distinct et indépendant du local où se trouvent ces chambres ; il ne coûte pas cher, et il est meublé… trois petites pièces. Je vous conseille de le louer. Vous serez là très-bien, d'autant plus que vous pourrez vivre tous ensemble, avoir Rodia avec vous… Mais où vas-tu donc, Rodia ?

— Comment, Rodia, tu t'en vas déjà ? demanda avec inquiétude Pulchérie Alexandrovna.

— Dans un pareil moment ! cria Razoumikhine.

Dounia regarda son frère avec surprise et défiance. Il avait sa casquette à la main, se préparant à sortir.

— On dirait vraiment qu'il s'agit d'une séparation éternelle ! Voyons, vous ne m'enterrez pas ! dit-il d'un air étrange.

Il souriait, mais de quel sourire !

— Après tout, qui sait ? c'est peut-être la dernière fois que nous nous voyons, ajouta-t-il tout d'un coup.

Ces mots jaillirent spontanément de ses lèvres.

— Mais qu'est-ce que tu as ? fit anxieusement la mère.

— Où vas-tu, Rodia ? demanda Dounia, qui mit dans cette question un accent particulier.

— Il faut que je m'en aille, répondit-il. Sa voix était hésitante, mais son visage pâle exprimait une résolution bien arrêtée.

— Je voulais dire… en venant ici… je voulais vous dire, maman, et te dire aussi, Dounia, que nous ferions mieux de nous séparer pour quelque temps. Je ne me sens pas bien, j'ai besoin de repos… je viendrai plus tard, je viendrai moi-même quand… ce sera possible. Je garderai votre souvenir et je vous aimerai… Laissez-moi ! Laissez-moi seul ! C'était déjà mon intention auparavant… Ma résolution à cet égard est irrévocable… Quoi qu'il advienne de moi, perdu ou non, je veux être seul. Oubliez-moi complètement. Cela vaut mieux… Ne vous informez pas de moi. Quand il le faudra, je viendrai moi-même chez vous ou… je vous appellerai. Peut-être que tout s'arrangera !… Mais, en attendant, si vous m'aimez, renoncez à me voir… Autrement, je vous haïrai, je le sens… Adieu !

— Seigneur ! gémit Pulchérie Alexandrovna.

Une frayeur terrible s'était emparée des deux femmes ainsi que de Razoumikhine.

— Rodia, Rodia ! Réconcilie-toi avec nous, soyons amis comme par le passé ! s'écriait la pauvre mère.

Raskolnikoff se dirigea lentement vers la porte ; avant qu'il l'eût atteinte, Dounia le rejoignit.

— Mon frère ! comment peux-tu agir ainsi avec notre mère ! murmura la jeune fille, et son regard était flamboyant d'indiguation.

Il fit un effort pour tourner les yeux vers elle.

— Ce n'est rien, je reviendrai ! balbutia-t-il à demi-voix, comme un homme qui n'a pas pleinement conscience de ce qu'il dit, et il sortit de la chambre.

— Égoïste, cœur dur et sans pitié ! vociféra Dounia.

— Ce n'est pas un égoïste, c'est un a-lié-né ! Il est fou, vous dis-je ! Est-il possible que vous ne le voyiez pas ? C'est vous qui êtes sans pitié en ce cas, murmura vivement Razoumikhine, en se penchant à l'oreille de la jeune fille, dont il serra la main avec force.

— Je reviens tout de suite ! cria-t-il à Pulchérie Alexandrovna presque défaillante, et il s'élança hors de la chambre.

Raskolnikoff l'attendait au bout du corridor.

— Je savais bien que tu courrais après moi, dit-il. Va les retrouver et ne les quitte pas... Reste auprès d'elles demain... et toujours. Je... je reviendrai peut-être... s'il y a moyen. Adieu !

Il allait s'éloigner sans tendre la main à Razoumikhine.

— Mais où vas-tu ? balbutia ce dernier, stupéfait. Qu'est-ce que tu as ? Comment peut-on agir ainsi ?...

Raskolnikoff s'arrêta de nouveau.

— Une fois pour toutes : ne m'interroge jamais sur rien, je n'ai rien à te répondre… Ne viens pas chez moi. Peut-être viendrai-je encore ici… Laisse-moi, mais elles… ne les quitte pas. Tu me comprends ?

Le corridor était sombre ; ils se trouvaient près d'une lampe. Pendant une minute, tous deux se regardèrent en silence. Razoumikhine se rappela toute sa vie cette minute. Le regard fixe et enflammé de Raskolnikoff semblait vouloir pénétrer jusqu'au fond de son âme. Tout à coup Razoumikhine frissonna et devint pâle comme un cadavre : l'horrible vérité venait de lui apparaître.

— Comprends-tu, maintenant ? dit soudain Raskolnikoff, dont les traits étaient affreusement altérés… — Retourne auprès d'elles, ajouta-t-il, et d'un pas rapide il sortit de la maison.

Inutile de décrire la scène qui suivit le retour de Razoumikhine chez Pulchérie Alexandrovna. Comme on le devine, le jeune homme mit tout en œuvre pour tranquilliser les deux dames. Il leur assura que Rodia étant malade avait besoin de repos, il leur jura que Rodia ne manquerait pas de venir chez elles, qu'elles le verraient chaque jour, qu'il avait le moral très-affecté, qu'il ne fallait pas l'irriter ; il promit de veiller sur son ami, de le confier aux soins d'un bon médecin, du meilleur ; si c'était nécessaire, il appellerait en consultation les princes de la science… Bref, à partir de ce soir-là, Razoumikhine fut pour elles un fils et un frère.

Chapitre IV

Raskolnikoff se rendit droit au canal, où habitait Sonia. La maison, à trois étages, était une vieille bâtisse peinte en vert. Le jeune homme trouva non sans peine le dvornik et en obtint de vagues indications sur le logement du tailleur Kapernaoumoff. Après avoir découvert dans un coin de la cour l'entrée d'un escalier étroit et sombre, il monta au second étage, puis suivit la galerie qui faisait face à la cour. Tandis qu'il errait dans l'obscurité, se demandant par où l'on pouvait entrer chez Kapernaoumoff, une porte s'ouvrit à trois pas de lui ; il saisit le battant par un geste machinal.

— Qui est là ? demanda une peureuse voix de femme.

— C'est moi… Je viens vous voir, répondit Raskolnikoff, et il pénétra dans une petite antichambre. Là, sur une mauvaise table, était une chandelle fichée dans un chandelier de cuivre déformé.

— C'est vous, Seigneur ! fit faiblement Sonia, qui semblait n'avoir pas la force de bouger de place.

— Où est votre logement ? Ici ?

Et Raskolnikoff passa vivement dans la chambre en s'efforçant de ne pas regarder la jeune fille.

Au bout d'une minute, Sonia le rejoignit avec la chandelle et resta debout devant lui, en proie à une agitation inexprimable. Cette visite inattendue la troublait, l'effrayait même. Tout à coup son visage pâle se colora, et des larmes lui vinrent aux yeux… Elle éprouvait une extrême confusion à laquelle se mêlait une certaine douceur… Raskolnikoff se détourna par un mouvement rapide et s'assit sur une chaise près de la table. En un clin d'œil, il put inventorier tout ce qui se trouvait dans la chambre.

Cette pièce, grande, mais excessivement basse, était la seule louée par les Kapernaoumoff ; dans le mur de gauche se trouvait une porte donnant accès chez eux. Du côté opposé, dans le mur de droite, il y avait encore une porte, celle-ci toujours fermée. Là était un autre logement, sous un autre numéro. La chambre de Sonia ressemblait à un hangar, elle affectait la forme d'un rectangle très-irrégulier, et cette disposition lui donnait quelque chose de monstrueux. Le mur percé de trois fenêtres, qui était en façade sur le canal, la coupait en écharpe, formant ainsi un angle extrêmement aigu, au fond duquel on ne pouvait rien distinguer, vu la faible clarté que répandait la chandelle. Par contre, l'autre angle était démesurément obtus. Cette vaste pièce ne renfermait presque pas de meubles. Dans le coin à droite se trouvait le lit ; entre le lit et la porte, une chaise ; du même côté, juste en face de la porte du logement voisin, était placée une table de bois blanc recouverte d'une nappe bleue ; près de la table il y avait deux chaises de jonc. Contre le mur opposé, dans le voisinage de l'angle aigu, était adossée une petite commode en bois non verni, qui semblait perdue dans le vide. Voilà à quoi se réduisait tout l'ameublement. Le papier jaunâtre et usé avait pris dans tous les coins des tons noirs, effet probable de l'humidité et de la fumée de charbon. Tout, dans ce local, dénotait la pauvreté ; il n'y avait même pas de rideaux au lit.

Sonia considérait en silence le visiteur qui examinait sa chambre si attentivement et avec un tel sans gêne ; à la fin, elle se mit à trembler de frayeur, comme si elle se fût trouvée devant l'arbitre de son sort.

— Je viens chez vous pour la dernière fois, dit d'un air morne Raskolnikoff, paraissant oublier que c'était aussi la première fois qu'il y venait ; peut-être que je ne vous verrai plus…

— Vous… allez partir ?

— Je ne sais pas… demain, tout…

— Ainsi, vous n'irez pas demain chez Catherine Ivanovna ? fit Sonia d'une voix tremblante.

— Je ne sais pas. Demain matin tout… Il ne s'agit pas de cela : je suis venu vous dire un mot. Il leva sur elle son regard rêveur et remarqua soudain qu'il était assis, tandis qu'elle se tenait toujours debout devant lui.

— Pourquoi restez-vous debout ? Asseyez-vous, dit-il d'une voix devenue tout à coup douce et caressante.

Elle obéit. Durant une minute, il la considéra d'un œil bienveillant, presque attendri.

— Que vous êtes maigre ! Quelle main vous avez ! On voit le jour à travers. Vos doigts ressemblent à ceux d'une morte.

Il lui prit la main. Sonia eut un faible sourire.

— J'ai toujours été ainsi, dit-elle.

— Même quand vous viviez chez vos parents ?

— Oui.

— Eh, sans doute ! fit-il avec brusquerie ; un subit changement s'était opéré de nouveau dans l'expression de son visage et dans le son de sa voix. Il promena encore une fois ses yeux autour de lui.

— C'est chez Kapernaoumoff que vous logez ?

— Oui…

— Ils demeurent là, derrière cette porte ?

— Oui… Leur chambre est toute pareille à celle-ci.

— Ils n'ont qu'une pièce pour eux tous ?

— Oui.

— Moi, dans une chambre comme la vôtre, j'aurais peur la nuit, observa-t-il d'un air sombre.

— Mes logeurs sont de très-bonnes gens, très affables, répondit Sonia, qui ne semblait pas encore avoir recouvré sa présence d'esprit, et tout le mobilier, tout… leur appartient. Ils sont fort bons, leurs enfants viennent souvent chez moi.

— Ce sont des bègues ?
— Oui… Le père est bègue et boiteux ; la mère aussi… Ce n'est pas qu'elle bégaye, mais elle a un défaut de langue. C'est une très-bonne femme. Kapernaoumoff est un ancien serf. Ils ont sept enfants… Ce n'est que l'aîné qui bégaye, les autres sont maladifs, mais ils ne bégayent pas… Mais comment se fait-il que vous sachiez cela ? ajouta-t-elle avec un certain étonnement.
— Votre père m'a tout raconté autrefois. J'ai appris par lui toute votre histoire… Il m'a dit que vous étiez sortie à six heures, qu'à huit heures passées vous étiez rentrée, et que Catherine Ivanovna s'était mise à genoux près de votre lit.
Sonia se troubla.
— Je crois l'avoir vu aujourd'hui, fit-elle avec hésitation.
— Qui ?
— Mon père. J'étais dans la rue, au coin près d'ici, entre neuf et dix heures ; il paraissait marcher devant moi. J'aurais juré que c'était lui. Je voulais même l'aller dire à Catherine Ivanovna…
— Vous vous promeniez ?
— Oui, murmura Sonia, qui baissa les yeux d'un air confus.
— Catherine Ivanovna vous battait quand vous étiez chez votre père ?
— Oh ! non, comment pouvez-vous dire cela ? Non ! se récria la jeune fille en regardant Raskolnikoff avec une sorte de frayeur.
— Ainsi vous l'aimez ?
— Elle ? Mais comment donc ! reprit Sonia d'une voix lente et plaintive, puis elle joignit brusquement les mains avec une expression de pitié. — Ah ! vous la… Si seulement vous la connaissiez ! Voyez-vous, elle est en tout comme un enfant… Elle a en quelque sorte l'esprit égaré… par le malheur. Mais qu'elle était intelligente !… Qu'elle est bonne et généreuse ! Vous ne savez rien, rien… Ah !
Sonia mit dans ces paroles un accent presque désespéré. Elle était en proie à une agitation extrême, se désolait, se tordait les mains. Ses joues pâles s'étaient colorées de nouveau, et la souffrance se lisait dans ses yeux. Évidemment on venait de toucher en elle une corde très-sensible, et elle avait à cœur de parler, de disculper Catherine Ivanovna. Soudain une compassion insatiable, si l'on peut s'exprimer ainsi, se manifesta dans tous les traits de son visage.
— Elle me battre ! Mais que dites-vous donc, Seigneur ! Elle me battre ! Et quand même elle m'aurait battue, eh bien ! quoi ? Vous ne savez rien, rien… Elle est si malheureuse, ah ! qu'elle est malheureuse ! Et malade… Elle cherche la justice… Elle est pure… Elle croit que la justice doit régner en tout, et elle la réclame… Vous aurez beau la maltraiter, elle ne fera rien d'injuste. Elle ne s'aperçoit pas qu'il est impossible que la justice existe dans le monde, et elle s'irrite… comme un enfant, comme un petit enfant ! Elle est juste, juste !

— Et vous, qu'allez-vous devenir ?
Sonia l'interrogea des yeux.
— Les voilà à votre charge. Il est vrai qu'avant c'était déjà la même chose : le défunt venait vous demander de l'argent pour l'aller boire. Mais, maintenant, que va-t-il arriver ?
— Je ne sais pas, répondit-elle tristement.
— Ils resteront là ?
— Je ne sais pas. Ils doivent à leur logeuse, et elle a dit aujourd'hui, paraît-il, qu'elle voulait les mettre à la porte ; de son côté, Catherine Ivanovna dit qu'elle ne restera pas là une minute de plus.
— D'où lui vient son assurance ? C'est sur vous qu'elle compte ?
— Oh ! non, ne dites pas cela ! Nous faisons bourse commune, nos intérêts sont les mêmes ! reprit vivement Sonia, dont l'irritation en ce moment ressemblait à l'inoffensive colère d'un petit oiseau. — D'ailleurs, comment pourrait-elle faire ? demanda-t-elle en s'animant de plus en plus. — Et combien, combien a-t-elle pleuré aujourd'hui ! Elle a l'esprit troublé, vous ne l'avez pas remarqué ? Son intelligence est atteinte. Tantôt elle s'inquiète puérilement de ce qu'il y a à faire pour demain, afin que tout soit convenable, le dîner et le reste… Tantôt elle se tord les mains, crache le sang, pleure, se cogne la tête au mur avec désespoir. Ensuite elle se console, elle met son espoir en vous, elle dit que vous allez être maintenant son soutien ; elle parle d'emprunter de l'argent quelque part et de retourner dans sa ville natale avec moi : là, elle fondera un pensionnat pour les jeunes filles nobles, et me confiera les fonctions d'inspectrice dans sa maison ; « une vie toute nouvelle, une vie heureuse commencera pour nous », me dit-elle en m'embrassant. Ces pensées la consolent, elle croit si fermement à ses imaginations ! Est-ce qu'on peut la contredire, je vous le demande ? Elle a passé toute la journée d'aujourd'hui à laver, à mettre son logement en ordre ; toute faible qu'elle est, elle a monté une auge dans la chambre, puis, n'en pouvant plus, elle est tombée sur son lit. Dans la matinée, nous avions visité des boutiques ensemble, nous voulions acheter des chaussures à Poletchka et à Léna, parce que les leurs ne valent plus rien. Malheureusement, nous n'avions pas assez d'argent, il s'en fallait de beaucoup, et elle avait choisi de si jolies petites bottines, car elle a du goût, vous ne savez pas… Elle s'est mise à pleurer, là, en pleine boutique, devant les marchands, parce qu'elle n'avait pas de quoi faire cet achat… Ah ! que cela était triste à voir !
— Allons, on comprend après cela que vous… viviez ainsi, observa Raskolnikoff avec un sourire amer.
— Et vous, est-ce que vous n'avez pas pitié d'elle ? s'écria Sonia : — vous-même, je le sais, vous vous êtes dépouillé pour elle de vos dernières ressources, et pourtant vous n'aviez encore rien vu. Mais si vous aviez tout vu, ô Seigneur ! Et que de fois, que de fois je l'ai fait pleurer ! La

semaine dernière encore ! Huit jours avant la mort de mon père, j'ai agi durement. Et combien de fois je me suis conduite ainsi ! Ah ! quel chagrin ç'a été pour moi, toute cette journée, de me rappeler cela !
Sonia se tordait les mains, tant ce souvenir lui était douloureux.
— C'est vous qui êtes dure ?
— Oui, moi ! moi ! J'étais allée les voir, continua-t-elle en pleurant, et mon père me dit : « Sonia, j'ai mal à la tête, lis-moi quelque chose… voilà un livre. » C'était un volume appartenant à André Séménitch Lébéziatnikoff, qui nous prêtait toujours des livres fort drôles. « Il faut que je m'en aille », répondis-je ; je n'avais pas envie de lire, j'étais passée chez eux surtout pour montrer à Catherine Ivanovna une emplette que je venais de faire. Élisabeth, la marchande, m'avait apporté des manchettes et des cols, de jolis cols à ramages, presque neufs : je les avais eus à bon marché. Ils plurent beaucoup à Catherine Ivanovna, elle les essaya, se regarda dans la glace et les trouva très-beaux. « Donne-les-moi, Sonia, je t'en prie ! » me dit-elle. Ils lui étaient bien inutiles, mais elle est ainsi : elle se rappelle toujours l'heureux temps de sa jeunesse ! Elle se contemple devant un miroir, et elle n'a plus ni robes, ni rien, depuis combien d'années ! Du reste, jamais elle ne demande quoi que ce soit à personne, elle est fière, elle donnerait plutôt elle-même tout le peu qu'elle possède ; pourtant elle me demanda ces cols, tellement ils lui plaisaient ! Moi, il m'en coûtait de les donner : « Quel besoin en avez-vous, Catherine Ivanovna ? » lui dis-je. Oui, je lui ai dit cela. Je n'aurais pas dû lui parler ainsi ! Elle m'a regardée d'un air si affligé que cela faisait peine à voir… Et ce n'était pas les cols qu'elle regrettait, non, ce qui la désolait, c'était mon refus, je l'ai bien vu. Ah ! si je pouvais maintenant retirer tout cela, faire que toutes ces paroles n'aient pas été prononcées !… Oh, oui !… Mais quoi ! tout cela vous est égal !
— Vous connaissiez cette Élisabeth, la marchande ?
— Oui… Et vous, est-ce que vous la connaissiez aussi ? demanda Sonia un peu étonnée.
— Catherine Ivanovna est phtisique au dernier degré ; elle mourra bientôt, dit Raskolnikoff après un silence et sans répondre à la question.
— Oh ! non, non, non ! Et Sonia, inconsciente de ce qu'elle faisait, saisit les deux mains du visiteur, comme si le sort de Catherine Ivanovna eût dépendu de lui.
— Mais ce sera tant mieux si elle meurt.
— Non, ce ne sera pas tant mieux, non, non, pas du tout ! fit la jeune fille avec effroi.
— Et les enfants ? Qu'en ferez-vous alors, puisque vous ne pouvez pas les avoir chez vous ?
— Oh ! je ne sais pas ! s'écria-t-elle avec un accent de désolation navrante, et elle se prit la tête. Il était clair que bien souvent cette pensée avait dû la préoccuper.

— Mettons que Catherine Ivanovna vive encore quelque temps, vous pouvez tomber malade, et quand vous aurez été transportée à l'hôpital, qu'arrivera-t-il ? poursuivit impitoyablement Raskolnikoff.
— Ah ! que dites-vous ? que dites-vous ? C'est impossible !
L'épouvante avait rendu méconnaissable le visage de Sonia.
— Comment, c'est impossible ? reprit-il avec un sourire sarcastique : — vous n'êtes pas assurée contre la maladie, je suppose ? Alors que deviendront-ils ? Toute la smala se trouvera sur la rue, la mère demandera l'aumône en toussant, en se frappant la tête contre les murs, comme aujourd'hui, les enfants pleureront… Catherine Ivanovna tombera sur le pavé, on la transportera au poste, puis à l'hôpital où elle mourra, et les enfants…
— Oh, non !… Dieu ne permettra pas cela ! proféra enfin Sonia d'une voix étranglée.
Jusqu'alors elle avait écouté en silence, les yeux fixés sur Raskolnikoff, et les mains jointes dans une prière muette, comme s'il eût pu conjurer les malheurs qu'il prédisait.
Le jeune homme se leva et commença à marcher dans la chambre. Une minute s'écoula. Sonia restait debout, les bras pendants, la tête baissée, en proie à une souffrance atroce.
— Et vous ne pouvez pas faire des économies, mettre de l'argent de côté pour les mauvais jours ? demanda-t-il en s'arrêtant soudain devant elle.
— Non, murmura Sonia.
— Non, naturellement ! Mais avez-vous essayé ? ajouta-t-il non sans une certaine ironie.
— J'ai essayé.
— Et vous n'avez pas réussi ! Allons, oui, cela se comprend ! Inutile de le demander.
Et il reprit sa promenade dans la chambre, puis, après une seconde minute de silence :
— Vous ne gagnez pas d'argent tous les jours ? fit-il.
À cette question, Sonia se troubla plus que jamais, ses joues s'empourprèrent.
— Non, répondit-elle à voix basse avec un douloureux effort.
— Sans doute il en sera de même de Poletchka, dit-il brusquement.
— Non, non ! Ce n'est pas possible, non ! s'écria Sonia, atteinte au cœur par ces paroles comme par un coup de poignard. Dieu, Dieu ne permettra pas une telle abomination !…
— Il en permet bien d'autres.
— Non, non ! Dieu la protégera, Dieu !… répéta-t-elle, hors d'elle-même.
— Mais peut-être qu'il n'y a pas de Dieu, répliqua d'un ton haineux Raskolnikoff, qui se mit à rire en regardant la jeune fille.
Un brusque changement s'opéra dans la physionomie de Sonia : tous les muscles de sa face se contractèrent. Elle fixa sur son interlocuteur un

regard chargé de reproches et voulut parler, mais aucun mot ne sortit de ses lèvres, et elle se mit à sangloter en couvrant son visage de ses mains.
— Vous dites que Catherine Ivanovna a l'esprit troublé, le vôtre l'est aussi, dit-il après un silence.
Cinq minutes s'écoulèrent.
Il se promenait toujours de long en large sans parler, sans la regarder. À la fin, il s'approcha d'elle. Il avait les yeux étincelants, les lèvres tremblantes. Lui mettant ses deux mains sur les épaules, il jeta un regard enflammé sur ce visage mouillé de larmes… Tout à coup, il se baissa jusqu'à terre et baisa le pied de la jeune fille. Celle-ci recula effrayée, comme elle eût fait devant un fou. Du reste, la physionomie de Raskolnikoff en ce moment était celle d'un aliéné.
— Que faites-vous ? Devant moi ! balbutia Sonia en pâlissant ; son cœur était douloureusement serré.
Il se releva aussitôt.
— Ce n'est pas devant toi que je me suis prosterné, mais devant toute la souffrance humaine, dit-il d'un air étrange, et il alla s'accouder à la fenêtre. — Écoute, poursuivit-il en revenant vers elle un instant après, j'ai dit tantôt à un insolent personnage qu'il ne valait pas seulement ton petit doigt et que j'avais fait honneur aujourd'hui à ma sœur en l'invitant à s'asseoir près de toi.
— Ah ! comment avez-vous pu dire cela ! Et devant elle ? s'écria Sonia stupéfaite : — s'asseoir près de moi, un honneur ! Mais je suis… une créature déshonorée… Ah ! pourquoi avez-vous dit cela ?
— En parlant ainsi, je ne songeais ni à ton déshonneur ni à tes fautes, mais à ta grande souffrance. Sans doute tu es coupable, continua-t-il avec une émotion croissante, mais tu l'es surtout de t'être immolée en pure perte. Je le crois, certes, que tu es malheureuse ! Vivre dans cette boue que tu détestes et en même temps savoir (car tu ne peux te faire d'illusions là-dessus) que cela ne sert à rien et que ton sacrifice ne sauvera personne ! Mais dis-moi donc enfin, acheva-t-il en s'exaltant de plus en plus, comment, avec tes délicatesses d'âme, tu te résignes à un pareil opprobre ? Il vaudrait mille fois mieux se jeter à l'eau et en finir tout d'un coup !
— Et eux, que deviendront-ils ? demanda faiblement Sonia en levant sur lui le regard d'une martyre, mais en même temps elle ne semblait nullement étonnée du conseil qu'on lui donnait. Raskolnikoff la considéra avec une curiosité singulière.
Ce seul regard lui avait tout appris. Ainsi elle-même avait déjà eu cette idée. Bien des fois peut-être, dans l'excès de son désespoir, elle avait pensé à en finir tout d'un coup ; elle y avait même songé si sérieusement, qu'à présent elle n'éprouvait aucune surprise de s'entendre proposer cette solution. Elle ne remarqua pas ce qu'il y avait de cruel dans ces paroles ; le sens des reproches du jeune homme lui échappa aussi,

comme bien on pense ; le point de vue particulier sous lequel il envisageait son déshonneur restait lettre close pour elle, ainsi que Raskolnikoff s'en aperçut. Mais il comprenait parfaitement combien la torturait l'idée de sa situation infamante, et il se demandait ce qui avait pu jusqu'ici l'empêcher d'en finir avec la vie. La seule réponse à cette question était dans le dévouement de la jeune fille à ces pauvres petits enfants et à Catherine Ivanovna, la malheureuse femme phtisique et presque folle qui se cognait la tête aux murs.

Néanmoins, il était clair pour lui que Sonia, avec son caractère et son éducation, ne pouvait rester ainsi indéfiniment. Déjà même il avait peine à s'expliquer qu'à défaut du suicide, la folie ne l'eût pas encore arrachée à une pareille existence. Sans doute il voyait bien que la position de Sonia était un phénomène social exceptionnel, mais n'était-ce pas une raison de plus pour que la honte la tuât dès son entrée dans une voie dont tout devait l'éloigner, son passé honnête aussi bien que sa culture intellectuelle relativement élevée ? Qu'est-ce donc qui la soutenait ? Si c'était le goût même de la débauche ? Non, son corps seul était livré à la prostitution, le vice n'avait pas pénétré jusqu'à son âme. Raskolnikoff le voyait ; il lisait à livre ouvert dans le cœur de la jeune fille.

« Son sort est réglé, pensait-il, elle a devant elle le canal, la maison de fous ou... l'abrutissement. » Il lui répugnait surtout d'admettre cette dernière éventualité ; mais, sceptique comme il l'était, il ne pouvait s'empêcher de la croire la plus probable.

« Se peut-il pourtant qu'il en soit ainsi ? se disait-il en lui-même, se peut-il que cette créature qui conserve encore la pureté de l'âme finisse par s'enfoncer délibérément dans la fange ? N'y a-t-elle pas déjà mis le pied, et si jusqu'à présent elle a pu supporter une telle vie, n'est-ce pas parce que le vice a déjà perdu pour elle de sa hideur ? Non, non ! c'est impossible ! s'écria-t-il à part soi, comme s'était écriée tout à l'heure Sonia : — non, ce qui jusqu'à ce moment l'a empêchée de se jeter dans le canal, c'est la crainte de commettre un péché et l'intérêt qu'elle *leur* porte... Si même elle n'est pas encore devenue folle... Mais qui dit qu'elle ne l'est point ? Est-ce qu'elle jouit de toutes ses facultés ? Est-ce qu'on peut parler comme elle ? Est-ce qu'une personne d'un jugement sain raisonnerait comme elle raisonne ? Peut-on aller à sa perte avec cette tranquillité et fermer ainsi l'oreille aux avertissements ? C'est donc un miracle qu'elle attend ? Oui, sans doute. Est-ce que ce ne sont pas là autant de signes d'aliénation mentale ?

Il s'arrêtait obstinément à cette idée. Sonia folle : cette perspective lui déplaisait moins que tout autre. Il se mit à examiner attentivement la jeune fille.

— Ainsi tu pries beaucoup Dieu, Sonia ? lui demanda-t-il.

Elle se taisait ; debout à côté d'elle, il attendit une réponse.

— Qu'est-ce que je serais sans Dieu ? fit-elle d'une voix basse, mais énergique, et, jetant à Raskolnikoff un rapide regard de ses yeux brillants, elle lui serra la main avec force.

« Allons, je ne me trompais pas ! » se dit-il.

— Mais qu'est-ce que Dieu fait pour toi ? interrogea-t-il, désireux d'éclaircir ses doutes plus complètement encore.

Sonia resta longtemps silencieuse, comme si elle eût été hors d'état de répondre. L'émotion gonflait sa faible poitrine.

— Taisez-vous ! Ne me questionnez pas ! Vous n'en avez pas le droit… vociféra-t-elle soudain en le regardant avec colère.

« C'est cela, c'est bien cela ! » pensa-t-il.

— Il fait tout ! murmura-t-elle rapidement en reportant ses yeux à terre.

« Voilà l'explication trouvée ! » décida-t-il mentalement, et il considéra Sonia avec une avide curiosité.

Il éprouvait une sensation nouvelle, étrange, presque maladive, en contemplant ce petit visage pâle, maigre, anguleux, ces yeux bleus et doux qui pouvaient lancer de telles flammes et exprimer une passion si véhémente, enfin ce petit corps tout tremblant encore d'indignation et de colère : tout cela lui semblait de plus en plus étrange, presque fantastique. « Elle est folle ! folle ! » se répétait-il à part soi.

Un livre se trouvait sur la commode. Raskolnikoff l'avait remarqué à plusieurs reprises durant ses allées et venues dans la chambre. À la fin il le prit et l'examina. C'était une traduction russe du Nouveau Testament, un vieux livre relié en peau.

— D'où vient cela ? cria-t-il à Sonia d'un bout à l'autre de la chambre.

La jeune fille était toujours à la même place, à trois pas de la table.

— On me l'a prêté, répondit-elle, comme à contre cœur et sans lever les yeux sur Raskolnikoff.

— Qui te l'a prêté ?

— Élisabeth ; je le lui avais demandé.

« Élisabeth ! c'est étrange ! » pensa-t-il. Tout chez Sonia prenait à ses yeux d'instant en instant un aspect plus extraordinaire. Il s'approcha de la lumière avec le livre et se mit à le feuilleter.

— Où est-il question de Lazare ? demanda-t-il brusquement.

Sonia, les yeux obstinément fixés à terre, garda le silence ; elle s'était un peu détournée de la table.

— Où est la résurrection de Lazare ? Cherche-moi cet endroit, Sonia.

Elle regarda du coin de l'œil son interlocuteur.

— Il n'est pas là… c'est dans le quatrième évangile… fit-elle sèchement, sans bouger de sa place.

— Trouve ce passage et lis-le-moi, dit-il, puis il s'assit, s'accouda contre la table, appuya sa tête sur sa main, et, regardant de côté d'un air sombre, se disposa à écouter.

Sonia hésita d'abord à s'approcher de la table. L'étrange désir manifesté par Raskolnikoff lui semblait peu sincère. Néanmoins, elle prit le livre.
— Est-ce que vous ne l'avez pas lu ? lui demanda-t-elle en le regardant de travers. Sa voix devenait de plus en plus dure.
— Autrefois... Quand j'étais enfant. Lis !
— Vous ne l'avez pas entendu à l'église ?
— Je... je n'y vais pas. Toi, tu y vas souvent ?
— N...on, balbutia Sonia.
Raskolnikoff sourit.
— Je comprends... Alors tu n'assisteras pas demain aux obsèques de ton père ?
— Si. J'ai même été à l'église la semaine dernière... j'ai assisté à une messe de requiem.
— Pour qui ?
— Pour Élisabeth. On l'a tuée à coups de hache.
Les nerfs de Raskolnikoff étaient de plus en plus irrités.
La tête commençait à lui tourner.
— Tu étais liée avec Élisabeth ?
— Oui... Elle était juste... elle venait chez moi... rarement... elle n'était pas libre. Nous faisions des lectures ensemble et... nous causions. Elle voit Dieu.
Raskolnikoff devint songeur : que pouvaient bien être les mystérieux entretiens de deux idiotes comme Sonia et Élisabeth ?
« Ici je deviendrais fou moi-même ! on respire la folie dans cette chambre ! » pensa-t-il. — Lis ! cria-t-il soudain avec un accent irrité.
Sonia hésitait toujours. Son cœur battait avec force. Il semblait qu'elle eût peur de lire. Il regarda avec une expression presque douloureuse « la pauvre aliénée ».
— Que vous importe cela ? puisque vous ne croyez pas ?... murmura-t-elle d'une voix étouffée.
— Lis, je le veux ! insista-t-il : tu lisais bien à Élisabeth !
Sonia ouvrit le livre et chercha l'endroit. Ses mains tremblaient, la parole s'arrêtait dans son gosier. Deux fois elle essaya de lire et ne put articuler la première syllabe.
« Un certain Lazare, de Béthanie, était malade »... proféra-t-elle enfin avec effort, mais tout à coup, au troisième mot, sa voix devint sifflante et se brisa comme une corde trop tendue. Le souffle manquait à sa poitrine oppressée.
Raskolnikoff s'expliquait en partie l'hésitation de Sonia à lui obéir, et, à mesure qu'il la comprenait mieux, il réclamait plus impérieusement la lecture. Il sentait combien il en coûtait à la jeune fille de lui ouvrir en quelque sorte son monde intérieur. Évidemment elle ne pouvait sans peine se résoudre à mettre un étranger dans la confidence des sentiments qui, depuis son adolescence peut-être, l'avaient soutenue, qui avaient été

son viatique moral, alors qu'entre un père ivrogne et une marâtre affolée par le malheur, au milieu d'enfants affamés, elle n'entendait que des reproches et des clameurs injurieuses. Il voyait tout cela, mais il voyait aussi que, nonobstant cette répugnance, elle avait grande envie de lire, de lire pour *lui*, surtout *maintenant*, — « quoi qu'il dût arriver ensuite » !... Les yeux de la jeune fille, l'agitation à laquelle elle était en proie le lui apprirent... Par un violent effort sur elle-même, Sonia se rendit maîtresse du spasme qui lui serrait la gorge et continua à lire le onzième chapitre de l'évangile selon saint Jean. Elle arriva ainsi au verset 19 :

« Beaucoup de Juifs étaient venus chez Marthe et Marie pour les consoler de la mort de leur frère. Marthe ayant appris que Jésus venait alla au-devant de Lui, mais Marie resta dans la maison. Alors Marthe dit à Jésus : Seigneur, si Tu avais été ici, mon frère ne serait pas mort. Mais je sais que présentement même Dieu T'accordera tout ce que Tu Lui demanderas. »

Là elle fit une pause, pour triompher de l'émotion qui faisait de nouveau trembler sa voix...

« Jésus lui dit : Ton frère ressuscitera. Marthe Lui dit : Je sais qu'il ressuscitera en la résurrection au dernier jour. Jésus lui répondit : *Je suis la résurrection et la vie* ; celui qui croit en Moi, quand il serait mort, vivra. Et quiconque vit et croit en Moi ne mourra pas dans l'éternité. Crois-tu cela ? Elle lui dit :

(Et, bien qu'elle eût peine à respirer, Sonia éleva la voix, comme si, en lisant les paroles de Marthe, elle faisait elle-même sa propre profession de foi.)

« Oui, Seigneur, je crois que Tu es le Christ, fils de Dieu, venu dans ce monde. »

Elle s'interrompit, leva rapidement les yeux sur lui, mais les abaissa bientôt après sur son livre et se remit à lire. Raskolnikoff écoutait sans bouger, sans se retourner vers elle, accoudé contre la table et regardant de côté. La lecture se poursuivit ainsi jusqu'au verset 32.

« Lorsque Marie fut venue au lieu où était Jésus, L'ayant vu, elle se jeta à ses pieds et Lui dit : Seigneur, si Tu avais été ici, mon frère ne serait pas mort. Jésus, voyant qu'elle pleurait et que les Juifs qui étaient venus avec elle pleuraient aussi, frémit en son esprit et se troubla Lui-même. Et Il dit : Où l'avez-vous mis ? Ils Lui répondirent : Seigneur, viens et vois. Alors Jésus pleura. Et les Juifs dirent entre eux : Voyez comme Il l'aimait. Mais il y en eut quelques-uns qui dirent : Ne pouvait-Il pas empêcher que cet homme ne mourût, Lui qui a rendu la vue à un aveugle ? »

Raskolnikoff se tourna vers elle et la regarda avec agitation : Oui, c'est bien cela ! Elle était toute tremblante, en proie à une véritable fièvre. Il s'y attendait. Elle approchait du miraculeux récit, et un sentiment de triomphe s'emparait d'elle. Sa voix raffermie par la joie avait des sonorités métalliques. Les lignes se confondaient devant ses yeux devenus troubles, mais elle savait ce passage par cœur. Au dernier verset : « Ne pouvait-il, Lui qui a rendu la vue à un aveugle… » elle baissa la voix, donnant un accent passionné au doute, au blâme, au reproche de ces Juifs incroyants et, aveugles qui, dans une minute, allaient, comme frappés de la foudre, tomber à genoux, sangloter et croire… « Et *lui, lui* qui est aussi un aveugle, un incrédule, lui aussi dans un instant il entendra, il croira ! oui, oui ! tout de suite, tout maintenant », songeait-elle, toute secouée par cette joyeuse attente.

« Jésus donc frémissant de nouveau en Lui-même vint au sépulcre. C'était une grotte, et on avait mis une pierre par-dessus. Jésus leur dit : Ôtez la pierre. Marthe, sœur du mort, Lui dit : Seigneur, il sent déjà mauvais, car il y a quatre jours qu'il est dans le tombeau. »

Elle appuya avec force sur le mot *quatre*.

« Jésus lui répondit : Ne t'ai-Je pas dit que si tu crois, tu verras la gloire de Dieu ? Ils ôtèrent donc la pierre, et Jésus levant les yeux en haut dit : Mon Père, Je Te rends grâce de ce que Tu M'as exaucé. Pour Moi, Je savais que Tu M'exauces toujours, mais Je dis ceci pour ce peuple qui M'environne, afin qu'il croie que c'est Toi qui M'as envoyé. Ayant dit ces mots, Il cria d'une voix forte : Lazare, sors dehors. *Et le mort sortit,* (En lisant ces lignes, Sonia frissonnait comme si elle eût été elle-même témoin du miracle.) ayant les mains liées de bandes, et son visage était enveloppé d'un linge. Jésus leur dit : Déliez-le et le laissez aller.

« Alors plusieurs des Juifs qui étaient venus chez Marie et qui avaient vu ce que Jésus avait fait, crurent en Lui.

Elle n'en lut pas plus, cela lui aurait été impossible ; elle ferma le livre et se leva vivement :

— C'est tout pour la résurrection de Lazare, dit-elle d'une voix basse et saccadée sans se tourner vers celui à qui elle parlait. Elle semblait craindre de lever les yeux sur Raskolnikoff. Son tremblement fiévreux durait encore. Le bout de chandelle qui achevait de se consumer éclairait vaguement cette chambre basse où un assassin et une prostituée venaient de lire ensemble le saint livre. Il s'écoula cinq minutes au plus.

Tout à coup, Raskolnikoff se leva et s'approcha de Sonia.

— Je suis venu pour te parler d'une affaire, dit-il d'une voix forte.

En parlant ainsi, il fronçait le sourcil. La jeune fille leva silencieusement les yeux sur lui ; elle vit que son regard, d'une dureté particulière, exprimait quelque résolution farouche.

— Aujourd'hui, poursuivit-il, j'ai renoncé à tous rapports avec ma mère et ma sœur. Je n'irai plus chez elles désormais. La rupture entre moi et les miens est consommée.

— Pourquoi ? demanda Sonia stupéfaite. Sa rencontre de tantôt avec Pulchérie Alexandrovna et Dounia lui avait laissé une impression extraordinaire, bien qu'obscure pour elle-même. Une sorte d'effroi la saisit à la nouvelle que le jeune homme avait rompu avec sa famille.

— À présent je n'ai plus que toi, ajouta-t-il. — Partons ensemble… Je suis venu pour te proposer cela. Nous sommes maudits tous deux, eh bien ! partons ensemble ! Ses yeux étincelaient. « On dirait qu'il est fou ! » pensa à son tour Sonia.
— Pour aller où ? demanda-t-elle épouvantée, et, involontairement, elle recula.
— Comment puis-je le savoir ? Je sais seulement que la route et le but sont les mêmes pour toi et pour moi ; de cela, j'en suis sûr !
Elle le regarda sans comprendre. Une seule idée se dégageait clairement pour elle des paroles de Raskolnikoff, c'est qu'il était excessivement malheureux.
— Aucun d'eux ne te comprendra si tu leur parles, continua-t-il ; mais moi, je t'ai comprise. Tu m'es nécessaire, voilà pourquoi je suis venu vers toi.
— Je ne comprends pas… balbutia Sonia.
— Tu comprendras plus tard. Est-ce que tu n'as pas agi… comme moi ? Toi aussi tu t'es mise au-dessus de la règle… Tu as eu ce courage. Tu as porté la main sur toi, tu as détruit une vie… la tienne (cela revient au même !). Tu aurais pu vivre par l'esprit, par la raison, et tu finiras sur le Marché-au-Foin… Mais tu ne pourras pas y tenir, et, si tu restes seule, tu perdras la raison ; moi aussi, d'ailleurs. Maintenant déjà, tu es comme une folle. Il faut donc que nous marchions ensemble, que nous suivions la même route ! Partons !
— Pourquoi ? Pourquoi dites-vous cela ? reprit Sonia étrangement troublée par ce langage.
— Pourquoi ? Parce que tu ne peux pas rester ainsi : voilà pourquoi ! Il faut enfin raisonner sérieusement et voir les choses sous leur vrai jour, au lieu de pleurer comme un enfant et de se reposer de tout sur Dieu ! Qu'arrivera-t-il, je te le demande, si demain on te transporte à l'hôpital ? Catherine Ivanovna, presque folle et phtisique, mourra bientôt ; que deviendront ses enfants ? La perte de Poletchka n'est-elle pas certaine ?
— Que faire donc ? Que faire ? répéta en pleurant Sonia, qui se tordait les mains.
— Ce qu'il faut faire ? Il faut couper le câble une fois pour toutes et aller de l'avant, advienne que pourra. Tu ne comprends pas ? Plus tard, tu comprendras… La liberté et la puissance, mais surtout la puissance ! Régner sur toutes les créatures tremblantes, sur toute la fourmilière !… Voilà le but ! Rappelle-toi cela ! C'est le testament que je te laisse. Peut-être que je te parle pour la dernière fois. Si je ne viens pas demain, tu apprendras tout toi-même, et alors souviens-toi de mes paroles. Plus tard, d'ici à quelques années, avec l'expérience de la vie, tu comprendras peut-être ce qu'elles signifiaient. Si je viens demain, je te dirai qui a tué Élisabeth. Adieu !
Sonia frissonna et le regarda avec égarement.

— Mais est-ce que vous savez qui l'a tuée ? demanda-t-elle glacée de terreur.

— Je le sais et je le dirai... À toi, à toi seule ! Je t'ai choisie. Je ne viendrai pas te demander pardon, mais simplement te dire cela. Il y a longtemps que je t'ai choisie. Dès le moment où ton père m'a parlé de toi, du vivant même d'Élisabeth, cette idée m'est venue. Adieu. Ne me donne pas la main. À demain !

Il sortit, laissant à Sonia l'impression d'un fou ; mais elle-même était comme une folle et elle le sentait. La tête lui tournait. « Seigneur ! Comment sait-il qui a tué Élisabeth ? Que signifiaient ces paroles ? C'est étrange ! » Pourtant elle n'eut pas le moindre soupçon de la vérité... « Oh ! il doit être terriblement malheureux !... Il a quitté sa mère et sa sœur. Pourquoi ? Qu'est-ce qu'il y a eu ? Et quelles sont ses intentions ? Que m'a-t-il dit ? Il m'a baisé le pied et il m'a dit... il m'a dit (oui, il s'est bien exprimé ainsi) qu'il ne pouvait plus vivre sans moi... Ô Seigneur ! »

Derrière la porte condamnée se trouvait une pièce inoccupée depuis longtemps qui dépendait du logement de Gertrude Karlovna Resslich. Cette chambre était à louer, comme l'indiquaient un écriteau placé à l'extérieur de la grand'porte et des papiers collés sur les fenêtres donnant sur le canal. Sonia savait que personne n'habitait là. Mais, pendant toute la scène précédente, M. Svidrigaïloff, caché derrière la porte, n'avait cessé de prêter une oreille attentive à la conversation. Lorsque Raskolnikoff fut sorti, le locataire de madame Resslich réfléchit un moment, puis il rentra sans bruit dans sa chambre qui était contiguë à la pièce vide, y prit une chaise et vint la placer tout contre la porte. Ce qu'il venait d'entendre l'avait intéressé au plus haut point ; aussi apporta-t-il cette chaise pour pouvoir écouter la fois prochaine, sans être forcé de rester sur ses jambes pendant une heure.

Chapitre V

Quand, le lendemain, à onze heures précises, Raskolnikoff se présenta chez le juge d'instruction, il s'étonna d'avoir à faire antichambre assez longtemps. D'après ce qu'il présumait, on aurait dû le recevoir tout de suite ; or, dix minutes au moins s'écoulèrent avant qu'il pût voir Porphyre Pétrovitch. Dans la pièce d'entrée, où il attendit d'abord, des gens allaient et venaient sans paraître s'occuper de lui le moins du monde. Dans la pièce suivante, qui ressemblait à une chancellerie, travaillaient quelques scribes, et il était évident qu'aucun d'eux n'avait même l'idée de ce que pouvait être Raskolnikoff.

Le jeune homme promena un regard défiant autour de lui : ne se trouvait-il pas là quelque sbire, quelque argus mystérieux chargé de le surveiller et, le cas échéant, d'empêcher sa fuite ? Mais il ne découvrit rien de semblable : les scribes étaient tout à leur besogne, et les autres ne faisaient aucune attention à lui. Le visiteur commença à se rassurer. « Si en effet, pensa-t-il, ce mystérieux personnage d'hier, ce spectre, sorti de dessous terre, savait tout et avait tout vu, eh bien, est-ce qu'on me laisserait faire le pied de grue comme cela ? Et même est-ce qu'on ne m'aurait pas arrêté déjà au lieu d'attendre que je vinsse ici de mon propre gré ? Donc, ou cet homme n'a encore fait aucune révélation contre moi, ou… ou tout simplement il ne sait rien et n'a rien vu (d'ailleurs, comment aurait-il pu voir ?), par conséquent j'ai eu la berlue, et tout ce qui m'est arrivé hier n'était qu'une illusion de mon imagination malade. » Il trouvait de plus en plus vraisemblable cette explication qui déjà la veille s'était offerte à son esprit au moment où il était le plus inquiet.

En réfléchissant à tout cela et en se préparant à une nouvelle lutte, Raskolnikoff s'aperçut tout à coup qu'il tremblait, — et il s'indigna même à la pensée que c'était la peur d'une entrevue avec l'odieux Porphyre Pétrovitch qui le faisait trembler. Le plus terrible pour lui était de se retrouver de nouveau en présence de cet homme : il le haïssait au delà de toute mesure et il craignait même de se trahir par sa haine. Son indignation fut si forte qu'elle arrêta net son tremblement ; il s'apprêta à entrer d'un air froid et assuré, se promit de parler le moins possible, de se tenir toujours sur le qui-vive, enfin de dominer à tout prix son naturel irascible. Sur ces entrefaites, on l'introduisit auprès de Porphyre Pétrovitch.

Celui-ci se trouvait alors seul dans son cabinet. Cette pièce, de dimensions moyennes, contenait une grande table faisant face à un divan recouvert en toile cirée, un bureau, une armoire placée dans une encoignure et quelques chaises ; tout ce mobilier, fourni par l'État, était en bois jaune. Dans le mur ou plutôt la cloison du fond, il y avait une porte fermée, ce qui donnait à penser qu'il devait se trouver d'autres pièces derrière la cloison.

Dès que Porphyre Pétrovitch eut vu Raskolnikoff pénétrer dans son cabinet, il alla fermer la porte par laquelle le jeune homme était entré, et tous deux restèrent en tête-à-tête. Le juge d'instruction fit à son visiteur l'accueil en apparence le plus gai et le plus affable ; ce fut seulement au bout de quelques minutes que Raskolnikoff s'aperçut des façons légèrement embarrassées du magistrat : il semblait qu'on l'eût dérangé au milieu d'une occupation clandestine.

— Ah ! très-respectable ! Vous voilà… dans nos parages… commença Porphyre en lui tendant les deux mains. Allons, asseyez-vous donc, batuchka ! Mais, peut-être, vous n'aimez pas qu'on vous appelle très-respectable et… batuchka, ainsi « tout court » ? Ne regardez pas cela, je vous prie, comme une familiarité… Ici, sur le divan.

Raskolnikoff s'assit, sans quitter des yeux le juge d'instruction.

« Ces mots « dans nos parages », ces excuses pour sa familiarité, cette expression française « tout court », qu'est-ce que tout cela veut dire ? Il m'a tendu les deux mains sans m'en donner aucune, il les a retirées à temps », pensa Raskolnikoff mis en défiance. Tous deux s'observaient l'un l'autre, mais dès que leurs regards se rencontraient, ils détournaient les yeux avec la rapidité de l'éclair.

— Je suis venu vous apporter ce papier… au sujet de la montre… Voilà. Est-ce bien ainsi, ou faut-il faire une autre lettre ?

— Quoi ? Quel papier ? Oui, oui… ne vous inquiétez pas, c'est très-bien, répondit avec une sorte de précipitation Porphyre qui prononça ces mots avant même d'avoir examiné le papier, puis, quand il y eut jeté un rapide coup d'œil : — Oui, c'est très-bien, c'est tout ce qu'il faut, continua-t-il, parlant toujours aussi vite, et il déposa le papier sur la table. Une minute après, il le serra dans son bureau, tout en causant d'autre chose.

— Vous avez hier, me semble-t-il, témoigné le désir de m'interroger… dans les formes… au sujet de mes relations avec la… victime ? reprit Raskolnikoff.

« Allons, pourquoi ai-je dit : me semble-t-il ? » pensa tout à coup le jeune homme. « Eh bien, qu'importe ce mot ? De quoi vais-je là m'inquiéter ? » ajouta-t-il mentalement presque aussitôt après.

Par ce fait seul qu'il se trouvait en présence de Porphyre avec qui il avait à peine échangé deux mots, sa défiance avait pris des proportions insensées ; il s'en aperçut soudain et comprit que cette disposition d'esprit était extrêmement dangereuse : son agitation, l'agacement de ses nerfs ne feraient qu'augmenter. « Mauvais ! Mauvais !... Je vais encore lâcher quelque sottise. »

— Oui, oui ! Ne vous inquiétez pas ! Nous avons le temps, nous avons le temps, murmura Porphyre Pétrovitch qui, sans aucune intention apparente, allait et venait dans la chambre, s'approchant tantôt de la fenêtre, tantôt du bureau, pour revenir ensuite près de la table ; parfois, il évitait le regard soupçonneux de Raskolnikoff ; parfois, il s'arrêtait brusquement et regardait son visiteur en plein visage. C'était un spectacle extraordinairement bizarre qu'offrait en ce moment ce petit homme gros et rond dont les évolutions rappelaient celles d'une balle ricochant d'un mur à l'autre.

— Rien ne presse, rien ne presse !... Mais vous fumez ? Avez-vous du tabac ? Tenez, voici une cigarette, continua-t-il en offrant un paquitos au visiteur... Vous savez, je vous reçois ici, mais mon logement est là, derrière cette cloison... C'est l'État qui me le fournit... Je ne suis ici qu'en camp volant, parce qu'il y avait quelques arrangements à faire dans mon appartement. À présent tout est prêt ou peu s'en faut... Savez-vous que c'est une fameuse chose qu'un logement fourni par l'État, hein, qu'en pensez-vous ?

— Oui, c'est une fameuse chose, répondit Raskolnikoff en le regardant d'un air presque moqueur.

— Une fameuse chose, une fameuse chose... répéta Porphyre Pétrovitch qui semblait avoir l'esprit occupé d'un tout autre objet, — oui ! une fameuse chose ! fit-il brusquement d'une voix presque tonnante en s'arrêtant à deux pas de Raskolnikoff qu'il fixa tout à coup. L'incessante et sotte répétition de cette phrase qu'un logement fourni par l'État était une fameuse chose contrastait par sa platitude avec le regard sérieux, profond, énigmatique qu'il dirigeait maintenant sur son visiteur.

La colère de Raskolnikoff s'en accrut, il ne put s'empêcher d'adresser au juge d'instruction un défi moqueur et assez imprudent.

— Vous savez, commença-t-il, en le regardant presque insolemment et en se complaisant dans cette insolence, c'est, paraît-il, une règle juridique, un principe pour tous les juges d'instruction, de mettre d'abord l'entretien sur des niaiseries, ou même sur une chose sérieuse, étrangère à la question, afin d'enhardir celui qu'ils interrogent, ou plutôt afin de le distraire, d'endormir sa prudence ; puis brusquement, à l'improviste, ils lui assènent en plein sinciput la question la plus dangereuse : n'est-ce pas ? c'est une coutume pieusement observée dans votre profession ?

— Ainsi vous pensez que si je vous ai parlé de logement fourni par l'État, c'était pour…

En disant cela, Porphyre Pétrovitch cligna les yeux, son visage prit pour un instant une expression de gaieté malicieuse, les petites rides de son front s'aplanirent, ses petits yeux devinrent plus étroits encore, les traits de son visage se dilatèrent, et, regardant Raskolnikoff entre les deux yeux, il éclata d'un rire nerveux, prolongé, qui secoua toute sa personne. Le jeune homme se mit à rire lui-même, en se forçant un peu ; à cette vue, l'hilarité de Porphyre Pétrovitch redoubla, à tel point que le visage du juge d'instruction devint presque cramoisi. Raskolnikoff éprouva alors un dégoût qui lui fit oublier toute prudence : il cessa de rire, fronça le sourcil, et, tout le temps que Porphyre s'abandonna à cette gaieté qui semblait un peu factice, il attacha sur lui un regard haineux. L'un, du reste, ne s'était pas plus observé que l'autre. Porphyre s'était mis à rire au nez de son visiteur qui avait très mal pris la chose, et il paraissait se soucier fort peu du mécontentement de Raskolnikoff. Cette dernière circonstance donna fort à penser au jeune homme : il crut comprendre que son arrivée n'avait nullement dérangé le juge d'instruction : c'était, au contraire, lui, Raskolnikoff, qui était tombé dans un traquenard ; évidemment il y avait quelque piège, quelque embûche qu'il ne connaissait pas, la mine était déjà chargée peut-être et allait éclater dans un moment…

Allant droit au fait, il se leva et prit sa casquette :

— Porphyre Pétrovitch, déclara-t-il d'un ton résolu, mais où perçait une assez vive irritation, — hier vous avez témoigné le désir de me faire subir un interrogatoire. (Il appuya particulièrement sur le mot : interrogatoire.) Je suis venu me mettre à votre disposition : si vous avez des questions à m'adresser, questionnez-moi, sinon, permettez-moi de me retirer. Je ne puis pas perdre mon temps ici, j'ai autre chose à faire… il faut que j'aille à l'enterrement de ce fonctionnaire qui a été écrasé par une voiture et dont… vous avez aussi entendu parler… ajouta-t-il, et aussitôt il s'en voulut d'avoir ajouté cette phrase. Puis il poursuivit avec une colère croissante : Tout cela m'ennuie, entendez-vous ? et il y a trop longtemps que cela dure… C'est, en partie, ce qui m'a rendu malade… En un mot, continua-t-il d'une voix de plus en plus irritée, car il sentait que la phrase sur sa maladie était encore plus déplacée que l'autre, en un mot, veuillez m'interroger ou souffrez que je m'en aille à l'instant même… Mais si vous m'interrogez, que ce soit dans la forme voulue par la procédure ; autrement, je ne vous le permets pas ; d'ici là, adieu, puisque, pour le moment, nous n'avons rien à faire ensemble.

— Seigneur ! mais que dites-vous donc ? Mais sur quoi vous interroger ? reprit le juge d'instruction qui cessa instantanément de rire, ne vous inquiétez pas, je vous prie.

Il invitait Raskolnikoff à se rasseoir, tandis que lui-même continuait d'aller et de venir dans la chambre.

— Nous avons le temps, nous avons le temps, et tout cela n'a pas d'importance ! Au contraire, je suis si content que vous soyez venu chez nous… C'est comme visiteur que je vous reçois. Quant à ce maudit rire, batuchka, Rodion Romanovitch, excusez-moi… Je suis un homme nerveux, vous m'avez beaucoup amusé par la finesse de votre observation ; il y a des fois où, vraiment, je me mets à bondir comme une balle élastique, et cela pendant une demi-heure… Je suis rieur. Mon tempérament me fait même craindre l'apoplexie. Mais asseyez-vous donc, pourquoi restez-vous debout ?… Je vous en prie, batuchka, autrement je croirai que vous êtes fâché…

Les sourcils toujours froncés, Raskolnikoff se taisait, écoutait et observait. Cependant il s'assit.

— En ce qui me concerne, batuchka, Rodion Romanovitch, je vous dirai une chose qui servira à vous expliquer mon caractère, reprit Porphyre Pétrovitch qui continuait à se trémousser dans la chambre et, comme toujours, évitait de rencontrer les yeux de son visiteur. — Je vis seul, vous savez, je ne vais pas dans le monde et je suis inconnu, ajoutez que je suis un homme sur le retour, déjà fini et… et… avez-vous remarqué, Rodion Romanovitch, que chez nous, c'est-à-dire en Russie, et surtout dans les cercles pétersbourgeois, quand viennent à se rencontrer deux hommes intelligents qui ne se connaissent pas encore bien, mais qui s'estiment réciproquement, comme vous et moi, par exemple, en ce moment, ils ne peuvent rien trouver à se dire pendant une demi-heure entière, — ils restent comme pétrifiés vis-à-vis l'un de l'autre ? Tout le monde a un sujet de conversation, les dames, par exemple, les gens du monde, les personnes de la haute société… dans tous ces milieux on a de quoi causer, c'est de rigueur ; mais les gens de la classe moyenne, comme nous, sont gênés et taciturnes. D'où cela vient-il, batuchka ? N'avons-nous pas d'intérêts sociaux ? Ou bien cela tient-il à ce que nous sommes des gens trop honnêtes qui ne veulent pas se tromper l'un l'autre ? Je n'en sais rien. Eh bien, quel est votre avis ? Mais débarrassez-vous donc de votre casquette, on dirait que vous voulez vous en aller, et cela me fait de la peine… Je suis, au contraire, si heureux…

Raskolnikoff déposa sa casquette. Il ne se départait point de son mutisme et, les sourcils froncés, prêtait l'oreille au vain bavardage de Porphyre. « Sans doute, il ne débite toutes ces sottises que pour distraire mon attention. »

— Je ne vous offre pas de café, ce n'est pas le lieu, mais — ne pouvez-vous passer cinq minutes avec un ami, histoire de lui procurer une distraction ? poursuivit l'intarissable Porphyre. Vous savez, toutes ces obligations du service… Ne vous formalisez pas, batuchka, si vous me voyez ainsi aller et venir ; excusez-moi, batuchka, j'ai grand'peur de vous blesser, mais le mouvement m'est si nécessaire ! Je suis toujours assis, et c'est pour moi un si grand bonheur de pouvoir me remuer pendant cinq minutes… j'ai des hémorrhoïdes… j'ai toujours l'intention de me traiter par la gymnastique ; le trapèze est, dit-on, en grande faveur parmi les conseillers d'État, les conseillers d'État actuels, et même les conseillers intimes. De nos jours, la gymnastique est devenue une véritable science… Quant à ces devoirs de notre charge, à ces interrogatoires et à tout ce formalisme… c'est vous-même, batuchka, qui en parliez tantôt… eh bien, vous savez, en effet, batuchka, Rodion Romanovitch, ces interrogatoires déroutent parfois le magistrat plus que le prévenu… Vous l'avez fait remarquer tout à l'heure avec autant d'esprit que de justesse. (Raskolnikoff n'avait fait aucune observation semblable.) On s'embrouille, vrai, on perd le fil ! Pour ce qui est de nos coutumes juridiques, je suis pleinement d'accord avec vous. Quel est, dites-moi, l'accusé, fût-il le moujik le plus obtus, qui ignore qu'on commencera par lui poser des questions étrangères pour l'endormir (selon votre heureuse expression), puisqu'on lui assénera brusquement un coup de hache en plein sinciput, hé, hé, hé ! en plein sinciput (pour me servir de votre ingénieuse métaphore), hé, hé ! Ainsi vous avez pensé qu'en vous parlant de logement je voulais vous… hé, hé ! Vous êtes un homme caustique. Allons, je ne reviens pas là-dessus ! Ah ! oui, à propos, un mot en appelle un autre, les pensées s'attirent mutuellement, — tantôt vous parliez de la forme en ce qui concerne le magistrat instructeur… Mais qu'est-ce que la forme ? Vous savez, en bien des cas, la forme ne signifie rien. Parfois une simple conversation, un entretien amical conduit plus sûrement à un résultat. La forme ne disparaîtra jamais, permettez-moi de vous rassurer à cet égard ; mais qu'est-ce, au fond, que la forme, je vous le demande ? On ne peut pas obliger le juge d'instruction à la traîner sans cesse à son pied. La besogne de l'enquêteur est, dans son genre, un art libéral ou quelque chose d'approchant, hé ! hé !

Porphyre Pétrovitch s'arrêta un instant pour reprendre haleine. Il parlait sans interruption, tantôt débitant de pures âneries, tantôt glissant au milieu de ces fadaises de petits mots énigmatiques, après quoi il recommençait à dire des riens. Sa promenade autour de la chambre ressemblait maintenant à une course, il mouvait ses grosses jambes de plus en plus vite et tenait toujours les yeux baissés, sa main droite était fourrée dans la poche de sa redingote, tandis qu'avec la main gauche il esquissait continuellement divers gestes qui n'avaient aucun rapport avec ses paroles. Raskolnikoff remarqua ou crut remarquer qu'en courant autour de la chambre il s'était arrêté deux fois près de la porte et avait paru écouter durant un instant… « Est-ce qu'il attend quelque chose ? »

— Vous avez parfaitement raison, reprit gaiement Porphyre en regardant le jeune homme avec une bonhomie qui mit aussitôt ce dernier en défiance, — nos coutumes juridiques méritent, en effet, vos spirituelles railleries, hé ! hé ! Ces procédés, prétendument inspirés par une profonde psychologie, sont fort ridicules et souvent même stériles…

Pour en revenir à la forme, eh bien ! supposons que je sois chargé de l'instruction d'une affaire, je sais ou plutôt je crois savoir que le coupable est un certain monsieur… Ne vous préparez-vous pas à suivre la carrière du droit, Rodion Romanovitch ?

— Oui, j'étudiais…

— Eh bien, voici un petit exemple qui pourra vous servir plus tard, — c'est-à-dire, ne croyez pas que je me permette de trancher du professeur avec vous ; à Dieu ne plaise que je prétende enseigner quoi que ce soit à un homme qui traite dans les journaux les questions de criminalité ! Non, je prends seulement la liberté de vous citer un petit fait à titre d'exemple, — je suppose donc que j'aie cru découvrir le coupable : pourquoi, je vous le demande, l'inquiéterais-je prématurément, lors même que j'aurais des preuves contre lui ? Sans doute, un autre, qui n'aurait pas le même caractère, je le ferais arrêter tout de suite, mais celui-ci, pourquoi ne le laisserais-je pas se promener un peu dans la ville, hé ! hé ! Non, je vois que vous ne comprenez pas très-bien ; je vais m'expliquer plus clairement.

Si, par exemple, je me presse trop de lancer un mandat d'arrêt contre lui, eh bien, par là je lui fournis, pour ainsi dire, un point d'appui moral, hé ! hé ! vous riez ? (Raskolnikoff ne pensait même pas à rire ; il tenait ses lèvres serrées, et son regard enflammé ne quittait pas les yeux de Porphyre Pétrovitch.) Pourtant, dans l'espèce, cela est ainsi, car les gens sont très-divers, quoique, malheureusement, la procédure soit la même pour tous. — Mais, du moment que vous avez des preuves ? allez-vous me dire. — Eh ! mon Dieu, batuchka, vous savez ce que c'est que les preuves : les trois quarts du temps les preuves sont à deux fins, et moi, juge d'instruction, je suis homme, partant sujet à l'erreur.

Or, je voudrais donner à mon enquête la rigueur absolue d'une démonstration mathématique ; je voudrais que mes conclusions fussent aussi claires, aussi indiscutables que deux fois deux font quatre ! Donc, si je fais arrêter ce monsieur avant le temps voulu, j'aurai beau être convaincu que c'est lui, — je me retire à moi-même les moyens ultérieurs d'établir sa culpabilité. Et comment cela ? Mais parce que je lui donne en quelque sorte une situation définie ; en le mettant en prison, je le calme, je le fais rentrer dans son assiette psychologique ; désormais il m'échappe, il se replie sur lui-même : il comprend enfin qu'il est un détenu.

Si, au contraire, je laisse parfaitement tranquille le coupable présumé, si je ne le fais pas arrêter, si je ne l'inquiète pas, mais qu'à toute heure, à toute minute, il soit obsédé par la pensée que je sais tout, que je ne le perds de vue ni le jour ni la nuit, qu'il est de ma part l'objet d'une surveillance infatigable, — qu'arrivera-t-il dans ces conditions ? Infailliblement il sera pris de vertige, il viendra lui-même chez moi, il me fournira quantité d'armes contre lui et me mettra en mesure de donner aux conclusions de mon enquête un caractère d'évidence mathématique, ce qui ne manque pas de charme.

Si ce procédé peut réussir avec un moujik inculte, il n'est pas non plus sans efficacité quand il s'agit d'un homme éclairé, intelligent, distingué même à certains égards ! Car l'important, mon cher ami, c'est de deviner dans quel sens un homme est développé. Celui-ci est intelligent, je suppose, mais il a des nerfs, des nerfs qui sont excités, malades !... Et la bile, la bile que vous oubliez, quel rôle elle joue chez tous ces gens-là ! Je vous le répète, il y a là une vraie mine de renseignements ! Et que m'importe qu'il se promène en liberté dans la ville ? Je puis bien le laisser jouir de son reste, je sais qu'il est ma proie et qu'il ne m'échappera pas ! En effet, où irait-il ? À l'étranger, allez-vous dire ? Un Polonais se sauvera à l'étranger, mais pas lui, d'autant plus que je le surveille et que mes mesures sont prises en conséquence. Se retirera-t-il dans l'intérieur du pays ? Mais là habitent des moujiks grossiers, des Russes primitifs, dépourvus de civilisation ; cet homme éclairé aimera mieux aller en prison que de vivre dans un pareil milieu, hé ! hé !

D'ailleurs, tout cela ne signifie rien encore, c'est l'accessoire, le côté extérieur de la question. Il ne s'enfuira pas, non-seulement parce qu'il ne saurait où aller, mais encore, et surtout, parce que, psychologiquement, il m'appartient, hé ! hé ! Comment trouvez-vous cette expression ? En vertu d'une loi naturelle, il ne fuira pas, lors même qu'il pourrait le faire. Avez-vous vu le papillon devant la chandelle ? Eh bien, il tournera sans cesse autour de moi comme cet insecte autour de la flamme ; la liberté n'aura plus de douceur pour lui ; il deviendra de plus en plus inquiet, de plus en plus ahuri ; que je lui en laisse le temps, et il se livrera à des agissements tels que sa culpabilité en ressortira claire comme deux et deux font quatre !... Et toujours, toujours il tournera autour de moi, décrivant des cercles de plus en plus resserrés, jusqu'à ce qu'enfin, paf ! Il volera dans ma bouche et je l'avalerai ; c'est fort agréable, hé ! hé ! Vous ne croyez pas ?

Raskolnikoff gardait le silence ; pâle et immobile, il continuait à observer le visage de Porphyre avec un pénible effort d'attention.

« La leçon est bonne ! » pensait-il, terrifié. « Ce n'est même plus, comme hier, le chat jouant avec la souris. Sans doute il ne me parle pas ainsi pour le seul plaisir de me montrer sa force, il est bien trop intelligent pour cela... Il doit avoir un autre but, quel est-il ? Va donc, mon ami, tout ce que tu en dis, c'est pour m'effrayer ! Tu n'as pas de preuves, et l'homme d'hier n'existe pas ! Tu veux tout bonnement me dérouter, tu veux me mettre en colère et frapper le grand coup, quand tu me verras dans cet état ; seulement tu te trompes, tu en seras pour tes peines ! Mais pourquoi parle-t-il ainsi à mots couverts ?... Il spécule sur l'agacement de mon système nerveux !... Non, mon ami, cela ne prendra pas, quoi que tu aies manigancé... Nous allons voir un peu ce que tu as préparé là. »

Et il s'apprêta à affronter bravement la terrible catastrophe qu'il prévoyait. De temps à autre, il avait envie de s'élancer sur Porphyre et de l'étrangler séance tenante. Dès son entrée dans le cabinet du juge d'instruction, sa grande crainte était de ne pouvoir maîtriser sa colère. Il sentait son cœur battre avec violence, ses lèvres devenir sèches et l'écume s'y figer. Cependant il résolut de se taire, comprenant que, dans sa position, c'était la meilleure tactique : de la sorte, en effet, non-seulement il ne se compromettrait pas, mais il réussirait peut-être à irriter son ennemi et à lui arracher quelque parole imprudente. Du moins, tel était l'espoir de Raskolnikoff.

— Non, je vois que vous ne le croyez pas, vous pensez que je plaisante, reprit Porphyre ; le juge d'instruction était de plus en plus gai, il ne cessait de faire entendre son petit rire, et il s'était remis à sa promenade autour de la chambre, — sans doute vous avez raison ; Dieu m'a donné une figure qui n'éveille chez les autres que des idées comiques ; je suis un bouffon ; mais excusez le langage d'un vieillard ; vous, Rodion Romanovitch, vous êtes dans la fleur de l'âge, et, comme tous les jeunes gens, vous appréciez au delà de tout l'intelligence humaine. Le piquant de l'esprit et les déductions abstraites de la raison vous séduisent.

Pour en revenir au cas particulier dont nous parlions tout à l'heure, je vous dirai, monsieur, qu'il faut compter avec la réalité, avec la nature. C'est une chose importante, et comme elle triomphe parfois de l'habileté la plus consommée ! Écoutez un vieillard, je parle sérieusement, Rodion Romanovitch (en prononçant ces mots, Porphyre Pétrovitch, qui comptait à peine trente-cinq ans, semblait, en effet, avoir vieilli tout d'un coup : une métamorphose soudaine s'était produite dans toute sa personne et jusque dans sa voix) ; de plus, je suis un homme franc… Suis-je ou non un homme franc ? Qu'en pensez-vous ? Il me semble qu'on ne peut pas l'être davantage : je vous confie de pareilles choses et je ne demande même pas de récompense, hé ! hé !

Eh bien ! je continue : la finesse d'esprit est, à mon avis, une fort belle chose, c'est, pour ainsi dire, l'ornement de la nature, la consolation de la vie, et, avec cela, on peut, semble-t-il, jobarder facilement un pauvre juge d'instruction qui lui-même est, d'ailleurs, souvent trompé par sa propre imagination, car il est homme ! Mais la nature vient en aide au pauvre juge d'instruction, voilà le malheur ! Et c'est à quoi ne songe pas la jeunesse confiante dans son intelligence, la jeunesse « qui foule aux pieds tous les obstacles » (comme vous l'avez dit d'une façon si fine et si ingénieuse).

Dans le cas particulier qui nous occupe, le coupable, je l'admets, mentira supérieurement ; mais, quand il croira n'avoir plus qu'à recueillir le fruit de son adresse, crac ! il s'évanouira dans l'endroit même ou un pareil accident doit être le plus commenté. Mettons qu'il puisse expliquer sa syncope par un état maladif, par l'atmosphère étouffante de la salle ; n'importe, il n'en a pas moins donné matière aux soupçons ! Il a menti d'une façon incomparable, mais il n'a pas su prendre ses précautions contre la nature. Voilà où est le piège !

Une autre fois, entraîné par son humeur moqueuse, il s'amusera à mystifier quelqu'un qui le soupçonne et, par jeu, il fera semblant d'être le criminel recherché par la police ; mais il entrera trop bien dans la peau du bonhomme, il jouera sa comédie prétendue avec trop de naturel, et ce sera encore un indice. Sur le moment, son interlocuteur pourra être dupe ; mais si ce dernier n'est pas un niais, il se ravisera dès le lendemain. Notre homme se compromettra ainsi à chaque instant ! Que dis-je ? il viendra de lui-même là où il n'est pas appelé, et il se répandra en paroles imprudentes, en allégories dont le sens n'échappera à personne, hé ! hé ! Il viendra demander pourquoi on ne l'a pas encore arrêté, hé ! hé ! Et cela peut arriver à un personnage d'un esprit très-fin, voire à un psychologue et à un littérateur ! La nature est le miroir le plus transparent, il suffit de le contempler ! Mais pourquoi pâlissez-vous ainsi, Rodion Romanovitch ! Vous avez peut-être trop chaud : voulez-vous qu'on ouvre la fenêtre ?

— Oh ! ne vous inquiétez pas, je vous en prie, cria Raskolnikoff, et tout à coup il se mit à rire. — Je vous en prie, ne faites pas attention !

Porphyre s'arrêta en face de lui, attendit un moment et soudain partit lui-même d'un éclat de rire. Raskolnikoff, dont l'hilarité s'était subitement calmée, se leva.

— Porphyre Pétrovitch ! dit-il d'une voix nette et forte, bien qu'il eût peine à se tenir sur ses jambes tremblantes, je n'en puis plus douter, vous me soupçonnez positivement d'avoir assassiné cette vieille et sa sœur Élisabeth. De mon côté, je vous déclare que depuis longtemps j'en ai assez, de tout cela. Si vous croyez avoir le droit de me poursuivre, de me faire arrêter, poursuivez-moi, mettez-moi en état d'arrestation. Mais je ne permets pas qu'on se moque de moi et qu'on me martyrise…

Tout à coup ses lèvres commencèrent à frémir, ses yeux lancèrent des flammes, et sa voix, jusqu'alors contenue, atteignit le diapason le plus élevé.

— Je ne le permets pas ! cria-t-il brusquement, et il asséna un vigoureux coup de poing sur la table. — Entendez-vous cela, Porphyre Pétrovitch ? Je ne le permets pas !

— Ah ! Seigneur ! mais qu'est-ce qui vous prend ? s'écria le juge d'instruction en apparence fort inquiet. — Batuchka ! Rodion Romanovitch ! Mon bon ami ! Mais qu'est-ce que vous avez ?

— Je ne le permets pas ! répéta Raskolnikoff.

— Batuchka, un peu plus bas ! On va vous entendre, on viendra, et alors qu'est-ce que nous dirons ? Pensez un peu à cela ! murmura d'un air effrayé Porphyre Pétrovitch, qui avait approché son visage de celui de son visiteur.

— Je ne le permets pas, je ne le permets pas ! poursuivit machinalement Raskolnikoff ; mais cette fois il avait baissé le ton, de façon à n'être entendu que de Porphyre.

Celui-ci courut ouvrir la fenêtre.

— Il faut aérer la chambre ! Mais si vous buviez un peu d'eau, mon cher ami ? Voyez-vous, c'est un petit accès !

Déjà il s'élançait vers la porte pour donner des ordres à un domestique, quand il aperçut dans un coin une carafe d'eau.

— Batuchka, buvez, murmura-t-il en s'approchant vivement du jeune homme avec la carafe, — cela vous fera peut-être du bien…

La frayeur et même la sollicitude de Porphyre Pétrovitch semblaient si peu feintes que Raskolnikoff se tut et se mit à l'examiner avec une curiosité morne. Du reste, il refusa l'eau qu'on lui offrait.

— Rodion Romanovitch ! mon cher ami ! Mais, si vous continuez ainsi, vous vous rendrez fou, je vous l'assure ! Buvez donc, buvez au moins quelques gouttes !

Il lui mit presque de force le verre d'eau dans la main. Machinalement, Raskolnikoff le portait à ses lèvres, quand soudain il se ravisa et le déposa avec dégoût sur la table.

— Oui, vous avez eu un petit accès ! Vous en ferez tant, mon cher ami, que vous aurez une rechute de votre maladie, observa du ton le plus affectueux le juge d'instruction, qui paraissait toujours fort troublé. — Seigneur ! est-il possible de se ménager si peu ? C'est comme Dmitri Prokofitch qui est venu hier chez moi, — je reconnais que j'ai l'humeur caustique, que mon caractère est affreux, mais, Seigneur ! quelle signification on a donnée à d'inoffensives saillies ! Il est venu hier, après votre visite ; nous étions en train de dîner, il a parlé, parlé. Je me suis contenté d'écarter les bras, mais en moi-même je me disais : « Ah ! mon Dieu… » C'est vous qui l'avez envoyé, n'est-ce pas ? Asseyez-vous donc, batuchka ; asseyez-vous, pour l'amour du Christ !

— Non, ce n'est pas moi ! Mais je savais qu'il était allé chez vous et pourquoi il vous avait fait cette visite, répondit sèchement Raskolnikoff.

— Vous le saviez ?

— Oui. Eh bien ! qu'en concluez-vous ?

— J'en conclus, batuchka, Rodion Romanovitch, que je connais encore bien d'autres de vos faits et gestes ; je suis informé de tout ! Je sais qu'à la nuit tombante vous êtes allé pour louer l'appartement, vous vous êtes mis à tirer le cordon de la sonnette, vous avez fait une question au sujet du sang, vos façons ont stupéfié les ouvriers et les dvorniks. Oh ! je comprends dans quelle situation morale vous vous trouviez alors… Mais il n'en est pas moins vrai que toutes ces agitations vous rendront fou ! Une noble indignation bouillonne en vous, vous avez à vous plaindre de la destinée d'abord, et des policiers ensuite. Aussi allez-vous ici et là pour forcer en quelque sorte les gens à formuler tout haut leurs accusations. Ces commérages stupides vous sont insupportables, et vous voulez en finir au plus tôt avec tout cela. Est-ce vrai ? Ai-je bien deviné à quels sentiments vous obéissez ?… Seulement vous ne vous contentez pas de vous mettre la tête à l'envers, vous la faites perdre aussi à mon pauvre Razoumikhine, et c'est vraiment dommage d'affoler un si brave garçon ! Sa bonté l'expose plus que tout autre à subir la contagion de votre maladie… Quand vous serez calmé, batuchka, je vous raconterai… Mais asseyez-vous donc, batuchka, pour l'amour du Christ ! Je vous en prie, reprenez vos esprits, vous êtes tout défait ; asseyez-vous donc.

Raskolnikoff s'assit ; un tremblement fiévreux agitait tout son corps. Il écoutait avec une profonde surprise Porphyre Pétrovitch qui lui prodiguait des démonstrations d'intérêt. Mais il n'ajoutait aucune foi aux paroles du juge d'instruction, quoiqu'il eût une tendance étrange à y croire. Il avait été extrêmement impressionné en entendant Porphyre lui parler de sa visite au logement de la vieille : « Comment donc sait-il cela et pourquoi me le raconte-t-il lui-même ? » pensait le jeune homme.

— Oui, il s'est produit dans notre pratique judiciaire un cas psychologique presque analogue, un cas morbide, continua Porphyre. Un homme s'est accusé d'un meurtre qu'il n'avait pas commis. Et ce n'est rien de dire qu'il s'est déclaré coupable : il a raconté toute une histoire, une hallucination dont il avait été le jouet, et son récit était si vraisemblable, paraissait tellement d'accord avec les faits, qu'il défiait toute contradiction. Comment s'expliquer cela ? Sans qu'il y eût de sa faute, cet individu avait été, en partie, cause d'un assassinat. Quand il apprit qu'il avait, à son insu, facilité l'œuvre de l'assassin, il en fut si désolé que sa raison s'altéra, et il s'imagina être lui-même le meurtrier ! À la fin, le Sénat dirigeant examina l'affaire, et l'on découvrit que le malheureux était innocent. Tout de même, sans le Sénat dirigeant, c'en était fait de ce pauvre diable ! Voilà ce qui vous pend au nez, batuchka ! On peut aussi devenir monomane quand on va la nuit tirer des cordons de sonnette et faire des questions au sujet du sang ! Voyez-vous, dans l'exercice de ma profession, j'ai eu l'occasion d'étudier toute cette psychologie. C'est un attrait du même genre qui pousse parfois un homme à se jeter par la fenêtre ou du haut d'un clocher... Vous êtes malade, Rodion Romanovitch ! Vous avez eu tort de trop négliger, au début, votre maladie. Vous auriez dû consulter un médecin expérimenté, au lieu de vous faire traiter par ce gros Zosimoff !... Tout cela est, chez vous, l'effet du délire !...

Pendant un instant, Raskolnikoff crut voir tous les objets tourner autour de lui. « Est-il possible qu'il mente encore en ce moment ? » se demandait-il. Et il s'efforçait de bannir cette idée, pressentant à quel excès de rage folle elle pourrait le pousser.

— Je n'étais pas en délire, j'avais toute ma raison ! cria-t-il, tandis qu'il mettait son esprit à la torture pour tâcher de pénétrer le jeu de Porphyre. J'avais toute ma raison, entendez-vous ?

— Oui, je comprends et j'entends. Vous avez déjà dit hier que vous n'aviez pas le délire, vous avez même insisté particulièrement sur ce point ! Je comprends tout ce que vous pouvez dire ! hé ! hé !... Mais permettez-moi de vous soumettre encore une observation, mon cher Rodion Romanovitch. Si, en effet, vous étiez coupable ou que vous ayez pris une part quelconque à cette maudite affaire, je vous le demande, est-ce que vous soutiendriez que vous avez fait tout cela non en délire, mais en pleine connaissance ? À mon avis, ce serait tout le contraire. Si vous sentiez votre cas véreux, vous devriez précisément soutenir mordicus que vous avez agi sous l'influence du délire ! Est-ce vrai ?

Le ton de la question laissait soupçonner un piège. En prononçant ces derniers mots, Porphyre s'était penché vers Raskolnikoff ; celui-ci se renversa sur le dossier du divan et, silencieusement, regarda son interlocuteur en face.

— C'est comme pour la visite de M. Razoumikhine. Si vous étiez coupable, vous devriez dire qu'il est venu chez moi de lui-même et cacher qu'il a fait cette démarche à votre instigation. Or, loin de cacher cela, vous affirmez au contraire que c'est vous qui l'avez envoyé !
Raskolnikoff n'avait jamais affirmé cela. Un froid lui courut le long de l'épine dorsale.

— Vous mentez toujours, dit-il d'une voix lente et faible en ébauchant un sourire pénible. Vous voulez encore me montrer que vous lisez dans mon jeu, que vous savez d'avance toutes mes réponses, continua-t-il, sentant lui-même que déjà il ne pesait plus ses mots comme il l'aurait dû ; vous voulez me faire peur… ou simplement vous vous moquez de moi…

En parlant ainsi, Raskolnikoff ne cessait de regarder fixement le juge d'instruction. Tout à coup, une colère violente fit de nouveau étinceler ses yeux.

— Vous ne faites que mentir ! s'écria-t-il. — Vous savez parfaitement vous-même que la meilleure tactique pour un coupable, c'est d'avouer ce qu'il lui est impossible de cacher. Je ne vous crois pas !

— Comme vous savez vous retourner ! ricana Porphyre : — mais avec cela, batuchka, vous êtes fort entêté ; c'est l'effet de la monomanie. Ah ! vous ne me croyez pas ? Et moi, je vous dis que vous me croyez déjà un peu, et je ferai si bien que vous me croirez tout à fait, car je vous aime sincèrement, et je vous porte un véritable intérêt.

Les lèvres de Raskolnikoff commencèrent à s'agiter.

— Oui, je vous veux du bien, poursuivit Porphyre en prenant amicalement le bras du jeune homme un peu au-dessus du coude ; je vous le dis définitivement : soignez votre maladie. De plus, voilà que votre famille s'est maintenant transportée à Pétersbourg ; songez un peu à elle. Vous devriez faire le bonheur de vos parents, et, au contraire, vous ne leur causez que des inquiétudes…

— Que vous importe ? Comment savez-vous cela ? De quoi vous mêlez-vous ? Ainsi, vous me surveillez et vous tenez à me le faire savoir ?

— Batuchka ! Mais, voyons, c'est de vous, de vous-même que j'ai tout appris ! Vous ne remarquez même pas que, dans votre agitation, vous parlez spontanément de vos affaires, et à moi et aux autres. Plusieurs particularités intéressantes m'ont été aussi communiquées hier par M. Razoumikhine. Non, vous m'avez interrompu, j'allais vous dire que, malgré tout votre esprit, vous avez perdu la vue saine des choses par suite de votre humeur soupçonneuse. Tenez, par exemple, cet incident du cordon de sonnette : voilà un fait précieux, un fait inappréciable pour un magistrat enquêteur ! Je vous le livre naïvement, moi juge d'instruction, et cela ne vous ouvre pas les yeux ? Mais si je vous croyais, le moins du monde coupable, est-ce ainsi que j'aurais agi ? Ma ligne de conduite en ce cas était toute tracée : j'aurais dû, au contraire, commencer par endormir votre défiance, faire semblant d'ignorer ce fait, attirer votre attention sur un point opposé ; puis brusquement je vous aurais, selon votre expression, asséné sur le sinciput la question suivante : « Qu'êtes-vous donc allé faire, monsieur, à dix heures du soir, au domicile de la victime ? Pourquoi avez-vous tiré le cordon de la sonnette ? Pourquoi avez-vous questionné au sujet du sang ? Pourquoi avez-vous abasourdi les dvorniks en demandant qu'on vous conduisît au bureau de police ? » Voilà comme j'aurais nécessairement procédé, si j'avais quelque soupçon à votre endroit. J'aurais dû vous soumettre à un interrogatoire en règle, ordonner une perquisition, m'assurer de votre personne… Puisque j'ai agi autrement, c'est donc que je ne vous soupçonne pas ! Mais vous avez perdu le sens exact des choses, et vous ne voyez rien, je le répète !

Raskolnikoff trembla de tout son corps, ce dont Porphyre Pétrovitch put facilement s'apercevoir.

— Vous mentez toujours ! vociféra le jeune homme. Je ne sais quelles sont vos intentions, mais vous mentez toujours… Tout à l'heure, vous ne parliez pas dans ce sens-là, et il m'est impossible de me faire illusion… Vous mentez !

— Je mens ! répliqua Porphyre avec une apparence de vivacité ; du reste, le juge d'instruction conservait l'air le plus enjoué et semblait n'attacher aucune importance à l'opinion que Raskolnikoff pouvait avoir de lui. — Je mens ?… Mais comment en ai-je usé avec vous tantôt ! Moi, juge d'instruction, je vous ai suggéré les arguments psychologiques que vous pouviez faire valoir « la maladie, le délire, les souffrances d'amour-propre, l'hypocondrie, l'affront reçu au bureau de police, etc. » N'est-ce pas ? Hé, hé, hé ! Il est vrai, soit dit en passant, que ces moyens de défense ne se tiennent pas debout ; ils sont à deux fins ; on peut les retourner contre vous. Si vous dites : « J'étais malade, j'avais le délire, je ne savais ce que je faisais, je ne me souviens de rien », on vous répondra : « Tout cela est fort bien, batuchka ; mais pourquoi donc le délire affecte-t-il toujours chez vous le même caractère ? Il pourrait se manifester sous d'autres formes ! » Pas vrai ? Hé, hé, hé !

Raskolnikoff se leva, et le regardant d'un air plein de mépris :

— En fin de compte, dit-il avec force, je veux savoir si, oui ou non, je suis pour vous en état de suspicion. Parlez, Porphyre Pétrovitch, expliquez-vous sans ambages et tout de suite, à l'instant !

— Ah ! mon Dieu ! vous voilà comme les enfants qui demandent la lune ! reprit Porphyre toujours goguenard.

— Mais qu'avez-vous besoin d'en savoir tant, puisqu'on vous a laissé jusqu'ici parfaitement tranquille ? Pourquoi vous inquiétez-vous ainsi ? Pourquoi venez-vous de vous-même chez nous quand on ne vous appelle pas ? Quelles sont vos raisons, hein ? Hé, hé, hé !

— Je vous répète, cria Raskolnikoff furieux, que je ne puis plus supporter…

— Quoi ? L'incertitude ? interrompit le juge d'instruction.

— Ne me poussez pas à bout ! Je ne veux pas !… Je vous dis que je ne veux pas !… Je ne le puis ni ne le veux !… Vous entendez ! reprit d'une voix de tonnerre Raskolnikoff en déchargeant un nouveau coup de poing sur la table.

— Plus bas, plus bas ! On va vous entendre ! Je vous donne un avertissement sérieux : prenez garde à vous ! murmura Porphyre.

Le juge d'instruction n'avait plus ce faux air de paysanne qui simulait la bonhomie sur son visage ; il fronçait le sourcil, parlait en maître et semblait sur le point de lever le masque. Mais cette attitude nouvelle ne dura qu'un instant. D'abord intrigué, Raskolnikoff entra soudain dans un transport de colère ; cependant, chose étrange, cette fois encore, bien qu'il fut au comble de l'exaspération, il obéit à l'ordre de baisser la voix. D'ailleurs, il sentait qu'il ne pouvait faire autrement, et cette pensée contribua encore à l'irriter.

— Je ne me laisserai pas martyriser ! murmura-t-il, — arrêtez-moi, fouillez-moi, faites des perquisitions, mais agissez selon la forme et ne jouez pas avec moi ! N'ayez pas l'audace…

— Eh ! ne vous inquiétez donc pas de la forme, interrompit Porphyre de son ton narquois tandis qu'il contemplait Raskolnikoff avec une sorte de jubilation, — c'est familièrement, batuchka, c'est tout à fait en ami que je vous ai invité à venir me voir !

— Je ne veux pas de votre amitié et je crache dessus ! Entendez-vous ? Et maintenant je prends ma casquette et je m'en vais. Qu'est-ce que vous direz, si vous avez l'intention de m'arrêter ?

Au moment où il approchait de la porte, Porphyre lui saisit de nouveau le bras un peu au-dessus du coude.

— Ne voulez-vous pas voir une petite surprise ? ricana le juge d'instruction ; il paraissait de plus en plus gai, de plus en plus goguenard, ce qui mit décidément Raskolnikoff hors de lui.

— Quelle petite surprise ? Que voulez-vous dire ? demanda le jeune homme en s'arrêtant soudain et en regardant Porphyre avec inquiétude.

— Une petite surprise qui est là derrière la porte, hé, hé, hé ! (Il montrait du doigt la porte fermée qui donnait accès à son logement situé derrière la cloison.)

— Je l'ai même enfermée à la clef pour qu'elle ne s'en aille pas.

— Qu'est-ce que c'est ? Où ? Quoi ?...

Raskolnikoff s'approcha de la porte et voulut l'ouvrir, mais il ne le put.

— Elle est fermée, voici la clef !

Ce disant, le juge d'instruction tirait la clef de sa poche et la montrait à son visiteur.

— Tu mens toujours ! hurla celui-ci, qui ne se possédait plus ; tu mens, maudit polichinelle !

En même temps, il voulut se jeter sur Porphyre ; ce dernier fit retraite vers la porte, sans témoigner, du reste, aucune frayeur.

— Je comprends tout, tout ! vociféra Raskolnikoff. Tu mens et tu m'irrites, pour que je me trahisse...

— Mais vous n'avez plus à vous trahir, batuchka, Rodion Romanovitch.
— Voyez dans quel état vous êtes ! Ne criez pas, ou j'appelle.

— Tu mens, il n'y aura rien ! Appelle tes gens ! Tu savais que j'étais malade, et tu as voulu m'exaspérer, me pousser à bout pour m'arracher des aveux, voilà quel était ton but ! Non, produis tes preuves ! J'ai tout compris ! Tu n'as pas de preuves, tu n'as que de misérables suppositions, les conjectures de Zamétoff !... Tu connaissais mon caractère, tu as voulu me mettre hors de moi, afin de faire ensuite apparaître brusquement les popes et les délégués... Tu les attends ? Hein ? Qu'est-ce que tu attends ? Où sont-ils ? Montre-les !

— Que parlez-vous de délégués, batuchka ! Voilà des idées ! La forme même, pour employer votre langage, ne permet pas d'agir ainsi ; vous ne connaissez pas la procédure, mon cher ami... Mais la forme sera observée, vous le verrez vous-même !... murmura Porphyre, qui s'était mis à écouter à la porte.

Un certain bruit se produisait, en effet, dans la pièce voisine.

— Ah ! ils viennent, s'écria Raskolnikoff ; tu les as envoyé chercher !... Tu les attendais ! Tu avais compté... Eh bien ! introduis-les tous : délégués, témoins ; fais entrer qui tu voudras ! Je suis prêt !

Mais alors eut lieu un incident étrange et si en dehors du cours ordinaire des choses, que sans doute ni Raskolnikoff ni Porphyre Pétrovitch n'eussent pu le prévoir.

Chapitre VI

Voici le souvenir que cette scène laissa dans l'esprit de Raskolnikoff :

Le bruit qui se faisait dans la chambre voisine augmenta tout à coup, et la porte s'entr'ouvrit.

— Qu'est-ce qu'il y a ? cria avec colère Porphyre Pétrovitch. — J'ai prévenu…

Il n'y eut pas de réponse, mais la cause du tapage se laissait deviner en partie : quelqu'un voulait pénétrer dans le cabinet du juge d'instruction, et on s'efforçait de l'en empêcher.

— Qu'est-ce qu'il y a donc là ? répéta Porphyre inquiet.

— C'est l'inculpé Nicolas qu'on a amené, fit une voix.

— Je n'ai pas besoin de lui ! Je ne veux pas le voir ! Emmenez-le ! Attendez un peu !… Comment l'a-t-on conduit ici ? Quel désordre ! gronda Porphyre en s'élançant vers la porte.

— Mais c'est lui qui…, reprit la même voix, et elle s'arrêta soudain.

Durant deux secondes, on entendit le bruit d'une lutte entre deux hommes ; puis l'un d'eux repoussa l'autre avec force et, brusquement, fit invasion dans le cabinet.

Le nouveau venu avait un aspect fort étrange. Il regardait droit devant lui, mais ne semblait voir personne. La résolution se lisait dans ses yeux étincelants, et, en même temps, son visage était livide comme celui d'un condamné que l'on mène à l'échafaud. Ses lèvres, toutes blanches, tremblaient légèrement.

C'était un homme fort jeune encore, maigre, de taille moyenne et vêtu comme un ouvrier ; il portait les cheveux coupés en rond ; ses traits étaient fins et secs. Celui qu'il venait de repousser s'élança après lui dans la chambre et le saisit par l'épaule : c'était un gendarme ; mais Nicolas réussit encore une fois à se dégager.

Sur le seuil se groupèrent plusieurs curieux. Quelques-uns avaient grande envie d'entrer. Tout cela s'était passé en beaucoup moins de temps que nous n'en avons mis à le raconter.

— Va-t'en, il est encore trop tôt ! Attends qu'on t'appelle !… Pourquoi l'a-t-on amené si tôt ? grommela Porphyre Pétrovitch, aussi irrité que surpris. Mais tout à coup Nicolas se mit à genoux.

— Qu'est-ce que tu fais ? cria le juge d'instruction de plus en plus étonné.

— Pardon ! Je suis coupable ! Je suis l'assassin ! dit brusquement Nicolas d'une voix assez forte, malgré l'émotion qui l'étranglait.

Il y eut durant dix secondes un silence aussi profond que si tous les assistants étaient tombés en catalepsie ; le gendarme n'essaya plus de reprendre son prisonnier et se dirigea machinalement vers la porte où il resta immobile.

— Qu'est-ce que tu dis ? cria Porphyre Pétrovitch quand sa stupéfaction lui eut permis de parler.

— Je suis… l'assassin… répéta Nicolas après s'être tu un instant.

— Comment… tu… Comment… Qui as-tu assassiné ?

Le juge d'instruction était visiblement déconcerté.

Nicolas attendit encore un instant avant de répondre.

— J'ai… assassiné… à coups de hache Aléna Ivanovna et sa sœur Élisabeth Ivanovna. J'avais l'esprit égaré… ajouta-t-il brusquement, puis il se tut, mais il restait toujours agenouillé.

Après avoir entendu cette réponse, Porphyre Pétrovitch parut réfléchir profondément ; ensuite, d'un geste violent, il invita les témoins à se retirer. Ceux-ci obéirent aussitôt, et la porte se referma.

Raskolnikoff, debout dans un coin, contemplait Nicolas d'un air étrange. Durant quelques instants les regards du juge d'instruction allèrent du visiteur au détenu et vice versa. À la fin, il s'adressa à Nicolas avec une sorte d'emportement :

— Attends qu'on t'interroge, avant de me dire que tu as eu l'esprit égaré ! fit-il d'une voix presque irritée. Je ne t'ai pas encore demandé cela… Parle maintenant : tu as tué ?

— Je suis l'assassin… j'avoue… répondit Nicolas.

— E-eh ! Avec quoi as-tu tué ?

— Avec une hache. Je l'avais apportée pour cela.

— Oh ! comme il se presse ! Seul ?

Nicolas ne comprit pas la question.

— Tu n'as pas eu de complices ?

— Non. Mitka est innocent, il n'a pris aucune part au crime.

— Ne te presse donc pas d'innocenter Mitka ; est-ce que je t'ai questionné à son sujet ?... Pourtant, comment se fait-il que les dvorniks vous aient vus tous deux descendre l'escalier en courant ?

— J'ai fait exprès de courir après Mitka... c'était une feinte pour détourner les soupçons, répondit Nicolas.

— Allons, c'est bien, en voilà assez ! cria Porphyre avec colère ; il ne dit pas la vérité ! grommela-t-il ensuite comme à part soi, et soudain ses yeux rencontrèrent Raskolnikoff, dont il avait évidemment oublié la présence durant ce dialogue avec Nicolas. En apercevant son visiteur, le juge d'instruction parut se troubler... Il s'avança aussitôt vers lui.

— Rodion Romanovitch, batuchka ! Excusez-moi... je vous prie... vous n'avez plus rien à faire ici... moi-même... vous voyez quelle surprise !... Je vous prie...

Il avait pris le jeune homme par le bras et lui montrait la porte.

— Il paraît que vous ne vous attendiez pas à cela ? observa Raskolnikoff.

Naturellement, ce qui venait de se passer était encore pour lui une énigme ; cependant il avait recouvré en grande partie son assurance.

— Mais vous ne vous y attendiez pas non plus, batuchka. Voyez donc comme votre main tremble ! Hé ! hé !

— Vous tremblez aussi, Porphyre Petrovitch.

— C'est vrai ; je ne m'attendais pas à cela !...

Ils se trouvaient déjà sur le seuil de la porte. Le juge d'instruction avait hâte d'être débarrassé de son visiteur.

— Alors vous ne me montrerez pas la petite surprise ? demanda brusquement celui-ci.

— C'est à peine s'il a retrouvé la force de parler, et il fait déjà de l'ironie ! Hé ! hé ! vous êtes un homme caustique ! Allons, au revoir !

— Je crois qu'il faudrait plutôt dire adieu !

— Ce sera comme Dieu voudra ! balbutia Porphyre avec un sourire forcé.

En traversant la chancellerie, Raskolnikoff remarqua que plusieurs des employés le regardaient fixement. Dans l'antichambre, il reconnut, au milieu de la foule, les deux dvorniks de cette maison-là, ceux à qui il avait proposé, l'autre soir, de le mener chez le commissaire de police. Ils paraissaient attendre quelque chose. Mais à peine était-il arrivé sur le carré qu'il entendit de nouveau derrière lui la voix de Porphyre Pétrovitch. Il se retourna et aperçut le juge d'instruction qui s'essoufflait à courir après lui.

— Un petit mot, Rodion Romanovitch ; il en sera de cette affaire comme Dieu voudra, mais pour la forme j'aurai à vous demander quelques renseignements… ainsi nous nous reverrons encore, certainement !

Et Porphyre s'arrêta en souriant devant le jeune homme.

— Certainement ! fit-il une seconde fois.

On pouvait supposer qu'il aurait encore voulu dire quelque chose, mais il n'ajouta rien.

— Pardonnez-moi ma manière d'être de tantôt, Porphyre Pétrovitch… j'ai été un peu vif, commença Raskolnikoff, qui avait recouvré tout son aplomb et qui même éprouvait une irrésistible envie de gouailler le magistrat.

— Laissez donc, ce n'est rien, reprit Porphyre d'un ton presque joyeux. Je suis moi-même… j'ai un caractère fort désagréable, je le confesse. Mais nous nous reverrons. Si Dieu le permet, nous nous reverrons souvent !…

— Et nous ferons définitivement connaissance ensemble dit Raskolnikoff.

— Et nous ferons définitivement connaissance ensemble, répéta comme un écho Porphyre Pétrovitch, et, clignant de l'œil, il regarda très-sérieusement son interlocuteur. — Maintenant vous allez à un dîner de fête ?

— À un enterrement.

— Ah ! c'est juste ! Ayez soin de votre santé…

— De mon côté je ne sais quels vœux faire pour vous ! répondit Raskolnikoff ; il commençait déjà à descendre l'escalier, mais soudain il se retourna vers Porphyre : — Je vous souhaiterais volontiers plus de succès que vous n'en avez eu aujourd'hui : voyez pourtant comme vos fonctions sont comiques !

À ces mots, le juge d'instruction, qui s'apprêtait déjà à regagner son appartement, dressa l'oreille.

— Qu'est-ce qu'elles ont de comique ? demanda-t-il.

— Mais comment donc ! Voilà ce pauvre Mikolka ; combien vous avez dû le tourmenter, l'obséder, pour lui arracher des aveux ! Jour et nuit sans doute vous lui avez répété sur tous les tons : « Tu es l'assassin, tu es l'assassin… » Vous l'avez persécuté sans relâche selon votre méthode psychologique. Or, maintenant qu'il se reconnaît coupable, vous recommencez à le turlupiner en lui chantant une autre gamme : « Tu mens, tu n'es pas l'assassin, tu ne peux pas l'être, tu ne dis pas la vérité. » Eh bien, après cela, n'ai-je pas le droit de trouver comiques vos fonctions ?

— Hé ! hé ! hé ! Ainsi vous avez remarqué que tout à l'heure j'ai fait observer à Nicolas qu'il ne disait pas la vérité ?

— Comment ne l'aurais-je pas remarqué ?

— Hé ! hé ! Vous avez l'esprit subtil, rien ne vous échappe. Et, en outre, vous cultivez la facétie, vous avez la corde humoristique, hé ! hé ! C'était, dit-on, le trait distinctif de notre écrivain Gogol ?

— Oui, de Gogol.

— En effet, de Gogol… Au plaisir de vous revoir.

— Au plaisir de vous revoir…

Le jeune homme retourna directement chez lui. Arrivé à son domicile, il se jeta sur son divan, et, durant un quart d'heure, il tâcha de mettre un peu d'ordre dans ses idées, qui étaient fort confuses. Il n'essaya même pas de s'expliquer la conduite de Nicolas, sentant qu'il y avait là-dessous un mystère dont, pour le moment, il chercherait en vain la clef. Du reste, il ne se faisait pas d'illusions sur les suites probables de l'incident : les aveux de l'ouvrier ne tarderaient pas à être reconnus mensongers, et alors les soupçons se porteraient de nouveau sur lui, Raskolnikoff. Mais, en attendant, il était libre et il devait prendre ses mesures en prévision du danger qu'il jugeait imminent.

Jusqu'à quel point, toutefois, était-il menacé ? La situation commençait à s'éclaircir. Le jeune homme frissonnait encore en se rappelant son entretien de tout à l'heure avec le juge d'instruction. Sans doute il ne pouvait pénétrer toutes les intentions de Porphyre, mais ce qu'il en devinait était plus que suffisant pour lui faire comprendre à quel terrible péril il venait d'échapper. Un peu plus, et il se perdait sans retour. Connaissant l'irritabilité nerveuse de son visiteur, le magistrat s'était engagé à fond sur cette donnée et avait trop hardiment découvert son jeu, mais il jouait presque à coup sûr. Certes Raskolnikoff ne s'était déjà que trop compromis tantôt, cependant les imprudences qu'il se reprochait ne constituaient pas encore une preuve contre lui ; cela n'avait qu'un caractère relatif. Ne se trompait-il pas, toutefois, en pensant ainsi ? Quel était le but visé par Porphyre ? Celui-ci avait-il réellement machiné quelque chose aujourd'hui, et, s'il y avait un coup monté, en quoi consistait-il ? Sans l'apparition inattendue de Nicolas, comment cette entrevue aurait-elle fini ?

Raskolnikoff était assis sur le divan, les coudes sur ses genoux et la tête dans ses mains. Un tremblement nerveux continuait à agiter tout son corps. À la fin, il se leva, prit sa casquette et, après avoir réfléchi un moment, se dirigea vers la porte.

Il se disait que, pour aujourd'hui du moins, il n'avait rien à craindre. Tout à coup, il éprouva une sorte de joie : l'idée lui vint de se rendre au plus tôt chez Catherine Ivanovna. Bien entendu, il était trop tard pour aller à l'enterrement, mais il arriverait à temps pour le dîner, et là il verrait Sonia.

Il s'arrêta, réfléchit, et un sourire maladif se montra sur ses lèvres.

« Aujourd'hui ! Aujourd'hui ! répéta-t-il : oui, aujourd'hui même ! Il le faut… »

Au moment où il allait ouvrir la porte, elle s'ouvrit d'elle-même. Il recula épouvanté en voyant paraître l'énigmatique personnage de la veille, l'homme sorti de dessous terre.

Le visiteur s'arrêta sur le seuil et, après avoir regardé silencieusement Raskolnikoff, fit un pas dans la chambre. Il était vêtu exactement comme la veille, mais son visage n'était plus le même. Il semblait fort affligé et poussait de profonds soupirs.

— Que voulez-vous ? demanda Raskolnikoff, pâle comme la mort.

L'homme ne répondit pas et tout à coup s'inclina presque jusqu'à terre. Du moins, il toucha le parquet avec l'anneau qu'il portait à la main droite.

— Qui êtes-vous ? s'écria Raskolnikoff.

— Je vous demande pardon, dit l'homme à voix basse.

— De quoi ?

— De mes mauvaises pensées.

Ils se regardèrent l'un l'autre.
— J'étais fâché. Quand vous êtes venu l'autre jour, ayant peut-être l'esprit troublé par la boisson, vous avez questionné à propos du sang et demandé aux dvorniks de vous conduire au bureau de police. J'ai vu avec regret qu'ils ne tenaient pas compte de vos paroles, vous prenant pour un homme ivre. Cela m'a tellement contrarié que je n'ai pas pu dormir. Mais je me rappelais votre adresse, et hier je suis venu ici…

— C'est vous qui êtes venu ? interrompit Raskolnikoff.

La lumière commençait à se faire dans son esprit.

— Oui. Je vous ai insulté.

— Vous étiez donc dans cette maison-là ?
— Oui, je me trouvais sous la porte cochère lors de votre visite. Est-ce que vous l'avez oublié ? J'habite là depuis fort longtemps, je suis pelletier…
Raskolnikoff se remémora soudain toute la scène de l'avant-veille : en effet, indépendamment des dvorniks, il y avait encore sous la porte cochère plusieurs personnes, des hommes et des femmes. Quelqu'un

avait proposé de le conduire immédiatement chez le commissaire de police. Il ne pouvait se rappeler le visage de celui qui avait émis cet avis, et maintenant même il ne le reconnaissait pas, mais il se souvenait de lui avoir répondu quelque chose, de s'être tourné vers lui.

Ainsi s'expliquait, le plus simplement du monde, l'effrayant mystère de la veille. Et, sous l'impression de l'inquiétude que lui causait une circonstance aussi insignifiante, il avait failli se perdre ! Cet homme n'avait rien pu raconter, sinon que Raskolnikoff s'était présenté pour louer l'appartement de la vieille et avait questionné au sujet du sang. Donc, sauf cette démarche d'un malade en délire, sauf cette psychologie à deux fins, Porphyre ne savait rien ; il n'avait point de faits, rien de positif. « Par conséquent, pensait le jeune homme, s'il ne surgit point de nouvelles charges (et il n'en surgira pas, j'en suis sûr !), qu'est-ce que l'on peut me faire ? Lors même que l'on m'arrêterait, comment établir définitivement ma culpabilité ? »

Une autre conclusion ressortait pour Raskolnikoff des paroles de son visiteur : c'était tout à l'heure seulement que Porphyre avait eu connaissance de sa visite au logement de la victime.
— Vous avez dit aujourd'hui à Porphyre que j'étais allé là ? demanda-t-il frappé d'une idée subite.

— À quel Porphyre ?

— Au juge d'instruction.

— Je le lui ai dit. Comme les dvorniks n'étaient pas allés chez lui, je m'y suis rendu.

— Aujourd'hui ?

— Je suis arrivé une minute avant vous. Et j'ai tout entendu, je sais qu'il vous a fait passer un vilain quart d'heure.

— Où ? Quoi ? Quand ?
— Mais j'étais chez lui, dans la pièce contiguë à son cabinet ; je suis resté là tout le temps.

— Comment ? Ainsi, c'est vous qui étiez la surprise ? Mais comment donc cela a-t-il pu arriver ? Parlez, je vous prie !

— Voyant, commença le bourgeois, — que les dvorniks refusaient d'aller prévenir la police sous prétexte qu'il était trop tard et qu'ils trouveraient le bureau fermé, j'en éprouvai un vif mécontentement et je résolus de me renseigner sur votre compte ; le lendemain, c'est-à-dire hier, je pris mes renseignements, et aujourd'hui je me suis rendu chez le juge d'instruction. La première fois que je me suis présenté, il était absent. Une heure après je suis revenu et n'ai pas été reçu ; enfin, la troisième fois, on m'a introduit. J'ai raconté les choses de point en point comme elles s'étaient passées ; en m'écoutant, il bondissait dans la chambre et se frappait la poitrine : « Voilà comme vous faites votre service, brigands ! s'écriait-il ; si j'avais su cela plus tôt, je l'aurais fait chercher par la gendarmerie ! » Ensuite il est sorti précipitamment, a appelé quelqu'un et a causé avec lui dans un coin ; puis il est revenu vers moi et s'est mis à me questionner, tout en proférant force imprécations. Je ne lui ai rien laissé ignorer ; je lui ai dit que vous n'aviez pas osé répondre à mes paroles d'hier et que vous ne m'aviez pas reconnu. Il continuait à se frapper la poitrine, à vociférer et à bondir dans la chambre. Sur ces entrefaites, on vous a annoncé : « Retire-toi derrière la cloison, m'a-t-il dit alors en m'apportant une chaise, et reste là sans bouger, quoi que tu entendes ; il se peut que je t'interroge encore. » Puis il a fermé la porte sur moi. Quand on a amené Nicolas, il vous a congédié et m'a ensuite fait sortir : « J'aurai à te questionner encore », a-t-il dit.

— Est-ce qu'il a questionné Nicolas devant toi ?

— Je suis sorti aussitôt après vous, et c'est alors seulement qu'a commencé l'interrogatoire de Nicolas.

Son récit terminé, le bourgeois salua de nouveau jusqu'à terre.

— Pardonnez-moi ma dénonciation et le tort que je vous ai fait.

— Que Dieu te pardonne ! répondit Raskolnikoff.
À ces mots, le bourgeois s'inclina encore, mais seulement jusqu'à la ceinture, puis il se retira d'un pas lent.

« Pas d'inculpations précises, rien que des preuves à deux fins ! » pensa Raskolnikoff renaissant à l'espérance, et il sortit de la chambre.

« À présent nous pouvons encore lutter », se dit-il avec un sourire de colère, tandis qu'il descendait l'escalier. C'était à lui-même qu'il en voulait ; il songeait avec humiliation à sa « pusillanimité ».

CINQUIÈME PARTIE

Chapitre I

Le lendemain du jour fatal où Pierre Pétrovitch avait eu son explication avec les dames Raskolnikoff, ses idées s'éclaircirent, et, à son extrême chagrin, force lui fut de reconnaître que la rupture, à laquelle il ne voulait pas croire la veille encore, était bel et bien un fait accompli. Le noir serpent de l'amour-propre blessé lui avait mordu le cœur pendant toute la nuit. Au saut du lit, le premier mouvement de Pierre Pétrovitch fut d'aller se regarder dans la glace : il craignait que, durant la nuit, un épanchement de bile ne se fût produit chez lui.

Heureusement, cette appréhension n'était pas fondée. En considérant son visage pale et distingué, il se consola même un instant par la pensée qu'il ne serait pas gêné de remplacer Dounia, et, qui sait ? peut-être avantageusement. Mais il ne tarda pas à bannir cet espoir chimérique, et il lança de côté un vigoureux jet de salive, ce qui amena un sourire moqueur sur les lèvres de son jeune ami et compagnon de chambre, André Séménovitch Lébéziatnikoff.

Pierre Pétrovitch remarqua cette raillerie muette et la porta au compte de son jeune ami, compte qui était passablement chargé depuis quelque temps. Sa colère redoubla lorsqu'il eut réfléchi qu'il n'aurait pas dû parler de cette histoire à André Séménovitch. C'était la seconde sottise que l'emportement lui avait fait commettre hier soir : il avait cédé au besoin d'épancher le trop plein de son irritation.

Durant toute cette matinée, la malchance s'ingénia à persécuter Loujine. Au Sénat même, l'affaire dont il s'occupait lui réservait un déboire. Ce qui le vexait surtout, c'était de ne pouvoir faire entendre raison au propriétaire du logement qu'il avait arrêté en vue de son prochain mariage. Cet individu, Allemand d'origine, était un ancien ouvrier à qui la fortune avait souri. Il n'acceptait aucune transaction et réclamait le payement entier du dédit stipulé dans le contrat, bien que Pierre Pétrovitch lui rendît l'appartement presque remis à neuf.

Le tapissier ne se montrait pas moins roide. Il prétendait garder jusqu'au dernier rouble des arrhes qu'il avait touchées sur la vente d'un mobilier dont Pierre Pétrovitch n'avait pas encore pris livraison. « Va-t-il falloir que je me marie exprès pour mes meubles ? » se disait en grinçant des dents le malheureux homme d'affaires. En même temps un dernier espoir traversait son âme : « Est-il possible que le mal soit sans remède ? N'y a-t-il plus rien à tenter ? » Le souvenir des charmes de Dounetchka s'était enfoncé dans son cœur comme une épine. Ce fut pour lui un dur moment à passer, et sans doute, s'il avait pu, par un simple désir, faire mourir Raskolnikoff, Pierre Pétrovitch l'eût tué immédiatement.

« Une autre sottise de ma part a été de ne pas leur donner d'argent », pensait-il tandis qu'il regagnait tristement la chambrette de

Lébéziatnikoff ; « pourquoi, diable, ai-je été si juif ? C'était un mauvais calcul !... En les laissant momentanément dans la gêne, je croyais les préparer à voir ensuite en moi une providence, et voilà qu'elles me glissent entre les doigts !... Non, si je leur avais donné, par exemple, quinze cents roubles, de quoi se monter un trousseau, si je leur avais acheté quelques cadeaux au Magasin Anglais, cette conduite aurait été à la fois plus noble et... plus habile ! Elles ne m'auraient pas lâché aussi facilement qu'elles l'ont fait ! Avec leurs principes, elles se seraient certainement crues obligées de me rendre, en cas de rupture, cadeaux et argent, mais cette restitution leur aurait été pénible et difficile ! Et puis, ç'aurait été pour elles une affaire de conscience : comment, se seraient-elles dit, mettre ainsi à la porte un homme qui s'est montré si généreux et si délicat ?... Hum ! J'ai fait une boulette ! »

Pierre Pétrovitch eut un nouveau grincement de dents et se traita d'imbécile... dans son for intérieur, bien entendu.

Arrivé à cette conclusion sur lui-même, il rapporta au logis beaucoup plus de mauvaise humeur et de mécontentement qu'il n'en avait emporté. Cependant, sa curiosité fut attirée jusqu'à un certain point par le remue-ménage auquel donnaient lieu, chez Catherine Ivanovna, les préparatifs du dîner. La veille déjà, il avait entendu parler de ce repas ; il se rappelait même qu'on l'y avait invité, mais ses préoccupations personnelles l'avaient empêché de faire attention à cela.

En l'absence de Catherine Ivanovna (alors au cimetière), madame Lippevechzel s'empressait autour de la table sur laquelle le couvert était mis. En causant avec la logeuse, Pierre Pétrovitch apprit qu'il s'agissait d'un véritable dîner de cérémonie, on avait invité presque tous les locataires de la maison, et parmi eux plusieurs qui n'avaient pas connu le défunt ; André Séménovitch Lébéziatnikoff lui-même avait reçu une invitation, nonobstant sa brouille avec Catherine Ivanovna. Enfin on s'estimerait très-heureux si Pierre Pétrovitch consentait à honorer ce repas de sa présence, attendu qu'il était de tous les locataires le personnage le plus qualifié.

Catherine Ivanovna, oubliant tous ses griefs contre sa logeuse, avait cru devoir adresser à celle-ci une invitation en règle ; aussi était-ce avec une sorte de joie qu'Amalia Ivanovna s'occupait en ce moment du dîner. De plus, madame Lippevechzel avait fait grande toilette, et, quoiqu'elle fût vêtue de deuil, elle trouvait un vif plaisir à exhiber une belle robe de soie toute neuve. Instruit de tous ces détails, Pierre Pétrovitch eut une idée, et il rentra pensif dans sa chambre ou plutôt dans celle d'André Séménovitch Lebéziatnikoff : il venait d'apprendre que Raskolnikoff figurait au nombre des invités.

Ce jour-là, pour une raison ou pour une autre, André Séménovitch passa toute la matinée chez lui. Entre ce monsieur et Pierre Pétrovitch existaient de bizarres relations, assez explicables du reste : Pierre Pétrovitch le haïssait et le méprisait au delà de toute mesure, presque depuis le jour où il était venu lui demander l'hospitalité ; avec cela, il semblait le craindre un peu.

En arrivant à Pétersbourg, Loujine était descendu chez Lébéziatnikoff d'abord et surtout par économie, mais aussi pour un autre motif. Dans sa province, il avait entendu parler d'André Séménovitch, son ancien pupille, comme d'un des jeunes progressistes les plus avancés de la capitale et même comme d'un homme occupant une place en vue dans certains cercles passés à l'état légendaire. Cette circonstance frappa Pierre Pétrovitch. Depuis longtemps il éprouvait une crainte vague à l'endroit de ces cercles puissants qui savaient tout, ne respectaient personne et faisaient la guerre à tout le monde.

Inutile d'ajouter que l'éloignement ne lui permettait pas d'avoir à cet égard une vue bien nette des choses. Comme les autres, il avait entendu dire qu'il existait à Pétersbourg des progressistes, des nihilistes, des redresseurs de torts, etc., etc. ; mais dans son esprit, comme dans l'esprit du plus grand nombre, ces mots avaient pris une signification exagérée jusqu'à l'absurde. Ce qu'il redoutait particulièrement, c'étaient les enquêtes dirigées contre telle ou telle individualité par le parti révolutionnaire. Certains souvenirs qui remontaient aux premiers temps de sa carrière ne contribuaient pas peu à fortifier en lui cette crainte devenue très-vive depuis surtout qu'il caressait le rêve de s'établir à Pétersbourg.

Deux personnages d'un rang assez élevé qui avaient protégé ses débuts s'étaient vus en butte aux attaques des radicaux, et cela avait fort mal fini pour eux. Voilà pourquoi, dès son arrivée dans la capitale, Pierre Pétrovitch tenait à s'assurer d'où soufflait le vent et, en cas de besoin, à gagner les bonnes grâces de « nos jeunes générations ». Il comptait sur André Séménovitch pour l'y aider. La conversation de Loujine, lors de sa visite à Raskolnikoff, nous a montré qu'il avait déjà réussi à s'approprier en partie le langage des réformateurs…

André Séménovitch était employé dans un ministère. Petit, malingre, scrofuleux, il avait des cheveux d'un blond presque blanc et des favoris en côtelettes dont il était très-fier. De plus, il avait presque toujours mal aux yeux. Quoique assez bon homme au fond, il montrait dans son langage une présomption souvent poussée jusqu'à l'outrecuidance, ce qui contrastait ridiculement avec son chétif extérieur.

Il passait, du reste, pour un des locataires les plus comme il faut de la maison, parce qu'il ne s'enivrait pas et payait régulièrement son loyer. Réserve faite de ces mérites, André Séménovitch était, en réalité, assez bête. Un entraînement irréfléchi l'avait porté à s'enrôler sous la bannière du progrès. C'était un de ces innombrables niais qui s'engouent de l'idée à la mode et discréditent par leur sottise une cause à laquelle ils sont parfois très-sincèrement attachés.

Du reste, nonobstant son bon caractère, Lébéziatnikoff en était venu à trouver insupportable son hôte et ancien tuteur, Pierre Pétrovitch. Des deux côtés, l'antipathie était réciproque. En dépit de sa simplicité, André Séménovitch commençait à s'apercevoir qu'au fond Pierre Pétrovitch le méprisait et qu' « il n'y avait rien à faire avec cet homme-là ». Il avait essayé de lui exposer le système de Fourier et la théorie de Darwin, mais Pierre Pétrovitch, qui s'était contenté d'abord d'écouter d'un air moqueur, ne se gênait plus maintenant pour dire des paroles blessantes à son jeune catéchiste. Le fait est que Loujine avait fini par soupçonner Lébéziatnikoff d'être non pas seulement un imbécile, mais un hâbleur dépourvu de toute importance dans son propre parti. Sa fonction spéciale était la *propagande*, et encore ne devait-il pas être très-ferré là-dessus, car il pataugeait souvent dans ses explications ; décidément, qu'y avait-il à craindre d'un pareil individu ?

Notons en passant que, depuis son installation chez André Séménovitch (surtout dans les premiers temps), Pierre Pétrovitch acceptait avec plaisir ou du moins sans protestation les compliments fort étranges de son hôte : quand celui-ci, par exemple, lui prêtait un grand zèle pour l'établissement d'une nouvelle *commune* dans la rue des Bourgeois, quand il lui disait : « Vous êtes trop intelligent pour vous ficher si votre femme prend un amant un mois après votre mariage ; un homme éclairé comme vous ne fera pas baptiser ses enfants », etc., etc., Pierre Pétrovitch ne sourcillait pas en s'entendant louer de la sorte, tant l'éloge, quel qu'il fût, lui était agréable.

Il avait négocié quelques titres dans la matinée, et maintenant, assis devant la table, il recomptait la somme qu'il venait de recevoir. André Séménovitch, qui n'avait presque jamais d'argent, se promenait dans la chambre, affectant de considérer ces liasses de billets de banque avec une indifférence méprisante. Naturellement, Pierre Pétrovitch ne croyait pas du tout que ce dédain fût sincère. De son côté, Lébéziatnikoff devinait non sans chagrin la pensée sceptique de Loujine, et il se disait que ce dernier était peut-être bien aise d'étaler devant lui son argent pour l'humilier et lui rappeler la distance que la fortune avait mise entre eux.

Cette fois, Pierre Pétrovitch était plus mal disposé et plus inattentif que jamais, bien que Lébéziatnikoff développât son thème favori : l'établissement d'une nouvelle « commune » d'un genre particulier. L'homme d'affaires n'interrompait ses comptes que pour lâcher de temps à autre quelque observation moqueuse et impolie. Mais André Séménovitch n'en avait cure. La mauvaise humeur de Loujine s'expliquait, à ses yeux, par le dépit d'un amoureux mis à la porte. Aussi avait-il hâte d'aborder ce sujet de conversation, ayant à émettre sur ce chapitre quelques vues progressistes qui pourraient consoler son respectable ami et, en tout cas, contribuer à son développement ultérieur.

— Il paraît que l'on prépare un dîner d'enterrement chez cette… chez la veuve ? demanda à brûle-pourpoint Loujine qui interrompit André Séménovitch à l'endroit le plus intéressant de son exposé.
— Comme si vous ne le saviez pas ! Je vous ai parlé hier à ce sujet, et je vous ai fait connaître mon avis sur toutes ces cérémonies… Elle vous a aussi invité, à ce que j'ai entendu dire. Vous-même vous avez causé hier avec elle…
— Je n'aurais jamais cru que, dans la misère ou elle est, cette imbécile irait dépenser pour un dîner tout l'argent qu'elle a reçu de cet autre imbécile… Raskolnikoff. Tout à l'heure, quand je suis rentré, j'ai même été stupéfait en voyant tous ces préparatifs, tous ces vins !… Elle a invité plusieurs personnes, — le diable sait ce que c'est ! continua Pierre Pétrovitch, qui semblait avoir mis avec intention l'entretien sur ce sujet.
— Quoi ? vous dites qu'elle m'a aussi invité ? ajouta-t-il tout à coup en levant la tête. Quand donc cela ? Je ne me le rappelle pas. Je n'irai pas, du reste. Qu'est-ce que je ferais là ? Je ne la connais que pour avoir causé une minute avec elle hier ; je lui ai dit que, comme veuve d'employé, elle pourrait obtenir un secours momentané. Serait-ce pour cela qu'elle m'a invité ? Hé ! hé !
— Je n'ai pas non plus l'intention d'y aller, dit Lébéziatnikoff.
— Il ne manquerait plus que cela ! Vous l'avez battue de vos propres mains. On comprend que vous vous fassiez scrupule d'aller dîner chez elle.
— Qui ai-je battu ? De qui parlez-vous ? reprit Lebéziatnikoff, troublé et rougissant.
— Je vous parle de Catherine Ivanovna que vous avez battue il y a un mois ! J'ai appris cela hier… Les voilà avec leurs convictions !… Voilà leur manière de résoudre la question des femmes ! Hé ! hé ! hé !
Après cette saillie, qui parut lui avoir un peu soulagé le cœur, Pierre Pétrovitch se remit à compter son argent.
— C'est une sottise et une calomnie ! répliqua vivement Lébéziatnikoff, qui n'aimait pas qu'on lui rappelât cette histoire, les choses ne se sont pas du tout passées ainsi ! Ce qu'on vous a raconté est faux. Dans la circonstance à laquelle vous faites allusion, je me suis borné à me défendre. C'est Catherine Ivanovna elle-même, qui la première, s'est élancée sur moi pour me griffer… Elle a arraché un de mes favoris… Tout homme, je pense, a le droit de défendre sa personnalité. D'ailleurs, je suis ennemi de la violence, d'où qu'elle vienne, et cela par principe, parce que c'est presque du despotisme. Que devais-je donc faire ? Fallait-il que je la laissasse me brutaliser tout à son aise ? Je me suis contenté de la repousser.
— Hé ! hé ! hé ! continuait à ricaner Loujine.
— Vous me cherchez chicane parce que vous êtes de mauvaise humeur, mais cela ne signifie rien et n'a aucun rapport avec la question des

femmes. Je m'étais même fait ce raisonnement : S'il est admis que la femme est l'égale de l'homme en tout, même en force (ce que l'on commence déjà à soutenir), alors l'égalité doit exister ici aussi. Naturellement j'ai réfléchi ensuite qu'au fond il n'y avait pas lieu de poser la question, car il ne doit pas y avoir de voies de fait dans la société future où les occasions de querelles seront impossibles… par conséquent, il est absurde de chercher l'égalité dans la lutte. Je ne suis pas si bête… quoique, du reste, il y ait des querelles… c'est-à-dire que plus tard il n'y en aura plus, mais pour le moment il y en a encore… Ah, diable ! avec vous on s'embrouille ! Ce n'est pas cette affaire qui m'empêche d'accepter l'invitation de Catherine Ivanovna. Si je ne vais pas dîner chez elle, c'est simplement par principe, pour ne pas sanctionner par ma présence l'idiote coutume des repas d'enterrement, voilà pourquoi ! Du reste, je pourrais y aller pour m'en moquer… Malheureusement il n'y aura pas de popes ; s'il devait y en avoir, j'irais à coup sûr.
— C'est-à-dire que vous iriez vous asseoir à sa table pour cracher sur elle et sur son hospitalité, n'est-ce pas ?
— Non pas pour cracher, mais pour protester, et cela dans un but utile. Je puis indirectement aider à la propagande civilisatrice qui est le devoir de tout homme. Peut-être remplit-on cette tâche d'autant mieux qu'on y met moins de formes. Je puis semer l'idée, le grain… De ce grain naîtra un fait. Est-ce blesser les gens que d'agir ainsi ? D'abord, ils se froissent, mais ensuite ils comprennent eux-mêmes qu'on leur a rendu service…
— Allons, soit ! interrompit Pierre Pétrovitch, — mais dites-moi donc : vous connaissez la fille du défunt, cette petite maigrichonne…, est-ce vrai, ce qu'on dit d'elle, hein ?
— Eh bien, quoi ? Selon moi, c'est-à-dire selon ma conviction personnelle, sa situation est la situation normale de la femme. Pourquoi pas ? C'est-à-dire, distinguons. Dans la société actuelle, sans doute, ce genre de vie n'est pas tout à fait normal, parce qu'il est forcé ; mais dans la société future il sera absolument normal, parce qu'il sera libre. Maintenant même elle avait le droit de s'y livrer : elle était malheureuse ; pourquoi n'aurait-elle pas disposé librement de ce qui est son capital ? Bien entendu, dans la société future, le capital n'aura aucune raison d'être, mais le rôle de la femme galante recevra un autre sens et sera réglé d'une façon rationnelle. Quant à Sophie Séménovna, dans le temps présent, je regarde ses actes comme une énergique protestation contre l'organisation de la société, et je l'estime profondément à cause de cela ; je dirai plus, je la contemple avec bonheur !
— Pourtant, on m'a raconté que vous l'avez fait mettre à la porte de cette maison !
Lébéziatnikoff se facha.
— C'est encore un mensonge ! répliqua-t-il avec force. — L'affaire ne s'est nullement passée comme cela ! Catherine Ivanovna a raconté toute cette

histoire de la façon la plus inexacte, parce qu'elle n'y a rien compris ! Je n'ai jamais recherché les faveurs de Sophie Séménovna ! Je me bornais purement et simplement à la développer, sans aucune arrière-pensée personnelle, m'efforçant d'éveiller en elle l'esprit de protestation… Je ne voulais pas autre chose ; elle a senti elle-même qu'elle ne pouvait plus demeurer ici !

— Vous l'avez invitée à faire partie de la commune ?

— Oui, à présent, je m'efforce de l'attirer dans la commune. Seulement, elle y sera dans de tout autres conditions qu'ici ! Pourquoi riez-vous ? Nous voulons fonder notre commune sur des bases plus larges que les précédentes. Nous allons plus loin que nos devanciers, nous nions plus de choses ! Si Dobroliouboff et Biélinsky sortaient du tombeau, ils m'auraient pour adversaire ! En attendant, je continue à développer Sophie Séménovna. C'est une belle, très-belle nature !

— Et vous profitez de cette belle nature ? Hé, hé !

— Non, non, pas du tout ! Au contraire !

— Au contraire ! dit-il. Hé ! hé ! hé !

— Vous pouvez m'en croire : pour quelles raisons, je vous prie, me cacherais-je de vous ? Au contraire, il y a même une chose qui m'étonne : avec moi elle semble gênée, elle a comme une pudeur craintive !

— Et, bien entendu, vous la développez… hé ! hé ! Vous lui prouvez que toutes ces pudeurs sont idiotes ?

— Pas du tout ! pas du tout ! Oh ! quel sens grossier, bête même — pardonnez-moi — vous donnez au mot : développement ! Ô mon Dieu, que vous êtes encore… peu avancé ! Vous ne comprenez rien ! Nous cherchons la liberté de la femme, et vous ne pensez qu'à la bagatelle… En laissant de côté la question de la chasteté et de la pudeur féminine, choses en elles-mêmes inutiles et même absurdes, j'admets parfaitement sa réserve vis-à-vis de moi, attendu qu'en cela elle ne fait qu'user de sa liberté, exercer son droit. Assurément, si elle me disait elle-même : « Je veux t'avoir », j'en serais très-heureux, car cette jeune fille me plaît beaucoup ; mais dans l'état présent des choses personne, sans doute, ne s'est jamais montré plus poli et plus convenable avec elle que moi ; personne n'a jamais rendu plus de justice à son mérite… j'attends et j'espère — voilà tout !

— Faites-lui plutôt un petit cadeau. Je parie que vous n'avez pas encore pensé à cela.

— Vous ne comprenez rien, je vous l'ai déjà dit ! Sans doute sa situation semble autoriser vos sarcasmes, mais la question est tout autre ! Vous n'avez que du mépris pour elle. Vous fondant sur un fait qui vous paraît à tort déshonorant, vous refusez de considérer avec humanité une créature humaine. Vous ne savez pas encore quelle nature c'est !

— Dites-moi, reprit Loujine, pouvez-vous… ou, pour mieux dire, êtes-vous assez lié avec la jeune personne susmentionnée pour la prier de venir une minute ici ? Ils doivent être tous revenus du cimetière… Je crois les avoir entendus monter l'escalier. Je voudrais voir un instant cette personne.

— Mais pourquoi ? demanda avec étonnement André Séménovitch.

— Il faut que je lui parle. Je dois m'en aller d'ici aujourd'hui ou demain, et j'ai quelque chose à lui communiquer… Du reste, vous pourrez assister à notre entretien, et même cela vaudra mieux. Autrement, Dieu sait ce que vous penseriez.

— Je ne penserais rien du tout… Je vous ai fait cette question sans y attacher d'importance. Si vous avez affaire à elle, il n'y a rien de plus facile que de la faire venir. Je vais la chercher tout de suite, et, soyez-en sûr, je ne vous gênerai pas.

Effectivement, cinq minutes après, Lébéziatnikoff ramena Sonetchka. Elle arriva, extrêmement surprise et troublée. En pareille circonstance, elle était toujours fort intimidée, les nouveaux visages lui faisaient grand'peur. C'était chez elle une impression d'enfance, et l'âge avait encore accru cette sauvagerie… Pierre Pétrovitch se montra poli et bienveillant. Recevant, lui homme sérieux et respectable, une créature si jeune et, en un sens, si intéressante, il crut devoir l'accueillir avec une nuance de familiarité enjouée. Il se hâta de la « rassurer » et l'invita à prendre un siège en face de lui. Sonia s'assit ; elle regarda successivement Lébéziatnikoff et l'argent placé sur la table ; puis tout à coup ses yeux se reportèrent sur Pierre Pétrovitch, dont ils ne purent se détacher ; on eût dit qu'elle subissait une sorte de fascination. Lébéziatnikoff se dirigea vers la porte. Loujine se leva, fit signe à Sonia de se rasseoir et retint André Sémépovitch au moment où celui-ci allait sortir.

— Raskolnikoff est là ? Il est arrivé ? lui demanda-t-il à voix basse.

— Raskolnikoff ? Oui. Eh bien, quoi ? Oui, il est là… Il vient d'arriver, je l'ai vu… Eh bien ?

— En ce cas, je vous prie instamment de rester ici et de ne pas me laisser en tête-à-tête avec cette… demoiselle. L'affaire dont il s'agit est insignifiante, mais Dieu sait quelles conjectures on ferait. Je ne veux pas que Raskolnikoff aille raconter *là*… Vous comprenez pourquoi je vous dis cela ?

— Ah ! je comprends, je comprends ! répondit Lébéziatnikoff. Oui, vous êtes dans votre droit. Sans doute, dans ma conviction personnelle, vos craintes sont fort exagérées, mais… n'importe, vous êtes dans votre droit. Soit, je resterai. Je vais me mettre près de la fenêtre, et je ne vous gênerai pas. À mon avis, c'est votre droit.

Pierre Pétrovitch revint s'asseoir en face de Sonia et la considéra attentivement. Puis son visage prit soudain une expression très-grave, presque sévère même : « Vous non plus, mademoiselle, n'allez pas vous figurer des choses qui ne sont pas », avait-il l'air de dire. Sonia perdit définitivement contenance.

— D'abord, excusez-moi, je vous prie, Sophie Séménovna, auprès de votre très-honorée maman… Je ne me trompe pas en m'exprimant ainsi ? Catherine Ivanovna vous tient lieu de mère ? commença Pierre Pétrovitch d'un ton très-sérieux, mais, du reste, assez aimable. Évidemment, il avait les intentions les plus amicales.
— Oui, en effet, oui, elle me tient lieu de mère, se hâta de répondre la pauvre Sonia.
— Eh bien, veuillez lui dire combien je regrette que des circonstances indépendantes de ma volonté ne me permettent pas d'accepter sa gracieuse invitation.
— Oui, je vais le lui dire, tout de suite. Et Sonetchka se leva aussitôt.
— Ce n'est pas encore tout, continua Pierre Pétrovitch, qui sourit en voyant la naïveté de la jeune fille et son ignorance des usages mondains, vous ne me connaissez guère, très-chère Sophie Séménovna, si vous croyez que, pour un motif aussi futile et qui n'intéresse que moi, je me serais permis de déranger une personne telle que vous. J'ai un autre but.
Sur un geste de son interlocuteur, Sonia s'était empressée de se rasseoir. Les billets de banque multicolores placés sur la table s'offrirent de nouveau à sa vue, mais elle détourna vivement ses yeux et les leva sur Pierre Pétrovitch : regarder l'argent d'autrui lui paraissait d'une extrême inconvenance, surtout dans sa position. Elle considéra tour à tour le lorgnon à monture d'or que Pierre Pétrovitch tenait dans sa main gauche, puis le gros anneau rehaussé d'une pierre jaune, qui brillait au médius de cette main. À la fin, ne sachant que faire de ses yeux, elle les fixa sur le visage même de Loujine. Ce dernier, après avoir gardé durant quelques instants un majestueux silence, poursuivit :
— Hier, il m'est arrivé d'échanger deux mots, en passant, avec la malheureuse Catherine Ivanovna. Cela m'a suffi pour apprendre qu'elle se trouve dans un état — antinaturel, — si l'on peut s'exprimer ainsi…
— Oui… antinaturel, répéta docilement Sonia.
— Ou, pour parler plus simplement et plus intelligiblement — maladif.
— Oui, plus simplement et plus intel… oui, elle est malade.
— Oui. Alors, par un sentiment d'humanité et… et… et, pour ainsi dire, de compassion, je voudrais, de mon côté, lui être utile, prévoyant qu'elle va inévitablement se trouver dans une position fort triste. À présent, paraît-il, toute cette pauvre famille n'a plus que vous pour soutien.
Sonia se leva brusquement :
— Permettez-moi de vous demander si vous ne lui avez pas dit qu'elle pourrait recevoir une pension. C'est qu'hier, elle m'a dit que vous vous étiez chargé de la lui faire obtenir. Est-ce vrai ?
— Pas du tout, et même, en un sens, c'est absurde. Je me suis borné à lui faire entendre que, comme veuve d'un fonctionnaire mort au service, elle pourrait obtenir un secours temporaire, si, toutefois, elle avait des protections. Mais il paraît que, loin d'avoir servi assez longtemps pour

s'être créé des droits à une retraite, votre feu père n'était même plus au service quand il est mort. En un mot, on peut toujours espérer, mais l'espoir est très-peu fondé, car, dans l'espèce, il n'existe pas de droit à un secours, au contraire... Ah ! elle rêvait déjà d'une pension, hé ! hé ! hé ! c'est une dame qui ne doute de rien !

— Oui, elle rêvait d'une pension... Elle est crédule et bonne, sa bonté lui fait tout croire, et... et... son esprit est... Oui... excusez-la, dit Sonia, qui se leva de nouveau pour partir.

— Permettez, vous n'avez pas encore tout entendu.

— Je n'ai pas encore tout entendu, balbutia la jeune fille.

— Eh bien, asseyez-vous donc.

Sonia, toute confuse, se rassit pour la troisième fois.

— La voyant dans une telle situation avec des enfants en bas âge, je voudrais, comme je l'ai déjà dit, lui être utile dans la mesure de mes moyens, comprenez-moi bien, dans la mesure de mes moyens, rien de plus. On pourrait, par exemple, organiser à son profit une souscription, une tombola... ou quelque chose d'analogue, comme le font toujours en pareil cas les gens qui désirent venir en aide soit à des proches, soit à des étrangers. C'est une chose possible.

— Oui, c'est bien... Pour cela Dieu vous... bégaya Sonia, les yeux fixés sur Pierre Pétrovitch.

— On le pourrait, mais... nous parlerons de cela plus tard... c'est-à-dire, on pourrait commencer aujourd'hui même. Nous nous verrons ce soir, nous causerons et nous poserons les fondements, pour ainsi dire. Venez me trouver ici à sept heures. André Séménovitch voudra bien, je l'espère, assister à notre conférence... Mais... il y a un point qui doit être soigneusement examiné au préalable. C'est pour cela que j'ai pris sur moi de vous déranger en vous faisant prier de venir ici. Selon moi, il ne faut pas remettre l'argent en mains propres à Catherine Ivanovna, et il y aurait même danger à le faire ; je n'en veux d'autre preuve que le dîner d'aujourd'hui. Elle n'a pas de chaussures, sa subsistance n'est même pas assurée pour deux jours, et elle achète du rhum de la Jamaïque, du madère, du café. Je l'ai vu en passant. Demain, toute la famille retombera à votre charge, vous devrez lui procurer jusqu'au dernier morceau de pain ; c'est absurde. Aussi suis-je d'avis qu'on organise la souscription à l'insu de la malheureuse veuve, et que vous seule ayez la disposition de l'argent. Qu'en pensez-vous ?

— Je ne sais pas. C'est seulement aujourd'hui qu'elle est ainsi... cela n'arrive qu'une fois dans la vie... elle tenait beaucoup à honorer la mémoire du défunt... mais elle est fort intelligente. Du reste, ce sera comme il vous plaira, je vous serai très, très... ils vous seront tous... et Dieu vous... et les orphelins...

Sonia n'acheva pas et fondit en larmes.

— Ainsi, c'est une affaire entendue. Maintenant veuillez accepter pour votre parente cette somme qui représente ma souscription personnelle, Je désire vivement que mon nom ne soit pas prononcé à cette occasion. Voici… ayant moi-même, en quelque sorte, des embarras pécuniaires, je regrette de ne pouvoir faire plus…

Et Pierre Pétrovitch tendit à Sonia un billet de dix roubles, après l'avoir déplié avec soin. La jeune fille reçut l'assignat en rougissant, balbutia quelques mots inintelligibles et se hâta de prendre congé. Pierre Pétrovitch la reconduisit jusqu'à la porte. À la fin, elle sortit de la chambre et revint chez Catherine Ivanovna, en proie à une agitation extraordinaire.

Pendant toute cette scène, André Séménovitch, ne voulant pas troubler la conversation, était resté près de la fenêtre ou avait marché dans la chambre. Aussitôt que Sonia fut partie, il s'approcha de Pierre Pétrovitch et lui tendit la main par un geste solennel :

— J'ai tout entendu et tout vu, dit-il en appuyant avec intention sur le dernier mot. — C'est noble, c'est humain, veux-je dire, car je n'admets pas le mot noble. Vous avez voulu échapper aux remerciements, je l'ai vu ! Et quoique, à dire vrai, je sois, par principe, ennemi de la bienfaisance privée qui, loin d'extirper radicalement la misère, en favorise les progrès, je ne puis pourtant m'empêcher de reconnaître que j'ai vu votre acte avec plaisir, — oui, oui, cela me plaît.

— Eh ! c'est la moindre des choses ! murmura Loujine un peu embarrassé, et il regarda Lébéziatnikoff avec une attention particulière.

— Non, ce n'est pas la moindre des choses ! Un homme qui, ulcéré comme vous par un affront récent, est encore capable de s'intéresser au malheur d'autrui, — un tel homme peut agir à l'encontre de la saine économie sociale, il n'en est pas moins digne d'estime ! Je n'attendais même pas cela de vous, Pierre Pétrovitch, d'autant plus qu'étant donnée votre manière de voir… Oh ! que vous êtes encore empêtré dans vos idées ! Comme vous êtes troublé notamment par cette affaire d'hier ! s'écria le brave André Séménovitch qui éprouvait un retour de vive sympathie pour Pierre Pétrovitch, et quel besoin, en vérité, avez-vous de vous marier, de vous marier *légalement*, très-noble, très-cher Pierre Pétrovitch ? Que vous importe l'union *légale* ? Battez-moi si vous voulez, mais je me réjouis de votre échec, je suis bien aise de penser que vous êtes libre, que vous n'êtes pas encore tout à fait perdu pour l'humanité… Vous voyez, je suis franc !

— Je tiens au mariage légal parce que je ne veux pas porter de cornes, ni élever des enfants dont je ne serais pas le père, comme cela arrive avec votre mariage libre, répondit, pour dire quelque chose, Pierre Pétrovitch. Il était pensif et ne prêtait qu'une oreille distraite aux propos de son interlocuteur.

— Les enfants ? Vous avez fait allusion aux enfants ? reprit André Séménovitch en s'animant tout à coup comme un cheval de combat qui a entendu le son de la trompette : — les enfants, c'est une question sociale qui sera tranchée ultérieurement. Plusieurs même les nient sans restriction, comme tout ce qui concerne la famille. Nous parlerons des enfants plus tard, maintenant occupons-nous des cornes ! Je vous avoue que c'est mon faible. Ce mot, bas et grossier, mis en circulation par Pouchkine, ne figurera pas dans le dictionnaire de l'avenir. Qu'est-ce en résumé que les cornes ? Oh ! le vain épouvantail ! Oh ! que cela est insignifiant ! Au contraire, dans le mariage libre, précisément, le danger que vous redoutez n'existera pas. Les cornes ne sont que la conséquence naturelle et, pour ainsi dire, le correctif du mariage légal, une protestation contre un lien indissoluble ; envisagées à ce point de vue, elles n'ont même rien d'humiliant… Et si jamais, chose absurde à supposer, je contractais un mariage légal, je serais enchanté de porter ces cornes dont vous avez si grand'peur ; je dirais alors à ma femme : « Jusqu'à présent, ma chère, je n'avais eu que de l'amour pour toi ; maintenant je t'estime parce que tu as su protester ! » Vous riez ? c'est parce que vous n'avez pas la force de rompre avec les préjugés ! Le diable m'emporte ! je comprends que, dans l'union légitime, il soit désagréable d'être trompé, mais c'est là l'effet misérable d'une situation qui dégrade également les deux époux. Quand les cornes se dressent ouvertement sur votre front, comme dans le mariage libre, alors elles n'existent plus, elles cessent d'avoir un sens et même de porter le nom de cornes. Au contraire, votre femme vous prouve par là qu'elle vous estime, puisqu'elle vous croit incapable de mettre obstacle à son bonheur, et trop éclairé pour vouloir tirer vengeance d'un rival. Vraiment, je pense parfois que si j'étais marié (librement ou légitimement, peu importe), et que ma femme tardât à prendre un amant, je lui en procurerais un moi-même. « Ma chère, lui dirais-je, je t'aime, mais je tiens surtout à ce que tu m'estimes, — voilà ! » Est-ce que je n'ai pas raison ?

Ces paroles firent à peine rire Pierre Pétrovitch ; sa pensée était ailleurs, et il se frottait les mains d'un air soucieux. André Séménovitch se rappela plus tard la préoccupation de son ami…

Chapitre II

Il serait difficile de dire au juste comment l'idée de ce repas insensé prit naissance dans la cervelle détraquée de Catherine Ivanovna. Elle dépensa, de fait, pour le dîner en question, plus de la moitié de l'argent qu'elle avait reçu de Raskolnikoff pour les obsèques de Marméladoff. Peut-être Catherine Ivanovna se croyait-elle tenue d'honorer « convenablement » la mémoire de son mari, pour prouver à tous les locataires, et en particulier à Amalia Ivanovna, que le défunt « valait autant qu'eux, si pas plus ». Peut-être obéissait-elle à cette fierté des pauvres qui, dans certaines circonstances de la vie : baptême, mariage, enterrement, etc., pousse les malheureux à sacrifier leurs dernières ressources, à seule fin de « faire les choses aussi bien que les autres ». Il est encore permis de supposer qu'au moment même où elle se voyait réduite à la plus extrême misère, Catherine Ivanovna voulait montrer à tous ces « gens de rien », non-seulement qu'elle « savait vivre et recevoir », mais que, fille d'un colonel, élevée « dans une maison noble, aristocratique même, pouvait-on dire », elle n'était pas faite pour laver son parquet de ses propres mains et blanchir nuitamment le linge de ses mioches.

Les bouteilles de vin n'étaient ni très-nombreuses, ni de marques très-variées, et le madère faisait défaut. Pierre Pétrovitch avait exagéré les choses. Cependant, il y avait du vin. On s'était procuré de l'eau-de-vie, du rhum et du porto, le tout de qualité très-inférieure, mais en quantité suffisante. Le menu, préparé dans la cuisine d'Amalia Ivanovna, comprenait, outre le koutia, trois ou quatre plats, notamment des blines. De plus, deux samovars furent tenus prêts pour ceux des convives qui voudraient prendre du thé et du punch après le dîner. Catherine Ivanovna s'occupa elle-même des achats avec l'aide d'un locataire de la maison, un Polonais famélique qui habitait, Dieu sait dans quelles conditions ! chez madame Lippevechzel.

Dès le premier moment, ce pauvre diable se mit à la disposition de la veuve, et, durant trente-six heures, il se prodigua en courses avec un zèle qu'il ne perdait d'ailleurs aucune occasion de faire ressortir. À chaque instant, pour la moindre vétille, il accourait, tout affairé, demander les instructions de la « panna Marméladoff ». Après avoir déclaré d'abord que, sans l'obligeance de « cet homme serviable et magnanime », elle n'aurait su que devenir, Catherine Ivanovna finit par trouver son factotum absolument insupportable. Il était dans ses habitudes de s'engouer à brûle-pourpoint du premier venu ; elle le voyait sous les couleurs les plus brillantes et lui prêtait mille mérites qui n'existaient que dans son imagination, mais auxquels elle croyait de tout son cœur. Puis à l'enthousiasme succédait brusquement la désillusion : alors elle chassait avec force paroles injurieuses celui que, peu d'heures auparavant, elle avait comblé des louanges les plus excessives.

Amalia Ivanovna prit aussi une soudaine importance aux yeux de Catherine Ivanovna et grandit considérablement dans son estime, peut-être par cette seule raison que la logeuse avait donné tous ses soins à l'organisation du repas : ce fut elle en effet qui se chargea de mettre la table, de fournir la vaisselle, le linge, etc., et de cuisiner le dîner.

En partant pour le cimetière, Catherine Ivanovna lui délégua ses pouvoirs, et madame Lippevechzel se montra digne de cette confiance. Le couvert se trouva même dressé assez convenablement. Sans doute la vaisselle, les verres, les tasses, les fourchettes, les couteaux, empruntés à différents locataires, trahissaient par d'étranges disparates leurs origines diverses, mais, à l'heure dite, chaque chose était à sa place.

Quand on revint à la maison mortuaire, on put remarquer une expression de triomphe sur le visage d'Amalia Ivanovna. Fière d'avoir si bien rempli sa mission, la logeuse se pavanait dans sa robe de deuil toute neuve ; elle avait aussi rajeuni la garniture de son bonnet. Cet orgueil, quelque légitime qu'il fût, ne plut pas à Catherine Ivanovna : « Comme si, vraiment, on n'aurait pas su mettre la table sans Amalia Ivanovna ! » Le bonnet enrubanné à neuf lui déplut de même ; « Ne voilà-t-il pas cette sotte Allemande qui fait ses embarras ? Elle, la logeuse, a daigné par bonté d'âme venir en aide à de pauvres locataires ! Par bonté d'âme ! Voyez-vous cela ! Chez le papa de Catherine Ivanovna, qui était colonel, il y avait quelquefois quarante personnes à dîner, et l'on n'aurait pas reçu, même à l'office, une Amalia Ivanovna ou, pour mieux dire, Ludwigovna… » Catherine Ivanovna ne voulut pas manifester sur l'heure ses sentiments, mais elle se promit de remettre à sa place aujourd'hui même cette impertinente.

Une autre circonstance contribua encore à irriter la veuve : à l'exception du Polonais qui alla jusqu'au cimetière, presque aucun des locataires invités à assister à l'enterrement ne s'y rendit ; en revanche, quand il s'agit de se mettre à table, on vit arriver tout ce qu'il y avait de plus pauvre et de moins recommandable parmi les habitants de la maison ; quelques-uns se présentèrent même dans une tenue plus que négligée. Les locataires un peu propres semblaient s'être donné le mot pour ne pas venir, à commencer par Pierre Pétrovitch Loujine, le plus comme il faut d'entre eux. Cependant, la veille au soir, Catherine Ivanovna avait dit merveilles de lui à tout le monde, c'est-à-dire à madame Lippevechzel, à

Poletchka, à Sonia et au Polonais : c'était, assurait-elle, un homme très-noble et très-magnanime, avec cela puissamment riche et possédant des relations superbes ; d'après elle, il avait été l'ami de son premier mari, il fréquentait autrefois chez son père et il avait promis d'user de tout son crédit pour lui obtenir une pension importante. Notons à ce propos que, quand Catherine Ivanovna vantait la fortune et les relations de quelqu'une de ses connaissances, elle le faisait toujours sans calcul d'intérêt personnel et seulement pour rehausser le prestige de celui qu'elle louait.

Après Loujine et, probablement, « à son exemple », s'abstint aussi de paraître « ce polisson de Lébéziatnikoff ». Quelle idée celui-là se faisait-il donc de lui-même ? Catherine Ivanovna avait été bien bonne de l'inviter, et encore s'y était-elle décidée uniquement parce que Pierre Pétrovitch et lui habitaient ensemble : du moment qu'on faisait une politesse à l'un, il fallait la faire à l'autre. On remarqua également l'absence d'une femme du monde et de sa fille « qui montait en graine ». Ces deux personnes ne demeuraient que depuis quinze jours chez madame Lippevechzel ; cependant, elles avaient déjà fait plusieurs fois des observations au sujet du bruit qui se produisait dans la chambre des Marméladoff, surtout lorsque le défunt rentrait ivre au logis. Comme bien on pense, la logeuse s'était empressée de porter ces plaintes à la connaissance de Catherine Ivanovna ; au cours de ses incessants démêlés avec sa locataire, Amalia Ivanovna menaçait de mettre tous les Marméladoff à la porte, « attendu, criait-elle, qu'ils troublaient le repos de personnes distinguées dont ils ne valaient pas les pieds ». Dans la circonstance présente, Catherine Ivanovna avait tenu tout particulièrement à inviter ces deux dames dont « elle ne valait pas les pieds », d'autant plus que, quand elle se rencontrait dans l'escalier avec la femme du monde, celle-ci se détournait d'un air dédaigneux. C'était une façon de montrer à cette pimbêche combien Catherine Ivanovna lui était supérieure par les sentiments, elle qui oubliait les mauvais procédés ; d'un autre côté, la mère et la fille pourraient se convaincre, pendant ce repas, qu'elle n'était pas née pour la condition dans laquelle elle se trouvait. Elle était bien décidée à leur expliquer cela à table, à leur apprendre que son papa avait rempli les fonctions de gouverneur, et que, par conséquent, il n'y avait pas lieu de détourner la tête quand on la rencontrait. Un gros lieutenant-colonel (en réalité, capitaine d'état-major retiré du service) fit aussi faux bond à Catherine Ivanovna. Celui-là, il est vrai, avait une excuse : depuis la veille, la goutte le clouait sur son fauteuil.

En revanche, outre le Polonais, arriva d'abord, vêtu d'un frac graisseux, un clerc de chancellerie, laid, bourgeonné, sentant mauvais et silencieux comme un poisson ; puis un ancien employé des postes, petit vieillard sourd et presque aveugle dont quelqu'un payait le loyer chez Amalia Ivanovna depuis un temps immémorial. Ces deux individus furent suivis d'un lieutenant en retraite, ou, pour mieux dire, d'un ancien riz-pain-sel. Ce dernier, pris de boisson, fit son entrée en riant aux éclats de la façon la plus indécente et « figurez-vous », sans gilet ! Un invité alla de but en blanc se mettre à table sans même saluer Catherine Ivanovna. Un autre, faute de vêtements, se présenta en robe de chambre. Pour le coup, c'en était trop, et ce monsieur sans gêne fut expulsé par Amalia Ivanovna, aidée du Polonais. Celui-ci avait, du reste, amené deux de ses compatriotes qui n'avaient jamais logé chez madame Lippevechzel et que personne ne connaissait dans la maison.

Tout cela causa un vif mécontentement à Catherine Ivanovna : « C'était bien la peine de faire tant de préparatifs pour recevoir de pareilles gens ! » De crainte que la table qui occupait cependant toute la largeur de la chambre ne se trouvât trop petite, on avait été jusqu'à dresser le couvert des enfants sur une malle, dans un coin ; Poletchka, comme l'aînée, devait avoir soin des deux plus jeunes, les faire manger et leur moucher le nez. Dans ces conditions, Catherine Ivanovna ne put s'empêcher d'accueillir son monde avec une hauteur presque insolente. Rendant, nous ne savons pourquoi, Amalia Ivanovna responsable de l'absence des principaux invités, elle le prit soudain sur un ton si désobligeant avec la logeuse, que celle-ci le remarqua tout de suite et en fut extrêmement froissée. Le repas s'annonçait sous de fâcheux auspices. À la fin, on se mit à table.

Raskolnikoff parut, comme on arrivait à peine du cimetière. Catherine Ivanovna fut enchantée de le voir, d'abord parce que, de toutes les personnes présentes, il était le seul homme cultivé (elle le présenta à ses invités comme devant, d'ici à deux ans, occuper une chaire de professeur à l'Université de Pétersbourg), ensuite parce qu'il s'excusa respectueusement de n'avoir pu, malgré tout son désir, assister aux obsèques. Elle s'empressa de le faire asseoir à sa gauche, Amalia Ivanovna ayant pris place à sa droite ; puis elle engagea à demi-voix avec le jeune homme une conversation aussi suivie que le lui permettaient ses devoirs de maîtresse de maison.

D'autre part, la maladie dont elle souffrait avait pris depuis deux jours un caractère plus alarmant que jamais, et la toux qui lui déchirait la poitrine l'empêchait souvent de terminer ses phrases ; cependant elle était heureuse d'avoir à qui confier l'indignation qu'elle éprouvait devant cette réunion de figures hétéroclites. Au début, sa colère se traduisit par des moqueries à l'adresse des invités, et surtout de la propriétaire elle-même.

— Tout cela, c'est la faute de cette imbécile. Vous comprenez de qui je parle. — Et Catherine Ivanovna montra d'un signe de tête la logeuse. — Regardez-la : elle écarquille ses yeux, elle devine que nous parlons d'elle, mais elle ne peut pas comprendre ce que nous disons, voilà pourquoi elle fait des yeux en boule de loto. Oh ! la chouette ! ha ! ha ! ha !... Hi ! hi ! hi ! Et qu'est-ce qu'elle prétend prouver avec son bonnet ? Hi, hi, hi ! Elle veut faire croire à tout le monde qu'elle m'honore beaucoup en s'asseyant à ma table ! Je l'avais priée d'inviter des gens un peu comme il faut et, de préférence, ceux qui avaient connu le défunt ; or, vous voyez quelle collection de malotrus et de goujats elle m'a recrutée ! Regardez, celui-là ne s'est pas lavé, il est dégoûtant ! Et ces malheureux Polonais... Ha ! ha ! ha ! Hi ! hi ! hi ! Personne ne les connaît ici, c'est la première fois que je les vois ; pourquoi sont-ils venus, je vous le demande ? Ils sont là en rang d'oignons à côté l'un de l'autre. — Eh, pan ! cria-t-elle à l'un d'eux : — avez-vous pris des blines ? Prenez-en encore ! Buvez de la bière ! Voulez-vous de l'eau-de-vie ? Tenez, voyez : il s'est levé, il salue ! Ce sont sans doute des pauvres diables, des meurt-de-faim ! Tout ça m'est égal, du moment qu'ils mangent ! Au moins ils ne font pas de bruit, seulement... seulement j'ai peur pour les couverts d'argent de la logeuse !... Amalia Ivanovna ! dit-elle presque à haute voix en s'adressant à madame Lippevechzel, — si, par hasard, on vole vos cuillers, je vous préviens que je n'en réponds pas !

Après cette satisfaction donnée à son ressentiment, elle se tourna de nouveau vers Raskolnikoff et ricana en lui montrant la logeuse :

— Ha ! ha ! ha ! Elle n'a pas compris ! Elle ne comprend jamais ! Elle reste là bouche béante ! Voyez donc : c'est une vraie chouette, une chouette fraîchement enrubannée, ha ! ha ! ha !

Ce rire se termina en un accès de toux qui dura cinq minutes. Elle porta son mouchoir à ses lèvres, puis le montra silencieusement à Raskolnikoff : il était taché de sang. Des gouttes de sueur perlaient sur le front de Catherine Ivanovna ; ses pommettes se coloraient de rouge, et sa respiration devenait des plus difficiles ; néanmoins elle continua de causer à voix basse avec une animation extraordinaire.

— Je lui avais confié la mission, fort délicate, on peut le dire, d'inviter cette dame et sa fille..., vous savez de qui je veux parler ? Il fallait procéder ici avec beaucoup de tact ; eh bien ! elle s'y est prise de telle façon que cette sotte étrangère, cette pecque provinciale qui est venue ici pour solliciter une pension comme veuve d'un major, et qui court du matin au soir les chancelleries avec un pied de fard sur le visage, à cinquante-cinq ans passés... bref, cette mijaurée a refusé mon invitation sans même s'excuser, comme la plus vulgaire politesse commande de le faire en pareil cas ! Je ne puis comprendre pourquoi Pierre Pétrovitch n'est pas venu non plus. Mais où est donc Sonia ? Qu'est-elle devenue ? Ah ! la voilà, enfin ! Eh bien ! Sonia, où étais-tu ? C'est étrange que même un jour comme aujourd'hui tu sois si peu exacte ! Rodion Romanovitch, laissez-la se placer à côté de vous. Voilà ta place, Sonia... prends ce que tu veux. Je te recommande le caviar, il est bon. On va t'apporter les blines. Mais en a-t-on donné aux enfants ? Poletchka, on ne vous oublie pas là-bas ? Allons, c'est bien. Sois sage, Léna, et toi, Kolia, n'agite pas ainsi tes jambes ; tiens-toi comme doit se tenir un enfant de bonne famille. Qu'est-ce que tu dis, Sonetchka ?

Sonia se hâta de transmettre à sa belle-mère les excuses de Pierre Pétrovitch, en s'efforçant de parler haut pour que tous pussent l'entendre. Non contente de reproduire les formules polies dont Loujine s'était servi, elle fit exprès de les amplifier encore. Pierre Pétrovitch, ajouta-t-elle, l'avait chargée de dire à Catherine Ivanovna qu'il viendrait la voir aussitôt que possible pour causer d'affaires et s'entendre avec elle sur la marche à suivre ultérieurement, etc., etc.

Sonia savait que cela tranquilliserait Catherine Ivanovna et surtout que son amour-propre y trouverait une satisfaction. La jeune fille s'assit à côté de Raskolnikoff qu'elle salua à la hâte en lui jetant un regard rapide et curieux. Mais, pendant le reste du dîner, elle parut éviter de le regarder et de lui adresser la parole. Elle semblait même distraite, bien qu'elle tînt les yeux, fixes sur le visage de Catherine Ivanovna pour deviner les désirs de sa belle-mère.

Faute de vêtements, aucune des deux femmes n'était en deuil. Sonia portait un costume cannelle foncée ; la veuve avait mis une robe d'indienne de couleur sombre, la seule qu'elle possédât. Les excuses de Pierre Pétrovitch furent très-bien accueillies.

Après avoir écouté d'un air gourmé le récit de Sonia, Catherine Ivanovna prit un ton important pour s'informer de la santé de Pierre Pétrovitch. Ensuite, sans trop s'inquiéter des autres invités qui pouvaient l'entendre, elle fit observer à Raskolnikoff qu'un homme aussi considéré et aussi respectable que Pierre Pétrovitch eût été fort dépaysé au milieu d'une société si « extraordinaire » ; elle comprenait donc qu'il ne fût point venu, malgré les vieux liens d'amitié qui l'unissaient à sa famille.

— Voilà pourquoi, Rodion Romanovitch, je vous sais un gré tout particulier de n'avoir pas dédaigné mon hospitalité, même offerte dans de pareilles conditions, ajouta-t-elle presque à haute voix ; du reste, j'en suis convaincue, c'est seulement votre amitié pour mon pauvre défunt qui vous a décidé à tenir votre parole.

Puis, Catherine Ivanovna se remit à plaisanter sur le compte de ses hôtes. Tout à coup, s'adressant avec une sollicitude particulière au vieillard sourd, elle lui cria d'un bout de la table à l'autre : « Voulez-vous encore du rôti ? Vous a-t-on donné du porto ? » Le convive ainsi interpellé ne répondit pas et fut longtemps sans comprendre ce qu'on lui demandait, bien que ses voisins essayassent en riant de le lui expliquer. Il regardait autour de lui et restait bouche béante, ce qui ajouta encore à l'hilarité générale.

— Quel butor ! Regardez ! Et pourquoi l'a-t-on invité ? dit Catherine Ivanovna à Raskolnikoff ; quant à Pierre Pétrovitch, j'ai toujours compté sur lui ; certes, poursuivit-elle en s'adressant à Amalia Ivanovna avec un regard sévère qui intimida la logeuse, certes, il ne ressemble pas à vos chipies endimanchées ; celles-là, papa n'en aurait pas voulu pour cuisinières, et si mon défunt mari leur avait fait l'honneur de les recevoir, ce n'eût été que par suite de son excessive bonté.

— Oui, il aimait à boire, il avait un faible pour la bouteille ! cria soudain l'ancien employé aux subsistances, comme il vidait son douzième verre d'eau-de-vie.

Catherine Ivanovna releva vertement cette parole inconvenante.

— En effet, mon défunt mari avait ce défaut, tout le monde le sait ; mais c'était un homme bon et noble qui aimait et respectait sa famille. On ne pouvait lui reprocher que l'excès de sa bonté. Il acceptait trop facilement pour amis toutes sortes de gens débauchés, et Dieu sait avec qui il n'a pas bu ! Les individus qu'il fréquentait ne valaient pas la plante de ses pieds ! Figurez-vous, Rodion Romanovitch, qu'on a trouvé dans sa poche un petit coq en pain d'épice : au plus fort de l'ivresse il n'oubliait pas ses enfants.

— Un petit coq ? Vous avez dit : un petit coq ? cria le riz-pain-sel.

Catherine Ivanovna ne daigna pas lui répondre. Devenue rêveuse, elle poussa un soupir.

— Vous croyez sans doute, comme tout le monde, que j'ai été trop dure avec lui, reprit-elle en s'adressant à Raskolnikoff. C'est une erreur ! Il m'estimait, il avait pour moi le plus grand respect ! Son âme était bonne !

Et parfois il m'inspirait tant de pitié ! Quand, assis dans un coin, il levait les yeux sur moi, je me sentais si attendrie que j'avais peine à cacher mon émotion, mais je me disais : « Si tu faiblis, il va se remettre à boire ». On ne pouvait le tenir un peu que par la sévérité.

« Oui, on le tirait par les cheveux, cela est arrivé plus d'une fois, brailla le riz-pain-sel, et il but encore un verre d'eau-de-vie.

— Il y a certains imbéciles qu'on devrait non pas seulement tirer par les cheveux, mais chasser à coups de balai. Je ne parle pas du défunt en ce moment, répliqua avec véhémence Catherine Ivanovna.

Ses joues s'empourpraient, sa poitrine haletait de plus en plus. Encore un moment, et elle allait faire un scandale. Beaucoup riaient, trouvant cela drôle. On excitait l'employé aux subsistances, on lui parlait tout bas, c'était à qui verserait de l'huile sur le feu.

— Permettez-moi de vous demander de qui vous parlez. À qui en avez-vous ? fit l'employé d'une voix menaçante. Mais non, c'est inutile ! La chose n'a pas d'importance ! Une veuve ! une pauvre veuve ! Je lui pardonne ! Passe !

Et il avala un nouveau verre d'eau-de-vie.

Raskolnikoff écoutait en silence. Ce qu'il éprouvait était une sensation de dégoût. Par politesse seulement et pour ne pas désobliger Catherine Ivanovna, il touchait du bout des dents aux mets dont elle couvrait à chaque instant son assiette.

Le jeune homme tenait les yeux fixés sur Sonia. Celle-ci, de plus en plus soucieuse, suivait avec inquiétude les progrès de l'exaspération chez Catherine Ivanovna. Elle pressentait que le dîner finirait mal. Entre autres choses, Sonia savait qu'elle-même était la principale cause qui avait empêché les deux provinciales d'assister à ce repas. Elle avait appris de la propre bouche d'Amalia Ivanovna qu'en recevant l'invitation la mère blessée avait demandé « comment elle pourrait faire asseoir sa fille à côté de cette demoiselle ».

La jeune fille se doutait que sa belle-mère était déjà instruite de cette avanie. Or, une insulte qui atteignait Sonia, c'était pour Catherine Ivanovna pis qu'un affront fait à elle-même, à ses enfants ou à la mémoire de son papa, c'était un mortel outrage. Sonia devinait que Catherine Ivanovna n'avait plus à présent qu'une chose à cœur : prouver à ces chipies qu'elles étaient toutes deux, etc. Justement, un convive assis à l'autre bout de la table fit passer à Sonia une assiette sur laquelle se trouvaient, façonnés avec de la mie de pain, deux cœurs percés d'une flèche. Catherine Ivanovna, enflammée de colère, déclara aussitôt d'une voix retentissante que l'auteur de cette plaisanterie était assurément un « âne ivre ».

Ensuite elle annonça son dessein de se retirer, dès qu'elle aurait obtenu sa pension, à T…, sa ville natale, où elle ouvrirait une maison d'éducation à l'usage des jeunes filles nobles. Tout à coup se trouva entre ses mains l'« attestation honorifique » dont feu Marméladoff avait parlé à Raskolnikoff, lors de leur rencontre au cabaret. Dans la circonstance présente, ce document devait établir le droit de Catherine Ivanovna à ouvrir un pensionnat, mais elle s'en était munie surtout dans le but de confondre les deux « chipies », si celles-ci avaient accepté son invitation : elle leur aurait démontré avec pièces à l'appui que « la fille d'un colonel, la descendante d'une famille noble, pour ne pas dire aristocratique, valait un peu mieux que les chercheuses d'aventures dont le nombre est devenu si grand aujourd'hui ». L'attestation honorifique eut bientôt fait le tour de la table, les convives avinés se la passaient de main en main sans que Catherine Ivanovna s'y opposât, car ce papier la désignait, en toutes lettres, comme fille d'un conseiller de cour, ce qui l'autorisait, ou à peu près, à se dire fille d'un colonel.

Puis la veuve s'étendit sur les charmes de l'existence heureuse et tranquille qu'elle se promettait de mener à T… ; elle ferait appel au concours des professeurs du gymnase ; parmi eux se trouvait un vieillard respectable, M. Mangot, qui lui avait jadis appris le français ; il n'hésiterait pas à venir donner des leçons chez elle et se montrerait coulant sur le prix. Enfin, elle annonça l'intention d'emmener Sonia à T… et de lui confier la haute main dans son établissement. À ces mots, quelqu'un éclata de rire au bout de la table.

Catherine Ivanovna feignit de n'avoir rien entendu ; mais élevant aussitôt la voix, elle déclara que Sophie Séménovna possédait toutes les qualités requises pour la seconder dans sa tâche. Après avoir vanté la douceur de la jeune fille, sa patience, son abnégation, sa culture intellectuelle et sa noblesse de sentiments, elle lui tapota doucement la joue et l'embrassa à deux reprises avec effusion. Sonia rougit, et tout à coup Catherine Ivanovna fondit en larmes.

— J'ai les nerfs très-agités, dit-elle, comme pour s'excuser, et je n'en puis plus de fatigue ; aussi bien le repas est fini, on va servir le thé.

Amalia Ivanovna, très-vexée de n'avoir pu placer un seul mot durant la conversation précédente, choisit ce moment pour risquer une dernière tentative, et fit observer fort judicieusement à la future maîtresse de pension qu'elle devrait donner la plus grande attention au linge de ses élèves et empêcher celles-ci de lire des romans pendant la nuit. La fatigue et l'agacement rendaient Catherine Ivanovna peu endurante ; aussi prit-elle fort mal ces sages conseils : à l'en croire, la logeuse n'entendait rien aux choses dont elle parlait ; dans un pensionnat de jeunes filles nobles, le soin du linge regardait la femme de charge, et non la directrice de l'établissement ; quant à l'observation relative à la lecture des romans, c'était une simple inconvenance ; bref, Amalia Ivanovna était priée de se taire.

Au lieu de se rendre à cette prière, la logeuse répondit aigrement qu'elle n'avait parlé que « pour un bien », qu'elle avait toujours eu les meilleures intentions, et que depuis longtemps Catherine Ivanovna ne lui payait pas un sou. « Vous mentez en parlant de vos bonnes intentions, reprit la veuve ; pas plus tard qu'hier, quand le défunt était exposé sur la table, vous êtes venue me faire une scène à propos du loyer. » Là-dessus, la logeuse observa avec beaucoup de logique qu'elle « avait invité ces dames, mais que ces dames n'étaient pas venues, parce que ces dames étaient nobles et ne pouvaient pas aller chez une dame qui n'était pas noble ». À quoi son interlocutrice objecta qu'une cuisinière n'avait pas qualité pour juger de la véritable noblesse.

Amalia Ivanovna piquée au vif répliqua que « son vater était un homme très, très-important à Berlin, qu'il se promenait les deux mains dans ses poches et faisait toujours : Pouff ! pouff ! » Pour donner une idée plus exacte de son vater, madame Lippevechzel se leva, fourra ses mains dans ses poches et, gonflant ses joues, se mit à imiter le bruit d'un soufflet de forge. Ce fut un rire général parmi tous les locataires, qui, dans l'espoir d'une bataille entre les deux femmes, se plaisaient à exciter Amalia Ivanovna. Catherine Ivanovna, perdant alors toute mesure, déclara à très-haute voix que peut-être Amalia Ivanovna n'avait jamais eu de vater, que c'était tout simplement une Finnoise de Pétersbourg qui avait dû être jadis cuisinière ou même quelque chose de pire. Riposte furieuse d'Amalia Ivanovna : c'était peut-être Catherine Ivanovna elle-même qui n'avait pas eu de vater ; quant à elle, son vater était un Berlinois qui portait de longues redingotes et faisait toujours : Pouff ! pouff ! Catherine Ivanovna répondit d'un ton méprisant que sa naissance était connue de tout le monde, et que cette même attestation honorifique, en caractères imprimés, la désignait comme fille d'un colonel, tandis qu'Amalia Ivanovna (à supposer qu'elle eût un père) devait avoir reçu le jour de quelque marchand de lait finnois ; mais, selon toute apparence, elle n'avait pas de père du tout, attendu qu'on ne savait pas encore quel était son nom patronymique, si elle s'appelait Amalia Ivanovna ou Amalia Ludwigovna. La logeuse, hors d'elle-même, s'écria en frappant du poing sur la table qu'elle était Ivanovna et non Ludwigovna, que son vater s'appelait Iohann et qu'il était bailli, ce que n'avait jamais été le vater de Catherine Ivanovna. Celle-ci se leva aussitôt, et d'une voix calme que démentaient la pâleur de son visage et l'agitation de son sein :

— Si vous osez encore une fois, dit-elle, mettre votre misérable vater en parallèle avec mon papa, je vous arrache votre bonnet et je le foule aux pieds.

À ces mots, Amalia Ivanovna commença à courir dans la chambre en criant de toutes ses forces qu'elle était la propriétaire, et que Catherine Ivanovna s'en irait de chez elle à l'instant même ; puis elle se hâta d'enlever les couverts d'argent qui se trouvaient sur la table. Il s'ensuivit une confusion, un vacarme indescriptible ; les enfants se mirent à pleurer, Sonia s'élança vers sa belle-mère pour l'empêcher de se porter à quelque violence ; mais Amalia Ivanovna ayant soudain lâché tout haut une allusion au billet jaune, Catherine Ivanovna repoussa la jeune fille et marcha droit à la logeuse, prête à lui arracher son bonnet. En ce moment la porte s'ouvrit, et sur le seuil apparut tout à coup Pierre Pétrovitch Loujine. Il promena un regard sévère sur toute la société. Catherine Ivanovna courut à lui.

Chapitre III

— Pierre Pétrovitch ! cria-t-elle, protégez-moi ! Faites comprendre à cette sotte créature qu'elle n'a pas le droit de parler ainsi à une dame noble et malheureuse, que cela n'est pas permis… Je me plaindrai au gouverneur général lui-même… Elle aura à répondre… En souvenir de l'hospitalité que vous avez reçue chez mon père, venez en aide à des orphelins.

— Permettez, madame… Permettez, permettez, madame, dit Pierre Pétrovitch en faisant un geste pour écarter la solliciteuse, — je n'ai jamais eu l'honneur, comme vous le savez vous-même, de connaître votre papa… permettez, madame (quelqu'un se mit à rire bruyamment) ! et je n'ai pas l'intention de prendre parti dans vos continuels démêlés avec Amalia Ivanovna… Je viens ici pour une affaire qui m'est personnelle… je désire avoir une explication immédiate avec votre belle-fille, Sophie… Ivanovna… C'est ainsi, je crois, qu'elle se nomme ? Permettez-moi d'entrer…

Et laissant là Catherine Ivanovna, Pierre Pétrovitch se dirigea vers le coin de la chambre où se trouvait Sonia.

Catherine Ivanovna resta comme clouée à sa place. Elle ne pouvait comprendre que Pierre Pétrovitch niât avoir été l'hôte de son papa. Cette hospitalité, qui n'existait que dans son imagination, était devenue pour elle article de foi. Ce qui la frappait aussi, c'était le ton sec, hautain et même menaçant de Loujine. À l'apparition de ce dernier, le silence se rétablit peu à peu. La tenue correcte de l'homme de loi jurait trop avec le débraillé des locataires de madame Lippevechzel ; chacun sentait qu'un motif d'une gravité exceptionnelle pouvait seul expliquer la présence de ce personnage dans un pareil milieu ; aussi tous s'attendaient-ils à un événement. Raskolnikoff, qui se trouvait à côté de Sonia, se rangea pour laisser passer Pierre Pétrovitch ; celui-ci n'eut pas l'air de remarquer le jeune homme. Un instant après, Lébéziatnikoff se montra à son tour ; mais au lieu d'entrer dans la chambre, il resta sur le seuil, écoutant avec curiosité sans parvenir à comprendre de quoi il s'agissait.

— Pardonnez-moi de troubler votre réunion, mais j'y suis forcé par une affaire assez importante, commença Pierre Pétrovitch sans s'adresser à personne en particulier ; je suis même bien aise de pouvoir m'expliquer devant une nombreuse société. Amalia Ivanovna, en votre qualité de propriétaire, je vous prie très-humblement de prêter l'oreille à l'entretien que je vais avoir avec Sophie Ivanovna. Puis, prenant à partie la jeune fille extrêmement surprise et déjà effrayée, il ajouta :

— Sophie Ivanovna, aussitôt après votre visite, j'ai constaté la disparition d'un billet de la Banque nationale représentant une valeur de cent roubles qui se trouvait sur une table dans la chambre de mon ami André Séménovitch Lébéziatnikoff. Si vous savez ce qu'est devenu ce billet et si vous me le dites, je vous donne, en présence de toutes ces personnes, ma parole d'honneur que l'affaire n'aura pas de suite. Dans le cas contraire, je serai forcé de recourir à des mesures très-sérieuses, et alors... vous n'aurez à vous en prendre qu'à vous-même.

Un profond silence suivit ces paroles. Les enfants mêmes cessèrent de pleurer. Sonia, pâle comme la mort, regardait Loujine sans pouvoir répondre. Elle semblait ne pas avoir encore compris. Quelques secondes s'écoulèrent.

— Eh bien, que répondez-vous ? demanda Pierre Pétrovitch en observant attentivement la jeune fille.

— Je ne sais pas... Je ne sais rien... prononça-t-elle enfin d'une voix faible.

— Non ? Vous ne savez pas ? questionna Loujine, et il laissa encore s'écouler quelques secondes ; ensuite il reprit d'un ton sévère : — Pensez-y, mademoiselle, faites vos réflexions, je veux bien vous en donner le temps. Voyez-vous, si j'étais moins sûr de mon fait, je me garderais bien de lancer contre vous une accusation si formelle : j'ai trop l'expérience des affaires pour m'exposer à une poursuite en diffamation. Ce matin, je suis allé négocier plusieurs titres représentant une valeur nominale de trois mille roubles. De retour au logis, j'ai recompté l'argent, — André Séménovitch en a été témoin. — Après avoir compté deux mille trois cents roubles, je les ai serrés dans un portefeuille que j'ai mis dans la poche de côté de ma redingote. Sur la table restaient environ cinq cents roubles en billets de banque ; il y avait, notamment, trois billets de cent roubles chacun. C'est alors que sur mon invitation vous vous êtes rendue chez moi, et, durant tout le temps de votre visite, vous avez été en proie à une agitation extraordinaire. À trois reprises même, vous vous êtes levée pour sortir, quoique notre conversation ne fût pas encore terminée. André Séménovitch peut attester tout cela.

Vous ne nierez pas, je crois, mademoiselle, que je vous aie fait appeler par André Séménovitch dans le seul but de m'entretenir avec vous de la situation malheureuse de votre parente Catherine Ivanovna (chez qui je ne pouvais aller dîner) et des moyens de lui venir en aide par voie de souscription, de loterie ou autrement. Vous m'avez remercié les larmes aux yeux (j'entre dans tous ces détails pour vous prouver que pas une circonstance n'est sortie de ma mémoire). Ensuite, j'ai pris sur la table un billet de dix roubles et je vous l'ai remis comme premier secours à votre parente. André Séménovitch a vu tout cela. Puis, je vous ai reconduite jusqu'à la porte, et vous vous êtes retirée en donnant les mêmes signes d'agitation que précédemment.

Après votre départ, j'ai causé pendant dix minutes environ avec André Séménovitch. Finalement il m'a quitté ; je me suis approché de la table pour serrer le reste de mon argent, et, à ma grande surprise, j'ai constaté l'absence d'un billet de cent roubles. Maintenant jugez : soupçonner André Séménovitch, je ne le puis pas ! Il m'est impossible même d'en concevoir l'idée. Je n'ai pas pu non plus me tromper dans mes comptes, car, une minute avant votre visite, je venais de les vérifier. Vous en conviendrez vous-même : en me rappelant votre agitation, votre promptitude à sortir et ce fait que vous avez eu pendant un certain temps les mains sur la table, enfin en considérant votre position sociale et les habitudes qu'elle implique, j'ai dû, malgré moi, en dépit de ma propre volonté, m'arrêter à un soupçon cruel, sans doute, mais légitime !

Si convaincu que je sois de votre culpabilité, je vous répète que je sais à quoi je m'expose en portant cette accusation contre vous. Cependant, je n'hésite pas à le faire et je vous dirai pourquoi : c'est uniquement, mademoiselle, à cause de votre noire ingratitude ! Comment ? Je vous appelle auprès de moi parce que je m'intéresse à votre infortunée parente ; je vous fais pour elle un don de dix roubles, et c'est ainsi que vous me récompensez ! Non, cela n'est pas bien ! Il vous faut une leçon. Réfléchissez, rentrez en vous-même : je vous y engage comme votre meilleur ami, car c'est en ce moment ce que vous pouvez faire de mieux ! Sinon, je serai inflexible ! Eh bien, avouez-vous ?

— Je ne vous ai rien pris, murmura Sonia épouvantée ; — vous m'avez donné dix roubles, les voici, reprenez-les.

La jeune fille sortit son mouchoir de sa poche, défit un nœud qu'elle y avait fait et en retira un billet de dix roubles qu'elle tendit à Loujine.

— Ainsi vous persistez à nier le vol des cent roubles ? fit-il d'un ton de reproche, sans prendre l'assignat.

Sonia promena ses yeux autour d'elle et ne surprit sur tous les visages qu'une expression sévère, irritée ou moqueuse. Elle regarda Raskolnikoff... Debout contre le mur, le jeune homme avait les bras croisés et fixait sur elle des yeux ardents.
— Oh ! Seigneur ! gémit-elle.

— Amalia Ivanovna, il faudra prévenir la police ; en conséquence je vous prierai très-humblement de faire monter le dvornik, dit Loujine d'une voix douce et même caressante.

— Gott der barmherzig ! — Je savais bien que c'était une voleuse ! s'écria madame Lippevechzel, en frappant ses mains l'une contre l'autre.

— Vous le saviez ? reprit Pierre Pétrovitch : c'est donc que déjà auparavant certains faits vous avaient autorisée à tirer cette conclusion. Je vous prie, très-honorée Amalia Ivanovna, de vous rappeler les paroles que vous venez de prononcer. Du reste, il y a des témoins.

De tous côtés on causait bruyamment. L'assistance était devenue houleuse.

— Comment ! s'écria Catherine Ivanovna sortant tout à coup de sa stupeur, et, par un mouvement rapide, elle s'élança vers Loujine ; — comment ! vous l'accusez de vol ? Elle, Sonia ? Oh ! lâche, lâche ! Puis elle s'approcha vivement de la jeune fille qu'elle serra avec force dans ses bras décharnés.

— Sonia ! Comment as-tu pu accepter dix roubles de lui ! Oh ! bête ! Donne-les ici ! Donne tout de suite cet argent. — Tiens !

Catherine Ivanovna prit le billet des mains de Sonia, le froissa dans ses doigts et le jeta à la figure de Loujine. Le papier roulé en boule atteignit Pierre Pétrovitch et ricocha ensuite sur le parquet. Amalia Ivanovna se hâta de le ramasser. L'homme d'affaires se fâcha.

— Contenez cette folle ! cria-t-il.

En ce moment plusieurs personnes vinrent se placer sur le seuil à côté de Lébéziatnikoff ; parmi elles on remarquait les deux dames de province.

— Folle, dis-tu ? C'est moi que tu traites de folle, imbécile ? vociféra Catherine Ivanovna. — Toi-même, tu es un imbécile, un vil agent d'affaires, un homme bas ! Sonia, Sonia lui avoir pris de l'argent ! Sonia une voleuse ! Mais elle t'en donnerait plutôt, de l'argent, imbécile ! Et Catherine Ivanovna éclata d'un rire nerveux. — Avez-vous vu cet imbécile ? ajouta-t-elle, allant d'un locataire à l'autre et montrant Loujine à chacun d'eux ; tout à coup elle aperçut Amalia Ivanovna, et sa colère ne connut plus de bornes !

— Comment ! toi aussi, charcutière, toi aussi, infâme Prussienne, tu prétends qu'elle est une voleuse ! Ah ! si c'est possible ! Mais elle n'a pas quitté la chambre : en sortant de chez toi, coquin, elle est venue immédiatement se mettre à table avec nous, tous l'ont vue ! Elle a pris place à côté de Rodion Romanovitch !... Fouille-là ! Puisqu'elle n'est allée nulle part, elle doit avoir l'argent sur elle ! Cherche donc, cherche, cherche ! Seulement, si tu ne trouves pas, mon cher, tu auras à répondre de ta conduite ! Je me plaindrai à l'empereur, au tzar miséricordieux ; j'irai me jeter à ses pieds aujourd'hui même. Je suis orpheline ! On me laissera entrer. Tu crois qu'on ne me recevra pas ? Tu te trompes, j'obtiendrai une audience. Parce qu'elle est douce, tu pensais n'avoir rien à craindre, tu avais compté sur sa timidité, n'est-ce pas ? Mais si elle est timide, moi, mon ami, je n'ai pas peur, et ton calcul sera déçu ! Cherche donc ! Cherche, voyons, dépêche-toi !

En même temps, Catherine Ivanovna saisissait Loujine par le bras et l'entraînait vers Sonia.

— Je suis prêt, je ne demande pas mieux... mais calmez-vous, madame, calmez-vous, balbutiait-il, — je vois bien que vous n'avez pas peur !... C'est au bureau de police qu'il faudrait faire cela... Du reste, il y a ici un nombre plus que suffisant de témoins... Je suis prêt... Toutefois, il est assez délicat pour un homme... à cause du sexe... Si Amalia Ivanovna voulait prêter son concours... pourtant, ce n'est pas ainsi que les choses se font...

— Faites-la fouiller par qui vous voulez ! cria Catherine Ivanovna ; — Sonia, montre-leur tes poches ! Voilà ! voilà ! Regarde, monstre, tu vois qu'elle est vide ; il y avait là un mouchoir, rien de plus, comme tu peux t'en convaincre ! À l'autre poche maintenant ! voilà, voilà ! tu vois !

Non contente de vider les poches de Sonia, Catherine Ivanovna les retourna l'une après l'autre, de dedans en dehors. Mais au moment où elle mettait ainsi à découvert la doublure de la poche droite, il s'en échappa un petit papier qui, décrivant une parabole dans l'air, alla tomber aux pieds de Loujine. Tous le virent, plusieurs poussèrent un cri. Pierre Pétrovitch se baissa vers le parquet, ramassa le papier entre deux doigts et le déplia coram populo. C'était un billet de cent roubles, plié en huit. Pierre Pétrovitch l'exhiba à la vue de tous, pour ne laisser subsister aucun doute sur la culpabilité de Sonia.

— Voleuse ! Hors d'ici ! La police, la police ! hurla madame Lippevechzel : il faut qu'on l'envoie en Sibérie ! À la porte !

De toutes parts volaient des exclamations. Raskolnikoff, silencieux, ne cessait de considérer Sonia que pour jeter de temps à autre un regard rapide sur Loujine. La jeune fille, immobile à sa place, semblait hébétée plus encore que surprise. Tout à coup, elle rougit et couvrit son visage de ses mains.

— Non, ce n'est pas moi ! Je n'ai rien pris ! Je ne sais pas ! s'écria-t-elle d'une voix déchirante, et elle se précipita vers Catherine Ivanovna, qui ouvrit ses bras comme un asile inviolable à la malheureuse créature.

— Sonia, Sonia, je ne le crois pas ! Tu vois, je ne le crois pas ! répétait Catherine Ivanovna rebelle à l'évidence ; ces mots étaient accompagnés de mille caresses : elle prodiguait les baisers à la jeune fille, lui prenait les mains, la balançait dans ses bras comme un enfant. Toi, avoir pris quelque chose ! Mais que ces gens sont bêtes ! Ô Seigneur ! Vous êtes bêtes, bêtes ! criait-elle à toutes les personnes présentes, vous ne savez pas encore ce qu'est ce cœur, ce qu'est cette jeune fille ! Elle, voler ! Elle ! Mais elle vendra son dernier vêtement, elle ira pieds nus plutôt que de vous laisser sans secours si vous vous trouvez dans le besoin ; voilà comme elle est ! Elle a été jusqu'à recevoir le billet jaune parce que mes enfants mouraient de faim, elle s'est vendue pour nous ! Ah ! mon pauvre défunt, mon pauvre défunt ! Seigneur ! Mais défendez-la donc, vous tous, au lieu de rester impassibles ! Rodion Romanovitch, pourquoi ne prenez-vous pas sa défense ? Est-ce que, vous aussi, vous la croyez coupable ? Tous tant que vous êtes, vous ne valez pas son petit doigt ! Seigneur ! défends-la donc enfin !

Les larmes, les supplications, le désespoir de la pauvre Catherine Ivanovna parurent faire une profonde impression sur le public. Ce visage phtisique, ces lèvres sèches, cette voix éteinte exprimaient une souffrance si poignante qu'il était difficile de n'en être pas touché. Pierre Pétrovitch revint aussitôt à des sentiments plus doux :

— Madame ! madame ! fit-il avec solennité, — cette affaire ne vous concerne en rien ! Personne ne songe à vous accuser de complicité ; d'ailleurs, c'est vous-même qui en retournant les poches avez fait découvrir l'objet volé : cela suffit pour établir votre complète innocence. Je suis tout disposé à me montrer indulgent pour un acte auquel la misère a pu porter Sophie Séménovna, mais pourquoi donc, mademoiselle, ne vouliez-vous pas avouer ? Vous craigniez le déshonneur ? C'était votre premier pas ? Peut-être aviez-vous perdu la tête ? La chose se comprend, elle se comprend très-bien... Voyez pourtant à quoi vous vous exposiez ! Messieurs ! dit-il aux assistants, mu par un sentiment de pitié, je suis prêt à pardonner maintenant encore, malgré les injures personnelles qui m'ont été adressées. Puis il ajouta, en se tournant de nouveau vers Sonia : Mademoiselle, que l'humiliation d'aujourd'hui vous serve de leçon pour l'avenir ; je ne donnerai aucune suite à cette affaire, les choses en resteront là. Cela suffit.

Pierre Pétrovitch jeta un regard en dessous à Raskolnikoff. Leurs yeux se rencontrèrent, ceux du jeune homme lançaient des flammes. Quant à Catherine Ivanovna, elle semblait n'avoir rien entendu et continuait à embrasser Sonia avec une sorte de frénésie. À l'exemple de leur mère, les enfants serraient la jeune fille dans leurs petits bras ; Poletchka, sans comprendre de quoi il était question, sanglotait à fendre l'âme ; son joli visage, tout en larmes, était appuyé sur l'épaule de Sonia. Tout à coup sur le seuil retentit une voix sonore :

— Que cela est bas !

Pierre Pétrovitch se retourna vivement.

— Quelle bassesse ! répéta Lébéziatnikoff, en regardant fixement Loujine.

Ce dernier eut comme un frisson. Tous le remarquèrent (ils s'en souvinrent ensuite). Lébéziatnikoff entra dans la chambre.

— Et vous avez osé invoquer mon témoignage ? dit-il en s'approchant de l'homme d'affaires.

— Qu'est-ce que cela signifie, André Séménovitch ? De quoi parlez-vous ? balbutia Loujine.

— Cela signifie que vous êtes un… calomniateur, voilà ce que veulent dire mes paroles ! répliqua avec emportement Lébéziatnikoff. Il était en proie à une violente colère, et, tandis qu'il fixait Pierre Pétrovitch, ses petits yeux malades avaient une expression de dureté inaccoutumée. Raskolnikoff écoutait avidement, le regard attaché sur le visage du jeune socialiste.

Il y eut un silence. Dans le premier moment, Pierre Pétrovitch fut presque déconcerté.

— Si c'est à moi que vous… bégaya-t-il, — mais qu'est-ce que vous avez ? êtes-vous dans votre bon sens ?

— Oui, je suis dans mon bon sens, et vous êtes… un fourbe ! Ah ! que c'est bas ! J'ai tout entendu, et si je n'ai pas parlé plus tôt, c'est que je voulais tout comprendre ; il y a encore, je l'avoue, des choses que je ne m'explique pas bien… Je me demande pourquoi vous avez fait tout cela.

— Mais qu'est-ce que j'ai fait ? Aurez-vous bientôt fini de parler par énigmes ? Vous avez bu, peut-être ?

— Homme bas, si l'un de nous deux a bu, c'est plutôt vous que moi ! Je ne prends jamais d'eau-de-vie, parce que cela est contraire à mes principes ! Figurez-vous que c'est lui, lui-même, qui a, de sa propre main, donné ce billet de cent roubles à Sophie Séménovna, — je l'ai vu, j'en ai été témoin, je le déclarerai sous la foi du serment ! C'est lui, lui ! répétait Lébéziatnikoff, en s'adressant à tous et à chacun.

— Êtes-vous fou, oui ou non, blanc-bec ? reprit violemment Loujine. Elle-même ici, il y a un instant, a affirmé devant vous, devant tout le monde, n'avoir reçu de moi que dix roubles. Comment donc se peut-il que je lui aie donné davantage ?

— Je l'ai vu, je l'ai vu ! répéta avec énergie André Séménovitch : — et quoique ce soit en opposition avec mes principes, je suis prêt à en faire le serment devant la justice : je vous ai vu lui glisser cet argent à la dérobée ! Seulement j'ai cru, dans ma sottise, que vous agissiez ainsi par générosité ! Au moment où vous lui disiez adieu sur le seuil de la porte, et tandis que vous lui offriez la main droite, vous avez tout doucement introduit dans sa poche un papier que vous teniez de la main gauche. Je l'ai vu ! je l'ai vu !

Loujine pâlit.

— Quel conte nous débitez-vous là ? répliqua-t-il insolemment ; étant près de la fenêtre, comment avez-vous pu apercevoir ce papier ? Vos mauvais yeux ont été le jouet d'une illusion… vous avez eu la berlue, voilà !

— Non, je n'ai pas eu la berlue ! Et, malgré la distance, j'ai fort bien vu tout, tout ! De la fenêtre, en effet, il était difficile de distinguer le papier, — sous ce rapport votre observation est juste, — mais, par suite d'une circonstance particulière, je savais que c'était précisément un billet de cent roubles. Quand vous avez donné dix roubles à Sophie Séménovna, j'étais alors près de la table, et je vous ai vu prendre en même temps un billet de cent roubles. Je n'ai pas oublié ce détail parce qu'en ce moment il m'était venu une idée. Après avoir plié l'assignat, vous l'avez tenu serré dans le creux de votre main. Ensuite je l'ai oublié, mais quand vous vous êtes levé, vous avez fait passer le papier de votre main droite dans votre main gauche, et vous avez failli le laisser tomber. Je me suis aussitôt rappelé la chose, car la même idée m'était revenue : à savoir que vous vouliez obliger Sophie Séménovna à mon insu. Vous pouvez vous imaginer avec quelle attention je me suis mis à observer vos faits et gestes — eh bien, j'ai vu que vous avez fourré ce papier dans sa poche. Je l'ai vu, je l'ai vu, je l'attesterai par serment !

Lébéziatnikoff était presque suffoqué d'indignation. De tous côtés s'entrecroisèrent des exclamations diverses ; la plupart exprimaient l'étonnement, mais quelques-unes étaient proférées sur un ton de menace. Les assistants se pressèrent autour de Pierre Pétrovitch. Catherine Ivanovna s'élança vers Lébéziatnikoff.

— André Séménovitch ! Je vous avais méconnu ! Vous la défendez ! Seul, vous prenez parti pour elle ! C'est Dieu qui vous a envoyé au secours de l'orpheline ! André Séménovitch, mon cher ami, batuchka !

Et Catherine Ivanovna, sans presque avoir conscience de ce qu'elle faisait, tomba à genoux devant le jeune homme.

— Ce sont des sottises ! vociféra Loujine transporté de colère, — vous ne dites que des stupidités, monsieur. — « J'ai oublié, je me suis rappelé, je me suis rappelé, j'ai oublié » ; — qu'est-ce que cela signifie ? Ainsi, à vous en croire, je lui aurais exprès glissé cent roubles dans la poche ? Pourquoi ? Dans quel but ? Qu'ai-je de commun avec cette…

— Pourquoi ? voilà ce que je ne comprends pas moi-même, je me borne à raconter le fait tel qu'il s'est passé, sans prétendre l'expliquer, et, dans ces limites, j'en garantis l'entière exactitude ! Je me trompe si peu, vil criminel, que je me rappelle m'être posé cette question au moment même où je vous félicitais en vous serrant la main. Je me suis demandé pour quelle raison vous aviez fait ce cadeau d'une façon clandestine. Peut-être, me suis-je dit, a-t-il tenu à me cacher sa bonne action, sachant que je suis par principe l'ennemi de la charité privée, que je la regarde comme un vain palliatif. Puis, j'ai pensé que vous aviez voulu faire une surprise à Sophie Séménovna : il y a, en effet, des personnes qui aiment à donner à leurs bienfaits la saveur de l'imprévu. Ensuite, une autre idée m'est venue : votre intention était peut-être d'éprouver la jeune fille ; vous vouliez savoir si, quand elle aurait trouvé ces cent roubles dans sa poche, elle viendrait vous remercier. Ou bien n'aviez-vous en vue que de vous soustraire à sa reconnaissance, suivant ce précepte que la main droite doit ignorer… Bref, Dieu sait toutes les suppositions qui se sont offertes à mon esprit ! Votre conduite m'intriguait tellement que je me proposais d'y réfléchir plus tard à loisir ; en attendant, j'aurais cru manquer à la délicatesse si je vous avais laissé voir que je connaissais votre secret. Sur ces entrefaites, une crainte m'est venue : Sophie Séménovna, n'étant pas instruite de votre générosité, pouvait par hasard perdre le billet de banque. Voilà pourquoi je me suis décidé à me rendre ici, je voulais la prendre à part et lui dire que vous aviez mis cent roubles dans sa poche. Mais, auparavant, je suis entré chez les dames Kobyliatnikoff pour leur remettre une Vue générale de la méthode positive et leur recommander particulièrement l'article de Pidérit (celui de Wagner n'est pas non plus sans valeur). Un moment après, j'arrivais ici et j'étais témoin de cette affaire ! Voyons, est-ce que j'aurais pu avoir toutes ces idées, me faire tous ces raisonnements, si je ne vous avais pas vu glisser les cent roubles dans la poche de Sophie Séménovna ?

Quand André Séménovitch termina son discours, il n'en pouvait plus de fatigue, et son visage était ruisselant de sueur. Hélas ! même en russe, il avait peine à s'exprimer convenablement, quoique, du reste, il ne connût aucune autre langue. Aussi cet effort oratoire l'avait-il épuisé. Ses paroles produisirent néanmoins un effet extraordinaire. L'accent de sincérité avec lequel il les avait prononcées porta la conviction dans l'âme de tous les auditeurs. Pierre Pétrovitch sentit que le terrain devenait mauvais pour lui.

— Que m'importent les sottes questions qui vous sont venues à l'esprit ! s'écria-t-il ; ce n'est pas une preuve ! Vous pouvez avoir rêvé toutes ces balivernes ! Je vous dis que vous mentez, monsieur ! Vous mentez et vous me calomniez pour assouvir une rancune ! La vérité est que vous m'en voulez, parce que je me suis rebiffé devant le radicalisme impie de vos doctrines antisociales !

Mais, loin de tourner au profit de Pierre Pétrovitch, cette attaque ne fit que provoquer de violents murmures autour de lui.

— Ah ! voilà tout ce que tu trouves à répondre ! Ce n'est pas fort ! répliqua Lébéziatnikoff. — Appelle la police, je prêterai serment ! Une seule chose reste obscure pour moi, c'est le motif qui l'a poussé à commettre une action si basse ! Oh ! le misérable, le lâche !

Raskolnikoff sortit de la foule.

— Je puis expliquer sa conduite, et, s'il le faut, moi aussi, je prêterai serment ! dit-il d'une voix ferme.

À première vue, la tranquille assurance du jeune homme prouva au public qu'il connaissait le fond de l'affaire, et que cet imbroglio touchait au dénoûment.
— Maintenant, je comprends tout, poursuivit Raskolnikoff, qui s'adressa directement à Lébéziatnikoff. — Dès le début de l'incident, j'avais flairé là-dessous quelque ignoble intrigue, mes soupçons se fondaient sur certaines circonstances connues de moi seul, et que je vais révéler, car elles montrent cette affaire sous son vrai jour. C'est vous, André Séménovitch, qui, par votre précieuse déposition, avez définitivement porté la lumière dans mon esprit. Je prie tout le monde d'écouter. Ce monsieur, continua-t-il en désignant du geste Pierre Pétrovitch, a demandé dernièrement la main de ma sœur, Avdotia Romanovna Raskolnikoff. Arrivé depuis peu à Pétersbourg, il est venu me voir avant-hier. Mais, dès notre première entrevue, nous nous sommes pris de querelle ensemble, et je l'ai mis à la porte de chez moi, ainsi que deux témoins peuvent le déclarer. Cet homme est très-méchant... Avant-hier, je ne savais pas encore qu'il logeait chez vous, André Séménovitch ; grâce à cette circonstance que j'ignorais, avant-hier, c'est-à-dire le jour même de notre querelle, il s'est trouvé présent au moment où, comme ami de feu M. Marméladoff, j'ai donné un peu d'argent à sa femme Catherine Ivanovna pour parer aux dépenses des funérailles. Aussitôt il a écrit à ma mère que j'avais donné cet argent non à Catherine Ivanovna, mais à Sophie Séménovna ; en même temps, il qualifiait cette jeune fille dans les termes les plus outrageants, et donnait à entendre que j'avais avec elle des relations intimes. Son but, vous le comprenez, était de me brouiller avec ma famille en lui insinuant que je dépense en débauches l'argent dont elle se prive pour subvenir à mes besoins. Hier soir, dans une entrevue avec ma mère et ma sœur, entrevue à laquelle il assistait, j'ai rétabli la vérité des faits dénaturés par lui. « Cet argent, ai-je dit, je l'ai donné à Catherine Ivanovna pour payer l'enterrement de son mari, et non à Sophie Séménovna, dont le visage même m'était inconnu jusqu'à ce jour. » Furieux de voir que ses calomnies n'obtenaient pas le résultat espéré, il a grossièrement insulté ma mère et ma sœur. Une rupture définitive s'en est suivie, et on l'a mis à la porte. Tout cela s'est passé hier soir. Maintenant, réfléchissez, et vous comprendrez quel intérêt il avait, dans la circonstance présente, à établir la culpabilité de Sophie Séménovna. S'il eût réussi à la convaincre de vol, c'était moi qui devenais coupable aux yeux de ma mère et de ma sœur, puisque je n'avais pas craint de compromettre celle-ci dans la société d'une voleuse ; lui, au contraire, en s'attaquant à moi, sauvegardait la considération de ma sœur, sa future femme. Bref, c'était pour lui un moyen de me brouiller avec les miens et de rentrer en grâce auprès d'eux. Du même coup il se vengeait aussi de moi, ayant lieu de penser que je m'intéresse vivement à l'honneur et à la tranquillité de Sophie Séménovna. Voilà le calcul qu'il a

fait ! voilà comme je comprends la chose ! Telle est l'explication de sa conduite, et il ne peut y en avoir une autre !

Raskolnikoff termina sur ces mots son discours fréquemment interrompu par les exclamations d'un public, du reste, fort attentif. Mais, en dépit des interruptions, sa parole conserva jusqu'au bout un calme, une assurance, une netteté imperturbables. Sa voix vibrante, son accent convaincu et son visage sévère remuèrent profondément l'auditoire.

— Oui, oui, c'est cela ! s'empressa de reconnaitre Lébéziatnikoff. — Vous devez avoir raison, car, au moment même où Sophie Séménovna est entrée dans notre chambre, il m'a précisément demandé si vous étiez ici, si je vous avais vu parmi les hôtes de Catherine Ivanovna. Il m'a attiré dans l'embrasure d'une fenêtre pour m'adresser tout bas cette question. Donc, il avait besoin que vous fussiez là ! Oui, c'est cela !

Loujine, très-pâle, restait silencieux et souriait dédaigneusement. Il semblait chercher dans sa tête un moyen de se tirer d'affaire. Peut-être se fût-il volontiers esquivé séance tenante, mais, à ce moment, la retraite était presque impossible : s'en aller, ç'eût été reconnaître implicitement le bien fondé des accusations portées contre lui, s'avouer coupable de calomnie à l'égard de Sophie Séménovna.

D'un autre côté, l'attitude du public excité par de copieuses libations n'était rien moins que rassurante. L'employé aux subsistances, quoiqu'il n'eût pas une idée bien nette de l'affaire, criait plus haut que tout le monde et proposait certaines mesures fort désagréables pour Loujine. D'ailleurs, il n'y avait pas là que des gens ivres ; cette scène avait attiré dans la chambre nombre de locataires qui n'avaient pas dîné chez Catherine Ivanovna. Les trois Polonais, très-échauffés, ne cessaient de proférer dans leur langue des menaces contre Pierre Pétrovitch.

Sonia écoutait avec une attention soutenue, mais ne semblait pas avoir encore recouvré toute sa présence d'esprit ; on eût dit que la jeune fille sortait d'un évanouissement. Elle ne quittait pas des yeux Raskolnikoff, sentant qu'en lui était tout son appui. Catherine Ivanovna paraissait fort souffrante ; chaque fois qu'elle respirait, un son rauque s'échappait de sa poitrine.

La plus sotte figure était celle d'Amalia Ivanovna. La logeuse avait l'air de ne rien comprendre et, la bouche grande ouverte, regardait ébahie. Elle voyait seulement que Pierre Pétrovitch était dans une mauvaise passe. Raskolnikoff voulut de nouveau prendre la parole, mais il dut y renoncer, faute de pouvoir se faire entendre. De toutes parts pleuvaient les injures et les menaces à l'adresse de Loujine, autour de qui s'était formé un groupe aussi hostile que compact. L'homme d'affaires fit bonne contenance. Comprenant que la partie était définitivement perdue pour lui, il eut recours à l'effronterie.

— Permettez, messieurs, permettez, ne vous pressez pas comme cela, laissez-moi passer, dit-il en essayant de s'ouvrir un chemin à travers la foule. — Il est inutile, je vous assure, de chercher à m'intimider par vos menaces, je ne m'effraye pas pour si peu. C'est vous, au contraire, messieurs, qui répondrez en justice de la protection dont vous couvrez un acte criminel. Le vol est plus que prouvé, et je porterai plainte. Les juges sont des gens éclairés et… point ivres : ils récuseront le témoignage de deux impies, de deux révolutionnaires avérés qui m'accusent dans un but de vengeance personnelle, comme ils ont eux-mêmes la sottise de le reconnaître… Oui, permettez !

— Je ne veux plus respirer le même air que vous, et je vous prie de quitter ma chambre, tout est fini entre nous ! Quand je pense que depuis quinze jours j'ai sué sang et eau à lui exposer…

— Mais, tantôt déjà, André Séménovitch, je vous ai annoncé moi-même mon départ, quand vous faisiez des instances pour me retenir ; maintenant je me bornerai à vous dire que vous êtes un imbécile. Je vous souhaite la guérison de votre esprit et de vos yeux. Permettez, messieurs !

Il réussit à se frayer un passage ; mais l'employé aux subsistances, trouvant que des injures n'étaient pas une punition suffisante, prit un verre sur la table et le lança de toutes ses forces dans la direction de Pierre Pétrovitch. Par malheur, le projectile destiné à l'homme d'affaires atteignit Amalia Ivanovna, qui se mit à pousser des cris perçants. En brandissant le verre, le riz-pain-sel perdit l'équilibre et roula lourdement sous la table. Loujine rentra chez Lébéziatnikoff et, une heure après, quitta la maison.

Naturellement timide, Sonia, avant cette aventure, savait déjà que sa situation l'exposait à toutes les attaques et que le premier venu pouvait l'outrager presque impunément. Toutefois, jusqu'alors elle avait espéré désarmer la malveillance à force de circonspection, de douceur, d'humilité devant tous et devant chacun. À présent, cette illusion lui échappait. Sans doute, elle avait assez de patience pour supporter même cela avec résignation et presque sans murmure, mais sur le moment la déception était trop cruelle. Quoique son innocence eût triomphé de la calomnie, quand sa première frayeur fut passée, quand elle fut en état de se rendre compte des choses, son cœur se serra douloureusement à la pensée de son abandon, de son isolement dans la vie. La jeune fille eut une crise nerveuse. À la fin, ne se possédant plus, elle s'enfuit de la chambre et revint chez elle en toute hâte. Son départ eut lieu peu d'instants après celui de Loujine.

L'accident survenu à Amalia Ivanovna avait causé une hilarité générale, mais la logeuse prit très-mal la chose et tourna sa colère contre Catherine Ivanovna, qui, vaincue par la souffrance, avait dû se coucher sur son lit :

— Allez-vous-en d'ici ! Tout de suite ! En avant, marche !

Tandis qu'elle prononçait ces mots d'une voix irritée, madame Lippevechzel saisissait tous les objets appartenant à sa locataire et les jetait en tas sur le plancher. Brisée, presque défaillante, la pauvre Catherine Ivanovna sauta à bas de son lit et s'élança sur Amalia Ivanovna. Mais la lutte était trop inégale ; la logeuse n'eut aucune peine à repousser cet assaut.

— Comment ! ce n'est pas assez d'avoir calomnié Sonia, cette créature s'en prend maintenant à moi ! Quoi ! le jour de l'enterrement de mon mari on m'expulse, après avoir reçu mon hospitalité, on me jette dans la rue avec mes enfants ! Mais où irai-je ? sanglotait la malheureuse femme. Seigneur ! s'écria-t-elle tout à coup, en roulant des yeux étincelants, se peut-il donc qu'il n'y ait pas de justice ? Qui défendras-tu, si tu ne nous défends, nous qui sommes orphelins ? Mais nous verrons ! Il y a sur la terre des juges et des tribunaux, je m'adresserai à eux ! Attends un peu, créature impie ! Poletchka, reste avec les enfants, je vais revenir. Si l'on vous met à la porte, attendez-moi dans la rue ! Nous verrons s'il y a une justice dans ce monde !

Catherine Ivanovna mit sur sa tête ce même mouchoir vert en « drap de dame » dont il avait été question dans le récit de Marméladoff ; puis elle fendit la foule avinée et bruyante des locataires qui continuaient à encombrer la chambre et, le visage inondé de larmes, descendit dans la rue avec la résolution d'aller, coûte que coûte, chercher justice quelque part. Poletchka, épouvantée, serra contre elle son petit frère et sa petite sœur ; les trois enfants, blottis dans le coin près du coffre, attendirent en tremblant le retour de leur mère.

Chapitre IV

Raskolnikoff avait vaillamment plaidé la cause de Sonia contre Loujine, quoiqu'il eût lui-même sa grosse part de soucis et de chagrins. Indépendamment de l'intérêt qu'il portait à la jeune fille, il avait saisi avec joie, après la torture du matin, l'occasion de secouer des impressions devenues insupportables. D'un autre côté, sa prochaine entrevue avec Sonia le préoccupait, l'effrayait même par moments : il devait lui révéler qui avait tué Élisabeth, et, pressentant tout ce que cet aveu aurait de pénible pour lui, il s'efforçait d'en détourner sa pensée.

Quand, au sortir de chez Catherine Ivanovna, il s'était écrié : « Eh bien ! Sophie Séménovna, que direz-vous maintenant ? » c'était le combattant excité par la lutte, tout chaud encore de sa victoire sur Loujine, qui avait prononcé cette parole de défi. Mais, chose singulière, lorsqu'il arriva au logement de Kapernaoumoff, son assurance l'abandonna tout à coup, pour faire place à la crainte. Il s'arrêta indécis devant la porte et se demanda : « Faut-il dire qui a tué Élisabeth ? » La question était étrange, car au moment où il se la posait, il sentait l'impossibilité non-seulement de ne pas faire cet aveu, mais même de le différer d'une minute.

Il ne savait pas encore pourquoi cela était impossible, il le sentait seulement, et il était presque écrasé par cette douloureuse conscience de sa faiblesse devant la nécessité. Pour s'épargner de plus longs tourments, il se hâta d'ouvrir la porte, et, avant de franchir le seuil, regarda Sonia. Elle était assise, les coudes appuyés sur sa petite table et le visage caché dans ses mains. En apercevant Raskolnikoff, elle se leva aussitôt et alla au-devant de lui, comme si elle l'eût attendu.

— Que serait-il advenu de moi sans vous ! dit-elle vivement, tandis qu'elle l'introduisait au milieu de la chambre. Selon toute apparence, elle ne songeait alors qu'au service que le jeune homme lui avait rendu, et elle était pressée de l'en remercier. Ensuite elle attendit.

Raskolnikoff s'approcha de la table et s'assit sur la chaise que la jeune fille venait de quitter. Elle resta debout à deux pas de lui, exactement comme la veille.

— Eh bien, Sonia ? dit-il, et soudain il s'aperçut que sa voix tremblait : — toute l'accusation se basait sur votre « position sociale et les habitudes qu'elle implique ». Avez-vous compris cela tantôt ?

Le visage de Sonia prit une expression de tristesse.

— Ne me parlez plus comme hier ! répondit-elle. Je vous en prie, ne recommencez pas. J'ai déjà assez souffert…

Elle se hâta de sourire, craignant que ce reproche n'eût blessé le visiteur.

— Tout à l'heure je suis partie comme une folle. Que se passe-t-il là maintenant ? Je voulais y retourner, mais je pensais toujours que… vous viendriez.

Il lui apprit qu'Amalia Ivanovna avait mis les Marméladoff à la porte de leur logement, et que Catherine Ivanovna était allée « chercher justice » quelque part.
— Ah ! mon Dieu ! s'écria Sonia : — allons vite…
Et elle saisit aussitôt sa mantille.
— Toujours la même chose ! répliqua Raskolnikoff vexé. — Vous ne pensez jamais qu'à eux ! Restez un moment avec moi.
— Mais… Catherine Ivanovna ?
— Eh bien ! Catherine Ivanovna passera elle-même chez vous, soyez-en sûre, répondit-il d'un ton fâché. — Si elle ne vous trouve pas, ce sera votre faute…
Sonia s'assit en proie à une cruelle perplexité. Raskolnikoff, les yeux baissés, réfléchissait.
— Aujourd'hui Loujine voulait simplement vous perdre de réputation, je l'admets, commença-t-il sans regarder Sonia. Mais s'il lui avait convenu de vous faire arrêter, et que ni Lébéziatnikoff ni moi ne nous fussions trouvés là, vous seriez maintenant en prison, n'est-ce pas ?
— Oui, dit-elle d'une voix faible ; oui, répéta-t-elle machinalement, distraite de la conversation par l'inquiétude qu'elle éprouvait.
— Or, je pouvais fort bien ne pas être là, et c'est aussi tout à fait par hasard que Lébéziatnikoff s'y est trouvé.
Sonia resta silencieuse.
— Eh bien, si l'on vous avait mise en prison, que serait-il arrivé ? Vous rappelez-vous ce que je vous ai dit hier ?
Elle continua à se taire, il attendit un moment la réponse.
— Je pensais que vous alliez encore vous écrier : « Ah ! ne parlez pas de cela, cessez ! » reprit Raskolnikoff avec un rire un peu forcé. Eh bien, vous vous taisez toujours ? demanda-t-il au bout d'une minute. — Il faut donc que j'entretienne la conversation. Tenez, je serais curieux de savoir comment vous résoudriez une « question », comme dit Lébéziatnikoff. (Son embarras commençait à devenir visible.) Non, je parle sérieusement. Supposez, Sonia, que vous soyez instruite à l'avance de tous les projets de Loujine, que vous sachiez ces projets destinés à assurer la perte de Catherine Ivanovna et de ses enfants, sans compter la vôtre (car vous vous comptez pour rien) ; supposez que, par suite, Poletchka soit condamnée à une existence comme la vôtre : cela étant, s'il dépendait de vous, ou de faire périr Loujine, c'est-à-dire de sauver Catherine Ivanovna et sa famille, ou de laisser Loujine vivre et accomplir ses infâmes desseins, à quoi vous décideriez-vous, je vous le demande ?
Sonia le regarda avec inquiétude : sous ces paroles prononcées d'une voix hésitante elle devinait quelque arrière-pensée lointaine.
— Je m'attendais à quelque question semblable, dit-elle en l'interrogeant des yeux.
— C'est possible, mais n'importe, à quoi vous décideriez-vous ?

— Quel intérêt avez-vous à savoir ce que je ferais dans une circonstance qui ne peut pas se présenter ? répondit Sonia avec répugnance.

— Ainsi, vous laisseriez plutôt Loujine vivre et commettre des scélératesses ? Pourtant vous n'avez pas le courage de vous prononcer dans ce sens ?

— Mais, voyons, je ne suis pas dans les secrets de la divine Providence... Et à quoi bon me demander ce que je ferais dans un cas impossible ? Pourquoi ces vaines questions ? Comment peut-il se faire que l'existence d'un homme dépende de ma volonté ? Et qui m'a érigée en arbitre de la vie et de la mort des gens ?

— Du moment qu'on fait intervenir la divine Providence, c'est fini, répliqua d'un ton aigre Raskolnikoff.

— Dites-moi plutôt franchement ce que vous avez à me dire ! s'écria Sonia angoissée ; vous voilà encore à user de faux-fuyants !... N'êtes-vous donc venu que pour me tourmenter ?

Elle ne put y tenir et fondit en larmes. Pendant cinq minutes, il la considéra d'un air sombre.

— Tu as raison, Sonia, dit-il enfin à voix basse.

Un brusque changement s'était opéré en lui ; son aplomb factice, le ton cassant qu'il affectait tout à l'heure avaient soudain disparu ; maintenant on l'entendait à peine.

— Je t'ai dit hier que je ne viendrais pas demander pardon, et c'est presque par des excuses que j'ai commencé cet entretien... En te parlant de Loujine, je m'excusais, Sonia...

Il voulut sourire, mais, quoi qu'il fît, sa physionomie resta morne. Il baissa la tête et couvrit son visage de ses mains.

Tout à coup, il crut s'apercevoir qu'il détestait Sonia. Surpris, effrayé même d'une découverte si étrange, il releva soudain la tête et considéra attentivement la jeune fille : celle-ci fixait sur lui un regard anxieux dans lequel il y avait de l'amour. La haine disparut aussitôt du cœur de Raskolnikoff. Ce n'était pas cela ; il s'était trompé sur la nature du sentiment qu'il éprouvait. Cela signifiait seulement que la minute fatale était arrivée.

De nouveau, il cacha son visage dans ses mains et baissa la tête. Soudain, il pâlit, se leva, et, après avoir regardé Sonia, il alla machinalement s'asseoir sur son lit, sans proférer un mot.

L'impression de Raskolnikoff était alors exactement celle qu'il avait éprouvée quand, debout derrière la vieille, il avait détaché la hache du nœud coulant et s'était dit : « Il n'y a plus un instant à perdre ! »

— Qu'avez-vous ? demanda Sonia interdite.

Il ne put répondre. Il avait compté *s'expliquer* dans des conditions tout autres, et lui-même ne comprenait pas ce qui se passait maintenant en lui. Elle s'approcha tout doucement de Raskolnikoff, s'assit sur le lit à côté de lui et attendit sans le quitter des yeux. Son cœur battait à se

rompre. La situation devenait insupportable : il tourna vers la jeune fille son visage d'une pâleur mortelle ; ses lèvres se tordirent dans un effort pour parler. L'épouvante s'empara de Sonia.
— Qu'avez-vous ? répéta-t-elle en s'écartant un peu de lui.
— Rien, Sonia, ne t'effraye pas… Cela n'en vaut pas la peine, vraiment, c'est une bêtise, murmura-t-il comme un homme dont l'esprit est absent.
— Seulement, pourquoi suis-je venu te tourmenter ? ajouta-t-il tout à coup en regardant son interlocutrice. — Oui, pourquoi ? Je ne cesse de me poser cette question, Sonia…
Il se l'était peut-être posée un quart d'heure auparavant, mais en ce moment sa faiblesse était telle qu'il avait à peine conscience de lui-même, un tremblement continuel agitait tout son corps.
— Oh ! que vous souffrez ! fit d'une voix émue la jeune fille en jetant les yeux sur lui.
— Ce n'est rien !… Voici de quoi il s'agit, Sonia (durant deux secondes un pâle sourire se montra sur ses lèvres) : — Te rappelles-tu ce que je voulais te dire hier ?
Sonia attendait, inquiète.
— Je t'ai dit en te quittant que peut-être je te faisais mes adieux pour toujours, mais que si je venais aujourd'hui, je t'apprendrais… qui a tué Élisabeth.
Elle commença à trembler de tous ses membres.
— Eh bien, voilà pourquoi je suis venu.
— En effet, c'est bien ce que vous m'avez dit hier… fit-elle d'une voix mal assurée : comment donc savez-vous cela ? ajouta-t-elle vivement.
Sonia respirait avec effort. Son visage devenait de plus en plus pâle.
— Je le sais.
— On l'a trouvé ? demanda-t-elle timidement après une minute de silence.
— Non, on ne l'a pas trouvé.
Pendant une minute encore elle resta silencieuse.
— Alors comment savez-vous cela ? questionna-t-elle ensuite d'une voix presque inintelligible.
Il se tourna vers la jeune fille et la regarda avec une fixité singulière, tandis qu'un faible sourire flottait sur ses lèvres.
— Devine, dit-il.
Sonia se sentit comme prise de convulsions.
— Mais vous me… pourquoi donc m'effrayez-vous ainsi ? demanda-t-elle avec un sourire d'enfant.
— Puisque je sais cela, c'est donc que je suis fort lié avec lui, reprit Raskolnikoff, dont le regard restait toujours attaché sur elle, comme s'il n'eût pas eu la force de détourner les yeux. — Cette Élisabeth… il ne voulait pas l'assassiner… Il l'a tuée sans préméditation… Il voulait tuer

la vieille… quand celle-ci serait seule… et il est allé chez elle… Mais sur ces entrefaites Élisabeth est entrée… Il était là… et il l'a tuée…
Un silence lugubre suivit ces paroles. Durant une minute, tous deux continuèrent à se regarder l'un l'autre.
— Ainsi tu ne peux pas deviner ? demanda-t-il brusquement avec la sensation d'un homme qui se jetterait du haut d'un clocher.
— Non, balbutia Sonia d'une voix à peine distincte.
— Cherche bien.
Au moment où il prononçait ces mots, Raskolnikoff éprouva de nouveau, au fond de lui-même, cette impression de froid glacial qui lui était si connue : il regardait Sonia et venait soudain de retrouver sur son visage l'expression qu'offrait celui d'Élisabeth, quand la malheureuse femme reculait devant le meurtrier s'avançant vers elle, la hache levée. À cette heure suprême, Élisabeth avait projeté le bras en avant, comme font les petits enfants lorsqu'ils commencent à avoir peur, et que, prêts à pleurer, ils fixent d'un regard effaré et immobile l'objet qui les épouvante. De même le visage de Sonia exprimait une terreur indicible ; elle aussi étendit le bras en avant, repoussa légèrement Raskolnikoff en lui touchant la poitrine de la main et s'écarta peu à peu de lui, sans cesser de le regarder fixement. Son effroi se communiqua au jeune homme qui, lui-même, se mit à la considérer d'un air effaré.
— As-tu deviné ? murmura-t-il enfin.
— Seigneur ! s'écria Sonia.
Puis elle tomba sans forces sur le lit, et son visage s'enfonça dans l'oreiller. Mais, un instant après, elle se releva par un mouvement rapide, s'approcha de lui, et, le saisissant par les deux mains, que ses petits doigts serrèrent comme des tenailles, elle attacha sur lui un long regard. Ne s'était-elle pas trompée ? Elle l'espérait encore ; mais elle n'eut pas plus tôt jeté les yeux sur le visage de Raskolnikoff que le soupçon dont son âme avait été traversée se changea en certitude.
— Assez, Sonia, assez ! Épargne-moi ! supplia-t-il d'une voix plaintive.
L'événement contrariait toutes ses prévisions, car ce n'était certes pas ainsi qu'il comptait faire l'aveu de son crime.
Sonia semblait hors d'elle-même ; elle sauta à bas de son lit et alla jusqu'au milieu de la chambre en se tordant les mains, puis elle revint brusquement sur ses pas et se rassit à côté du jeune homme, le touchant presque de l'épaule. Tout à coup elle frissonna, poussa un cri et, sans savoir elle-même pourquoi, tomba à genoux devant Raskolnikoff.
— Vous vous êtes perdu ! fit-elle avec un accent désespéré.
Et, se relevant soudain, elle se jeta à son cou, l'embrassa, lui prodigua des témoignages de tendresse.
Raskolnikoff se dégagea et, avec un triste sourire, considéra la jeune fille :
— Je ne te comprends pas, Sonia. Tu m'embrasses après que je t'ai dit *cela*… Tu n'as pas conscience de ce que tu fais.

Elle n'entendit pas cette remarque.
— Non, il n'y a pas maintenant sur la terre un homme plus malheureux que toi ! s'écria-t-elle dans un élan de pitié, et tout à coup elle éclata en sanglots.
Raskolnikoff sentait son âme s'amollir sous l'influence d'un sentiment que, depuis longtemps déjà, il ne connaissait plus. Il n'essaya pas de lutter contre cette impression : deux larmes jaillirent de ses yeux et se suspendirent à ses cils.
— Ainsi, tu ne m'abandonneras pas, Sonia ? fit-il avec un regard presque suppliant.
— Non, non ; jamais, nulle part ! s'écria-t-elle, je te suivrai, je te suivrai partout ! Oh ! Seigneur !... oh ! malheureuse que je suis !... Et pourquoi, pourquoi ne t'ai-je pas connu plus tôt ? Pourquoi n'es-tu pas venu auparavant ? Oh ! Seigneur !
— Tu vois bien que je suis venu.
— Maintenant ! Oh ! que faire maintenant ?... Ensemble, ensemble ! répéta-t-elle avec une sorte d'exaltation, et elle se remit à embrasser le jeune homme. J'irai avec toi aux galères !
Ces derniers mots causèrent à Raskolnikoff une sensation pénible ; un sourire amer et presque hautain parut sur ses lèvres :
— Je n'ai peut-être pas encore envie d'aller aux galères, Sonia, dit-il.
Sonia tourna rapidement ses yeux vers lui.
Jusqu'alors elle n'avait éprouvé qu'une immense pitié pour un homme malheureux. Cette parole et le ton dont elle fut prononcée rappelèrent brusquement à la jeune fille que ce malheureux était un assassin. Elle jeta sur lui un regard étonné. Elle ne savait encore ni comment, ni pourquoi il était devenu criminel. En ce moment, toutes ces questions se présentaient à son esprit, et de nouveau elle se prit à douter : « Lui, lui, un meurtrier ! mais est-ce que c'est possible ? »
— Mais, non ! ce n'est pas vrai ! Où suis-je donc ? fit-elle comme si elle se fût crue le jouet d'un songe. Comment, vous, étant ce que vous êtes, avez-vous pu vous résoudre à cela ?... Mais pourquoi ?
— Eh bien, pour voler ! Cesse, Sonia ! répondit-il d'un air las et quelque peu agacé.
Sonia resta stupéfaite ; mais tout à coup un cri lui échappa :
— Tu avais faim ?... C'était pour venir en aide à ta mère ? Oui ?
— Non, Sonia, non, balbutia-t-il en baissant la tête, — je n'étais pas dans un tel dénûment... je voulais en effet aider ma mère, mais... ce n'est pas cela non plus qui est la vraie raison... ne me tourmente pas, Sonia !
La jeune fille frappa ses mains l'une contre l'autre.
— Se peut-il donc que tout cela soit réel ? Seigneur, est-ce possible ? Quel moyen de le croire ? Comment ! vous avez tué pour voler, vous qui vous dépouillez de tout en faveur des autres ! Ah !... s'écria-t-elle soudain : —

cet argent que vous avez donné à Catherine Ivanovna… cet argent… Seigneur, se pourrait-il que cet argent…

— Non, Sonia, interrompit-il vivement, cet argent ne vient pas de là, rassure-toi. C'est ma mère qui me l'a envoyé pendant que j'étais malade, par l'entremise d'un marchand, et je venais de le recevoir quand je l'ai donné… Razoumikhine l'a vu… il en a même pris livraison pour moi… Cet argent était bien ma propriété.

Sonia écoutait perplexe et s'efforçait de comprendre.

— Quant à l'argent de la vieille… du reste, je ne sais même pas s'il y avait là de l'argent, ajouta-t-il avec hésitation, — j'ai détaché de son cou une bourse en peau de chamois qui paraissait bien garnie… Mais je n'en ai pas vérifié le contenu, sans doute parce que je n'ai pas eu le temps… J'ai pris différentes choses, des boutons de manchettes, des chaînes de montre… Ces objets, ainsi que la bourse, je les ai cachés, le lendemain matin, sous une grosse pierre, dans une cour qui donne sur la perspective de V… Tout est encore là…

Sonia écoutait avidement.

— Mais pourquoi donc n'avez-vous rien pris, puisque vous dites que vous avez tué pour voler ? répliqua-t-elle, se raccrochant à un dernier et bien vague espoir.

— Je ne sais pas… je n'ai pas encore décidé si je prendrais ou non cet argent, répondit Raskolnikoff de la même voix hésitante ; puis il sourit :

— Quelle bête d'histoire je viens de te raconter, hein ?

« Ne serait-il pas fou ? » se demanda Sonia. Mais elle repoussa aussitôt cette idée : non, il y avait autre chose. Décidément elle n'y comprenait rien !

— Sais-tu ce que je vais te dire, Sonia ? reprit-il d'un ton pénétré : si le besoin seul m'avait conduit à l'assassinat, poursuivit-il en appuyant sur chaque mot, et son regard, bien que franc, avait quelque chose d'énigmatique, je serais maintenant… *heureux* ! Sache cela !

— Et que t'importe le motif, puisque j'ai avoué tout à l'heure que j'avais mal agi ? s'écria-t-il avec désespoir, un moment après. À quoi bon ce sot triomphe sur moi ? Ah ! Sonia, est-ce pour cela que je suis venu chez toi ?

Elle voulait encore parler, mais elle se tut.

— Hier je t'ai proposé de faire route avec moi, parce que je n'ai plus que toi.

— Pourquoi voulais-tu m'avoir avec toi ? demanda timidement la jeune fille.

— Pas pour voler ni pour tuer, sois tranquille, répondit Raskolnikoff avec un sourire caustique ; nous ne sommes pas gens du même bord… Et, sais-tu, Sonia ? j'ai seulement compris tout à l'heure pourquoi je t'invitais hier à venir avec moi. Quand je t'ai fait cette demande, je ne savais pas encore à quoi elle tendait. Je le vois maintenant, je n'ai qu'un désir, c'est que tu ne me quittes pas. Tu ne me quitteras pas, Sonia ?

Elle lui serra la main.
— Et pourquoi, pourquoi lui ai-je dit cela ? Pourquoi lui ai-je fait cet aveu ? s'écria-t-il au bout d'une minute ; il la regardait avec une infinie compassion, et sa voix exprimait le plus profond désespoir ; tu attends de moi des explications, Sonia, je le vois, mais que te dirais-je ? Tu n'y comprendrais rien, et je ne ferais que t'affliger encore ! Allons, voilà que tu pleures, tu recommences à m'embrasser. Pourquoi m'embrasses-tu ? Parce que, faute de courage pour porter mon fardeau, je m'en suis déchargé sur un autre, parce que j'ai cherché dans la souffrance d'autrui un adoucissement à ma peine ? Et tu peux aimer un pareil lâche ?
— Mais est-ce que tu ne souffres pas aussi ? s'écria Sonia.
Il eut, durant une seconde, un nouvel accès de sensibilité.
— Sonia, j'ai le cœur mauvais, fais-y attention : cela peut expliquer bien des choses. C'est parce que je suis méchant que je suis venu. Il y a des gens qui ne l'auraient pas fait. Mais je suis lâche et… infâme. Pourquoi suis-je venu ? Jamais je ne me pardonnerai cela !
— Non, non, tu as bien fait de venir ! s'écria Sonia ; il vaut mieux que je sache tout, beaucoup mieux !
Raskolnikoff la regarda douloureusement.
— J'ai voulu devenir un Napoléon : voilà pourquoi j'ai tué. Eh bien, tu t'expliques la chose maintenant ?
— Non, répondit naïvement Sonia d'une voix timide, mais parle, parle… Je comprendrai, je comprendrai tout !
— Tu comprendras ? Allons, c'est bien, nous verrons !
Pendant quelque temps Raskolnikoff recueillit ses idées.
— Le fait est que je me suis un jour posé cette question : Si Napoléon, par exemple, avait été à ma place, s'il n'avait eu, pour commencer sa carrière, ni Toulon, ni l'Égypte, ni le passage du mont Blanc, mais qu'au lieu de tous ces brillants exploits il se fût trouvé en présence d'un meurtre à commettre pour assurer son avenir, aurait-il répugné à l'idée d'assassiner une vieille femme et de lui voler trois mille roubles ? Se serait-il dit qu'une telle action était trop dépourvue de prestige et trop… criminelle ? Je me suis longtemps creusé la tête sur cette « question » et n'ai pu m'empêcher d'éprouver un sentiment de honte quand à la fin j'ai reconnu que non-seulement il n'aurait pas hésité, mais qu'il n'aurait même pas compris la possibilité d'une hésitation. Toute autre issue lui étant fermée, il n'aurait pas fait le raffiné, il serait allé de l'avant sans le moindre scrupule. Dès lors, moi non plus, je n'avais pas à hésiter, j'étais couvert par l'autorité de Napoléon !… Tu trouves cela risible ? Tu as raison, Sonia.
La jeune fille ne se sentait aucune envie de rire.
— Dites-moi plutôt franchement… sans exemples, fit-elle d'une voix plus timide encore et à peine distincte.
Il se tourna vers elle, la considéra avec tristesse et lui prit les mains.

— Tu as encore raison, Sonia. Tout cela est absurde, ce n'est guère que du bavardage ! Vois-tu ? ma mère, comme tu le sais, est presque sans ressource. Le hasard a permis que ma sœur reçût de l'éducation, et elle est condamnée au métier d'institutrice. Toutes leurs espérances reposaient exclusivement sur moi. Je suis entré à l'Université, mais, faute de moyens d'existence, j'ai dû interrompre mes études. Supposons même que je les aie continuées : en mettant les choses au mieux, j'aurais pu dans dix ou quinze ans être nommé professeur de gymnase ou obtenir une place d'employé avec mille roubles de traitement… (Il avait l'air de réciter une leçon.) Mais d'ici là les soucis et les chagrins auraient ruiné la santé de ma mère, et ma sœur… peut-être lui serait-il arrivé pis encore. Se priver de tout, laisser sa mère dans le besoin, souffrir le déshonneur de sa sœur, — est-ce une vie ! Et tout cela pour arriver à quoi ? Après avoir enterré les miens, j'aurais pu fonder une nouvelle famille, quitte à laisser en mourant ma femme et mes enfants sans une bouchée de pain ! Eh bien… eh bien, je me suis dit qu'avec l'argent de la vieille je cesserais d'être à la charge de ma mère, je pourrais rentrer à l'Université et ensuite assurer mes débuts dans la vie… Eh bien, voilà tout… Naturellement j'ai eu tort de tuer la vieille… allons, assez !

Raskolnikoff paraissait à bout de forces et baissa la tête avec accablement.

— Oh ! ce n'est pas cela, ce n'est pas cela ! s'écria Sonia d'une voix lamentable, — est-ce que c'est possible… non, il y a autre chose !

— Tu juges toi-même qu'il y a autre chose ! Pourtant je t'ai dit la vérité !

— La vérité ! Oh ! Seigneur !

— Après tout, Sonia, je n'ai tué qu'une vermine ignoble, malfaisante…

— Cette vermine, c'était une créature humaine !

— Eh ! je sais bien que ce n'était pas une vermine dans le sens littéral du mot, reprit Raskolnikoff en la regardant d'un air étrange. Du reste, ce que je dis n'a pas le sens commun, ajouta-t-il ; — tu as raison, Sonia, ce n'est pas cela. Ce sont de tout autres motifs qui m'ont fait agir !… Depuis longtemps je ne cause avec personne, Sonia… Cette conversation m'a donné un violent mal de tête.

Ses yeux brillaient d'un éclat fiévreux. Le délire s'était presque emparé de lui, un sourire inquiet errait sur ses lèvres. Sous son animation factice perçait une extrême lassitude. Sonia comprit combien il souffrait. Elle aussi commençait à perdre la tête. « Quel langage étrange ! Présenter de pareilles explications comme plausibles ! » Elle n'en revenait pas et se tordait les mains dans l'excès de son désespoir.

— Non, Sonia, ce n'est pas cela ! poursuivit-il en relevant tout à coup la tête ; ses idées avaient pris soudain une nouvelle tournure et il semblait y avoir puisé un regain de vivacité : — ce n'est pas cela ! Figure-toi plutôt que je suis rempli d'amour-propre, envieux, méchant, vindicatif et, de plus, enclin à la folie. Je t'ai dit tout à l'heure que j'avais dû quitter l'Université. Eh bien, peut-être aurais-je pu y rester. Ma mère aurait payé

mes inscriptions, et j'aurais gagné par mon travail de quoi m'habiller et me nourrir, j'y serais arrivé ! J'avais des leçons rétribuées cinquante kopecks. Razoumikhine travaille bien, lui ! Mais j'étais exaspéré et je n'ai pas voulu. Oui, j'étais exaspéré, c'est le mot ! Alors je me suis renfermé chez moi comme l'araignée dans son coin. Tu connais mon taudis, tu y es venue… Sais-tu, Sonia, que l'âme étouffe dans les chambres basses et étroites ? Oh ! que je haïssais ce taudis ! Et pourtant je ne voulais pas en sortir. J'y restais des journées entières, toujours couché, ne voulant pas travailler, ne me souciant même pas de manger.
« Si Nastenka m'apporte quelque chose, je mangerai, me disais-je ; sinon, je me passerai de dîner. » J'étais trop irrité pour rien demander ! J'avais renoncé à l'étude et vendu tous mes livres ; il y a un pouce de poussière sur mes notes et sur mes cahiers. Le soir, je n'avais pas de lumière : pour avoir de quoi acheter de la bougie, il aurait fallu travailler, et je ne le voulais pas ; j'aimais mieux rêvasser, couché sur mon divan. Inutile de dire quelles étaient mes songeries. Alors j'ai commencé à penser… Non, ce n'est pas cela ! Je ne raconte pas encore les choses comme elles sont ! Vois-tu ? je me demandais toujours : Puisque tu sais que les autres sont bêtes, pourquoi ne cherches-tu pas à être plus intelligent qu'eux ? Ensuite j'ai reconnu, Sonia, que si l'on attendait le moment où tout le monde sera intelligent, on devrait s'armer d'une trop longue patience. Plus tard encore je me suis convaincu que ce moment même n'arriverait jamais, que les hommes ne changeraient pas et qu'on perdait son temps à essayer de les modifier ! Oui, c'est ainsi ! C'est leur loi… Je sais maintenant, Sonia, que le maître chez eux est celui qui possède une intelligence puissante. Qui ose beaucoup a raison à leurs yeux. Qui les brave et les méprise s'impose à leur respect ! C'est ce qui s'est toujours vu et se verra toujours ! Il faudrait être aveugle pour ne pas s'en apercevoir !
Tandis qu'il parlait, Raskolnikoff regardait Sonia, mais il ne s'inquiétait plus de savoir si elle le comprenait. Il était en proie à une sombre exaltation. Depuis longtemps, en effet, il n'avait causé avec personne. La jeune fille sentit que ce farouche catéchisme était sa foi et sa loi.
— Alors je me suis convaincu, Sonia, continua-t-il en s'échauffant de plus en plus, — que le pouvoir n'est donné qu'à celui qui ose se baisser pour le prendre. Tout est là : il suffit d'oser. Du jour où cette vérité m'est apparue, claire comme le soleil, j'ai voulu *oser* et j'ai tué… j'ai voulu seulement faire acte d'audace, Sonia, tel a été le mobile de mon action !
— Oh ! taisez-vous, taisez-vous ! s'écria la jeune fille hors d'elle-même. — Vous vous êtes éloigné de Dieu, et Dieu vous a frappé, il vous a livré au diable !…
— À propos, Sonia, quand toutes ces idées venaient me visiter dans l'obscurité de ma chambre, c'était le diable qui me tentait, eh ?

— Taisez-vous ! Ne riez pas, impie, vous ne comprenez rien ! Oh ! Seigneur ! Il ne comprendra rien !
— Tais-toi, Sonia, je ne ris pas du tout ; je sais fort bien que le diable m'a entraîné. Tais-toi, Sonia, tais-toi ! répéta-t-il avec une sombre insistance.
— Je sais tout. Tout ce que tu pourrais me dire, je me le suis dit mille fois, pendant que j'étais couché dans les ténèbres… Que de luttes intérieures j'ai subies ! Que tous ces rêves m'étaient insupportables et que j'aurais voulu m'en débarrasser à jamais ! Crois-tu que je sois allé là comme un étourdi, comme un écervelé ? Loin de là, je n'ai agi qu'après mûres réflexions, et c'est ce qui m'a perdu ! Penses-tu que je me sois fait illusion ? Quand je m'interrogeais sur le point de savoir si j'avais droit à la puissance, je sentais parfaitement que mon droit était nul par cela même que je le mettais en question. Lorsque je me demandais si une créature humaine était une vermine, je me rendais très-bien compte qu'elle n'en était pas une pour moi, mais pour l'audacieux qui ne se serait pas demandé cela, et aurait suivi son chemin sans se tourmenter l'esprit à ce sujet… Enfin le seul fait de me poser ce problème : « Napoléon aurait-il tué cette vieille ? » suffisait pour me prouver que je n'étais pas un Napoléon… Finalement j'ai renoncé à chercher des justifications subtiles : j'ai voulu tuer sans casuistique, tuer pour moi, pour moi seul ! Même dans une pareille affaire j'ai dédaigné de ruser avec ma conscience. Si j'ai tué, ce n'est ni pour soulager l'infortune de ma mère, ni pour consacrer au bien de l'humanité la puissance et la richesse que, dans ma pensée, ce meurtre devait m'aider à conquérir. Non, non, tout cela était loin de mon esprit. Dans ce moment-là, sans doute, je ne m'inquiétais pas du tout de savoir si je ferais jamais du bien à quelqu'un ou si je serais toute ma vie un parasite social !… Et l'argent n'a pas été pour moi le principal mobile de l'assassinat, une autre raison m'y a surtout déterminé… Je vois cela maintenant… Comprends-moi : si c'était à refaire, peut-être ne recommencerais-je pas. Mais alors il me tardait de savoir si j'étais une vermine comme les autres ou un homme dans la vraie acception du mot, si j'avais ou non en moi la force de franchir l'obstacle, si j'étais une créature tremblante ou si j'avais le *droit*…
— Le droit de tuer ? s'écria Sonia stupéfaite.
— Eh, Sonia ! fit-il avec irritation ; une réponse lui vint aux lèvres, mais il s'abstint dédaigneusement de la formuler. Ne m'interromps pas, Sonia ! Je voulais seulement te prouver une chose : le diable m'a conduit chez la vieille, et ensuite il m'a fait comprendre que je n'avais pas le droit d'y aller, attendu que je suis une vermine ni plus ni moins que les autres ! Le diable s'est moqué de moi, voilà qu'à présent je suis venu chez toi ! Si je n'étais pas une vermine, est-ce que je t'aurais fait cette visite ? Écoute : quand je me suis rendu chez la vieille, je ne voulais que faire une *expérience*… Sache cela !
— Et vous avez tué ! vous avez tué !

— Mais, voyons, comment ai-je tué ? Est-ce ainsi qu'on tue ? S'y prend-on comme je m'y suis pris, quand on va assassiner quelqu'un ? Je te raconterai un jour les détails… Est-ce que j'ai tué la vieille ? Non, c'est moi que j'ai tué, que j'ai perdu sans retour !… Quant à la vieille, elle a été tuée par le diable, et non par moi… Assez, assez, Sonia, assez ! laisse-moi, s'écria-t-il tout à coup d'une voix déchirante, laisse-moi !

Raskolnikoff s'accouda sur ses genoux et pressa convulsivement sa tête dans ses mains.

— Quelle souffrance ! gémit Sonia.

— Eh bien, que faire maintenant ? dis-le-moi, demanda-t-il en relevant soudain la tête.

Ses traits étaient affreusement décomposés.

— Que faire ! s'écria la jeune fille ; elle s'élança vers lui, et ses yeux, jusqu'alors pleins de larmes, s'allumèrent tout à coup. Lève-toi ! (Ce disant, elle saisit Raskolnikoff par l'épaule ; il se souleva un peu et regarda Sonia d'un air surpris.) Va tout de suite, à l'instant même, au prochain carrefour, prosterne-toi et baise la terre que tu as souillée, ensuite incline-toi de chaque côté en disant tout haut à tout le monde : « J'ai tué ! » Alors, Dieu te rendra la vie. Iras-tu ? iras-tu ? lui demanda-t-elle toute tremblante, tandis qu'elle lui serrait les mains avec une force décuplée et fixait sur lui des yeux enflammés.

Cette subite exaltation de la jeune fille plongea Raskolnikoff dans une stupeur profonde.

— Tu veux donc que j'aille aux galères, Sonia ? Il faut que je me dénonce, n'est-ce pas ? fit-il d'un air sombre.

— Il faut que tu acceptes l'expiation et que par elle tu te rachètes.

— Non, je n'irai pas me dénoncer, Sonia.

— Et vivre ! Comment vivras-tu ? répliqua-t-elle avec force. — Est-ce possible à présent ? Comment pourras-tu soutenir l'aspect de ta mère ? (Oh ! que deviendront-elles maintenant ?) Mais que dis-je ? Déjà tu as quitté ta mère et ta sœur. Voilà pourquoi tu as rompu tes liens de famille ! Oh ! Seigneur ! s'écria-t-elle : il comprend déjà lui-même tout cela ! Eh bien, comment rester hors de la société humaine ? Que vas-tu devenir maintenant ?

— Sois raisonnable, Sonia, dit doucement Raskolnikoff. Pourquoi irais-je me présenter à la police ? Que dirais-je à ces gens-là ? Tout cela ne signifie rien… Ils égorgent eux-mêmes des millions d'hommes, et ils s'en font un mérite. Ce sont des coquins et des lâches, Sonia !… Je n'irai pas. Qu'est-ce que je leur dirais ? Que j'ai commis un assassinat, et que, n'osant profiter de l'argent volé, je l'ai caché sous une pierre ? ajouta-t-il avec un sourire fielleux. Mais ils se moqueront de moi, ils diront que je suis un imbécile de n'en avoir pas fait usage. Un imbécile et un poltron ! Eux, Sonia, ne comprendraient rien, ils sont incapables de comprendre. Pourquoi irais-je me livrer ? Je n'irai pas. Sois raisonnable, Sonia…

— Porter un pareil fardeau ! Et cela toute la vie, toute la vie !
— Je m'y habituerai… répondit-il d'un air farouche. Écoute, poursuivit-il un moment après, assez pleuré ; il est temps de parler sérieusement ; je suis venu te dire qu'à présent on me cherche, on va m'arrêter…
— Ah ! fit Sonia épouvantée.
— Eh bien, qu'as-tu donc ? Puisque toi-même tu désires que j'aille aux galères, de quoi t'effrayes-tu ? Seulement voici : ils ne m'ont pas encore. Je leur donnerai du fil à retordre et, en fin de compte, ils n'aboutiront à rien. Ils n'ont pas d'indices positifs. Hier, j'ai couru un grand danger et j'ai bien cru que c'en était fait de moi. Aujourd'hui, le mal est réparé. Toutes leurs preuves sont à deux fins, c'est-à-dire que les charges produites contre moi, je puis les expliquer dans l'intérêt de ma cause, comprends-tu ? et je ne serai pas embarrassé pour le faire, car maintenant j'ai acquis de l'expérience… Mais on va certainement me mettre en prison. Sans une circonstance fortuite, il est même très-probable qu'on m'aurait déjà coffré aujourd'hui, et je risque encore d'être arrêté avant la fin du jour… Seulement ce n'est rien, Sonia : ils m'arrêteront, mais ils seront forcés de me relâcher, parce qu'ils n'ont pas une preuve véritable, et ils n'en auront pas, je t'en donne ma parole. Sur de simples présomptions comme les leurs, on ne peut pas condamner un homme. Allons, assez… Je voulais seulement te prévenir… Quant à ma mère et à ma sœur, je vais m'arranger de façon qu'elles ne s'inquiètent pas. Il paraît que ma sœur est maintenant à l'abri du besoin ; je puis donc me rassurer aussi en ce qui concerne ma mère… Eh bien, voilà tout. Du reste, sois prudente. Tu viendras me voir quand je serai en prison ?
— Oh ! oui, oui !
Ils étaient assis côte à côte, tristes et abattus comme deux naufragés jetés par la tempête sur un rivage désert. En regardant Sonia, Raskolnikoff sentit combien elle l'aimait, et, chose étrange, cette tendresse immense dont il se voyait l'objet lui causa soudain une impression douloureuse. Il s'était rendu chez Sonia, se disant que son seul refuge, son seul espoir était en elle ; il avait cédé à un besoin irrésistible d'épancher son chagrin ; maintenant que la jeune fille lui avait donné tout son cœur, il s'avouait qu'il était infiniment plus malheureux qu'auparavant.
— Sonia, dit-il, — il vaut mieux que tu ne viennes pas me voir pendant ma détention.
Sonia ne répondit pas, elle pleurait. Quelques minutes s'écoulèrent.
— As-tu une croix sur toi ? demanda-t-elle inopinément, comme frappée d'une idée subite.
D'abord il ne comprit pas la question.
— Non, tu n'en as pas ? Eh bien, prends celle-ci, elle est en bois de cyprès. J'en ai une autre en cuivre, qui me vient d'Élisabeth. Nous avons fait un échange, elle m'a donné sa croix et je lui ai donné une image. Je vais porter maintenant la croix d'Élisabeth, et toi, tu porteras celle-ci.

Prends-la… c'est la mienne ! insista-t-elle. Nous irons ensemble à l'expiation, ensemble nous porterons la croix.
— Donne ! dit Raskolnikoff pour ne pas lui faire de peine, et il tendit la main, mais presque aussitôt il la retira.
— Pas maintenant, Sonia. Plus tard, cela vaudra mieux, ajouta-t-il en manière de concession.
— Oui, oui, plus tard, répondit-elle avec chaleur, — je te la donnerai au moment de l'expiation. Tu viendras chez moi, je te la mettrai au cou, nous ferons une prière, et puis nous partirons.
Au même instant, trois coups furent frappés à la porte.
— Sophie Séménovna, peut-on entrer ? fit une voix affable et bien connue.
Sonia, inquiète, courut ouvrir. Le visiteur n'était autre que Lébéziatnikoff.

Chapitre V

André Séménovitch avait la figure bouleversée.
— Je viens vous trouver, Sophie Séménovna. Excusez-moi... Je m'attendais bien à vous rencontrer ici, dit-il brusquement à Raskolnikoff, — c'est-à-dire je ne m'imaginais rien de mal... ne croyez pas... mais justement je pensais... Catherine Ivanovna est revenue à son logis, elle est folle, acheva-t-il en s'adressant de nouveau à Sonia.
La jeune fille poussa un cri.
— Du moins, elle en a l'air. Au reste... nous sommes là sans savoir que faire, voilà ! On l'a chassée de l'endroit où elle était allée, peut-être même l'a-t-on mise à la porte avec des coups... du moins c'est ce qu'il semble... Elle a couru chez le chef de Simon Zakharitch et ne l'a pas trouvé, il dînait chez un de ses collègues. Eh bien, le croirez-vous ? elle s'est rendue aussitôt au domicile de cet autre général et a insisté pour voir le chef de Simon Zakharitch, qui était encore à table. Naturellement, on l'a mise à la porte. Elle raconte qu'elle l'a accablé d'injures et lui a même jeté quelque chose à la tête. Comment ne l'a-t-on pas arrêtée ? je n'en sais rien ! Elle expose maintenant ses projets à tout le monde, y compris Amalia Ivanovna ! Seulement son agitation est telle qu'on ne saisit pas grand'chose dans ce flux de paroles... Ah ! oui ; elle dit que, comme il ne lui reste plus aucune ressource, elle va jouer de l'orgue dans la rue, ses enfants chanteront et danseront pour solliciter la charité des passants ; tous les jours, elle ira se placer sous les fenêtres du général... « On verra, dit-elle, les enfants d'une famille noble demander l'aumône dans les rues ! » Elle bat tous ses enfants et les fait pleurer. Elle apprend la « Petite Ferme » à Léna, en même temps elle donne des leçons de danse au petit garçon ainsi qu'à Pauline Mikhaïlovna. Elle massacre leurs vêtements pour en faire des costumes de saltimbanques ; à défaut d'instrument de musique, elle veut emporter une cuvette sur laquelle elle frappera... Elle ne souffre aucune observation... Vous ne pouvez pas vous imaginer cela !
Lébéziatnikoff aurait parlé longtemps encore, mais Sonia, qui l'avait écouté en respirant à peine, prit tout à coup son chapeau et sa mantille, puis s'élança hors de la chambre. Elle s'habilla tout en marchant. Les deux jeunes gens sortirent après elle.
— Elle est positivement folle ! dit André Séménovitch à Raskolnikoff. — Pour ne pas effrayer Sophie Séménovna, j'ai dit seulement qu'elle en avait l'air ; mais le doute n'est plus possible. Il paraît que chez les phtisiques il se forme des tubercules dans le cerveau ; c'est dommage que je ne sache pas la médecine. J'ai, du reste, essayé de convaincre Catherine Ivanovna, mais elle n'écoute rien.
— Vous lui avez parlé de tubercules ?

— C'est-à-dire, pas précisément de tubercules. D'abord, elle n'y aurait rien compris. Mais voici ce que je dis : si, à l'aide de la logique, vous persuadez à quelqu'un qu'au fond il n'a pas lieu de pleurer, il ne pleurera plus. C'est clair. Pourquoi continuerait-il à pleurer, selon vous ?

— S'il en était ainsi, la vie serait trop facile, répondit Raskolnikoff.

Arrivé devant sa demeure, il salua Lébéziatnikoff d'un signe de tête et rentra chez lui.

Quand il fut dans sa chambrette, Raskolnikoff se demanda pourquoi il y était revenu. Ses yeux considéraient la tapisserie jaunâtre et délabrée, la poussière, le divan qui lui servait de lit… De la cour arrivait sans cesse un bruit sec, semblable à celui du marteau : enfonçait-on des clous quelque part ? Il s'approcha de la fenêtre, se dressa sur la pointe des pieds et regarda longuement dans la cour avec une attention extraordinaire. Mais il n'aperçut personne. À gauche, quelques fenêtres étaient ouvertes ; il y avait des pots de géraniums sur les croisées, au dehors pendait du linge… Il avait vu tout cela cent fois. Il quitta son poste d'observation et s'assit sur le divan.

Jamais encore il n'avait éprouvé une aussi terrible sensation d'isolement ! Oui, il sentait de nouveau que peut-être, en effet, il détestait Sonia et qu'il la détestait après avoir ajouté à son malheur. Pourquoi était-il allé faire couler ses larmes ? Quel besoin avait-il donc d'empoisonner sa vie ? Ô lâcheté !

« Je resterai seul ! se dit-il résolument, et elle ne viendra pas me voir en prison ! » Cinq minutes après, il releva la tête et sourit à une idée bizarre qui lui était venue tout à coup : « Peut-être, en effet, vaut-il mieux que j'aille aux travaux forcés » pensait-il.

Combien de temps dura cette rêverie ? Il ne put jamais se le rappeler. Soudain la porte s'ouvrit, livrant passage à Avdotia Romanovna. D'abord, la jeune fille s'arrêta sur le seuil et de là le regarda comme tantôt il avait regardé Sonia. Puis elle s'approcha et s'assit en face de lui sur une chaise, à la même place que la veille. Il la considéra en silence et sans qu'aucune idée se pût lire dans ses yeux.

— Ne te fâche pas, mon frère, je ne viens que pour une minute, dit Dounia. Sa physionomie était sérieuse, mais non sévère ; son regard avait une limpidité douce. Le jeune homme comprit que la démarche de sa sœur était dictée par l'affection.

— Mon frère, à présent je sais tout, tout. Dmitri Prokofitch m'a tout raconté. On te persécute, on te tourmente, tu es sous le coup de soupçons aussi insensés qu'odieux… Dmitri Prokofitch prétend qu'il n'y a rien à craindre et que tu as tort de t'affecter à ce point. Je ne suis pas de son avis : je m'explique très-bien le débordement d'indignation qui s'est produit en toi, et je ne serais pas surprise que ta vie entière n'en ressentît le contre-coup. C'est ce que je crains. Tu nous as quittées. Je ne juge pas ta résolution, je n'ose pas la juger, et je te prie de me pardonner les reproches que je t'ai adressés. Je sens moi-même que si j'étais à ta place, je ferais comme toi, je me bannirais du monde. Je laisserai maman ignorer cela, mais je lui parlerai sans cesse de toi et je lui dirai de ta part que tu ne tarderas pas à la venir voir. Ne t'inquiète pas d'elle, je la rassurerai, mais toi, de ton côté, ne lui fais pas de peine, — viens, ne fût-ce qu'une fois ; songe qu'elle est ta mère ! Mon seul but, en te faisant cette visite, était de te dire, acheva Dounia en se levant, — que si, par hasard, tu avais besoin de moi pour quoi que ce soit, je suis à toi à la vie et à la mort… appelle-moi, je viendrai. Adieu !

Elle tourna les talons et se dirigea vers la porte.

— Dounia ! fit Raskolnikoff, qui se leva et s'avança vers elle : — ce Razoumikhine, Dmitri Prokofitch, est un excellent homme.

Dounia rougit légèrement.

— Eh bien ? demanda-t-elle après une minute d'attente.

— C'est un homme actif, laborieux, honnête et capable d'un solide attachement… Adieu, Dounia !

La jeune fille était devenue toute rouge, mais ensuite elle fut prise d'une crainte soudaine.

— Mais est-ce que nous nous quittons pour toujours, mon frère ? C'est comme un testament que tu me laisses !

— N'importe… Adieu…

Il s'éloigna d'elle et se dirigea vers la fenêtre. Elle attendit un moment, le regarda avec inquiétude et se retira toute troublée.

Non, ce n'était pas de l'indifférence qu'il éprouvait à l'égard de sa sœur. Il y avait eu un moment (le dernier) où il s'était senti une violente envie de la serrer dans ses bras, de lui faire ses adieux et de lui tout dire ; cependant, il n'avait pu se résoudre même à lui tendre la main.

« Plus tard, elle frissonnerait à ce souvenir, elle dirait que je lui ai volé un baiser ! »

« Et puis, supporterait-elle un pareil aveu ? » ajouta-t-il mentalement quelques minutes après. « Non, elle ne le supporterait pas ; *ces femmes-là* ne savent rien supporter… »

Et sa pensée se reporta vers Sonia.

De la fenêtre venait une fraîcheur. Le jour baissait. Raskolnikoff prit brusquement sa casquette et sortit.

Sans doute il ne pouvait ni ne voulait s'occuper de sa santé. Mais ces terreurs, ces angoisses continuelles devaient avoir leurs conséquences, et si la fièvre ne l'avait pas encore terrassé, c'était peut-être grâce à la force factice que lui prêtait momentanément cette agitation morale.

Il se mit à errer sans but. Le soleil s'était couché. Depuis quelque temps Raskolnikoff éprouvait une souffrance qui, sans être particulièrement aiguë, se présentait surtout avec un caractère de durée. Il entrevoyait de longues années à passer dans une anxiété mortelle, « l'éternité sur un espace d'un pied carré ». D'ordinaire, c'était le soir que cette pensée l'obsédait le plus. « Avec ce stupide malaise physique qu'amène le coucher du soleil, comment s'empêcher de faire des sottises ! J'irais non pas seulement chez Sonia, mais chez Dounia ? » murmurait-il d'une voix irritée.

S'entendant appeler, il se retourna : Lébéziatnikoff courait après lui.

— Figurez-vous que j'ai été chez vous ; je vous cherche. Imaginez-vous, elle a mis son programme à exécution, elle est partie avec ses enfants ! Sophie Séménovna et moi nous avons eu grand'peine à les trouver. Elle frappe sur une poêle et fait danser ses enfants. Les pauvres petits sont en larmes. Ils s'arrêtent dans les carrefours et devant les boutiques. Ils ont à leurs trousses un tas d'imbéciles. Dépêchons-nous.

— Et Sonia ?... demanda avec inquiétude Raskolnikoff qui se hâta de suivre André Séménovitch.

— Elle a tout à fait perdu la tête. C'est-à-dire, ce n'est pas Sophie Séménovna qui a perdu la tête, mais Catherine Ivanovna ; du reste, on peut en dire autant de Sophie Séménovna. Quant à Catherine Ivanovna, c'est de la folie pure. Je vous assure qu'elle est positivement atteinte d'aliénation mentale. On va les conduire au poste, et vous pouvez vous représenter l'effet que cela produira sur elle. Ils sont maintenant sur le canal, près du pont ***, pas loin de chez Sophie Séménovna. Nous allons y arriver.

Sur le canal, à peu de distance du pont, stationnait une foule composée en grande partie de petits garçons et de petites filles. La voix rauque, éraillée, de Catherine Ivanovna s'entendait déjà du pont. De fait, le spectacle était assez étrange pour attirer l'attention des passants. Coiffée d'un mauvais chapeau de paille, vêtue de sa vieille robe sur laquelle elle avait jeté un châle en drap de dame, Catherine Ivanovna ne justifiait que trop les paroles de Lébéziatnikoff. Elle était épuisée, haletante. Son visage phtisique exprimait plus de souffrance que jamais (d'ailleurs, les poitrinaires, au soleil, dans la rue, ont toujours plus mauvaise mine que chez eux), mais, nonobstant sa faiblesse, elle était en proie à une excitation qui ne faisait que croître de minute en minute.

Elle s'élançait vers ses enfants, les gourmandait avec vivacité, s'occupait là, devant tout le monde, de leur éducation chorégraphique et musicale, leur rappelait pourquoi il leur fallait danser et chanter ; puis, désolée de les voir si peu intelligents, elle se mettait à les battre.

Elle interrompait ces exercices pour s'adresser au public ; apercevait-elle dans la foule un homme vêtu à peu près convenablement, elle s'empressait de lui expliquer à quelle extrémité étaient réduits les enfants « d'une famille noble, on pouvait même dire aristocratique ». Si elle entendait des rires ou des propos moqueurs, aussitôt elle prenait à partie les insolents et commençait à se quereller avec eux.

Le fait est que plusieurs ricanaient, d'autres hochaient la tête, tous, en général, regardaient curieusement cette folle entourée d'enfants effrayés.

Lébéziatnikoff s'était trompé en parlant de poêle, du moins Raskolnikoff n'en vit pas. Pour faire l'accompagnement, Catherine Ivanovna frappait dans ses mains en cadence, tandis que Poletchka chantait, que Léna et Kolia dansaient. Parfois elle-même essayait de chanter ; mais régulièrement, dès la seconde note, elle était interrompue par un accès de toux ; alors elle se désespérait, maudissait sa maladie et ne pouvait s'empêcher de pleurer.

Ce qui surtout la mettait hors d'elle-même, c'étaient les larmes et la frayeur de Kolia et de Léna. Ainsi que l'avait dit Lébéziatnikoff, elle avait tâché d'habiller ses enfants comme s'habillent les chanteurs et les chanteuses des rues. Le petit garçon était coiffé d'une sorte de turban rouge et blanc pour représenter un Turc. Manquant d'étoffe pour faire un costume à Léna, sa mère s'était bornée à lui mettre sur la tête la chapka rouge ou, pour mieux dire, le bonnet de nuit de feu Simon Zakharitch. Cette coiffure était ornée d'une plume d'autruche blanche, qui avait jadis appartenu à la grand'mère de Catherine Ivanovna et que celle-ci avait conservée jusqu'alors dans son coffre comme un précieux souvenir de famille. Poletchka portait sa robe de tous les jours. Elle ne quittait pas sa mère dont elle devinait le dérangement intellectuel, et, la regardant d'un œil timide, cherchait à lui dérober la vue de ses larmes. La petite fille était épouvantée de se trouver ainsi dans la rue, au milieu de cette foule. Sonia s'était attachée aux pas de Catherine Ivanovna et sans cesse la suppliait en pleurant de retourner chez elle. Mais Catherine Ivanovna restait inflexible.

— Tais-toi, Sonia, vociférait-elle en toussant. Tu ne sais pas toi-même ce que tu demandes, tu es comme un enfant. Je t'ai déjà dit que je ne reviendrais pas chez cette ivrognesse allemande. Que tout le monde, que tout Pétersbourg voie réduits à la mendicité les enfants d'un noble père qui a loyalement servi toute sa vie et qui, on peut le dire, est mort au service. (Catherine Ivanovna avait déjà réussi à se fourrer cette idée dans la tête, et il aurait été impossible maintenant de l'en faire démordre.) Que ce vaurien de général soit témoin de notre détresse ! Mais tu es bête, Sonia ! Et manger ? Nous t'avons assez exploitée, je ne veux plus ! Ah ! Rodion Romanovitch, c'est vous ! s'écria-t-elle en apercevant Raskolnikoff, et elle s'élança vers lui ; faites comprendre, je vous prie, à cette petite imbécile que c'est pour nous le parti le plus sage ! On fait bien l'aumône aux joueurs d'orgue, on n'aura pas de peine à nous distinguer d'eux ; on reconnaîtra tout de suite en nous une famille noble tombée dans la misère, et ce vilain général perdra sa place, vous verrez ! Nous irons chaque jour sous ses fenêtres, l'empereur passera, je me jetterai à ses genoux et je lui montrerai mes enfants : « Père, protège-nous ! » lui dirai-je. Il est le père des orphelins, il est miséricordieux, il nous protégera, vous verrez, et cet affreux général… Léna, tenez-vous droite ! Toi, Kolia, tu vas tout de suite recommencer ce pas. Qu'as-tu à pleurnicher ? Cela ne finira donc jamais ? Voyons, de quoi as-tu peur, petit imbécile ? Seigneur ! que faire avec eux, Rodion Romanovitch ? Si vous saviez comme ils sont bouchés ! Il n'y a moyen d'en rien faire !

Elle-même avait presque les larmes aux yeux (ce qui, du reste, ne l'empêchait pas de parler sans relâche), tandis qu'elle montrait à Raskolnikoff ses enfants éplorés. Le jeune homme chercha à lui persuader de regagner son logis ; croyant agir sur son amour-propre, il lui fit même observer qu'il n'était pas convenable de rouler dans les rues comme les joueurs d'orgue, quand on se proposait d'ouvrir un pensionnat pour les jeunes filles nobles…

— Un pensionnat, ha ! ha ! ha ! La bonne plaisanterie ! s'écria Catherine Ivanovna qui, après avoir ri, eut un violent accès de toux : — non, Rodion Romanovitch, le rêve s'est évanoui ! tout le monde nous a abandonnés ! Et ce général… Vous savez, Rodion Romanovitch, je lui ai lancé à la figure l'encrier qui se trouvait sur la table de l'antichambre à côté de la feuille où les visiteurs s'inscrivent. Après avoir inscrit mon nom, j'ai jeté l'encrier et je me suis sauvée. Oh ! les lâches ! les lâches ! Mais je m'en moque, maintenant je nourrirai moi-même mes enfants, je ne ferai de courbettes à personne ! Nous l'avons assez martyrisée ! ajouta-t-elle en montrant Sonia. — Poletchka, combien avons-nous recueilli d'argent ? Fais voir la recette ! Comment ! deux kopecks en tout ! Oh ! les ladres ! Ils ne donnent rien, ils se contentent de nous suivre en nous tirant la langue ! Eh bien ! pourquoi ce crétin rit-il ? (Elle montrait quelqu'un dans la foule.) C'est toujours la faute de ce Kolia, son inintelligence est cause qu'on se moque de nous ! Qu'est-ce que tu veux, Poletchka ? Parle-moi en français. Je t'ai donné des leçons, tu sais quelques phrases !… Sans cela comment reconnaîtra-t-on que vous appartenez à une famille noble, que vous êtes des enfants bien élevés, et non de vulgaires musiciens ambulants ? Nous laisserons de côté les chansons triviales, nous ne chanterons que de nobles romances… Ah ! oui, au fait, qu'allons-nous chanter ? Vous m'interrompez toujours, et nous… voyez-vous, Rodion Romanovitch, nous nous sommes arrêtés ici pour choisir notre répertoire, car, comme bien vous pensez, nous avons été pris au dépourvu, nous n'avions rien de prêt, il nous faut une répétition préalable ; ensuite nous nous rendrons sur la perspective Newsky où il y a beaucoup plus de gens de la haute société, là on nous remarquera immédiatement. Léna sait la « Petite Ferme ». Seulement la « Petite Ferme » commence à devenir une scie, on n'entend que cela partout. Il faudrait quelque chose de plus distingué… Eh bien, Polia, donne-moi une idée, tâche un peu de venir en aide à ta mère ! Moi, je n'ai plus de mémoire ! Au fait, ne pourrions-nous pas chanter le « Hussard appuyé sur son sabre » ? Non ; voici qui vaudra mieux : chantons en français « Cinq sous » ! Je vous l'ai apprise, celle-là, vous la savez. Et puis, comme c'est une chanson française, on verra tout de suite que vous appartenez à la noblesse, et ce sera beaucoup plus touchant… Nous pourrions même y joindre : « Malbrough s'en va-t-en guerre ! » d'autant plus que cette chansonnette est absolument enfantine et qu'on s'en sert dans toutes les maisons aristocratiques pour endormir les babies :

Malbrough s'en va-t-en guerre,
Ne sait quand reviendra…

commença-t-elle à chanter… — Mais non, « Cinq sous ! » cela vaut mieux. Allons, Kolia, la main sur la hanche, vivement, et toi, Léna, mets-toi en face de lui, Poletchka et moi nous ferons l'accompagnement !

cinq sous, cinq sous,
Pour monter notre ménage…

H-hi ! H-hi ! H-hi ! Poletchka, remonte ta robe, elle glisse en bas de tes épaules, remarqua-t-elle pendant qu'elle toussait. — Maintenant il s'agit de vous tenir convenablement et d'accuser la finesse de votre pied pour qu'on voie bien que vous êtes des enfants de gentilhomme. Encore un soldat ! Eh bien, qu'est-ce qu'il te faut ?

Un sergent de ville se frayait un passage à travers la foule. Mais en même temps s'approcha un monsieur d'une cinquantaine d'années et d'un extérieur imposant, qui portait sous son manteau un uniforme de fonctionnaire. Le nouveau venu, dont le visage exprimait une sincère compassion, avait un ordre au cou, circonstance qui fit grand plaisir à Catherine Ivanovna et ne laissa pas de produire aussi son effet sur le sergent de ville. Il tendit silencieusement à Catherine Ivanovna un billet de trois roubles. En recevant cette offrande, elle s'inclina avec la politesse cérémonieuse d'une femme du monde.

— Je vous remercie, monsieur, commença-t-elle d'un ton plein de dignité, — les causes qui nous ont amenés… prends l'argent, Poletchka. Tu vois, il y a des hommes généreux et magnanimes, tout prêts à secourir une dame noble tombée dans le malheur. Les orphelins que vous avez devant vous, monsieur, sont de race noble, on peut même dire qu'ils sont apparentés à la meilleure aristocratie… Et ce général était en train de manger des gélinottes… Il a frappé du pied parce que je m'étais permis de le déranger… « Excellence, lui ai-je dit, vous avez beaucoup connu Simon Zakharitch ; prenez la défense des orphelins qu'il a laissés après lui ; le jour de son enterrement, sa fille a été calomniée par le dernier des drôles… « Encore ce soldat ! Protégez-moi ! s'écria-t-elle en s'adressant au fonctionnaire. — Pourquoi ce soldat s'acharne-t-il après moi ? On nous a déjà chassés de la rue des Bourgeois… Qu'est-ce que tu veux, imbécile ?

— Il est défendu de causer du scandale dans les rues. Ayez, je vous prie, une tenue plus convenable.
— C'est toi qui es inconvenant ! Je suis dans le même cas que les joueurs d'orgue, laisse-moi tranquille !
— Les joueurs d'orgue doivent avoir une autorisation, vous n'en avez pas et vous provoquez des attroupements dans les rues. Où demeurez-vous ?
— Comment, une autorisation ! vociféra Catherine Ivanovna. J'ai enterré mon mari aujourd'hui, c'est une autorisation, cela, j'espère !
— Madame, madame, calmez-vous, intervint le fonctionnaire ; venez, je vais vous reconduire... Vous n'êtes pas à votre place dans cette foule... Vous êtes souffrante...
— Monsieur, monsieur, vous ne savez rien ! cria Catherine Ivanovna ; nous devons aller sur la perspective Newsky... Sonia, Sonia ! mais où est-elle donc ? elle pleure aussi ! Mais qu'est-ce que vous avez tous ?... Kolia, Léna, où êtes-vous ? fit-elle avec une inquiétude soudaine. — Oh ! sots enfants ! Kolia, Léna ! Mais où sont-ils donc ?...
En voyant un soldat qui voulait les arrêter, Kolia et Léna, déjà fort effrayés par la présence de la foule et les excentricités de leur mère, avaient été saisis d'une terreur folle et s'étaient enfuis à toutes jambes. La pauvre Catherine Ivanovna, pleurant, gémissant, s'élança à leur poursuite. Sonia et Poletchka coururent après elle.
— Fais-les revenir, Sonia, rappelle-les ! Oh ! quels enfants bêtes et ingrats !... Polia ! rattrape-les... C'est pour vous que je...
Dans sa course, son pied buta contre un obstacle, et elle tomba.
— Elle s'est blessée, elle est tout en sang ! Oh ! Seigneur ! s'écria Sonia en se penchant sur sa belle-mère.
Un rassemblement ne tarda pas à se former autour des deux femmes. Raskolnikoff et Lébéziatnikoff furent des premiers à accourir, ainsi que le fonctionnaire et le sergent de ville.
— Allez-vous-en, allez-vous-en ! ne cessait de dire ce dernier, cherchant à faire circuler les curieux.
Mais en examinant bien Catherine Ivanovna, on découvrit qu'elle ne s'était nullement blessée, comme l'avait pensé Sonia, et que le sang qui rougissait le pavé avait jailli de sa poitrine par la gorge.
— Je connais cela, murmura le fonctionnaire à l'oreille des deux jeunes gens, c'est la phtisie ; le sang jaillit ainsi et amène l'étouffement. Il n'y a pas encore longtemps j'en ai vu un exemple chez une de mes parentes : elle a rendu comme cela un verre et demi de sang... tout d'un coup... Que faire ? elle va mourir...
— Ici, ici, chez moi ! supplia Sonia ; voilà où je demeure ! La seconde maison... chez moi, vite, vite ! Faites chercher un médecin... Oh ! Seigneur ! répétait-elle effarée en allant de l'un à l'autre.

Grâce à l'active intervention du fonctionnaire, cette affaire s'arrangea ; le sergent de ville aida même à transporter Catherine Ivanovna. Celle-ci était comme morte quand on la déposa sur le lit de Sonia. L'hémorrhagie continua encore quelque temps, mais peu à peu la malade parut revenir à elle. Dans la chambre entrèrent, outre Sonia, Raskolnikoff, Lébéziatnikoff et le fonctionnaire. Le sergent de ville les y rejoignit après avoir au préalable dispersé les curieux, dont plusieurs avaient accompagné le triste cortège jusqu'à la porte.
Poletchka arriva, ramenant les deux fugitifs qui tremblaient et pleuraient. On vint aussi de chez les Kapernaoumoff : le tailleur, boiteux et borgne, était un type étrange avec ses cheveux et ses favoris raides comme des soies de porc ; sa femme avait l'air effrayé, mais c'était sa physionomie accoutumée ; le visage de leurs enfants n'exprimait qu'une surprise hébétée. Parmi les personnes présentes se montra tout à coup Svidrigaïloff. Ignorant qu'il habitait cette maison et ne se souvenant pas de l'avoir vu dans la foule, Raskolnikoff fut fort étonné de le rencontrer là.
On parla d'appeler un médecin et un prêtre. Le fonctionnaire jugeait les secours de l'art inutiles dans la circonstance, et il le dit tout bas à Raskolnikoff ; néanmoins, il fit le nécessaire pour les procurer à la malade. Ce fut Kapernaoumoff lui-même qui se chargea d'aller chercher un médecin.
Cependant Catherine Ivanovna était un peu plus calme, et l'hémorrhagie avait momentanément cessé. L'infortunée attacha un regard maladif, mais fixe et pénétrant, sur la pauvre Sonia, qui, pâle et tremblante, lui épongeait le front avec un mouchoir. À la fin, elle demanda à être mise sur son séant. On l'assit sur le lit en la soutenant de chaque côté.
— Où sont les enfants ? questionna-t-elle d'une voix faible. Tu les as ramenés, Polia ? Oh ! les imbéciles !… Eh bien ! pourquoi vous étiez-vous enfuis ?… Oh !
Le sang couvrait encore ses lèvres desséchées. Elle promena ses yeux autour de la chambre.
— Ainsi, voilà comme tu vis, Sonia !… Je n'étais pas venue une seule fois chez toi… il a fallu cela pour m'y amener…
Elle jeta sur la jeune fille un regard de pitié.
— Nous t'avons grugée, Sonia… Polia, Léna, Kolia, venez ici… Allons, les voilà, Sonia, prends-les tous… Je les remets entre tes mains… moi, j'en ai assez !… Le bal est fini ! Ah !… lâchez-moi, laissez-moi mourir tranquillement.
On lui obéit ; elle se laissa retomber sur l'oreiller.
— Quoi, un prêtre ?… Je n'en ai pas besoin… Est-ce que vous avez un rouble de trop, par hasard ?… Je n'ai pas de péchés sur la conscience !… Et quand même, Dieu doit me pardonner… Il sait combien j'ai souffert !… S'il ne me pardonne pas, tant pis !…

Ses idées se troublaient de plus en plus. Parfois elle tressaillait, regardait autour d'elle et reconnaissait durant une minute ceux qui l'entouraient, mais aussitôt après le délire la reprenait. Elle respirait péniblement, on entendait comme un bouillonnement dans son gosier.
— Je lui dis : « Excellence !... » criait-elle en s'arrêtant, après chaque mot : — Cette Amalia Ludvigovna... Ah ! Léna, Kolia ! la main sur la hanche, vivement, vivement, glissez, glissez, pas de basque ! Frappe des pieds... sois un gracieux enfant.
Du hast Diamanten und Perlen[7]...

Qu'est-ce qu'il y a ensuite ? Voilà ce qu'il faudrait chanter...

Du hast die schönsten Augen,
Madchen, was willst du mehr[8] ?...

Eh ! oui, que veut-elle de plus, l'imbécile ?... Ah ! voici encore :

Dans une vallée du Daghestan
Que le soleil brûle de ses feux...

Ah ! que je l'aimais !... J'aimais cette romance à l'adoration, Poletchka !... Ton père la chantait avant notre mariage... Ô jours !... Voilà ce que nous devrions chanter ! Eh bien ! comment donc, comment donc ? Tiens, j'ai oublié... Mais rappelez-moi donc la suite !...
En proie à une agitation extraordinaire, elle s'efforçait de se soulever sur le lit. À la fin, d'une voix rauque, brisée, sinistre, elle commença, en respirant après chaque mot, tandis que son visage exprimait une frayeur croissante :

Dans une vallée... du Daghestan...
Que le soleil... brûle de ses feux,
Une balle dans la poitrine...

Puis, tout à coup, Catherine Ivanovna fondit en larmes, et, avec une désolation poignante :
— Excellence ! s'écria-t-elle, protégez des orphelins ! En souvenir de l'hospitalité reçue chez feu Simon Zakharitch !... On peut même dire aristocratique !... Ha ! frissonna-t-elle soudain, et, comme cherchant à se rappeler où elle était, elle regarda avec une sorte d'angoisse tous les

---

[7] Tu as des diamants et des perles...

[8] Tu as les plus beaux yeux,
Jeune fille, que veux-tu de plus ?...

assistants ; mais elle reconnut aussitôt Sonia et parut surprise de la voir devant elle.
— Sonia ! Sonia ! fit-elle d'une voix douce et tendre : Sonia, chère, tu es ici ?
On la souleva de nouveau.
— Assez !... C'est fini !... La bête est crevée !... cria la malade avec l'accent d'un amer désespoir, et elle laissa retomber sa tête sur l'oreiller.
Elle s'assoupit encore une fois, mais ce ne fut pas pour longtemps. Son visage jaunâtre et décharné se rejeta en arrière, sa bouche s'ouvrit, ses jambes se tendirent convulsivement. Elle poussa un profond soupir et mourut.
Sonia, plus morte que vive elle-même, se précipita sur le cadavre, le serra dans ses bras et appuya sa tête sur la poitrine amaigrie de la défunte. Poletchka se mit, en sanglotant, à baiser les pieds de sa mère. Trop jeunes pour comprendre ce qui était arrivé, Kolia et Léna n'en avaient pas moins le sentiment d'une catastrophe terrible. Ils passèrent leurs bras autour du cou l'un de l'autre, et, après s'être regardés dans les yeux, commencèrent à crier. Les deux enfants étaient encore costumés en saltimbanques : l'un avait son turban, l'autre son bonnet de nuit orné d'une plume d'autruche.
Par quel hasard « l'attestation honorifique » se trouva-t-elle tout à coup sur le lit, à côté de Catherine Ivanovna ? Elle était là, sur l'oreiller ; Raskolnikoff la vit.
Le jeune homme se dirigea vers la fenêtre. Lébéziatnikoff s'empressa de l'y rejoindre.
— Elle est morte ! dit André Séménovitch.
Svidrigaïloff s'approcha d'eux.
— Rodion Romanovitch, je voudrais vous dire deux mots.
Lébéziatnikoff céda aussitôt la place et s'effaça discrètement. Néanmoins, Svidrigaïloff crut devoir emmener dans un coin Raskolnikoff que ces façons intriguaient fort.
— Toutes ces affaires, c'est-à-dire l'inhumation et le reste, je m'en charge. Vous savez, cela va coûter de l'argent, et, comme je vous l'ai dit, j'en ai qui ne me sert pas. Cette Poletchka et ces deux mioches, je les ferai entrer dans un orphelinat où ils seront bien, et je placerai une somme de quinze cents roubles sur la tête de chacun d'eux jusqu'à leur majorité, pour que Sophie Séménovna n'ait pas à s'occuper de leur entretien. Quant à elle, je la retirerai du bourbier, car c'est une brave fille, n'est-ce pas ? Eh bien, vous pouvez dire à Avdotia Romanovna quel emploi j'ai fait de son argent.
— Dans quel but êtes-vous si généreux ? demanda Raskolnikoff.
— E-eh ! sceptique que vous êtes ! répondit en riant Svidrigaïloff ; je vous ai dit que cet argent ne m'était pas nécessaire. Eh bien, j'agis simplement par humanité. Est-ce que vous n'admettez pas cela ? Après tout, ajouta-t-

il en indiquant du doigt le coin où reposait la défunte, cette femme-là n'était pas une « vermine », comme certaine vieille usurière. Convenez-en, valait-il mieux « qu'elle mourût et que Loujine vécût pour commettre des infamies » ? Sans mon aide, Poletchka, par exemple, serait condamnée à la même existence que sa sœur…

Son ton gaiement malicieux était plein de sous-entendus, et, pendant qu'il parlait, il ne quittait pas des yeux le visage de Raskolnikoff. Ce dernier pâlit et se sentit frissonner en entendant les expressions presque textuelles dont il s'était servi dans sa conversation avec Sonia. Il recula brusquement et regarda Svidrigaïloff d'un air étrange :

— Comment… savez-vous cela ? balbutia-t-il.

— Mais j'habite là, de l'autre côté du mur, dans le logement de madame Resslich, ma vieille et excellente amie. Je suis le voisin de Sophie Séménovna.

— Vous ?

— Moi, continua Svidrigaïloff qui riait à se tordre, — et je vous donne ma parole d'honneur, très-cher Rodion Romanovitch, que vous m'avez étonnamment intéressé. Je vous avais dit que nous nous retrouverions, j'en avais le pressentiment ; — eh bien ! nous nous sommes retrouvés. Et vous verrez quel homme accommodant je suis. Vous verrez qu'on peut encore vivre avec moi…

SIXIÈME PARTIE

Chapitre I

La situation de Raskolnikoff était étrange : on eût dit qu'une sorte de brouillard l'enveloppait et l'isolait du reste des hommes. Quand, dans la suite, il se rappelait cette époque de sa vie, il devinait qu'il avait dû perdre parfois la conscience de lui-même, et que cet état avait duré, avec certains intervalles lucides, jusqu'à la catastrophe définitive. Il était positivement convaincu qu'il avait commis alors beaucoup d'erreurs ; par exemple, que la succession chronologique des événements lui avait souvent échappé. Du moins, lorsque plus tard il voulut rassembler et mettre en ordre ses souvenirs, force lui fut de recourir à des témoignages étrangers pour apprendre nombre de particularités sur lui-même.

Il confondait, notamment, un fait avec un autre, ou bien il considérait tel incident comme la conséquence d'un autre qui n'existait que dans son imagination. Quelquefois il était dominé par une crainte maladive qui dégénérait même en terreur panique. Mais il se souvint aussi qu'il y avait eu des moments, des heures et peut-être même des jours où, par contre, il était plongé dans une apathie morne, comparable seulement à l'indifférence de certains moribonds.

En général, dans ces derniers temps, loin de chercher à se rendre un compte exact de sa situation, il s'efforçait de n'y point songer. Certains faits de la vie courante, qui ne souffraient pas d'ajournement, s'imposaient malgré lui à son attention ; en revanche, il négligeait à plaisir les questions dont l'oubli, dans une position comme la sienne, ne pouvait que lui être fatal.

Il avait surtout peur de Svidrigaïloff. Depuis que ce dernier lui avait répété les paroles prononcées par lui dans la chambre de Sonia, les pensées de Raskolnikoff avaient pris comme une direction nouvelle. Mais, bien que cette complication imprévue l'inquiétât extrêmement, le jeune homme ne se pressait pas de tirer la chose au clair. Parfois, quand il avait égaré ses pas dans quelque quartier lointain et solitaire de la ville, quand il se voyait attablé seul dans un méchant traktir sans se rappeler par quel hasard il était entré là, il songeait tout à coup à Svidrigaïloff : il se promettait d'avoir le plus tôt possible une explication décisive avec cet homme dont la pensée l'obsédait.

Un jour qu'il était allé se promener quelque part au delà de la barrière, il se figura même qu'il avait donné rendez-vous à Svidrigaïloff en cet endroit. Une autre fois, en s'éveillant avant l'aurore, il fut fort étonné de se trouver couché par terre au milieu d'un taillis. Du reste, pendant les deux ou trois jours qui suivirent la mort de Catherine Ivanovna, Raskolnikoff eut deux fois l'occasion de rencontrer Svidrigaïloff : d'abord dans la chambre de Sonia, ensuite dans le vestibule, près de l'escalier conduisant chez la jeune fille.

Dans ces deux circonstances, ils se bornèrent à échanger quelques mots très-brefs et s'abstinrent d'aborder le point capital, comme si, par un accord tacite, ils se fussent entendus pour écarter momentanément cette question. Le cadavre de Catherine Ivanovna était encore sur la table. Svidrigaïloff prenait les dispositions relatives aux funérailles. Sonia était aussi fort occupée. Dans la dernière rencontre, Svidrigaïloff apprit à Raskolnikoff que ses démarches en faveur des enfants de Catherine Ivanovna avaient été couronnées de succès : grâce à certains personnages de sa connaissance, il avait pu, dit-il, obtenir l'admission des trois enfants dans des asiles très-bien tenus ; les quinze cents roubles placés sur la tête de chacun d'eux n'avaient pas nui à ce résultat, car on recevait beaucoup plus volontiers les orphelins possédant un petit capital que ceux qui étaient tout à fait sans ressource. Il ajouta quelques mots au sujet de Sonia, promit de passer lui-même un de ces jours chez Raskolnikoff et laissa entendre qu'il y avait certaines affaires dont il désirait vivement s'entretenir avec lui… Pendant qu'il parlait, Svidrigaïloff ne cessait d'observer son interlocuteur. Tout à coup il se tut, puis il demanda en baissant la voix :

— Mais qu'avez-vous donc, Rodion Romanovitch ? On dirait que vous n'êtes pas dans votre assiette. Vous écoutez, vous regardez et vous n'avez pas l'air de comprendre ! Reprenez vos esprits. Voilà, il faudra que nous causions un peu ensemble ; malheureusement, je suis fort occupé tant par mes propres affaires que par celles des autres… Eh ! Rodion Romanovitch, ajouta-t-il brusquement, à tous les hommes il faut de l'air, de l'air, de l'air… avant tout !

Il se rangea vivement pour laisser passer un prêtre et un sacristain qui s'apprêtaient à monter l'escalier. Ils venaient célébrer l'office des morts. Svidrigaïloff avait tenu à ce que cette cérémonie eut lieu régulièrement deux fois par jour. Il s'éloigna, et Raskolnikoff, après un moment de réflexion, suivit le pope chez Sonia.

Il resta sur le seuil. Le service commença avec la tranquille et triste solennité d'usage. Depuis son enfance, Raskolnikoff éprouvait une sorte de terreur mystique devant l'appareil de la mort ; aussi évitait-il le plus souvent d'assister aux panikhidas. D'ailleurs, celle-ci avait pour lui un caractère particulièrement émouvant. Il regarda les enfants : tous trois étaient agenouillés près du cercueil, Poletchka pleurait. Derrière eux,

Sonia priait en cherchant à cacher ses larmes. Tous ces jours-ci, elle n'a pas levé une seule fois les yeux sur moi et ne m'a pas dit un seul mot ! pensa-t-il tout à coup. Le soleil jetait une vive lumière dans la chambre, où la fumée de l'encens montait en tourbillons épais.

Le prêtre lut la prière accoutumée : « Donne-lui, Seigneur, le repos éternel ! » Raskolnikoff resta jusqu'à la fin. En donnant la bénédiction et en prenant congé, l'ecclésiastique regarda autour de lui d'un air étrange. Après l'office, Raskolnikoff s'approcha de Sonia. Elle lui prit aussitôt les deux mains et inclina sa tête sur l'épaule du jeune homme. Cette démonstration d'amitié causa un profond étonnement à celui qui en était l'objet. Quoi ! Sonia ne manifestait pas la moindre aversion, pas la moindre horreur pour lui, sa main ne tremblait pas le moins du monde ! C'était le comble de l'abnégation personnelle. Du moins, ce fut ainsi qu'il en jugea. La jeune fille ne dit pas un mot. Raskolnikoff lui serra la main et sortit.

Il éprouvait un insupportable malaise. S'il lui avait été possible en ce moment de trouver quelque part la solitude, cette solitude dut-elle durer toute sa vie, il se serait estimé heureux. Hélas ! depuis quelque temps, quoiqu'il fût presque toujours seul, il ne pouvait pas se dire qu'il l'était. Il lui arrivait de se promener hors la ville, de s'en aller sur un grand chemin ; une fois même il s'enfonça dans un bois. Mais plus le lieu était solitaire, plus Raskolnikoff sentait près de lui un être invisible dont la présence l'effrayait moins encore qu'elle ne l'irritait. Aussi se hâtait-il de regagner la ville ; il se mêlait à la foule, entrait dans les traktirs et dans les cabarets, allait au Tolkoutchii ou à la Siennaïa. Là il se trouvait plus à l'aise et même plus seul.

À la tombée de la nuit, on chantait des chansons dans une gargote. Il passa une heure entière à les écouter et y prit même un grand plaisir. Mais, à la fin, l'inquiétude le ressaisit de nouveau ; une pensée poignante comme un remords se mit à le torturer :

« Je suis là à écouter des chansons, est-ce pourtant ce que je dois faire ? » se dit-il. Du reste, il devinait que ce n'était pas là son unique souci : une autre question devait être tranchée sans retard ; mais elle avait beau s'imposer à son attention, il ne pouvait se résoudre à lui donner une forme précise. « Non, mieux vaudrait la lutte ! mieux vaudrait me retrouver encore en face de Porphyre… ou de Svidrigaïloff… Oui, oui, plutôt un adversaire quelconque, une attaque à repousser ! »

Sur cette réflexion, il quitta précipitamment la gargote. Soudain, la pensée de sa mère et de sa sœur le jeta dans une sorte de terreur panique.

Il passa cette nuit-là couché dans les taillis de Krestowsky-Ostroff ; avant l'aurore, il se réveilla tremblant la fièvre et prit le chemin de sa demeure, où il arriva de grand matin. Après quelques heures de sommeil, la fièvre disparut, mais il s'éveilla tard, — à deux heures de l'après-midi.

Raskolnikoff se rappela que c'était le jour fixé pour les obsèques de Catherine Ivanovna, et il se félicita de n'y avoir pas assisté. Nastasia lui apporta son repas. Il mangea et but de bon appétit, presque avec avidité. Sa tête était plus fraîche, il goûtait un calme qui lui était inconnu depuis trois jours. Un instant même, il s'étonna des accès de terreur panique auxquels il avait été en proie. La porte s'ouvrit, entra Razoumikhine.

— Ah ! il mange, par conséquent il n'est pas malade ! dit le visiteur, qui prit une chaise et s'assit près de la table, en face de Raskolnikoff. Il était fort agité et ne cherchait pas à le cacher. Il parlait avec une colère visible, mais sans se presser et sans élever extrêmement la voix. On pouvait supposer que quelque motif sérieux l'avait amené. — Écoute, commença-t-il d'un ton décidé, je vous lâche tous, parce que je vois maintenant, je vois de la façon la plus claire que votre jeu est indéchiffrable pour moi. Ne crois pas, je te prie, que je sois venu t'interroger. Je m'en moque ! Je ne me soucie pas de te tirer les vers du nez. Maintenant, tu me dirais toi-même tout, tous vos secrets, il est bien probable que je ne voudrais pas les entendre : je cracherais et je m'en irais. Je suis venu à seule fin de m'édifier d'abord personnellement sur ton état mental. Vois-tu ? il y a des gens qui te croient fou ou à la veille de l'être. Je t'avoue que j'étais moi-même très-disposé à partager cette opinion, vu que ta manière d'agir est stupide, assez vilaine et parfaitement inexplicable. D'autre part, que penser de ta récente conduite à l'égard de ta mère et de ta sœur ? Quel homme, à moins d'être une canaille ou un fou, se serait comporté avec elles comme tu l'as fait ? Donc, tu es fou…

— Quand les as-tu vues ?

— Tout à l'heure. Et toi, tu ne les vois plus ? Dis-moi, je te prie, où tu roules ainsi toute la journée, j'ai déjà passé trois fois chez toi. Depuis hier, ta mère est sérieusement malade. Elle a voulu venir te voir. Avdotia Romanovna s'est efforcée de l'en détourner, mais Pulchérie Alexandrovna n'a rien voulu entendre : « S'il est malade, s'il a l'esprit dérangé, a-t-elle dit, qui lui donnera des soins, sinon sa mère ? » Pour ne pas la laisser aller seule, nous nous sommes tous rendus ici, et durant la route nous la suppliions sans cesse de se calmer. Quand nous sommes arrivés, tu étais absent. Tiens, voilà la place où elle s'est assise, elle est restée là dix minutes ; debout à côté d'elle, nous nous taisions. « S'il sort, a-t-elle dit en se levant, c'est qu'il n'est pas malade et qu'il oublie sa mère ; il est donc inconvenant à moi d'aller mendier les caresses de mon fils. » Elle est retournée chez elle et s'est mise au lit ; à présent elle a la fièvre : « Je le vois bien, dit-elle, c'est à elle qu'il donne tout son temps. » Elle suppose que Sophie Séménovna est ta fiancée ou ta maîtresse. Je suis allé aussitôt chez cette jeune fille, parce que, mon ami, il me tardait d'être fixé là-dessus. J'entre, et que vois-je ? Un cercueil, des enfants qui pleurent et Sophie Séménovna qui leur essaye des vêtements de deuil. Tu n'étais pas là. Après t'avoir cherché des yeux, j'ai fait mes excuses, je suis sorti et j'ai été raconter à Avdotia Romanovna le résultat de ma démarche. Décidément, tout cela ne signifie rien, il ne s'agit pas ici d'amourette : reste donc, comme la plus probable, l'hypothèse de la folie. Or, voici que je te trouve en train de dévorer du bœuf bouilli, comme si tu n'avais rien pris depuis quarante-huit heures ! Sans doute, être fou n'empêche pas de manger ; mais, quoique tu ne m'aies pas encore dit un mot..., non, tu n'es pas fou, j'en mettrais ma main au feu ! C'est pour moi un point hors de discussion. Aussi, je vous envoie tous au diable, attendu qu'il y a là un mystère et que je n'ai pas l'intention de me casser la tête sur vos secrets. J'étais venu seulement pour te faire une scène et me soulager le cœur. Quant au reste, je sais maintenant ce que j'ai à faire !

— Que vas-tu faire ?

— Que t'importe ?

— Tu vas te mettre à boire ?

— Comment as-tu deviné cela ?

— Avec ça que c'était difficile à deviner !

Razoumikhine resta un moment silencieux.

— Tu as toujours été fort intelligent, et jamais, jamais tu n'as été fou, observa-t-il tout à coup avec vivacité. Tu as dit vrai : je vais me mettre à boire. Adieu !

Et il fit un pas vers la porte.

— Avant-hier, si je me rappelle bien, j'ai parlé de toi à ma sœur, dit Raskolnikoff.

Razoumikhine s'arrêta soudain.

— De moi ! Mais… où donc as-tu pu la voir avant-hier ? demanda-t-il en pâlissant un peu. Le trouble qui l'agitait ne pouvait faire l'objet d'un doute.

— Elle est venue ici, seule, s'est assise à cette place et a causé avec moi.

— Elle ?

— Oui, elle.

— Que lui as-tu donc dit… de moi, bien entendu ?

— Je lui ai dit que tu étais un excellent homme, honnête et laborieux. Je ne lui ai pas dit que tu l'aimais, parce qu'elle le sait.

— Elle le sait ?

— Tiens, parbleu ! Où que j'aille, quoi qu'il arrive de moi, tu devrais rester leur providence. Je les remets, pour ainsi dire, entre tes mains, Razoumikhine. Je te dis cela, parce que je sais très-bien que tu l'aimes, et je suis convaincu de la pureté de tes sentiments. Je sais aussi qu'elle peut t'aimer, si même elle ne t'aime déjà. Maintenant, décide si tu dois ou non te mettre à boire.

— Rodka… Tu vois… Eh bien… Ah ! diable ! mais toi, où veux-tu aller ? Vois-tu ? du moment où tout cela est un secret, eh bien, n'en parlons plus ! Mais je… je saurai ce qui en est… Et je suis convaincu qu'il n'y a là rien de sérieux, que ce sont des niaiseries dont ton imagination se fait des monstres. Du reste, tu es un excellent homme ! Un excellent homme !

— Je voulais ajouter — mais tu m'as interrompu — que tu avais parfaitement raison tout à l'heure quand tu déclarais renoncer à connaître ces secrets. Ne t'en inquiète pas. Les choses se découvriront en leur temps, et tu sauras tout quand le moment sera venu. Hier, quelqu'un m'a dit qu'il fallait à l'homme de l'air, de l'air, de l'air ! Je vais aller tout de suite lui demander ce qu'il entend par là.

Razoumikhine réfléchissait, une idée lui vint :

« C'est un conspirateur politique, à coup sûr ! Et il est à la veille de quelque tentative audacieuse, cela est certain ! Il ne peut pas en être autrement, et… et Dounia le sait… » se dit-il soudain.

— Ainsi, Avdotia Romanovna vient chez toi, reprit-il en scandant chaque mot ; et toi-même tu veux voir quelqu'un qui dit qu'il faut plus d'air… Il est probable que la lettre a aussi été envoyée par cet homme-là, acheva-t-il comme en aparté.

— Quelle lettre ?

— Elle a reçu aujourd'hui une lettre qui l'a beaucoup inquiétée. J'ai voulu lui parler de toi, elle m'a prié de me taire. Ensuite… ensuite elle m'a dit que nous nous séparerions peut-être dans un très-bref délai, et m'a adressé de chaleureux remerciements. Après quoi, elle est allée s'enfermer dans sa chambre.

— Elle a reçu une lettre ? demanda de nouveau Raskolnikoff devenu soucieux.

— Oui. Est-ce que tu ne le savais pas ? Hum…

Tous deux se turent pendant une minute.

— Adieu, Rodion… Moi, mon ami… il y a eu un temps… Allons, adieu ! je dois aussi m'en aller. Pour ce qui est de m'adonner à la boisson, non, je n'en ferai rien ; c'est inutile…

Il sortit vivement, mais il venait à peine de refermer la porte sur lui qu'il la rouvrit tout à coup et dit en regardant de côté :

— À propos ! Tu te rappelles ce meurtre, l'assassinat de cette vieille femme ? Eh bien ! sache qu'on a découvert le meurtrier, il s'est reconnu coupable et a fourni toutes les preuves à l'appui de ses dires. C'est, figure-toi, un de ces peintres dont j'avais pris si chaudement la défense ! Le croiras-tu ? la poursuite des deux ouvriers courant l'un après l'autre dans l'escalier pendant que montaient le dvornik et les deux témoins, les gourmades qu'ils s'administraient en riant, tout cela n'était qu'un truc imaginé par l'assassin pour détourner les soupçons ! Quelle astuce, quelle présence d'esprit chez ce drôle ! On a peine à y croire, mais il a lui-même tout expliqué, il a fait les aveux les plus complets. Et comme je m'étais fourvoyé ! Eh bien, à mon avis, cet homme est le génie de la dissimulation et de la ruse, — après cela il ne faut s'étonner de rien ! Est-ce qu'il ne peut pas y avoir de pareilles gens ? S'il n'a pas soutenu son rôle jusqu'au bout, s'il est entré dans la voie des aveux, je n'en suis que plus porté à admettre la vérité de ce qu'il dit. Cela rend la chose plus vraisemblable… Mais m'étais-je assez mis le doigt dans l'œil ! En ai-je rompu, des lances, en faveur de ces deux hommes-là !

— Dis-moi, je te prie : comment as-tu appris cela, et pourquoi cette affaire t'intéresse-t-elle tant ? demanda Raskolnikoff visiblement agité.

— Pourquoi elle m'intéresse ? Voilà une question !... Quant aux faits, je les tiens de plusieurs personnes, notamment de Porphyre. C'est lui qui m'a presque tout appris.

— Porphyre ?

— Oui.

— Eh bien... qu'est-ce qu'il t'a dit ? demanda Raskolnikoff inquiet.

— Il m'a expliqué cela à merveille, en procédant par la méthode psychologique, selon son habitude.

— Il t'a expliqué cela ? Lui-même ?

— Lui-même, lui-même ; adieu ! Plus tard je te dirai encore quelque chose, mais maintenant je suis forcé de te quitter... Il y a eu un temps où j'ai pensé... Allons, je te raconterai cela un autre jour !... Qu'ai-je besoin de boire à présent ? Tes paroles ont suffi pour m'enivrer. En ce moment, Rodka, je suis ivre, ivre sans avoir bu une goutte de vin... Adieu, à bientôt !

Il sortit.

« C'est un conspirateur politique, cela est positif, positif ! » conclut définitivement Razoumikhine, tandis qu'il descendait l'escalier. « Et il a entraîné sa sœur dans son entreprise ; cette conjecture est très-probable, étant donné le caractère d'Avdotia Romanovna. Ils ont eu des entretiens... Elle m'avait déjà laissé supposer, d'après certaines paroles... Maintenant je comprends à quoi se rapportaient ces petits mots... ces allusions... Oui, c'est bien cela ! D'ailleurs, où trouver une autre explication de ce mystère ? Hum ! Et il m'était venu à l'esprit... Ô Seigneur ! que m'étais-je imaginé ! Oui, j'ai eu une défaillance de jugement, et je me suis rendu coupable envers lui ! L'autre soir, dans le corridor, en considérant son visage éclairé par la lumière de la lampe, j'ai eu une minute d'égarement. Pouah ! quelle horrible idée j'ai pu concevoir ! Mikolka a joliment bien fait d'avouer !... Oui, à présent, tout le passé s'explique : la maladie de Rodion, l'étrangeté de sa conduite, cette humeur sombre et farouche qu'il manifestait déjà au temps où il était étudiant... Mais que signifie cette lettre ? D'où vient-elle ? Il y a encore là quelque chose. Je soupçonne… Hum… Non, j'aurai le fin mot de tout cela. »

À la pensée de Dounetchka, il sentait son cœur se glacer et restait comme cloué à sa place. Il dut faire un violent effort sur lui-même pour continuer sa marche.

Aussitôt après le départ de Razoumikhine, Raskolnikoff se leva ; il s'approcha de la fenêtre, puis se promena d'un coin à l'autre, paraissant avoir oublié les dimensions exiguës de sa chambrette. À la fin, il se rassit sur le divan. Une rénovation complète semblait s'être opérée en lui ; il allait avoir encore à lutter : c'était une issue !

Oui, une issue ! Un moyen d'échapper à la situation pénible, aux conditions d'étouffement dans lesquelles il vivait depuis l'apparition de Mikolka chez Porphyre. Après ce dramatique incident, le même jour, avait eu lieu la scène chez Sonia, scène dont les péripéties et le dénoûment avaient tout à fait trompé les prévisions de Raskolnikoff. Il s'était montré faible ; il avait reconnu, d'accord avec la jeune fille, et reconnu sincèrement qu'il ne pouvait plus porter seul un pareil fardeau ! Et Svidrigaïloff ?… Svidrigaïloff était une énigme qui l'inquiétait, mais pas de la même façon. Il y avait peut-être moyen de se débarrasser de Svidrigaïloff, tandis que Porphyre, c'était une autre affaire.

« Ainsi, c'est Porphyre lui-même qui a expliqué à Razoumikhine la culpabilité de Mikolka en procédant par la méthode psychologique ! » continuait à se dire Raskolnikoff. « Il a encore fourré là sa maudite psychologie ! Porphyre ? Mais comment Porphyre a-t-il pu croire un seul instant Mikolka coupable après la scène qui venait de se passer entre nous et qui n'admet qu'une explication ? Durant ce tête-à-tête, ses paroles, ses gestes, ses regards, le son de sa voix, tout chez lui attestait une conviction si invincible qu'aucun des prétendus aveux de Mikolka n'a dû l'ébranler.

« Mais quoi ? Razoumikhine lui-même commençait à se douter de quelque chose. L'incident du corridor lui a, sans doute, fait faire des réflexions. Il a couru chez Porphyre… Mais pourquoi ce dernier l'a-t-il ainsi mystifié ? Quel but poursuit-il en abusant Razoumikhine sur le compte de Mikolka ? Évidemment, il n'a pas fait cela sans motif, il doit avoir ses intentions, mais quelles sont-elles ? À la vérité, il s'est déjà écoulé bien du temps depuis ce matin, et je n'ai encore ni vent ni nouvelle de Porphyre. Qui sait, pourtant, si ce n'est pas plutôt mauvais signe ?… »

Raskolnikoff prit sa casquette et, après avoir tenu conseil avec lui-même, se décida à sortir. Ce jour-là, pour la première fois depuis bien longtemps, il se sentait en pleine possession de ses facultés intellectuelles. « Il faut en finir avec Svidrigaïloff, pensait-il, et, coûte que coûte, expédier cette affaire le plus tôt possible ; d'ailleurs, il paraît attendre ma visite. » En cet instant, une telle haine déborda tout à coup de son cœur que, s'il avait pu tuer l'un ou l'autre de ces deux êtres détestés : Svidrigaïloff ou Porphyre, il n'aurait sans doute pas hésité à le faire.

Mais à peine venait-il d'ouvrir la porte, qu'il se rencontra nez à nez dans le vestibule avec Porphyre lui-même. Le juge d'instruction venait chez lui. Tout d'abord Raskolnikoff resta stupéfait, mais il se remit presque aussitôt. Chose étrange, cette visite ne l'étonna pas trop et ne lui causa presque aucune frayeur. « C'est peut-être le dénoûment ! Mais pourquoi a-t-il amorti le bruit de ses pas ? Je n'ai rien entendu. Peut-être écoutait-il derrière la porte ? »

— Vous n'attendiez pas ma visite, Rodion Romanovitch ! fit gaiement Porphyre Pétrovitch. Je me proposais depuis longtemps d'aller vous voir, et, en passant devant votre maison, j'ai pensé à vous dire un petit bonjour. Vous étiez sur le point de sortir ? Je ne vous retiendrai pas. Cinq minutes seulement, le temps de fumer une petite cigarette, si vous permettez…

— Mais asseyez-vous, Porphyre Pétrovitch, asseyez-vous, dit Raskolnikoff en offrant un siège au visiteur d'un air si affable et si satisfait, que lui-même en aurait été surpris s'il avait pu se voir. Toute trace de ses impressions précédentes avait disparu. Ainsi parfois l'homme qui, aux prises avec un brigand, a passé durant une demi-heure par des angoisses mortelles, n'éprouve plus aucune crainte quand il sent le poignard sur sa gorge.

Le jeune homme s'assit en face de Porphyre et fixa sur lui un regard assuré. Le juge d'instruction cligna les yeux et commença par allumer une cigarette.

« Eh bien, parle donc, parle donc ! » lui criait mentalement Raskolnikoff.

Chapitre II

— Oh ! ces cigarettes ! commença enfin Porphyre Pétrovitch : — c'est ma mort, et je ne puis y renoncer ! Je tousse, j'ai un commencement d'irritation dans le gosier, et je suis asthmatique. J'ai été consulter dernièrement Botkine ; il examine chaque malade une demi-heure au minimum. Après m'avoir longuement ausculté, percuté, etc., il m'a dit entre autres choses : Le tabac ne vous vaut rien, vous avez les poumons dilatés. Oui, mais comment abandonner le tabac ? Par quoi le remplacer ? Je ne bois pas, voilà le malheur, hé ! hé ! hé ! Tout est relatif, Rodion Romanovitch !

« Voilà encore un préambule qui sent sa rouerie juridique ! » maugréait à part soi Raskolnikoff. Son entretien récent avec le juge d'instruction lui revint brusquement à l'esprit, et à ce souvenir la colère se réveilla dans son cœur.

— J'ai déjà passé chez vous avant-hier soir, vous ne le saviez pas ? continua Porphyre Pétrovitch en promenant ses regards autour de lui : — je suis entré dans cette même chambre. Je me trouvais par hasard dans votre rue comme aujourd'hui, et l'idée m'est venue de vous faire une petite visite. Votre porte était ouverte, je suis entré, je vous ai attendu un moment, et puis je suis parti sans laisser mon nom à votre servante. Vous ne fermez jamais ?

La physionomie de Raskolnikoff s'assombrissait de plus en plus. Porphyre Pétrovitch devina sans doute à quoi il pensait.

— Je suis venu m'expliquer, cher Rodion Romanovitch ! Je vous dois une explication, poursuivit-il avec un sourire et en frappant légèrement sur le genou du jeune homme ; mais, presque au même instant, son visage prit une expression sérieuse, triste même, au grand étonnement de Raskolnikoff, à qui le juge d'instruction se montrait ainsi sous un jour fort inattendu. La dernière fois que nous nous sommes vus, il s'est passé une scène étrange entre nous, Rodion Romanovitch. J'ai eu peut-être de grands torts envers vous, je le sens. Vous vous rappelez comme nous nous sommes quittés : nous avions les nerfs très-excités, vous et moi. Nous avons manqué aux convenances les plus élémentaires, et pourtant nous sommes des gentlemen.

« Où veut-il en venir ? » se demandait Raskolnikoff, qui ne cessait de considérer Porphyre avec une curiosité inquiète.

— J'ai pensé que nous ferions mieux désormais d'agir avec sincérité, reprit le juge d'instruction en détournant un peu la tête et en baissant les yeux comme s'il eût craint cette fois de troubler par ses regards son ancienne victime : — il ne faut pas que de pareilles scènes se renouvellent. L'autre jour, sans l'arrivée de Mikolka, je ne sais pas jusqu'où les choses seraient allées. Vous êtes naturellement très-irascible,

Rodion Romanovitch ; c'est là-dessus que j'avais tablé, car, poussé à bout, un homme laisse parfois échapper ses secrets. « Si je pouvais, me disais-je, lui arracher une preuve quelconque, fût-elle la plus mince, mais une preuve réelle, tangible, palpable, autre chose enfin que toutes ces inductions psychologiques ! » Voilà le calcul que j'avais fait. On réussit quelquefois à l'aide de ce procédé, seulement cela n'arrive pas toujours, comme j'ai eu alors l'occasion de m'en convaincre. J'avais trop présumé de votre caractère.

— Mais vous… pourquoi maintenant me dites-vous tout cela ? balbutia Raskolnikoff sans trop se rendre compte de la question qu'il posait. « Est-ce que par hasard il me croirait innocent ? » se demandait-il.

— Pourquoi je vous dis cela ? Mais je considère comme un devoir sacré de vous expliquer ma conduite. Parce que je vous ai soumis, je le reconnais, à une cruelle torture, je ne veux pas, Rodion Romanovitch, que vous me preniez pour un monstre. Je vais donc, pour ma justification, vous exposer les antécédents de cette affaire. Au début ont circulé des bruits sur la nature et l'origine desquels je crois superflu de m'étendre, inutile aussi de vous dire à quelle occasion votre personnalité y a été mêlée. Quant à moi, ce qui m'a donné l'éveil, c'est une circonstance, d'ailleurs purement fortuite, dont je n'ai pas non plus à parler. De ces bruits et de ces circonstances accidentelles s'est dégagée pour moi la même conclusion. Je l'avoue franchement, car, à dire vrai, c'est moi qui le premier vous ai mis en cause. Je laisse de côté les annotations jointes aux objets qu'on a trouvés chez la vieille. Cet indice et bien d'autres du même genre ne signifient rien. Sur ces entrefaites, j'ai eu l'occasion de connaître l'incident survenu au commissariat de police. Cette scène m'a été racontée dans le plus grand détail par quelqu'un qui y avait joué le principal rôle et qui, à son insu, l'avait menée supérieurement. Eh bien, dans ces conditions, comment ne pas se tourner d'un certain côté ? Cent lapins ne font pas un cheval, cent présomptions ne font pas une preuve, dit le proverbe anglais, c'est la raison qui parle ainsi, mais essayez donc de lutter contre les passions ! Or, le juge d'instruction est homme et par conséquent passionné. Je me suis aussi rappelé alors le travail que vous avez publié dans une revue. J'avais beaucoup goûté, — en amateur, s'entend, — ce premier essai de votre jeune plume. On y reconnaissait une conviction sincère, un enthousiasme ardent. Cet article a dû être écrit d'une main fiévreuse pendant une nuit sans sommeil. « L'auteur ne s'en tiendra pas là ! » avais-je pensé en le lisant. Comment, je vous le demande, ne pas rapprocher cela de ce qui a suivi ? La pente était irrésistible. Ah ! Seigneur, est-ce que je dis quelque chose ? Est-ce que j'affirme à présent quoi que ce soit ? Je me borne à vous signaler une réflexion qui m'est venue alors. Qu'est-ce que je pense maintenant ? Rien, c'est-à-dire à peu près rien. Pour le moment, j'ai entre les mains Mikolka, et il y a des faits qui l'accusent, — on aura beau dire, il y a des faits ! Si je vous découvre à présent tout cela, c'est, je le répète, pour que, jugeant dans votre âme et conscience, vous ne m'imputiez pas à crime ma conduite de l'autre jour. Pourquoi, me demanderez-vous, n'êtes-vous pas venu alors faire une perquisition chez moi ? J'y suis allé, hé ! hé ! j'y suis allé quand vous étiez ici malade dans votre lit. Pas comme magistrat, pas avec un caractère officiel, mais je suis venu. Votre logement, dès les premiers soupçons, a été fouillé de fond en comble, mais — *umsonst !* Je me dis : Maintenant, cet homme va venir chez moi, il viendra lui-même me trouver, et d'ici à très-peu de temps ; s'il est coupable, il ne peut manquer de venir. Un autre ne viendrait pas, celui-ci viendra. Et vous rappelez-vous les bavardages de M. Razoumikhine ? Nous lui avions exprès fait part de nos conjectures dans l'espoir qu'il vous mettrait la puce à l'oreille, car nous savions que M. Razoumikhine ne pourrait contenir son indignation. M. Zamétoff avait été surtout frappé de votre audace, et, certes, il en fallait pour oser dire ainsi tout à coup en plein traktir : « J'ai tué ! » C'était vraiment trop risqué ! Je vous attends avec une impatience confiante, et voilà que Dieu vous envoie ! Ce que mon cœur a battu quand je vous ai vu paraître ! Voyons, quel besoin aviez-vous de venir alors ? Si vous vous en souvenez, vous êtes entré en riant aux éclats. Votre rire m'a donné grandement à penser ; mais si je n'avais pas eu l'esprit prévenu en ce moment, je n'y aurais pas fait attention. Et M. Razoumikhine, alors, — ah ! la pierre, la pierre, vous vous rappelez, la pierre sous laquelle les objets sont cachés ? Il me semble la voir d'ici, elle est quelque part dans un jardin potager, — c'est bien d'un jardin potager que vous avez parlé à Zamétoff ? Ensuite, lorsque la conversation s'est engagée sur votre article, derrière chacune de vos paroles nous croyions saisir un sous-entendu. Voilà comment, Rodion Romanovitch, ma conviction s'est formée peu à peu. « Sans doute, tout cela peut s'expliquer d'une autre manière, me disais-je cependant, et ce sera même plus naturel, j'en conviens. Mieux vaudrait une petite preuve. » Mais, en apprenant l'histoire du cordon de sonnette, je n'ai plus eu de doute, je croyais tenir la petite preuve si désirée, et je n'ai voulu réfléchir à rien. En ce moment-là, j'aurais volontiers donné mille roubles de ma poche pour vous voir de mes yeux, faisant cent pas côte à côte avec un bourgeois qui vous avait traité d'assassin sans que vous eussiez osé lui répondre !... Certes, il n'y a pas lieu d'attacher grande importance aux faits et gestes d'un malade qui agit sous l'influence d'une sorte de délire. Néanmoins, comment vous étonner après cela, Rodion Romanovitch, de la façon dont j'en ai usé envers vous ? Et pourquoi, juste en ce moment, êtes-vous venu chez moi ? Quelque diable, assurément, vous y a poussé, et, en vérité, si Mikolka ne nous avait séparés... Vous vous rappelez l'arrivée de Mikolka ? Ç'a été comme un coup de foudre ! Mais quel accueil lui ai-je fait ? Je n'ai pas ajouté la moindre foi à ses dires, vous l'avez vu ! Après votre départ, j'ai continué à l'interroger, il m'a répondu sur certains points d'une façon si topique que j'en ai été moi-même étonné ; malgré cela, ses déclarations m'ont laissé totalement incrédule, je suis resté aussi inébranlable qu'un roc.

— Razoumikhine m'a dit tout à l'heure qu'à présent vous étiez convaincu de la culpabilité de Mikolka, vous-même lui auriez assuré que…

Il ne put achever, le souffle lui manqua.

— M. Razoumikhine ! s'écria Porphyre Pétrovitch, qui semblait bien aise d'avoir entendu enfin une observation sortir de la bouche de Raskolnikoff : — hé ! hé ! hé ! Mais il s'agissait pour moi de me débarrasser de M. Razoumikhine, qui venait chez moi avec des airs éplorés, et qui n'a rien à voir dans cette affaire. Laissons-le de côté, si vous le voulez bien. Quant à Mikolka, vous plaît-il de savoir ce qu'il est ou du moins quelle idée je me fais de lui ? Avant tout, c'est comme un enfant, il n'a pas atteint sa majorité. Sans être précisément une nature poltronne, il est impressionnable comme un artiste. Ne riez pas, si je le caractérise de la sorte. Il est naïf, sensible, fantasque. Dans son village, il chante, il danse, et il narre des contes que viennent entendre les paysans des campagnes voisines. Il lui arrive de boire jusqu'à perdre la raison, non qu'il soit à proprement parler un ivrogne, mais parce qu'il ne sait pas résister à l'entraînement de l'exemple, quand il se trouve avec des camarades. Il ne comprend pas qu'il a commis un vol en s'appropriant l'écrin ramassé par lui : « Puisque je l'ai trouvé par terre, dit-il, j'avais bien le droit de le prendre. » Au dire des gens de Zaraïsk, ses compatriotes, il avait une dévotion exaltée, passait les nuits à prier Dieu et lisait sans cesse les livres saints, « les vieux, les vrais ». Pétersbourg a fortement déteint sur lui ; une fois ici, il s'est adonné au vin et aux femmes, ce qui lui a fait oublier la religion. J'ai su qu'un de nos artistes s'était intéressé à lui et avait commencé à lui donner des leçons. Sur ces entrefaites arrive cette malheureuse affaire. Le pauvre garçon prend peur et se passe une corde au cou. Que voulez-vous ? Notre peuple ne peut s'ôter de l'esprit cette idée que tout homme recherché par la police est un homme condamné. En prison, Mikolka est revenu au mysticisme de ses premières années ; à présent il a soif d'expiation, et c'est ce motif seul qui l'a décidé à s'avouer coupable. Ma conviction à cet égard est basée sur certains faits que lui-même ne connaît pas. Du reste, il finira par me confesser toute la vérité. Vous croyez qu'il soutiendra son rôle jusqu'au bout ? Attendez un peu, vous verrez qu'il rétractera ses aveux. D'ailleurs, s'il a réussi à donner, sur certains points, un caractère de vraisemblance à ses déclarations, en revanche, sur d'autres, il se trouve en complète contradiction avec les faits, et il ne s'en doute pas ! Non, batuchka Rodion Romanovitch, le coupable n'est pas Mikolka. Nous sommes ici en présence d'une affaire fantastique et sombre ; ce crime a bien la marque contemporaine, il porte au plus haut point le cachet d'une époque qui fait consister toute la vie dans la recherche du confort. Le coupable est un théoricien, une victime du livre ; il a déployé, pour son coup d'essai, beaucoup d'audace, mais cette audace est d'un genre particulier, c'est celle d'un homme qui se précipite du haut d'une montagne ou d'un clocher. Il a oublié de refermer la porte sur lui, et il a tué, tué deux personnes pour obéir à une théorie. Il a tué et il n'a pas su s'emparer de l'argent ; ce qu'il a pu emporter, il est allé le cacher sous une pierre. Il ne lui a pas suffi des angoisses endurées dans l'antichambre, pendant qu'il entendait les coups frappés à la porte et le tintement répété de la sonnette ; non, cédant à un irrésistible besoin de retrouver le même frisson, il est allé plus tard visiter le logement vide et tirer le cordon de la sonnette. Mettons cela sur le compte de la maladie, d'un demi-délire, soit ; mais voici encore un point à noter : il a tué, et il ne s'en regarde pas moins comme un homme honorable, il méprise les gens, il a des allures d'ange pâle. Non, il ne s'agit pas ici de Mikolka, cher Rodion Romanovitch, ce n'est pas lui le coupable !

Ce coup droit était d'autant plus inattendu qu'il arrivait après l'espèce d'amende honorable faite par le juge d'instruction. Raskolnikoff trembla de tout son corps.

— Alors… qui donc… a tué ? balbutia-t-il d'une voix entrecoupée.

Le juge d'instruction se renversa sur le dossier de sa chaise, dans l'étonnement que parut lui causer une semblable question.

— Comment, qui a tué ?… reprit-il comme s'il n'eût pu en croire ses oreilles : mais c'est vous, Rodion Romanovitch, qui avez tué ! C'est vous… ajouta-t-il presque tout bas et d'un ton profondément convaincu.

Raskolnikoff se leva par un brusque mouvement, resta debout quelques secondes, puis se rassit sans proférer un seul mot. De légères convulsions agitaient tous les muscles de son visage.

— Voilà encore votre lèvre qui tremble comme l'autre jour, remarqua d'un air d'intérêt Porphyre Pétrovitch. Vous n'avez pas bien saisi, je crois, l'objet de ma visite, Rodion Romanovitch, poursuivit-il après un moment de silence ; de là votre stupéfaction. Je suis venu précisément pour tout dire et mettre la vérité en pleine lumière.

— Ce n'est pas moi qui ai tué, bégaya le jeune homme, se défendant comme le fait un petit enfant pris en faute.

— Si, c'est vous, Rodion Romanovitch, c'est vous, et vous seul, répliqua sévèrement le juge d'instruction.

Tous deux se turent, et, chose étrange, ce silence se prolongea durant dix minutes.

Accoudé contre la table, Raskolnikoff fourrageait sa chevelure. Porphyre Pétrovitch attendait sans donner aucun signe d'impatience. Tout à coup le jeune homme regarda avec mépris le magistrat :

— Vous revenez à vos anciennes pratiques, Porphyre Pétrovitch ! Ce sont toujours les mêmes procédés : comment cela ne vous ennuie-t-il pas, à la fin ?
— Eh ! laissez donc mes procédés ! Ce serait autre chose si nous étions en présence de témoins, mais nous causons ici en tête-à-tête. Vous le voyez vous-même, je ne suis pas venu pour vous chasser et vous prendre comme un gibier. Que vous avouiez ou non, en ce moment cela m'est égal. Dans un cas comme dans l'autre, ma conviction est faite.
— S'il en est ainsi, pourquoi êtes-vous venu ? demanda avec irritation Raskolnikoff. — Je vous répète la question que je vous ai déjà faite : si vous me croyez coupable, que ne lancez-vous un mandat d'arrêt contre moi ?
— Voilà une question ! Je vous répondrai point par point : d'abord, votre arrestation ne me servirait à rien.
— Comment, elle ne vous servirait à rien ! Du moment où vous êtes convaincu, vous devez…
— Eh ! qu'importe ma conviction ? Jusqu'à présent elle ne repose que sur des nuages. Et pourquoi vous mettrais-je *en repos ?* Vous le savez vous-même, puisque vous demandez vous-même à y être mis. Je suppose que, confronté avec le bourgeois, vous lui disiez : « Avais-tu bu, oui ou non ? Qui m'a vu avec toi ? Je t'ai simplement pris pour un homme ivre, ce que tu étais », — que pourrai-je répliquer, d'autant plus que votre réponse sera plus vraisemblable que sa déposition qui est de pure psychologie, et qu'en outre dans l'espèce vous tomberez juste, car le drôle est connu pour être un ivrogne ? Plusieurs fois déjà je vous ai moi-même avoué avec franchise que toute cette psychologie est à deux fins, et qu'en dehors d'elle je n'ai rien contre vous pour le moment. Sans doute je vous ferai arrêter, — j'étais venu pour vous en donner avis, — et pourtant je n'hésite pas à vous déclarer que cela ne me servira à rien. Le second objet de ma visite…
— Eh bien, quel est-il ? fit Raskolnikoff haletant.
— … Je vous l'ai déjà appris. Je tenais à vous expliquer ma conduite, ne voulant point passer à vos yeux pour un monstre, alors surtout que je suis des mieux disposés en votre faveur, que vous le croyiez ou non. Vu l'intérêt que je vous porte, je vous engage franchement à aller vous dénoncer. J'étais encore venu pour vous donner ce conseil. C'est de beaucoup le parti le plus avantageux que vous puissiez prendre, et pour vous et pour moi, qui serai ainsi débarrassé de cette affaire. Eh bien, suis-je assez franc ?
Raskolnikoff réfléchit une minute.
— Écoutez, Porphyre Pétrovitch : d'après vos propres paroles, vous n'avez contre moi que de la psychologie, et cependant vous aspirez à l'évidence mathématique. Qui vous dit qu'actuellement vous ne vous trompez pas ?

— Non, Rodion Romanovitch, je ne me trompe pas. J'ai une preuve. Cette preuve, je l'ai trouvée l'autre jour : Dieu me l'a envoyée !
— Quelle est-elle ?
— Je ne vous le dirai pas, Rodion Romanovitch. Mais en tout cas, maintenant, je n'ai plus le droit de temporiser ; je vais vous faire arrêter. Ainsi jugez : quelque résolution que vous preniez, à présent peu m'importe ; tout ce que je vous en dis, c'est donc uniquement dans votre intérêt. La meilleure solution est celle que je vous indique, soyez-en sûr, Rodion Romanovitch !
Raskolnikoff eut un sourire de colère.
— Votre langage est plus que ridicule, il est impudent. Voyons : à supposer que je sois coupable (ce que je ne reconnais nullement), pourquoi irais-je me dénoncer, puisque vous dites vous-même que là, en prison, je serai *en repos ?*
— Eh ! Rodion Romanovitch, ne prenez pas ces mots trop à la lettre : vous pouvez trouver là le repos, comme vous pouvez ne pas le trouver. Je suis d'avis, sans doute, que la prison calme le coupable, mais ce n'est qu'une théorie, et une théorie qui m'est personnelle : or, suis-je une autorité pour vous ? Qui sait si, en ce moment même, je ne vous cache pas quelque chose ? Vous ne pouvez exiger que je vous livre tous mes secrets, hé ! hé ! Quant au profit que vous retirerez de cette conduite, il est incontestable. Vous y gagnerez à coup sûr de voir votre peine notablement diminuée. Songez un peu dans quel moment vous viendrez vous dénoncer : au moment où un autre a assumé le crime sur lui et a jeté le trouble dans l'instruction ! Pour ce qui est de moi, je prends devant Dieu l'engagement formel de vous laisser vis-à-vis de la cour d'assises tout le bénéfice de votre initiative. Les juges ignoreront, je vous le promets, toute cette psychologie, tous ces soupçons dirigés contre vous, et votre démarche aura à leurs yeux un caractère absolument spontané. On ne verra dans votre crime que le résultat d'un entraînement fatal, et, au fond, ce n'est pas autre chose. Je suis un honnête homme, Rodion Romanovitch, et je tiendrai ma parole.
Raskolnikoff baissa la tête et réfléchit longtemps ; à la fin, il sourit de nouveau, mais cette fois son sourire était doux et mélancolique.
— Je n'y tiens pas ! dit-il, sans paraître s'apercevoir que ce langage équivalait presque à un aveu, que m'importe la diminution de peine dont vous me parlez ! Je n'en ai pas besoin !
— Allons, voilà ce que je craignais ! s'écria comme malgré lui Porphyre : je me doutais bien, hélas ! que vous dédaigneriez notre indulgence.
Raskolnikoff le regarda d'un air grave et triste.
— Eh ! ne faites pas fi de la vie ! continua le juge d'instruction : — elle est encore longue devant vous. Comment, vous ne voulez pas d'une diminution de peine ! Vous êtes bien difficile !
— Qu'aurai-je désormais en perspective ?

— La vie ! Êtes-vous prophète pour savoir ce qu'elle vous réserve ? Cherchez, et vous trouverez. Dieu vous attendait peut-être là. D'ailleurs, vous ne serez pas condamné à perpétuité…
— J'obtiendrai des circonstances atténuantes… fit en riant Raskolnikoff.
— C'est, à votre insu peut-être, une honte bourgeoise qui vous empêche de vous avouer coupable ; il faut vous mettre au-dessus de cela.
— Oh ! je m'en moque ! murmura d'un ton méprisant le jeune homme. Il fit encore mine de se lever, puis se rassit, en proie à un abattement visible.
— Vous êtes défiant et vous pensez que je cherche grossièrement à vous leurrer, mais avez-vous déjà beaucoup vécu ? Que savez-vous de l'existence ? Vous avez imaginé une théorie, et elle a abouti en pratique à des conséquences dont le peu d'originalité maintenant vous fait honte ! Vous avez commis un crime, c'est vrai, mais vous n'êtes pas, il s'en faut de beaucoup, un criminel perdu sans retour. Quelle est mon opinion sur votre compte ? Je vous considère comme un de ces hommes qui se laisseraient arracher les entrailles en souriant à leurs bourreaux, pourvu seulement qu'ils aient trouvé une foi ou un Dieu. Eh bien, trouvez-les, et vous vivrez. D'abord, il y a longtemps que vous avez besoin de changer d'air. Ensuite, la souffrance est une bonne chose. Souffrez. Mikolka a peut-être raison de vouloir souffrir. Je sais que vous êtes un sceptique, mais, sans raisonner, abandonnez-vous au courant de la vie : il vous portera quelque part. Où ? Ne vous en inquiétez pas, vous aborderez toujours à un rivage. Lequel ? je l'ignore, je crois seulement que vous avez encore longtemps à vivre. Sans doute à présent vous vous dites que je joue mon jeu de juge d'instruction ; mais peut-être plus tard vous vous rappellerez mes paroles et vous en ferez votre profit ; voilà pourquoi je vous tiens ce langage. C'est encore bien heureux que vous n'ayez tué qu'une méchante vieille femme. Avec une autre théorie, vous auriez commis une action cent millions de fois pire. Vous pouvez encore remercier Dieu : qui sait ? peut-être a-t-il des desseins sur vous. Ayez donc du courage et ne reculez point, par pusillanimité, devant ce qu'exige la justice. Je sais que vous ne me croyez pas, mais avec le temps vous reprendrez goût à la vie. Aujourd'hui il vous faut seulement de l'air, de l'air, de l'air !
Raskolnikoff eut un frisson.
— Mais qui êtes-vous, s'écria-t-il, pour me faire ces prophéties ? Quelle haute sagesse vous permet de deviner mon avenir ?
— Qui je suis ? Je suis un homme fini, rien de plus. Un homme sensible et compatissant à qui l'expérience a peut-être appris quelque chose, mais un homme complètement fini. Vous, c'est une autre affaire : vous êtes au début de l'existence, et cette aventure, qui sait ? ne laissera peut-être aucune trace dans votre vie. Pourquoi tant redouter le changement qui va s'opérer dans votre situation ? Est-ce le bien-être qu'un cœur comme le

vôtre peut regretter ? Vous affligez-vous de vous voir pour longtemps confiné dans l'obscurité ? Mais il dépend de vous que cette obscurité ne soit pas éternelle. Devenez un soleil, et tout le monde vous apercevra. Pourquoi souriez-vous encore ? Vous vous dites que ce sont là propos de juge d'instruction ? C'est bien possible, hé ! hé ! hé ! Je ne vous demande pas de me croire sur parole, Rodion Romanovitch, — je fais mon métier, j'en conviens ; seulement voici ce que j'ajoute : l'événement vous montrera si je suis un fourbe ou un honnête homme !

— Quand comptez-vous m'arrêter ?

— Je puis encore vous laisser un jour et demi ou deux jours de liberté. Faites vos réflexions, mon ami ; priez Dieu de vous inspirer. Le conseil que je vous donne est le meilleur à suivre, croyez-le bien.

— Et si je prenais la clef des champs ? demanda Raskolnikoff avec un sourire étrange.

— Vous ne la prendrez pas. Un moujik s'enfuira ; un révolutionnaire du jour, valet de la pensée d'autrui, s'enfuira, parce qu'il a un *credo* aveuglément accepté pour toute la vie. Mais vous, vous ne croyez plus à votre théorie ; qu'emporteriez-vous donc en vous en allant ? Et, d'ailleurs, quelle existence ignoble et pénible que celle d'un fugitif ! Si vous prenez la fuite, vous reviendrez de vous-même. *Vous ne pouvez vous passer de nous.* Quand je vous aurai fait arrêter, — au bout d'un mois ou deux, mettons trois si vous voulez, vous vous rappellerez mes paroles et vous avouerez. Vous y serez amené insensiblement, presque à votre insu. Je suis même persuadé qu'après avoir bien réfléchi, vous vous déciderez à accepter l'expiation. En ce moment, vous ne le croyez pas, mais vous verrez. C'est qu'en effet, Rodion Romanovitch, la souffrance est une grande chose. Dans la bouche d'un gros homme qui ne se prive de rien, ce langage peut prêter à rire. N'importe, il y a une idée dans la souffrance. Mikolka a raison. Non, vous ne prendrez pas la fuite, Rodion Romanovitch.

Raskolnikoff se leva et prit sa casquette.

Porphyre Pétrovitch en fit autant.

— Vous allez vous promener ? La soirée sera belle, pourvu seulement qu'il n'y ait pas d'orage. Du reste, ce serait tant mieux, cela rafraîchirait la température.

— Porphyre Pétrovitch, dit le jeune homme d'un ton sec et pressant, — n'allez pas vous figurer, je vous prie, que je vous ai fait des aveux aujourd'hui. Vous êtes un homme étrange, et je vous ai écouté par pure curiosité. Mais je n'ai rien avoué… n'oubliez pas cela.

— Suffit, je ne l'oublierai pas, — eh, comme il tremble ! Ne vous inquiétez pas, mon cher, je prends bonne note de votre recommandation. Promenez-vous un peu, seulement ne dépassez pas certaines limites. À tout hasard, j'ai encore une petite demande à vous faire, ajouta-t-il en baissant la voix, — elle est un peu délicate, mais elle a son importance :

au cas, d'ailleurs improbable selon moi, où durant ces quarante-huit heures la fantaisie vous viendrait d'en finir avec la vie (pardonnez-moi cette absurde supposition), eh bien, laissez un petit billet, rien que deux lignes, et indiquez l'endroit où se trouve la pierre : ce sera plus noble. Allons, au revoir… Que Dieu vous envoie de bonnes pensées !

Porphyre se retira en évitant de regarder Raskolnikoff. Celui-ci s'approcha de la fenêtre et attendit avec impatience le moment où, selon son calcul, le juge d'instruction serait déjà assez loin de la maison. Ensuite il sortit lui-même en toute hâte.

Chapitre III

Il était pressé de voir Svidrigaïloff. Ce qu'il pouvait espérer de cet homme, — lui-même l'ignorait. Mais cet homme avait sur lui un mystérieux pouvoir. Depuis que Raskolnikoff s'en était convaincu, l'inquiétude le dévorait, et à présent il n'y avait plus lieu de reculer le moment d'une explication.

En chemin, une question le préoccupait surtout : Svidrigaïloff était-il allé chez Porphyre ?

Autant qu'il en pouvait juger, — non, Svidrigaïloff n'y était pas allé ! Raskolnikoff l'aurait juré. En repassant dans son esprit toutes les circonstances de la visite de Porphyre, il arrivait toujours à la même conclusion négative.

Mais si Svidrigaïloff n'était pas encore allé chez le juge d'instruction, est-ce qu'il n'irait pas ?

Sur ce point encore, le jeune homme était porté à se répondre négativement. Pourquoi ? Il n'aurait pu donner les raisons de sa manière de voir, et lors même qu'il eût pu se l'expliquer, il ne se serait pas cassé la tête là-dessus. Tout cela le tracassait et en même temps le laissait à peu près indifférent. Chose étrange, presque incroyable : si critique que fût sa situation actuelle, Raskolnikoff n'en avait qu'un assez faible souci ; ce qui le tourmentait, c'était une question bien plus importante, une question qui l'intéressait personnellement, mais qui n'était pas celle-là. En outre, il éprouvait une immense lassitude morale, quoiqu'il fût alors plus en état de raisonner que les jours précédents.

Après tant de combats déjà livrés, fallait-il encore engager une nouvelle lutte pour triompher de ces misérables difficultés ? Était-ce la peine, par exemple, d'aller faire le siège de Svidrigaïloff, d'essayer de le circonvenir, dans la crainte qu'il ne se rendît chez le juge d'instruction ?

Oh ! que tout cela l'énervait !

Pourtant il avait hâte de voir Svidrigaïloff ; attendait-il de lui quelque chose de nouveau, un conseil, un moyen de se tirer d'affaire ? Les noyés se raccrochent à un fétu de paille ! Était-ce la destinée ou l'instinct qui poussait ces deux hommes l'un vers l'autre ? Peut-être Raskolnikoff faisait-il cette démarche simplement parce qu'il ne savait plus à quel saint se vouer ? Peut-être avait-il besoin d'un autre que de Svidrigaïloff, et prenait-il ce dernier comme pis aller ? Sonia ? Mais pourquoi maintenant irait-il chez Sonia ? Pour la faire pleurer encore ? D'ailleurs, Sonia l'effrayait ; Sonia, c'était pour lui l'arrêt irrévocable, la décision sans appel. En ce moment surtout il ne se sentait pas en état d'affronter la vue de la jeune fille. Non, ne valait-il pas mieux faire une tentative auprès de Svidrigaïloff ? Malgré lui, il s'avouait intérieurement que depuis longtemps déjà Arcade Ivanovitch lui était en quelque sorte nécessaire.

Cependant que pouvait-il y avoir de commun entre eux ? Leur scélératesse même n'était pas faite pour les rapprocher. Cet homme lui déplaisait beaucoup : il était évidemment très-débauché, à coup sûr cauteleux et fourbe, peut-être fort méchant. Des légendes sinistres couraient sur son compte. À la vérité, il s'occupait des enfants de Catherine Ivanovna ; mais savait-on pourquoi il agissait ainsi ? Chez un être pareil il fallait toujours supposer quelque ténébreux dessein.

Depuis plusieurs jours une autre pensée encore ne cessait d'inquiéter Raskolnikoff, quoiqu'il s'efforçât de la chasser, tant elle lui était pénible. « Svidrigaïloff tourne toujours autour de moi, se disait-il souvent, Svidrigaïloff a découvert mon secret, Svidrigaïloff a eu des intentions sur ma sœur ; peut-être en a-t-il encore, c'est même le plus probable. Si, maintenant qu'il possède mon secret, il cherchait à s'en faire une arme contre Dounia ? »

Cette pensée qui parfois le troublait jusque dans son sommeil ne s'était jamais offerte à lui avec autant de clarté qu'en ce moment où il se rendait chez Svidrigaïloff. D'abord, l'idée lui vint de tout dire à sa sœur, ce qui changerait singulièrement la situation. Puis il songea qu'il ferait bien d'aller se dénoncer pour prévenir une démarche imprudente de la part de Dounetchka. La lettre ? Ce matin Dounia avait reçu une lettre ! Qui, à Pétersbourg, pouvait lui avoir écrit ? (Ne serait-ce pas Loujine ?) À la vérité, Razoumikhine faisait bonne garde, mais Razoumikhine ne savait rien. « Ne devrais-je pas aussi tout dire à Razoumikhine ? » se demanda avec un soulèvement de cœur Raskolnikoff.

« En tout cas, il faut voir au plus tôt Svidrigaïloff. Grâce à Dieu, les détails ici importent moins que le fond de l'affaire ; mais si Svidrigaïloff a l'audace d'entreprendre quelque chose contre Dounia, eh bien, je le tuerai », décida-t-il.

Un sentiment pénible l'oppressait ; il s'arrêta au milieu de la rue et promena ses regards autour de lui : quel chemin avait-il pris ? Où était-il ? Il se trouvait sur la perspective ***, à trente ou quarante pas du

Marché-au-Foin qu'il avait traversé. Le second étage de la maison à gauche était occupé tout entier par un traktir. Toutes les fenêtres étaient grandes ouvertes. À en juger par les têtes qui y apparaissaient, l'établissement devait être rempli de monde. Dans la salle on chantait des chansons, on jouait de la clarinette, du violon et du tambour turc. Des cris de femmes se faisaient entendre. Surpris de se voir en cet endroit, le jeune homme allait rebrousser chemin, quand tout à coup, à l'une des fenêtres du traktir, il aperçut Svidrigaïloff, la pipe aux dents, assis devant une table à thé. Cette vue lui causa un étonnement mêlé de crainte. Svidrigaïloff le considérait en silence, et, chose qui étonna plus encore Raskolnikoff, il fit mine de se lever, comme s'il voulait s'éclipser tout doucement avant qu'on eût remarqué sa présence. Aussitôt Raskolnikoff feignit de ne le point voir et se mit à regarder de côté tout en continuant à l'examiner du coin de l'œil. L'inquiétude faisait battre son cœur. Évidemment Svidrigaïloff tenait à n'être point aperçu. Il ôta sa pipe de sa bouche, et voulut se dérober aux regards de Raskolnikoff ; mais en se levant et en écartant sa chaise, il reconnut sans doute qu'il était trop tard. C'était entre eux à peu près le même jeu de scène qu'au début de leur première entrevue dans la chambre de Raskolnikoff. Chacun d'eux se savait observé par l'autre. Un sourire malicieux, de plus en plus accusé, se montrait sur le visage de Svidrigaïloff. À la fin, celui-ci partit d'un bruyant éclat de rire.

— Eh bien, entrez, si vous voulez, je suis ici ! cria-t-il de la fenêtre.

Le jeune homme monta.

Il trouva Svidrigaïloff dans une toute petite pièce attenant à une grande salle, où quantité de consommateurs : marchands, fonctionnaires et autres, étaient en train de boire du thé en écoutant des choristes qui faisaient un vacarme épouvantable. Dans une chambre voisine, on jouait au billard. Svidrigaïloff avait devant lui une bouteille de champagne entamée et un verre à demi plein ; il était en compagnie de deux musiciens ambulants : un petit joueur d'orgue et une chanteuse. Celle-ci, jeune fille de dix-huit ans, fraîche et bien portante, avait une jupe d'une étoffe rayée et un chapeau tyrolien orné de rubans. Accompagnée par l'orgue, elle chantait, d'une voix de contralto assez forte, une chanson triviale, au milieu du bruit qui arrivait de l'autre pièce.

— Allons, c'est assez ! l'interrompit Svidrigaïloff, lorsque Raskolnikoff entra.

La jeune fille s'arrêta aussitôt et attendit dans une attitude respectueuse. Tout à l'heure, pendant qu'elle faisait entendre ses inepties mélodiques, il y avait aussi une nuance de respect dans l'expression sérieuse de sa physionomie.

— Eh ! Philippe, un verre ! cria Svidrigaïloff.

— Je ne boirai pas de vin, dit Raskolnikoff.

— Comme vous voudrez. Bois, Katia. À présent, je n'ai plus besoin de toi, tu peux t'en aller.

Il versa un grand verre de vin à la jeune fille et lui donna un petit billet de couleur jaunâtre. Katia but le verre à petites gorgées, comme les femmes boivent le vin, et, après avoir pris l'assignat, elle baisa la main de Svidrigaïloff, qui accepta de l'air le plus sérieux ce témoignage de respect servile. Puis, la chanteuse se retira, suivie du petit joueur d'orgue.

Il n'y avait pas huit jours que Svidrigaïloff était à Pétersbourg, et déjà on l'eût pris pour un vieil habitué de la maison. Le garçon, Philippe, le connaissait et lui témoignait des égards particuliers. La porte donnant accès à la salle était fermée. Svidrigaïloff se trouvait comme chez lui dans cette petite pièce où il passait peut-être les journées entières. Le traktir, sale et ignoble, n'appartenait même pas à la catégorie moyenne des établissements de ce genre.

— J'allais chez vous, commença Raskolnikoff ; — mais comment se fait-il qu'en quittant le Marché-au-Foin j'aie pris la perspective *** ? Je ne passe jamais par ici. Je prends toujours à droite au sortir du Marché-au-Foin. Ce n'est pas non plus le chemin pour aller chez vous. À peine ai-je tourné de ce côté que je vous aperçois ! C'est étrange !

— Pourquoi ne dites-vous pas tout de suite : C'est un miracle ?

— Parce que ce n'est peut-être qu'un hasard.

— C'est un pli que tout le monde a ici ! reprit en riant Svidrigaïloff — lors même qu'au fond on croit à un miracle, on n'ose pas l'avouer ! Vous dites vous-même que ce n'est « peut-être » qu'un hasard. Combien peu l'on a ici le courage de son opinion, vous ne pouvez vous l'imaginer, Rodion Romanovitch ! Je ne dis pas cela pour vous. Vous possédez une opinion personnelle, et vous n'avez pas craint de l'affirmer. C'est même par là que vous avez attiré ma curiosité.
— Par là seulement ?

— C'est bien assez.

Svidrigaïloff était dans un visible état d'excitation, bien qu'il n'eût bu qu'un demi-verre de vin.

— Quand vous êtes venu chez moi, me semble-t-il, vous ignoriez encore si je pouvais avoir ce que vous appelez une opinion personnelle, observa Raskolnikoff.

— Alors c'était autre chose. Chacun a ses affaires. Mais quant au miracle, je vous dirai que vous avez apparemment dormi tous ces jours-ci. Je vous ai moi-même donné l'adresse de ce traktir, et il n'est pas étonnant que vous y soyez venu tout droit. Je vous ai indiqué le chemin à suivre et les heures où l'on peut me trouver ici. Vous en souvenez-vous ?

— Je l'ai oublié, répondit Raskolnikoff avec surprise.

— Je le crois. À deux reprises, je vous ai donné ces indications. L'adresse s'est gravée machinalement dans votre mémoire, et elle vous a guidé à votre insu. Du reste, pendant que je vous parlais, je voyais bien que vous aviez l'esprit absent. Vous ne vous observez pas assez, Rodion Romanovitch. Mais voici encore quelque chose : je suis convaincu qu'à Pétersbourg nombre de gens cheminent en se parlant à eux-mêmes. C'est une ville de demi-fous. Si nous avions des savants, les médecins, les juristes et les philosophes pourraient faire ici des études très-curieuses, chacun dans sa spécialité. Il n'y a guère de lieu où l'âme humaine soit soumise à des influences si sombres et si étranges. L'action seule du climat est déjà funeste. Malheureusement, Pétersbourg est le centre administratif du pays, et son caractère doit se refléter sur toute la Russie. Mais il ne s'agit pas de cela maintenant, je voulais vous dire que je vous ai déjà vu plusieurs fois passer dans la rue. En sortant de chez vous, vous tenez la tête droite. Après avoir fait vingt pas, vous la baissez et vous vous croisez les mains derrière le dos. Vous regardez, et il est évident que ni devant vous, ni à vos côtés, vous ne voyez rien. Finalement vous vous mettez à remuer les lèvres et à converser avec vous-même ; parfois alors vous gesticulez, vous déclamez, vous vous arrêtez au milieu de la voie publique pour un temps plus ou moins long. Voilà qui ne vaut rien du tout. D'autres que moi peut-être vous remarquent, et cela n'est pas sans danger. Au fond, peu m'importe ; je n'ai pas la prétention de vous guérir, mais vous me comprenez, sans doute.

— Vous savez qu'on me suit ? demanda Raskolnikoff en attachant un regard sondeur sur Svidrigaïloff.

— Non, je n'en sais rien, reprit celui-ci d'un air étonné.

— Eh bien ! alors ne parlons plus de moi, grommela en fronçant le sourcil Raskolnikoff.

— Soit, nous ne parlerons plus de vous.

— Répondez plutôt à ceci : s'il est vrai qu'à deux reprises vous m'ayez indiqué ce traktir comme un endroit où je pouvais vous rencontrer, pourquoi donc tout à l'heure, quand j'ai levé les yeux vers la fenêtre, vous êtes-vous caché et avez-vous essayé de vous esquiver ? J'ai fort bien remarqué cela.

— Hé ! hé ! Mais pourquoi l'autre jour, quand je suis entré dans votre chambre, avez-vous fait semblant de dormir, quoique vous fussiez parfaitement éveillé ? J'ai fort bien remarqué cela.

— Je pouvais avoir… des raisons… vous le savez vous-même.

— Et moi, je pouvais avoir aussi mes raisons, bien que vous ne les connaissiez pas.

Depuis une minute, Raskolnilnoff considérait attentivement le visage de son interlocuteur. Cette figure lui causait toujours un nouvel étonnement. Quoique belle, elle avait quelque chose de profondément antipathique. On l'eût prise pour un masque : le teint était trop frais, les lèvres trop vermeilles, la barbe trop blonde, les cheveux trop épais, les yeux trop bleus et leur regard trop fixe. Svidrigaïloff portait un élégant costume d'été ; son linge était d'une blancheur et d'une finesse irréprochables. Un gros anneau rehaussé d'une pierre de prix se jouait à l'un de ses doigts.

— Entre nous les tergiversations ne sont plus de mise, dit brusquement le jeune homme : quoique vous soyez peut-être en mesure de me faire beaucoup de mal si vous avez envie de me nuire, je vais vous parler franc et net. Sachez donc que si vous avez toujours les mêmes vues sur ma sœur et si vous comptez vous servir, pour arriver à vos fins, du secret que vous avez surpris dernièrement, je vous tuerai avant que vous m'ayez fait mettre en prison. Je vous en donne ma parole d'honneur. En second lieu, j'ai cru remarquer ces jours-ci que vous désiriez avoir un entretien avec moi : si vous avez quelque chose à me communiquer, dépêchez-vous, car le temps est précieux, et bientôt peut-être il sera trop tard.

— Qu'est-ce donc qui vous presse tant ? demanda Svidrigaïloff en le regardant avec curiosité.

— Chacun a ses affaires, répliqua d'un air sombre Raskolnikoff.

— Vous venez de m'inviter à la franchise, et, à la première question que je vous adresse, vous refusez de répondre, observa avec un sourire Svidrigaïloff. Vous me supposez toujours certains projets ; aussi me regardez-vous d'un œil défiant. Dans votre position, cela se comprend fort bien. Mais quelque désir que j'aie de vivre en bonne intelligence avec vous, je ne prendrai pas la peine de vous détromper. Vraiment le jeu n'en vaut pas la chandelle, et je n'ai rien de particulier à vous dire.

— Alors, que me voulez-vous ? Pourquoi êtes-vous toujours à tourner autour de moi ?

— Tout simplement parce que vous êtes un sujet curieux à observer. Vous m'avez plu par le côté fantastique de votre situation, voilà ! En outre, vous êtes le frère d'une personne qui m'a beaucoup intéressé ; elle m'a parlé de vous bien des fois, et son langage m'a donné à penser que vous avez une grande influence sur elle : est-ce que ce ne sont pas là des raisons suffisantes ? Hé ! hé ! hé ! Du reste, je l'avoue, votre question est pour moi fort complexe, et il m'est difficile d'y répondre. Tenez, vous, par exemple, si vous êtes venu me trouver à présent, ce n'est pas seulement pour affaire, mais dans l'espoir que je vous dirais quelque chose de nouveau, n'est-ce pas ? N'est-ce pas ? répéta avec un sourire finaud Svidrigaïloff : — eh bien, figurez-vous que moi-même, en me rendant à Pétersbourg, je comptais aussi que vous me diriez quelque chose de nouveau, j'espérais pouvoir vous emprunter quelque chose ! Voilà comme nous sommes, nous autres riches !

— M'emprunter quoi ?

— Est-ce que je sais ? Vous voyez dans quel misérable traktir je suis toute la journée, reprit Svidrigaïloff ; ce n'est pas que je m'y amuse, mais il faut bien passer son temps quelque part. Je me distrais avec cette pauvre Katia qui vient de sortir… Si j'avais la chance d'être un goinfre, un gastronome de club, mais non : voilà tout ce que je peux manger ! (Il montrait du doigt, sur une petite table placée dans un coin, un plat de fer-blanc qui contenait les restes d'un mauvais beefsteak aux pommes.) À propos, avez-vous dîné ? Quant au vin, je n'en bois pas, à l'exception du champagne, et encore un verre me suffit pour toute la soirée. Si j'ai demandé cette bouteille aujourd'hui, c'est parce que je dois aller quelque part tout à l'heure : j'ai voulu, au préalable, me monter un peu la tête. Vous me voyez dans une disposition d'esprit particulière. Tantôt je me suis caché comme un écolier, parce que j'appréhendais dans votre visite un dérangement pour moi ; mais je crois pouvoir passer une heure avec vous, il est maintenant quatre heures et demie, ajouta-t-il après avoir regardé sa montre. — Le croiriez-vous ? il y a des moments où je regrette de n'être rien, ni propriétaire, ni père de famille, ni uhlan, ni photographe, ni journaliste !… C'est parfois ennuyeux de n'avoir aucune spécialité. Vraiment, je pensais que vous me diriez quelque chose de nouveau.

— Qui êtes-vous, et pourquoi êtes-vous venu ici ?

— Qui je suis ? Vous le savez : je suis gentilhomme, j'ai servi deux ans dans la cavalerie, après quoi j'ai flâné sur le pavé de Pétersbourg ; ensuite j'ai épousé Marfa Pétrovna, et je suis allé demeurer à la campagne. Voilà ma biographie !

— Vous êtes joueur, paraît-il ?

— Moi, joueur ? Non, dites plutôt que je suis un grec.

— Ah ! vous trichiez au jeu ?

— Oui.

— Vous avez dû quelquefois recevoir des gifles ?

— Cela m'est arrivé en effet. Pourquoi ?

— Eh bien, vous pouviez vous battre en duel ; cela procure des sensations.

— Je n'ai pas d'objection à vous faire, d'ailleurs, je ne suis pas fort sur la discussion philosophique. Je vous avoue que si je suis venu ici, c'est surtout pour les femmes.

— Tout de suite après avoir enterré Marfa Pétrovna ?

Svidrigaïloff sourit.

— Eh bien, oui, répondit-il avec une franchise déconcertante. — Vous avez l'air scandalisé de ce que je vous dis ?

— Vous vous étonnez que la débauche me scandalise ?

— Pourquoi me gênerais-je, je vous prie ? Pourquoi renoncerais-je aux femmes, puisque je les aime ? C'est au moins une occupation.

Raskolnikoff se leva. Il se sentait mal à l'aise et regrettait d'être venu là.

Svidrigaïloff lui apparaissait comme le scélérat le plus dépravé qu'il y eût au monde.

— E-eh ! restez donc encore un moment, faites-vous apporter du thé. Allons, asseyez-vous. Je vous raconterai quelque chose. Voulez-vous que je vous apprenne comment une femme a entrepris de me convertir ? Ce sera même une réponse à votre première question, attendu qu'il s'agit ici de votre sœur. Puis-je raconter ? Nous tuerons le temps.

— Soit, mais j'espère que vous...

— Oh ! n'ayez pas peur ! Du reste, même à un homme aussi vicieux que moi Avdotia Romanovna ne peut inspirer que la plus profonde estime. Je crois l'avoir comprise, et je m'en fais honneur. Mais, vous savez, quand on ne connaît pas encore bien les gens, on est sujet à se tromper, et c'est ce qu'il m'est arrivé avec votre sœur. Le diable m'emporte, pourquoi donc est-elle si belle ? Ce n'est pas ma faute ! En un mot, cela a commencé chez moi par un caprice libidineux des plus violents. Il faut vous dire que Marfa Pétrovna m'avait permis les paysannes. Or on venait de nous amener comme femme de chambre une jeune fille d'un village voisin, une nommée Paracha. Elle était fort jolie, mais sotte à un point incroyable : ses larmes, les cris dont elle remplit toute la cour occasionnèrent un véritable scandale. Un jour, après le dîner, Avdotia Romanovna me prit à part, et, me regardant avec des yeux étincelants, exigea de moi que je laissasse la pauvre Paracha en repos. C'était peut-être la première fois que nous causions en tête-à-tête. Naturellement, je m'empressai d'obtempérer à sa demande, j'essayai de paraître ému, troublé ; bref, je jouai mon rôle en conscience. À partir de ce moment, nous eûmes fréquemment des entretiens secrets durant lesquels elle me faisait de la morale, me suppliait, les larmes aux yeux, de changer de vie, oui, les larmes aux yeux ! Voilà jusqu'où va, chez certaines jeunes filles, la passion de la propagande ! Bien entendu, j'imputais tous mes torts à la destinée, je me donnais pour un homme altéré de lumière, et, finalement, je mis en œuvre un moyen qui ne rate jamais son effet sur le cœur des femmes : la flatterie. J'espère que vous ne vous fâcherez pas si j'ajoute qu'Avdotia Romanovna elle-même ne fut pas tout d'abord insensible aux éloges dont je l'accablai. Malheureusement, je gâtai toute l'affaire par mon impatience et ma sottise. En causant avec votre sœur, j'aurais dû modérer l'éclat de mes yeux : leur flamme l'inquiéta et finit par lui devenir odieuse. Sans entrer dans les détails, il me suffira de vous dire qu'une rupture eut lieu entre nous. À la suite de cela, je fis de nouvelles sottises. Je me répandis en grossiers sarcasmes à l'adresse des convertisseuses. Paracha rentra en scène et fut suivie de beaucoup d'autres ; en un mot, je commençai à mener une existence absurde. Oh ! si vous aviez vu alors, Rodion Romanovitch, les yeux de votre sœur, vous sauriez quels éclairs ils peuvent parfois lancer ! Je vous assure que ses regards me poursuivaient jusque dans mon sommeil ; j'en étais venu à ne plus pouvoir supporter le froufrou de sa robe. Je croyais vraiment que j'allais avoir une attaque d'épilepsie. Jamais je n'aurais supposé que l'affolement put s'emparer de moi à un tel point. Il fallait de toute nécessité que je me réconciliasse avec Avdotia Romanovna, et la réconciliation était impossible ! Imaginez-vous ce que j'ai fait alors ! À quel degré de stupidité la rage peut-elle conduire un homme ! N'entreprenez jamais rien dans cet état, Rodion Romanovitch. Songeant qu'Avdotia Romanovna était au fond une pauvresse (oh ! pardon ! je ne voulais pas dire cela… mais le mot n'y fait rien), qu'enfin elle vivait de son travail, qu'elle avait à sa charge sa mère et vous (ah ! diable ! vous froncez encore le sourcil…), je me décidai à lui offrir toute ma fortune (je pouvais alors réaliser trente mille roubles) et à lui proposer de s'enfuir avec moi à Pétersbourg. Une fois là, bien entendu, je lui aurais juré un amour éternel, etc., etc. Le croirez-vous ? j'étais tellement toqué d'elle à cette époque, que si elle m'avait dit : « Assassine ou empoisonne Marfa Pétrovna et épouse-moi », je l'aurais fait immédiatement ! Mais tout cela a fini par la catastrophe que vous connaissez, et vous pouvez juger combien j'ai été irrité en apprenant que ma femme avait négocié un mariage entre Avdotia Romanovna et ce misérable chicaneau de Loujine, car, à tout prendre, autant eût valu pour votre sœur accepter mes offres que donner sa main à un pareil homme. Est-ce vrai ? est-ce vrai ? Je remarque que vous m'avez écouté avec beaucoup d'attention… intéressant jeune homme…

Svidrigaïloff donna un violent coup de poing sur la table. Il était très-rouge, et, quoiqu'il eût bu à peine deux verres de champagne, l'ivresse commençait à se manifester chez lui. Raskolnikoff s'en aperçut et résolut de mettre à profit cette circonstance pour découvrir les intentions secrètes de celui qu'il considérait comme son ennemi le plus dangereux.

— Eh bien, après cela, je ne doute plus que vous ne soyez venu ici pour ma sœur, déclara-t-il d'autant plus hardiment qu'il voulait pousser à bout Svidrigaïloff.

Ce dernier essaya aussitôt d'effacer l'effet produit par ses paroles :

— Eh ! laissez donc, ne vous ai-je pas dit… d'ailleurs votre sœur ne peut pas me souffrir.

— J'en suis persuadé, mais il ne s'agit pas de cela.

— Vous êtes persuadé qu'elle ne peut pas me souffrir ? reprit Svidrigaïloff en clignant de l'œil et en souriant d'un air moqueur. Vous avez raison, elle ne m'aime pas ; mais ne répondez jamais de ce qui se passe entre un mari et sa femme ou entre un amant et sa maîtresse. Il y a toujours un petit coin qui reste caché à tout le monde et n'est connu que des intéressés. Oseriez-vous affirmer qu'Avdotia Romanovna me voyait avec répugnance ?

— Certains mots de votre récit me prouvent que maintenant encore vous avez d'infâmes desseins sur Dounia et que vous vous proposez de les mettre à exécution dans le plus bref délai.

— Comment ! J'ai pu laisser échapper de pareils mots ? fit Svidrigaïloff devenu soudain fort inquiet ; du reste, il ne se formalisa nullement de l'épithète dont on qualifiait ses desseins.

— Mais en ce moment même vos arrière-pensées se trahissent, Pourquoi donc avez-vous si peur ? D'où vient cette crainte subite que vous témoignez à présent ?

— J'ai peur ? Peur de vous ? Quel conte me faites-vous là ? C'est plutôt vous, cher ami, qui devriez me craindre… Du reste, je suis ivre, je le vois ; un peu plus, j'allais encore lâcher une sottise. Au diable le vin ! Eh ! de l'eau !

Il prit la bouteille et, sans plus de façon, la jeta par la fenêtre. Philippe apporta de l'eau.

— Tout cela est absurde, dit Svidrigaïloff en mouillant un essuie-main qu'il passa ensuite sur son visage, et je puis, d'un mot, réduire à néant tous vos soupçons. Savez-vous que je vais me marier ?

— Vous me l'avez déjà dit.
— Je vous l'ai dit ? Je l'avais oublié. Mais quand je vous ai annoncé mon prochain mariage, je ne pouvais vous en parler que sous une forme dubitative, car alors il n'y avait encore rien de fait. Maintenant, c'est une affaire décidée, et si j'étais libre en ce moment, je vous conduirais chez ma future ; je serais bien aise de savoir si vous approuvez mon choix. Ah ! diable ! je n'ai plus que dix minutes. Du reste, je vais vous raconter l'histoire de mon mariage, elle est assez curieuse… Eh bien ! vous voulez encore vous en aller ?

— Non, à présent je ne vous quitte plus.

— Plus du tout ? Nous verrons un peu ! Sans doute, je vous ferai voir ma future, mais pas maintenant, car nous devrons bientôt nous dire adieu. Vous allez à droite, et moi à gauche. Vous avez peut-être entendu parler de cette dame Resslich, chez qui je loge actuellement ? C'est elle qui m'a cuisiné tout cela. « Tu t'ennuies, me disait-elle, ce sera pour toi une distraction momentanée. » Je suis, en effet, un homme chagrin et maussade. Vous croyez que je suis gai ? Détrompez-vous, j'ai l'humeur fort sombre : je ne fais de mal à personne, mais je reste quelquefois trois jours de suite dans un coin, sans dire mot à qui que ce soit. D'ailleurs, cette friponne de Resslich a son idée : elle compte que je serai vite dégoûté de ma femme, que je la planterai là, et alors elle la lancera dans la circulation. J'apprends par elle que le père, ancien fonctionnaire, est infirme : depuis trois ans, il a perdu l'usage de ses jambes et ne quitte plus son fauteuil ; la mère est une dame fort intelligente ; le fils sert quelque part en province et ne vient pas en aide à ses parents ; la fille aînée est mariée et ne donne pas de ses nouvelles. Les braves gens ont sur les bras deux neveux en bas âge ; leur plus jeune fille a été retirée du gymnase avant d'avoir fini ses études ; elle aura seize ans dans un mois ; c'est d'elle qu'il est question pour moi. Muni de ces renseignements, je me présente à la famille comme un propriétaire, veuf, de bonne naissance, ayant des relations, de la fortune. Mes cinquante ans ne suscitent pas la plus légère objection. Il aurait fallu me voir causant avec le papa et la maman, c'était d'un drôle ! La jeune fille arrive vêtue d'une robe courte et me salue en rougissant comme une pivoine (sans doute, on lui avait fait la leçon). Je ne connais pas votre goût en fait de visages féminins, mais, selon moi, ces seize ans, ces yeux encore enfantins, cette timidité, ces petites larmes pudiques, tout cela a plus de charme que la beauté ; d'ailleurs, la fillette est fort jolie avec ses cheveux clairs, ses boucles capricieuses, ses lèvres purpurines et légèrement bouffies, ses petits petons… Bref, nous avons fait connaissance, j'ai expliqué que des affaires de famille m'obligeaient à hâter mon mariage, et le lendemain, c'est-à-dire avant-hier, on nous a fiancés. Depuis lors, quand je vais la voir, je la tiens assise sur mes genoux pendant tout le temps de ma visite et je l'embrasse à chaque minute. Elle rougit, mais elle se laisse faire : sa maman lui a sans doute donné à entendre qu'un futur époux peut se permettre ces privautés. Ainsi compris, les droits du fiancé ne sont guère moins agréables à exercer que ceux du mari. C'est, on peut le dire, la nature et la vérité qui parlent dans cette enfant ! J'ai causé deux fois avec elle, la fillette n'est pas sotte du tout ; elle a une façon de me regarder à la dérobée qui incendie tout mon être. Sa physionomie ressemble un peu à celle de la Madone Sixtine. Vous avez remarqué l'expression fantastique

que Raphaël a donnée à cette tête de vierge ? Il y a quelque chose de cela. Dès le lendemain des fiançailles, j'ai apporté à ma future pour quinze cents roubles de cadeaux : des diamants, des perles, un nécessaire de toilette en argent ; le petit visage de la madone rayonnait. Hier, je ne me suis pas gêné pour la prendre sur mes genoux, — elle a rougi, et j'ai vu dans ses yeux de petites larmes qu'elle essayait de cacher. On nous a laissés seuls ensemble ; alors elle m'a jeté ses bras autour du cou et en m'embrassant m'a juré qu'elle serait pour moi une épouse bonne, obéissante et fidèle, qu'elle me rendrait heureux, qu'elle me consacrerait tous les instants de sa vie, et qu'en retour elle ne voulait de moi que mon estime, rien de plus : « Je n'ai pas besoin de cadeaux ! » m'a-t-elle dit. Entendre un petit ange, de seize ans, les joues colorées par une pudeur virginale, vous faire une semblable déclaration avec des larmes d'enthousiasme dans les yeux, convenez-en vous-même, n'est-ce pas délicieux ?... Allons, écoutez : je vous conduirai chez ma fiancée... seulement je ne peux pas vous la montrer tout de suite !

— En un mot, cette monstrueuse différence d'âge aiguillonne votre sensualité ! Est-il possible que vous pensiez sérieusement à contracter un pareil mariage ?

— Quel austère moraliste ! ricana Svidrigaïloff. Où la vertu va-t-elle se nicher ? Ha ! ha ! Savez-vous que vous m'amusez beaucoup avec vos exclamations indignées ?

Puis il appela Philippe, et, après avoir payé sa consommation, il se leva.

— Je regrette vivement, continua-t-il, de ne pouvoir m'entretenir plus longtemps avec vous, mais nous nous reverrons... Vous n'avez qu'à prendre patience...

Il sortit du traktir. Raskolnikoff le suivit. L'ivresse de Svidrigaïloff se dissipait à vue d'œil ; il fronçait le sourcil et paraissait très-préoccupé, comme un homme qui est à la veille d'entreprendre une chose extrêmement importante. Depuis quelques minutes, une sorte d'impatience se trahissait dans ses allures, en même temps que son langage devenait caustique et agressif. Tout cela semblait justifier de plus en plus les appréhensions de Raskolnikoff, qui résolut de s'attacher aux pas de l'inquiétant personnage.

Ils se retrouvèrent sur le trottoir.

— Nous nous quittons ici : vous allez à droite et moi à gauche, ou réciproquement. Adieu, mon bon, au plaisir de vous revoir !

Et il partit dans la direction du Marché-au-Foin.

Chapitre IV

Raskolnikoff se mit à lui emboîter le pas.

— Qu'est-ce que cela signifie ? s'écria en se retournant Svidrigaïloff. Je croyais vous avoir dit…

— Cela signifie que je suis décidé à vous accompagner.

— Quoi ?

Tous deux s'arrêtèrent et pendant un instant se mesurèrent des yeux.

— Dans votre demi-ivresse, répliqua Raskolnikoff, vous m'en avez dit assez pour me convaincre que, loin d'avoir renoncé à vos odieux projets contre ma sœur, vous en êtes plus occupé que jamais. Je sais que ce matin ma sœur reçu une lettre. Vous n'avez pas perdu votre temps depuis votre arrivée à Pétersbourg. Qu'au cours de vos allées et venues vous vous soyez trouvé une femme, c'est possible, mais cela ne signifie rien. Je désire m'assurer personnellement…

De quoi ? c'est bien au plus si Raskolnikoff aurait su le dire.

— Vraiment ! voulez-vous que j'appelle la police ?

— Appelez-la !

Ils s'arrêtèrent de nouveau en face l'un de l'autre. À la fin, le visage de Svidrigaïloff changea d'expression. Voyant que la menace n'intimidait nullement Raskolnikoff, il reprit soudain du ton le plus gai et le plus amical :

— Que vous êtes drôle ! J'ai fait exprès de ne pas vous parler de votre affaire, nonobstant la curiosité bien naturelle qu'elle a éveillée chez moi. Je voulais remettre cela à un autre moment ; mais, en vérité, vous feriez perdre patience à un mort… Allons, venez avec moi ; seulement, je vous en avertis, je ne rentre que pour prendre de l'argent ; ensuite, je sortirai, je monterai en voiture et j'irai passer toute la soirée dans les Îles. Eh bien, quel besoin avez-vous de me suivre ?

— J'ai affaire dans votre maison ; mais ce n'est pas chez vous que je vais, c'est chez Sophie Séménovna : je dois m'excuser auprès d'elle de n'avoir pas assisté aux obsèques de sa belle-mère.

— Comme il vous plaira ; mais Sophie Séménovna est absente. Elle est allée conduire les trois enfants chez une vieille dame que je connais depuis longtemps et qui est à la tête de plusieurs orphelinats. J'ai fait le plus grand plaisir à cette dame en lui remettant de l'argent pour les babies de Catherine Ivanovna, plus un don pécuniaire au profit de ses établissements ; enfin, je lui ai raconté l'histoire de Sophie Séménovna, sans omettre aucun détail. Mon récit a produit un effet indescriptible. Voilà pourquoi Sophie Séménovna a été invitée à se rendre aujourd'hui même à l'hôtel ***, où la barinia en question loge provisoirement depuis son retour de la campagne.

— N'importe, je passerai tout de même chez elle.

— Libre à vous, seulement je ne vous y accompagnerai pas : à quoi bon ? Dites donc, je suis sûr que si vous vous défiez de moi, c'est parce que j'ai eu jusqu'ici la délicatesse de vous épargner des questions scabreuses… Vous devinez à quoi je fais allusion ? Je gagerais que ma discrétion vous a paru extraordinaire ! Soyez donc délicat pour en être ainsi récompensé !

— Vous trouvez délicat d'écouter aux portes ?

— Ha ! ha ! j'aurais été bien surpris que vous n'eussiez pas fait cette observation ! répondit en riant Svidrigaïloff. Si vous croyez qu'il n'est pas permis d'écouter aux portes, mais qu'on peut à son gré assassiner les vieilles femmes, comme les magistrats pourraient n'être pas de cet avis, vous ferez bien de filer au plus tôt en Amérique ! Partez vite, jeune homme ! Il est peut-être encore temps. Je vous parle en toute sincérité. Est-ce l'argent qui vous manque ? Je vous en donnerai pour le voyage.

— Je ne pense nullement à cela, reprit avec dégoût Raskolnikoff.

— Je comprends : vous vous demandez si vous avez agi selon la morale, comme il sied à un homme et à un citoyen. Vous auriez dû vous poser la question plus tôt, à présent elle est un peu intempestive, eh ! eh ! Si vous croyez avoir commis un crime, brûlez-vous la cervelle ; n'est-ce pas ce que vous avez envie de faire ?

— Vous vous appliquez, me semble-t-il, à m'agacer dans l'espoir que je vous débarrasserai de ma présence…
— Original que vous êtes, mais nous sommes arrivés, donnez-vous la peine de monter l'escalier. Tenez, voici l'entrée du logement de Sophie Séménovna, regardez, il n'y a personne ! Vous ne le croyez pas ? Demandez aux Kapernaoumoff ; elle leur laisse sa clef. Voici justement

madame Kapernaoumoff elle-même. Eh bien ? Quoi ? (Elle est un peu sourde.) Sophie Séménovna est sortie ? Où est-elle allée ? Êtes-vous fixé à présent ? Elle n'est pas ici et elle ne reviendra peut-être que fort tard dans la soirée. Allons, maintenant venez chez moi. N'aviez-vous pas l'intention de me faire aussi une visite ? Nous voici dans mon appartement. Madame Resslich est absente. Cette femme-là a toujours mille affaires en train, mais c'est une excellente personne, je vous l'assure ; peut-être vous serait-elle utile si vous étiez un peu plus raisonnable. Vous voyez : je prends dans mon secrétaire un titre de cinq pour cent (regardez combien il m'en restera encore !) ; celui-ci va être aujourd'hui converti en espèces. Vous avez bien vu ? Je n'ai plus rien à faire ici, je ferme mon secrétaire, je ferme mon logement, et nous revoici sur l'escalier. Si vous voulez, nous allons prendre une voiture, je vais aux Îles. Est-ce qu'une petite promenade en calèche ne vous dit rien ? Vous entendez, j'ordonne à ce cocher de me conduire à la pointe d'Élaguine. Vous refusez ? Vous en avez assez ? Allons, laissez-vous tenter. La pluie menace, mais qu'à cela ne tienne, nous relèverons la capote…

Svidrigaïloff était déjà en voiture. Quelque éveillée que fût la défiance de Raskolnikoff, ce dernier pensa qu'il n'y avait pas péril en la demeure. Sans répondre un mot, il fit volte-face et rebroussa chemin dans la direction du Marché-au-Foin. S'il avait retourné la tête, il aurait pu voir que Svidrigaïloff, après avoir fait cent pas en voiture, mettait pied à terre et payait son cocher. Mais le jeune homme marchait sans regarder derrière lui. Il eut bientôt tourné le coin de la rue. Comme toujours quand il se trouvait seul, il ne tarda pas à tomber dans une profonde rêverie. Arrivé sur le pont, il s'arrêta devant la balustrade et tint ses yeux fixés sur le canal. Debout, à peu de distance de Raskolnikoff, Avdotia Romanovna l'observait. En montant sur le pont, il avait passé près d'elle, mais il ne l'avait pas remarquée. À la vue de son frère, Dounetchka éprouva un sentiment de surprise et même d'inquiétude. Elle resta un moment à se demander si elle l'accosterait. Tout à coup elle aperçut du côté du Marché-au-Foin Svidrigaïloff qui se dirigeait rapidement vers elle.

Mais celui-ci semblait avancer avec prudence et mystère. Il ne monta pas sur le pont et s'arrêta sur le trottoir, s'efforçant d'échapper à la vue de Raskolnikoff. Depuis longtemps déjà il avait remarqué Dounia et il lui faisait des signes. La jeune fille crut comprendre qu'il l'appelait auprès de lui et l'engageait à ne pas attirer l'attention de Rodion Romanovitch. Docile à cette invitation muette, Dounia s'éloigna sans bruit de son frère et rejoignit Svidrigaïloff.

— Allons plus vite, lui dit tout bas ce dernier. — Je tiens à ce que Rodion Romanovitch ignore notre entrevue. Je vous préviens qu'il est venu me trouver tout à l'heure dans un traktir près d'ici, et que j'ai eu beaucoup de peine à me débarrasser de lui. Il sait que je vous ai écrit une lettre, et il soupçonne quelque chose. Assurément, ce n'est pas vous qui lui avez parlé de cela ; mais si ce n'est pas vous, qui est-ce donc ?

— Voici que nous avons tourné le coin de la rue, interrompit Dounia, à présent mon frère ne peut plus nous voir. Je vous déclare que je n'irai pas plus loin avec vous. Dites-moi tout ici ; tout cela peut se dire même en pleine rue.

— D'abord ce n'est pas sur la voie publique que peuvent se faire de pareilles confidences, ensuite vous devez entendre aussi Sophie Séménovna ; en troisième lieu, il faut que je vous montre certains documents... Enfin, si vous ne consentez pas à venir chez moi, je refuse tout éclaircissement et je me retire à l'instant même. D'ailleurs n'oubliez pas, je vous prie, qu'un secret très-curieux qui intéresse votre bien-aimé frère se trouve absolument entre mes mains.

Dounia s'arrêta indécise et attacha un regard perçant sur Svidrigaïloff.

— Que craignez-vous donc observa tranquillement celui-ci ; la ville n'est pas la campagne. Et, à la campagne même, vous m'avez fait plus de mal que je ne vous en ai fait...

— Sophie Séménovna est prévenue ?

— Non, je ne lui ai pas dit un mot, et même je ne suis pas sûr qu'elle soit maintenant chez elle. Du reste, elle doit y être. Elle a enterré aujourd'hui sa belle-mère : ce n'est pas un jour où l'on fait des visites. Pour le moment, je ne veux parler de cela à personne, et je regrette même, jusqu'à un certain point, de m'en être ouvert à vous. En pareil cas, la moindre parole prononcée à la légère équivaut à une dénonciation. Je demeure ici près, vous voyez, dans cette maison. Voici notre dvornik ; il me connaît très-bien ; voyez-vous ? il salue. Il voit que je suis avec une dame, et sans doute il a pu déjà remarquer votre visage. Cette circonstance doit vous rassurer, si vous vous défiez de moi. Pardonnez-moi de vous parler aussi crûment. J'habite ici en garni. Il n'y a qu'un mur entre le logement de Sophie Séménovna et le mien. Tout l'étage est occupé par différents locataires. Pourquoi donc avez-vous peur comme un enfant ? Qu'ai-je de si terrible ?

Svidrigaïloff, essaya d'esquisser un sourire débonnaire, mais son visage refusa de lui obéir. Son cœur battait avec force, et sa poitrine était oppressée. Il affectait d'élever la voix pour cacher l'agitation croissante qu'il éprouvait. Précaution superflue d'ailleurs, car Dounetchka ne remarquait chez lui rien de particulier : les derniers mots de Svidrigaïloff avaient trop irrité l'orgueilleuse jeune fille pour qu'elle songeât à autre chose qu'à la blessure de son amour-propre.

— Quoique je sache que vous êtes un homme… sans honneur, je ne vous crains pas du tout. Conduisez-moi, dit-elle d'un ton calme que démentait, il est vrai, l'extrême pâleur de son visage. Svidrigaïloff s'arrêta devant le logement de Sonia.

— Permettez-moi de m'assurer si elle est chez elle. Non, elle n'y est pas. Cela tombe mal ! Mais je sais qu'elle reviendra peut-être d'ici à très-peu de temps. Elle n'a pu s'absenter que pour aller voir une dame au sujet des orphelins à qui elle s'intéresse. Je me suis aussi occupé de cette affaire. Si Sophie Séménovna n'est pas rentrée dans dix minutes et que vous teniez absolument à lui parler, je l'enverrai chez vous aujourd'hui même. Voici mon appartement ; il se compose de ces deux pièces. Derrière cette porte habite ma propriétaire, madame Resslich. Maintenant, regardez par ici, je vais vous montrer mes principaux documents : de ma chambre à coucher la porte que voici conduit à un appartement de deux pièces, lequel est entièrement vide. Voyez… il faut que vous preniez une connaissance exacte des lieux…

Svidrigaïloff occupait deux chambres garnies assez grandes. Dounetchka regardait autour d'elle avec défiance ; mais elle ne découvrit rien de suspect ni dans l'ameublement, ni dans la disposition du local. Cependant elle aurait pu remarquer, par exemple, que Svidrigaïloff logeait entre deux appartements en quelque sorte inhabités. Pour arriver chez lui, il fallait traverser deux pièces à peu près vides, qui faisaient partie du logement de sa propriétaire. Ouvrant la porte qui, de sa chambre à coucher, donnait accès à l'appartement non loué, il montra aussi ce dernier à Dounetchka. La jeune fille s'arrêta sur le seuil, ne comprenant pas pourquoi on l'invitait à regarder ; mais l'explication fut bientôt donnée par Svidrigaïloff :

— Voyez cette grande chambre, la seconde. Remarquez cette porte fermée à la clef. À côté se trouve une chaise, la seule qu'il y ait dans les deux pièces. C'est moi qui l'ai apportée de mon logement, pour écouter dans des conditions plus confortables. La table de Sophie Séménovna est placée juste derrière cette porte. La jeune fille était assise là et causait avec Rodion Romanovitch, tandis qu'ici, sur ma chaise, je prêtais l'oreille à leur conversation. Je suis resté à cette place deux soirs de suite, et chaque fois pendant deux heures. J'ai donc pu apprendre quelque chose ; qu'en pensez-vous ?

— Vous étiez aux écoutes ?

— Oui ; maintenant rentrons chez moi ; ici l'on ne peut même pas s'asseoir.

Il ramena Avdotia Romanovna dans sa première chambre qui lui servait de « salle » et offrit à la jeune fille un siège près de la table. Quant à lui, il prit place à distance respectueuse, mais ses yeux brillaient probablement du même feu qui naguère avait tant effrayé Dounetchka. Celle-ci frissonna, malgré l'assurance qu'elle s'efforçait de montrer, et promena de nouveau un regard défiant autour d'elle. La situation isolée du logement de Svidrigaïloff finit par attirer son attention. Elle voulut demander si, du moins, la propriétaire était chez elle, mais sa fierté ne lui permit pas de formuler cette question. D'ailleurs, l'inquiétude relative à sa sûreté personnelle n'était rien au prix de l'autre anxiété qui torturait son cœur.

— Voici votre lettre, commença-t-elle en la déposant sur la table. Ce que vous m'avez écrit est-il possible ? Vous laissez entendre que mon frère aurait commis un crime. Vos insinuations sont trop claires, n'essayez pas maintenant de recourir à des subterfuges. Sachez qu'avant vos prétendues révélations j'avais déjà entendu parler de ce conte absurde dont je ne crois pas un mot. L'odieux ici ne le cède qu'au ridicule. Ces soupçons me sont connus, et je n'ignore pas non plus ce qui les a fait naître. Vous ne pouvez avoir aucune preuve. Vous avez promis de prouver : parlez donc ! Mais je vous préviens que je ne vous crois pas.

Dounetchka prononça ces paroles avec une extrême rapidité, et, pendant un instant, l'émotion qu'elle éprouvait fit monter le rouge à ses joues.

— Si vous ne me croyiez pas, auriez-vous pu vous résoudre à venir seule chez moi ? Pourquoi donc êtes-vous venue ? par pure curiosité ?

— Ne me tourmentez pas, parlez, parlez !

— Il faut en convenir, vous êtes une vaillante jeune fille. Je croyais, vraiment, que vous auriez prié M. Razoumikhine de vous accompagner. Mais j'ai pu me convaincre que s'il n'est pas venu avec vous, il ne vous a pas non plus suivie à distance. C'est crâne de votre part ; vous avez voulu sans doute ménager Rodion Romanovitch. Du reste, en vous tout est divin… En ce qui concerne votre frère, que vous dirai-je ? Vous l'avez vu vous-même tout à l'heure. Comment le trouvez-vous ?

— Ce n'est pas là-dessus seulement que vous fondez votre accusation ?

— Non, ce n'est pas là-dessus, mais sur les propres paroles de Rodion Romanovitch. Il est venu deux jours de suite passer la soirée ici chez Sophie Séménovna. Je vous ai indiqué où ils étaient assis. Il a fait sa confession complète à la jeune fille. C'est un assassin. Il a tué une vieille usurière chez qui lui-même avait mis des objets en gage. Peu d'instants après le meurtre, la sœur de la victime, une marchande nommée Élisabeth, est entrée par hasard, et il l'a tuée également. Il s'est servi, pour égorger les deux femmes, d'une hache qu'il avait apportée avec lui. Son intention était de voler, et il a volé ; il a pris de l'argent et divers objets… Voilà, mot pour mot, ce qu'il a raconté à Sophie Séménovna. Elle seule connaît ce secret, mais elle n'a eu aucune part à l'assassinat. Loin de là, en entendant ce récit, elle a été tout aussi épouvantée que vous l'êtes maintenant. Soyez tranquille, ce n'est pas elle qui dénoncera votre frère.

— C'est impossible ! balbutièrent les lèvres blêmes de Dounetchka haletante ; c'est impossible ! il n'avait pas la moindre raison, pas le plus petit motif de commettre ce crime… C'est un mensonge !

— Le vol révèle la cause du meurtre. Il a pris des valeurs et des bijoux. Il est vrai que, de son aveu même, il n'a tiré profit ni des unes ni des autres, et qu'il est allé les cacher sous une pierre où ils sont encore. Mais c'est parce qu'il n'a pas osé en faire usage.

— Est-il vraisemblable qu'il ait volé ? Peut-il seulement avoir eu cette pensée ? s'écria Dounia qui se leva vivement. Vous le connaissez, vous l'avez vu : est-ce qu'il vous fait l'effet d'un voleur ?

— Cette catégorie, Avdotia Romanovna, renferme un nombre infini de variétés. En général, les filous ont conscience de leur infamie ; j'ai cependant entendu parler d'un homme plein de noblesse qui avait dévalisé un courrier. Que sait-on ? votre frère pensait peut-être accomplir une action louable. Moi-même assurément j'aurais comme vous refusé d'ajouter foi à cette histoire, si je l'avais apprise par voie indirecte ; mais force m'a été de croire au témoignage de mes oreilles… Où allez-vous donc, Avdotia Romanovna ?

— Je veux voir Sophie Séménovna, répondit d'une voix faible Dounetchka. Où est l'entrée de son logement ? Elle est peut-être revenue ; je veux absolument la voir tout de suite. Il faut qu'elle…

Avdotia Romanovna ne put achever, elle étouffait littéralement.

— Selon toute apparence, Sophie Séménovna ne sera pas de retour avant la nuit. Son absence devait être très-courte. Puisqu'elle n'est pas encore rentrée, il sera probablement fort tard…

— Ah ! c'est ainsi que tu mens ! Je le vois, tu as menti… tu n'as dit que des mensonges !… Je ne te crois pas ! non, je ne te crois pas !… s'écria Dounetchka, dans un transport de colère qui lui ôtait la possession d'elle-même.

Presque défaillante, elle tomba sur une chaise que Svidrigaïloff s'était hâté de lui avancer.

— Avdotia Romanovna, qu'avez-vous ? reprenez vos esprits ! Voici de l'eau. Buvez-en une gorgée.

Il lui jeta de l'eau au visage. La jeune fille tressaillit et revint à elle.

— Cela a produit de l'effet, murmurait à part soi Svidrigaïloff en fronçant le sourcil. Avdotia Romanovna, calmez-vous ! Sachez que Rodion Romanovitch a des amis. Nous le sauverons, nous le tirerons d'affaire. Voulez-vous que je l'emmène à l'étranger ? J'ai de l'argent ; d'ici à trois jours, j'aurai réalisé tout mon avoir. Quant au meurtre, votre frère fera un tas de bonnes actions qui effaceront cela, soyez tranquille. Il peut encore devenir un grand homme. Eh bien, qu'avez-vous ? Comment vous sentez-vous ?

— Le méchant ! il faut encore qu'il se moque ! Laissez-moi…

— Où voulez-vous donc aller ?

— Auprès de lui. Où est-il ? Vous le savez. Pourquoi cette porte est-elle fermée ? C'est par là que nous sommes entrés, et maintenant elle est fermée à la clef. Quand l'avez-vous fermée ?

— Il n'était pas nécessaire que toute la maison entendît de quoi nous parlions ici. Dans l'état où vous êtes, pourquoi aller trouver votre frère ? Voulez-vous causer sa perte ? Votre démarche le mettra en fureur, et il ira lui-même se dénoncer. Sachez d'ailleurs qu'on a déjà l'œil sur lui, et que la moindre imprudence de votre part lui serait funeste. Attendez un moment : je l'ai vu, et je lui ai parlé tout à l'heure ; on peut encore le sauver. Asseyez-vous ; nous allons examiner ensemble ce qu'il y a à faire.

C'est pour traiter cette question en tête-à-tête que je vous ai invitée à venir chez moi. Mais asseyez-vous donc !

— Comment parviendrez-vous à le sauver ? Est-ce que c'est possible ?

Dounia s'assit. Svidrigaïloff prit place à côté d'elle.

— Tout cela dépend de vous, de vous seule, commença-t-il d'un ton bas. Ses yeux étincelaient, et son agitation était telle qu'il pouvait à peine parler.

Dounia, effrayée, se recula à quelque distance de lui.

— Vous… un seul mot de vous, et il est sauvé ! continua-t-il, tremblant de tout son corps. Je… je le sauverai. J'ai de l'argent et des amis. Je le ferai partir immédiatement pour l'étranger, je lui procurerai un passe-port. J'en prendrai deux : un pour lui et un pour moi. J'ai des amis sur le dévouement et l'intelligence desquels je puis compter… Voulez-vous ? Je prendrai aussi un passe-port pour vous… pour votre mère… Que vous importe Razoumikhine ? mon amour vaut bien le sien… Je vous aime infiniment. Laissez-moi baiser le bas de votre robe ! Je vous en prie ! Le bruit que fait votre vêtement me met hors de moi ! Ordonnez : j'exécuterai tous vos ordres, quels qu'ils soient. Je ferai l'impossible. Toutes vos croyances seront les miennes. Ne me regardez pas ainsi ! Savez-vous que vous me tuez ?…

Il commençait à délirer. On eût dit qu'il venait d'être atteint d'aliénation mentale. Dounia ne fit qu'un saut jusqu'à la porte, qu'elle se mit à secouer de toutes ses forces.

— Ouvrez ! ouvrez ! cria-t-elle, espérant qu'on l'entendrait du dehors. Ouvrez donc ! Est-ce qu'il n'y a personne dans la maison ?

Svidrigaïloff se leva. Il avait recouvré en partie son sang-froid. Un sourire amèrement moqueur errait sur ses lèvres encore tremblantes.

— Il n'y a personne ici, dit-il lentement ; ma logeuse est sortie, et vous avez tort de crier de la sorte ; vous vous donnez là une peine bien inutile.

— Où est la clef ? Ouvre la porte tout de suite, tout de suite, homme bas !

— J'ai perdu la clef, je ne puis pas la trouver.

— Ah ! ainsi, c'est un guet-apens ! vociféra Dounia, pâle comme la mort, et elle s'élança dans un coin, où elle se barricada en plaçant devant elle une petite table que le hasard mit sous sa main. Puis elle se tut, mais sans cesser de tenir les yeux fixés sur son ennemi, dont elle surveillait les moindres mouvements. Debout, en face d'elle, à l'autre extrémité de la chambre, Svidrigaïloff ne bougeait pas de sa place. Extérieurement, du moins, il était redevenu maître de lui-même. Toutefois, son visage restait pâle, et son sourire continuait à narguer la jeune fille.

— Vous avez prononcé tout à l'heure le mot de guet-apens, Avdotia Romanovna. Si guet-apens il y a, vous devez bien penser que mes mesures sont prises. Sophie Séménovna n'est pas chez elle ; cinq pièces nous séparent du logement des Kapernaoumoff. Enfin, je suis au moins deux fois plus fort que vous, et, indépendamment de cela, je n'ai rien à craindre, car si vous portez plainte contre moi, votre frère est perdu. D'ailleurs, personne ne vous croira : toutes les apparences déposent contre une jeune fille qui se rend seule au domicile d'un homme. Aussi, lors même que vous vous résoudriez à sacrifier votre frère, vous ne pourriez rien prouver : il est fort difficile de faire la preuve d'un viol, Avdotia Romanovna.

— Misérable ! fit Dounia d'une voix basse, mais vibrante d'indignation.

— Soit ; mais remarquez que jusqu'ici j'ai simplement raisonné au point de vue de votre hypothèse. Personnellement, je suis de votre avis, et je trouve que le viol est un crime abominable. Tout ce que j'en ai dit, c'était pour rassurer votre conscience dans le cas où vous… dans le cas où vous consentiriez de bon gré à sauver votre frère, comme je vous le propose. Vous pourrez vous dire que vous n'avez cédé qu'aux circonstances, à la force, s'il faut absolument employer ce mot. Pensez-y ; le sort de votre frère et de votre mère est entre vos mains. Je serai votre esclave… toute ma vie… je vais attendre ici…

Il s'assit sur le divan, à huit pas de Dounia. La jeune fille ne doutait nullement que la résolution de Svidrigaïloff ne fût inébranlable. D'ailleurs, elle le connaissait…

Tout à coup elle tira de sa poche un revolver, l'arma et le plaça sur la table, à portée de sa main.

À cette vue, Svidrigaïloff poussa un cri de surprise et fit un brusque mouvement en avant.
— Ah ! c'est ainsi ! dit-il avec un méchant sourire ; eh bien, voilà qui change la situation du tout au tout ! Vous m'allégez singulièrement la

tâche, Avdotia Romanovna ! Mais où vous êtes-vous procuré ce revolver ? M. Razoumikhine vous l'aurait-il prêté ? Tiens, c'est le mien, je le reconnais ! Je l'avais cherché, en effet, sans pouvoir le retrouver... Les leçons de tir que j'ai eu l'honneur de vous donner à la campagne n'auront pas été inutiles...

— Ce revolver n'était pas à toi, mais à Marfa Pétrovna que tu as tuée, scélérat ! Rien ne t'appartenait dans sa maison. Je l'ai pris lorsque j'ai commencé à soupçonner de quoi tu étais capable. Si tu fais un seul pas, je jure que je te tuerai !

Dounia exaspérée s'apprêtait à mettre, le cas échéant, sa menace à exécution.

— Eh bien, et votre frère ? C'est par curiosité que je vous fais cette question, dit Svidrigaïloff toujours debout à la même place.

— Dénonce-le si tu veux ! N'avance pas, ou je tire ! Tu as empoisonné ta femme, je le sais, tu es toi-même un assassin !...

— Êtes-vous bien sûre que j'aie empoisonné Marfa Pétrovna ?

— Oui ! C'est toi-même qui me l'as donné à entendre ; tu m'as parlé de poison... je sais que tu t'en étais procuré... C'est toi... C'est certainement toi... infâme !

— Lors même que ce serait vrai, j'aurais fait cela pour toi... tu en aurais été la cause.

— Tu mens ! Je t'ai toujours détesté, toujours...

— Vous paraissez avoir oublié, Avdotia Romanovna, comment, dans votre zèle pour ma conversion, vous vous penchiez vers moi avec des regards langoureux... Je lisais dans vos yeux ; vous rappelez-vous ? le soir, au clair de la lune, pendant que le rossignol chantait...

— Tu mens ! (La rage mit un éclair dans les prunelles de Dounia.) Tu mens, calomniateur !

— Je mens ? Allons, soit, je mens. J'ai menti. Les femmes n'aiment pas qu'on leur rappelle ces petites choses-là, reprit-il en souriant. — Je sais que tu tireras, joli petit monstre. Eh bien, vas-y !
Dounia le coucha en joue, n'attendant qu'un mouvement de lui pour faire feu. Une pâleur mortelle couvrait le visage de la jeune fille ; sa lèvre

inférieure était agitée par un tremblement de colère, et ses grands yeux noirs lançaient des flammes. Jamais Svidrigaïloff ne l'avait vue aussi belle. Il avança d'un pas. Une détonation retentit. La balle lui effleura les cheveux, et alla s'enfoncer dans le mur derrière lui. Il s'arrêta.

— Une piqûre de guêpe ! dit-il avec un léger rire. C'est à la tête qu'elle vise… Qu'est-ce que cela ? Je saigne !

Il tira son mouchoir pour essuyer un mince filet de sang qui coulait le long de sa tempe droite : la balle avait frôlé la peau du crâne. Dounia abaissa son arme et regarda Svidrigaïloff avec une sorte de stupeur. Elle semblait ne pas comprendre ce qu'elle venait de faire.

— Eh bien, quoi ! vous m'avez manqué, recommencez, j'attends, poursuivit Svidrigaïloff, dont la gaieté avait quelque chose de sinistre : si vous tardez, j'aurai le temps de vous saisir avant que vous vous soyez mise en état de défense.

Frissonnante, Dounetchka arma rapidement le revolver, et en menaça de nouveau son persécuteur.

— Laissez-moi ! dit-elle avec désespoir : je jure que je vais encore tirer… Je… je vous tuerai !…

— À trois pas, il est impossible, en effet, que vous me manquiez. Mais si vous ne me tuez pas, alors…

Dans les yeux étincelants de Svidrigaïloff on pouvait lire le reste de sa pensée.

Il fit encore deux pas en avant.

Dounetchka tira ; le revolver fit long feu.

— L'arme n'a pas été bien chargée. N'importe, cela peut se réparer ; vous avez encore une capsule. J'attends.

Debout à deux pas de la jeune fille, il fixait sur elle un regard enflammé qui exprimait la résolution la plus indomptable. Dounia comprit qu'il mourrait plutôt que de renoncer à son dessein. « Et… et, sans doute, elle le tuerait maintenant qu'il n'était plus qu'à deux pas d'elle !… »
Tout à coup elle jeta le revolver.

— Vous refusez de tirer ! dit Svidrigaïloff étonné, et il respira longuement. La crainte de la mort n'était peut-être pas le plus lourd fardeau dont il sentait son âme délivrée ; toutefois il lui aurait été difficile de s'expliquer à lui-même la nature du soulagement qu'il éprouvait.

Il s'approcha de Dounia et la prit doucement par la taille. Elle ne résista point, mais, toute tremblante, le regarda avec des yeux suppliants. Il voulut parler, sa bouche ne put proférer aucun son.

— Lâche-moi ! pria Dounia.

S'entendant tutoyer d'une voix qui n'était plus celle de tout à l'heure, Svidrigaïloff frissonna.

— Ainsi tu ne m'aimes pas ? demanda-t-il d'un ton bas.

Dounia fit de la tête un signe négatif.

— Et… tu ne pourras pas m'aimer ?… Jamais ? continua-t-il avec l'accent du désespoir.

— Jamais ! murmura-t-elle.

Durant un instant une lutte terrible se livra dans l'âme de Svidrigaïloff. Ses yeux étaient fixés sur la jeune fille avec une expression indicible. Soudain il retira le bras qu'il avait passé autour de la taille de Dounia, et, s'éloignant rapidement de celle-ci, il alla se poster devant la fenêtre.

— Voici la clef ! dit-il après un moment de silence. (Il la prit dans la poche gauche de son paletot et la mit derrière lui sur la table, sans se retourner vers Avdotia Romanovna.) Prenez-la, partez vite !…

Il regardait obstinément par la fenêtre.

Dounia s'approcha de la table pour prendre la clef.

— Vite ! vite ! répéta Svidrigaïloff.

Il n'avait pas changé de position, ne regardait pas celle à qui il parlait ; mais ce mot « vite » était prononcé d'un ton sur la signification duquel il n'y avait pas à se tromper.
Dounia saisit la clef, bondit jusqu'à la porte, l'ouvrit en toute hâte et sortit vivement de la chambre. Un instant après, elle courait comme une folle le long du canal, dans la direction du pont ***.

Svidrigaïloff resta encore trois minutes près de la fenêtre. À la fin, il se retourna lentement, promena ses yeux autour de lui et passa sa main sur son front. Ses traits défigurés par un sourire étrange exprimaient le plus navrant désespoir. S'apercevant qu'il avait du sang sur sa main, il le regarda avec colère ; puis il mouilla un linge et lava sa blessure. Le revolver jeté par Dounia avait roulé jusqu'à la porte. Il le ramassa et se mit à l'examiner. C'était un petit revolver à trois coups, d'ancien modèle ; il y restait encore deux charges et une capsule. Après un moment de réflexion, il fourra l'arme dans sa poche, prit son chapeau et sortit.

Chapitre V

Jusqu'à dix heures du soir, Arcade Ivanovitch Svidrigaïloff courut les bouges et les traktirs. Ayant retrouvé Katia dans un de ces endroits, il lui paya des consommations ainsi qu'au joueur d'orgue, aux garçons et à deux petits clercs vers qui l'avait attiré une sympathie bizarre : il avait remarqué que ces deux jeunes gens avaient le nez de travers, et que le nez de l'un était tourné à droite, tandis que celui de l'autre regardait à gauche. Finalement, il se laissa entraîner par eux dans un « jardin de plaisance » où il paya leur entrée. Cet établissement, décoré du nom de Waux-Hall, n'était au fond qu'un café chantant de bas étage. Les clercs y rencontrèrent quelques « collègues » et se prirent de querelle avec eux. Peu s'en fallut que l'on n'en vînt aux mains. Svidrigaïloff fut choisi comme arbitre. Après avoir écouté pendant un quart d'heure les récriminations confuses des parties en cause, il crut comprendre qu'un des clercs avait volé quelque chose et l'avait vendu à un Juif, mais sans vouloir partager avec ses camarades le produit de cette opération commerciale. À la fin, il se trouva que l'objet volé était une cuiller à thé appartenant au Waux-Hall. Elle fut reconnue par les gens de l'établissement, et l'affaire menaçait de prendre une tournure grave si Svidrigaïloff n'avait désintéressé les plaignants. Il se leva ensuite et sortit du jardin. Il était alors près de dix heures.

Pendant toute la soirée il n'avait pas bu une goutte de vin ; au Waux-Hall, il s'était borné à demander du thé, et encore parce que les convenances l'obligeaient à se faire servir quelque chose. La température était étouffante, et de noirs nuages s'épaississaient dans le ciel. Vers dix heures éclata un violent orage. Svidrigaïloff arriva chez lui trempé jusqu'aux os. Il s'enferma dans son logement, ouvrit son secrétaire d'où il retira tous ses fonds, et déchira deux ou trois papiers. Après avoir mis son argent en poche, il pensa à changer de vêtements ; mais, comme la pluie continuait à tomber, il jugea que cela n'en valait pas la peine, prit son chapeau et sortit sans fermer la porte de son appartement. Il se rendit droit au domicile de Sonia, qu'il trouva chez elle.

La jeune fille n'était pas seule, elle avait autour d'elle quatre petits enfants appartenant à la famille Kapernaoumoff. Sophie Séménovna leur faisait boire du thé. Elle accueillit respectueusement le visiteur, regarda avec surprise ses vêtements mouillés, mais ne dit pas un mot. À la vue d'un étranger, tous les enfants s'enfuirent aussitôt, saisis d'une frayeur indescriptible.

Svidrigaïloff s'assit près de la table et invita Sonia à prendre place à côté de lui. Elle se prépara timidement à écouter ce qu'il avait à lui dire.

— Sophie Séménovna, commença-t-il, je vais peut-être me rendre en Amérique, et comme, selon toute probabilité, nous nous voyons pour la dernière fois, je suis venu régler quelques affaires. Eh bien, vous êtes allée aujourd'hui chez cette dame ? Je sais ce qu'elle vous a dit, inutile de me le raconter. (Sofia fit un mouvement et rougit.) Ces gens-là ont leurs préjugés. Pour ce qui est de vos sœurs et de votre frère, leur sort est assuré, l'argent que je destinais à chacun d'eux a été remis par moi en mains sûres. Voici les récépissés : à tout hasard, prenez-les. Maintenant, voici pour vous personnellement trois titres de cinq pour cent représentant une somme de trois mille roubles. Je désire que cela reste entre nous et que personne n'en ait connaissance. Cet argent vous est nécessaire, Sophie Séménovna, car vous ne pouvez continuer à vivre ainsi.

— Vous avez eu tant de bontés pour les orphelins, pour la défunte et pour moi... balbutia Sonia, — si je vous ai à peine remercié jusqu'à présent, ne croyez pas...

— Allons, assez, assez !

— Quant à cet argent, Arcade Ivanovitch, je vous suis bien reconnaissante, mais je n'en ai pas besoin maintenant. N'ayant plus que moi à nourrir, je me tirerai toujours d'affaire. Ne m'accusez pas d'ingratitude si je refuse votre offre. Puisque vous êtes si charitable, cet argent...

— Prenez-le, Sophie Séménovna, et, je vous en prie, ne me faites pas d'objections, je n'ai pas le temps de les entendre. Rodion Romanovitch n'a que le choix entre deux alternatives : se loger une balle dans le front ou aller en Sibérie...

À ces mots, Sonia se mit à trembler et regarda avec effarement son interlocuteur.

— Ne vous inquiétez pas, poursuivit Svidrigaïloff. J'ai tout appris de sa propre bouche, et je ne suis pas bavard ; je ne le dirai à personne. Vous avez été bien inspirée en lui conseillant d'aller se dénoncer. C'est de beaucoup le parti le plus avantageux qu'il puisse prendre. Eh bien, quand il ira en Sibérie, vous l'y accompagnerez, n'est-ce pas ? En ce cas, vous aurez besoin d'argent ; il vous en faudra pour lui, comprenez-vous ? La somme que je vous offre, c'est à lui que je la donne par votre entremise. De plus, vous avez promis à Amalia Ivanovna d'acquitter ce qui lui est dû. Pourquoi donc, Sophie Séménovna, assumez-vous toujours si légèrement de pareilles charges ? La débitrice de cette Allemande, ce n'était pas vous, c'était Catherine Ivanovna : vous auriez dû envoyer l'Allemande à tous les diables. Il faut plus de calcul dans la vie… Allons, si demain ou après-demain quelqu'un vous interroge à mon sujet, ne parlez pas de ma visite et ne dites à personne que je vous ai donné de l'argent. Et maintenant au revoir. (Il se leva.) Saluez de ma part Rodion Romanovitch. À propos : vous ferez bien, en attendant, de confier l'argent à M. Razoumikhine. Vous connaissez sans doute M. Razoumikhine ? C'est un brave garçon. Portez-le-lui demain ou… quand vous en aurez l'occasion. Mais, d'ici là, tâchez qu'on ne vous le prenne pas.

Sonia s'était levée aussi et fixait un regard inquiet sur le visiteur. Elle avait grande envie de dire quelque chose, de faire quelque question, mais elle était intimidée et ne savait par où commencer.

— Ainsi vous… ainsi vous allez vous mettre en route par un temps pareil ?

— Quand on part pour l'Amérique, est-ce qu'on s'inquiète de la pluie ? Adieu, chère Sophie Séménovna ! Vivez et vivez longtemps, vous êtes utile aux autres. À propos… faites donc mes compliments à M. Razoumikhine. Dites-lui qu'Arcade Ivanovitch Svidrigaïloff le salue. N'y manquez pas.

Quand il l'eut quittée, Sonia resta oppressée par un vague sentiment de crainte.

Le même soir, Svidrigaïloff fit une autre visite fort singulière et fort inattendue. La pluie tombait toujours. À onze heures vingt, il se présenta tout trempé chez les parents de sa future, qui occupaient un petit logement dans Vasili-Ostroff. Il eut grand'peine à se faire ouvrir, et son arrivée à une heure aussi indue causa dans le premier moment une stupéfaction extrême. On crut d'abord à une frasque d'homme ivre, mais cette impression ne dura qu'un instant ; car, quand il le voulait, Arcade Ivanovitch avait les manières les plus séduisantes. L'intelligente mère roula auprès de lui le fauteuil du père infirme et engagea aussitôt la conversation par des questions détournées. Jamais cette femme n'allait droit au fait : voulait-elle savoir, par exemple, quand il plairait à Arcade Ivanovitch que le mariage fût célébré, elle commençait par l'interroger curieusement sur Paris, sur le high life parisien, pour le ramener peu à peu à Vasili-Ostroff.

Les autres fois, ce petit manège réussissait très-bien ; mais, dans la circonstance présente, Svidrigaïloff se montra plus impatient que de coutume et demanda à voir sur-le-champ sa future, quoiqu'on lui eût dit qu'elle était déjà couchée. Bien entendu, on s'empressa de le satisfaire. Arcade Ivanovitch dit à la jeune fille qu'une affaire urgente l'obligeant à s'absenter pour quelque temps de Pétersbourg, il lui avait apporté quinze mille roubles, et qu'il la priait d'accepter cette bagatelle, dont il avait depuis longtemps l'intention de lui faire cadeau avant le mariage. Il n'y avait guère de liaison logique entre ce présent et le départ annoncé ; il ne semblait pas non plus que cela nécessitât absolument une visite au milieu de la nuit, par une pluie battante. Néanmoins, si louches qu'elles pussent paraître, ces explications furent parfaitement accueillies ; à peine même si les parents témoignèrent quelque surprise devant des agissements aussi étranges ; fort sobres de questions et d'exclamations étonnées, ils se répandirent par contre en remerciements des plus chaleureux auxquels l'intelligente mère mêla ses larmes. Svidrigaïloff se leva, embrassa sa fiancée, lui tapota doucement la joue et assura qu'il serait bientôt de retour. La fillette le regardait d'un air intrigué ; on lisait dans ses yeux plus qu'une simple curiosité enfantine. Arcade Ivanovitch remarqua ce regard ; il embrassa de nouveau sa future et se retira en songeant avec un réel dépit que son cadeau serait à coup sûr conservé sous clef par la plus intelligente des mères.

À minuit, il rentrait en ville par le pont de ***. La pluie avait cessé, mais le vent faisait rage. Pendant près d'une demi-heure, Svidrigaïloff battit le pavé de l'immense perspective ***, paraissant chercher quelque chose. Peu de temps auparavant, il avait remarqué, sur le côté droit de la perspective, un hôtel qui, autant qu'il s'en souvenait, s'appelait l'Hôtel d'Andrinople. À la fin, il le trouva. C'était un long bâtiment en bois où, malgré l'heure avancée, on voyait, encore briller de la lumière. Il entra et demanda une chambre à un domestique en haillons qu'il rencontra dans le corridor. Après un coup d'œil jeté sur Svidrigaïloff, le domestique le conduisit à une petite chambre située tout au bout du corridor, sous l'escalier. C'était la seule qui fut disponible.

— Avez-vous du thé ? demanda Svidrigaïloff.

— On peut vous en faire.

— Qu'est-ce qu'il y a encore ?

— Du veau, de l'eau-de-vie, des hors-d'œuvre.

— Apporte-moi du veau et du thé.

— Vous ne voulez pas autre chose ? demanda avec une sorte d'hésitation le laquais.

— Non.

L'homme en haillons s'éloigna fort désappointé.

« Ce doit être quelque chose de propre que cette maison, pensa Svidrigaïloff ; — du reste, moi-même j'ai sans doute l'air d'un homme qui revient d'un café chantant et qui a eu une aventure en chemin. Je serais pourtant curieux de savoir quelle espèce de gens loge ici. »

Il alluma la bougie et se livra à un examen plus détaillé de la chambre. Elle était fort étroite et si basse qu'un homme de la taille de Svidrigaïloff pouvait à peine s'y tenir debout. Le mobilier se composait d'un lit très-sale, d'une table en bois verni et d'une chaise. La tapisserie délabrée était si poudreuse qu'on en distinguait difficilement la couleur primitive. L'escalier coupait en biais le plafond, ce qui donnait à cette pièce l'apparence d'une mansarde. Svidrigaïloff déposa la bougie sur la table, s'assit sur le lit et devint pensif. Mais un incessant bruit de voix qui se faisait entendre dans la pièce voisine finit par attirer son attention. Il se leva, prit sa bougie et alla regarder par une fente du mur.

Dans une chambre un peu plus grande que la sienne il aperçut deux individus, l'un debout, l'autre assis sur une chaise. Le premier, en manches de chemise, était rouge et avait des cheveux crépus. Il objurguait son compagnon avec des larmes dans la voix : « Tu n'avais pas de position, tu étais dans la dernière misère ; je t'ai tiré du bourbier, et il ne tient qu'à moi de t'y replonger. » L'ami à qui s'adressaient ces paroles avait l'air d'un homme qui voudrait bien éternuer et qui n'y peut réussir. De temps à autre il jetait un regard hébété sur l'orateur : évidemment, il ne comprenait pas un mot de ce qu'on lui disait, peut-être même ne l'entendait-il pas. Sur la table où la bougie achevait de se consumer, il y avait une carafe d'eau-de-vie presque vide, des verres de dimensions diverses, du pain, des concombres et un service à thé. Après avoir considéré attentivement ce tableau, Svidrigaïloff quitta son poste d'observation et revint s'asseoir sur le lit.

En apportant le thé et le veau, le garçon ne put s'empêcher de demander encore une fois s'il ne fallait pas autre chose. Sur la réponse négative qu'il reçut, il se retira définitivement. Svidrigaïloff se hâta de boire un verre de thé pour se réchauffer, mais il lui fut impossible de manger. La fièvre qui commençait à l'agiter lui coupait l'appétit. Il ôta son paletot et sa jaquette, s'enveloppa dans la couverture du lit et se coucha. Il était vexé. « Mieux vaudrait pour cette fois être bien portant », se dit-il avec un sourire. L'atmosphère était étouffante, la bougie éclairait faiblement, le vent grondait au dehors, dans un coin se faisait entendre le bruit d'une souris, du reste une odeur de souris et de cuir remplissait toute la chambre. Étendu sur le lit, Svidrigaïloff rêvait plutôt qu'il ne pensait, ses idées se succédaient confusément, il aurait voulu arrêter son imagination sur quelque chose. « C'est sans doute un jardin qu'il y a sous la fenêtre, les arbres sont agités par le vent. Que je déteste ce bruit d'arbres la nuit, dans la tempête et dans les ténèbres ! » Il se rappela que tout à l'heure, en passant à côté du parc Pétrowsky, il avait éprouvé la même impression pénible. Ensuite il songea à la Petite-Néwa, et il eut de nouveau le frisson qui l'avait saisi tantôt quand, debout sur le pont, il contemplait la rivière. « Jamais de ma vie je n'ai aimé l'eau, même dans les paysages », pensa-t-il, et tout à coup une idée étrange le fit sourire : « Il me semble qu'à présent je devrais me moquer de l'esthétique et du confort, pourtant me voici devenu aussi difficile que l'animal qui a toujours soin de choisir sa place… en pareille occurrence. Si j'étais allé tantôt à Pétrowsky Ostroff ? Apparemment j'ai eu peur du froid et de l'obscurité, hé ! hé ! Il me faut des sensations agréables !… Mais pourquoi ne pas éteindre la bougie ? » (Il la souffla.) « Mes voisins sont couchés », ajouta-t-il, ne voyant point de lumière dans la fente de la cloison. « C'est maintenant, Marfa Pétrovna, que votre visite aurait de l'à-propos. Il fait noir, le lieu est propice, la situation est exceptionnelle. Et, justement, vous ne viendrez pas… »

Le sommeil continuait à le fuir. Peu à peu l'image de Dounetchka se dressa devant lui, et un tremblement soudain agita ses membres au souvenir de la scène qu'il avait eue avec la jeune fille peu d'heures auparavant. « Non, ne pensons plus à cela. Chose bizarre, je n'ai jamais beaucoup haï personne, je n'ai même jamais éprouvé un vif désir de me venger de qui que ce soit, c'est mauvais signe, mauvais signe ! Jamais non plus je n'ai été ni querelleur, ni violent — voilà encore un mauvais signe ! Mais que de promesses je lui ai faites tantôt ! Elle m'aurait mené loin… » Il se tut et serra les dents. Son imagination lui montra de nouveau Dounetchka, telle exactement qu'elle était quand, après avoir lâché le revolver, incapable désormais de résistance, elle fixait sur lui un regard épouvanté. Il se rappela quelle pitié il avait eue d'elle en ce moment, comme il s'était senti le cœur oppressé… « Au diable ! Encore ces pensées ! Ne songeons plus à tout cela. »

Déjà il s'assoupissait, son tremblement fiévreux avait cessé ; tout à coup il lui sembla que sous la couverture quelque chose courait le long de son bras et de sa jambe. Il tressaillit : « Diable ! c'est sans doute une souris », pensa-t-il. « J'ai laissé le veau sur la table… » Craignant de prendre froid, il ne voulait pas se découvrir ni se lever, mais soudain un nouveau contact désagréable lui effleura le pied. Il rejeta la couverture et alluma la bougie, puis, frissonnant, il se pencha sur le lit et l'examina sans y rien découvrir. Il secoua la couverture, et brusquement une souris sauta sur le drap. Il essaya aussitôt de la prendre, mais, tout en restant sur le lit, elle décrivait des zigzags de divers côtés et glissait sous les doigts qui cherchaient à la saisir ; tout à coup la souris se fourra sous l'oreiller. Svidrigaïloff jeta l'oreiller par terre, mais au même instant il sentit que quelque chose avait sauté sur lui et se promenait sur son corps par-dessous la chemise. Un tremblement nerveux s'empara de lui, et il s'éveilla. L'obscurité régnait dans la chambre, il était couché sur le lit, enveloppé, comme tantôt, dans la couverture ; le vent grondait toujours au dehors : « C'est crispant ! » se dit-il avec colère.

Il se leva et s'assit sur le bord du lit, le dos tourné à la fenêtre. « Il vaut mieux ne pas dormir », décida-t-il. De la croisée venait un air froid et humide ; sans quitter sa place, Svidrigaïloff tira à lui la couverture et s'en enveloppa. Il n'alluma pas la bougie. Il ne pensait à rien et ne voulait pas penser, mais des rêves, des idées incohérentes traversaient son cerveau. Il était comme tombé dans un demi-sommeil. Était-ce l'effet du froid, des ténèbres, de l'humidité ou du vent qui agitait les arbres ? toujours est-il que ses songeries avaient pris une tournure fantastique, — des fleurs s'offraient sans cesse à son imagination. Il lui semblait avoir sous les yeux un riant paysage ; c'était le jour de la Trinité, le temps était superbe. Au milieu des plates-bandes fleuries apparaissait un élégant cottage dans le goût anglais ; des plantes grimpantes s'enroulaient autour du perron, des deux côtés de l'escalier couvert d'un riche tapis s'étageaient des potiches chinoises contenant des fleurs rares. Aux fenêtres, dans des vases à demi pleins d'eau plongeaient des bouquets de jacinthes blanches qui s'inclinaient sur leurs hampes d'un vert cru et répandaient un parfum capiteux. Ces bouquets attiraient particulièrement l'attention de Svidrigaïloff, et il aurait voulu ne pas s'en éloigner ; cependant il monta l'escalier et entra dans une salle grande et haute ; là encore, partout, aux fenêtres, près de la porte donnant accès à la terrasse comme sur la terrasse elle-même, partout il y avait des fleurs. Les parquets étaient jonchés d'une herbe fraîchement fauchée et exhalant une odeur suave ; par les croisées ouvertes pénétrait dans la chambre une brise délicieuse, les oiseaux gazouillaient sous les fenêtres. Mais, au milieu de la salle, sur une table couverte d'une nappe de satin blanc était placé un cercueil. Des guirlandes de fleurs l'entouraient de tous côtés, et à l'intérieur il était capitonné de gros de Naples et de ruche blanche. Dans cette bière reposait sur un lit de fleurs une fillette vêtue d'une robe de tulle blanc ; ses bras étaient croisés sur sa poitrine, et on les aurait pris pour ceux d'une statue de marbre. Ses cheveux d'un blond clair étaient en désordre et mouillés ; une couronne de roses ceignait sa tête. Le profil sévère et déjà roidi de son visage semblait aussi découpé dans le marbre ; mais le sourire de ses lèvres pâles exprimait une tristesse navrante, une désolation qui n'appartient pas à l'enfance. Svidrigaïloff connaissait cette fillette ; il n'y avait près du cercueil ni images pieuses, ni flambeaux allumés, ni prières. La défunte était une suicidée, — une noyée. À quatorze ans, elle avait eu le cœur brisé par un outrage qui avait terrifié sa conscience enfantine, rempli son âme angélique d'une honte imméritée et arraché de sa poitrine un suprême cri de désespoir, cri étouffé par les mugissements du vent, au milieu d'une sombre et humide nuit de dégel…

Svidrigaïloff s'éveilla, quitta son lit et s'approcha de la croisée. Après avoir cherché à tâtons l'espagnolette, il ouvrit la fenêtre, exposant son visage et son torse à peine protégé par la chemise aux atteintes du vent glacial qui s'engouffrait dans l'étroite chambre. Sous la fenêtre il devait y avoir en effet un jardin, probablement un jardin de plaisance ; là sans doute, pendant le jour, on chantait des chansonnettes et on servait du thé sur de petites tables. Mais maintenant tout était plongé dans les ténèbres, et les objets ne se désignaient à l'œil que par des taches noires à peine distinctes. Durant cinq minutes, Svidrigaïloff accoudé sur l'appui de la croisée regarda au-dessous de lui, dans l'obscurité. Au milieu de la nuit retentirent deux coups de canon.

« Ah ! c'est un signal ! La Néwa monte », pensa-t-il ; — « ce matin les parties basses de la ville vont être inondées, les rats seront noyés dans les caves ; les locataires des rez-de-chaussée, ruisselants d'eau, maugréant, opéreront au milieu de la pluie et du vent le sauvetage de leurs bibelots ; ils devront les transporter aux étages supérieurs… Mais quelle heure est-il ? » Au moment même où il se posait cette question, une horloge voisine sonna trois coups. — « Eh ! dans une heure il fera jour ! Pourquoi attendre ? Je vais partir tout de suite et me rendre dans l'Île Pétrowsky… » Là-dessus, il ferma la fenêtre, alluma la bougie et s'habilla ; puis, le chandelier à la main, il sortit de la chambre pour aller éveiller le garçon, régler sa note et quitter ensuite l'hôtel. — « C'est le moment le plus favorable, on ne peut pas en choisir un meilleur. »

Il erra longtemps dans le corridor long et étroit ; ne trouvant personne, il allait appeler à haute voix, quand tout à coup, dans un coin sombre, entre une vieille armoire et une porte, il découvrit un objet étrange, quelque chose qui semblait vivant. En se penchant avec la lumière, il reconnut que c'était une petite fille de cinq ans environ ; elle tremblait et pleurait ; sa petite robe était trempée comme une lavette. La présence de

Svidrigaïloff ne parut pas l'effrayer, mais elle fixa sur lui ses grands yeux noirs avec une expression de surprise hébétée. De temps à autre elle sanglotait encore, comme il arrive aux enfants qui, après avoir longtemps pleuré, commencent à se consoler. Son visage était pâle et défait ; elle était transie de froid, mais — « par quel hasard se trouvait-elle là ? sans doute elle s'était cachée dans ce coin et n'avait pas dormi de toute la nuit ». Il se mit à l'interroger. S'animant tout à coup, la fillette commença d'une voix enfantine et grasseyante un récit interminable où il était question de « maman » et de « tasse cassée ». Svidrigaïloff crut comprendre que c'était une enfant peu aimée : sa mère, probablement une cuisinière de l'hôtel, s'adonnait à la boisson et la maltraitait sans cesse. La petite fille avait cassé une tasse, et, craignant une correction, elle s'était, dans la soirée de la veille, enfuie de la maison par une pluie battante. Après être restée longtemps dehors, elle avait fini par rentrer secrètement, s'était cachée derrière l'armoire et avait passé toute la nuit là, tremblant, pleurant, effrayée de se voir dans l'obscurité, plus effrayée encore à la pensée qu'elle serait cruellement battue, et pour la tasse cassée, et pour la fugue dont elle s'était rendue coupable. Svidrigaïloff la prit dans ses bras, la porta à sa chambre et, l'ayant déposée sur son lit, se mit en devoir de la déshabiller. Elle n'avait pas de bas, et ses chaussures trouées étaient aussi humides que si elles avaient trempé toute la nuit dans une mare. Quand il lui eut ôté ses vêtements, il la coucha et l'enveloppa avec soin dans la couverture. Elle s'endormit aussitôt. Ayant tout fini, Svidrigaïloff retomba dans ses pensées moroses.

« De quoi me mêlé-je encore ! » se dit-il avec un sentiment de colère. — « Quelle bêtise ! » Dans son irritation, il prit la bougie pour se mettre à la recherche du garçon et quitter au plus tôt l'hôtel. « Peuh, une gamine ! » fit-il en lâchant un juron au moment où il ouvrait la porte, mais il se retourna pour jeter un dernier coup d'œil sur la petite fille, s'assurer si elle dormait et comment elle dormait. Il souleva avec précaution la couverture qui cachait la tête. L'enfant dormait d'un profond sommeil. Elle s'était réchauffée dans le lit, et ses joues pâles avaient déjà repris des couleurs. Toutefois, chose étrange, l'incarnat de son teint était beaucoup plus vif que celui qui se remarque à l'état normal chez les enfants. « C'est la rougeur de la fièvre », pensa Svidrigaïloff. On aurait dit qu'elle avait bu. Ses lèvres purpurines paraissaient brûlantes. Soudain il croit voir cligner légèrement les longs cils noirs de la petite dormeuse ; sous les paupières mi-closes se laisse deviner un jeu de prunelle malicieux, sournois, nullement enfantin. La fillette ne dormirait-elle pas et ferait-elle semblant de dormir ? En effet, ses lèvres sourient, leurs extrémités frémissent comme quand on étouffe une envie de rire. Mais voilà qu'elle cesse de se contraindre, elle rit franchement ; quelque chose d'effronté, de provocant, rayonne sur ce visage qui n'a plus rien de l'enfance ; c'est le visage d'une prostituée, d'une cocotte française. Voilà que les deux yeux s'ouvrent tout grands : ils enveloppent Svidrigaïloff d'un regard lascif et passionné, ils l'appellent, ils rient… Rien de répugnant comme cette figure enfantine dont tous les traits respirent la luxure. « Quoi ! à cinq ans ! » murmure-t-il en proie à une véritable épouvante : « est-ce possible ? » Mais voilà qu'elle tourne vers lui son visage enflammé, elle lui tend les bras… « Ah ! maudite ! » s'écrie avec horreur Svidrigaïloff ; il lève la main sur elle et au même instant s'éveille.

Il se retrouva couché sur son lit, enveloppé dans la couverture ; la bougie n'était pas allumée, le jour se levait déjà.

« J'ai eu le cauchemar toute cette nuit ! » Il se mit sur son séant et s'aperçut avec colère qu'il était tout courbaturé, tout brisé. Au dehors régnait un épais brouillard au travers duquel on ne pouvait rien distinguer. Il était près de cinq heures ; Svidrigaïloff avait dormi trop longtemps ! Il se leva, remit ses vêtements encore humides, et, sentant le revolver dans sa poche, il le prit pour s'assurer si la capsule était bien placée. Ensuite il s'assit, et sur la première page de son carnet écrivit quelques lignes en gros caractères. Après les avoir relues, il s'accouda sur la table et s'absorba dans ses réflexions. Les mouches se régalaient de la portion de veau restée intacte. Il les regarda longtemps, puis se mit à leur donner la chasse. À la fin, il s'étonna de l'occupation à laquelle il se livrait, et, recouvrant tout à coup la conscience de sa situation, il sortit vivement de la chambre. Un instant après, il était dans la rue.

Un épais brouillard couvrait la ville. Svidrigaïloff cheminait dans la direction de la Petite-Néwa. Tandis qu'il marchait sur le glissant pavé de bois, il voyait en imagination l'Île Pétrowsky avec ses petits sentiers, ses gazons, ses arbres, ses taillis… Pas un piéton, pas un fiacre sur toute l'étendue de la perspective. Les petites maisons jaunes, aux volets fermés, avaient l'air sale et triste. Le froid et l'humidité commençaient à donner le frisson au promeneur matinal. De loin en loin, quand il apercevait l'enseigne d'une boutique, il la lisait machinalement.

Arrivé au bout du pavé de bois, à la hauteur de la grande maison de pierre, il vit un chien fort laid qui traversait la chaussée en serrant sa queue entre ses jambes. Un homme ivre-mort gisait au milieu du trottoir, le visage contre terre. Svidrigaïloff regarda un instant l'ivrogne et passa outre. À gauche, un beffroi s'offrit à sa vue. « Bah ! pensa-t-il, voilà une place, à quoi bon aller dans l'Île Pétrowsky ? Comme cela, la chose pourra être officiellement constatée par un témoin… » Souriant à cette nouvelle idée, il prit la rue ***.

Là se trouvait le bâtiment que surmontait le beffroi. Contre la porte était appuyé un petit homme enveloppé dans un manteau de soldat et coiffé d'un casque grec. En voyant Svidrigaïloff s'approcher, il lui jeta du coin de l'œil un regard maussade. Sa physionomie avait cette expression de tristesse hargneuse qui est la marque séculaire des visages israélites. Pendant quelque temps, tous deux s'examinèrent en silence. À la fin, il parut étrange au factionnaire qu'un individu qui n'était pas ivre s'arrêtât ainsi à trois pas de lui et le fixât sans dire un seul mot.

— Qu'est-ce que vous voulez ? demanda-t-il, toujours adossé contre la porte.

— Mais rien, mon ami, bonjour ! répondit Svidrigaïloff.

— Passez votre chemin.

— Mon ami, je vais à l'étranger.

— Comment, à l'étranger ?

— En Amérique.

— En Amérique ?

Svidrigaïloff prit le revolver dans sa poche et l'arma. Le soldat releva les sourcils.

— Dites donc, ce ne sont pas des plaisanteries à faire ici !

— Pourquoi pas ?

— Parce que ce n'est pas le lieu.

— N'importe, mon ami, la place est bonne tout de même ; si l'on t'interroge, tu répondras que je suis parti pour l'Amérique.

Il appuya le canon de son revolver contre sa tempe droite.

— On ne peut pas faire cela ici, ce n'est pas le lieu ! reprit le soldat en ouvrant des yeux de plus en plus grands.

Svidrigaïloff pressa la détente…

Chapitre VI

Ce même jour, entre six et sept heures du soir, Raskolnikoff se rendit chez sa mère et sa sœur. Les deux femmes habitaient maintenant dans la maison Bakaléieff l'appartement dont Razoumikhine leur avait parlé. En montant l'escalier, Raskolnikoff semblait encore hésiter. Toutefois pour rien au monde il n'aurait rebroussé chemin ; il était décidé à faire cette visite. « D'ailleurs, elles ne savent encore rien », pensait-il, « et elles sont déjà habituées à voir en moi un original. » Ses vêtements étaient souillés de boue et déchirés ; d'autre part, la fatigue physique, jointe à la lutte qui se livrait en lui depuis près de vingt-quatre heures, avait rendu son visage presque méconnaissable. Le jeune homme avait passé la nuit entière Dieu sait où. Mais, du moins, son parti était pris.

Il frappa à la porte, sa mère lui ouvrit. Dounetchka était sortie, et la servante n'était pas non plus à la maison en ce moment. Pulchérie Alexandrovna resta d'abord muette de surprise et de joie ; puis elle prit son fils par la main et l'entraîna dans la chambre.

— Ah ! te voilà ! dit-elle d'une voix que l'émotion faisait trembler. — Ne te fâche pas, Rodia, si j'ai la sottise de t'accueillir avec des larmes, c'est le bonheur qui les fait couler. Tu crois que je suis triste ? Non, je suis gaie, je ris, seulement j'ai cette sotte habitude de verser des larmes. Depuis la mort de ton père, je pleure comme cela à propos de tout. Assieds-toi, mon chéri, tu es fatigué, je le vois. Ah ! que tu es sale !

— J'ai reçu la pluie hier, maman… commença Raskolnikoff.

— Laisse donc ! l'interrompit vivement Pulchérie Alexandrovna. Tu pensais que j'allais t'interroger avec ma curiosité de vieille femme ? Sois tranquille, je comprends, je comprends tout ; maintenant, je suis déjà un peu initiée aux usages de Pétersbourg, et, vraiment, je vois moi-même qu'on est plus intelligent ici que chez nous. Je me suis dit, une fois pour toutes, que je n'avais pas besoin de m'immiscer dans tes affaires et de te demander des comptes. Pendant que, peut-être, tu as l'esprit occupé Dieu sait de quelles pensées, j'irais, moi, te troubler par mes questions importunes !… Ah ! Seigneur !… Vois-tu, Rodia ? je suis en train de lire pour la troisième fois l'article que tu as publié dans une revue, Dmitri Prokofitch me l'a apporté. Ç'a été une révélation pour moi ; dès lors, en effet, je me suis tout expliqué et j'ai reconnu combien j'avais été bête. « Voilà ce qui l'occupe, me suis-je dit ; il roule dans sa tête des idées nouvelles, et il n'aime pas qu'on l'arrache à ses réflexions ; tous les savants sont ainsi. » Malgré l'attention avec laquelle je te lis, il y a dans ton article, mon ami, bien des choses qui m'échappent ; mais, ignorante comme je suis, je n'ai pas lieu de m'étonner si je ne comprends pas tout.

— Montrez-le-moi donc, maman.

Raskolnikoff prit le numéro de la revue et jeta un rapide coup d'œil sur son article. Un auteur éprouve toujours un vif plaisir à se voir imprimé pour la première fois, surtout quand cet auteur n'a que vingt-trois-ans. Bien qu'en proie aux plus cruels soucis, notre héros ne put se soustraire à cette impression, mais elle ne dura chez lui qu'un instant. Après avoir lu quelques lignes, il fronça le sourcil, et une affreuse souffrance lui serra le cœur. Cette lecture lui avait soudain rappelé toutes les agitations morales des derniers mois. Ce fut avec un sentiment de violente répulsion qu'il jeta la brochure sur la table.

— Mais, toute bête que je suis, Rodia, je puis néanmoins juger que d'ici à très-peu de temps tu occuperas une des premières places, sinon la première, dans le monde de la science. Et ils ont osé penser que tu étais fou ! Ha ! ha ! ha ! tu ne sais pas que cette idée leur était venue ? Ah ! les pauvres gens ! Du reste, comment pourraient-ils comprendre ce que c'est que l'intelligence ? Dire pourtant que Dounetchka, oui, Dounetchka elle-même, n'était pas trop éloignée de le croire ! Est-ce possible ! Il y a six ou sept jours, Rodia, je me désolais en voyant comme tu es logé, habillé et nourri. Mais, maintenant, je reconnais que c'était encore une sottise de ma part : en effet, dès que tu le voudras, avec ton esprit et ton talent tu arriveras d'emblée à la fortune. Pour le moment, sans doute, tu n'y tiens pas, tu t'occupes de choses beaucoup plus importantes…

— Dounia n'est pas ici, maman ?

— Non, Rodia. Elle est très-souvent dehors, elle me laisse seule. Dmitri Prokofitch a la bonté de venir me voir, et il me parle toujours de toi. Il t'aime et t'estime, mon ami. Pour ce qui est de ta sœur, je ne me plains pas du peu d'égards qu'elle me témoigne. Elle a son caractère comme j'ai le mien. Il lui plaît de me laisser ignorer ses affaires, libre à elle ! Moi, je n'ai rien de caché pour mes enfants. Sans doute, je suis persuadée que Dounia est fort intelligente, que, de plus, elle a beaucoup d'affection pour moi et pour toi… Mais je ne sais à quoi aboutira tout cela… Je regrette qu'elle ne puisse profiter de la bonne visite que tu me fais. À son retour, je lui dirai : « En ton absence, ton frère est venu ; où étais-tu pendant ce temps-là ? » Toi, Rodia, ne me gâte pas trop : passe chez moi quand tu pourras le faire sans te déranger ; si tu n'es pas libre, ne te gêne pas, je prendrai patience. Il me suffira de savoir que tu m'aimes. Je lirai tes ouvrages, j'entendrai parler de toi par tout le monde, et, de temps en temps, je recevrai ta visite. Que puis-je désirer de plus ? Aujourd'hui, tu es venu consoler ta mère, je le vois…

Brusquement, Pulchérie Alexandrovna fondit en larmes.

— Me voilà encore ! Ne fais pas attention à moi, je suis folle ! Ah ! Seigneur, mais je ne pense à rien ! s'écria-t-elle en se levant tout à coup. — Il y a du café, et je ne t'en offre pas ! Tu vois ce que c'est que l'égoïsme des vieilles gens. Tout de suite, tout de suite !

— Ce n'est pas la peine, maman, je vais m'en aller. Je ne suis pas venu ici pour cela. Écoutez-moi, je vous en prie.

Pulchérie Alexandrovna s'approcha timidement de son fils.

— Maman, quoi qu'il arrive, quoi que vous entendiez dire de moi, m'aimerez-vous comme maintenant ? demanda-t-il soudain.

Ces paroles jaillirent spontanément du fond de son cœur avant qu'il eût eu le temps d'en mesurer la portée.

— Rodia, Rodia, qu'as-tu ? Comment peux-tu donc me faire cette question ? Qui osera jamais me dire du mal de toi ? Si quelqu'un se permettait cela, je refuserais de l'entendre et le chasserais de ma présence.

— Le but de ma visite était de vous assurer que je vous ai toujours aimée, et maintenant je suis bien aise que nous soyons seuls, bien aise même que Dounetchka ne soit pas ici, poursuivit-il avec le même élan ; — peut-être serez-vous malheureuse, sachez cependant que votre fils vous aime maintenant plus que lui-même, et que vous avez eu tort de mettre en doute sa tendresse. Jamais je ne cesserai de vous aimer… Allons, assez ; j'ai cru que je devais, avant tout, vous donner cette assurance…

Pulchérie Alexandrovna embrassa silencieusement son fils, le pressa contre sa poitrine et pleura sans bruit.

— Je ne sais ce que tu as, Rodia, dit-elle enfin. Jusqu'ici j'avais cru tout bonnement que notre présence t'ennuyait ; à présent, je vois qu'un grand malheur te menace, et que tu vis dans l'anxiété. Je m'en doutais, Rodia. Pardonne-moi de te parler de cela ; j'y pense toujours, et j'en perds le sommeil. La nuit dernière, ta sœur a eu le délire, et dans les paroles qu'elle prononçait ton nom revenait sans cesse. J'ai entendu quelques mots, mais je n'y ai rien compris. Depuis ce matin jusqu'au moment de ta visite, j'ai été comme un condamné qui attend l'exécution ; j'avais le pressentiment de quelque chose ! Rodia, Rodia, où vas-tu donc ? Car tu es sur le point de partir, n'est-ce pas ?

— Oui.

— Je l'avais deviné ! Mais je puis aller avec toi, si tu dois partir. Dounia nous accompagnera ; elle t'aime, elle t'aime beaucoup. S'il le faut, eh bien, nous prendrons aussi avec nous Sophie Séménovna ; vois-tu ? je suis toute prête à l'accepter pour fille. Dmitri Prokofitch nous aidera dans nos préparatifs de départ… mais… où vas-tu donc ?

— Adieu, maman.

— Quoi ! aujourd'hui même ! s'écria-t-elle, comme s'il se fut agi d'une séparation éternelle.

— Je ne puis pas rester, il faut absolument que je vous quitte…

— Et je ne puis pas aller avec toi ?…

— Non, mais mettez-vous à genoux et priez Dieu pour moi. Il entendra peut-être votre prière.

— Puisse-t-il l'entendre ! Je vais te donner ma bénédiction… Oh ! Seigneur !

Oui, il était bien aise que sa sœur n'assistât pas à cette entrevue. Pour s'épancher en liberté, sa tendresse avait besoin du tête-à-tête, et un témoin quelconque, fût-ce Dounia, l'aurait gêné. Il tomba aux pieds de sa mère et les baisa. Pulchérie Alexandrovna et son fils s'embrassèrent en pleurant ; la première ne fit plus aucune question. Elle avait compris que le jeune homme traversait une crise terrible, et que son sort allait se décider dans un moment.

— Rodia, mon chéri, mon premier-né, dit-elle à travers ses sanglots, te voilà maintenant tel que tu étais dans ton enfance ; c'est ainsi que tu venais m'offrir tes caresses et tes baisers. Jadis, du vivant de ton père, lui et moi n'avions, au milieu de nos malheurs, d'autre consolation que ta présence, et depuis que je l'ai enterré, combien de fois n'avons-nous pas, toi et moi, pleuré sur sa tombe, en nous tenant embrassés comme à présent ! Si je pleure depuis longtemps, c'est que mon cœur maternel avait des pressentiments sinistres. Le soir où nous sommes arrivés à Pétersbourg, dès notre première entrevue, ton visage m'a tout appris, et aujourd'hui, quand je t'ai ouvert la porte, j'ai pensé, en te voyant, que l'heure fatale était venue. Rodia, Rodia, tu ne pars pas tout de suite ?

— Non.

— Tu viendras encore ?

— Oui… je viendrai.

— Rodia, ne te fâche pas, je n'ose t'interroger ; dis-moi seulement deux mots : tu vas loin d'ici ?

— Fort loin.

— Tu auras là un emploi, une position ?

— J'aurai ce que Dieu m'enverra… priez seulement pour moi…

Raskolnikoff voulait sortir, mais elle se cramponna à lui et le regarda en plein visage avec une expression de désespoir.

— Assez, maman, dit le jeune homme, qui, témoin de cette douleur navrante, regrettait profondément d'être venu.

— Tu ne pars pas pour toujours ? Tu ne vas pas te mettre en route tout de suite ? Tu viendras demain ?

— Oui, oui, adieu.

Il réussit enfin à s'échapper.

La soirée était chaude sans être étouffante ; depuis le matin, le temps s'était éclairci. Raskolnikoff regagna vivement sa demeure. Il voulait avoir tout fini avant le coucher du soleil. Pour le moment toute rencontre lui eût été fort désagréable. En montant à sa chambre, il remarqua que Nastasia, alors occupée à préparer le thé, avait interrompu sa besogne, et le suivait d'un œil curieux.

« Est-ce qu'il y aurait quelqu'un chez moi ? » se dit-il, et malgré lui il songea à l'odieux Porphyre. Mais quand il ouvrit la porte de son logement, il aperçut Dounetchka. La jeune fille, assise sur le divan, était pensive ; sans doute elle attendait son frère depuis longtemps. Il s'arrêta sur le seuil. Elle eut un mouvement d'effroi, se redressa et le regarda longuement. Une immense désolation se lisait dans les yeux de Dounia. Ce seul regard prouva à Raskolnikoff qu'elle savait tout.

— Dois-je m'avancer vers toi ou me retirer ? demanda-t-il avec hésitation.

— J'ai passé toute la journée à t'attendre chez Sophie Séménovna ; nous comptions t'y voir.

Raskolnikoff entra dans la chambre et se laissa tomber avec accablement sur une chaise.

— Je me sens faible, Dounia ; je suis très-fatigué, et, en ce moment surtout, j'aurais besoin de toutes mes forces.

Il jeta sur sa sœur un regard défiant.

— Où as-tu donc été durant toute la nuit dernière ?

— Je ne m'en souviens pas bien ; vois-tu, ma sœur ? je voulais prendre un parti définitif, et plusieurs fois je me suis approché de la Néwa ; cela, je me le rappelle. Mon intention était d'en finir ainsi… mais… je n'ai pu m'y résoudre… acheva-t-il à voix basse en cherchant à lire sur le visage de Dounia l'impression produite par ses paroles.

— Dieu soit loué ! C'était précisément ce que nous craignions, Sophie Séménovna et moi ! Ainsi tu crois encore à la vie, Dieu soit loué !

Raskolnikoff eut un sourire amer.

— Je n'y croyais pas, mais tout à l'heure j'ai été chez notre mère, et nous nous sommes embrassés en pleurant ; je suis incrédule, et pourtant je lui ai demandé de prier pour moi. Dieu sait comment cela se fait, Dounetchka ; moi-même, je ne comprends rien à ce que j'éprouve. — Tu as été chez notre mère ? Tu lui as parlé ? s'écria Dounia épouvantée. Se peut-il que tu aies eu le courage de lui dire cela ?

— Non, je ne le lui ai pas dit… verbalement ; mais elle se doute de quelque chose. Elle t'a entendue rêver tout haut la nuit dernière. Je suis sûr qu'elle a déjà deviné la moitié de ce secret. J'ai peut-être eu tort d'aller la voir. Je ne sais même pourquoi je l'ai fait. Je suis un homme bas, Dounia.

— Oui, mais un homme prêt à aller au-devant de l'expiation. Tu iras, n'est-ce pas ?

— À l'instant. Pour fuir ce déshonneur, je voulais me noyer, Dounia ; mais au moment où j'allais me jeter à l'eau, je me suis dit qu'un homme fort ne doit pas avoir peur de la honte. C'est de l'orgueil, Dounia ?

— Oui, Rodia !

Une sorte d'éclair s'alluma dans ses yeux ternes ; il semblait heureux de penser qu'il avait conservé son orgueil.

— Tu ne penses pas, ma sœur, que j'aie eu simplement peur de l'eau ? demanda-t-il avec un sourire désagréable.

— Oh ! Rodia, assez ! répondit la jeune fille blessée de cette supposition.

Tous deux restèrent silencieux pendant dix minutes. Raskolnikoff tenait les yeux baissés ; Dounetchka le considérait avec une expression de souffrance. Tout à coup il se leva :

— L'heure s'avance, il est grand temps de partir. Je vais me livrer, mais je ne sais pourquoi je fais cela.

De grosses larmes jaillirent sur les joues de Dounetchka.

— Tu pleures, ma sœur ; mais peux-tu me tendre la main ?

— En doutais-tu ?

Elle le serra avec force contre sa poitrine.

— Est-ce qu'en t'offrant à l'expiation tu n'effaceras pas la moitié de ton crime ? s'écria-t-elle ; en même temps elle embrassait son frère.

— Mon crime ? Quel crime ? répliqua-t-il dans un soudain accès de colère : celui d'avoir tué une vermine sale et malfaisante, une vieille usurière nuisible à tout le monde, un vampire qui suçait le sang des pauvres ? Mais un tel meurtre devrait obtenir l'indulgence pour quarante péchés ! Je n'y pense pas et ne songe nullement à l'effacer. Qu'ont-ils tous à me crier de tous côtés : « Crime ! crime ! » Maintenant que je me suis décidé à affronter gratuitement ce déshonneur, maintenant seulement l'absurdité de ma lâche détermination m'apparaît dans tout son jour ! C'est simplement par bassesse et par impuissance que je me résous à cette démarche, à moins que ce ne soit aussi par intérêt, comme me le conseillait ce… Porphyre.

— Frère, frère, que dis-tu ? Mais tu as versé le sang ! répondit Dounia, consternée.

— Eh bien, quoi ! Tout le monde le verse, poursuivit-il avec une véhémence croissante ; il a toujours coulé à flots sur la terre ; les gens qui le répandent comme du champagne montent ensuite au Capitole et sont proclamés bienfaiteurs de l'humanité. Examine les choses d'un peu plus près avant de les juger. Je voulais faire, moi aussi, du bien aux hommes ; des centaines, des milliers de bonnes actions eussent amplement racheté cette unique sottise, et, quand je dis sottise, je devrais dire plutôt maladresse, car l'idée n'était pas si sotte qu'elle en a l'air maintenant : après l'insuccès, les desseins les mieux concertés paraissent idiots. Je ne voulais, par cette bêtise, que me créer une situation indépendante, assurer mes premiers pas dans la vie, me procurer des ressources ; ensuite j'aurais pris mon essor… Mais j'ai échoué, c'est pourquoi je suis un misérable ! Si j'avais réussi, on me tresserait des couronnes, tandis qu'à présent je ne suis plus bon qu'à jeter aux chiens !

— Mais non, il ne s'agit pas de cela ! Mon frère, que dis-tu ?

— Il est vrai que je n'ai pas procédé selon les règles de l'esthétique ! Décidément je ne comprends pas pourquoi il est plus glorieux de lancer des bombes contre une ville assiégée que d'assassiner quelqu'un à coups de hache ! La crainte de l'esthétique est le premier signe de l'impuissance ! Jamais je ne l'ai mieux senti qu'à présent, et moins que jamais je comprends quel est mon crime ! Jamais je n'ai été plus fort, plus convaincu qu'en ce moment !

Son visage pâle et défait s'était subitement coloré. Mais comme il venait de proférer cette dernière exclamation, ses yeux rencontrèrent par hasard ceux de Dounia ; elle le regardait avec tant de tristesse que son exaltation tomba tout à coup. Il ne put s'empêcher de se dire qu'en somme il avait fait le malheur de ces deux pauvres femmes…

— Dounia, chère ! si je suis coupable, pardonne-moi (quoique je ne mérite aucun pardon, si réellement je suis coupable). Adieu ! ne disputons pas ensemble ! Il est temps, grand temps de partir ! Ne me suis pas, je t'en supplie, j'ai encore une visite à faire… Va à l'instant retrouver notre mère et reste auprès d'elle ; je te le demande en grâce, c'est la dernière prière que je t'adresse. Ne la quitte pas ; je l'ai laissée fort inquiète, et je crains qu'elle ne résiste pas à son chagrin : ou elle mourra, ou elle deviendra folle. Veille donc sur elle ! Razoumikhine ne vous abandonnera pas ; je lui ai parlé… Ne pleure pas sur moi : quoique assassin, je tâcherai d'être toute ma vie courageux et honnête. Peut-être entendras-tu un jour parler de moi. Je ne vous déshonorerai pas, tu verras ; je prouverai encore… Maintenant, au revoir, se hâta-t-il d'ajouter en remarquant une étrange expression dans les yeux de Dounia, tandis qu'il faisait ces promesses. — Pourquoi pleures-tu ainsi ? Ne pleure pas, nous ne nous quittons pas pour toujours !… Ah ! oui ! Attends, j'oubliais…

Il alla prendre sur la table un gros livre couvert de poussière, l'ouvrit et en tira une petite aquarelle peinte sur ivoire. C'était le portrait de la fille de sa logeuse, la jeune personne qu'il avait aimée. Pendant un instant il considéra ce visage expressif et souffreteux, puis il baisa le portrait et le remit à Dounetchka.

— J'ai bien des fois causé de cela avec elle, avec elle seule, dit-il rêveusement, — j'ai fait confidence à son cœur de ce projet qui devait avoir une issue si lamentable. Sois tranquille, continua-t-il en s'adressant à Dounia, — elle en a été révoltée tout autant que toi, et je suis bien aise qu'elle soit morte.

Puis, revenant à l'objet principal de ses préoccupations :

— L'essentiel maintenant, dit-il, — est de savoir si j'ai bien calculé ce que je vais faire et si je suis prêt à en accepter toutes les conséquences. On prétend que cette épreuve m'est nécessaire. Est-ce vrai ? Quelle force morale aurai-je acquise quand je sortirai du bagne, brisé par vingt années de souffrances ? Sera-ce alors la peine de vivre ? Et je consens à porter le poids d'une existence pareille ! Oh ! j'ai senti que j'étais lâche, ce matin, au moment de me jeter dans la Néwa !

À la fin, tous deux sortirent. Dounia n'avait été soutenue durant cette pénible entrevue que par son amour pour son frère. Ils se quittèrent dans la rue. Après avoir fait cinquante pas, la jeune fille se retourna pour voir une dernière fois Raskolnikoff. Lorsqu'il fut arrivé au coin de la rue, lui-même se retourna aussi. Leurs yeux se rencontrèrent, mais, remarquant que le regard de sa sœur était fixé sur lui, il fit un geste d'impatience et même de colère pour l'inviter à continuer son chemin ; ensuite il disparut au tournant de la rue.

Chapitre VII

La nuit commençait à tomber quand il arriva chez Sonia. Pendant toute la journée la jeune fille l'avait attendu avec anxiété. Dès le matin, elle avait reçu la visite de Dounia. Celle-ci était allée la voir, ayant appris la veille, par Svidrigaïloff, que Sophie Séménovna « savait cela ». Nous ne rapporterons pas en détail la conversation des deux femmes : bornons-nous à dire qu'elles pleurèrent ensemble et se lièrent d'une étroite amitié. De cette entrevue Dounia emporta du moins la consolation de penser que son frère ne serait pas seul : c'était Sonia qui la première avait reçu sa confession, c'était à elle qu'il s'était adressé lorsqu'il avait senti le besoin de se confier à un être humain ; elle l'accompagnerait en quelque lieu que la destinée l'envoyât. Sans avoir fait de questions à cet égard, Avdotia Romanovna en était sûre ; elle considérait Sonia avec une sorte de vénération qui rendait la pauvre fille toute confuse, car celle-ci se croyait indigne de lever les yeux sur Dounia. Depuis sa visite chez Raskolnikoff, l'image de la charmante personne qui l'avait si gracieusement saluée ce jour-là était restée dans son âme comme une des visions les plus belles et les plus ineffaçables de sa vie.

À la fin, Dounetchka se décida à aller attendre son frère au domicile de ce dernier, se disant qu'il ne pourrait faire autrement que d'y passer. Sonia ne fut pas plutôt seule que la pensée du suicide probable de Raskolnikoff lui ôta tout repos. C'était aussi la crainte de Dounia. Mais, en causant ensemble, les deux jeunes filles s'étaient donné l'une à l'autre toutes sortes de raisons pour se tranquilliser, et elles y avaient en partie réussi.

Dès qu'elles se furent quittées, l'inquiétude se réveilla chez chacune d'elles. Sonia se rappela ce que Svidrigaïloff lui avait dit la veille : « Raskolnikoff n'a que le choix entre deux alternatives : aller en Sibérie ou… » De plus, elle connaissait l'orgueil du jeune homme et son absence de sentiments religieux. « Est-il possible qu'il se résigne à vivre, uniquement par pusillanimité, par crainte de la mort ? » pensait-elle avec désespoir. Déjà elle ne doutait plus que le malheureux n'eût mis fin à ses jours, quand il entra chez elle.

Un cri de joie s'échappa de la poitrine de la jeune fille. Mais lorsqu'elle eut observé plus attentivement le visage du visiteur, elle pâlit soudain.

— Allons, oui ! dit en riant Raskolnikoff, je viens chercher tes croix, Sonia. C'est toi qui m'as engagé à aller au carrefour ; maintenant que je vais m'y rendre, d'où vient que tu as peur ?

Sonia le considéra avec étonnement. Ce ton lui paraissait étrange ; un frisson parcourut son corps ; mais, au bout d'une minute, elle comprit que cette assurance était feinte. Raskolnikoff, en lui parlant, regardait dans le coin et semblait craindre de fixer ses yeux sur elle.

— Vois-tu, Sonia ? j'ai jugé que cela vaudrait mieux. Il y a ici une circonstance… ce serait trop long à raconter, et je n'en ai pas le temps. Sais-tu ce qui m'irrite ? Je me sens furieux à la pensée que, dans un instant, toutes ces brutes m'entoureront, braqueront leurs yeux sur moi, me poseront de stupides questions auxquelles il faudra répondre, me montreront du doigt… Tu sais, je n'irai pas chez Porphyre ; il m'est insupportable. Je préfère aller trouver mon ami Poudre. Ce que celui-là sera surpris ! Je puis compter sur un joli succès d'étonnement. Mais il faudrait avoir plus de sang-froid ; dans ces derniers temps je suis devenu fort irritable. Le croiras-tu ? Peu s'en est fallu tantôt que je n'aie montré le poing à ma sœur, et cela parce qu'elle s'était retournée pour me voir une dernière fois. Suis-je tombé assez bas ! Eh bien, où sont les croix ?

Le jeune homme ne semblait pas dans son état normal. Il ne pouvait ni rester une minute en place ni fixer sa pensée sur un objet ; ses idées se succédaient sans transition, ou, pour mieux dire, il battait la campagne ; ses mains tremblaient légèrement.

Sonia gardait le silence. Elle tira d'une boîte deux croix : l'une en cyprès, l'autre en cuivre, puis elle se signa et, après avoir répété la même cérémonie sur la personne de Raskolnikoff, lui passa au cou la croix de cyprès.

— C'est une manière symbolique d'exprimer que je me charge d'une croix, hé ! hé ! Comme si d'aujourd'hui seulement je commençais à souffrir ! La croix de cyprès, c'est celle des petites gens ; la croix de cuivre appartenait à Élisabeth ; tu la gardes pour toi, montre-la un peu ! Ainsi, elle la portait… à ce moment-là ? Je connais deux autres objets de piété : une croix d'argent et une image. Je les ai jetés alors sur la poitrine de la vieille. Voilà ce que je devrais maintenant me mettre au cou… Mais je ne dis que des fadaises et j'oublie mon affaire, je suis distrait !… Vois-tu, Sonia ? je suis venu surtout pour te prévenir, afin que tu saches… Eh bien, voilà tout… Je ne suis venu que pour cela. (Hum ! Je croyais pourtant avoir autre chose à te dire.) Voyons, tu as toi-même exigé de moi cette démarche, je vais être mis en prison, et ton désir sera satisfait ; pourquoi donc pleures-tu ? Toi aussi ! cesse, assez ; oh ! que tout cela m'est pénible !

À la vue de Sonia en larmes, son cœur se serrait : « Que suis-je pour elle ? » se disait-il à part soi ; « pourquoi s'intéresse-t-elle à moi comme pourrait le faire ma mère ou Dounia ? Elle sera ma niania ! »

— Fais le signe de la croix, dis une petite prière, supplia d'une voix tremblante la jeune fille.

— Oh ! soit, je prierai tant que tu voudras ! Et de bon cœur, Sonia, de bon cœur…

Ce n'était pas tout ce qu'il avait envie de dire.

Il fit plusieurs signes de croix. Sonia noua autour de sa tête un mouchoir vert en drap de dame, le même, probablement, dont Marméladoff avait parlé naguère au cabaret et qui servait alors à toute la famille. Cette pensée traversa l'esprit de Raskolnikoff, mais il s'abstint de questionner à ce sujet. Il commençait à s'apercevoir qu'il avait des distractions continuelles et qu'il était extrêmement troublé. Cela l'inquiétait. Tout à coup il remarqua que Sonia se préparait à sortir avec lui.

— Qu'est-ce que tu fais ? Où vas-tu ? Reste, reste ! Je veux être seul, s'écria-t-il d'une voix irritée, et il se dirigea vers la porte. — Quel besoin d'aller là avec toute une suite ! grommela-t-il en sortant.

Sonia n'insista point. Il ne lui dit même pas adieu, il l'avait oubliée. Une seule idée l'occupait maintenant :

« Est-ce que réellement c'en est fait ? se demandait-il tout en descendant l'escalier : n'y a-t-il pas moyen de revenir en arrière, de tout arranger… et de ne pas aller là ? »

Néanmoins il poursuivit sa marche, comprenant soudain que l'heure des hésitations était passée. Dans la rue il se rappela qu'il n'avait pas dit adieu à Sonia, qu'elle s'était arrêtée au milieu de la chambre, qu'un ordre de lui l'avait comme clouée à sa place. Il se posa alors une autre question qui, depuis quelques minutes, hantait son esprit sans se formuler nettement :

« Pourquoi lui ai-je fait cette visite ? Je lui ai dit que je venais pour affaire : quelle affaire ? Je n'en ai absolument aucune. Pour lui apprendre que « je vais là » ? Cela était bien nécessaire ! Pour lui dire que je l'aime ? Allons donc ! je viens tout à l'heure de la repousser comme un chien. Quant à sa croix, quel besoin en avais-je ? Oh ! que je suis tombé bas ! Non, ce qu'il me fallait, c'étaient ses larmes ; ce que je voulais, c'était jouir des déchirements de son cœur ! Peut-être aussi n'ai-je cherché, en allant la voir, qu'à gagner du temps, à retarder un peu le moment fatal ! Et j'ai osé rêver de hautes destinées, je me suis cru appelé à faire de grandes choses, moi si vil, si misérable, si lâche ! »

Il cheminait le long du quai et n'avait plus loin à aller ; mais quand il arriva au pont, il suspendit un instant sa marche, puis se dirigea brusquement vers le Marché-au-Foin.

Ses regards se portaient avidement à droite et à gauche, il s'efforçait d'examiner chaque objet qu'il rencontrait et ne pouvait concentrer son attention sur rien. « Dans huit jours, dans un mois », songeait-il, « je repasserai sur ce pont ; une voiture cellulaire m'emportera quelque part ; de quel œil alors contemplerai-je ce canal ? remarquerai-je encore l'enseigne que voici ? Le mot Compagnie est écrit là : le lirai-je alors comme je le lis aujourd'hui ? Quelles seront mes sensations et mes pensées ?... Mon Dieu, que toutes ces préoccupations sont mesquines ! Sans doute cela est curieux... dans son genre... (Ha ! ha ! ha ! de quoi vais-je m'inquiéter !) Je fais l'enfant, je pose vis-à-vis de moi-même ; pourquoi, au fait, rougirais-je de mes pensées ? Oh ! quelle cohue ! Ce gros homme — un Allemand selon toute apparence — qui vient de me pousser, sait-il à qui il a donné un coup de coude ? Cette femme qui tient un enfant par la main et qui demande l'aumône me croit peut-être plus heureux qu'elle. Ce serait drôle. Je devrais bien lui donner quelque chose, pour la curiosité du fait. Bah ! je me trouve avoir cinq kopecks en poche, par quel hasard ? Tiens, prends, matouchka ! »

— Que Dieu te conserve ! fit la mendiante d'un ton pleurard.

Le Marché-au-Foin était alors rempli de monde. Cette circonstance déplaisait fort à Raskolnikoff ; toutefois il se dirigea précisément du côté où la foule était le plus compacte. Il aurait acheté la solitude à n'importe quel prix, mais il sentait en lui-même qu'il n'en pourrait jouir une seule minute. Arrivé au milieu de la place, le jeune homme se rappela tout à coup les paroles de Sonia : « Va au carrefour, salue le peuple, baise la terre que tu as souillée par ton péché et dis tout haut, à la face du monde : — Je suis un assassin ! »

À ce souvenir, il trembla de tout son corps. Les angoisses des jours précédents avaient tellement desséché son âme qu'il fut heureux de la trouver encore accessible à une sensation d'un autre ordre et s'abandonna tout entier à celle-ci. Un immense attendrissement s'empara de lui, ses yeux se remplirent de larmes.

Il se mit à genoux au milieu de la place, se courba jusqu'à terre et baisa avec joie le sol boueux. Après s'être relevé, il s'agenouilla de nouveau.

— En voilà un qui ne s'est pas ménagé ! remarqua un gars à côté de lui.

Cette observation fut accueillie par des éclats de rire.

— C'est un pèlerin qui va à Jérusalem, mes amis ; il prend congé de ses enfants, de sa patrie ; il salue tout le monde, il donne le baiser d'adieu à la ville de Pétersbourg et au sol de la capitale, ajouta un bourgeois légèrement pris de boisson.

— Il est encore tout jeune, dit un troisième.

— C'est un noble, observa sérieusement quelqu'un.

— Au jour d'aujourd'hui on ne distingue plus les nobles de ceux qui ne le sont pas.

En se voyant l'objet de l'attention générale, Raskolnikoff perdit un peu de son assurance, et les mots : « J'ai tué », qui allaient peut-être sortir de sa bouche, expirèrent sur ses lèvres. Les exclamations, les lazzi de la foule le laissèrent, d'ailleurs, indifférent, et ce fut avec calme qu'il prit la direction du commissariat de police. Chemin faisant, une seule vision attirait ses regards ; du reste, il s'était attendu à la rencontrer sur sa route, et elle ne l'étonna pas.

Au moment où, sur le Marché-au-Foin, il venait de se prosterner pour la seconde fois jusqu'à terre, il avait aperçu à cinquante pas de lui Sonia. La jeune fille avait essayé d'échapper à sa vue en se cachant derrière une des baraques en bois qui se trouvent sur la place. Ainsi, elle l'accompagnait, tandis qu'il gravissait ce Calvaire ! Dès cet instant, Raskolnikoff acquit la conviction que Sonia était à lui pour toujours et le suivrait partout, dût sa destinée le conduire au bout du monde.

Le voici arrivé au lieu fatal. Il entra dans la cour d'un pas assez ferme. Le bureau de police était situé au troisième étage. « Avant que je sois monté là-haut, j'ai encore le temps de me retourner », pensait le jeune homme. Tant qu'il n'avait pas avoué, il aimait à se dire qu'il pouvait changer de résolution.

Comme lors de sa première visite, il trouva l'escalier couvert d'ordures, empuanti par les exhalaisons que vomissaient les cuisines ouvertes sur chaque palier. Ses jambes se dérobaient sous lui, tandis qu'il montait les marches. Un instant il s'arrêta pour reprendre haleine, se remettre, préparer son entrée. « Mais à quoi bon ? Pourquoi ? » se demanda-t-il tout à coup. « Puisqu'il faut vider cette tasse, peu importe comment je la boirai. Plus elle sera amère, mieux cela vaudra. » Puis s'offrit à son esprit l'image d'Ilia Pétrovitch, le lieutenant Poudre. « Au fait, est-ce à lui que je vais parler ? Ne pourrais-je m'adresser à un autre, à Nikodim Fomitch, par exemple ? Si j'allais de ce pas trouver le commissaire de police à son domicile personnel et lui raconter la chose dans une conversation privée ?... Non, non ! je parlerai à Poudre, ce sera plus vite fini... »

Frissonnant, ayant à peine conscience de lui-même, Raskolnikoff ouvrit la porte du commissariat. Cette fois, il n'aperçut dans l'antichambre qu'un dvornik et un homme du peuple. L'appariteur ne fit même pas attention à lui. Le jeune homme passa dans la pièce suivante où travaillaient deux scribes. Zamétoff n'était pas là, Nikodim Fomitch non plus.

— Il n'y a personne ? fit le visiteur en s'adressant à l'un des employés.

— Qui demandez-vous ?

— A... a... ah ! Sans entendre ses paroles, sans voir son visage, j'ai deviné la présence d'un Russe... comme il est dit dans je ne sais plus quel conte... Mon respect ! jeta brusquement une voix connue.

Raskolnikoff tressaillit : Poudre était devant lui ; il venait de sortir d'une troisième chambre. « La destinée l'a voulu », pensa le visiteur, « comment est-il ici ? »

— Vous chez nous ? À quelle occasion ? s'écria Ilia Pétrovitch qui paraissait de très-bonne humeur et même un peu lancé. Si vous êtes venu pour affaire, il est encore trop tôt. C'est même par hasard que je me trouve ici... Du reste, en quoi puis-je... J'avoue que je ne vous... Comment ? comment ? Pardonnez-moi...

— Raskolnikoff.

— Eh ! oui : Raskolnikoff ! Avez-vous pu croire que je l'avais oublié ! Je vous en prie, ne me croyez pas si... Rodion... Ro... R... Rodionitch, n'est-ce pas ?

— Rodion Romanitch.

— Oui, oui, oui ! Rodion Romanitch, Rodion Romanitch ! Je l'avais sur la langue. Je vous avoue que je regrette sincèrement la façon dont nous avons agi avec vous dans le temps… Plus tard, on m'a expliqué les choses ; j'ai appris que vous étiez un jeune écrivain, un savant même… j'ai su que vous débutiez dans la carrière des lettres… Eh ! mon Dieu ! quel est le littérateur, quel est le savant qui, à ses débuts, n'a pas mené plus ou moins la vie de bohème ? Ma femme et moi, nous estimons l'un et l'autre la littérature ; mais, chez ma femme, c'est une passion ! Elle raffole des lettres et des arts !… Sauf la naissance, tout le reste peut s'acquérir par le talent, le savoir l'intelligence, le génie ! Un chapeau, par exemple, qu'est-ce que cela signifie ? Un chapeau est une galette, je l'achète chez Zimmermann ; mais ce qui s'abrite sous le chapeau, cela, je ne l'achète pas !… J'avoue que je voulais même me rendre chez vous pour vous fournir des explications ; mais j'ai pensé que peut-être vous… Avec tout cela je ne vous demande pas quel est l'objet de votre visite. Il paraît que votre famille est maintenant à Pétersbourg ?

— Oui, ma mère et ma sœur.

— J'ai même eu l'honneur et le plaisir de rencontrer votre sœur, — c'est une personne aussi charmante que distinguée. Vraiment, je déplore de tout mon cœur l'altercation que nous avons eue ensemble autrefois. Quant aux conjectures fondées sur votre évanouissement, on en a reconnu, depuis, l'éclatante fausseté. Je comprends l'indignation que vous en avez ressentie. À présent que votre famille habite Pétersbourg, vous allez peut-être changer de logement ?

— N-non, pas pour le moment. J'étais venu demander… je croyais trouver ici Zamétoff.

— Ah ! c'est vrai ! vous vous étiez lié avec lui ; je l'ai entendu dire. Eh bien, Zamétoff n'est plus chez nous. Oui, nous avons perdu Alexandre Grigoriévitch ! Il nous a quittés depuis hier ; il y a même eu, avant son départ, un échange de gros mots entre lui et nous… C'est un petit galopin sans consistance, rien de plus ; il avait donné quelques espérances, mais il a eu le malheur de fréquenter notre brillante jeunesse, et il s'est mis en tête de passer des examens pour pouvoir faire de l'embarras et trancher du savant. Bien entendu, Zamétoff n'a rien de commun avec vous, par exemple, ou avec M. Razoumikhine, votre ami. Vous autres, vous avez embrassé la carrière de la science, et les revers n'ont aucune prise sur vous. À vos yeux, les agréments de la vie ne sont rien ; vous menez l'existence austère, ascétique, monacale, de l'homme d'étude. Un livre, une plume derrière l'oreille, une recherche scientifique à faire, cela suffit à votre bonheur ! Moi-même, jusqu'à un certain point… Avez-vous lu la correspondance de Livingstone ?

— Non.

— Moi, je l'ai lue. Maintenant, du reste, le nombre des nihilistes s'est considérablement accru, et ce n'est pas étonnant, à une époque comme la nôtre. De vous à moi… sans doute, vous n'êtes pas nihiliste ? Répondez franchement, franchement !

— N-non…

— Vous savez, n'ayez pas peur d'être franc avec moi comme vous le seriez avec vous-même ! Autre chose est le service, autre chose… vous croyiez que j'allais dire : l'amitié, vous vous êtes trompé ! Pas l'amitié, mais le sentiment de l'homme et du citoyen, le sentiment de l'humanité et de l'amour pour le Tout-Puissant. Je puis être un personnage officiel, un fonctionnaire ; je n'en dois pas moins sentir toujours en moi l'homme et le citoyen. Vous parliez de Zamétoff : eh bien, Zamétoff est un garçon qui copie le chic français, qui fait du tapage dans les mauvais lieux quand il a bu un verre de champagne ou de vin du Don, — voilà ce qu'est votre Zamétoff ! J'ai peut-être été un peu vif avec lui ; mais si mon indignation m'a emporté trop loin, elle avait sa source dans un sentiment élevé : le zèle pour les intérêts du service. D'ailleurs, je possède un rang, une situation, une importance sociale ! Je suis marié, père de famille. Je remplis mon devoir d'homme et de citoyen, tandis que lui, qu'est-il, permettez-moi de vous le demander ? Je m'adresse à vous comme à un homme favorisé du bienfait de l'éducation. Tenez, les sages-femmes se sont aussi multipliées au delà de toute mesure.

Raskolnikoff regarda le lieutenant d'un air ahuri. Les paroles d'Ilia Pétrovitch qui, évidemment, sortait de table résonnaient pour la plupart à ses oreilles comme des mots vides de sens. Toutefois, il en comprenait tant bien que mal une partie. En ce moment, il questionnait des yeux son interlocuteur et ne savait comment tout cela finirait.

— Je parle de ces jeunes filles qui portent les cheveux coupés à la Titus, continua l'intarissable Ilia Pétrovitch, — je les appelle des sages-femmes, et le nom me paraît très-bien trouvé. Hé ! hé ! Elles suivent des cours de médecine, elles étudient l'anatomie ; allons, dites-moi, que je vienne à être malade, est-ce que je me ferai traiter par une demoiselle ? Hé ! hé !

Ilia Pétrovitch se mit à rire, enchanté de son esprit.

— J'admets la soif de l'instruction ; mais ne peut-on pas s'instruire sans donner dans tous ces excès ? Pourquoi être insolent ? Pourquoi insulter de nobles personnalités, comme le fait ce vaurien de Zamétoff ? Pourquoi m'a-t-il injurié, je vous le demande ?… Une autre épidémie qui fait de terribles progrès, c'est celle du suicide. On mange tout ce qu'on a, et ensuite on se tue. Des fillettes, des jouvenceaux, des vieillards se donnent la mort !… Tenez ! nous avons encore appris tantôt qu'un monsieur, récemment arrivé ici, venait de mettre fin à ses jours. Nil Pavlitch, eh ! Nil Pavlitch ! comment se nommait le gentleman qui s'est brûlé la cervelle ce matin dans la Péterbourgskaïa ?

— Svidrigaïloff, répondit d'une voix enrouée quelqu'un qui se trouvait dans la pièce voisine.

Raskolnikoff frissonna.

— Svidrigaïloff ! Svidrigaïloff s'est brûlé la cervelle ! s'écria-t-il.

— Comment ! Vous connaissiez Svidrigaïloff ?

— Oui… je le connaissais… Il était arrivé depuis peu ici…

— Oui, en effet, il était arrivé depuis peu ; il avait perdu sa femme, c'était un débauché. Il s'est tiré un coup de revolver dans des conditions particulièrement scandaleuses. On a trouvé sur son cadavre un carnet où il avait écrit quelques mots : « Je meurs en possession de mes facultés intellectuelles, qu'on n'accuse personne de ma mort… » Cet homme-là avait, dit-on, de la fortune. Comment donc le connaissiez-vous ?

— Je… ma sœur avait été institutrice chez lui.

— Bah ! bah ! bah !… Mais alors vous pouvez donner des renseignements sur lui. Vous n'aviez aucun soupçon de son projet ?

— Je l'ai vu hier… il buvait du vin… je ne me suis douté de rien.

Raskolnikoff sentait comme une montagne sur sa poitrine.

— Voilà que vous pâlissez encore, semble-t-il. L'atmosphère de cette pièce est si étouffante…

— Oui, il est temps que je m'en aille, balbutia le visiteur, excusez-moi, je vous ai dérangé…

— Allons donc, je suis toujours à votre disposition ! Vous m'avez fait plaisir, et je suis bien aise de vous déclarer…

En prononçant ces mots, Ilia Pétrovitch tendit la main au jeune homme.

— Je voulais seulement… j'avais affaire à Zamétoff…

— Je comprends, je comprends… charmé de votre visite.

— Je… suis enchanté… au revoir… fit Raskolnikoff avec un sourire.

Il sortit d'un pas chancelant. La tête lui tournait. Il pouvait à peine se porter, et, en descendant l'escalier, force lui fut de s'appuyer au mur pour ne pas tomber. Il lui sembla qu'un dvornik, qui se rendait au bureau de police, le heurtait en passant ; qu'un chien aboyait quelque part au premier étage, et qu'une femme criait pour faire taire l'animal. Arrivé au bas de l'escalier, il entra dans la cour. Debout, non loin de la porte, Sonia, pâle comme la mort, le considérait d'un air étrange. Il s'arrêta en face d'elle. La jeune fille frappa ses mains l'une contre l'autre ; sa physionomie exprimait le plus affreux désespoir. À cette vue, Raskolnikoff sourit, mais de quel sourire ! Un instant après, il rentrait au bureau de police.

Ilia Pétrovitch était en train de fouiller dans des paperasses. Devant lui se tenait ce même moujik qui tout à l'heure en montant l'escalier avait heurté Raskolnikoff.

— A-a-ah ! Vous revoilà ! vous avez oublié quelque chose ?… Mais qu'avez-vous ?

Les lèvres blêmes, le regard fixe, Raskolnikoff s'avança lentement vers Ilia Pétrovitch. S'appuyant de la main à la table devant laquelle le lieutenant était assis, il voulut parler, mais ne put proférer que des sons inintelligibles.

— Vous êtes souffrant, une chaise ! Voilà, asseyez-vous ! de l'eau !

Raskolnikoff se laissa tomber sur le siège qu'on lui offrait, mais ses yeux ne quittaient pas Ilia Pétrovitch, dont le visage exprimait une surprise fort désagréable. Pendant une minute tous deux se regardèrent en silence. On apporta de l'eau.

— C'est moi… commença Raskolnikoff.

— Buvez.
Le jeune homme repoussa du geste le verre qui lui était présenté, et, d'une voix basse, mais distincte, il fit, en s'interrompant à plusieurs reprises, la déclaration suivante :

— C'est moi qui ai assassiné à coups de hache, pour les voler, la vieille prêteuse sur gages et sa sœur Élisabeth.

Ilia Pétrovitch appela. De tous côtés on accourut.

Raskolnikoff renouvela ses aveux…

ÉPILOGUE

I

La Sibérie. Au bord d'un fleuve large et désert s'élève une ville, un des centres administratifs de la Russie ; dans la ville il y a une forteresse, dans la forteresse une prison. Dans la prison est détenu depuis neuf mois Rodion Romanovitch Raskolnikoff, condamné aux travaux forcés (deuxième catégorie). Près de dix-huit mois se sont écoulés depuis le jour où il a commis son crime.

L'instruction de son affaire ne rencontra guère de difficultés. Le coupable renouvela ses aveux avec autant de force que de netteté et de précision, sans embrouiller les circonstances, sans en adoucir l'horreur, sans pallier les faits, sans oublier le moindre détail. Il fit un récit complet de l'assassinat : il éclaircit le mystère du gage trouvé dans les mains de la vieille (on se rappelle que c'était un morceau de bois joint à un morceau de fer) ; il raconta comment il avait pris les clefs dans la poche de la victime, il décrivit ces clefs, il décrivit le coffre et en indiqua le contenu ; il expliqua le meurtre d'Élisabeth resté jusqu'alors une énigme ; il raconta comme quoi Koch était venu et avait frappé à la porte, comme quoi après lui était arrivé un étudiant ; il rapporta de point en point la conversation qui avait eu lieu entre ces deux hommes : ensuite lui, l'assassin, s'était élancé dans l'escalier, il avait entendu les cris de Mikolka et de Mitka, s'était caché dans le logement vide, puis avait regagné sa demeure. Enfin, quant aux objets volés, il fit connaître qu'il les avait enfouis sous une pierre dans une cour donnant sur la perspective de l'Ascension : on les y retrouva en effet. Bref, la lumière fut faite sur tous les points. Ce qui, entre autres choses, étonnait beaucoup les enquêteurs et les juges, c'était qu'au lieu de profiter des dépouilles de sa victime, l'assassin fut allé les cacher sous une pierre ; ils comprenaient moins encore que non-seulement il ne se souvînt pas exactement de tous les objets volés par lui, mais que même il se trompât sur leur nombre. On trouvait surtout invraisemblable qu'il n'eût pas ouvert une seule fois la bourse et qu'il en ignorât le contenu. (Elle renfermait trois cent dix-sept roubles et trois pièces de vingt kopecks ; par suite du long séjour sous la pierre, les plus gros assignats qui étaient placés au-dessus des autres avaient été considérablement détériorés.) Pendant longtemps on s'ingénia à deviner pourquoi sur ce seul point l'accusé mentait, alors que sur tout le reste il avait dit spontanément la vérité. À la fin quelques-uns (surtout parmi les psychologues) admirent comme possible qu'en effet il n'eût pas visité la bourse, et que dès lors il s'en fût débarrassé sans savoir ce qu'elle contenait ; mais ils en tirèrent aussitôt la conclusion que le crime même avait été nécessairement commis sous l'influence d'une folie momentanée : le coupable, dirent-ils, a cédé à la monomanie maladive de l'assassinat et du vol, sans but ultérieur, sans calcul intéressé. C'était l'occasion ou jamais de mettre en avant la théorie moderne de l'aliénation temporaire, théorie à l'aide de laquelle on cherche si souvent aujourd'hui à expliquer les actes de certains malfaiteurs. D'ailleurs, l'affection hypocondriaque dont souffrait Raskolnikoff était attestée par de nombreux témoins : le docteur Zosimoff, les anciens camarades de l'accusé, sa logeuse, les gens de service. Tout cela donnait fortement à penser que Raskolnikoff n'était pas tout à fait un assassin ordinaire, un vulgaire escarpe, mais qu'il y avait autre chose dans son cas. Au grand dépit des partisans de cette opinion, le coupable lui-même n'essaya guère de se défendre ; interrogé sur les motifs qui avaient pu le pousser au meurtre et au vol, il déclara avec une brutale franchise qu'il y avait été amené par la misère : il espérait, dit-il, trouver chez sa victime au moins trois mille roubles, et il comptait avec cette somme assurer ses débuts dans la vie ; son caractère léger et bas, aigri par les privations et les revers, avait fait de lui un assassin. Quand on lui demanda pourquoi il était allé se dénoncer, il répondit carrément qu'il avait joué la comédie du repentir. Tout cela était presque cynique…

Cependant l'arrêt fut moins sévère qu'on n'aurait pu le présumer, eu égard au crime commis ; peut-être sut-on gré au prévenu de ce que loin de chercher à s'innocenter, il s'était au contraire plutôt appliqué à se charger lui-même. Toutes les particularités étranges de la cause furent prises en considération. L'état de maladie et de détresse où se trouvait le coupable avant l'accomplissement du crime ne pouvait faire le moindre doute. Comme il n'avait pas profité des objets volés, on supposa, ou que le remords l'en avait empêché, ou que ses facultés intellectuelles n'étaient pas absolument intactes lorsqu'il avait consommé son forfait. Le meurtre, nullement prémédité, d'Élisabeth fournit même un argument à l'appui de cette dernière conjecture : un homme commet deux assassinats, et en même temps il oublie que la porte est ouverte ! Enfin, il était allé se dénoncer, et cela au moment où les faux aveux d'un fanatique à l'esprit détraqué (Nicolas) venaient de dévoyer complètement l'instruction, alors que la justice était à cent lieues de soupçonner le vrai coupable (Porphyre Pétrovitch tint religieusement sa parole) : toutes ces circonstances contribuèrent à tempérer la sévérité du verdict.

D'autre part, les débats mirent brusquement en lumière plusieurs faits tout à l'honneur de l'accusé. Des documents produits par l'ancien étudiant Razoumikhine établirent qu'étant à l'Université, Raskolnikoff avait, six mois durant, partagé ses maigres ressources avec un camarade pauvre et malade de la poitrine ; ce dernier était mort laissant dans le dénûment un père infirme dont il était, depuis l'âge de treize ans, l'unique soutien ; Raskolnikoff avait fait entrer le vieillard dans une maison de santé, et, plus tard, il avait pourvu aux frais de son enterrement. Le témoignage de la veuve Zarnitzine fut aussi très-favorable à l'accusé. Elle déposa qu'à l'époque où elle habitait aux Cinq-Coins avec son locataire, un incendie s'étant déclaré la nuit dans une maison, Raskolnikoff avait, au péril de sa vie, sauvé des flammes deux petits enfants ; il s'était même grièvement brûlé en accomplissant cet acte de courage. Une enquête eut lieu au sujet de ce fait, et de nombreux témoins en certifièrent l'exactitude. Bref, la cour, tenant compte au coupable de ses aveux ainsi que de ses bons antécédents, le condamna seulement à huit années de travaux forcés (deuxième catégorie).

Dès l'ouverture des débats, la mère de Raskolnikoff était tombée malade. Dounia et Razoumikhine trouvèrent moyen de l'éloigner de Pétersbourg pendant toute la durée du procès. Razoumikhine choisit une ville desservie par le chemin de fer et située à peu de distance de la capitale ; dans ces conditions, il pouvait suivre assidûment les audiences et voir assez souvent Avdotia Romanovna. La maladie de Pulchérie Alexandrovna était une affection nerveuse assez étrange, avec dérangement, au moins partiel, des facultés mentales. De retour au logis, après sa dernière entrevue avec son frère, Dounia avait trouvé sa mère très-souffrante, en proie à la fièvre et au délire. Ce même soir, elle convint avec Razoumikhine des réponses à faire, lorsque Pulchérie Alexandrovna demanderait des nouvelles de Rodion : ils inventèrent toute une histoire, comme quoi Raskolnikoff avait été envoyé fort loin, au bout de la Russie, avec une mission qui devait lui rapporter beaucoup d'honneur et de profit. Mais, à leur grande surprise, ni alors ni plus tard la vieille ne les questionna à ce sujet. Elle-même d'ailleurs s'était mis dans la tête un roman pour expliquer la brusque disparition de son fils : elle racontait en pleurant la visite d'adieu qu'il lui avait faite ; à cette occasion elle laissait entendre qu'elle seule connaissait plusieurs circonstances mystérieuses et fort graves : Rodion était obligé de se cacher parce qu'il avait des ennemis très-puissants ; du reste, elle ne doutait pas que son avenir ne fût très-brillant, dès que certaines difficultés seraient écartées ; elle assurait à Razoumikhine qu'avec le temps son fils deviendrait un homme d'État, elle en avait la preuve dans l'article qu'il avait écrit et qui dénotait un talent littéraire si remarquable. Cet article, elle le lisait sans cesse, parfois même à haute voix, on pouvait presque dire qu'elle couchait avec, et pourtant elle ne demandait guère où se trouvait maintenant Rodia, quoique le soin même qu'on prenait d'éviter ce sujet d'entretien eût pu déjà lui paraître suspect. Le silence étrange de Pulchérie Alexandrovna sur certains points finit par inquiéter Avdotia Romanovna et Razoumikhine. Ainsi elle ne se plaignait même pas que son fils ne lui écrivît point, tandis qu'autrefois, dans sa petite ville, elle attendait toujours avec une extrême impatience les lettres de son bien-aimé Rodia. Cette dernière circonstance était tellement inexplicable que Dounia en fut alarmée. L'idée vint à la jeune fille que sa mère avait le pressentiment d'un malheur terrible survenu à Rodia, et qu'elle n'osait questionner de peur d'apprendre quelque chose de pire encore. En tout cas, Dounia voyait très-bien que Pulchérie Alexandrovna avait le cerveau dérangé.

Deux fois, du reste, celle-ci conduisit elle-même la conversation de telle façon qu'il fut impossible de lui répondre sans indiquer où se trouvait présentement Rodia. À la suite des réponses nécessairement louches et embarrassées qu'on lui donna, elle tomba dans une profonde tristesse ; pendant fort longtemps on la vit sombre et taciturne comme elle ne l'avait jamais été. Dounia s'aperçut enfin que les mensonges, les histoires inventées allaient contre leur but, et que le mieux était de se renfermer dans un silence absolu sur certains points ; mais il devint de plus en plus évident pour elle que Pulchérie Alexandrovna soupçonnait quelque chose d'affreux. Dounia savait notamment — son frère le lui avait dit — que sa mère l'avait entendue parler en rêve dans la nuit qui avait suivi son entrevue avec Svidrigaïloff : les mots échappés au délire de la jeune fille n'avaient-ils pas porté une sinistre lumière dans l'esprit de la pauvre femme ? Souvent, parfois après des jours, des semaines même de sombre mutisme et de larmes silencieuses, une sorte d'exaltation hystérique se produisait chez la malade, elle se mettait soudain à parler tout haut, presque sans discontinuer, de son fils, de ses espérances, de l'avenir… Ses imaginations étaient quelquefois fort étranges. On faisait semblant d'être de son avis (peut-être n'était-elle pas dupe de cet assentiment). Néanmoins elle ne cessait pas de parler…

Le jugement fut rendu cinq mois après l'aveu fait par le criminel à Ilia Pétrovitch. Dès que cela fut possible, Razoumikhine alla voir le condamné dans la prison, Sonia le visita aussi. Arriva enfin le moment de la séparation ; Dounia jura à son frère que cette séparation ne serait pas éternelle. Razoumikhine tint le même langage. L'ardent jeune homme avait un projet fermement arrêté dans son esprit : on amasserait quelque argent pendant trois ou quatre ans, puis on se transporterait en Sibérie, pays où tant de richesses n'attendent pour être mises en valeur que des capitaux et des bras ; là on se fixerait dans la ville où serait Rodia, et… on commencerait ensemble une vie nouvelle. Tous pleurèrent en se disant adieu. Depuis quelques jours Raskolnikoff se montrait fort soucieux, il multipliait les questions au sujet de sa mère, s'inquiétait constamment d'elle. Cette excessive préoccupation de son frère faisait peine à Dounia. Quand il eut été renseigné avec plus de détails sur l'état maladif de Pulchérie Alexandrovna, il devint extrêmement sombre. Avec Sonia il était toujours fort taciturne. Munie de l'argent que Svidrigaïloff lui avait remis, la jeune fille était depuis longtemps décidée à accompagner le convoi de prisonniers dont Raskolnikoff ferait partie. Jamais un mot n'avait été échangé à ce propos entre elle et lui, mais tous deux savaient qu'il en serait ainsi. Au moment des derniers adieux, le condamné eut un sourire étrange en entendant sa sœur et Razoumikhine lui parler en termes chaleureux de l'avenir prospère qui s'ouvrirait pour eux après sa sortie de prison ; il prévoyait que la maladie de sa mère ne tarderait pas à la conduire au tombeau. Enfin eut lieu le départ de Raskolnikoff et de Sonia.

Deux mois après, Dounetchka épousa Razoumikhine. Ce fut une noce tranquille et triste. Parmi les invités se trouvèrent Porphyre Pétrovitch et Zosimoff. Depuis quelque temps tout dénotait chez Razoumikhine un homme ayant pris une résolution énergique. Dounia croyait aveuglément qu'il mettrait à exécution tous ses desseins, et elle ne pouvait pas ne pas le croire, car on voyait en lui une volonté de fer. Il commença par rentrer à l'Université afin de terminer ses études. Les deux époux élaboraient sans cesse des plans d'avenir, ils avaient l'un et l'autre la ferme intention d'émigrer en Sibérie dans un délai de cinq ans. En attendant, ils comptaient sur Sonia pour les remplacer là-bas…

Pulchérie Alexandrovna accorda avec bonheur la main de sa fille à Razoumikhine ; mais après ce mariage elle parut devenir plus soucieuse et plus triste encore. Pour lui procurer un moment agréable, Razoumikhine lui apprit la belle conduite de Raskolnikoff à l'égard de l'étudiant et de son vieux père ; il lui raconta aussi comment, l'année précédente, Rodia avait exposé ses jours pour sauver deux petits enfants sur le point de périr dans un incendie. Ces récits exaltèrent au plus haut degré l'esprit déjà troublé de Pulchérie Alexandrovna. Elle ne parla plus que de cela, dans la rue même elle faisait part de ces nouvelles aux passants (quoique Dounia l'accompagnât toujours). Dans les voitures publiques, dans les magasins, partout où elle rencontrait un auditeur bénévole, elle mettait la conversation sur son fils, l'article de son fils, la bienfaisance de son fils à l'égard d'un étudiant, le courageux dévouement dont son fils avait fait preuve dans un incendie, etc. Dounetchka ne savait comment la faire taire. Cette excitation maladive n'était pas sans danger : outre qu'elle épuisait les forces de la pauvre femme, il pouvait très-bien se faire que quelqu'un, entendant nommer Raskolnikoff, se mit à parler du procès. Pulchérie Alexandrovna se procura même l'adresse de la femme dont les enfants avaient été sauvés par son fils, et voulut absolument aller la voir. À la fin, son agitation atteignit les dernières limites. Parfois elle fondait brusquement en larmes, souvent elle avait des accès de fièvre durant lesquels elle battait la campagne. Un matin, elle déclara nettement que, d'après ses calculs, Rodia devait bientôt revenir, car quand il était venu lui faire ses adieux, il lui avait annoncé son retour dans un délai de neuf mois. Elle commença donc à tout préparer dans le logement en vue de l'arrivée prochaine de son fils ; lui destinant sa propre chambre, elle se mit en devoir de l'arranger, épousseta les meubles, lava le parquet, changea les rideaux, etc. Dounia était désolée, mais elle ne disait rien et même aidait sa mère dans ces diverses occupations. Après une journée remplie tout entière de visions folles, de rêves joyeux et de larmes, Pulchérie Alexandrovna fut prise d'une fièvre chaude. Elle mourut au bout de quinze jours. Plusieurs paroles prononcées par la malade durant son délire donnèrent à croire qu'elle avait presque entièrement deviné l'affreux secret dont son entourage s'était efforcé de lui dérober la connaissance.

Raskolnikoff ignora longtemps la mort de sa mère, quoique depuis son arrivée en Sibérie, il reçut régulièrement des nouvelles de sa famille par l'entremise de Sonia. Chaque mois la jeune fille envoyait une lettre à l'adresse de Razoumikhine, et chaque mois on lui répondait de Pétersbourg. Les lettres de Sonia parurent d'abord à Dounia et à Razoumikhine quelque peu sèches et insuffisantes ; mais plus tard tous deux comprirent qu'il était impossible d'en écrire de meilleures, attendu qu'en somme ils y trouvaient les données les plus complètes et les plus précises sur la situation de leur malheureux frère. Sonia décrivait d'une façon très-simple et très-nette toute l'existence de Raskolnikoff en prison. Elle ne parlait ni de ses propres espérances, ni de ses conjectures quant à l'avenir, ni de ses sentiments personnels. Au lieu de chercher à expliquer l'état moral, la vie intérieure du condamné, elle se bornait à citer des faits, c'est-à-dire les paroles mêmes prononcées par lui ; elle donnait des nouvelles détaillées de sa santé, elle disait quels désirs il lui avait manifestés, quelles questions il lui avait faites, de quelles commissions il l'avait chargée au cours de leurs entrevues, etc.

Mais ces renseignements, quelque circonstanciés qu'ils fussent, n'étaient guère, dans les premiers temps surtout, d'une nature consolante. Dounia et son mari apprenaient par la correspondance de Sonia que leur frère était toujours sombre et taciturne : quand la jeune fille lui communiquait les nouvelles reçues de Pétersbourg, il y faisait à peine attention ; parfois il s'informait de sa mère, et lorsque Sonia, voyant qu'il devinait la vérité, lui avait enfin annoncé la mort de Pulchérie Alexandrovna, elle avait remarqué, à sa grande surprise, qu'il était resté à peu près impassible. « Bien qu'il paraisse entièrement absorbé en lui-même et comme étranger à tout ce qui l'entoure, écrivait entre autres choses Sonia, il envisage très-franchement sa vie nouvelle, il comprend très-bien sa situation, n'attend rien de mieux d'ici à longtemps, ne se berce d'aucun espoir frivole et n'éprouve presque aucun étonnement dans ce milieu nouveau qui diffère tant de l'ancien… sa santé est satisfaisante. Il va au travail sans répugnance et sans empressement. Il est presque indifférent à la nourriture, mais, sauf les dimanches et les jours de fête, cette nourriture est si mauvaise qu'à la fin il a consenti à accepter de moi quelque argent pour se procurer du thé tous les jours. Quant au reste, il me prie de ne pas m'en inquiéter, car, assure-t-il, il lui est désagréable qu'on s'occupe de lui. » « En prison, lisait-on dans une autre lettre, il est logé avec les autres détenus ; je n'ai pas visité l'intérieur de la forteresse, mais j'ai lieu de penser qu'on y est fort mal, fort à l'étroit et dans des conditions insalubres. Il couche sur un lit de camp recouvert d'un tapis de feutre, il ne veut rien d'autre. S'il refuse tout ce qui pourrait rendre son existence matérielle moins dure et moins grossière, ce n'est nullement par principe, en vertu d'une idée préconçue, mais simplement par apathie, par indifférence. » Sonia avouait qu'au commencement surtout, ses visites, loin de faire plaisir à Raskolnikoff, lui causaient une sorte d'irritation : il ne sortait de son mutisme que pour dire des grossièretés à la jeune fille. Plus tard, il est vrai, ces entrevues étaient devenues pour lui une habitude, presque un besoin, à ce point qu'il avait été fort triste lorsqu'une indisposition de quelques jours avait obligé Sonia d'interrompre ses visites. Les jours fériés, ils se voyaient soit à la porte de la prison, soit au corps de garde où l'on envoyait pour quelques minutes le prisonnier quand elle le faisait appeler ; en temps ordinaire, elle allait le trouver au travail, dans les ateliers, dans les briqueteries, dans les hangars établis sur les bords de l'Irtych. En ce qui la concernait, Sonia disait qu'elle avait réussi à se créer des relations dans sa nouvelle résidence, qu'elle s'occupait de couture, et que, la ville ne possédant presque aucune modiste, elle s'était déjà fait une assez jolie clientèle. Ce qu'elle ne disait pas, c'était qu'elle avait appelé sur Raskolnikoff l'intérêt de l'autorité, que grâce à elle on le dispensait des travaux les plus pénibles, etc. Enfin Razoumikhine et Dounia reçurent avis que Raskolnikoff fuyait tout le monde, que ses compagnons de captivité ne l'aimaient pas, qu'il restait silencieux durant des journées entières et devenait fort pâle. Déjà Dounia avait remarqué une certaine inquiétude dans les dernières lettres de Sonia. Soudain celle-ci écrivit que le condamné était tombé gravement malade, et qu'il avait été mis à l'hôpital de la prison…

II

Il était malade depuis longtemps déjà ; mais ce qui avait brisé ses forces, ce n'étaient ni les horreurs de la captivité, ni le travail, ni la nourriture, ni la honte d'avoir la tête rasée et d'être vêtu de haillons : oh ! que lui importaient toutes ces tribulations, toutes ces misères ? Loin de là, il était même bien aise d'avoir à travailler : la fatigue physique lui procurait, du moins, quelques heures de sommeil paisible. Et que signifiait pour lui la nourriture, — cette mauvaise soupe aux choux où l'on trouvait des blattes ? Jadis, étant étudiant, il aurait été quelquefois bien heureux d'avoir cela à manger. Ses vêtements étaient chauds et appropriés à son genre de vie. Quant à ses fers, il n'en sentait même pas le poids. Restait l'humiliation d'avoir la tête rasée et de porter la livrée du bagne. Mais devant qui, aurait-il rougi ? Devant Sonia ? Elle avait peur de lui, comment aurait-il rougi devant elle ?

Pourtant la honte le prenait vis-à-vis de Sonia elle-même ; c'était pour cela qu'il se montrait grossier et méprisant, dans ses rapports avec la jeune fille. Mais cette honte ne venait ni de sa tête rasée ni de ses fers : son orgueil avait été cruellement blessé ; Raskolnikoff était malade de cette blessure. Oh ! qu'il aurait été heureux s'il avait pu s'accuser lui-même ! Alors il aurait tout supporté, même la honte et le déshonneur. Mais il avait beau s'examiner sévèrement, sa conscience endurcie ne trouvait dans son passé aucune faute particulièrement effroyable, il ne se reprochait que d'avoir échoué, chose qui pouvait arriver à tout le monde. Ce qui l'humiliait, c'était de se voir, lui Raskolnikoff, perdu sottement, perdu sans retour, par un arrêt de l'aveugle destinée, et il devait se soumettre, se résigner à l' « absurdité » de cet arrêt, s'il voulait retrouver un peu de calme.

Une inquiétude sans objet et sans but dans le présent, un sacrifice continuel et stérile dans l'avenir — voilà ce qui lui restait sur la terre. Vaine consolation pour lui de se dire que dans huit ans il n'en aurait que trente-deux, et qu'à cet âge on pouvait encore recommencer la vie ! Pourquoi vivre ? En vue de quoi ? Vers quel objet tendre ? Vivre pour exister ? Mais de tout temps il avait été prêt à donner son existence pour une idée, pour une espérance, pour une fantaisie même. Il avait toujours fait peu de cas de l'existence pure et simple ; il avait toujours voulu davantage. Peut-être la force seule de ses désirs lui avait-elle fait croire jadis qu'il était de ces hommes à qui il est plus permis qu'aux autres.

Encore si la destinée lui avait envoyé le repentir, — le repentir poignant qui brise le cœur, qui chasse le sommeil, le repentir dont les tourments sont tels que l'homme se pend ou se noie pour y échapper ! Oh ! il l'aurait accueilli avec bonheur ! Souffrir et pleurer — c'est encore vivre. Mais il ne se repentait pas de son crime. Du moins il aurait pu s'en vouloir de sa sottise, comme il s'était reproché autrefois les actions stupides et odieuses qui l'avaient conduit en prison. Mais maintenant que dans le loisir de la captivité il réfléchissait à nouveau sur toute sa conduite passée, il ne la trouvait plus, à beaucoup près, aussi odieuse ni aussi stupide qu'elle le lui avait paru dans ce temps-là.

« En quoi, pensait-il, mon idée était-elle plus bête que les autres idées et théories qui se livrent bataille dans le monde depuis que le monde existe ? Il suffit d'envisager la chose à un point de vue large, indépendant, dégagé des préjugés du jour, et alors, certainement, mon idée ne paraîtra plus aussi… étrange. Ô esprits soi-disant affranchis, philosophes de cinq kopecks, pourquoi vous arrêtez-vous à mi-chemin ? »

« Et pourquoi ma conduite leur paraît-elle si laide ? se demandait-il. Parce que c'est un crime ? Que signifie le mot crime ? Ma conscience est tranquille. Sans doute j'ai commis un acte illicite, j'ai violé la lettre de la loi et versé le sang ; eh bien, prenez ma tête… voilà tout ! Certes, en ce cas, plusieurs même des bienfaiteurs de l'humanité, de ceux à qui le pouvoir n'est pas venu par héritage, mais qui s'en sont emparés de vive force, auraient dû dès leur début être livrés au supplice. Mais ces gens-là sont allés jusqu'au bout, et c'est ce qui les justifie, tandis que moi, je n'ai pas su poursuivre, par conséquent je n'avais pas le droit de commencer. »

Il ne se reconnaissait qu'un seul tort : celui d'avoir faibli, d'être allé se dénoncer.

Une pensée aussi le faisait souffrir : pourquoi alors ne s'était-il pas tué ? Pourquoi, plutôt que de se jeter à l'eau, avait-il préféré se livrer à la police ? L'amour de la vie était-il donc un sentiment si difficile à vaincre ? Svidrigaïloff pourtant en avait triomphé !

Il se posait douloureusement cette question et ne pouvait comprendre que, quand en face de la Néwa il songeait au suicide, alors même peut-être il pressentait en lui et dans ses convictions une erreur profonde. Il ne comprenait pas que ce pressentiment pouvait contenir en germe une nouvelle conception de la vie, que ce pouvait être le prélude d'une révolution dans son existence, le gage de sa résurrection.

Il admettait plutôt qu'il avait alors cédé, par lâcheté et défaut de caractère, à la force brutale de l'instinct. Le spectacle offert par ses compagnons de captivité l'étonnait : combien tous ils aimaient aussi la vie ! combien ils l'appréciaient ! Il semblait même à Raskolnikoff que ce sentiment était plus vif chez le prisonnier que chez l'homme libre. Quelles affreuses souffrances n'enduraient pas certains de ces malheureux, les vagabonds, par exemple ! Se pouvait-il qu'un rayon de soleil, un bois sombre, une fontaine fraîche eussent tant de prix à leurs yeux ? À mesure qu'il les observa davantage, il découvrit des faits plus inexplicables encore.

Dans la prison, dans le milieu qui l'entourait, bien des choses, sans doute, lui échappaient ; d'ailleurs, il ne voulait fixer son attention sur rien. Il vivait, pour ainsi dire, les yeux baissés, trouvant insupportable de regarder autour de lui. Mais à la longue plusieurs circonstances le frappèrent, et, malgré lui en quelque sorte, il commença à remarquer ce qu'il n'avait même pas soupçonné auparavant. En général, ce qui l'étonnait le plus, c'était l'abîme effrayant, infranchissable, qui existait entre lui et tous ces gens-là. On eût dit qu'ils appartenaient, eux et lui, à des nations différentes. Ils se regardaient avec une défiance et une hostilité réciproques. Il savait et comprenait les causes générales de ce phénomène, mais jamais jusqu'alors il ne les avait supposées si fortes, ni si profondes. Indépendamment des criminels de droit commun, il y avait dans la forteresse des Polonais envoyés en Sibérie pour cause politique. Ces derniers considéraient leurs codétenus comme des brutes et n'avaient pour eux que du dédain ; mais Raskolnikoff ne pouvait partager cette manière de voir : il s'apercevait fort bien que sous plusieurs rapports ces brutes étaient beaucoup plus intelligentes que les Polonais eux-mêmes. Là aussi se trouvaient des Russes — un ancien officier et deux séminaristes, qui méprisaient la plèbe de la prison : Raskolnikoff remarquait également leur erreur.

Quant à lui, on ne l'aimait pas, on l'évitait. On finit même par le haïr, — pourquoi ? il l'ignorait. Des malfaiteurs cent fois plus coupables que lui le méprisaient, le raillaient ; son crime était l'objet de leurs sarcasmes.

— Toi, tu es un barine ! lui disaient-ils. — Est-ce que tu devais assassiner à coups de hache ? Ce n'est pas là l'affaire d'un barine.

Dans la seconde semaine du grand carême, il dut assister aux offices religieux avec sa chambrée. Il alla à l'église et pria comme les autres. Un jour, sans qu'il sût lui-même à quel propos, ses compagnons faillirent lui faire un mauvais parti. Il se vit brusquement assailli par eux :

— Tu es un athée ! Tu ne crois pas en Dieu ! criaient tous ces forcenés. — Il faut te tuer.

Jamais il ne leur avait parlé ni de Dieu ni de la religion, et pourtant ils voulaient le tuer comme athée. Il ne leur répondit pas un mot. Un prisonnier au comble de l'exaspération s'élançait déjà sur lui ; Raskolnikoff calme et silencieux l'attendait sans sourciller, sans qu'aucun muscle de son visage tressaillit. Un garde-chiourme se jeta à temps entre lui et l'assassin, — un instant plus tard le sang aurait coulé.

Il y avait encore une question qui restait insoluble pour lui : pourquoi tous aimaient-ils tant Sonia ? Elle ne cherchait pas à gagner leurs bonnes grâces ; ils n'avaient pas souvent l'occasion de la rencontrer ; parfois seulement ils la voyaient au chantier ou à l'atelier, lorsqu'elle venait passer une minute auprès de lui. Et cependant tous la connaissaient, ils n'ignoraient pas qu'elle l'avait suivi, ils savaient comment elle vivait, où elle vivait. La jeune fille ne leur donnait pas d'argent, ne leur rendait guère, à proprement parler, de services. Une fois seulement, à la Noël, elle apporta un cadeau pour toute la prison : des pâtés et des kalazchi[9]. Mais peu à peu entre eux et Sonia s'établirent certains rapports plus intimes : elle écrivait pour eux des lettres à leurs familles et les mettait à la poste. Quand leurs parents venaient à la ville, c'était entre les mains de Sonia que, sur la recommandation des prisonniers, ils remettaient les objets et même l'argent destinés à ceux-ci. Les femmes et les maîtresses des détenus la connaissaient et allaient chez elle. Lorsqu'elle visitait Raskolnikoff en train de travailler au milieu de ses camarades, ou qu'elle rencontrait un groupe de prisonniers se rendant à l'ouvrage, tous ôtaient leurs bonnets, tous s'inclinaient : « Matouchka ; Sophie Séménovna, tu es notre mère tendre et bien-aimée ! » disaient ces galériens brutaux à la petite et chétive créature. Elle les saluait en souriant, et tous étaient heureux de ce sourire. Ils aimaient jusqu'à sa manière de marcher, et se retournaient pour la suivre des yeux lorsqu'elle s'en allait. Et que de louanges ils lui donnaient ! Ils lui savaient gré même d'être si petite, ils ne savaient quels éloges faire d'elle. Ils allaient jusqu'à la consulter dans leurs maladies.

Raskolnikoff passa à l'hôpital toute la fin du carême et la semaine de Pâques. En revenant à la santé, il se rappela les songes qu'il avait faits pendant qu'il était en proie au délire. Il lui semblait alors voir le monde entier désolé par un fléau terrible et sans précédents, qui, venu du fond de l'Asie, s'était abattu sur l'Europe. Tous devaient périr, sauf un très-petit nombre de privilégiés. Des trichines d'une nouvelle espèce, des êtres microscopiques, s'introduisaient dans le corps des gens. Mais ces êtres étaient des esprits doués d'intelligence et de volonté. Les individus

[9] Sorte de pains blancs.

qui en étaient infectés devenaient à l'instant même fous furieux. Toutefois, chose étrange, jamais hommes ne s'étaient crus aussi sages, aussi sûrement en possession de la vérité que ne croyaient l'être ces infortunés. Jamais ils n'avaient eu plus de confiance dans l'infaillibilité de leurs jugements, dans la solidité de leurs conclusions scientifiques et de leurs principes moraux. Des villages, des villes, des peuples entiers étaient atteints de ce mal et perdaient la raison. Tous étaient agités et hors d'état de se comprendre les uns les autres. Chacun croyait posséder seul la vérité et, en considérant ses semblables, se désolait, se frappait la poitrine, pleurait et se tordait les mains. On ne pouvait s'entendre sur le bien et sur le mal, on ne savait qui condamner, qui absoudre. Les gens s'entre-tuaient sous l'impulsion d'une colère absurde. Ils se réunissaient de façon à former de grandes armées, mais, une fois la campagne commencée, la division se mettait brusquement dans ces troupes, les rangs étaient rompus, les guerriers se jetaient les uns sur les autres, s'égorgeaient et se dévoraient. Dans les villes on sonnait le tocsin toute la journée, l'alarme était donnée, mais par qui et à quel propos ? personne ne le savait, et tout le monde était en émoi. On abandonnait les métiers les plus ordinaires, parce que chacun proposait ses idées, ses réformes, et l'on ne pouvait pas se mettre d'accord ; l'agriculture était délaissée. Çà et là les gens se réunissaient en groupes, s'entendaient pour une action commune, juraient de ne pas se séparer, — mais un instant après ils oubliaient la résolution qu'ils avaient prise, ils commençaient à s'accuser les uns les autres, à se battre, à se tuer. Les incendies, la famine complétaient ce triste tableau. Hommes et choses, tout périssait. Le fléau étendait de plus en plus ses ravages. Dans le monde entier pouvaient seuls être sauvés quelques hommes purs prédestinés à refaire le genre humain, à renouveler la vie et à purifier la terre ; mais personne ne voyait ces hommes nulle part, personne n'entendait leurs paroles et leur voix.

Ces songes absurdes laissèrent dans l'esprit de Raskolnikoff une impression pénible qui fut longue à s'effacer. Arriva la deuxième semaine après Pâques. Le temps était chaud, serein, vraiment printanier ; on ouvrit les fenêtres de l'hôpital (des fenêtres grillées sous lesquelles se promenait un factionnaire). Pendant toute la maladie de Raskolnikoff, Sonia n'avait pu lui faire que deux visites ; chaque fois il fallait demander une autorisation qui était difficile à obtenir. » Mais souvent, surtout à la chute du jour, elle venait dans la cour de l'hôpital et, durant une minute, restait là à regarder les fenêtres. Un jour, vers le soir, le prisonnier, déjà presque entièrement guéri, s'était endormi ; à son réveil, il s'approcha par hasard de la croisée et aperçut Sonia qui, debout près de la porte de l'hôpital, semblait attendre quelque chose. À cette vue, il eut comme le cœur percé, il frissonna et s'éloigna vivement de la fenêtre. Le lendemain Sonia ne vint pas, le surlendemain non plus ; il remarqua qu'il l'attendait avec anxiété. Enfin il quitta l'hôpital. Lorsqu'il revint à la prison, ses codétenus lui apprirent que Sophie Séménovna était malade et gardait la chambre.

Il fut fort inquiet, envoya demander des nouvelles de la jeune fille. Il sut bientôt que sa maladie n'était pas dangereuse. De son côté, Sonia, voyant qu'il était si préoccupé de son état, lui écrivit au crayon une lettre où elle l'informait qu'elle allait beaucoup mieux, qu'elle avait pris un léger refroidissement, et qu'elle ne tarderait pas à l'aller voir au travail. À la lecture de cette lettre, le cœur de Raskolnikoff battit violemment.

La journée était encore sereine et chaude. À six heures du matin, il alla travailler au bord du fleuve, où l'on avait établi sous un hangar un four à cuire l'albâtre. Trois ouvriers seulement furent envoyés là. L'un d'eux, accompagné du garde-chiourme, alla chercher un instrument à la forteresse, un autre commença à chauffer le four. Raskolnikoff quitta le hangar, s'assit sur un banc de bois et se mit à contempler le fleuve large et désert. De cette rive élevée on découvrait une grande étendue de pays. Au loin, de l'autre côté de l'Irtych, retentissaient des chants dont un vague écho arrivait aux oreilles du prisonnier. Là, dans l'immense steppe inondée de soleil, apparaissaient comme de petits points noirs les tentes des nomades. Là c'était la liberté, là vivaient d'autres hommes qui ne ressemblaient nullement à ceux d'ici ; là on eût dit que le temps n'avait pas marché depuis l'époque d'Abraham et de ses troupeaux. Raskolnikoff rêvait, les yeux fixés sur cette lointaine vision ; il ne pensait à rien, mais une sorte d'inquiétude l'oppressait.

Tout à coup il se trouva en présence de Sonia. Elle s'était approchée sans bruit et s'assit à côté de lui. La fraîcheur du matin se faisait encore un peu sentir. Sonia avait son pauvre vieux bournous et son mouchoir vert. Son visage pâle et amaigri témoignait de sa récente maladie. En abordant le prisonnier, elle lui sourit d'un air aimable et content, mais ce fut, selon son habitude, avec timidité qu'elle lui tendit la main.

Elle la lui tendait toujours timidement ; parfois même elle n'osait la lui offrir, comme si elle eût craint de la voir repoussée. Il semblait toujours prendre cette main avec répugnance ; toujours il avait l'air fâché quand la jeune fille arrivait, et quelquefois celle-ci ne pouvait obtenir de lui une seule parole. Il y avait des jours où elle tremblait devant lui et se retirait profondément affligée. Mais cette fois leurs mains se confondirent dans une longue étreinte ; Raskolnikoff regarda rapidement Sonia, ne proféra pas un mot et baissa les yeux. Ils étaient seuls, personne ne les voyait. Le garde-chiourme s'était momentanément éloigné.

Soudain et sans que le prisonnier sût lui-même comment cela était arrivé, une force invisible le jeta aux pieds de la jeune fille. Il pleura, lui embrassa les genoux. Dans le premier moment elle fut fort effrayée, et son visage devint livide. Elle se leva vivement et, toute tremblante, regarda Raskolnikoff. Mais il lui suffit de ce regard pour tout comprendre. Un bonheur immense se lut dans ses yeux rayonnants ; il n'y avait plus de doute pour elle qu'il ne l'aimât, qu'il ne l'aimât d'un amour infini ; enfin ce moment était donc arrivé…

Ils voulurent parler et ne le purent. Ils avaient des larmes dans les yeux. Tous deux étaient pâles et défaits, mais sur leurs visages maladifs brillait déjà l'aurore d'une rénovation, d'une renaissance complète. L'amour les régénérait, le cœur de l'un renfermait une inépuisable source de vie pour le cœur de l'autre.

Ils résolurent d'attendre, de prendre patience. Ils avaient sept ans de Sibérie à faire : de quelles souffrances intolérables et de quel bonheur infini ce laps de temps devait être rempli pour eux ! Mais Raskolnikoff était ressuscité, il le savait, il le sentait dans tout son être, et Sonia — Sonia ne vivait que de la vie de Raskolnikoff.

Le soir, après qu'on eut bouclé les prisonniers, le jeune homme se coucha sur son lit de camp et pensa à elle. Il lui semblait même que ce jour-là tous les détenus, ses anciens ennemis, l'avaient regardé d'un autre œil. Il leur avait adressé la parole le premier, et ils lui avaient répondu avec affabilité.

Il se rappelait cela maintenant, mais d'ailleurs il devait en être ainsi : est-ce que maintenant tout ne devait pas changer ?

Il pensait à elle. Il songeait aux chagrins dont il l'avait continuellement abreuvée ; il revoyait en esprit son petit visage pâle et maigre. Mais à présent ces souvenirs étaient à peine un remords pour lui : il savait par quel amour sans bornes il allait désormais racheter ce qu'il avait fait souffrir à Sonia.

Oui, et qu'était-ce que toutes ces misères du passé ? Dans cette première joie du retour à la vie, tout, même son crime, même sa condamnation et son envoi en Sibérie, tout lui apparaissait comme un fait extérieur, étranger ; il semblait presque douter que cela lui fût réellement arrivé. Du reste, ce soir-là, il était incapable de réfléchir longuement, de concentrer sa pensée sur un objet quelconque, de résoudre une question en connaissance de cause ; il n'avait que des sensations. La vie s'était substituée chez lui au raisonnement.

Sous son chevet se trouvait un évangile. Il le prit machinalement. Ce livre appartenait à Sonia, c'était dans ce volume qu'elle lui avait lu autrefois la résurrection de Lazare. Au commencement de sa captivité, il s'attendait à une persécution religieuse de la part de la jeune fille, il croyait qu'elle allait lui jeter sans cesse l'Évangile à la tête. Mais, à son grand étonnement, pas une seule fois elle ne mit la conversation sur ce sujet, pas une seule fois même elle ne lui offrit le saint livre. Ce fut lui-même qui le lui demanda peu de temps avant sa maladie, et elle le lui apporta sans mot dire. Jusqu'alors il ne l'avait pas ouvert.

Maintenant encore il ne l'ouvrit pas, mais une pensée traversa rapidement son esprit : « Ses convictions peuvent-elles à présent n'être point les miennes ? Puis-je du moins avoir d'autres sentiments, d'autres tendances qu'elle ?… »

Durant toute cette journée, Sonia fut, elle aussi, fort agitée, et, dans la nuit, elle eut même une rechute de sa maladie. Mais elle était si heureuse, et ce bonheur était une si grande surprise pour elle, qu'elle s'en effrayait presque. Sept ans, seulement sept ans ! Dans l'ivresse des premières heures, peu s'en fallait que tous deux ne considérassent ces sept ans comme sept jours. Raskolnikoff ignorait que la nouvelle vie ne lui serait pas donnée pour rien, et qu'il aurait à l'acquérir au prix de longs et pénibles efforts.

Mais ici commence une seconde histoire, l'histoire de la lente rénovation d'un homme, de sa régénération progressive, de son passage graduel d'un monde à un autre. Ce pourrait être la matière d'un nouveau récit, — celui que nous avons voulu offrir au lecteur est terminé.

FIN DU TOME SECOND.

Made in United States
North Haven, CT
10 November 2026

22091516R00291